마당쇠

마당쇠

초판 1쇄 2019년 11월 01일

지은이	강병선
발행인	김재홍
디자인	김선경
교정·교열	김진섭
마케팅	이연실

발행처	도서출판 지식공감
브랜드	문학공감
등록번호	제396-2012-000018호
주소	경기도 고양시 일산동구 건달산로225번길 112
전화	02-3141-2700
팩스	02-322-3089
홈페이지	www.bookdaum.com
이메일	bookon@daum.net

가격	12,000원
ISBN	979-11-5622-479-2 03810

CIP제어번호 CIP2019040343
이 도서의 국립중앙도서관 출판예정도서목록(CIP)은 서지정보유통지원시스템 홈페이지(http://seoji.
nl.go.kr)와 국가자료공동목록시스템(http://www.nl.go.kr/kolisnet)에서 이용하실 수 있습니다.

문학공감은 도서출판 지식공감의 인문교양 단행본 브랜드입니다.

마당쇠

강병선 지음

문학공감

한반도 남쪽에 자리 잡고 있는 진주라는 고장은 참 특이한 곳이다. 겨울에 하얀 눈 구경하기가 어렵다. 진주보다 더 남쪽 해안가에 자리 잡고 있는 여수와 더 멀리 남쪽으로 내려가 있는 제주도에도 겨울이면 눈이 몇 차례씩 내린다. 그렇지만 진주는 좀처럼 눈이 내리지 않는다.

2014년 1월 20일 새벽, 한겨울인데도 진주에는 비가 내리다가 아침 일찍 그쳤다. 기온이 내려가면서 빗물이 도로에 얼어붙어 미끄러운 줄도 모르고 영구의 아내가 오토바이로 출근했다. 빙판이 된 도로에서 미끄러지면서 인도와 차도를 구분하는 경계석을 들이받고 넘어지는 바람에 무릎을 심하게 다치고 십자인대가 끊어져 봉합 수술을 받았다. 이 바람에 노후를 위해 모아둔 비상금을 치료비로 다 쓰게 됐다. 소설 속의 주인공인 영구는 아내가 교통사고로 일할 수 없게 되자 생활비를 벌기 위해 나서야 했다. 환갑을 지나고 60 중반의 나이로 대단위 주택단지 아파트건설현장에 경비원으로 일하게 된 것이다.

필자는 영구가 2014년 4월 1일부터 10월 11일까지 아파트공사 신축현장에 경비원과 아파트경비원으로 근무하면서 겪었던 일들을 소재로 삼아 사회에 경종을 울리고 싶은 마음에 『마당쇠』라는 제목을 붙여서 장편을 쓰게 되었다.

흔히 말하기를 소설은 허구라고 말한다. 지어낸 얘기를 꾸며 독자들에게 흥미를 갖게 한다지만, 마당쇠의 소설 속에 나오는 얘기들은 모두 영구가 체험했던 사실들을 이야기 식으로 엮은 것임을 밝힌다.

소설 속의 주인공이 6, 7개월 동안 경비원으로 근무하면서 건설회사와 용역업체로부터 겪었던 인권 무시와 비합리적인 제도들을 정부와 고용노동부에서 바로잡아주었으면 하는 간절한 맘으로 이 소설을 썼다. 늙은 나이에 시설이나 건물, 아파트에서 청소부, 경비원으로 근무하는 힘약한 사람들과 비정규직 근로자들에게도 나라에서 법으로 정한 근로기준법을 공평하게 적용받게 해주어야 옳다.

아무리 좋은 말이라도 한두 번이지 서너 번 들으면 흥이 떨어진다. 소설도 마찬가지다. 했던 얘기를 반복해서 쓰게 되면 독자는 짜증을 내게 된다. 그렇지만 소설 곳곳에 국가가 정한 최저임금에서 10%를 삭감하고 주는 것과 아파트경비원 신임교육, 임금을 적용해 주지 않는 점심식사, 저녁식사, 휴식시간, 야간수면시간에 경비실에서 떠나지 못하게 하는 것, 부당한 근로계약서 작성, 그리고 경비원의 인격을 무시하고 마당쇠나 종 취급 하는 것들과 이들에게는 휴직이나 병가와 연가가 적용되지 않았다. 하다못해 배탈이나 감기만 걸려도 해고를 당해야 하는 이런 것들은 소설 속에 핵심이며 사회에 경종을 울리고 싶은 것이라, 몇 군데 반복해서 강조했음을 밝힌다.

링컨 대통령이 노예해방을 선포하고 약 20년 후, 우리나라도 1894년 격동의 갑오개혁 바람이 불어 노비제도가 없어졌고 인간은 모두가 동등하게 대접받아야 한다는 형평운동이 일어나기도 했지만, 이때의 잠재의식이 아직도 남아 있는 사람들은 자기보다 신분이 낮은 사람이나 아파트경비원을 자기 집에서 부리는 마당쇠취급을 하려는 사람들이 많은 것을 영구가 체험했다.

2014년 국가가 정한 최저임금이 시간당 5,210원이었지만 이마저 다 받지 못하고 90%인 4,700원이 채 안 되는 임금을 받았다. 최저임금에서 10%를 감한 임금을 받으며 온갖 궂은일은 다 했던 것을 조목조목 소설 속에 썼다.

두 번째 이해하기 힘든 것은 점심시간과 저녁시간, 야간수면시간까지 6시간을 임금계산을 해주지 않으면서 비좁은 공간에서 새우잠을 자게 하는 것은 부당하다. 경비실에서 떠나질 못하게 하며 택배물건을 관리하게 하고 주민의 각종 민원업무를 처리하게 하므로 임금을 주는 것이 마땅하다고 썼다.

세 번째는 우리나라 모든 근로자가 적용받는 연가나 휴가, 병가가 경비원에게는 적용이 안 되며 병이 나면 병가 적용을 받지 못하고 해고를 당해야 하는 것이 부당하다고 썼다.

네 번째 이해할 수 없는 것은 2014년 8월 19일부터 27일까지 하루 7시간씩 8일 동안 징검다리 식이었다. 아침식사는 고사하고 샤워를 한다거나 속옷도 갈아입지 못하고 진주에서 창원까지 경비원 신임교육을 받으러 다녔다. 꼬박 24시간을 경비원근무를 했으면 다음 날은 쉬어야 마땅하다. 아파트경비원인 늙은이들에게 보안시설경비법, 호송경비법, 신변보호방법은 이해할 수 없었다. 아파트경비원들에게는 권총이나, 가스총이나 무기를 지급하지 않는 건, 삼척동자가 아는 사실이다. 가스총을 쏘는 방법을 교육시키는 것은 국가방위산업체나 기관을 경비하는 특수경비직인 사람에게나 필요한 것이었다. 아파트경비원들에게 가당치나 하단 말인가.

20대 젊은 청년 3명과 함께 40여 명이 함께 교육을 받았다. 아파트경비원이나 감시단속적 근로자들에게는 해당되지 않은 교육이다. 정작 교육이 필요한 것이라면 경비원들에게 잠을 자도 괜찮으니 교육장 안을 떠나지만 말아 달라고 말할 수 있겠는가? 이런 엉터리 소설 같은 교육을 시키니 영구와 동료경비원들은 기가 막혔다. 정작, 교육이 필요한 3명의 청년 특수경비원에게도 나흘 동안 단 한 시간의 교육도 받게 하지 않고 탁자에 엎드려 잠만 자게 하는 어처구니없는 교육이었던 걸 알게 된 필자는 소설을 쓰지 않을 수 없었다.

규모가 큰 대도시 지자체에서는 전동차 안에 경로석을 만들어 무료로 탑승케 하고 공원이나 공공장소에 무료입장을 시키며 경로우대를 하고 있다. 나라에서 부르짖는 경로사상 고취에 찬물을 끼얹는 처사가 아닌가. 자동차운전을 할 때도 2시간 운전 후에는 반드시 휴식을 취해야 한다고 홍보하면서 24시간 꼬박 근무한 늙은이들을 쉬지 못하도록 진주도 아닌 창원에까지 가게 해서 교육시키다니 말이 되는가?

우리나라는 일찍이 세계 경제선진국 모임인 OECD 회원국에 가입했다. 경제규모로 봐서는 이들 국가 중에 상위 그룹에 있다. 그러나 우리나라는 OECD에서 권장하는 국민 인권에서는 하위그룹에 속한다.

한때 우리나라에서 3D업종이란 단어가 유행되었었다. 냄새나고 힘든 일은 최저임금을 받지도 못하는 사람들이 하고 있다. 다른 OECD 회원국들은 엘리트 샐러리맨이나 3D업종의 일을 하는 사람들이 우리나라처럼 임금 격차가 크게 나지 않는다. 오히려 힘든 일을 하는 사람들에게 임금을 많이 주어야 옳다고 소설 속에서 주장했다.

이 같은 일들을 세상에 알리고 싶어 마당쇠란 제목으로 소설을 썼다. 그리고 전국에 40만이 넘는 아파트경비원과 각종 시설물에서 경비원 일을 하는 감시단속적 근로자와 청소근로자, 궂은일을 하면서 부당한 대우를 받고 일하는 비정규직 근로자들에게 참고되었으면 하는 마음으로 썼다.

영구는 위에서 열거한 몇 가지의 부당한 것들로 인해 심한 스트레스를 받고 마침내 스트레스성 불면증에 걸려 일을 할 수 없었다. 엄연히 근무 중 일어난 질병으로 봐야 옳다. 그러나 경비원들의 세계에서는 실업급여대상이 되는 줄도 몰랐다. 실업급여를 받는 것은 "계란으로 바위 치기 만큼 어렵다."하는 동료경비원들의 말은 아랑곳없이 발로 뛰었다. 힘들고 복잡해서 포기해버릴까도 생각하다가 끝내 실업급여를 받아 냈던 장면들도 소설 속에 들어있다.

소설 속의 주인공인 영구가, 짧은 6개월 남짓 동안 아파트건설현장과 아파트경비원으로 근무하면서 체험한 것들을 소설화한 것이지만 정년을 앞둔 사람들이나 경비원을 하려고 준비하는 사람들이 읽어보면 도움이 될 것이라고 믿는다.

목차

제1장

영구 아내 명례의 교통사고

강영구와 양명례 부부가 첫 살림을 시작할 때는 가진 것이 아무것도 없었다. 시장에서 숟가락과 젓가락 한 벌씩을 사고 밥그릇 두 개와 냄비 하나를 사서 단칸 판잣집에서 시작했다.

40년 동안 떨어져 살아 본 적이 없다. 사람들이 흔히 말하는 지지고 볶고 하는 것도 없었고 부부싸움을 한다거나 어느 한쪽만 여행한 적이 없었으니 외로운 줄 모르고 살았다.

이들의 부부생활은 새들 세계를 얘기한다면 잉꼬부부라고나 할까, 살아가면서 서로 의견 충돌이나 생각이 달라 어느 한쪽이 목소리가 커지면 그쪽으로 무슨 일이 결정되는 편이었다.

실은 그의 아내 덕분이라고 해야 한다. 사사건건 명례의 양보가 없었더라면 두 사람의 가정도 진작 파탄이 났을 것이다. 크고 작은 대부분의 부부싸움은 영구가 구두쇠처럼 하고 사는 경제적인 문제로 일어났다. 그러나 그의 아내는 지금까지 남편의 주장을 꺾지는 못했다. 남편이 하고자 했던 일을 그녀로 말미암아 못했던 일은 없다. 늘 남편의 뜻을 묵묵히 따라만 준 아내 명례에게 영구는 항상 감사하는 맘으로 살았다.

불과 몇 년 전의 일이다. 이들 부부가 맞벌이하는 큰딸 부부를 대신해 육아를 맡았던 쌍둥이 손주들이 두 돌이 지나자 분가를 해나갔다. 이에 소일거리가 있어야 되겠다는 맘으로 일거리를 찾던 중 두 사람은 지인의 소개로 진주농산물 공판장 도매시장에서 과일 가게를 했다.

그러나 생물장사는 아무나 하는 것이 아니었다. 과일은 경매를 받으면 빨리빨리 팔아내야 한다. 처음 하는 업이라 단골판매처가 없었다. 경매 받은 과일들이 2~3일 지나면 상하는 바람에 과일가게를 접을 수밖에 없었다.

명례는 과일 장사를 하는 동안에 옆 동에 채소공판장 매장 사람들과도 친해졌다. 과일 장사를 접고 그곳에서 흔히 말하는 일당제 아르바이트를 했다.

"어이, 오도바이를 타믄 옷을 배로 뚜껍게 입어여 헌당게. 속에다 옷을 한 개 더 입으소."

"오늘은 날이 푹 헌것 같소. 그냥 갔다 올라요."

아침 7시에 출근을 해 저녁 7시에 퇴근을 했다. 책을 읽으며 글쓰기로 소일했던 영구는 아내가 오토바이를 타고 다니므로 항상 불안했다. 마침내 올 것이 오고야 말았다. 2014년 1월 20일 출근길에 사고가 나고 만 것이다.

진주는 좀처럼 눈이 내리지 않는 곳이다. 간밤에 비가 조금 내렸다가 새벽이 되자 도로가 얼어 미끄러웠지만 명례는 길바닥이 얼어 있는 것을 알지 못했다. 오토바이를 타고 보통 때처럼 출근하다가 일터에 다 가서 도로와 인도를 구분 짓는 경계석을 들이받고 넘어지고 말았다. 무릎을 심하게 다치고 십자인대가 끊어져 봉합수술을 해야 했고 이를 치료하려면 일 년도 넘게 걸린다는 의사의 진단이 나왔다.

영구가 처음 아내의 사고 연락을 받았을 때는 얼마나 놀랐는지 모른다. 아침 7시쯤 사고가 났다. 9시 30분이 넘어서 연락이 온 것이다. 많이 다친 줄로 알았다가 그나마 다행이었다. 이날 다른 곳에도 길이 미끄러워 사고가 자주 일어난 관계로 119구급차가 출동이 지연될 수밖에 없었다. 경찰차로 응급실로 갔다는 소식을 받고 병원까지 가는 동안에도 영구는 별생각이 다 나고, 방정맞은 생각도 나고, 머릿속이 혼란스러웠다.

병원응급실에 도착한 영구의 눈에는 아내가 보이지 않았다. 한참을 이곳저곳을 기웃거리다 MRI 촬영실에 있는 명례를 발견하고는 더 불안했다.

"어이, 어찌케 됭건가?"

명례가 아무렇지도 않은 듯 미소만 보냈다.

"어디, 어디를 다쳤능가?"

"목숨에는 지장이 없응게 걱정허지 말아유. 오른쪽 다리만 다쳤응게유."

명례가 병원에 실려 와서 이곳저곳 검사하느라 집에 연락을 빨리 못했다고 한다. 얼마 후에 담당의사가 X-Ray 사진을 보여주며 설명했다. 무릎이 부서진 부분만 응급치료와 수술을 하고 십자인대가 끊어진 것은 지금 당장은 안 되고 약 보름 후에나 하게 된다며 상당히 까다로운 수술이라고 했다.

명례와 작은딸이 병원에 남고 영구는 집에서 하룻밤을 보내면서 우울한 기분에 잠들지 못했다. 맘속이 복잡해졌다. 외로움과 쓸쓸함이 엄습해 왔다. 괜히 서럽기도 했다. 밤 깊도록 우울해 잠들지 못했다.

아내의 빈자리가 크게 느껴졌다. 자정이 지나가도 잠들지 못하고 아내를 처음 만났을 때를 시작으로 지금까지 두 딸을 낳고 70이 다 되도록 살았던 장면들이 활동사진처럼 선명하게 눈앞을 맴돌았다. 젊었을 때는 웬만한 일들은 대수롭지 않게 지나가곤 했다. 아내를 지켜 줄 사람은 자신뿐이라고, 영구가 세상을 떠난 후 홀로 남을 아내가 노후를 어려움 당하지 않게 만반의 준비도 해야 한다고 맘속에 다짐했다.

끼니마다 밥 챙겨 주고 빨래며 일일이 명례의 도움 속에 편하게만 살다가 당장 끼니를 해결하기도 불편했다. 일찍 이혼하고 한쪽이 죽어 사별했다든지, 혹은 아예 결혼하지 않고 살아온 사람들은 어떻게 살았을까. 아내를 떠올리며 자괴감에 빠졌다. 쓸쓸함이 몰려 왔다. 하나님께서는 일찍부터 사람을 창조하실 때 짝을 지어줘서인지 남녀가 조화를 이루도록 하신 섭리를 뼈저리게 깨달았다.

이제는 하루가 다르게 몸이 늙어 감을 체험하며 아내의 소중함은 두말할 나위 없이 크다. 이번 사고로 인해 다시 한 번 다짐했다. 영구에게는 오직 아내 명례밖에 없다. 두 딸은 자신에게는 아무것도 바라지도 말아야 할 존재들임을 체험한 지 오래지 않은가. 이번 사고로 인해 아내를 지켜 주리라고 다시 한 번 굳게 다짐했다.

영구가 결혼할 때는 여자는 25세 전후, 남자는 27~8세를 결혼 적령기라 하던 때다. 영구는 28세, 명례가 23세 때, 두 사람 다 적령기에 짝을 이뤘다. 명례는 어려서부터 빨래며 청소도 하며 부지런함을 익혀 왔다. 가사라면 크고 작은 일도 매우 잘했다. 이들 부부가 매년 설과 추석 때 장인장모님을 뵈러 처가에 갔을 때도 장모님은 아예 방에만 앉아 계셨다. 올케들과 함께 음식 만들기며 설거지하기에 바쁜 명례가 영구는 보기 좋았다.

명례는 어렸을 때부터 친정어머니가 해야 할 일을 자기가 다 하고 부엌일이며 빨래와 청소를 다 했으면서도 자기가 낳은 딸들에게는 두부 한 모, 콩나물 심부름을 시키지 않는 것이 영구는 항상 못마땅했다.

영구의 생각은 자녀들에게 장래를 위해선 훈련이 필요함을 강조했고, 그의 아내는 후에 할 때 되면 다 한다고 말해 왔다. 딸들이 다 크고 성인이 되어도 나이가 30이 훨씬 넘어도 음식 만들기며 자기들이 사용하는 방 청소를 하거나 정리정돈도 하지 않았다. 심지어 손자 녀석들의 목욕도 명례가 해주고 있는 것이 영구는 못마땅했다.

영구는 아내 명례에게 틈나는 대로 제비 새끼 얘기를 했다. 전선에 제비 부모가 새끼들을 줄줄이 앉혀 놓고 날마다 열심히 좋은 먹이만 많이 잡아다 먹인다고 훌륭한 자식 사랑이 아니다. 좋은 부모는 자식들에게 사냥하는 법을 가르쳐줘야 한다. 장래를 위한다면 새끼들에게 훈련을 시켜야 한다. 그래야만 부모 제비가 사고로 죽게 된 후에 직접 사냥을 해 살아남을 수 있다. 먹이를 잡는 사냥법을 익히지 못해서 결국은 배가 고파 죽게 된다고 이런 얘기를 많이 했다.

그러나 명례는 자식들에게 지금까지도 모든 일을 해주기만 했지 시키지 않고 자기가 하면 된다는 식이다. 결국은 영구의 제비 새끼 교육법은 두 딸에게 주입시키지 못하고 말았다.

막상 아내가 사고로 병원에 입원하고 나니 영구는 한없는 자괴감에 사로잡혔다. 설거지 그릇이 쌓여도 집안이 어질러져 있어도 가만히 보고만 있을 수밖에 없다. 아내의 빈자리는 크기만 했고 영구에게는 부메랑이 되어 돌아왔다.

이들 부부가 몇 년 전 편의점을 할 때다. 취객이 명례의 손가락 골절을 입혔을 때, 그리고 큰딸 민경이가 카풀 하던 차가 전복돼서 입원하느라 명례가 간호를 위해 병원에 있을 때에도 불편하기는 했지만 이번처럼 아내의 빈자리를 크게 느껴 본 적이 없다.

다시 머릿속에 활동사진 배경이 바뀌고 있다. 만약에 머리를 다쳤으면 어찌 되었을까. 이곳저곳 많이 다치지 않고 이만하기는 얼마나 다행한 일인가.

지난겨울에도 영구 부부는 1인용 전기 매트를 깔고 지냈다. 그래도 별로 불편함을 몰랐다. 부부이기 때문이다. 어쩌다 다른 방에서 따로 떨어져 자게 되면 잠이 잘 안 들 때도 있다. 영구는 잠자리 환경이 바뀌면 빨리 잠들지 못하는 습관이 있다. 아내가 없는 방은 어찌나 썰렁하게 느껴지던지 멀리 떠난 것도 아니요, 치료가 끝나면 집으로 돌아올 것이 아닌가. 이제는 늙었나 보다. 만감에 사로잡혔다.

명례가 입원한 지 보름이 지나자 병원에서 수술이 어렵다 해서 대학병원으로 옮겼다.

사람이란 참 약하며 간사하고 비겁하다. 막상 다리를 심하게 다치고 나니, 그리고 수술을 하는 시간만 해도 몇 시간 걸린다 하니, 그동안에 크게 다친 것이 아니다. 하고 있다가 비로소 아! 가벼이 볼 문제가 아니로구나 하는 맘이 들어 하나님을 찾고 기도를 하고 매달린다.

명례는 사고 때 무릎만 다친 줄 알았다고 했다. 십자인대가 파열되고 끊어진 줄은 몰랐다고 했다. 많이 다친 줄도 모르고 간단한 치료만 하면 되는 줄 알았다. 영구에게 연락을 늦게 한 것도 간단하게 치료받으면 되는 줄 알았기 때문이라고 했다. 도로와 인도를 구분하는 경계석을 들이받고 넘어지는 바람에 관절을 지나는 신경이 놀란 나머지 걸음걸이가 안되는 줄로 알다가 CT 촬영을 하고 MRI 촬영을 하고 나서야 양쪽 십자인대가 끊어졌다는 사실도 알았다고 했다. 어깨와 옆구리에 가벼운 찰과상 정도니 명례는 하나님의 도우심이 컸다고 감사했다.

담당의사에게 무릎 부위가 부서진 부분을 설명 들으면서 부기가 가라앉고 안정을 취한 후 수술해야 한다고 들었다. 무릎 관절을 움직이게 하는 양쪽 인대를 이어 붙이고 관절 막을 인공 막으로 넣는 정밀을 요구하는 수술이라고 했다. 영구는 걱정스러운 맘으로 의사에게 수술하면 괜찮겠냐고 물었다. 담당의사는 이런 일만 하는 의사인데 못하겠느냐고 자신 있게 말해 믿었다.

어느 날 갑자기 담당의사가 어려운 수술이라며 서울에 큰 대학병원에 있는 본인의 은사 교수님을 소개해준다고 했다. 영구는 황당하기만 했다. 큰소리 뻥뻥 치던 담당의사가 이제야 다른 병원을 소개해주겠다고 하니 그 병원은 내키지 않았다. 의료관계 일을 잘 아는 서울에 있는 친구에게 상담해보기로 했다.

"영민이 나여, 오랜만이네. 다름이 아니고 우리 집사람이 보름 전에 출근하다 사고를 당해 무릎을 다치고 십자인대가 끊어졌네. 처음에는 수술을 잘할 수 있다고 해서 입원을 했는디 이제 와서 수술을 못 하겠다고 하믄서 서울에 있는 자기가 잘 아는 병원에 소개시켜 주겠다는디 어떻게 하면 좋을지, 자네 얘기를 좀 듣고 싶어서 전화했네."

영구가 친구에게 전화를 걸어 단도직입적으로 아내의 수술 얘기를 꺼냈다.

"무슨 사곤데? 다른 데도 많이 다쳤는가?"

"응, 이제는 다른디는 아픈디는 없다 하데, 오토바이를 타고 가다 미끄러져 뿌럿네."

"큰일 날 뻔했구먼, 그만하기 다행이네."

"어이 영민이, 진주에는 일 년 내내 눈이라고는 안 오는 곳이랑게, 새벽에 비가 조금 왔었거덩, 비가 그치면서 아침에 도로가 얼어 있는 걸 꿈에도 생각을 못 했다는 거시, 오토바이가 미끄러져 나강게 아무런 생각도 안허고 브레크를 밟아 뿡거시."

서울과 진주는 천릿길이라 않던가. 마치 한 지붕 아래서 얘기를 하는 것처럼 영구의 귀에 친구 김영민의 목소리가 또록또록하게 들렸다. 영구는 간혹 전라도 사투리가 튀어나왔지만 같은 동네에서 나고 자랐던 친구는 서울말 표준어를 또박또박 내뱉는다.

"빙판길에서는 브레크를 밟으면 안 되는 줄 알면서 급한 일을 당하면 남자들도 브레이크에 발이 올라가는 것은 기정사실이라네. 보험은 들었는가?"

"오늘내일하다가 보험을 못 들어 뿌럿네."

"그러면 영구 자네가 부담이 많겠구만."

"어이, 영민이 자네는 어찌 생각 허능가?"

"요새는 대학병원이면 서울에 큰 병원하고 크게 다를 것 없어, 대학병원 의사들은 실력이 있는 사람들이라네."

"그러니깐, 자네 생각은 진주에서 수술해도 된다는 말잉가?"

"그럼, 지방대학 교수들이 서울대학 교수들 하고 비교해 실력이 떨어질 것 없다네. 안심하고 진주에서 당장 수술 들어가소."

"그러믄 자네 말대로 걱정 안 헐라네. 애초에 대학병원으로 갈것인다 괜히 작은 병원으로 갔구만 고맙네, 자네 말대로 진주에 있는 대학병원으로 갈라네."

김영민은 고향에서 동갑내기로 영구와 같이 자란 친구다. 서울에서 대학을 다녔고 한때는 가수를 하겠다고 음반까지 냈으나 결국은 꿈을 접어야 했다. 전화로 아내 명례의 사고 상황을 얘기했더니 요즘은 서울이나 지방에 있는 병원과 비교해도 의료기술이 손색없이 좋아졌다고 했다. 이 친구는 의료보험조합서 고위직으로 근무하다 얼마 전 퇴직한 친구라서 병원 일에 대해서는 꿰뚫고 있는 친구다.

대학병원에 예약하고 담당 정형외과 교수를 만나 진료를 받으면서 수술이 잘 될 수 있겠느냐고 물으니 수많은 동일한 수술을 했기 때문에 걱정하지 않아도 된다고 했다. 10여 년 전 영구의 큰딸 민경이의 교통사고 때 큰 수술을 받아 보기도 했던 교수를 만나선지 믿음이 갔다. 좀 까다로운 수술이지만 잘할 수 있다면서 수술 날짜를 잡았다.

대학병원은 의료시설 등 모든 것이 일반병원과는 비교가 안 된다. 병원은 분야별 창구마다 명절 대목장터마냥 사람들이 붐볐다. 모두가 일반병원보다는 이런 큰 병원을 찾는 이유를 알 만하다. 평생을 후학을 지도하면서 능력을 길러온 실력 있는 대학교수들이고 좋은 장비들이라 맘이 편했다.

드디어 수술 하루 전 밤부터 금식하라며 주의사항을 전달받았다. 막상 수술해야 한다고 하니 부부간의 정을 더욱 실감했다. 명례가 기도를 청한다. 영구가 아내의 손을 잡고 기도를 했다.

"사랑의 여호와 하나님 연약한 인간으로 세상에 제멋대로 속하여 살다가 힘들고 어려운 일만 처한 상황에서만 하나님을 찾는 죄인들을 불쌍히 여겨 주시옵소서. 내일이면 아내의 다리를 수술하게 됩니다. 수술을 맡은 의사선생님에게 지혜를 더 하여 주셔서 수술이 순조롭게 진행되게 하여 주시옵소서. 수술을 받는 아내에게도 굳은 믿음을 더 하여 주시고 큰 힘을 주시옵소서."

영구도 명례도 굵은 눈물이 주르르 흘러내린다. 참 인간은 간사하다. 꼭 큰일이 닥치면 울며불며 하나님을 찾는다. 하나님을 믿는다 하면서도 믿지 않은 사람들과 똑같은 행동으로 온갖 부정한 일은 다 하고 급할 때만 하나님을 찾는다.

아침 8시에 수술준비를 마치고 9시부터 수술에 들어가면 대여섯 시간 동안만 잘 견디라며 아내와 손바닥을 맞추며 힘내자고 파이팅을 외쳤다. 다시 또 병실을 나오는 영구의 눈에 눈물이 핑 돈다. 지난날이 활동사진처럼 눈앞에 펼쳐진다. 40여 년 전에 영구가 방황할 때 명례를 만나 지금까지 살아왔다. 호강 한 번 못해보고 자식들 뒷바라지에 걸핏하면 고함만 치는 남편 때문에 언젠가 힘들었다는 명례의 넋두리도 생각난다.

영구와 명례, 두 사람은 반평생을 훨씬 넘게 같이 했다. 수천수만의 시간들을 묵묵히 앞만 보고 달려온 삶의 길을 걸었다. 기쁠 때나 슬플

때나 한결같았다. 뜨거운 태양, 비바람 몰아칠 때도 북풍한설 눈보라 몰아칠 때도 일편단심 민들레로 정도(正道)로만 걸었다. 앞만 보고 달려왔다. 뒤돌아보지 않았다. 좌우로도 치우치지 않았다. 한눈팔지 않았다. 오직 한길 묵묵히 달려온 길, 숨차도록 달려온 길, 반평생을 같이 달려온 길이다. 앞으로 남은 길도 영구와 명례가 달려가야 할 길이다. 얼마가 남았는지 알 수 없어도 달려가야 할 길, 평생 동안 한마음 한뜻으로 부부가 가야 할 길이다. 앞으로 남은 길도 지켜 주리라. 끝까지 동행해야 한다고 영구가 다짐했다.

동물들은 새끼 때만 한 둥지에서 같이 산다. 몸집이 커지고 성장하면 둥지를 떠나면 그만이다. 그러나 부부는 죽을 때까지 같이 살면서 서로 도와가며 인생길을 가야 하는 동반자다. 아내만은 영구가 어떠한 어려움이 있어도 지켜 주리라고 맘속에 새겼다.

내일 아침이면 병원에 달려가 수술실에 들어가는 아내의 손을 잡아주기 위해 잠자리에 들었지만, 이런 생각 저런 생각에 만감이 교차한다. 지금까지 아내를 만나 행복했노라고 아내에게 감사하는 맘은 앞으로도 죽을 때까지 간직하리라. 다짐하며 잠자리에 들어 잠을 청해보지만, 잠이 들다 깨곤 했다.

영구가 60이 되고부터는 정서적인 변화와 생체 리듬도 변했다. 부쩍 눈물도 많아졌음을 스스로 느꼈다. 책을 읽다가도 TV를 보면서도 걸핏하면 눈물을 흘릴 때가 많다. 젊었을 때는 아내가 하루씩 출타 중이었을 때, 방에 누워 자다가 더우면 다른 방에서 잠을 청해도 잘 잤다. 왜일까. 방정맞은 맘이 빠르게 지나가고 있다. 의료사고로 다투고 있는 TV 뉴스 장면이 떠오르기도 한다.

다음 날 아침 일찍 병원에 달려갔다. 병실에 명례가 보이지 않았다. 아직 이른 시간인데 왜 안 보이지 맘이 불안했다. 짧은 시간에 만감이 교차한다. 급한 병이 생긴 건 아닐까. 아니면 수술시간이 변경되어 벌써 수술실에 내려갔을까. 별생각이 다 든다. 옛날에 영구의 부모님이 항상 하시던 말씀도 떠오른다.

자식들이 밖에 나가면 별걱정이 다 든다고 했다. 누구와 싸움이나 하는 건 아닌지 술 먹고 쓰러지지나 안 했는지. 걱정 때문에 자식들이 집에 들어오기 전에는 맘을 못 논다고 하시던 말씀이 떠올랐다.

영구도 언젠가부터 아내가 밖에 나가면 집에 들어와야 안심을 하는 버릇이 생겼다. 자기 눈으로 확인해야 맘을 놓았다. 간호사실에 명례의 행방을 물으니 아직 수술실은 가지 않았다고 했다. 잠시 후 휠체어를 타고 병실로 들어오는 명례를 보고서야 안심이 된다.

드디어 수술준비가 끝났다. 수술실로 들어가는 아내의 손을 꼭 쥐여주면서 어이 힘내! 이 말밖에는 할 말이 없다. 하나님 저의 아내를 보호하여 주시옵소서! 맘속으로 외쳤다. 시간은 초조하게 흘러간다. 거의 3시간 동안 수술실 앞을 몇 번이나 왔다 갔다 하며 오랜 기다림 끝에 명례가 마취가 완전히 풀리지 않은 채로 수술실을 나오는 모습을 보고 안도할 수 있었다.

"어이, 욕 봤네. 수술할 때 얼마나 아프덩가? 많이 아팠제?"

영구는 결혼하고 지금까지도 아내를 부를 때 '어이' '자네' 이런 단어를 사용한다. 마찬가지로 명례도 남편 영구에게 여보 당신이란 호칭을 사용하지 못한다.

"어이, 참을만 헝가?"

명례는 마취가 덜 풀린 체 고개만 끄덕였다.

"수술이 잘 되었다고 헝게, 걱정하지 마소."

영구가 명례의 밝은 모습을 보고는 안심이 되었다. 아내는 다리를 다쳐 수술하기 위한 것이니 생명과는 관계가 없다고 하다가도 방정맞은 맘이 엄습하기도 했다. 혹시 3시간여 동안 마취되어 잠자고 있는 시간에라도 잘못되기라도 하면 어쩌나 이런저런 생각에 노심초사했던 것이다.

제2장

영구가 일자리를 찾다

명례가 수술을 받은 지가 2개월이 지나자 병원 측에서는 퇴원하고 통원치료를 받으라고 권했다. 치료가 다 끝났으니 물리치료만 잘 받으라했다. 일반 병원이라면 입원 환자가 더 오래 있어 주면 좋은 일이지만 대학병원은 예약환자들이 넘쳐나기 때문이다.

영구는 아내에게 퇴원하라는 병원 측의 통보가 오히려 반갑다. 그동안 아내가 없는 집에서의 불편함은 물론이고 심란한 심정을 아무에게도 말하지 못했다.

환자들이 몰려드는 바람에 로비에는 사시사철 붐비는 곳이 대학병원이다. 명례가 입원하고 있는 기간 내내 재래시장의 오일장처럼 사람들이붐비니 말이다. 유명의사의 진료를 한번 받기 위해서는 몇 달 전부터 예약해야 한다고 했다. 수술과 입원해야 할 환자들도 입원하기가 힘들다고한다.

병원뿐만이 아니고 마트, 식당, 학교도 마찬가지다. 규모가 크고 시설이 좋은 곳으로만 사람들이 몰린다. 채소나 옷가지를 파는 재래시장은 썰렁하기만 한다. 옛날엔 몇 집 건너 있던 구멍가게도 사라지고 없다. 대기업에서 운영하는 마트로 몰려 가버리니 영세 자영업자들이 설 곳이 없다. 따라서 나이 많은 사람들이 설 수 있는 자리도 없다. 요즘은 직장을 잃은 사람은 구직하기가 어렵다. 자영업자들이 계속 늘어나고 있는 우리나라다. 그중에서도 치킨집이 나 피자가게가 우후죽순처럼 생겨나고 식당도 마찬가지로 생겨나고 있지만, 영세 자영업자들은 다들 파리만 날리고 있는 가게가 많다.

요즘 직장에 다니던 사람들이 퇴직하고 식당이나 치킨, 피자 등 음식 관련 사업에 뛰어들었다가 실패하는 사람들이 많다고 한다. 시내 거리를 걷다 보면 가게 간판들이 거의 먹을거리 관련 간판들이다. 극히 소수를 제외하고는 장사가 안된다고 한숨을 쉬고 있으니 이들 부부도 자영업을 IMF 때 포기했다. 그 후로는 편의점과 농산물공판장에서 과일가게를 그만두고 명례가 아르바이트를 하다가 다리를 다쳤다.

종업원이 한 사람뿐인 사업장도 4대 보험을 가입하게 해 근로자를 보호케 한다. 하지만 현실하고는 거리가 멀다. 명례는 출근길에 사고를 당한 것이라 엄밀히 따지면 근무 중 재해를 당한 걸로 봐야 하지만 업소 측에서는 고용보험에 가입하지 않았다. 거기에다 자동차보험에도 가입하지 않았으니 오토바이를 폐차하고도 치료비와 보상을 받을 수 없었다. 지자체에서 영세상인에게도 종업원이 있는 가게는 4대 보험에 가입을 의무화하라고 유도하지만 따르지 않는 사람들이 많다. 농산물공판장에 상인업자들의 사업체에는 일하는 사람이 몇 명씩 되는 가게들이 고용보험에 가입해야 한다는 의무조항을 외면해 명례가 피해자가 된 것이다.

영구는 집에 모아 두었던 비상금이 바닥나는 것을 바라보고만 있을 수 없었다. 한 집안의 가장으로 생계를 책임져야 할 의무가 영구에게 있는 것이다. 입원과 치료비 등으로 노후자금으로 모아둔 돈도 바닥이 났다. 아내가 벌어온 돈으로 몇 달 동안 걱정 없이 컴퓨터 앞에 앉아서 글이나 쓰고, 취미 생활을 할 수 있었다. 영구는 아내의 다리가 완쾌하려면 올 일 년이 다 지날 무렵에나 낫게 된다는 의사의 소견을 들었는지라, 가장으로서 가만히 앉아만 있을 수 없는 노릇이었다.

영구는 남의 눈치를 살펴야 하는 일을 싫어한다. 남에게 구속받는다는 것은 도살장으로 끌려가는 소처럼 싫어하는 성격이다. 이 때문에 직장생활은 해본 적이 없었다. 환갑이 넘은 나이에 직장은 아예 생각할 수도 없고 자영업을 생각해 보았지만 이 나이에 마땅한 직종도 없다.

남에게 구속받기를 죽기만큼이나 싫어했던 영구가 일을 해야 한다는 것은 노후자금을 써버렸으니 가장의 역할을 하기 위해 돈을 벌어야 했다. 생계를 유지 하려면 일자리를 찾아 나서야 했다.

영구가 고민 끝에 노인 일자리 센터에 구직신청을 했다. 아파트나 건물에 경비원 자리가 나면 소개시켜 준다는 말만 들었다. 늙은 나이에 다른 일자리가 있을 수가 있을 것이라고는 애초에 기대하지 않았다.

H아파트에 경비직으로 근무하는 친한 선배가 떠올랐다. 얼마 전에 술자리에서였다. 아파트에 근무하고 있는 경비원 한 사람이 퇴직한다는 소리를 들은 것이 뇌리를 스쳤다. 거기에 부탁해보기로 맘을 정했다. 옛날에 같은 유통업을 했던 형님뻘 되는 선배에게 전화를 걸었다. 며칠 전에도 점심식사를 하면서 H아파트에 자리가 한 자리 비게 된다며 영구가 경비원 일을 해 볼 것을 권유받았지만, 선뜻 대답을 못 했다. 직장생활이라고는 한 번도 해 보지 않아서 얽매인 생활은 하지 못할 것 같아 자신이 없었다.

"여보세요. 세웅이 형님, 저 영구입니다. 저 H아파트에 일 좀 하고 싶어서 전화했습니다."

"응 그래, 맘 잘 묵었다. 내가 엊그제도 얘기했지. 내가 여기 근무한 지가 7년이나 되고, 소장님 하고도 잘 아능기라. 글고, 반장도 내가 말을 해주면 걱정 없이 일할 수 있다 아이가, 이력서 한 통 써서 관리사무소에 갖다 주그라."면서 걱정 말고 기다리라고 했다.

영구가 전화했던 박세웅은 일곱 살이나 많으면서 유통업을 할 때는 퍽 잘나가는 사람이다. 진주로터리클럽 회장도 지냈다. 그때만 해도 외제차를 몰며 트렁크에는 골프채 가방이 항상 실려 있었다. 그러다가 IMF로 사업이 부도가 나버리고 6, 7년 동안 꼼짝 안 하고 집에만 처박혀 있었다. 친구의 소개로 H아파트에서 경비원으로 일한 지가 벌써 7년이라고 했다. 처음에는 아는 사람을 만날까 봐, 노심초사하다가 지금은 마음을 비우니 홀가분하고 일하는 것이 즐겁기만 하다고 했다.

영구는 시내로 달려가 이력서에 붙일 증명사진을 찍고, 이력서를 작성해 H아파트 관리사무소를 의기양양하게 찾아갔다. 관리사무소에는 아리따운 아가씨 한 사람만 앉아 있었다.

"안녕하십니까? 이 아파트에 일 좀 하고 싶어서 여기 이력서를 써 왔습니다."

"우리 소장님은 밖에 나가셨으니 집에 가서 계시면 소장님이 전화 드릴 것입니다. 집에 가 계셔요."

영구는 집에 돌아와 전화를 기다리기로 했다. 한편으로는 아파트경비원도 명색이 직장인데 잘해낼 수 있을까. 은근히 걱정되기도 했다. 12시가 넘어가고 점심을 먹고 나도 H아파트관리소에서 전화는 오지 않았다. 3시가 지나고 5시가 지나도 전화는 오지 않았다. 영구는 기다리다 못해 소개해준 박세웅에게 전화를 걸었다.

"형님, 전화가 안 옵니다."

"그래, 이상하다. 내가 알아보고 전화해 줄게 있어 보레이."

조금 지난 후에 다시 전화벨이 울렸다.

"영구야, 미안허다이. 틀림없이 될 줄 알았는디 우리 소장님이 아는 사람이 있었덩 갑다."

영구의 기분은 참 씁쓸했다. 도저히 내키지 않은 일인데도 큰 용기를 내서 이력서를 냈다. 아파트경비원근무를 하려고 이력서를 정성 들여 써서 냈는데 떨어지다니 자신이 부끄러웠다. 일생 동안에 이력서는 처음 제출했었다. 청년 때 어려운 체신공무원시험에 합격하고 발령을 받은 지 1주일 만에 사직했다. 남에게 구속받는 것이 싫었고 적성에 맞지 않아 사표를 내고 유통업만 했다. 40년 만에 처음 신청한 구직에 실패하다니 기분이 좋지 않았다. 아파트 경비직만큼은 쉽게 할 수 있으리라 여겼던 것이다.

영구가 H아파트에 원서를 냈다가 떨어졌다는 소식을 들은 동네 아파트 앞 상가건물에 사는 최씨가 소개한 곳은 대단위 주택단지 공사현장이었다.

부랴부랴 이력서를 다시 써야 했다. 영구가 이력으로 내세울 것이 없다고 하자, 그는 공사현장 경비직인데 경력이나 약력은 중요치 않다고 했다.

"강군아, 힘이 좀 드는 일인디 할 수 있을란가 모르겠데이?"

최씨가 물었다.

"형님, 무슨일인디요?"

"나는 아파트경비를 하러 갈라고 그만둔 곳인디 아파트를 짓는 공사현장잉기라."

최씨는 자기가 아파트공사 현장에서 경비원 일을 하고 있던 일을 그만두고 다른 곳에 가기 위해 자기가 일하던 곳을 소개했다.

"일용이형님, 내가 지금 찬 밥 더운 밥 가릴 때가 아니당게요."

"그러믄 니 사진이 있을랑가, 모르겠다."

"사진은 며칠 전에 찍어 노은 것이 있어요."

"그러면 지금 바로 초전에 뻐스 종점 앞으로 나오그라. 오믄서 이력서를 써 오니라."

영구는 바쁘게 편의점에서 사 온 이력서를 대략 작성하고 최일용을 만나기 위해 집에서 나갔다.

"강군아, 이력서 갖고 왔냐? 사진이랑."

"예, 그런디 머라고 써야 헙니까?"

"아무렇게 적당히 써라머. 학교는 중학교 졸업이라고만 쓰거라이. 학력이 높아도 안 좋다이. 글고, 얖아도 안 조응거래이."

최씨는 영구가 초등학교만 다닌 걸 모른다. 중학교 졸업이라고 쓰고 이력서에는 뭐 별로 내세울 이력이 없는지라, 생년월일 그리고 자영업을 했던 이력만 간단하게 쓸 수밖에 없었다.

"형님, 바 볼라요. 머라고 쓸 것이 없네요."

"됐다이. 니는 나하고는 이종이나 외종사촌 형님 된다고 허거라이."

영구가 최씨와 같이 초전 버스종점이 있는 큰 도로에서 공사현장에 들어서니 덤프트럭에 흙을 실은 행렬이 장사진을 이루고 대형화물차와 승용차들이 계속해서 드나들었다. 아파트 공사현장은 차량들이 무조건 세륜장을 통해서 나가게 했다. 만약에 영구가 일하게 되면 차량들의 바퀴에 묻은 흙을 씻어서 내보내는 일과 덤프트럭들이 주택단지에 흙이나 모래를 싣고 들어오면 확인 도장을 찍어 주는 일이라고 최씨가 말했다. 드나드는 차량들의 바퀴에 묻은 흙을 씻어주는 기계장치인 세륜기는 덜커덩 덜커덩 소리를 내며 대형화물차의 바퀴를 돌리고 있다. 양쪽에서 내뿜는 물줄기들은 타이어에 부딪혀 물방울이 되어 공중높이 치솟았다. 최일용은 성큼성큼 앞장서 걷더니 컨테이너 문을 열고 들어선다.

"영구야, 들어 오레이. 여기 전반장이다. 인사 허그라."

"안녕하십니까? 강영구입니다."

"안녕하십니까? 전창진입니다. 반갑습니다."

"전반장, 내가 말하던 동생이네."

전창진 반장이 이력서를 가져 왔는지 묻는다.

"강 선생님, 이력서는 갖고 왔습니까?"

"예, 여기 있습니다."

영구는 처음 마주 본 면접이라 긴장했다. 친한 사람들에게는 술술 나오던 전라도 사투리가 서울말로 변했다. 이력서를 받아 본 전창진반장은 영구를 쳐다보면서 반갑다는 표정이다.

"나하고 동갑이네요. 그런데 이런 일을 해보지 않은 것 같은데 할 수 있겠습니까?"

"예, 할 수 있습니다. 시켜만 주시면 잘하겠습니다."

전반장은 영구의 이력에 대한 것은 묻지도 않고 오늘부터 일을 할 수 있는가 묻는다.

"강선생님, 오늘부터 일을 할 수 있습니까?"

영구는 좀 당황스러웠지만 내일부터 할 수 있다고 말을 할까 하다가 곧바로 오늘부터 할 수 있다고 대답했다. 전반장은 경비원작업복과 안전화와 모자를 내놓고 갈아입으라고 했다.

영구는 이렇게 면접을 마쳤다. 실로 1, 2분 만에 공사현장 경비직으로 첫 근무가 시작된 것이다.

"강선생님, 이 옷으로 갈아입으십시오. 전에 일하던 사람이 입던 옷인디 체격이 강선생님과 비슷해서 맞을 것입니다."

최씨가 컨테이너 사무실 문을 열고 나가면서 전반장에게 악수를 청했다. 시간 나는 대로 놀러 오겠다며 영구에게도 일요일이나 쉬는 날 한번 만나자며 나갔다.

"강샘님, 따라오십시오."

전반장은 경상도 말이 아닌 서울말을 썼다. 이때부터 영구에게 강선생님에서 강샘님으로 바꾸어 불렀다. 그의 뒤를 따라 나가니 물웅덩이를 막 지나 나오는 화물차의 바퀴를 세륜기의 롤러 부분하고 맞추기 위해 한 근무자가 손짓하며 오라이 오라이 외치고 있다. "조금만 더 앞으로 스톱!" 큰소리로 외치더니 영구와 전창진반장을 쳐다봤다.

"허샘님, 오늘부터 일하기로 한 강샘님입니다. 인사하십시오."

"허영식입니다."

챙이 넓은 모자를 쓰고 선글라스를 꼈으며, 목에서 코까지 올라온 마스크를 착용한 사람이 악수하자고 손을 내미는데 자세히 보니 영구와 친한 형님이다.

"강영구입니다. 잘 부탁합니다."

전창진반장이 영구에게 일하는 방법과 요령을 설명했다.

"강샘님, 오늘은 여기 허샘님하고 근무를 하고 내일은 다른 분하고 근무하고요. 세륜기 위에 롤러를 차바퀴가 눌러 줘야 돌아가며 물이 나오면서 차들의 바퀴에 흙을 씻어 줍니다. 그리고 롤러와 양옆에 물 나오는 구멍들이 막히지 않게 잘 뚫어 줘야 하고요. 일로 와보세요. 차량들의 바퀴를 세척할 때 나오는 흙들이 쌓이는 곳입니다. 이 흙들이 넘치지 않게 자주 긁어내 주어야 합니다. 이쪽에 꼭지가 웅덩이 물을 조정하는 스위치고요. 저쪽 밸브는 세륜기에 물을 조정하는 밸브고요. 그리고 이것은 바닥에 오염된 물을 씻어 내리는 물 분사기 스위치입니다. 강샘님 이해가 됩니까? 모르면 물어보세요."

전영진반장이 길게 설명을 했다.

"예, 알겠습니다."

영구는 전반장의 긴 설명이 어리둥절했지만 일단은 대답이나 해 두고 봐야겠다고 생각했다. 흙을 싣고 들어 왔던 덤프트럭들이 계속 줄을 이어 들어오고 세륜장을 거쳐 나가고 있다. 물웅덩이에서 앞으로 뒤로 한 두 번 왔다 갔다 하면서 대충 흙을 씻어 내고 세륜기가 돌아가면서 바퀴에 묻은 흙을 씻고 나면 덤프트럭 기사들이 내미는 전표에 도장을 찍어서 확인을 해주는 일이다.

"강샘님, 전표 한 장은 떼어서 우리가 갖고 나머지 한 장에는 필히 날짜와 시간이 정확한지 확인해야 합니다. 자, 한번 직접 해보세요."

반장은 컨테이너 초소 안으로 들어가 버리고 허영식과 마주치게 되었다.

"형님, 어찌 될 거요? 형님이 어찌 이런 디서 일을 허요?"

"동생, 자네는 어찌 될 건가?"

"어찌 됐던 방갑네요. 아까 전반장이 있을 때는 왜 나를 모른 사람인 체 했능가요?"

"우리가 서로 아는 사이라고 다른 사람이 알믄 우리에게 좋은 것이 하나도 없당게, 그냥 여그서 처음 만난 사람처럼 하는 것이 좋을 것 같아서 그런 거시, 그때 시청 앞에서 편의점 한다고 안 했능가?"

"예, 맞당게요. 편의점을 그만두고 애기를 보다가 왔구만요."

"애기라니 무슨 애기 말잉가?"

"큰딸이 쌍둥이를 낳았는디, 우리가 아니면 봐 줄 사람이 없어서 2년 넘게 쌍둥이 아이들을 키웠당게요. 즈그들도 부모로서 애들에게 직접 부딪혀 본다고 집을 구해 나가고 매주 주말이믄 집에 오고 있습니다요."

"손자들을 쌍둥이를 봐서 잘했네. 아들 쌍둥잉가?"

영구는 아는 사람들과 만났을 때 자녀들을 결혼을 다 시켰느냐, 그리고 손자는 어떻게 두었느냐고 물을 때, 쌍둥이 손자 손녀를 봤다고 얘기할 때는 기분이 우쭐해진다.

"아니요, 아들딸 쌍둥입니다."

"아이고, 참 잘 해뿌럿네. 아들 하나 딸 하나 안성맞춤일세."

이들 두 사람이 서로 알게 된 것은 30년도 전이다. 허영식은 고향이 땅끝마을 해남이다. 진주에 와서 40년도 넘게 살았다고 했다. 두 사람이 처음 만난 것은 고향 떠나온 사람들의 모임인 재진호남향우회에서였다.

군사정권 때만 해도 지역감정이 극에 달한 때라, 전라도 사람들이 고향을 '서울이다.' '충청도다.' 하며 속이고 살던 시절이었다. 영식은 전기온돌매트, 돌침대, 등 의료기 종류의 판매업을 하면서 사업장 명칭을 해남상회라 칭하고 점포에 간판도 해남상회로 달고 사업을 했다. 당시만 해도 경상도 땅에서 사업체의 간판을 호남지역 이름의 간판을 달고 사업을 하는 것은 용기 있는 대단한 결단이었다.

"형님, 요새 향우회는 나갑니까?"

"요즘은 경비 일 땀세 향우회에 못 나가고 있다네. 빠질 때가 많아뿌네, 영구 자네는 나가고 있능가?"

"아닙니다요. 나도 못 나갑니다. 편의점 할 때부터 못 나갔응게 10년도 훨씬 넘어 뿌럿네요."

"향우회도 4~50대가 주를 이루고 이제는 우리 또래는 몇 사람 없어. 글고 경비근무를 하니깐 어디를 갈라고 해도 지장이 많단 말이시. 사람이 사람 노릇을 허고 살기가 힘들어, 경비란 일이 일요일이라서 쉴 수 있능가? 빨간 날이라고 쉴 수 있능가?"

"형님, 그러믄 24시간 근무한단 말입니까요?"

"그럼, 낮에는 여기 근무하고 밤 되믄 안쪽 초소에 가서 내일 아침까지 근무하고 내일은 쉬고 모레 출근해서 오늘처럼 이렇게 근무하는 거시."

"위에 올라가믄 무슨 일 합니까? 순찰도 돌고 합니까?"

"순찰은 아파트공사장 경비원들이 한다고 하데, 우리는 초소에서 들고 나는 차량들 확인만 하면 되는 거시, 건축자재들을 반출하는 차 남바허고 소속 이런 것 확인하고 감시하고 초소만 지키는 일만 하면 됭게 저녁 근무가 낮보다 훨씬 편하다네."

허영식은 낮 시간은 공사장에 들어와서 밖으로 나가는 차량들의 바퀴를 세척해서 내보내는 일과 덤프트럭이 흙이나 모래를 싣고 들어오면 전표에 확인 도장을 찍어주는 일을 하고 밤에는 신축 중인 아파트 공사장 쪽에서 경비서는 일을 24시간 격일제 근무를 한다고 했다.

"그러면 공사장 안에 우리 같은 경비원들이 많것네요."

"해맞이 현장만 해도 해맞이2차와 해맞이4차, 글고 도시개발소속 하고 경비원들만 10여 명 되겠네."

"형님, 도시개발은 어디 소속이며 뭐 하는 회사잉가요."

"도시개발도 hz중공업소속이지만 아파트 건축은 안 하고 도로와 공원을 만들고 환경 관련 공사만 하는 곳인가 바."

두 사람은 일하면서도 얘기가 계속 이어졌다.

"그런디 형님을 이런 곳에서 만날 줄은 꿈에도 생각 못 했당게요. 형님은 그 때 잘 나갔지 않소?"

"잘 나가기는 얼매나 잘 나가 그냥 그랬었지 머, IMF 때 한 번 휘청하고부터는 계속 힘들어뿌렷네. 동생, 자네 말이시, 절대로 사람들 만나면 내가 경비원 한다는 말은 하지 말소."

허영식은 아파트공사장에서 경비원으로 일하는 것이 다른 사람에게 알려질까 봐 노심초사했다. H아파트에 경비원으로 근무하는 박세웅은 아파트 경비원으로 일하는 것이 부끄럽지 않고 즐겁다 했다. 이와는 대조적이었다.

"형님은 이런 일 한다고 머시 부끄럽다요? 이런 일 한다는 것이 얼마나 떳떳혀요? 지금 가게는 어떻게 했습니까요?"

"가게는 아들한테 물려줘 뿌럿네. 우리 부부 두 사람만 묵고 살믄 되니 걱정 없어 뿌네."

허영식은 경비원을 하는 것이 부끄러우니 다른 사람에게는 두 사람이 만난 것을 얘기하지 말라고 부탁을 했다.

사람은 누구나 할 것 없이 부지런히 자녀를 낳고, 기르고, 가르치고, 짝을 찾아 결혼을 시키고, 그러고 나면 자신의 사업체나 재산까지도 아들에게 물려주어야만 하는 모양이다. 영구와 영식의 대화는 계속 이어졌다.

"나는 첨부터 형님이 대단하신 분이라고 알고 있었당게요. 당시에는 경상도 지방에서 가게 간판을 해남상회라고 내걸기는 대단한 모험이라고 생각 했잖습니까?"

"그렇잖아도 그런 말 많이 들었구만, 처음에는 망설이기도 많이 했당게, 그래도 밥 묵고 살았응게. 동생 자네는 고향이 어디 다고 했는가? 순천이라고 했능가?"

"예, 순천입니다."

"그런디 순천에서 서울이나 부산으로 앙가고 왜 조그만 진주로 와서 자리를 잡았능가?"

"서울에서 공무원시험에 합격도 하고 집사람도 만나 살았당게요. 진주 강가라 고향찾아 와뿌렸그만요."

"그러믄 자네의 본관이 진주잉가?"

"예."

영구는 직장에서 아침조회 때마다 예를 갖춰야 하는 것이 적성에 맞지 않아 3일 만에 사직서를 냈지만 직장과 동료들은 영구의 장래를 위해 철회를 하라면서 설득했다. 결근을 하면서 버티니 끝내 1주일 만에 직장에서 사직을 허락했다. 이때부터 영구의 고난은 시작되었다. 그의 성질은 독특했다. 남에게 간섭을 받거나 지시를 받는 일은 죽기처럼 싫어했다. 바닥이 다 떨어진 고무신짝 벗어내 버리듯 사직서를 쓰고 만삭인 아내와 함께 열차를 타고 지연, 학연, 아무런 인연도 없는 진주에 무작정 내렸을 때는 단돈 2천5백 원 남았었다. 그때 후로는 줄곧 지금까지 자영업만 하고 살았다. 영구의 성격으로 경비원 일을 하기로 결정을 내린 것은 쉽지 않은 선택이었다.

"형님은 어찌다 진주에까지 왔습니까? 말 들어 봉게 해남이 사람살기 좋다고 하던디요."

"지금은 우리나라 어느 곳이나 다 똑같을 거시, 옛날에는 전라도에 묵고 살 수 있는 건덕지가 머시 있었덩가? 밥 묵고 살기 위해서는 객지로 다들 나와야 안했능가. 군사독재 시절에 우리나라 경제를 살린 것은 좋은 일이 아닝가? 그런디 공장 하나를 지어도 맨날 경상도 지방에만 지어 뿌럿지. 해남 쪽에 가까운 목포만 해도 그래, 50년 전이나 시방이나 크게 달라진 것 없는 것을 보소. 고향에서 벌어 묵고 살 건덕지가 없응게 서울로, 부산, 대구로, 다 빠져나오게 됭 것 아닝가? 경상도 지방에만 바 보소. 마산자유무역단지에다, 창원공단이다, 머다, 해서 커져뿛것 보소. 김해, 양산, 울산, 포항처럼, 전라도에는 뭐 하나 똑바른 것이 있었덩가?"

"형님, 그때당시에 여수에 비료공장 있었고요. 광양제철 있잖아요?"

"머라 헝가? 광양 제철은 최근에 생긴 거지."

"요새는 호남 쪽에도 발전이 많이 되고 있응게 살기 좋아지고 있습디다."

"그러기는 허네마는 지금 전라도에 인구가 얼마나 된다고 봉가? 다 대도시로 다 빠져나가 뿔고 얼마 없지 안응가? 정치하는 사람들은 허울 좋은 말은 잘해 뿔제, 머라고 했덩가? '균형적인 국토 발전시켜야 한다.'고 '균형적인 국가발전' 말로 헐라믄 뭘 못하겠능가? 나도 말로는 떡을 해서 우리나라 사람 다 먹일 수 있겠네. 골고루 발전시킨다고 말은 허지만 지금 현재도 전라도와 경상도 인구를 보소. 호남인구는 영남인구의 삼분지 일도 못된당게. 전라도 인구는 계속해서 줄어들고 있지만 경상도는 계속해서 인구가 늘어나고 있잖은가?"

"형님 말씀을 듣고 봉게 맞습니다. 형님 말씀이 맞습니다요."

영구가 맞장구를 치며 대답을 거듭했다.

"동생 자네가 내 얘기를 잘 알아듣고 있네. 말귀를 알아묵그만."

"형님, 말씀처럼 우리가 고향에서 묵고 살 수 있는 기반시설이 만들어졌다믄 형님 하고 만날 수 있는 기회도 없었을 수도 있었겠네요."

우리나라가 일본의 압박과 설움에서 해방이 되고부터는 초등학교에 가는 사람이 많아졌다. 신교육의 혜택 중에 서울말을 표준어로 삼는 우리말 공부를 하게 되어 전라도나 경상도, 충청도, 강원도 등 지방에 따라 억양은 차이가 있으나 표준어를 쓰고 있는 추세다. 허영식은 고향을 떠나온 지 사십몇 년이 지났지만, 진주에 살면서도 고향에서 쓰던 말투가 가끔씩 튀어나왔다. 영구가 호남향우회에 부지런히 활동할 때만 해도 영식은 상당한 재산도 모은 사람이었다. 향우들도 다 인정하고 있었던 터라, 이런 공사현장에서 경비직으로 일하러 온다는 생각은 상상할 수 없었다. 그래서인지 지인들에게 경비원 일을 하는 것이 알려질까 봐, 노심초사했다.

다시 또 영식의 이야기가 이어졌다.

"우리나라에 군사정권이 들어서고부터는 호남 쪽에는 산업기반 시설이라고는 아예 세우려고 하지 않았당게, 호남 쪽 인사들은 정부 요직에 등용하지 않고 있었던 것도 동생도 알제. 군인들이 정권 잡고 있을 때만 해도 육군사관학교가 얼마나 대우를 받은 줄 아능가? 그때 왜, 이런 말 한참 유행했지 않았능가? 시집갈 처녀가 육사 출신은 아예 맞선도 없이 시집간다는 말이 유행해 뿌렀네."

"그럼요, 나도 그런 말 많이 들었어요."

"육군사관학교가 요새는 옛날보다는 인기가 많이 떨어졌지만, 그때만 해도 호남 쪽에는 육사를 졸업했던 스타 출신들이, 말하자믄 장군 출신이 몇 명 없었당게. 군사독재 시절에는 호남 쪽 장성들은 비율이 형편없이 떨어졌던 거야. 요새는 호남출신 육사생이 장군진급에 균형을 맞추지만 말이시. 우리고향에 선배도 있고 후배도 한 사람 있었는데 둘 다 사관학교 들어갈 때는 우수한 성적으로 들어갔는디 빽이 없어 무궁화에서 별은 못 달고 말았담 말이시."

"그렇게. 산업시설도 그렇고 정부에 높은 사람도 호남 쪽에는 찬밥신세란 이 말씀이네요."

"응, 내 말은 옛날에 군인정치 때 그렇게 했다는 말이랑게."

"형님, 시방 앞전 대통령도 자기하고 연관이 있는 대학교출신과 교회와 고향 쪽에 그 지방출신을 청와대와 정부요직에도 많이 앉혔다고 말이 많습디다. 우리나라에서 최고로 인기 좋은 죄 없는 탈랜트 이름을 따서 불러댔으이 애먼 연예부부가 얼마나 귀가 가려워 긁고 싶었겠습니까?"

"고소영이만 좋아헌다고 그랬었제."

이때, 전반장이 점심때라면서 두 사람이 있는 쪽으로 걸어왔다.

"두 사람이 오전 동안 무슨 얘기를 잠시도 쉬지 않고 계속해서 합니까? 점심 잡수고 하세요."

영식이 얼른 받아 한마디 했다.

"강영구씨가 자꾸만 가르쳐 줘도 질문을 하네요."

"반장님, 벌써 점심시간 되었습니까?"

전반장이 예, 라고 대답하며 자전거를 타고 나갔다.

"이 사람아, 벌써라니, 동생 자네는 벌써라고 생각형가?"

"형님 하고 얘기하다 봉게, 벌써 시간이 이렇게 되는 줄 몰랐당게요."

"자네는 오늘 첨이라서 점심밥도 안 가져왔지? 내가 가져온 밥을 나눠 묵으면 될거시."

"나는 오늘 일을 할 거라고는 생각도 못 하고 점심도 안 갖고 왔는디 어떡하죠?"

"동생 자네가 밥을 많이 묵는가? 밥을 많이 묵어야 허믄 밖에 나가믄 큰길가에 식당도 있고 중국집도 있응게 가보소."

영구가 밖에 나가 밥을 사 먹기로 했다.

"형님, 나가서 밥 묵고 오겠습니다."

"영구 자네가 밥을 많이 묵는가 보네. 그냥 여기서 내가 가져온 밥을 묵지 그래."

"형님, 오랜만에 일을 해서 그런지 배가 고프요."

"나눠 묵으믄 될 성 싶은디."

"형님, 그러면 둘 다 배고파 안 됩니다. 얼른 묵고 올게요."

"그러믄 경비실에는 내가 있을 텡게, 동생 자네는 밖에 큰길 건너가믄 중국식당도 있고 한정식도 있응게, 가서 묵고 싶응거 묵고 오소."

영구가 공사현장을 나왔다.

제3장

첫날

초장지구라는 말은 진주시 초전동과 장재동의 두 지역을 아울러 벌어지고 있는 대단위 주택단지건설현장을 말한다. 해맞이아파트건설현장에 점심시간이 되니 차량들이 꼬리를 물고 줄을 이었다. 공사 현장 안에도 몇 군데 함바식당이 있는데도 점심식사를 하기 위해 빠져나가는 차량들이 장사진을 이룬다.

영구가 한나절 일했던 공사현장 바로 앞, 큰길가에 일반 식당과 중국요리식당이 영구를 갈등을 겪게 한다. 오랜만에 자장면을 먹어보기로 했다. 식당 안은 20평 남짓, 홀이 넓은 편이었으나 사람들이 꽉 차 있다. 주방에서는 밀가루를 반죽을 치대면서 땀을 흘리는 모습이 눈에 들어왔다. 주방장으로 보이는 사람이 밀가루 반죽을 치대느라 탕탕 내리칠 때마다 가느다란 면이 줄줄이 늘어났다. 식당 안에 사람들은 대부분이 아파트공사현장에서 온 사람들이다. 이곳에 자리 잡은 중국요리 식당주인은 대단위 주택단지로 건설되며 또 아파트만 해도 2,100여 세대가 넘게 건축되고 있는 것을 알고 자리를 잡은 것일까. 일이 잘 풀리지 않는 사람은 뒤로 넘어져도 코가 깨지는가 하면, 일이 잘되려 하는 사람은 무심코 넘어졌는데도 그 자리에 금덩이가 있더라는 말도 있다.

영구가 진주에 터를 잡고 산 지가 40년이지만 노후에 안정된 생활을 하지 못하고 공사장 경비원이란 명목으로 막일을 해야 한다는 맘에 이런저런 생각에 잠겨 있는 사이에 영구가 주문한 자장면이 나왔다. 주방장이 요리 솜씨가 좋은 것일까. 손으로 직접 두들겨서 뽑은 면이라 맛이 있는 것인지 자장면 맛은 일품이었다.

"동생 자네, 벌써 묵고 오능가, 뭐 묵었능가?"
"짜장면 묵었는디요, 맛이 좋습디다. 오랜만에 맛있는 짜장면을 묵었습니다."
"그 집에 주방장이 면 가락도 손으로 뽑기 땀세 맛이 있다고 사람들이 말 허데."
"손님도 많고요. 맛도 좋습디다."
"커피도 한 잔 타 묵고 1시까지는 푹 쉬소. 점심시간 한 시간은 우리들의 자유시간이시."
점심시간 한 시간은 근로자가 쉴 수 있는 시간이라지만, 경비실을 떠나서는 안 된다 하니 쉬는 시간이라 할 수도 없다. 현장에 볼일이 있어 들어오는 차량들이 현장사무실을 묻는다든지 작업장 위치를 묻는 사람들도 있다. 물웅덩이를 지나면서 바퀴에 묻은 흙을 씻고 나가야 하지만 번거롭다는 이유로 그냥 지나가는 차량들을 제지하는 일도 해야 한다. 덤프트럭 기사들이 흙이나 모래들을 싣고 들어 와서 전표에 확인 도장을 찍어 달라고 했다. 점심시간 한 시간은 임금에서 제외시키는 시간이라 임금도 받지 못하지만, 계속해 들어오는 차량들 때문에 쉬지도 못했다.
점심시간을 쉬는 시간으로 임금을 주지 않으려면 일을 시키지 않아야 옳지 않은가. 세륜(洗輪)을 시켜서 통과하게 하느라고 임금이 계산되지 않는 점심시간에도 쉴 수가 없었다. 모든 차량들은 반드시 물웅덩이를 통과시키도록 경비원들이 해야 한다고 지시를 받았다. 물웅덩이를 통과하는 이유는 차량들의 바퀴에 묻어있는 흙을 씻어 내고, 공사장 밖으로 나가야만 도로에 흙먼지가 떨어지지 않기 때문이다. 기계식 세륜(洗輪) 자동 장치라지만 사람이 잠시도 눈을 뗄 수 없다. 꼬리를 문 차량들이 뜸한 틈을 타 세륜기 이곳저곳에 막힌 물구멍을 뚫어야 하고 세륜 과정에서 발생하는 뻘 흙들을 긁어내야 해, 두 사람이 잠시도 한눈팔 수 없었다.

"형님, 점심시간은 쉬는 시간이라 안 했습니까? 그런디 무슨 차들이 이렇게 많이 다닌다요?"

"동생 자네는 오늘 첫날이니 쉬라는 말이었당게."

"그러믄 되나요. 일을 같이 해야 쓰지요."

"원칙대로 허믄 점심시간은 아무 일도 안 하고 쉬어야 원칙잉거시, 회사에서 점심시간은 임금계산을 안 해주는 거랑게."

"형님, 그건 말이 안돼요. 우리는 시간당 얼마라고 일한 만큼만 계산해서 준다는 말을 들었거덩요."

이때 덤프트럭 기사들이 전표를 내밀었다. 허영식이 쓴소리를 한다.

"어이, 자네들 점심시간 한 시간은 우리들도 쉬는 시간이네. 점심시간 지나서 오면 안 되겠능가?"

"아저씨 죄송합니다. 알고 있었는디 상차(上車)장에 포클레인이 고장이 나서 상차를 늦게 했능거라예."

상차장이라 함은 덤프트럭들이 흙을 싣고 오는 장소를 말한다. 4.5톤 화물차 한 대가 점심시간을 틈타 물웅덩이를 통과하지 않고 그냥 지나가려는 것을 영구가 발견했다. 호루라기를 불면서 손짓을 하며 물웅덩이로 지나가라고 소리를 치는데도 세륜기가 있는 물웅덩이 쪽으로 내려오지 않고 한사코 도로 쪽으로 내려오려 하다가 영구의 제지로 행로를 바꾸고 있다.

"아저씨 알 만한 사람이 왜 그런다요?"

"차바꾸가 다른 화물차보다 약해서 바꾸축이 뿌서질 염려가 있어 그 렁거라예."

"아저씨, 공사장에 들어오는 화물차는 무조건 바퀴를 세척하고 나가 게 되어 있습니다요."

덤프트럭에 흙이나 모래를 실어 나르는 사람들은 경비원들이 점심시 간에는 일하지 않는 시간이라는 말을 들어서인지 미안해하고 죄송하다 고 했다. 다른 화물을 싣고 오는 차량들이 들락날락하고 있으니 경비원 들은 점심시간에는 급여를 받지 못하면서 일을 해야 했다. 이들이 월급 제라면 점심시간에 일을 하겠는가. 한 번이라도 더 싣고 와야만 소득이 창출되는 것이라 열심인 것이다. 덤프트럭 기사들은 월급제인 기사도 있 고 자기 트럭을 갖고 일을 하는 사람들도 있다. 한 번이라도 많은 횟수를 싣고 오면 그만큼 수입이 늘어나게 된다. 자기 소유의 덤프트럭으로 일 하는 사람들이 많기 때문에 애꿎은 경비직에 있는 사람들은 고달프다.

영구가 집에 있을 때는 점심식사 후 습관처럼 낮잠을 즐길 시간이지 만, 수면을 취하지 못해서인지 눈이 따갑다. 점심시간에 쉬지도 못 하고 오후 1시 작업시간이다.

포클레인 소리와 땅 다지기를 하느라고 수십 톤이나 되는 맷돌 모양의 돌 바퀴를 굴리는 소리가 요란하다. 그리고 세륜기가 돌아가는 소리가 다시 요란스러웠다.

대단위 주택건설공사장 풍경은 새로운 세상에 온 것 같았다. 이렇게 요란하게 살아 움직이는 세상을 모르고 살아온 영구 자신은 우물 안 개 구리였구나 하고 맘속으로 되뇐다.

전반장이 식사를 하고 오는 모양이다.

"반장님, 식사했습니까?"

"예, 식사하고 오는 중입니다. 강샘님, 식사를 어떻게 했습니까?"

"밖에 중국집에서 수타 짜장면 묵었습니다."

"그래요, 그 집에 짜장면 맛있다고 소문난 집입니다. 커피는 했습니까? 커피만큼은 책임져 줄 테니깐 커피 걱정은 마십시오."

전반장이 자전거를 타고 어디론가 나갔다.

"형님, 우리가 언제 날 받아서 반장하고 술 한잔 허까요."

"그러세, 그런디 우리 경비원들은 시간 맞추기가 정말 어렵네. 나는 내일 쉬는 날이지만 자네는 낮으로만 근무헝게 시간 내기가 어려울 것이네. 글고 반장하고 술 묵자 소리도 말소. 반장이 참말로 깐깐한 사람이랑게."

"왜요? 전반장은 술도 좋아하지 않능가요?"

"술을 묵기는 헝갑는디 별로 좋아하지 앙코, 술자리를 잘 피하더랑게."

"반장은 월급이 얼마나 된대요?"

"반장도 우리하고 똑같은 사람이네. 반장수당이 5만 원 더 붙는다 하덩가. 모르것네."

"반장도 우리하고 똑같은 입장이라고요? 나는 여태껏 시공회사 직원인 줄 알았거덩요."

"이 사람아, 반장도 우리처럼 용역회사에서 팔러 온 거시."

"형님, 용역회사라고요 그거이 먼말입니까?"

"이 사람아 우리는 월급도 용역회사서 준당게. 말하자믄 여기 시공회사로 팔려 옹거여."

"나는 먼 말잉가 모르것네요."

"동생자네가 쪼끔만 있어보소. 다 알게 돼네."

영구가 말로만 듣던 용역회사에서 노예처럼 팔려 왔다는 말이 아리송하기만 했고 급여도 용역회사에서 준다는 말이 이해가 되지 않았다.

아파트공사장에 10여 명의 경비원을 대표하는 전창진반장은 무슨 일이 있는지는 몰라도 자전거를 타고 나갔다 들어오기도 하고 가끔 승용차를 타고 나가기도 했다.

4월 초의 봄날이지만 햇볕은 뜨거웠다. 오후가 되자, 공사장 곳곳에서 회오리바람이 불기 시작한다. 허영식은 목부터 눈까지 올라오는 얼굴보호마스크를 착용하고 색안경을 끼고 일을 했다. 바람이 불 때마다 회오리바람이 모래흙먼지를 일으키며 공사장 입구 문 쪽에서부터 소용돌이치면서 올라왔다. 모래알들이 영구의 얼굴을 그대로 때려댔다. 세륜기에서 솟는 물방울들이 영구의 민얼굴에 날아와 덮친다.

"어이, 바람이 불 때는 세륜기에서 떨어져 있어야 허네. 세륜기에서 세정제 약품을 뿌리면 꾸정물이 정화가 되어서 나오는디 이때 바람에 날리는 물방울이 인체에는 말도 못하게 해롭다네."

"형님, 처음이라서 아무것도 준비를 못 했더니 일을 하려면 완전무장을 해야겠네요."

"나처럼 얼굴에도 단도리를 허고 일을 해야 헌단 말이시."

"오늘부터 바로 일을 할 줄은 몰랐거덩요."

"오늘 하루, 자네와 일을 헝게 시간이 빨리 간 것 같네. 해봉게 어떤가? 일할 수 있것능가?"

"형님은 시간이 잘 갑니까? 이왕에 왔응게 해 바야 안 되겠습니까?"

영구가 일 마치는 시간은 오후 6시에 마치지만, 현장 근로자들은 5시에 작업을 마친다. 공사장을 빠져나오는 차량으로 계속 꼬리를 물고 있다. 바닥과 주변에 어질러진 작업 도구들을 정리하고 허영식은 물 분사기로 물을 뿌려 길바닥에 떨어진 흙덩이와 오물들을 씻어내고 있다.

일 마칠 때가 되니 전반장이 자전거를 타고 들어오면서 영구를 컨테이너박스 안으로 들어오라고 불렀다.

"강샘님, 오늘 수고 하셨습니다. 힘들지 않으셨나요? 일할 수 있겠습니까?"

"예, 할 수 있습니다."

"옷 갈아입으세요. 커피나 한잔하고 정각 6시가 되면 퇴근하십시오. 오늘 수고 많이 하셨습니다."

한 평 넓이도 채 안 되어 보이는 컨테이너박스 안에는 앞쪽으로 책상이 놓여 있고, 우측 공간에는 요즘에는 필요 없는 선풍기 모양의 전기난로가 놓여 있다. 그리고 뒤쪽 벽면을 따라 접이의자 3개가 줄을 지어 있다. 공간이 딱 맞았다. 뒤쪽만 빼고는 규격이 같은 창문이 만들어져 있고, 벽마다 경비원 작업복들이 걸려 있다. 영구가 일상복으로 갈아입는 동안에 전반장은 어느새 종이컵 3개에 믹스커피를 타 놓고 있다. 책상 한편에는 200개들이 일회용 믹스커피 박스가 두 개나 놓여 있다.

"반장님, 커피까지 타 놓으셨네요. 감사합니다. 그런디 웬 커피가 이렇게 많습니까? 글고 장갑뭉치도 많고 구석구석 물건들이 많아 뿌네요."

전반장이 웃으면서 말했다.

"내가 하는 일이 뭡니까? 우리 반원들이 쓰는 소모품이라도 풍족하게 해 주어야 하지 않겠습니까? 어제도 현장사무실에 가서 커피가 떨어졌다고 한 박스 달라고 했지 않습니까? 그랬더니 담당 경리가 말하기를 며칠 전에 커피 가져갔는데 벌써 떨어졌습니까? 하잖아요. 그래서 정문 앞으로는 온갖 잡놈들이 들어가면서 나오면서 한 잔씩 타 먹는데 그런 걸 계산하면 오래 묵은 거라 했지요." 영식이 거든다.

"우리 반장님은 말 펀치 하나는 끝내준다. 말로는 우리 현장에서 전반장 이길 사람 하나도 없을꺼다."

전반장의 얘기가 계속된다.

"우리 경비 인생들은 다들 불쌍하지 않습니까? 건축회사에서는 일회용 장갑 한 켤레를 지급하지 않습니다. 용역회사에서 지급받아 소모품을 쓰라는 거지요. 그런데 용역회사에서는 신경이나 씁니까. 내가 옷을 벗으면 벗었지. 내가 힘닿을 수 있는 데까지 노력을 해서 공사현장에서 우리 식구들이 사람다운 대우를 받게 해야 할 의무가 있다고 생각합니다. 여기 허샘님도 있지만 나는 항상 얘기합니다. 시공회사 직원들이 무슨 얘기를 하면 무조건 예, 대답만 하고 아무 말도 하지 마라 합니다. 그러고 나서는 모른다고 말하고 무조건 전반장만 팔라고 합니다. 만약에 건설회사 직원들하고 무슨 문제가 생기면 강샘님도 나에게 떠넘기고 현장을 피하십시오. 우리나라가 우리 같은 힘 약한 사람들이 사람대접을 받으려면 세월이 얼마나 흐르면 되는지 까마득합니다. 참, 퇴근 시간되었습니다. 강샘님 퇴근하십시오."

전반장의 장광설이 끝났다. 시공사에서는 용역회사에서 파견한 경비직 노동자들에게는 일회용 장갑 한 켤레도 제공하지 않는다고 했다. 전반장이 사무실에 담당자에게 떼를 써서 소모품을 얻어다 공사장 안에 다섯 개 경비초소에도 공급해준다고 했다.

영구가 퇴근하려는데 저녁근무만 하는 사람이 초소로 들어왔다.

"오군아, 인사해라. 오늘부터 우리하고 한 식구가 된 강샘님이다."

오씨와는 같은 고향동네 고등학교 선후배라 야간만 경비원자리를 전반장이 소개했다고 했다.

"오영한입니다. 저녁으로만 근무합니다."

"강영구입니다. 오늘 처음 왔습니다. 앞으로 잘 부탁합니다."

"저가 무슨 힘이 있습니까? 공사현장에 경비원이 무슨 힘이 있습니까?"

허영식이 오영한을 쳐다보며 농담을 했다.

"오영한씨는 파워가 막강한 사람 아닙니까? 초장지구 대단위 주택단지에 정문을 드나드는 모든 차량과 사람들이 오영한씨가 허락을 해야 드나들지 않습니까?"

초소 안에 사람들이 같이 웃었다. 이번에는 오영한이 영식의 말을 농담으로 받는다.

"나는 이렇게 변방에 근무하지만, 허사장님은 중앙에 수도경비사령관 아닙니까?" 하는 말에 좁은 컨테이너에 있는 사람들의 하하 웃음소리가 길게 이어져 잠시나마 피로를 잊는다.

허영식은 공사장 안에 경비초소로 올라가 근무하고 다음 날 아침 6시에 퇴근한다고 했고, 오영한은 야간에만 이곳 공사장 정문경비초소에서 12시간 근무를 하며 대단위 주택단지 정문 출입문을 경비하는 업무라했다. 밤 8시가 되고 차량이 다 빠져나가고 나면 육중한 철판출입문을 내리고 다음 날 현장 일을 하는 사람들이 출근할 무렵까지 혼자만의 외로움과 싸우기 위해서 밤새 책을 읽는다고 했다.

전반장이 영구에게 퇴근하라고 재촉을 했다.

"강샘님, 퇴근하시고 이샘님도 위로 올라가시고 하세요. 나도 퇴근합니다."

영구는 평생 처음으로 그것도 아파트 공사현장에서 일을 할 수 있게되었다. 2,100여 세대 아파트 외에도 초등학교와 중학교를 짓고 택지조성과 상가단지 조성을 하기 위한 공사라서 그 넓이는 수만 평이 되는 논들 위에 1미터나 되는 높이로 높인다 하니 기계와 장비의 힘은 놀랍기만하다.

덤프트럭들이 흙을 싣고 공사장에 들어오면 전표에 확인도장을 찍어주고 공사장 밖으로 나가는 차량들을 세륜을 시키는 일을 주로 한다.

세륜기관리, 화물차 차량관리, 등 그야말로 눈코 뜰 새 없이 바빴다. 영구가 차량 바퀴들을 씻을 때 사용하는 약품 물방울 때문인지 근무 3일 만에 영구의 위아래 입술이 흉하게 일그러져 보기에도 흉했다.

일 끝나고 집에 오면 파김치가 된다. 좋아하는 프로야구도 보지 못하고 고꾸라져 잠을 자고 일어나면 새벽이다.

닭이 울면 공양미 삼백 석에 몸이 팔려 인당수로 팔려 가야 하는 심청의 심정이다. 그렇지만 어쩔 수 없이 일어나야 했다.

제4장

OECD 회원국인 우리나라

영구가 일하는 아파트 신축현장에 인력사무실을 통해 일하러 온, 사람들이 일하는 모습들은 기쁨, 즐거움, 희망이라고는 찾아볼 수 없다. 날마다 힘든 막노동에 삶이 지쳐가고 몸과 맘도 지친 모습이다. 이들의 삶은 단지, 한 시간, 하루만 지나면 일당 얼마만 받아 가면 그만이라는 맘을 읽을 수 있다.

남편과 자녀들의 아버지라는 의무를 다하기 위해 이들은 아침이면 집을 나온다. 인력시장에서 팔려 나가기 위해 용역업체 사무실에 나오는 발걸음은 천근만근이다. 하루 종일 땅을 파고 무거운 것을 들어다 나르고 어깨에 메는 짐은 무거워 힘에 부치는 일을 한들, 일당 몇만 원 받으면 그 돈으로는 가족들과 하루살이 삶을 할 수밖에 없다. 일터로 팔려 간다 해도 심신이 지친 상태라 고된 막노동이 걱정돼 도살장으로 끌려 가는 소와 견공(犬公)이 연상되며 일을 시켜 줄 사람이 있어도 걱정이고 없어도 걱정이다. 요즘 새벽에 출근하는 영구도 이들과 같은 심정이다.

삶의 의욕을 잃은 사람들은 새벽시장을 나가 보라 했다. 무, 배추, 채소, 감, 사과, 수박, 참외 등 각종 채소와 과일이 모여드는 농산물공판장과 고등어, 갈치, 같은 어(魚)류 해산물이 모여드는 수산물시장에서 바쁘게 움직이는 사람들의 모습을 보면 입김이 하얗게 피어나는 추운 겨울철이나 조금만 움직여도 땀이 비 오듯 쏟아지는 여름에도 근심 걱정이라고는 찾아볼 수 없다. 이들에게서는 생기가 넘치며 삶의 의욕이 넘쳐난다.

이와는 반대인 사람들이 있다. 같은 새벽 시간대에 인력시장에 나와서 일터로 팔려 나가기를 기다리고 있는 사람들에게는 활력을 찾아볼 수 없다. 흡사 도살장으로 끌려가는 개나 소를 연상하게 하며 1톤 화물차 적재함에 한 평도 안 되는 철창 안에 갇혀 끌려가는 견공(犬公)들을 연상케 한다. 이들은 자기들의 거주공간에 있을 때는 의기양양하다. 눈동자에서는 근심 걱정이라고는 찾아볼 수 없다. 눈빛이 초롱초롱하고 마냥 행복하기만 하던 놈들이 도살장에 끌려가는 자신들의 운명을 아는 듯, 근심 어린 표정에 눈동자마저 초점을 잃고 있는 모습이다.

이곳 현장에 막노동꾼들은 모내기 철에 무논으로 끌려가는 소를 보는 것 같다. 영구도 이들과 다름이 없다. 생전 처음 사람들이 노가다라고 말하는 아파트공사현장 일에 적응이 안 돼 힘들었다. 새벽아침마다 그만두고 싶은 생각이 꿀떡 같았으나 맘을 강하게 고쳐먹고 하루하루 출근을 했다.

영구는 두메산골에서 서른 나이가 다 되도록 줄곧 농사를 짓고 살았다. 어머니는 날도 새기 전에 일어나 일터로 나가는 아버지를 위해 빈속에 요기가 될 수 있는 먹을거리를 준비해 놓아야 했다. 그때는 어렵게 살던 때라 저녁에는 수제비나 칼국수 아니면 호박죽 같은 죽 종류를 자주 먹었다. 아버지를 위해 해장음식은 필수였다. 뱃속이 비어 있으면 괭이질이나 삽질을 할 때 가슴팍이 걸려서 일할 수 없다고 했다. 덕분에 영구도 아침에 풀을 베러 간다거나 논에 거름을 낼 때는 아침간식으로 요기를 하고 일을 나갔었던 기억이 있다. 영구네 고향마을에서는 새벽일을 나가기 전에 먹는 것을 '해장을 먹는다.'고 했다. 날이 새기 전에 논이나 밭에 나가 아침 밥때가 되도록 일을 하면 한나절 일은 거뜬히 했다. 일하려면 뱃속이 든든하고 따뜻해야 땅을 파고 힘든 일을 할 수 있었다.

새벽부터 일용직으로 공사 현장이나 노동현장에 나오는 사람들은 아침을 먹지 않고 나오는 사람이 많다. 모닥불을 피워 놓고 아파트공사 현장이나 일터로 팔려가기를 기다리다가 용케 팔려 가는 사람들은 운이 좋은 사람들이다. 이처럼 용역업체에서 하루 일터에 팔려나가는 사람들은 대개가 중노동을 하는 곳으로 팔려 간다. 대단위 아파트 신축 현장에 팔려 온 사람들은 대부분 괭이질이나 삽으로 땅을 파는 작업을 한다. 아침 식사를 하지 않고 힘든 괭이질을 하는데 이들의 모습에서 즐거운 티가 날 수 있겠는가?

이와는 대조적으로 새벽 도매시장에 상인들은 동서남북에서 모여드는 사람들에게 물건 하나라도 많이 팔면 이익을 창출하는 재미가 있을 것이고, 손발에 차꼬가 채워지지 않은 자유인이고, 많이 팔든 적게 팔든 누가 간섭하는 사람이 없다. 이윤이 될 만한 물건을 많이 사서 좋은 값으로 팔고, 그 값으로 자녀를 기르고, 한푼 두푼 모아서 좋은 집도 장만하고, 좋은 차도 사는 꿈의 나래를 펼칠 수 있다. 삼복더위 때도 더운 줄 모르고 삼동설한에도 추운 줄 모르고 즐겁기만 할 것이다.

인력시장에 나오는 사람들이나 용역회사에서 공사현장으로 팔려온 비정규직 근로자는 하나처럼 표정이 어둡다. 주인 눈 밖에 나면 구박을 당하고 쫓겨 간다거나, 또 다시 노예시장에서 팔려 왔다가 다른 데로 또 팔려 가는 신세이기 때문에 무슨 표정이 밝을 것인가? 눈이나 비 오는 날 그리고 일요일이나 공휴일은 일자리가 없으며 아침 일찍 나왔다가 그냥 돌아가는 일도 많다. 한 달에 15일 안팎의 일을 한다고 쳐도 인력업체에 소개비를 떼 주고 나면 하루 7~8만 원 수입으로 겨우 먹고살기도 바쁠 것이다. 이들은 장밋빛 나래를 펼칠 수 없다. 이들이 분식점이라도 차릴 수 있는 꿈을 이룬다는 것은 하늘에 반짝이는 별을 따는 것만큼이나 어려운 현실이다. 세월이 흐르고 나이가 많아지면 일을 할 수 있는 곳이라고는 건물주차장에 시설물을 지키는 일을 하고 환경미화원이 되고 아파트 경비원을 할 수밖에 없는 현실이다.

옛말에 '소도 언덕이 있어야 비빈다.'라는 말이 있다. 이 말은 소가 자기 몸에 파리나 모기와 진드기 이런 해충들을 제거하고 가려움을 해결하기 위해서는 언덕배기라도 있어야 거기에다 자기 몸을 비벼 대서 해충을 제거하고 가려움도 해결한다는 뜻이다. 하루 벌어 하루 먹는 인생인 이들도 소망은 있을 것이다. 맘속으로는 돈 모아 집을 장만하고 가게라도 한 칸 얻어서 국수라도 팔아 보겠다는 그들만의 작은 꿈도 있고 소망이 있을 것이다. 그러나 철저한 자본주의 국가인 우리나라에서는 이들이 자기들 나름대로 장밋빛 나래를 펼치기에는 사회가 그리 호락호락하지 않다.

막노동군은 그저 하루 뼈 빠지게 일을 해야 먹고 살 수 있다. 돈을 모으고 장사 밑천을 모은다는 것은 요원하기만 하다. 일 년이 가고 십 년이 지나도 이들의 삶이 달라진 것은 하나도 없다. 다람쥐가 쳇바퀴를 5분이고, 10분이고, 열심히 땀을 흘리며 돌려 보지만, 숨이 차고 힘들어 잠시 쉬어 정신 차려보면 맨 그 자리다. 처음 달려나가던 그 자리에 서 있듯이 이들이 날마다 힘들게 일을 하지만 삶이 윤택해지지 않는다. 단지 머리에는 흰머리가 늘고 이마에 그리고 눈 밑에는 주름살이 패여 있는 것이 달라질 뿐이다.

새벽 인력시장에 팔려 다니면서 막노동하는 사람들뿐만 아니다. 세상 사람들이 흔히 말하는 3D업종에 종사하는 사람들과 아파트나 공공기관에서 청소하는 사람이나 일용잡부, 허울 좋은 요양 보호사, 간호인, 시설경비원 등등, 우리나라 하위계층 인구수가 늘어 간다고 한다. 이들은 평생을 위장전입을 한다거나 부동산을 매매하면서 다운계약서를 한 번 써보지 않고 국가나 지자체에서 고지하는 세금 한 푼을 제때에 내지 않았던 적이 없는 사람들이다. 이처럼 밑바닥을 헤매고 어렵게 살며 국민의 의무를 다하는 사람들은 국가에서 돌봐 주어야 복지국가다.

상위층 인구도 늘어 가는 추세라 한다. 이제 얼마 후에는 중산층 인구라는 단어가 사라질지도 모른다. 부익부 빈익빈, 기름과 물 같은 현상이 더 뚜렷해지고 있다. 우리나라가 정해 놓고 있는 최저임금을 제대로 적용받지 못하고 일하는 사람들이 많다. 영구처럼 할아버지가 가난하게 살면 아버지도 가난하게 살고 자식 또한 가난하게 살며 자수성가하기는 하늘의 별 따기만큼이나 어렵다. 이처럼 평생을 가진 것 없이 가난하게 살던 아버지가 목구멍에 풀칠하기도 어려운 판에 자식들을 높은 학교 교육을 시키며 건강하게 잘 키울 수가 있겠는가?

우리나라 임금체제는 대학교 졸업자와 고등학교 졸업의 임금 차가 크다. 물론 고등학교 졸업자와 초등학교 졸업자도 임금 차이가 난다. 가난한 부모는 공부를 잘하는 자식이 원하는 학교에 가고 싶어 하나 원하는 학교에도 보낼 수 없다. 가난 때문에 좋은 학교에 가지 못한 사람들은 좋은 직장에 들어갈 수도 없다. 용역업체를 통해 비정규직 나락으로 떨어져 팔려 다니게 되면 용역업체만 살찌워주고 평생을 비정규직으로 일하다가 나이가 많아지면 아파트경비원이나, 청소미화원이나, 3D업종의 일터로, 그리고 또다시 용역업체에 팔려나가 밑바닥 인생이 될 수밖에 없다. 인권과 인격을 무시당하고 살다가 죽는 수밖에 없는 안타까운 삶이 계속되고 있다.

소가 진드기나 해충 때문에 등을 비비고 싶어도 언덕배기나 큰 나뭇등걸이 없으면 아무리 가려워도 고통을 참을 수밖에 없듯이 할아버지, 아버지를 이어 원래부터 가진 돈이 없는 가난한 사람은 다람쥐 쳇바퀴 돌리듯 하다가 죽어야만 하는 안타까운 세상이다.

우리나라는 세계 경제를 이끌어 나가는 선진국들 국가모임인 OECD 회원국이다. 그렇지만 노동임금도, 복지제도도, 회원국 중에 하위권이라는 불명예를 안고 있다.

무엇보다도 우리나라의 빈곤율은 다른 회원국과는 비교할 수 없도록 높다고 하니 부끄러운 일이다. 우리나라가 정해 놓은 최저임금도 OECD가 권장하는 수준의 37%라고 한다. 선진국에 주 근로시간은 40~48시간이 넘는 나라가 별로 없다. 우리나라의 근로 형태는 후진국인 미개발 국가 수준하고 똑같다. 우리나라도 언젠가부터 주 5일 근무에 공휴일은 쉬고 있다. 그러나 이는 갑의 위치에 있는 상위 계층인 국가 공무원이나 대기업에 근무하는 사람들에게나 해당할 뿐, 하위그룹에 종사하는 사람들은 마치 강 건너 사람들이 먹고 마시며 즐기는 모습을 보는 것과 다를 바 없다.

가난은 나라에서도 구제를 못 한다는 말이 있다. 이 말은 부자에게만 나라에서 구제한다는 뜻처럼 들리기도 한다. 그래서인지 가진 자와 배운 자들만의 천국이 되어가고 있다. 빈익빈 부익부 현상이 점점 뚜렷해지고 있다. 빈곤층의 자살률도 세계제일이라 하니 말이다.

영구는 대기업에서 시공하고 있는 진주 초장지구 대단위 아파트 신축 공사현장에 경비직으로 임대되어 근무하고 있다. 약 두 달 전 처음 일을 할 때는 하루 12시간 근무하고 일요일만 쉬었다. 한 주 내내 근무하고 일요일만 쉬기 때문에 몸이 불편해도 병원에 갈 시간이 없었다. 영구는 생각 끝에 처음 일하던 부서에서 24시간 근무하고 24시간 쉬는 다른 부서로 옮겨서 일했다. 자기 나름대로 이유인즉 낮에 12시간 일을 하면 병원에 가는 일이나 관공서나 지인을 만나는 일 등, 처리해야 할 일이 불편했다.

한 달 급여는 130만 원 정도 받으면서 시간외근무수당이나 상여금은 생각해 볼 수도 없다. 하루나 한 주에 근무시간도 따로 계약한 바도 없고, 근로계약서도 쓰지 않았다. 용역업체에 팔려가서 대기업 아파트 공사현장에 되팔려 온 파견 근무 형태이다.

우리나라도 오래전부터 헌법테두리 안에 근로기준법이 있다. 하루 8시간 주 40시간이라고 정해놓고 여기에 52시간을 초과해 일을 시키면 고용주는 처벌을 받게 된다고 명시되어 있다. 영구는 오전 7시에 일을 시작해 점심도 경비실에서 먹어야 하고 공사장을 출입하는 차량과 사람들의 민원도 안내하지만 점심시간은 임금을 계산해 주지 않는다. 오후 6시에 마치니 꼬박 12시간 일을 하며 일요일만 쉬니 주 72시간 일을 하는 셈이다. 엊그제 6·4지방선거도 투표를 하려는 사람에게 투표를 못 하게 하는 사업장은 처벌받는다. 하지만 수많은 사람이 일하느라 감히 투표하러 간다는 말을 고용주에게 말할 수 없는 현실이다. 영구가 근무하고 있는 공사 현장에만 해도 수백 명 되는 사람들이 투표는 아랑곳없이 뙤약볕 아래 뛰어다녀야만 했다. 정규직 근로자들은 국가에서 정해준 임시공휴일이라 해 빠짐없이 투표를 했는지는 알 수 없지만, 비정규직 근로자나 하루 벌어 하루 먹고 사는 일용직 근로자들은 그리고 용역회사에서 팔려 다니는 미화원이나 아파트경비원들은 투표하러 간다는 것은 언감생심일 수밖에 없다. 정부에서나 중앙선거 관리위원회에서도 투표율을 끌어올리기 위해서 임시 공휴일로 정하고 애를 썼지만, 투표율이 저조했다.

비정규직 근로자나 일용직 근무자, 미화원이나 아파트경비원인 근로자들이 투표장에 가고 싶지만 못 가는 사람이 많이 있음을 정부지도자나 중앙선거 관리위원회는 알아야 한다. 최저임금을 받는 아파트경비원이나 청소미화원, 기피 업종의 냄새 나는 일을 하는 사람들에게도 투표하게 해야 한다는 법규를 만들어 업주들에게 의무화를 시킨다면 해마다 저조한 우리나라 투표율은 높아질 것이라고 본다.

영구는 아파트 공사현장에 근무한 지 1주일 만에 입술이 부르터 식사하기도 불편했지만, 치료를 못 받았다. 입술 위아래가 모두 헤져서 보기 흉할 정도였으나 병원에 문 닫는 시간은 오후 6시다. 치료를 받을 수가 없었다. 근무시간에는 병원에 가서 치료를 허락하지 않았다. 영구는 이 때의 입술 상태를 스마트폰에 사진으로 담아 놓고 있다. 훗날 나에게 이런 때도 있었구나, 회상해 보기 위해서다. 의료보험 공단에 의료보험금을 꼬박꼬박 내면서도 일하느라 치료받을 시간을 내지 못했다. 영구는 다른 나라 OECD 회원국은 비정규직 근로자들은 투표권이 있는지 없는지 궁금하다. 그리고 병원에 갈 수 있는 여건이 되지 못하는 사람들이 의료보험금을 꼬박꼬박 내야 하는 건 불합리하다고 생각했다.

제5장

무임금 노동착취

6·25 남북전쟁 전후에 베이비붐 세대들이 태어나고 자라던 때는 도시민이나 농민들이 참 어려웠던 때였다. 물론 일제강점기 때에도 농사지은 쌀은 일본에 다 빼앗기고 춘궁기인 봄이 되면 초근목피로 목숨을 연명하며 보릿고개를 넘느라 힘든 생활을 했다. 그러나 농사지을 논마지기도 없는 사람들의 배고픔은 일본 식민지에서 해방되었다고 별반 나아지지도 않았다.

영구가 읽었던 조정래 작가의 장편소설 태백산맥에는 일본에서 해방만 되면 그들에게 농사지은 쌀을 빼앗기지 않게 되니 배고픔이 해소될 줄로 알았다. 미 군정이 시작되면서도 일본 강점기 때와 변한 것은 없었다. 쌀값은 천정부지로 치솟고 더 악랄하게 공출을 해 갔다. 오히려 친일파였던 지주들의 횡포로 먹고사는 데는 더 어려웠다고 했다.

이승만 정부가 세워지고는 강제로 쌀 공출제도는 없었다지만 친일파의 득세가 심해지고 부정부패 때문에 국민의 삶은 여전히 어려웠다. 가난은 나라도 구제 못 한다는 말이 있긴 하지만, 우리나라에 정부가 수립되고 독재정권이 시작되면서 영구의 어린 시절과 청소년 때는 지금 생각하면 끔찍하기만 하다. 군사독재권력의 서슬이 무서워 입을 완전히 봉하고 살아야 했다.

당시의 춘궁기인 봄만 되면 조림사업장에, 날마다 주린 배를 움켜쥐고 도살장에 끌려가는 소처럼 억지로 끌려나갔다. 노란 양은 네모도시락에 꽁보리밥 한술과 된장 고추장 한 수저를 보자기에 쌌다. 동네에서도 멀리 떨어진 먼 산에까지 불려가서 억지 나무 심기를 길게는 한 달씩 짧게는 보름씩이나 해마다 되풀이했다. 더위가 한창인 늦여름이면 활착률도 좋지 않은 나무 심기를 했던 산에 끌려가 뙤약볕을 무릅쓰고 풀베기도 했다. 무임금 노동을 착취당한 것이다. 그뿐 아니다. 지금은 우리나라 어디를 가도 비포장 신작로는 없다. 영구가 어리고 청년 때만 해도 지방도나 어지간한 국도는 비포장도로였다. 동네 앞을 지나는 신작로에 봄, 가을, 1년에 두 차례씩 자갈과 흙을 지게로 날라다 도로에 깔았으니 신작로 보수작업에 무임금 노동을 해마다 되풀이해야 했다.

영구의 부모님 세대인 일본강점기 때에는 동네마다 작업량을 할당해 준 것이 아니었다. 작업을 맡은 사람이 감독하고 일을 시키는 것이기에 시간만 보내는 시늉만 하는 식이니 능률이 오르지 않는 것은 당연했을 것이다. 일본사람들은 육지와 바다에서 생산된 것들 모두를 공동 출하란 명목으로 착취해갔으며, 정신대며, ○○보국대, 징병, 징용이란 이름으로 노동력을 착취해갔다.

일본 놈들이 허울 좋은 울력이란 이름을 붙여 무임금으로 노동력을 착취한 방법을 그대로 이승만 정부와 뒤를 이은 정권에서도 무임금착취 방법을 그대로 적용했다.

언젠가부터 일명 '돈내기' 식이 유행했다. 신작로에 어디 지점에서 어디까지는 어느 마을 구역이라는 식으로 책임량 할당을 지정받고부터는 1주일 넘게 신작로에 자갈 깔기 울력을 했던 일을 3~4일이면 할 수 있게 된 것이다.

책임할당제(돈내기) 일감을 부여받기 전에는 1주일 넘게 부역(울력)을 나가야 했다. 돈내기 제도가 도입되고부터 3~4일만 나가면 된다는 희망을 품게 되었다. 모두가 마음과 힘을 합쳐 열심히 하면 3~4일만 하면 된다는 희망에 부풀었다. 마을 사람들이 이웃과 동료의식이 생겨난 것이다. 무거운 자갈을 지게에 저 나르며 힘들어도 즐겁게 일을 할 수 있었다.

봄, 가을로 무임금노동을 착취당하던 영구의 고향 마을에 신작로 17번 국도가 현재는 4차선 도로로 변했다. 4~50여 년 전만 해도 입도 뻥긋 못하고 신작로 보수작업과 조림사업, 새마을 사업, 등 무임금 노역을 해야 했다.

영구는 고픈 배를 움켜쥐고 냇가로, 산으로 다니면서 지게로 무거운 흙모래 자갈 등짐으로 신작로에 까는 울력을 했으니 지금 생각하면 그때 어찌 견디어 냈을까 싶다. 그때, 사람들의 눈동자와 표정은 도살장으로 끌려가는 소와 돼지 같았다. 꿈과 소망이라고는 보이지 않고 밝은 모습은 찾아볼 수 없는 모습들이었다. 그때는 수입을 창출하는 일을 해도 먹고살기 어려운 때가 아니던가. 하루 이틀도 아니고 날마다 산에 나무 심는 울력은 신작로에 자갈 깔기보다는 몇 배나 오랜 기간을 무임금 노동을 해야 했으니 그 고통스러움은 이루 말할 수 없었다.

요즘은 울력이란 단어가 젊은 사람들에게는 생소한 단어 같고 아예 용어 자체가 사라져 버린 것 같다. 비슷한 단어가 자원봉사라 하면 울력이란 단어를 조금은 이해를 할는지 모른다. 그렇지만 자원봉사활동과는 차원이 다르다. 먹고 사는 데는 지장이 없는 사람이 남을 위해서 사회를 위해 자발적으로 봉사하는 형식이다. 자원봉사를 의무 조건으로 법을 만들어서 적용한다면 이를 따를 사람들은 지금 세상에서는 아무도 없을 것이다.

1970년 초부터 펼쳐졌던 새마을 운동은 가난한 백성들에게는 가슴

아픈 일이었다. 몇 년 동안을 무임금 일을 해야 했으니 말이다. 허울 좋은 '마을 길도 넓히고 새마을을 가꾸자'는 완전 빛 좋은 개살구였다. 초가집이라도 어느 정도는 반듯했어야 슬레이트로 지붕도 덮을 수 있었다. 오막살이 지붕에는 국가가 일부를 보조해주는 슬레이트는 영구네와 마을에 몇몇 집들은 무용지물이었다. 억지 춘향이 되어 남의 집에 지붕 개량하는 일에 무임금 울력을 해야 했다.

강 건너 들판에 논마지기도 없는 사람들이 동네 골목길을 넓히고 강에 다리를 놓는 일만 해도 꼬박 2년 넘게 했던 울력은 고역이었다. 몇 년 동안 무임금으로 일해야 했다. 산골짝에 천수답뿐인 영구네 집처럼 남의 집 품 팔아먹고 사는 집들은 소달구지가 다닐 수 있게 골목길 넓히기 등, 새마을 사업은 무용지물이었다. 하다못해 손수레도 사용할 형편이 아니었다. 그렇다고 마을을 떠난다는 것은 물고기가 물을 떠나 사는 것과 같았고 송충이가 솔잎을 먹어야 산다는 의식이 강했다. 서울이나 부산, 대도시로 떠난다는 것은 조상에 죄를 짓는 것이라며 주린 배를 움켜쥐며, 울며 겨자 먹는 것처럼 무임금 울력 마당에 나가야 했다. 그때 울력이란 이름으로 독재정권에 무임금 착취당했던 걸 국가에서 배상해달라고 소를 제기해볼까 하는 맘을 가져보기도 했지만 달걀로 큰 바위를 깨뜨리려고 나서는 어리석은 발상 같아 그만두기로 했다.

이런 식으로 억지로 끌려가서 하는 일이 즐거울 수 있겠는가. 요즘 공사판에 날일을 하는 막노동 군들 모습이었으니 다들 날짜만 보내면 된다는 생각으로 하는 일이 능률적인 일이 될 리는 만무하다. 그래서 일본 사람들은 어느 정도의 일감을 책임량을 정해 주는 일명 돈내기라는 방식을 만들었다.

소련이나 북한에서의 사회주의제도가 실패한 원인은 농장과 직장, 모든 것이 국가의 것이고 개인 소유라는 개념이 없으니 주인의식이 없고 내 것이 아니므로 꿈과 희망이 없다. 효과적인 능률을 올릴 수 없으니 이런 사회주의 제도가 실패하게 되는 것은 당연하다.

북한에서도 일명 돈내기 식을 받아들였다면, 일한 만큼의 소득이 자기 것으로 돌아오고 개인소유가 보장되면 삶의 질도 좋아지고 경제도 남한처럼 성장할 수 있었다고 본다.

영구가 어렸을 때 어른들께서 나누신 말씀이 생각났다. 일본사람들이 하는 얘기라면서 조선 사람들에게는 돈 내기 일을 시키지 못한다는 말을 했다. 돈내기를 시키면 일을 죽을 듯 살듯 몸도 아끼지 않고 일을 하니 죽을까 봐 일을 못 시킨다고 했다니 우스운 얘기다. 이 얘기는 꼭 조선 사람들만의 생각이겠는가. 우리나라 사람뿐만 아니고 이 세상 사람들 모두가 다 같은 맘일 것이다. 일본인들도 매한가지일 테다. 이런 얘기는 그들이 우리 민족을 비하하기 위해 했던 말일 것이다. 정상적인 사고를 가진 사람이라면 수입이 창출되는 일이고 대가를 받는 일인데 능률을 올리려 함은 극히 당연하다. 사람이면 모두 같은 맘일 것이다.

요즘에 일본사람들은 교통법규도 잘 지키며 예절이 바르다 하며 몇 대씩 대를 이은 장인정신이 투철하며 수십억 재산가도 작은집에 살고 소형 자동차를 타는데 한국 사람은 셋집에 살면서도 외제차를 탄다며 한국을 비하하는 말들을 할 때는 영구는 맘이 불편하기만 했다.

지금, 노동현장인 공사현장 등, 일터에는 하루 일당을 정하고 일하는 일당제와 그리고 일정한 양의 일감을 주면서 그 일을 다 하면 얼마를 주겠다는 하청제도가 있다. 하청받은 업자는 일부분씩 또 다른 사람들에게 떼어 맡기면 그 일을 다시 막일하는 사람들이 맡아서 해주겠다고 서로 약속을 하고 하는 일을 돈내기라는 할당제다.

영구가 경비원으로 일하는 공사현장에 조경, 전기, 도장, 토목 등, 수

많은 분야에서 일하고 있는 사람들을 볼 때, 일당을 받아 가는 사람들은 일을 시키는 업주가 현장에 없을 때는 일하는 속도가 느려진다. 그저 시간만 보내고 하루 일당만 받아 가면 그만이라는 맘이라 정성을 다하여 일하지 않는다. 내일처럼 꿈과 소망이 없는 일이기에 그리고 일하는 만큼 충분한 대가를 받는 것이 아니라 흡사 모내기 철에 주인에게 끌려나와 이 논, 저 논, 논갈이에 끌려다니는 암소 모양이다.

지금 노동현장에서는 하위급 근로자들이 충분한 보수는 아니지만, 일한 만큼 보수는 받는다. 그저 하루살이 생계유지 수단 정도의 일당으로는 다람쥐 쳇바퀴 도는 형국이다. 시공을 맡은 회사직원들도 마찬가지로 상급자가 보이지 않는 곳에서 스마트폰이나 두들기고 있다. 하는 일들이 별로 없는 것 같다. 직급이 높은 부장이나 과장급인 사람들은 부지런히 현장을 돌아다니고 있었다. 이에 반해 분야별 일을 떼어 맡은 일명 돈내기(할당제)를 하는 사람들은 그야말로 죽을 듯 살듯 모르고 바쁘다.

공사현장에서는 대체로 아침 8시 일을 시작하면 오후 5시에 일을 마친다. 길을 다듬고, 땅을 파고, 칠을 하는 전문기술을 갖고 일을 하는 사람들은 일을 마치고 시작하는 시간이 정확하다. 일이 진행되고 있는 상황에 따라 10~20분, 일을 더 해야 할 형편인데도 시간만 되면 일손을 놓아 버린다. 그렇지만 일명 돈내기를 하는 사람들은 아침 날 새기가 바쁘게 현장에 나와 밤늦게 밤샘 작업을 하는 사람들도 있다. 이들은 부부가 하는 사람들도 많다.

서울에서 온 어느 부부는 공사가 마무리되어가는 각 아파트 세대별 마룻바닥을 이어주는 인테리어 일을 했다. 밤샘작업을 하다 잠이 오면 부부가 차에 시동을 걸어 놓고 잠자는 모습을 영구가 봤는데 금실이 좋아 보였다. 서울에는 초등학교와 중학교에 다니는 3남매만 두고 진주까지 내려와서 일하고 있다고 했다. 삶이 무엇이기에 자녀들을 떼어 놓고 천릿길 진주까지 와서 힘들게 일을 할까 영구의 맘이 짠했다.

이런 부부를 방해하는 마귀의 장난이 있었다. 세상일이 순탄치가 않다. 이들 부부가 커피를 끓여 먹으려고 커피포트에 물을 올려놓았다. 근로자가 자재를 들고 지나가다 건드린 바람에 남편의 가슴으로 뜨거운 물이 쏟아져 화상을 입고 병원에 치료받으러 다니느라 일을 하지 못했다. 결국은 어렵게 하청받은 일을 포기하고 서울 집으로 올라가고 만 것을 영구는 안타깝게 지켜봐야 했다.

제6장

시내버스의 횡포

영구는 결혼하고 난 후 줄곧 40여 여년을 자영업만 하며 살았다. 직장생활을 하면서 남에게 구속받는다거나, 시간에 구애를 받는 일이 없이 살았다. 60 중반의 나이에 아파트 건설현장 경비직으로 일하고 있으니 완연한 직장인이 된 셈이다. 스마트폰에 새벽 5시에 알람을 맞춰 놓고 잠자리에서 일어나기는 아직 훈련되지 않아 힘들다.

영구 부부는 편의점을 운영하기 전까지만 해도 일용품 관련 자영업을 했다. 바늘과 실처럼 언제나 같이했다. 부부동반 모임에 가는 일도 많았다. 집에서 나갈 때는 영구가 운전하고, 돌아올 때는 음주 상태라 아내가 운전하고 다녔으니 시내버스를 타는 일이 없었으니 별 불편을 모르고 살았다.

자동차가 없는 영구가 출퇴근을 시내버스로 했다. 시내버스를 탈 때마다 자기보다 젊은 버스기사들에게 "수고하십니다. 안녕하십니까?"라고 인사를 했다. 그러나 셋 중, 둘은 아무런 대꾸도 없고 오히려 정신이상자를 쳐다보는 표정이다. 새벽에 도시락 가방을 메고 버스에 오르는 영구의 차림을 본 운전기사는 별 볼 일 없는 아파트공사현장에 경비원이라는 것을 알아차리고 대하는 것처럼 느껴졌다.

버스정거장에 서 있으면 그냥 지나가 버리는 버스도 있다. 힘없는 늙은 경비원 취급을 받는 것 같아 자괴감에 빠졌다. 낮 시간대에는 몇 분 간격으로 자주 있던 황금노선버스가 새벽시간에는 배정된 간격이 너무 길다. 이른 아침이나 밤에는 가뭄에 콩 나듯 운행시간이 들쭉날쭉하다.

오랜 기다림 끝에 아파트 공사현장이 있는 종점 쪽으로 달려오는 버스에 손을 들고 탑승표시를 했지만, 그냥 지나가 버리니 황당했다. 곧 뒤따라오는 버스마저 못 타면 출근 시간이 늦을세라 차도로 내려와서 손을 들었지만, 버스는 그냥 지나가 버린다.

20분도 넘는 시간을 기다리고 있는 사이에 다른 아주머니들이 모여들고 70이 넘어 보이는 아저씨 등 5, 6명이나 되는 사람들이 모이게 되었다. 오늘뿐만 아니라 평소 때에도 오늘처럼 지나가 버린다고 이구동성이었다.

이들에게 불친절을 느끼고 승차 거부를 당했다거나 부당한 대우를 받은 적이 있는지 영구가 물었다. 한 무리의 여자들은 기분 상한 일과 불만사항들을 얘기했다. 낮에도 무거운 짐이나 부피가 큰 물건을 가지고 버스를 타려 하면 그냥 지나가 버린다고 했다.

"할머니들이라고 불러야 합니까? 아줌마라고 불러야 합니까? 그냥 젊게 부르는 것이 좋것지라."

영구의 물음에 한 여자 승객이 말을 받는다.

"아저씨나 여기 여자들이나 다 같이 늙어가니 편 한대로 부르이소."

"이렇게 기다려도 차가 안 온다거나 또 버스가 서지 않고 그냥 지나가 버리면 아줌마들은 성 안나요?"

다른 여자가 잽싸게 화난 목소리로 말했다.

"왜 성이 안나요. 여기서 기다리는 사람들이 젊은 사람들이라면 저네들이 아무리 바빠도 그냥 지나 가것능기요. 구정물통에 손 당그고 벌어묵고 산다고 버스 기사들이 사람을 무시하니 성이 나지라."

"아줌마요, 버스기사가 볼 때에 아줌마가 구정물통에 손이나 담그고 벌어 묵는 줄을 어찌 안다요?"

영구가 물었다.

"아저씨요, 버스기사들이 그걸 모르까 싶으요. 지금 이른 시간에 일찍 뻐스를 타는 사람들은 전부 구정물통에 손 당그고, 아니면 공사장 허드렛일 하는 사람들과 아파트나 공사현장에 경비원 일을 헐라고 뻐스를 타는 사람들이지라. 말하자면 험한 일만 하고 허드렛일만 하는 힘없는 사람들 아닙니까예?"

이 아주머니 말이 맞다. 이른 새벽 시간에 등에는 배낭 가방을 메고 버스를 기다리고 있는 늙은 사람들은 대부분 등산이나 여행을 가는 사람들이 아니고 공사장에 밥집 함바나, 일반 식당에 일하러 간다거나, 비닐하우스에 고추나, 오이를 따러 가는 사람들이고, 영구처럼 아파트경비원들이다.

시내버스 운전기사가 보기에는 별 볼 일 없는 사람들이라 전혀 배려하지 않은 것처럼 보인다. 아침 처음 출근하는 사람들이 버스에 올라타면 상냥한 모습으로 '안녕하십니까? 어서 오십시오.' 하면서 인사는 못 하더라도 눈인사라도 건네주면 일터를 향하는 사람들은 하루를 기분 좋게 출발할 수 있을 것이다. 그러나 시내버스 기사들의 태도는 식당에 허드렛일 하러 가는 사람들이나 아파트경비원 일을 하러 가는 사람들보다는 자기들이 높은 신분의 윗자리에 있다는 듯 냉소라도 보내는 것처럼 영구에게 느껴진다.

시내버스 정류장이 육교 밑에 있으니 과속으로 달려오면 이른 새벽이라 잘 보이지 않아서 버스를 타려는 사람이 없겠지 하는 맘으로 속력을 늦추지 않다가 급정차를 하지 못해 통과하는지도 모른다. 새벽잠을 자지 못하고 시간 맞춰 버스를 타러 나온 사람 입장에서는 가뭄에 콩 나듯 다니는 새벽버스가 그냥 지나가 버리면 스트레스가 크다. 불만을 토로하는 아주머니에게 영구가 동감하며 거들었다.

"아주머니 말씀이 일리가 있네요. 새벽에 버스정류장에 나오는 사람들 차림만 보면 기사들은 다 알 것이구만요. 조금 전 그냥 지나가버린 그 버스 두 대를 고발해 뿝시다."

잠자코 듣고만 있던 또 다른 여자가 비웃듯 말했다.

"아저씨요, 시청직원이고 교통과 직원이고 간에 그 사람들이 우리처럼 약자들 말을 듣기나 한답니까? 버스회사하고 시청공무원들하고는 한통속인디 그 사람들이 우리 편입니까? 턱도 없능기라예."

모두 다 시청에 신고해봤자 쓸데없는 짓이라며 영구를 보고 비웃는 것 같이 느껴진다. 20분이나 넘는 시간을 기다려도 버스가 오지 않으니 지나가는 택시를 잡을 수밖에 없었다.

"초전 아파트공사장에 가시는 분 있으면 같이 갑시다요." 하고 영구가 외쳤다. 아저씨나 여기 여자들이나 같이 늙어간다고 말했던 아주머니가 같이 가자며 뒷자리에 탔다. 영구는 뒷좌석에 탄 아주머니에게 무슨 일을 하느냐고 물었다.

"아줌마, 공사현장에서 무슨 일 헙니까?"

"함바에 다녀예. 오늘 아침에 조금 늦게 나오다 보이 차가 이렇게 안 올 줄은 몰랐능기라예. 아저씨는 무슨 일 허능거라예?"

"나는 공사장 정문에서 경비원 일을 허고 있습니다."

며칠 후에도 영구가 오래 기다리다 달려오는 버스를 세웠으나 똑같은 일을 당하고 말았다. 마침 진주의료원 쪽으로 가는 버스가 바로 뒤따라와 늦지 않게 출근은 했지만 이런 일을 당할 때는 치밀어 올라오는 울화 때문에 당국에 신고하고 싶은 생각이 들다가도 증거자료준비부족이나 바쁜 일상 때문에 흐지부지 넘어가 버리는 수가 많다.

초전 종점에 030번과 031버스는 황금노선이라 낮에는 3~4분마다 운행을 한다. 버스 종점 바로 앞에 영구의 근무처가 있다. 까마귀 날자, 배가 떨어졌는지. 황금노선인 이들 두 노선버스가 행정처분을 받고 운행이 취소되었는지 알 수는 없으나 언젠가부터 운행되지 않았다. 황금노선인 이들 버스가 운행되지 않으며 다른 대체버스가 투입되지 않았으니 버스를 이용하는 힘 약한 사람들만 불편을 감수해야 했다.

낮 시간대는 종점을 드나드는 버스들이 쉴 새 없이 북적거리지만 새벽 시간대는 그 많은 버스노선이 운행되지 않음은 이해할 수 없다. 공사 현장 앞 종점을 지나다니는 외곽지역 버스노선들도 몇 개나 된다. 출근하면서 몇 번의 정차를 무시하고 그냥 지나가 버리는 버스 기사들이 원망스러움 때문일까. 그리고 영구가 버스를 탈 때마다 느끼는 고자세인 듯 보이는 불친절 때문에 공사장 바로 앞의 종점에서 드나드는 회사소속 버스들을 타는 것보다 외곽 지역에서 다니는 버스를 타야겠다고 영구가 일종의 불매운동을 하겠다고 맘먹었다.

경비원 한 사람이 이런 버스들을 이용하지 않는다고 회사 버스들이 눈 하나 깜빡하겠는가. 어리석기 짝이 없는 발상을 하는 것 같다. 마치 부정을 저지르는 굴지 회사의 제품을 한두 사람이 불매운동하는 것처럼 영구 한 사람이 그 회사 소속 버스를 이용하지 않는다고 눈 하나 깜빡이나 하겠는가 말이다.

영구는 퇴근할 때는 집에 오는 시간이 좀 걸리더라도 기다리다가 농촌 지역에서 나오는 버스를 타지만 출근할 때는 종점의 버스나 시 외곽에 가는 버스 가릴 것 없이 타야 한다.

새벽 시간에는 시내에서 나오고 들어가는 버스들이 텅텅 빈 차로 다니기 일쑤지만 농촌 지역에서 나오는 버스에는 앉을 자리가 없어 서서 오는 사람이 있다. 비료를 담았던 포대에 감자나 고구마가 들어있고, 마대 보따리들이 통로를 꽉 메우고 있다. 열무, 배추, 고구마 줄기, 호박잎, 풋고추 등 이런 보따리를 몇 개씩 만들어서 시장에 내다 팔려는 나이 많은 할머니들이다. 이들은 기껏해야 영구보다는 몇 살 위인데 나이 많은 사람들의 이런 모습들이 어머니처럼 느껴지기도 한다. 아등바등 악착같은 열정이 아니고는 살아갈 수 없을 것이다. 이런 모습에 지저분하고 냄새 때문에 인상 찌푸리는 사람도 있다. 하지만 이 얼마나 삶을 영위하기 위한 아름다운 모습들인가. 영구는 이들을 보면서 2십몇 년 전에 돌아가신 어머니가 떠올라 말을 걸어 보고 싶었다.

"어느 동네서 오십니까?"

"대곡서 오요."

"어디로 팔러 갑니까?"

"중앙시장 이라예."

"비료푸대에 들어 있는 것이 머라요?"

"감잡니다예."

승객이 나이가 많든, 적든, 남자나 여자 가릴 것 없이 감사합니다. 한다든지 어서 오십시오. 라고 말대꾸를 해줘야 마땅한 일이다. 나이가 많고 거동이 불편해 보이는 노인은 그냥 지나가 버리는 운전기사를 자주 본다. 그리고 "어디 갑니까?" 물어보는 노인에게는 아무 대꾸 없는 버스들을 너무 많이 봤다. 영구는 이런 모습들을 볼 때마다 당신들은 부모도 없냐고 소리라도 질러보고 싶어질 때가 많다.

이들은 걸핏하면 시청 앞에 현수막이나 플래카드를 걸어놓고 확성기를 들이대고 자신들의 처우를 개선해 달라고 시위를 한다. 시민들에게 자기들을 관심을 가져달라고 호소문을 작성해 나눠 줄 때도 있다. 평소 때 불친절 하고 난폭운전을 밥 먹듯 하는 사람들에게 영구와 같은 사람들은 이들을 지지할 수가 있겠는가?

영구가 일하는 아파트공사 현장에도 출퇴근할 때 "어서 오십시오, 수고했습니다." 하고 인사를 하면 아무 말도 없이 지나치려 한 사람들이 많다. 가끔 맞장구를 하며 인사를 하는 사람도 있기는 하지만, 자기들보다 많게는 몇십 년을 더 살았던 사람의 인사를 무시하는 사람들이 있다. 간혹 먼저 "안녕하십니까? 수고하십니다." 인사를 해 오는 사람들의 인사를 받으면 영구는 기분이 좋다. 맘속으로 '아! 저 사람은 겸손한 사람이다. 교양이 있는 사람이구나.' 나름대로 판단을 하기도 한다.

대개 50대 이상은 인사도 하고 말을 걸면 받아주기도 하는 편이지만 회사직원이라고, 무슨 건설 소장이랍시고, 위세를 부리는 것처럼 느껴진다. 영구가 이용하는 시내버스기사들이 인사를 해도 받아주지 않은 것처럼 이들에게서 하찮은 경비원 늙은이 취급을 받는 강한 인상을 받을 때가 있다. 그럴 때마다 영구는 자신이 비참해짐을 느끼게 되고 내가 늙어서까지 이렇게 살아야 하나 도대체 삶이 뭐기에, 이렇게 사는 것이 삶이라 할 수 있겠는가. 강한 자격지심에 사로잡히기도 한다.

영구는 이미 오래전부터 시내버스가 신호위반이나 난폭운전을 하는 것을 못마땅해 했다. 시 외곽에서 귀농해서 농장을 할 때도 걸핏하면 농촌 마을에 운행을 거르는 횡포에 버스 회사와 진주시 당국에 많은 회의를 느꼈다. 승객들을 위해 버스정류장에 지붕을 만들어 주고 앉을 자리를 만들어준 것은 훌륭한 편의 시설이 되고 있으며 자막을 통해서 각 노선버스의 도착시각을 알려 주는 서비스제도는 좋은 일이다. 그러나 자막 안내는 심혈을 기울여야 한다고 강력하게 주문하고 싶다.

시내를 운행하는 황금노선은 몇 분 간격으로 아니, 어떤 때는 같은 번호 버스가 연달아 들어오는 경우가 많다. 이미 정류장을 지나가 버린 버스인데 잠시 후에 '몇 번 버스가 도착합니다.' 같은 뒷북을 치는 처사는 시민을 우롱하는 일이다. 시 당국이 얼마든지 조종할 수 있다고 본다.

자막에는 버스가 5분 후에 도착한다고 자막이 계속 지나가다 나중에는 그 자막이 사라져 버리고 만다. 황금노선인 시내 노선은 몇 분 간격으로 운행되니 안내에 별로 신경을 쓰지 않아도 된다. 벽지를 운행하는 농촌 지역에는 1시간도 더 멀리 운행시간이 정해져 있는데도 버스정거장에서 안내하는 자막은 잠시 후에 도착한다는 자막을 내보내고 있으니 황당한 일이다. 어느 정도는 시간을 지켜 주어야 하지 않겠는가. 이런 엉터리 안내 때문에 낭패를 본 사람들을 본 경험이 많을 것이다.

시내에서 떨어진 면 지역에서 볼 일 때문에 나왔다가 버스 운행시간이 불분명하고 몇 분 후에 도착한다는 자막만 쳐다보고 있노라면 이 얼마나 낭패겠는가?

시 당국에서는 농촌에 사는 사람들과 시내에 살고 있다 해도 차가 없는 약하고 가난한 사람들이 버스를 타면 시내버스 기사들이 인사는 못할망정 불친절한 태도만이라도 취하지 않게 홍보해주면 싶다. 버스를 타는 사람들을 배려했으면 하는 영구의 바람이다.

우리나라 속담에 '개가 미우면 주꾸미만 사다 먹는다.'는 말이 있다. 다른 생선 종류는 머리와 뼈가 있어 개가 먹을거리가 많지만, 낙지나 주꾸미는 개에게 먹을 것이 없다. 미운 개가 먹을 뼈나 머리 부분이 없다는 말이다.

이처럼 시 당국이나 버스회사의 횡포가 맘에 들지 않는다면 버스를 타지 않고 자가용을 이용하면 이런저런 꼴도 보지 않으니 맘이 편할 것이다. 자가용차를 타고 다니면 버스회사나 버스 기사의 횡포를 보거나 당하지 않고도 살 수 있다는 말이다.

그러나 삶이 뭐기에, 외제 차와 고급승용차가 거리에 홍수를 이루지만 값싼 중고차 한 대 타고 다닐 수 없는 형편인 사람도 있다. 옛날 양반집에 마당쇠처럼 일하는 아파트경비원들일지라도 사람 대접받고 싶어 하는 맘이 왜 없겠는가.

앞을 보지 못한다거나 소아마비로 팔다리를 맘대로 움직이지 못하는 사람에게 직접 장애자나 병신이라고 비하하는 소리를 한다거나, 나이가 많은 사람을 하찮은 늙은이라고 직접 비하면 되겠는가? 부부가 한쪽을 먼저 떠나보내고 홀로 사는 사람에게 홀아비라고 하며 남편을 잃은 미망인을 과부라고, 직접적인 비하를 한다면 좋아할 사람은 아무도 없을 것이다.

이처럼 공사현장 사람들에게 인사를 해도 아무란 대꾸를 하지 않는다든지 도시락 가방을 메고 버스정류장에 서 있는 자신을 태우지 않고 그냥 지나가는 시내버스를 보면서 영구 자신이 늙은 나이에 경비원 노릇을 하고 있으니 사람취급을 하지 않는구나 하는 맘 때문에 서글프기만 했다.

제7장

영구의 넋두리

공사현장에 시도 때도 없이 불어대는 회오리바람과 흙먼지와 모래흙이 섞인 바람을 그대로 맞아선지 영구의 위아래 입술이 뜨거운 불에 덴 것처럼 심하게 헤져 일그러졌다. 세륜기에 흙탕물을 정화 시키는 세정제가 크게 한몫했다. 짓무른 입술은 날이 갈수록 심해졌다. 립스틱 모양의 튜브에 담긴 연고를 발라보기도 하고 안티푸라민을 바르기도 해봤으나 효과가 없었다. 병원에 치료하러 갈 시간을 낼 수 없어 방치하고 있는 상태다. 입술이 심하게 짓무른 모습은 한센병에 걸린 입술처럼 보기에도 흉했다. 그저, 마스크를 착용하고 출근을 하는 방법밖에 없다.

"동생, 자네 입술이 그제보다 더 심하네."

어제는 비번 날이라 쉬고 출근을 먼저 해 경비원복으로 갈아입던 허영식이 영구의 입술이 심하게 짓물러진 모습을 보고 하는 말이다.

"이까짓 것, 시간이 가면 낫겠지형게, 점점 더 심해지그만요."

"자네가 이런 일을 하지 않다가 피곤했능갑네."

"첨에는 정말 피곤 허데요."

"맞아, 피곤허믄 입술이 짓무른당게. 글고 세륜기에 넣는 약품도 그래. 튀는 물방울들을 안 맞아야 하는디 바람이 불믄 자연적으로 맞게된당게. 거기에다 날마다 불어대는 회오리바람에 흙먼지 때문이기도 헐

거시."

"입술이 까칠까칠하고 메마른 것을 알았는디, 그냥 침만 볼르고 손으로 씩 딲고 말았그만요. 미리 예방을 했어야 하는 건디 내가 가볍게 생각했당게요."

영구의 입술 위아래가 너무 많이 헤져 안티푸라민이나 연고가 효과가 없었다. 영식이 안타까워하며 말했다.

"제수씨가 바르는 립스틱을 바르믄 100% 효과가 있을 거시."

"형님, 그렁거이 무신 효과가 있다요?"

"내 말은 요새 사람들이 바르는 것 있지 않응가? 입술 틀 때 바르는 것이 립스틱이 아니고, 머라더라 입술 틀 때 바르능거 있지 않응가?"

"그래요, 립스틱처럼 생긴 것, 이름이 머라 하는지 나도 모르겠네요. 그것도 바르고 했지만 너무 심해서 효과가 없구만요."

요즘 젊은 남녀들이 주머니에 넣고 다니며 립스틱처럼 바르는 것을 영식도, 영구도, 뭐라고 부르는지 이름을 모른다. 그냥 입술을 트지 않게 예방하는 립스틱이라고 말할 수밖에 없다.

"옛날에 손 튼디 하고 입술 튼 디는 머니머니 해도 안티푸라민이 최고였는디 너무 늦었는가 봐요."

"그래, 옛날에는 안티푸라민이 제일이었당게."

"형님, 맞아요. 안티푸라민이 처음 나왔을 때, 우리 집에서는 좋은 줄 암서도 그것, 한 곽을 못 사서 발랐그만요."

"그럼, 옛날에 처음 나왔을 때는 우리도 마찬가지였어."

"형님, 안티푸라민이 처음 나올 때 무슨 약이 저런 신기한 약이 있었는가 싶었당게요. 입술 튼 디나 손발이 튼 디도 그렇고, 넘어져 다리를 다친 디도 멍든 디도 바르면 금방 효과가 나타나더라고요. 욱신거리믄서 아픈 것이 금방 가라앉고요."

영구가 어렸을 때는 취사나 난방 그리고 물 한 바가지를 쓰더라도 부엌 아궁이에 일일이 땔감으로 나무를 사용해 불을 지폈다. 빨래를 자주 한다거나 손발을 자주 씻는다는 것은 생각지도 못하고 살았다. 여름에는 집 앞으로 흐르는 냇물에서 멱을 감고 물에 들어갈 기회가 많아 손발이 때가 끼고 트는 일이 없다. 겨울이면 목욕은 고사하고 세수할 물도 따뜻하게 데워서 쓰기가 힘이 들었다. 아침에 일어나면 개숫물로 사용하기 위해 가마솥에 데워놓은 물을 반 바가지쯤 떠다 장독대 앞에서 고양이 세수만 겨우 하고 학교에 다녔다. 손에는 검은 때가 두덕두덕 끼고 겨울 찬바람에 손이 여지없이 트고, 쩍쩍 갈라지고 피가 철철 흐르면 안티푸라민을 발라주면 피가 흐르던 데가 금방 낫곤 했다. 물론 이마저도 가난한 집에서는 마음대로 사서 쓸 수가 없었다.

영구의 아버지는 논일과 밭일을 맨발과 맨손으로 했다. 손가락이 마디 부분이 부르트다가 벌어져 상처가 되어 겨우내 잘 낫지 않았다. 치료하지 않으니 벌어진 상처를 키웠다. 헝겊을 가늘게 찢어서 그 위에 밥풀을 짓이겨 상처 부위를 몇 겹씩 감으면 이것을 배접이라 했다. 지금의 반창고 역할을 했다. 그때, 안티푸라민을 바르고 배접을 했더라면 아니, 반창고라도 감아 줬으면 상처 부위가 빨리 아물었을 것이다.

몇 년 전만 해도 각 가정에 구급 약품 상자 안에서 가장 귀한 자리를 차지했던 안티푸라민이 요즘은 귀한 대접을 받지 못하고 있다. 질 좋은 각종 연고가 쏟아져 나왔기 때문이다.

영구 아버지는 평생을 가난 속에서 남의 집 머슴살이를 하며 마당쇠 노릇을 하며 고생만 하다가 돌아가셨다. 지금처럼 물질만능시대다. 경제가 성장한 요즘에 좋은 삶을 누려보지 못하고, 그 흔한 반창고나 안티푸라민 한 번 사용해 보지 못하고 돌아가신 부모님 모습이 불현듯 영구의 머릿속을 맴돌았다.

지금 영구가 앓고 있는 입술 짓눌림은 병도 아니고 전염성도 없는 질환이다. 병원에 찾아가 주사를 맞고 의사의 처방을 받아 약을 사 먹으면 금방 나을 것이다. 입을 조금만 크게 벌려도 위아래 입술에서 피가 줄줄 흐르니 식사 때가 많이 불편했다. 허영식은 영구의 입술이 흉하게 일그러진 모습을 보고는 걱정스럽게 말했다.

"그나저나 동생 자네가 진작 병원에 가 봤어야 하는 건디 그랬네."

"병원에 갈라고 내가 빠져 뿔믄 일이 안 되잖아요?"

"그래도 이렇게 심한디 병원에 가야제, 이따가 전반장이 오믄 내가 말해 줄게, 오늘은 병원에 가 보소."

"어제도 안씨가 말을 했거덩요. 오후에 병원에 가게끔 일찍 가라고 할 줄 알았는디 병원에 가보라고 말을 않던 디요. 어제 오후에 병원 간다고 말을 꺼내지 못했당게요."

안달수는 허영식과 같은 조로 격일 근무를 한다. 낮에는 정문초소에서 영구와 같이 근무하고 밤에는 안쪽 경비초소에서 하루 24시간 근무를 하고 24시간 쉬는 경비원 일을 하는 사람이다. 49년 소띠로 평생을 부모님을 모시고 살다. 부모가 죽고 결혼을 포기한 채 혼자서 살고 있다고 했다. 김밥으로 저녁을 대신 했다가 상한 김밥이었는지, 토사곽란을 일으켜 사흘 동안 병원에 입원했다가 출근을 못 하게 되자 해고를 당해야 했던 사람이다. 그는 출근시간이 지나고 9시를 넘어 10시가 되어도 전화 연락이 되지 않았었다. 살고 있는 집도 모르니 찾아가 볼 수도 없었다. 이날 오후에 공사현장에서는 곧장 다른 사람을 구했다. 인정사정 없는 공사 현장인 줄 알고 있었기에 영구는 입술을 치료받기 위해 조퇴를 하겠다고 말을 할 용기가 나지 않았다.

영구는 매일 12시간 낮에 근무하며 쉬는 날이라고는 일요일뿐이다. 대개 경비원들은 우리나라 어디를 가도 일요일이나, 공휴일이라고 쉴 수 없다. 갑의 위치에 있는 사람들처럼 주 5일제 근무니, 주 40시간 근무라고는 생각해 볼 수도 없는 현실이다. 영구처럼 힘 약한 사람들은 12시간 근무를 하는 형태라서 월요일부터 토요일까지 근무를 하고 일요일만 쉬는 날이다. 건물이나 아파트 경비원은 24시간 무조건 격일제 근무를 한다. 쉬는 날 병원에 간다거나, 다른 볼일을 볼 수 있지만 하루 12시간 일하는 사람은 일 마치는 시간이 오후 6시라 어쩔 수 없다.

공사 현장에 일을 마치는 오후 5시가 되면 여느 때와 마찬가지로 집으로 돌아가는 차량 행렬이 줄을 잇는다. 허영식이 벼르고 있었는지 순회를 하고 돌아오는 전반장을 부른다.

"전반장님, 강영구씨가 병원에 좀 가야 한다고 합니다."

전반장이 영구의 헤진 입술을 쳐다봤다.

"강샘님, 어제보다 더 심하네요. 그러잖아도 어제 일찍 병원가시라 했는데 왜 안 갔나요?"

영식이 거든다.

"마음이 약해서 간다는 말을 차마 못 했답니다."

"강샘님, 병원에 지금 가십시오. 여기 정리하는 일은 이샘님 혼자 수고 좀 하시라 하면 되지 않겠습니까?"

"반장님, 감사합니다. 병원에 가보겠습니다."

"예, 어서 가보세요."

영식과 전창진반장이 거의 동시에 어서 병원에 가 보라고 했다. 시공회사 사무실에 허락을 받지 않았다. 낮 동안 일하면서 흙먼지 모래바람을 맞아 땀으로 얼룩진 얼굴만 고양이 세수로 대강 닦고 영구가 평소에 자주 다녔던 병원에 갔다.

위아래 입술 전체가 부르터서 말할 때나 식사할 때 그리고 재채기라도 나올 때면 피가 터져 나오고 쓰리고 아프지만 현장에서 일 마치는 시간이 오후 6시라 병원 갈 시간도 내기가 어려웠다. 초기 치료를 하지 못했지만 며칠이 지나서야 늦게라도 병원에 갈 수 있었다. 청소를 마치고 퇴근준비를 하는 간호사들에게는 반갑지 않은 불청객이었으리라.

우리나라가 선진국이 되려면 불합리한 문제점들을 바로 잡아야 한다. 우리나라 근로기준법에 정해진 대로 주 40시간 원칙이 지켜지면 토요일은 영구 같은 사람들도 병원에 가서 치료를 받을 수 있을 것이다. 아니 다른 근로자들처럼 오후 5시까지 근로를 한다면 병원에 가 치료를 받았을 것이다. 그러나 영구처럼 경비직은 아침에 7시 출근을 해서 오후 6시에 퇴근을 하니 일반 근로자보다 2시간을 일을 더 하지만 최저 일당에서 10%를 감하고 임금을 주니 공사현장 경비원들은 서럽다.

몸매도 늘씬하고 얼굴도 예쁜 간호사가 진료실로 안내했다.

"안녕하십니까?"

"어서 오십시오. 입술이 많이 상하셨네요. 무슨 일을 하시나요?"

"초전에 아파트공사현장에서 일합니다."

"일이 힘드셨나 봐요?"

의사가 손가락으로 살살 눌러 보며 묻는다.

"이렇게까지 되도록 방치를 하시다니요? 상처가 덧나기까지 했습니다. 빨리 치료를 받으셔야죠."

의사는 이제야 병원에 찾아오는 영구가 퍽 의아스런 표정이다.

"모래와 흙먼지바람을 맞으며 차량들의 바퀴에 흙을 세척해서 내보내는 일을 하다 보니 세륜기에 섞여져 나오는 정화제가 문제가 생긴 것 같습니다."

"마스크를 착용하시고 일을 하셔야 할 것 같습니다. 주사를 맞으시고 약을 처방해 드릴 테니 내일도 오셔야 합니다."

"저, 내일은 오지 못합니다. 오늘도 못 올 형편이었는디 겨우 오게 된 것입니다."

"내일도 오셔야 하는데… 그러시다면 꼭 마스크 착용을 하시고 연고는 자주 바르시고 약도 빠뜨리지 않고 잡수셔야 합니다. 간호사에게 주사를 맞으시고 진전이 없으면 병원에 오셔야 합니다."

의사는 무리하지 말고 쉬라는 말도 잊지 않았다.

국가가 정한 최저임금도 안 되는 임금을 받는 하류층인 영구와 같은 사람들은 상류층 사람들이 하는 일보다 힘든 일을 하며 하루 12시간 근무를 한다. 공휴일도 없고 토요일도 12시간 근무한다. 거기에다 점심시간도 경비실을 떠나지 못하게 하면서 임금은 지불하지 않는다. 한 주간에 일요일만 쉬고 일을 하니 일주일에 72시간을 일한다. 몸이 아파도 병원에 갈 시간도 없는 사람들에게 월 급여에서 의료보험료를 떼어 가고 있다. 이런 제도는 이해되지 않는다. 병원에 가고 싶어도 못 가는 사람들에게 쥐꼬리만도 못한 월 급여에서 의료보험금을 떼어 가다니 안타까운 일이다.

영구가 아파트 공사 현장에 일한 지가 어느덧, 1개월이 넘어가고 있다. 평생 60년이 넘도록 어떤 단체에 속해 자신의 신체를 자유롭게 움직이지 못하고 살았던 적이 없었다. 하루 정해진 시간 내에서는 소속되어 있는 단체의 사람들이 시키는 대로 움직이는 로봇과 같은 시간을 보냈다. 처음 출근해서 일주일 정도가 제일 힘들었던 고비였다. 그야말로 땡볕에서 오후만 되면 불어대는 회오리바람과 흙먼지 때문에 눈뜨기도 어려운 악조건 속에서 용케도 잘 견디어 낸 것이다. 영구가 회갑이 지나고 나이를 먹으니 철이 든 것일까. 정말 이를 악물고 참고 견뎠다. 한 가정에 가장으로, 아내에게 그리고 자녀들에게도 보여주고 싶었다.

공사판 일은 처음 해 보는 일이다. 하지만 그동안 살아왔던 경륜으로 하나하나 적응해 나가고 있다. 참, 사람 사는 것이 순탄치 않다. 부서마다 60에서 60 중반, 70이 넘는 영구 또래 사람들이 자식 같은 건설회사 직원들의 눈치를 살피며 그들의 비위를 맞추기가 처음에는 참 힘들었다. 지금까지 살아온 인생경륜을 바탕으로 어려움을 이겨 냈다.

영구는 딸만 둘이다. 주변에 사람들은 딸만 둘이나 되니 벌써 비행기를 여러 번 타지 않았느냐고, 비아냥거림인지 부러움의 소리인지 모르는 소리를 자주 들었다. 어떤 친구들은 회갑연을 열어 주고 해외관광을 했다느니 결혼기념일이나, 생일선물을 받았다는 이런 얘기를 하는 친구도 있다. 이런 말들이 영구에게는 부러운 것들이다.

요즘은 많이 퇴색했지만, 영구가 농사일하며 살던 때만 해도 3대, 4대가 한집에 살았다. 아들을 장가를 들이면 부모는 일손을 놓고 편안히 여생을 보낸다. 이처럼 영구는 두 딸을 낳아 기를 때는 노후에는 딸들에게 삶을 기대겠다는 달콤한 꿈을 꾸기도 했지만, 여지없이 빗나가고 말았다.

"부모는 자식들을 다 자란 성년(成年)이 되기까지만 책임을 져야 하고, 자녀들은 성년이 되고 나면 부모를 부양할 의무가 있다." 라고 말해 왔다. 늘 자기의 생각을 기회 있을 때마다 아내에게 그리고 두 딸에게도 가장으로 한 아내의 남편으로 아버지 입장에서 해 왔던 말이다. 그러나 영구와 명례의 형편은 자식들에게 노후의 부양을 받는 것이 아니고 오히려 다 자란 자식들이 이들을 힘들게 하고 있다.

대체로 일반적인 사람들은 아들보다 딸이 좋다고 말한다. 딸은 비행기를 태워주지만, 아들은 비행기를 태워주는 일이 적다고 말들을 한다. 자식 키우는 재미가 딸이 더 재미있고 부모 섬기는 정성도 딸이라야 더 많이 쏟는다고 얘기한다.

지인을 만나면 집안 안부를 물을 때도 있고 자녀 관계를 물을 때가 있다.

"영구 자네는 아들이 몇이나 되나?" 하고 묻는다. 그러면 "아들은 없습니다. 딸만 둘입니다." 라고 대답하면 "축하하네. 요즘은 딸이 좋다네. 키워놓으면 아들보다 딸이 효도한다네." 이런 말을 영구는 너무 많이 들었다. 정말이지 한 번도 딸만 있어 안됐다고 위로해주는 사람은 없었다. 아들 하나라도 더 낳지 하는 사람이 없었다.

불현듯 영구가 처가의 장인 장모님을 떠올린다. 옛날에는 피임할 방법이 마땅치 않았다. 무작정 낳을 수밖에 없었다. 10남매를 낳아서 잘 키웠으니 국가에서 기를 쓰고 산아제한을 하지 않아도 될 걸, 괜히 국력을 낭비한 것 같아서 당시의 위정자들이 원망스럽다.

인구가 많아 이대로 가다가는 지구가 파멸한다며 떠들던 당시의 군사독재를 이어 땡전 시대에 접어드는 시기에 영구 부부에게 첫째가 태어나고 다음은 아내가 피임했다. 피임이 잘못되었는지 임신이 되어 중절 수술까지 하는 곡절을 겪었다. 당시 나라 분위기로는 딸 둘만 낳고 더 이상 아들을 바랄 수도 없었다. 영구 부모님들처럼 무작정 생산을 하게 되었더라면 장모님의 출산을 넘어 서지 않았을까. 아마도 연필 한 다스의 숫자를 넘어섰지 싶다.

그때는 예비군훈련만 있으면 어김없이 잘살기 운동협회니, 가족계획협의회니, 이런 단체에서는 지구는 만원이다. 결국은 지구가 폭발한다 했고 다자녀가구에는 세금을 물리며 사회생활하는데도 불이익을 준다며 협박을 했다. 정신교육도 모자라 남성들이 정관수술을 받아 불임해야 한다고 하다가, 나중에는 불임수술을 받는다면 예비군 훈련도 면제해준다고 했다. 결국은 대부분이 정관수술을 받았다. 엄격히 말하면 번식을 못 하게 돼, 남자의 구실을 못 하는 불구들을 만들었다. 그때 영구는 끝까지 정관수술을 거부해 괘씸죄에 걸려서 강도 높은 훈련을 받곤 했다.

결국은 그의 아내 명례가 불임수술을 남편도 모르게 하고 말았지만, 언젠가부터는 아들 하나 있었으면 하는 맘이 문득문득 영구의 뇌리를 스치고 지나갈 때가 많다. 이제는 손자도 보고 두 딸을 장성하게 키웠으면서도 항상 영구의 맘속에서는 한쪽이 비어 있는 듯한 감정이 솟아나곤 했다. 이들 부부가 가진 재산이 많아서 아들에게 물려주고 싶어 함도 아니요. 주위에 많은 사람처럼 제삿밥을 얻어먹기 위함은 더욱더 아니다. 그렇다고 노후를 자식들에게 더부살이하면서 의지하고 싶은 생각도 없지만, 어느 한쪽이 모자라 텅 비어 있는 느낌이 들기도 했다.

요즘, 영구는 어쩌다 TV 드라마나 방송에서 자녀들이 부모에게 응석을 부리고 아양을 떠는 모습들을 보면서 부러움에 눈물을 흘리는 날이 많아졌다. 팔을 주물러 준다. 다리를 주물러 준다, 어깨를 주무르고, 등을 두드리면서 대화가 계속 이어지는 모습들이 나이 들어 몸과 맘이 늙어진 영구를 울보로 만들고 있다. TV 속에 나오는 사람들이 오순도순 얘기를 나누며 사는 모습이 부러웠다.

강하기만 했던 영구가 걸핏하면 울음보 터지는 손주녀석들처럼, 눈물샘이 흘러넘치는 날들이 많아졌다. 옛날 어떤 분의 말씀일는지는 몰라도 '늙으면 아이가 된다.'는 말이 귓전을 맴돌았다. 영구가 나름대로 정해 놓은 신조다. 내 맘에, 나의 앞길에, 눈물은 없다고 좌우명으로 삼고 살았었다. 그가 불혹을 넘기고, 지천명을 넘기고, 지금까지 60년을 넘게 살아온 동안에 하고자 했던 꿈들은 물거품이 되고 말았다. 덧없이 흘러버린 세월 때문에 육신이 움직이는 동작들은 둔해지고, 늙어지니 살아왔던 지난날들이 그의 눈앞을 활동사진처럼 지나가고 있다. 영구는 팔십을 넘어 구십, 백 세가 된 노인들 볼 때도 부모 없는 어린이들을 볼 때 자기도 모르게 눈물을 흘린다.

TV 속에 인생다큐멘터리나, 인동초와 같은 동영상이나, 카톡이나 카페에 돌고 있는 글들을 볼 때는 영구처럼 고난 속에 살아오다 말년에는 상전벽해처럼 환경이 변화되고 호강을 받고 사는 금수저들의 모습을 보고 자기도 몰래 비관하며 눈물샘에 눈물이 흘러넘칠 때가 많다.

당시 가족계획 정책을 밀어붙이던 군사독재 때와 일명 땡전 시대, 군인정치라 불도저처럼 정책을 밀어붙여 버리니 결국은 정책들이 깨지고, 빠져버리고, 부서지고, 하니 그 후유증은 지금까지도 크게 미치고 있다. 처음엔 '아들 딸 구별 말고 둘만 낳아 잘 기르자'고 떠들더니 곧장 둘도 많다. 하나 낳기 운동을 밀어붙였다. 지금 와서는 그때의 후유증이 크다. 아무리 자녀 많이 낳기 운동을 펼치지만, 쇠귀에 경 읽기다. 자녀를 출산하면 얼마씩을 주고 각종 혜택에 보너스를 얹어 주어도 국민은 꿈쩍도 않고 오히려 출산율은 더 줄어만 가고 있다.

4·19혁명으로 자유당 정권이 무너지고 장면 정부가 정치를 못 한다며 나라를 쿠데타로 뒤엎고 독재를 하다가 망하고 다시 또 다른 군인이 쿠데타로 군사정부들을 세웠지만, 정치는 아무나 하는 것이 아니다. 정치가가 정치해야 하고, 군인은 나라를 지키는 일을 해야 하고, 경찰은 치안을 유지하는 일을 해야 함을 그들이 깨달았을 것이다. 이런 엉뚱한 발상을 할 것이 아니고 국민이 잘살 방법을 연구해서 잘살게만 해 주면 자식을 많이 낳지 않게 되는 것은 당연하다. 인제 와서 군사 정부 시절에 중절시킨 태아가 남아(男兒)라는 사실 때문에 영구가 자꾸만 넋두리하게 되는 것도 인간이기 때문인가 보다.

옛날 영구가 어렸을 때는 모두 배고프고 힘들었을 때였다. 중고등학교는 고사하고 초등학교도 못 다녀도 효(孝) 사상은 무너지지 않았다. 코흘리개 어린이들이 냉이나 나물을 뜯고 냇물에 있는 다슬기를 잡아 반찬을 만들고 따뜻한 국을 끓여서 부모에게 봉양했다. 나이 스물 갓 넘을 때까지 집안일이며 농사일이며 온갖 궂은일 다 했다. 시집 가버리면 늙은 부모는 누가 와서 돌봐 줄까 하면서 울며 시집가던 영구의 큰 누님이 떠오르곤 한다. 집에서 거의 십 리쯤 떨어진 마을로 시집간 큰누나였다. 시부모 형제들과 함께 살 때는 이십 리 떨어진 오일장을 다니지 못하고 살았다. 분가한 후부터는 오일장에 간다는 핑계로 친정집에 다녔다. 갈치나 고등어류의 생선을 사서 달려와 아궁이에 불을 지펴 아버지에게 점심 밥상을 차려주고 가곤 했다. 영구 누님 동네에서는 오일장터가 이십리길이라 버스를 타고 왔다가 또 버스를 타고 집에 가면 편했을 것이다. 먼 길을 걸어와서 부모를 봉양하고, 걸어서 집으로 돌아가며 부모님이 늙어간다고 애달파 하면서 돌아가는 모습이 영구의 눈앞에 생생하게 떠오른다. 큰누님은 학교는 고사하고 초등학교도 다니지 못했으나 부모에게 효도하고 사람의 본분을 다했다.

어쩌다 이런 누님 얘기를 하면 명례는 남편의 얘기가 딸 교육을 제대로 시키지 못했던 자신을 원망하는 소리로 들렸는지 세상이 변했으니 세상 따라 살아야 한다고 반박했다.

"경이아부지, 그때는 옛날얘기고 지금은 세상이 바뀌었으니 옛날얘기하지 마라요."

이런 소리를 할 때마다 영구는 아내 하고 가벼운 논쟁을 했다.

"어이, 세상이 어떻게 변했는가? 말해보소. 오히려 경제 환경이 좋아져 풍부해지고 편리해졌네. 부모들은 대학 문턱에도 가보지도 못 했네. 우리는 겨우 초등학교밖에 다니지 못했지 안응가? 우리는 못 입고 못 묵고 고생고생 함서, 즈그들을 낳고 길러서 대학 졸업까지 시켰단 말이시, 자식들은 학교에서 부모를 섬기며 효도하는 공부를 많이 했응게 부모에게 더 잘해야 옳은 일이 아닝가. 즈그 할아버지, 할머니를 모시며 죽도록 일험서 맛있는 걸 배불리 묵어 밧능가? 하다못해 치킨 한 마리를 집으로 배달시켜 묵어 밧능가, 좋은 옷을 입어 보기를 했능가말이시. 즈그들도 사람이라믄 이런 부모를 애달파 하고 부모에게 효도하며 잘해야 하는 거 아닝가 말이시."

영구는 애먼 아내에게 소리를 지르기도 했다,

지금 60대와 70대 이상 세대들은 힘든 세상을 살았다. 죽도록 일하고 헐벗고 굶주리고 고생, 고생하며 살았지만, 그래도 부모에게 순종하고 모시기에 게을리하지 않았다. 지금의 자녀들은 호의호식하고 힘든 일도 하지 않고 다이어트를 한다고 야단이지만, 옛날에 그때는 날마다 힘든 일만 하면서도 어려운 환경에서도 부모님 섬기기를 다했다. 영구는 40년도 훨씬 전이다. 유산을 받은 것은 아무것도 없었다. 재 너머 천수답과 무너져 내려가는 오막살이집과 밭뙈기를 팔아 부모님을 모시겠던 형님이 늙은 부모님을 자기들이 살던 곳으로 모셔가더니 낯선 땅 변방에 방치를 했다. 영락없는 옛날 고려장을 시킨 것처럼 말이다. 아버지가 돌아가시고 어머니를 진주로 모시고 왔을 때, 부부는 어린 딸아이와 잠자기도 비좁은 단칸방에 살았다.

부지런하고 근검했다. 두 개 딸린 방, 다음에는 전세방에서, 살기 편한 아파트를 장만했었지만, 어머니는 이를 보지 못하고 돌아가셨다. 몇 달만 더 사셨더라면 작은아들 영구가 집 장만하는 걸 보고 돌아가셨을 것이다. 좁은 평수지만 꿈에 그리던 아파트를 장만하던 그해 여름에 그 새를 못 참고 20여 년 전에 돌아가셨다.

영구가 항상 사람들에게 하는 말이 있다. 부모님 살아 계실 때 잘해야 한다. 부모님이 천년만년 옆에 살아 계시는 것이 아니다. 부모님이 돌아가신 후에 후회하지 말고 살아계실 때 잘하라고 말해 왔다. 두 딸이 어렸을 때 어머니를 모시고 살았던 장면들을 하나하나 목격을 하고 살았다. 산교육이 될 줄로 알았다. 어머니를 모시면서 이사를 자주했지만, 살던 동네와 이사 간 동네에서 한 번도 불효한다는 말은 들은 적이 없다. 그러나 살아계실 때 좀 잘해 드릴 걸 후회하면서 살고 있다.

영구는 꿈이 누구보다 많았었다. 어렸을 때 품었던 세계여행은 이제는 완전히 물거품이 되어 버렸다고 봐야 한다. 영구가 나이 서른 남짓 그때에는 동남아여행이라도 해야겠다는 꿈을 키웠다. 자녀들이 어리고 가정 형편상 40대 이후로 미루다가 또 여의치 않다고 미뤘다. 50살 넘은 후로 미뤘었다가 결국은 70줄에 들어서고 말았으니, 몸뚱이 여기저기가 불편하니, 우물 안 개구리를 면하려 했던 어릴 적 꿈은 접어야 하는지 모른다.

영구는 두 딸을 어떻게 키웠는지 세세한 기억은 많지 않다. 기저귀를 갈아주고 안아주고 업어주었던 기억이 많질 않다. 오래전 일이라 기억이 희미해질 수 있는 일이고, 당시에는 생활 전선에 뛰느라, 집에는 밤이나 돼야 들어 왔기 때문이다. 다른 사람들처럼 직장문제로 해외나 국내 출장 일로 부부가 떨어져 살았던 적도 없고, 한 지붕 밑에서 줄곧 살았었다. 아들도 없고 딸만 둘이기에 그 어느 다른 가정들보다 행복해야 했고 재미가 더해야 할 일이었다.

지금 세상은 성장한 자식들이 그것도 딸자식들이 설거지며 자기네들에게서 나온 빨래도 엄마들에게 시키고 있다. 월급통장을 자기들이 번 돈이라고 엄마한테 맡기지 않고 자기 맘대로 쓰고 있다. 그러면서도 집에서 먹고 자고, 모든 뒤치다꺼리는 엄마에게 시키고 있다. 세상에 어느 부모가 자식들이 벌어온 돈을 마음대로 쓰겠는가? 자식이 벌어 온 돈을 차곡차곡 모아주는 재미와 좋은 짝을 찾아서 시집을 보내는 보랏빛 꿈을 꾸며 행복을 느낄 것이다. 부모 섬길 줄을 모르는 자식들은 대개가 형제끼리도 사이가 좋질 않다. 부모들이 볼 때는 자식들이 어릴 때 싸우는 것도 기분이 좋질 않은 법인데 다 큰 어른들이 싸움질이나 하고 사이좋지 않은 모습을 보면 얼마나 속상한 일이겠는가. 생각해보면 얼마나 암울한 일인가 말이다. 어디에 하소연도 못 한다.

'무자식이 상팔자'란 말을 영구는 많이 들었다. 그렇지만 사람들은 자식을 많이 낳기를 원하고 있다. 사람이나 동물이나 종족 번식을 위하고 대를 잇고자 하는 본능 때문이며 노후와 사후에 자식 덕을 받고 싶어서 자식을 원하기도 한다.

영구 부부가 딸들만 낳고 수없이 들었던, 딸이 효도한다는 말이 이들에게는 점점 물거품으로 되는 성 싶다. 지금 세상에는 자식 덕을 전혀 보지 못하고 살아가는 사람이 많겠지만, 그러나 자식 덕을 보고 살아가는 사람도 많다. 혹은 해외여행을 시켜 주는 자식들이 있는가 하면 좋은 새 차를 사줬다고 자랑하는 친구도 있다.

자식 덕이란 꼭 물질적인 것을 두고 얘기해서는 안 된다. 모든 부모는 자녀들과 대화를 원한다. 자녀들의 일거수일투족이 궁금하다. 자식들이 손발을 움직이는 것까지 항상 옆에서 보고 싶어 하는 것이 부모다. 영구는 자식 된 사람들에게 전선줄에 앉은 제비를 보며 배우라 하고 싶다. 이들은 한시를 조용히 있질 않다. 어미와 새끼제비들이 계속해서 지지배배 조잘거린다. 부모는 자식들이 아무리 조잘거려도 듣기 싫은 법이 없다. 빈말이라도 상관이 없다. 어깨나 다리를 주물러주면서 아빠·엄마 사랑합니다. 이말 한마디 듣고 행복해 눈물 흐르지 않는 부모는 없을 것이다.

우리나라는 대대로 농경(農耕)사회로 내려오면서, 딸보다는 아들을 원했고, 아들을 못 낳고 딸만 낳게 된 집안에서는 기를 쓰고 아들 낳기를 원했다. 아들을 끝내 못 낳는 집에서는 씨받이를 들이며 양자를 택해서라도 아들 갖기를 원했다. 아들을 결혼시키고 나면 농사일은 아들에게 맡기고, 일손을 놓고 편안하게 노후를 보낸다. 베이비붐 세대만 해도 자식이 부모를 부양해야 하는 고정관념은 변하지 않았다. 언젠가부터 자녀가 결혼하면 부모와 자식들이 서로 떨어져 산다. 핵가족 시대라는 새로운 용어가 하나 생겨났다.

영구는 하루에도 몇 번씩 오래전에 돌아가신 부모님이 떠올려 지고 염두에서 떠나질 않고 있다. 베이비붐 세대들이 부모 섬기던 때와 비교하면 지금은 경제성장으로 물질이 풍부해졌다. 그러나 영구가 부모님을 모실 때는 끼니 걱정을 해야 했지만 부모 섬기기는 게을리하지 않았다. 지금의 자녀들은 그때 세대가 했던 걸 반에서 반도 못 따른다.

영구 부부가 죽고 나서 두 딸이 늦게야 깨닫고 청개구리처럼 애통해할까 봐 걱정된다. 그래서 '있을 때 잘해' 유행가제목을 주입시켜 보려고 애를 썼지만, 뜻대로 잘 안 되고 있다.

자식들에게 바라는 꿈은 멀어져 버렸으니 노후문제도 스스로 만들고 스스로 지켜야 한다. 자식들에게 의탁해서는 아니 되겠고, 자신들이 가진 것들도 많지는 않지만 스스로 지켜야 하겠다고 맘을 다잡는다.

자식들이 부모를 위하고 잘한다면 무엇이 아까울까마는, 퇴직금을 자녀들에게 야금야금 뺏기고 있는 사람이 있는가 하면, 자기가 사는 주택을 아들이 사업하는데 담보물로 제공하는 사람들도 있다. 절벽 위를 걷는 것과 같은 삶을 사는 사람이 있는 것 같다. 만약 자녀가 하는 사업이 잘 안 되면 그때는 어떻게 할 것인가.

정부에서 일명 역모기지란 제도를 실행하고 있다고 한다. 이 제도는 노후를 자식들에게 의지하려는 고정관념을 버리라는 뜻일 것이다.

영구는 딸이 아들보다 더 좋다는 주변 사람들의 말에 기를 쓰고 반대한다. 아들이나 딸이나 다 똑같다고 말하고 싶다. 옛날 군사독재 정권 때 속았던 말이다. "잘 키운 딸 하나 열 아들 안 부럽다."라는 표어를 차라리 "열 아들 낳았어야 백년대계 든든했다."라고 외치고 싶은 심정이다. 우리나라의 백년대계를 위해서도 옳았다는 생각이다.

　우리 속담에 옆 사람이 먹는 밥그릇에 콩알이 커 보인다는 말이 있다. 영구가 숨 가쁘게 자기가 처한 신세를 한탄하며 길고 긴 넋두리를 했다. 자기 밥그릇에 콩알이 자꾸만 작아 보여서다. 이웃에 자녀들은 부모에게 더 재롱을 부리고 아양을 떨며 잘살고 있는 것처럼 보이기 때문이다.

　영구는 늙은 노년에 이름 모를 용역회사에서 아파트건설현장에 팔려가서 힘든 일을 하고 있다. 부르터서 해진 입술을 치료할 기회를 놓쳤다. 상처가 덧나서 일주일도 넘게 고생을 해야 했다. 일을 마치는 오후 시간이면 병원도 문 닫는 시간이고 주 6일 일을 하고 일요일 날 쉬는 날은 병원도 쉬는 날이라 치료를 못 받는 자신을 자꾸만 뒤돌아보고 있다. 딸자식을 두고 있어 아들을 둔 집보다 행복하겠다는 말은 정말 싫다고 영구가 두서없는 넋두리를 해댔다.

제8장

인생은 60부터

24시간 격일제 일을 하는 허영식이 어제는 쉬는 날이고 오늘은 영구와 같이 일하는 날이다. 덤프트럭에 흙을 싣고 들어왔다가 바퀴에 묻은 흙을 씻기 위해 물웅덩이로 들어오는 덤프트럭기사들이 내미는 전표에 확인 도장을 찍어 주고는 영구에게 바짝 다가와 불렀다.

"동생, 조금 전에 전반장한테 들었는디 2단지에 문씨가 아침에 사고 쳤다 하데."

영구가 깜짝 놀라 물었다.

"형님, 문씨가 사고를 치다니요? 무슨 사고를 냈다 하덩가요?"

영구가 일하는 아파트공사현장에는 1단지부터 4단지로 나뉘어 신축공사를 하고 있다. 1단지는 초등학교와 중학교를 짓는 공사이며, 3단지 아파트공사는 H건설에서 맡았으며 2단지와 4단지는 hz건설사로 같은 시공회사지만 팀이 나뉘어 아파트신축공사를 하고 있다.

며칠 전부터 2단지공사장에서 경비원으로 근무하던 문영태가 사소한 일로 해고를 당했다는 얘기를 허영식이 꺼냈다.

영구의 물음에 영식이 얘기를 이어 간다.

"문씨가 아침에 출근해 이씨와 교대 인계를 받은 후 옷을 갈아입고 체조장입구에 주차단속을 허러 나가는디 직원 중 한 사람이 웃옷을 바지 안으로 집어넣고 나가라고 허드라네."

"그러믄 시키는 대로 웃옷을 바지 안으로 집어넣어 입으믄 되잖아요."

"체조장에 빨리 가서 차량 주차단속을 헐라믄 바쁘니깐 가면서 바지 안으로 집어넣것다고 했는디도, 재차 불러서 옷을 단정히 입고 나가라고 하드라네. 그래서 하는 수 없이 다시 초소 안으로 들어 와서 웃옷을 안으로 집어여코 있는디, 사무실 직원이 하는 말에 폭발해 뿌렸대."

문영태와 이영곤이 한 조로 24시간 격일제 근무를 하는 곳은 2단지 아파트신축 공사장이다. 현장사무실 직원에게 경비원 복장상태 문제로 지적을 당하자 울컥한 화를 참지 못하고 대들다 해고를 당했다고 했다.

"사무실 직원이 누구였다요? 글고, 무슨 말을 했답니까?"

"박주임이었다고 하는 것 같지, 자세히는 못 들었지만 박주임이 문씨에게 경비원 주제에 정신상태가 썩었다 하더라나, 그런 말을 듣고 아무 말도 하지 않았으믄 될 걸, 자기 아들보다 나이가 어린놈한테 그런 소리를 듣고는 폭발해 버린 거 같당게."

"형님, 문씨 그 사람 욱 하는 성미가 있더라고요. 해병대 출신이라고 하더라고요."

"자네가 문씨를 어찌 앙가?"

"서로 알은 지가 몇 년 되었고요. 시청에서 주관하는 노인 컴퓨터교실에서 같이 교육받은 동기랍니다."

영구가 문영태를 알게 된 것은 몇 년 전 진주시에서 실시하는 실버 컴퓨터 교실에서였다. 그가 욱하는 성질과 해병대에 근무했다는 것은 그때 알았다. 아파트공사현장에서 서로 만나게 되자 영구와 문영태는 서로가 의아해했다. 서로가 공사현장에서 일한다는 것은 생각도 못 했다. 문영태도 영구가 여기에 일할 줄은 꿈에도 생각 못 했다고 했다.

실버 컴퓨터교육생 28기, 30명이 첫 시간 교육을 들어가기 전에 자기소개하는 시간이 있었다. 교육생 한 사람이 전에 무슨 사업을 하고 경력이 화려했다는 식으로 자기소개 시간이 길어졌다. 그때 문영태가 "이봐요. 잘난 체 그만하고 내려와!"라고 소리를 질렀다. 그가 욱하는 성질이 있음을 그때 알았다. 나중에 영구와 친해졌을 때 하는 얘기로는 30명이 다 그런 식으로 자기 자랑을 하다 보면 시간이 오래 걸리고 30명 교육생이 그만큼 수업을 못 받으니 여러 사람에게 피해가 간다는 것도 있지만 잘난 척하는 것이 기분 나빴다고 말했었다. 컴퓨터 기초반 2개월을 수업을 마치고 중급반에 올라와서는 다른 사람들처럼 컴퓨터 교육의 진도를 따라갈 수 없어 성질난다면서 중도에서 그만두었던 문영태였다.

　"응, 그랬었능가?"
　의문이 풀린 영식이 다시 얘기를 이어갔다.
　"전반장이 사건을 무마시킬라고 올라갔는디도 일이 잘 안 되었다네."
　잠시 후, 전반장과 함께 문영태가 내려왔다. 등에는 등산용 가방을 메고 양손에 이불 보따리와 종이가방을 들고 있다. 두 사람은 처음 만났을 때인 실버 컴퓨터 교육장에서부터 서로 사장이란 호칭을 붙여 불렀다.
　"문사장님, 어떻게 된 겁니까?"
　"강사장님, 작전상 철수합니다."
　"문사장님을 만나서 반가웠는디 아쉽게 되었그만요."
　"그러게 말입니다. 경비원 일을 안 해서 굶어 죽게 된다믄 어쩔 수 없이 해야 되지만 더러워서 못 하것능기라요."
　"문사장님에게 그만 두라는 사람이 누궁가요?"
　"박주임인가 먼가, 그놈한테 당했능기라요."
　"내가 여기 현장에 일하러 오기 전에 두 달 전인가, 문 사장 일하던 곳

에 유씨라는 사람도 박 주임에게 걸려서 들어서 그만두었다 하더라고
요."

영구가 안달수와 근무하던 날 유씨가 박주임에게 걸려 해고당했다고
들었던 말을 문영태에게 했다.

안달수와 허영식은 낮에는 출입구에서 근무하고 밤에는 아파트신축공
사장 쪽에서 격일로 24시간 근무를 하며 영구와는 두 사람이 번갈아가
며 함께 근무한다. 옆에서 가만히 듣고 있던 전반장이 그것이 아니라며
영구의 말을 가로막았다.

"강샘님, 두 사람뿐 아니고 많습니다. 사람들이 욱하는 성질을 참으라
고 했는데 말입니다."

"아, 그렇습니까? 4단지 하고 2단지 하고 집이 틀린 데도 간섭을 하는
것입니까?"

영구가 전창진과 자주 대하지 않던 사람들과 대화할 때는 전라도 사
투리를 적게 쓴다.

"4단지나 2단지나 같은 회사 직원들이니 본체는 같은 집입니다."

문영태와 영구의 얘기가 다시 이어졌다.

"문사장님, 여기 온 지 얼마나 되었습니까?"

"2주되었나 봅니다. 24시간씩 했으니까, 1주일 일한 셈이네요."

"짐작되고도 남네요."

"강사장, 내가 얼마나 화가 나던지요. 싸가지 없는 놈아 니는 부모도
없냐? 개새끼야. 라고 소리를 지르고 더러워서 그만둔다고 했습니다."

"같이 근무를 했으면 좋았을 걸, 많이 아쉽습니다."

해병대에서 군 복무를 했던 사람들은 나이가 들어서도 군 기질이 있다. 영구와 영식을 쳐다보고 차렷 자세를 한 다음 '충성' 구호로 경례하고는 가방을 양손에 들고 배낭을 메고 성큼성큼 걸어나갔다. 영식이 전반장을 쳐다보며 물었다.

"전반장이 올라가도 잘 안 되덩가요?"

"박주임이 단단히 화가 났더라고요. 문씨가 박주임한테 아무 소리도 안 했어야 하는 건데…."

전반장이 말끝을 흐렸다.

"문씨도 화가 안 났겠어요. 막내자식보다 어린놈이 나이 많은 어른보고 그게 할 말입니까? 경비가 정신상태가 썩었다고 그런 소리를 하는디 누가 성이 안 나겠소? 나라도 성나겄네요."

영식이 말했다. 전반장의 얘기는 계속된다.

"바로 사무실로 박주임을 찾아갔습니다. 처음에는 단단히 화가 나서 노발대발하더라고요. 나를 봐서 한 번만 봐달라고 화를 풀고 없었던 일로 해달라고 통사정을 했다니깐요. 문씨를 데리고 와서 사과하게 하겠다고 다독거려 놓고 가지 않겠다고 하는 문씨를 억지로 데리고 갔습니다."

"그래서 다음은요."

영식이 다시 물었다.

"문씨를 데리고 가면서도 화도 나고 자존심도 상하겠지만, 아까는 내가 잘못했다고 말씀드리라고 말하니까는 고개를 끄떡하더니만 박주임에게 가서는 아무 말도 하지 않고 서 있기만 허더라고요. 박주임이 데리고 오지 말라고 했는데 뭣 하러 데리고 왔느냐고 합디다."

이젠 영구가 물었다.

"그래서 어찌 되었다요?"

전반장이 다시 얘기를 계속했다.

"내가 문씨 옆구리를 쿡쿡 찔렀지요. 어서 말해요. 잘못했다고 말해요. 하니까는 문씨가 한참 있다가 박주임 아까는 내가 잘못했소. 라고 했는데도 박주임이 하는 말이 '당신 같은 사람은 우리 현장에 필요 없소' 이 말이 떨어지자마자 문씨가 폭발해 버렸어요."

영식이 다시 물었다.

"문씨가 성이 많이 났나 바요."

"문씨가 박주임을 보고 하는 말이, '야 이놈아, 우리 아들은 여기보다 더 좋은 회사에 과장이다. 기껏해야 공사현장에 주임밖에 안 되는 주제에 무신 큰 벼슬 하는 줄 아느냐,'고 고함을 질러 대더라고요. 나는 끌고 나오려 하고 문씨는 계속해서 퍼부으려 하고 실랑이를 벌이잖아요. 내가 끌고 나오지 않았으면 박주임은 문씨에게 맞아 죽었을걸요."

영구가 전반장이 잘 해결할 수 있었는데 하며 아쉬워했다. 머릿속에는 전쟁 중에 상관의 명령을 거부한 부하에게 즉결 사살하는 것처럼 이곳 공사현장에는 비정규직 근로자들이 마땅한 즉석해고의 사유가 아닌데도 억울하게 현장에서 바로 해고를 당하는 살벌한 곳이다. 는 생각에 차 있다.

전반장의 잠바 주머니에서 휴대전화 벨이 울렸다. "알았습니다." 라고 말하더니 자전거를 타고 어디를 가는지 공사장 밖으로 나갔다. 영식과 영구가 우울한 맘으로 세륜기를 회전을 조절하고 물웅덩이에 물을 채우며 얘기를 계속했다.

"동생, 생각해봉게 문씨 얘기가 맞는 말 아닝가? 막내아들보다 어린놈들 아닝가? 글고, 자네나 나도 그렇고, 전반장도 그렇고, 자식덜이 여기 현장에 직원들보다 못한 놈이 하나도 없지 않응가? 다 공직이나 좋은 직장에 자식들이 근무를 하고 있는 사람들이 아닌가 말이시."

영구와 영식, 두 사람은 자녀들이 시공회사 직원만 못한 아들딸이냐고 푸념을 했다.

"아파트공사현장에 근무하는 시공사 직원이 큰 벼슬이나 헹 것처럼 행동을 하고 있으니 가소롭단 말이시."

"형님, 맞습니다."

영구가 자기들이 일하는 곳에는 시공회사 직원들이 나타나질 않으니 맘이 편타고 얘기를 바꾼다.

"우리가 일하는 디는 회사 직원들이 자주 오지 않응게 그것 하나는 맘이 편허요이."

"그건 맞당게. 일은 좀 힘들지만 직원들헌테 간섭 안 받응게 나도 좋단 말이시, 만약에 직원들이 맨날 간섭허고 그러믄 나도 일 못 헐것이랑게."

베트남이나 태국, 외국인 근로자들이 우리나라 사람들과 얘기를 할 때는 한국어를 하다가 자기네들끼리는 모국어를 쓰듯 허영식과 강영구는 전라도사투리로 얘기를 주고받는다.

"형님도 그요? 나도 남에게 구속받는 일은 죽어도 못헌당게요. 그래서 직장이라고는 여기가 첨이당게요."

두 사람 모두 남에게 간섭받는 일은 하지 못하는 성질이라고 얘기했다.

"형님, 아파트공사장 안에 가서 근무를 허믄 일은 편하지만 직원들과 만날 마주치게 됭게 스트레스 많이 받것지요?"

"그 말이 먼말이당가?"

영구가 새벽에 출근하고 저녁에 퇴근하며 일요일에만 쉬다 보니 병원 가는 일과 사람 만나는 일, 등 불편하다고 했다. 그리고 취미생활인 글 쓰는 일을 할 수가 없어 불편했다. 기회를 봐서 24시간 근무를 하고 24

시간 쉬는 격일제로 바꿔 일하는 것이 좋을 것 같았다.

"내가 형님한테 말씀 안 드렸나요? 무슨 얘기냐 하믄 낮으로만 근무하니까는 볼일을 못 바서 불편허당게요. 병원이나 관공서에 볼 일도 그렇고 사람 만나는 일을 못헝게 억수로 불편허당게요."

"그러믄 2단지에 문씨가 일했던 자리에서 자네가 허믄 되겠구만."

"이따가 반장이 들어오믄 말해보려는디 들어 줄랑가 모르겠네요."

"안 들어 줄 것이 무어 있겠나? 만약에 그렇게 되믄 나하고는 일하는 날짜가 완전히 다르게 되뿔것네."

영식과의 대화가 끝이 없고 줄줄 실타래 풀리듯 했다. 화물차와 덤프트럭들이 줄을 잇고 있다. 세륜기도 덜커덩거리며 잘 돌아가고 있다.

"형님, 그러네요. 형님 쉬는 날은 내가 근무 허고 내가 쉬는 날 형님이 근무허고요."

"아파트공사현장에서 근무하게 되면 직원들을 직접 대해야 하는 일이 어려울 것인디 일은 좀 수월할 것잉게 자네가 알아서 판단하소."

"형님, 아무리 생각해도 24시간 일 하고 24시간 쉬는 격일제 일을 해야 좋을 듯 싶당게요."

"24시간 근무체제가 처음에는 좀 힘은 들거시. 사람은 밤이 되믄 잠자는 동물이라서 적응하기가 어려울 거랑게. 나도 첨에는 욕밧네. 참, 우리가 나이 들어감서 말년에 편해야 헌디, 자네가 지금 몇 살잉가?"

"6십 여섯살 용띠 아닙니까?"

"나는 자네 나이만큼만 되믄 좋겠네. 70이 넘은 나이에 이게 무슨 꼬락서닌고, 나라에서도 60이 넘으면 일하지 말라 허고, 모든 직장에서 60살만 되믄 정년퇴직을 하고 쉬는디, 자네나 나는 평소에 생각도 못 해본 공사장 경비직이 머란 말잉가?"

"형님, 옛날에는 환갑 넘기기도 힘들었지만 요즘은 백세 세상이라 하지 않던가요? 형님은 아직 건강헌디 조금 더 일을 해도 괜찮당게요. 그래서 지금은 '인생은 60부터', 이런 말이 실감난당게요."

인생은 60부터라는 말은 퍽 오래전인 영구가 어려서부터 들어 왔던 말이다. 현재 65세를 넘는 사람의 평균수명을 어느 복지 기관에서 발표했다. 65세를 넘긴 사람들의 평균 수명이 팔십 세가 넘고 있다고 한다. 인생 길어야 60~70년은 옛말이고 인생 백세 시대가 온 것만은 틀림없다. 요즘은 또 인생 100년을 사계절로 나눠서 이야기하는 사람이 많다. 25세까지가 봄, 50세까지가 여름, 75세까지가 가을, 백세는 겨울, 이에 따른다면 60 중반에 접어든 세대가 인생의 절정을 이룬다는 말이다. 나무로 말하면 영구는 단풍이 가장 아름다운 계절에 와 있는 것이다.

인생은 60부터란 말은 영구에게 의아심을 자극하게 했던 때가 있었다. 옛날에는 60살 넘겨 살기도 어려웠다. 회갑을 넘겼다 해도 자기 몸도 맘대로 가누질 못하게 쇠했었다. 그러나 요즘은 100세 세상이 격이 맞는 말이다. 60살을 넘겼다지만, 인생의 삶을 아름답게 설계해야 할 것 같다.

어려서 전쟁을 치른 세대이거나 갓 태어나서부터 고생한 세대들이다. 어려웠던 성장기를 거쳐 결혼하고 가정을 꾸려 자녀들 낳고, 길러 가르치고, 결혼을 시키고, 손자들을 길렀으니 가을단풍 절정기를 맞은 60대 인생들도 가을 절정기를 화려하게 보낼 권리가 있다.

영구는 자식들이 부모를 자유스럽게 놓아만 준다면 해외 나들이를 통해 견문을 넓혀 보고도 싶고 그동안 해보지 못한 취미 생활도 해보고 싶다. 주변에 이웃이나 친구 부부들이 하는 얘기다. 왜 우리 인생의 행복을 자식들에게 빼앗기느냐? 아들이나 며느리 딸들이 낳은 손자들은 본인들이 길러야지 뭣 때문에 우리들이 키워 주느냐고 반문을 하는 사람들도 많다.

얼마 전까지만 해도 회갑기념을 성대하게 치렀던 것은 오래 살고 있는 것을 축하하는 것이며 건강하게 장수하라는 의미였다고 한다. 요즘에는 회갑연을 하지 않고 넘어가 버리는 사람들이 많다.

요즘은 100년 사계절 시대지 않는가. 지금 60대를 맞은 사람들은 단풍이 곱게 물든 가을이란 시기로 접어들었다고 한다. 100세까지 건강하게 살 수 있다면 젊은 시절 꿈꾸었던 꿈이 물거품이 되었다고 실망할 필요가 없다. 어쩌면 꿈이 현실로 다가올 수도 있다. 옛날 성현들의 말씀에 인생은 60부터 시작된다는 말씀이 이제야 빛을 발하게 되었다. 인생은 60부터라는 말이 영구에게 꼭 맞는 말이라고 할 수 있지 않은가. 초등학교 때부터 문학 소년이었다. 책읽기를 좋아했고 시인이 되며 소설가가 되는 꿈을 가졌다. 지금까지 삶에 쫓겨 이 나이가 될 때까지 깜박했던 꿈을 이어나가는 데는 아직 늦지 않음을 깨달았다.

점심때가 지난 오후부터 공사현장에 찾아오던 심술쟁이 회오리바람이 요즘은 시도 때도 없이 불어댄다. 흙과 모래바람이 회오리를 일으키며 쉼 없이 지나가고 있다. 전반장이 경비원들이 공사현장에 여기저기 흩어져 일하는 곳을 순회하고 자전거를 타고 들어온다.

"점심때가 되어 갑니다. 나는 점심 먹으러 갑니다."

전반장이 회색승용차가 주차되어 있는 곳으로 가려 한다. 영구가 전반장을 불렀다.

"반장님, 근무형태를 바꿨으면 합니다. 문씨가 일했던 자리에서 24시간 근무를 했으면 해서요."

"그것은 강샘님 맘대로 하십시오. 그렇지 않아도 문씨가 근무했던 자리에 사람을 구하려고 여기저기 수소문을 하고 오는 중입니다. 언제든지 사람이 구해지면 그 사람이 여기서 근무하게 하고, 강샘님은 2단지 현장으로 올라가서 근무하도록 하십시오." 라고 말을 마친 전창진반장이 흰색 승용차를 타고 나간다.

제9장

24시간 격일제 근무

낱 시간대에는 수많은 노선버스가 영구가 일하는 초전 대단위 아파트 신축 공사장 쪽으로 자주 다닌다. 낮에 볼일이 있어 밖에 다니는 사람들은 아무 때나 걱정이 없다. 새벽 시간에는 그토록 많던 노선버스들이 자주 움직이지 않으니 아침출근시간이 영구는 언제나 늦다. 공사현장에 출근하는 사람들은 자가용 승용차를 이용하는 사람들이 많다.

경비원 노릇을 하면서 자가용을 이용하는 것은 격에 어울리지 않는 생활이라 할 수도 있겠지만, 정년퇴직하기 전부터 갖고 있었거나. 자기사업을 했던 사람들이 가지고 있던 차였기에 타고 다닐 뿐이라고 했다.

"강씨, 가뭄에 콩나듯 허는 버스를 타고 다니려이 힘들제예."

안달수는 벌써 경비원복으로 갈아입으면서 영구에게 말했다.

"그렇게 말입니다. 그많던 버스들이 어디로 다 갔능가 다니덜 안헙니다."

오늘은 홀숫날이라 허영식은 쉬는 날이고 안달수와 강영구가 한 조가 되어 근무하는 날이다. 그는 젊었을 때는 우리나라 굴지의 원자력 발전소에서 근무하며 연봉 1억을 받는 잘 나가는 생활을 했던 적도 있었다고 말했다.

"안씨, 오늘 하루도 잘해봅시다예."

"강씨, 오늘은 바람 좀 안 불었으면 좋겠는디 언제 우리가 고사라도 지냅시다."

"그렇게요. 어제도 바람이 엄청 불대요. 바람이 세게 불 때는 세륜기에서 뿜어져 나오는 물보라가 미국과 카나다에 있는 나이가라폭포에 물방울보다 훨씬 멀리 날아가고 공중으로 솟는 것 같더라고요."

두 사람은 아침 일찍부터 얘기가 이어진다.

"세륜기에 붓는 세정제(洗淨劑)가 인체에 엄청 해로운 것입니다. 그러니 세륜기에서 나오는 물보라나 물방울, 물안개가 입속으로 들어간다거나 피부에 닿으면 안 되는 줄 알면서도 바람이 불면 어쩔 수 없는 것 아닙니까?"

안달수가 물을 맑게 정화시키는 세정제가 인체에 해롭다며 하는 말이다.

"세정제가 인체에 해롭다 해서 많이 안 쓰려 해도 물이 흙탕물이라고 직원들이 잔소리를 하니 어쩔 수 없이 쓰게 되더라고요. 바람 불 때는 세정제를 될 수 있는 대로 쓰지 않도록 헙시다예."

안씨가 반론을 한다.

"강씨, 바람 분다고 세정제를 안 쓴다는 건 틀린 말잉기라요. 이미 이 안에 있는 물들이 세정제로 칠갑을 한 물인디 그런다고 무슨 소용 있겠습니까예?"

"안씨 말이 맞네예."

"어제, 문씨가 그만둔거 아나요?"

"어제, 안씨하고 교대를 하고 나서 바로 박주임에게 걸렸담서요. 안씨와 교대할 때도 박주임이 왔덩가요?"

"아니라예."

"어제 교대할 때 박주임을 못 봤습니까?"

"어제, 교대인계 할 때는 박주임은 못 봤습니다. 우리 초소는 멀리 떨어져 있으니 아침으로는 잘 안 옵니다. 내가 퇴근헌 후에 왔나봅니다."

"그렇군요. 문씨가 어제는 재수가 없었그만요."

"경비원들 목숨은 파리 목숨이네요, 벌써 몇 사람입니까예?"

두 사람이 얘기를 주고받고 있을 때 컨테이너 쪽으로 갈 듯하다 다시 두 사람이 일하고 있는 쪽으로 오는 사람이 있다.

"여기 현장에 사람 구한다고 해서 왔습니다."

"예, 잘 오셨습니다."

"무슨 일을 해야 합니까?"

"우리가 하는 일은 보시다시피 이런 일을 합니다. 저기 경비초소 안에 반장님 계실 겁니다. 한번 가보시라요."

새로 온 사람과 면접이 잘 이루어졌는지. 한참 후에 전반장이 두 사람에게 인사를 시킨다.

"김샘님, 인사 하십시오. 여기 강샘님이고요. 안샘님입니다."

"저, 김안근입니다. 잘 부탁합니다."

"김안근씨라고요. 저, 강영구입니다."

다음에는 안달수에게도 손을 내밀면서 악수를 청했다.

"저, 김안근입니다. 잘 좀 봐 주십시오."

"안달수라예. 노가다판에 경비원들이 선배 후배 있능감요? 다 똑같은 입장입니다."

전반장은 김안근을 데리고 다니면서 영구에게 교육을 시켰던 그대로 이것저것을 가르쳐 주고 설명도 해 주고 다시 영구에게로 왔다.

"내일부터는 강샘님은 2단지에서 근무하십시오. 김샘님은 내일 7시부터 작업시작이니 10분 전까지는 출근을 하시고 강샘님은 나랑 같이 올라가서 현장 사무실에 인사하고 일할 초소에도 가보도록 합시다."

다음 날, 영구가 일했던 곳에 새로 온 김안근이 일을 하게하고 2단지 해맞이아파트공사장 안에 경비원으로 일하게 되었다. 두 달 동안의 하루 12시간 낮 근무에서 하루 24시간 근무하고 24시간 쉬는 격일 근무체제로 바뀌었다.

영구가 아파트공사현장 2단지에 이영곤과 같은 조가 되어 근무할 초소로 갔다. 이영곤은 영구가 오기로 했다는 연락을 받고 퇴근을 미루고 밖에 나와서 기다리고 있었다.

"형님, 이사 왔습니다."

"이제는 우리 둘이서 죽으나 사나 한번 해 보자이. 일단은 나를 따라오라고."

이영곤을 따라간 곳은 조립식 대형컨테이너들이 일렬로 들어서 있고, 조립식 판넬로 지은 2층 현장사무실 건물이 있다. 마당은 사무실 직원들과 각 업체들의 근로자들이 안전 구호를 외치고 아침체조를 하는 곳이다. 공사현장 북쪽으로 개울이 있는 하천을 따라 나 있는 둑길에 시공회사 직원들이 주차가 끝날 때까지 다른 근로자들의 출입을 허용하되 주차를 하지 못하게 단속하는 것이 경비원들이 해야 할 일이라고 했다.

"강군, 이젠 직원들의 주차가 끝났으이 다시 초소로 가자."

이영곤은 퇴근 시간을 미루고 영구에게 업무방식을 데리고 다니며 가르쳐 주었다.

"형님, 이런 일은 좀 아닌 것 같네요. 이 하천 뚝 길은 아파트공사장 땅이 아닌디 다른 사람들의 차를 주차를 못하게 하믄 말썽이 많이 나겠네요."

"그럼, 오늘 아침은 조용히 넘어갔지. 다른 때는 여기서 스트레스를 많이 받는다아이가. 이 하천 길이 어디 저희들 땅인가? 주차단속을 즈그들은 못함서 우리 보고 하라 한다. 그러다가 나중에는 밥도 떠먹여 달라고 안 하것냐?"

다시 초소로 돌아오자 책상 서랍에서 열쇠 몇 개가 달린 꾸러미를 꺼내 보여 주며 설명을 했다.

"강군아, 우리가 낮에는 초소에 있는 시간이 많지 않으이 항상 문단속을 잘해야 한다."

가로세로 2미터가 채 되지 않을 듯한 1평짜리 컨테이너 경비초소는 초장지구 주택단지 공사장입구에서 근무하던 곳에 있는 컨테이너하고 모양이 같다. 공사장 안에 있는 경비초소들이 한꺼번에 기계에서 찍어 낸 것처럼 모두 다 크기나 모양이 같았다.

"어디 나간다거나 초소를 비울 때는 이 열쇠로 문을 닫고 다녀야 한다이."

"예."

"이 카드는 사무실 보안회사 방범작동 세팅카드니 잃어버리면 안 되능기라."

이영곤은 다시 한 번 당부했다. 탁상용 시계 모양의 기계를 책상 서랍에서 꺼낸다. 그리고 24시간 숫자가 그려진 별지 한 장을 들고 따라오라고 했다. 공사현장에 각 모서리 진 곳마다 순찰함이 만들어져 있고 안에는 체크 시계를 열 수 있는 열쇠가 들어 있다.

"여기가 1번이다이, 이렇게 열쇠로 연 다음 우리가 순찰을 저녁 10시부터 돈다아이가 시계바늘을 몇 시에 맞춰야 하겠능가?"

"10시에 맞춰야 허능것 아닙니까?"

"맞아, 22시에 맞춰야 허능거라. 이렇게 맞춰 놓고 뚜껑을 닫고 열쇠를 집어 여 가꼬 우(右)로 돌리믄 찰칵하고 현재 시간이 찍힌다이."

"이제는 2번 순찰함이 있는 곳으로 가는 거야."

영구에게 다음 순찰함이 있는 곳으로 가면서 할 수 있겠냐고 영곤이 묻는다.

"강군아, 할 수 있겠냐?"

"천천히 배우면서 허믄 되지 않겠습니까예?"

"강군아, 여기가 2번이다. 니가 한번 해 보레이."

영구가 시계 모양의 체크기를 받아 들면서 자기 때문에 퇴근이 늦어지는 이영곤에게 미안했다.

"형님, 나 땜세 퇴근시간이 늦어지네요."

"강군아 괜찮다이."

"열쇠로 기계를 열고 별지를 여기 22시를 맞춰 끼운 다음에 별지 맞추기가 좀 어렵그만요."

"지금은 연습아니가. 4번 순찰함이 있는 곳까지 이런 식으로 한다는 것만 알면 된다이."

순찰 시간은 밤 10시, 12시, 새벽 2시, 4시까지 총 4회 순찰을 한다고 했다.

"강군아, 순찰시계 체크 할 수 있겠냐?"

"조금은 어리둥절 헙니다. 그래도 해 보지요. 머."

"초소 열쇠는 여기 있고 나는 퇴근하고 내일 아침에 올 테니, 니는 현장 출입구 쪽 도로에 주차단속을 하러 가라이. 어디 나갈 때는 야무닥지게 문을 장그고 나가야 한다이."

"형님, 알았어요."

건설회사직원들이 8시, 전에 출근하며 다른 현장 근로자들은 8시부터 일을 시작해 오후 5시에 퇴근을 한다. 공사장 현장 출입구 쪽에는 시공회사 안전과 소속으로 잡다한 안전시설물 기구들을 관리하는 오재문반장이 나와 있다가 영구를 발견하고 묻는다.

"아저씨가 오늘부터 근무하기로 했습니까?"

"예, 오늘 처음이니 잘 모르는 것이 있으면 가르쳐 주십시오."

"이씨가 가르쳐준 대로 하면 됩니다. 여기 도로에 주차된 차량을 전화해서 차를 빼라고 하면 됩니다. 잠시만 한눈팔아도 사람들이 주차하니 그 사람들만 아저씨가 단속하면 될 것입니다."

2단지 아파트 공사장 출입구 쪽에는 아직 완공되지 않은 상가건물에 공간을 안전교육장으로 사용했다. 옆방에는 오 반장이 근무하면서 안전시설물과 다른 장비들을 모아 보관 하는 한편에 소파와 책상 하나가 놓여 있었다. 아파트공사현장에 작업하는 작업도구들이 기준에 적합한지, 그리고 규격에 맞는 기구인가를 점검해주고 있었으며 안전과장이 실시하는 안전교육을 먼저 받아야만 근로자들이 작업에 임할 수 있다고 했다.

주차되어 있는 승용차에 전화번호를 확인하고 전화를 걸어 차를 주차장으로 옮겨 달라고 전화를 하고 있는 사이에 오재문이 영구를 불렀다.

"아저씨, 일로 와 보셔요."

"무슨 일입니까?"

"안전교육장 안에서 탁과장이 부릅니다."

교육장 안에는 조금 후에 8시부터 교육할 사람들을 기다리고 있는지 탁두만안전과장이 앉아 있었다. 어제 전반장이 현장사무실에 탁두만안전과장에게 인사를 시킬 때, 명찰에 소속직급을 익혀 놓았던 이름이다.

"아저씨, 공사장 안에서는 여하를 막론하고 안전화와 안전모를 착용해야 합니다. 그러니 아저씨는 경비원 모자는 야간에 순찰할 때만 쓰고 외, 시간에는 안전모를 착용해야 합니다. 오늘부터 아저씨가 해야 할 일은 공사장 안에 작업자들이 안전모를 쓰고 작업을 하게 해야 합니다. 그리고 출입구 전후방 50미터 안에는 주차하지 못하게 해야 하고요."

　공사장에 10여 명의 경비원은 안전과 소속이라 한다. 경비원들의 업무는 안전과장인 탁두만이 지시를 하고 보고를 받는다. 그렇지만 20명이 넘는 사무실 전체 직원들의 감시간섭도 따라야 한다고 했다. 탁두만과장은 영구에게 안전모를 내주며 앞으로 잘해보자고 악수를 청했다. 의외로 안전모의 무게가 가볍다. 태어나서 처음 써 보는 안전모였다.

　여전히 아파트공사현장에는 모래흙먼지를 일으키며 회오리바람이 몰아친다. 그러나 출입구 쪽에서처럼 세정제에 희석된 물에 신경 쓸 일은 없으며 힘을 사용할 일도 없이 편했다. 다만 현장사무실 직원들을 매일 대해야 하는 것이 영구에게는 부담이었다.

　대형 살수차 두 대가 연달아 현장 곳곳 도로에 물을 뿌리고 다닌다. 공사장 구석구석 물을 뿌릴 수는 없어선지 옮겨다 심은 나뭇잎들이 흙먼지를 둘러써 누렇다. 나무가 자라지 않은 아라비아 모래사막을 연상케 했다. 이젠 영구와 함께 일을 하는 사람도 없다. 모든 일을 혼자서 판단을 하고 처리해야 했다.

　벌써 점심시간이다. 1평 컨테이너 초소 안에서 영구가 아내 명례가 싸준 주먹밥 도시락을 한 개를 혼자 먹었다. 세륜기가 있는 정문초소에서 안달수와 허영식과 서로의 반찬을 나눠 먹던 때와는 또 다른 기분이다. 위쪽으로 각기 목으로 침상처럼 만들어 혼자만 누울 수 있도록 비닐 장판을 씌워 놓은 위에는 전기매트가 깔렸었다.

　점심시간 한 시간은 자유롭게 쉴 수 있어서 좋다. 지나다니는 차량이

나 사람도 드물다. 길에서 2미터나 되는 높이에 초소가 놓여 있어 지나가는 사람들이 일부러 올라오기 전에는 보이지도 않는다. 침상에 다리를 뻗고 누우니 딱 맞다. 가로세로가 2미터 정도 되는 것 같다. 세륜장에서 일할 때와 비교하면 천국에 있는 기분이었다.

영구에게 주어진 1시간의 점심시간은 임금이 계산되지 않는 시간을 자유롭게 누리지 못하고 차량들을 세륜하고, 흙이나 모래를 싣고 들어오는 덤프트럭들에게 전표에 도장을 찍어 주는 일을 했다. 임금이 계산되지 않는 다는 것을 알면서도 울면서 매운 겨자를 삼켜야 하는 힘 약한 경비원들의 현실을 생각할수록 기분은 언짢았다.

홀로 점심을 먹은 영구가 잠깐 휴식을 위해 침상에 누었다. 어제까지도 같은 부서에 근무했던 허영식과 안달수 그리고 영구가 일했던 자리에 새로 온 김안근에게 괜스레 떠맡기고 올라온 것 같아 미안해진다.

오전 내내 뛰어다니면서 일일이 전화를 걸어 차량을 옮겨달라고 해 공사장 출입구 도로가 정리되자 어느 정도 성과가 있었다고 스스로 자위를 했다.

점심식사를 하고 나오니 공사장도로에 줄줄이 불법주차를 한 차량들이 있다. 운전석 쪽에 전화번호를 확인하고 전화를 걸었다. 가끔 전화번호가 없는 차량도 있다.

"여보세요, 2782 차량 운전자 되십니까?"

"예."

"공사현장 앞 도로에 차를 좀 옮겨 주십시오."

아예, 전화를 받지 않는 차량 운전자도 있다. 대형 트럭이 용도를 알수 없는 건축자재를 싣고 들어오고 있다. 영구가 뛰어가서 물었다.

"차에 싣고 온 것이 무엇입니까?"

뭐라고 하지만 건축자재들은 처음 대하는 것이라서 무슨 말을 하는지 알 수가 없다.

"아저씨, 대형차는 공사장 안으로 들어갈 수 없습니다. 건너편 쪽으로 주차하셔야 합니다."

점심시간이 끝나고 오후작업이 시작되면서 대형화물차들이 몰려 들어오므로 공사 현장 앞에는 저녁때, 재래시장처럼 복잡했다. 가끔 전화도 받지 않는 차량이 있는가 하면 앞유리에 전화번호가 없는 차들이 있어 골치가 아팠다.

"아저씨, 우선 건너편에 대기 좀 하십시오."

영구가 호루라기를 불면서 뒤쪽에서 오는 차를 정지시키고 차량용 지시봉으로 후진신호를 해 안전하게 대형화물트럭을 주차를 시켰다. 조금 전에 전화를 받지 않던 차량 운전기사에게 또 다시 전화를 걸었다. 신호가 몇 회 계속해서 울린다. 이제야 전화를 받는다.

"예, 지금 나가고 있습니다."

차량 운전기사가 뛰어나오더니 머리를 굽실거린다.

"아저씨, 죄송합니다."

"전화를 몇 번이나 했는데도 왜 안 받습니까?"

"지하주차장 2층에 있으면 전화가 안 터집니다. 죄송합니다."

신축공사가 거의 마무리 된 2단지 아파트는 지상에는 차가 주차할 수도 없도록 설계되어 건축하고 있다.

건너편에 조금 전 주차를 하기 위해 대기하는 화물차 기사에게 호루라기를 불어 신호를 보냈다.

"아저씨, 이쪽으로 오십시오, 이 자리에 주차하십시오."

덤프트럭과 자재를 나르는 차량들과 공사 관련 기계를 실은 차량들의 왕래가 잦아 흙먼지가 스모그현상이 있는 날 같다. 수시로 긴 줄 호수로 연결해서 물을 뿌린다. 그러면서도 안전모를 쓰지 않은 근로자가 있는지 살펴야 한다. 잠시도 긴장을 풀 수 없다. 안전모를 쓰지 않고 쇠 파이프를 어깨에 메고 가는 사람이 보였다. 영구가 목에 걸고 있는 호루라기로 휙 하고 큰 소리로 신호를 보냈다.

"아저씨 안전모를 안 썼습니다."

"죄송합니다. 담배 한 대 피우느라고 안전모를 벗고 있는 줄을 깜박 잊었습니다."

"아저씨, 공사현장에서는 여하를 막론하고 안전모를 벗으면 안 됩니다. 쉬는 시간에도 안전모를 벗고 쉬면 안 됩니다."

"예, 알겠습니다. 죄송합니다."

안전모를 쓰지 않고 쇠파이프를 나르던 인부는 얼마 후에 영구와 친해진 사이가 되었다. 기구한 운명을 타고 태어난 사람이라 두 사람은 누구보다 각별했고 영구가 쓴 '농부가 뿌린 씨앗'이라는 단편 소설의 주인공인 이용택이란 사람이다.

공사장 안에 일하는 사람들은 대부분 경비원의 말을 잘 들었다. 어쩌다 예외인 사람 몇을 빼고 나면 평소에 말 듣기하고 다르다. 이리저리 바삐 뛰어다니다 보니 현장작업을 마치는 시간이 되었나 보다. 갑자기 쇠를 깎는 소리, 포클레인 엔진소리, 망치 소리가 멈추고 조용해진다. 그리고 어렸을 때 산에 풀 베러 갔다가 잘못해 불개미 집이라도 건들기라도 하면 수많은 불개미가 이리 뛰고, 저리 뛰고, 왔다 갔다, 아우성인 것처럼 요란스럽기만 하던 작업현장에 근로자들이 동작을 멈췄다.

일손을 놓아버린 근로자들이 거의 동시에 빠져나간다. 영구가 부모님에게 들은 말씀이 생각난다. 양력은 5월이지만 음력은 잔인한 달 3~4월 긴긴해라고 들었다. 오후 5시면 해가 아직 중천에 떠 있다. 우리나라가

정한 근로기준법에 하루 근로시간 8시간, 주당 40시간, 근무만 해야 한다고 정해진 이 법을 적용받는 기득권층 사람들만 권리를 누리고 있다. 아직 한낮인데도 일손을 놓고 집으로 돌아가는 이들이 부럽다.

문명이 발달하고 물질만능 시대라지만 우리나라 국민 행복지수는 날이 가고 해가 가도 올라가기는커녕 더 떨어지고 있다고 한다. 법 앞에서는 만민이 다 같아야 한다. 법은 일부만을 위해서 만들어진 것이 아니다. 모든 사람이 법 앞에 공평하기 위하여 만들어져 있는 것이 아닌가?

진주에서는 100년 전쯤에 형평운동이 벌어졌다. 인간은 모두 다 평등해야 한다고 주장했다. 정육점 관련 일을 하는 사람들도 일반 백성과 같은 인권을 달라고 부르짖은 것이다. 당시에는 전국적인 운동이 되어 퍼져 나가다, 일본 제국주의 방해로 형평운동이 더 이상 확산되지 못하고 말았다고 했다. 사람은 모두 다 평등하다. 형평의 저울추가 어느 한쪽으로 기울면 안 된다. 형평운동이 펼쳐져 좋은 나라가 될 뻔한 좋은 기회를 놓치게 된 것은 안타까운 일이었다.

진주에서 100여 년 전에 시작된 형평운동의 슬로건인 국민은 모두 다 평등하다는 형평운동이 다시 살아날 기미가 보이고 있다. 형평운동본부가 탄생했으며 형평문학이 만들어져 문학상을 수여한다고 한다. 잘난 사람 못난 사람, 부자와 가난한 자, 영구처럼 초등학교만 공부한 사람이나, 대학을 간 사람이나, 누구든 법의 잣대가 평등하고 사람의 존엄성은 똑같이 인정받아야 한다. 국민 모두의 인격과 인권이 침해되어서는 안 되는 것이다.

다들 꺼리는 12시간 궂은일을 하면서도 임금은 일반사람들의 절반밖에 안 된다. 거기에다 경비원들은 국가가 정한 최저임금도 적용받지 못한다. 인권은 다 어디로 간 것일까. 깊은 바다에 다 던져 버리고 왔단 말인가? 이런 것들이 바로 사람이 잘살기 위해 만들어진 법이란 말인가.

아파트경비원을 우리나라 사람들은 대감 집 마당쇠로 알고 있다느니, 종으로 안다느니, 사람취급을 안 한다는 말을 많이 들었다. 영구의 뇌리에 사대부집 마당쇠가 어른거린다.

날이 어두워지고 황량한 벌판에 아파트빌딩들이 하늘 높이 솟아올라 숲을 이뤘다. 시장바닥처럼 와자지껄하던 사람들은 보금자리를 찾아 다 돌아갔다. 경비원들에게는 호랑이처럼 보이던 회사직원들도 다들 퇴근하고 떠나간 밤이다. 그야말로 해는 져서 어두운데 찾아오는 사람 없다. 황량한 광야에서 먹이 찾아 떠나간 어미 새를 기다리는 새끼 새가 해치는 승냥이들이 올까 봐 두렵고 외롭고 쓸쓸함이 엄습해오는 밤이다. 올빼민지 부엉이인지, 선학산에서 부엉부엉 우는 소리가 처량하다. 그나마, 말띠고개에서 넘어오는 차량들의 꼬리를 물고 이어지는 불빛들을 쳐다보고 있노라니 영구의 맘이 위로가 된다.

밤이 깊어가고 첫 번째 순찰할 10시다. 이영곤이 말했던 일명 개목걸이 체크시계를 목에 걸고 한 손에 손전등을 들었다. 전수받은 순찰 코스대로 1번 순찰함이 걸려 있는 장소를 향해 갔다. 열쇠로 체크기계를 열고 체크지를 끼워 넣는데 영구의 손이 오돌오돌 떨린다. 정당한 근무를 하는 것인데 떨기는 왜 떠는 것일까, 참 한심한 자로구나. 맘속으로 중얼거렸다. 2번 순찰함이 있는 곳에는 근로자들이 아침체조를 하는 넓은 운동장이 있는 곳이다. 하청업체 사무실용 컨테이너들이 줄지어 있고 현장사무실이 있는 곳이다. 사무실에서 불빛이 새어 나오고 있다. 밤 10시가 한참 넘은 시간인데 누군가가 야근을 하는 모양이다. 2번 순찰함이 있는 코스는 하천 둑을 따라 길게 아파트 건물들이 줄지어 있는 길이라 상당히 음침하다. 윗주머니 안에 스마트폰에서는 '믿는 사람들은 주의 군대니' 351장 찬송가가 계속해서 흘러나오고 있다.

'믿는 사람들은 주의 군대니 앞서 가는 주를 따라갑시다. 우리 주 대장예수 기를 들고서 접전하는 곳에 가신 것 보라. 믿는 사람들은 주의 군사니 앞서 가신 주를 따라갑시다.' 영구가 40여 년 전에 처음 교회에 다닐 때 하곤 가사가 조금씩 달라진 찬송이다.

스마트폰에 다운받아 저장해둔 찬송가가 1장에서 645장까지 있다. 성경도 창세기부터 요한계시록까지 저장되어 있다. 그야말로 영구가 좋아하는 프로야구 경기도 볼 수 있으니 요술단지인 것이다. 스마트폰에서 흘러나오는 찬송소리를 들으며 또, 따라 부르기도 하며, 순찰에 임하니 한층 마음이 든든하며 위안이 된다.

이렇게 1차 순찰이 끝나고 1평 남짓 컨테이너 초소에 돌아오니 10시 30분이다. 한 바퀴 도는 시간이 30분이 걸리는 듯싶다. 엉성한 침상이지만 편안하기 그지없다. 이런저런 생각을 하다 보니 11시가 지나고 있다. 차라리 한숨 자려 했던 생각을 바꿔야 한다. 깜박 잠이라도 들어 버리면 자정 순찰시간을 지나칠 수 있겠다 싶은 맘이 든다. 그냥 드러누워 잡념에 사로잡히는 것보다 스마트폰을 열어본다. 여기저기에서 카페운영자들이 보낸 메일이 많이도 들어와 있다. 그리고 카스토리에 친구들 소식도 쌓여있다. 낮에 근무할 때는 이들 메일이나 카스토리들을 일일이 답장을 쓸 수 없어 몽땅 삭제하고 있었던 것이다.

카스토리 친구들에게 답장을 몇 군데 쓰다 보니 2차 순찰시간인 자정이다. 야간작업을 하는 사람들도 모두 돌아갔나 보다. 2시간 전에 처음 순찰을 할 때보다. 더 어두워졌다. 이따금씩 가로등 불빛이 을씨년스런 단지를 여기저기로 자기들 멋대로 비추고 있다. 자정이 넘은 시간인데도 현장사무실 안에 불이 밝혀져 있고 직원 한 사람이 체조마당 귀퉁이에서 드럼통을 반으로 잘라낸 쓰레기통에다 무엇인가를 태우고 있다.

"누구십니까?"

영구가 누구냐고 물었다.

"건축과 강과장입니다."

"아, 그러십니까? 그런디 뭐를 태웁니까?"

영구가 하지 않아도 될 질문을 했다.

"여기 사무실이 있는 체조마당에 조경공사로 사무실이 이사를 갑니다. 쓸데없는 것들을 태우면 짐이 덜어집니다."

"어디로 사무실이 갑니까?"

"202동 1층으로 옮깁니다."

"그럼 아침체조 장소가 없어지겠네요?"

체조마당이 없어지면 경비원들이 일이 수월해진다. 영구가 속으로 쾌재를 불렀다.

"체조는 지하주차장에서 하기로 했습니다."

"나이가 적어 보여서 과장이 아니신 줄 알았는디 벌써 과장님입니까?"

"아저씨는 저가 몇 살로 보입니까?"

"내가 보기엔 서른 두 서넛 보입니다."

"애가 둘이나 됩니다."

"나도 강가거든요, 어사공파고요."

"저도 어사공파입니다. 항렬도 같네요. 저도 영자 항렬인데요. 나이는 서른다섯 넘었습니다."

영구는 영(永)자가 항렬이 아니고 구(求)자 항렬이라고 말하려다 아무 말도 않기로 했다. 영구가 쓰고 있는 이름은 당시에 출생신고를 할 때 마을이장에게 부탁했다. 영구의 이름자를 깜박 잊고 큰형님 첫 이름자에서 가운데 글자를 따서 자기가 평소에 선호했던 이름인 영구로 출생신고를 했다고 했다. 그래서 말하자면 영자나 병자(字) 이름은 구자(字) 밑에 조카뻘이 된다고 알고 있다.

"그래요, 그렇게 안 보입니다. 이십대 청년으로 보입니다."

영구가 강과장에게 듣기 좋은 말을 했다.

"서류들을 내가 태울 테니깐 과장님 퇴근하세요."

서류를 대신 태워준다고 말했다. 아마도 영구가 봐서는 안 되는 것들인지, 자기가 태운다며 사무실로 가자고 했다.

"커피하고 녹차가 조금씩 남았네요. 가져가서 아저씨 잡수세요."

"왜, 이런 것들을 줘요?"

"내일 사무실 짐을 옮길 때 짐이 되니 하나라도 줄이기 위해 그럽니다. 그리고 여기 박스 안에는 컵라면도 있으니 가져가세요."

"강과장님, 고맙습니다. 수고하십시오."

강병구과장은 회사에서 촉망받는 사람인 것 같다. 다른 사람들보다도 나이가 많이 적은 것 같은데 벌써 과장이다. 밤늦게까지 근무를 하며 서류를 태우고 있으니 말이다. 얘기하는 사이에 시간이 많이 갔다. 순찰하고 초소에 돌아왔을 때는 새벽 한 시다. 한 평 컨테이너 창문으로 보이는 말티고개를 넘어오는 차량들이 이따금씩 불빛을 내고 달리고 있다. 합천 쪽으로 가는 것일까, 의령 쪽으로 가는 차들일까. 밤이 깊은데도 차량의 행렬은 심심찮다.

3차 순찰에 나서는 시간인 새벽 2시. 얼마 후에는 이 아파트촌에 입주가 시작되면 수천 명 사람이 모여 살겠지만, 지금은 인적이라고는 없다. 드문드문 높은 꼭대기 층에 불빛이 있기는 하지만 작업하느라 켜 놓은 불은 아닌 것 같다. 이제는 야근하던 강 과장도 퇴근했나 보다. 사무실에 불이 꺼져 있다.

2번과 3번 순찰함이 있는 하천 둑을 따라 서 있는 201동에서 204동까지 불 꺼져 있는 아파트촌에 인적이라곤 없다. 홀로 걷는 순찰길은 만화 속에 나오는 유령의 집 복도를 걷는 것처럼 을씨년스럽다. 내주는 강한 성이요. 방패와 병기되시니. 585장 찬송을 첫 번째 순찰 때보다 소리를 더 크게 하고 따라 불렀다.

이런 방식으로 4차 순찰을 다 마치고 날이 밝았다. 어제 이영곤이 가르쳐준 대로 아침신문을 들고 와서 보안카드로 사무실 보안장치를 해제를 시켰으니 드디어 첫날 하루의 근무를 다 했는가 싶다. 이영곤이 자전거를 타고 부지런히 오고 있다.

제10장

마당쇠

"형님, 빨리 오시네요."

"강군아, 어젯밤 근무 잘했니?"

"첨이라서 어떻게 했는지 어리둥절헙니다."

"잠은 좀 잘 수 있었나?"

"잠이 안 들어서 한숨도 못 잤네요."

"아니, 이 사람아 어떻게 근무를 했걸레 한숨도 못잤능가?"

"시간 맞춰 순찰시간에 일어나야 한다고 생각헝게 잠이 안 오던디요."

영구가 듣기로는 아침 6시 30분에 교대하기로 알고 있었지만 이영곤이 20분 빨리 출근한 것은 아파트공사장 안에서는 처음 밤샘근무를 했던 영구를 배려해서다.

"10시나 12시 정확하게 그 시간에 일어나라 하는 것이 아니고 10분이나 20분 정도는 유도리를 두고 잠을 잘 수 있도록 시간을 자기가 조절해야 허능기라."

이영곤은 부지런히 경비원복으로 갈아입으면서 유도리가 있어야 한다고 말을 해준다며 장광설을 했다.

"순찰체크기에 시간을 정시에 맞춰서 순찰을 돌면 잠을 잘 수 없다이. 그 시간에 일어나야 하는 강박관념 땜세, 잠이 들 수 있겠능가? 그냥 맘을 내려 나뿔고, 잠을 청해야 허능거라. 우리나라가 근로기준법이며, 인권평등법이며, 말쟁이들이 해대는 말이 다, 즈그들 유리하게만 적용헌다니깐, 근로자들에게 하루에 몇 시간은 의무적으로 재워야 헌다 해놓고선 우리 같은 경우를 봐라. 두 시간 간격으로 순찰을 4차례 돌고 나면 한 번 도는디 몇십 분이 걸린다아니가, 그사이에 잠을 자라고 허는디 잠을 옳게 잘 수가 있겠능가?"

"형님 그런디요. 샛문출입을 헐라고 떼를 쓰는 사람들 때문에 뛰 다니기가 엄청 힘들던디요."

"그래, 맞다. 직원들이 시키는대로 다 허지말고 적당히 요령껏 허그라."

"위에서 시킨 대로 허지 않을 수가 있나요?"

"자네 군대 안갔다 왔능가? 군대법대로 헐라믄 군대생활 못허능거 알자능가? 요령이 필요허능거라."

아파트신축공사장 북쪽으로 개천이 흐르고 둑길을 따라서 울타리를 만들고 중간에 조그마한 샛문을 만들어 놓았다. 시공회사 직원들만 출입을 허용했다. 경비원은 아침 출근시간에 맞춰서 직원들이 들어 올 수 있도록 쪽문에 채워놓은 자물통을 풀어야 하며 야간에는 샛문인 쪽문을 걸어 잠가야 했다.

하천 둑길을 따라 직원들 차량만 주차하기 위해서는 아침 일찍 경비원들이 다른 차량들은 주차를 못하게 해야 시공회사직원들의 차량들이 주차를 한다는 것이다. 시공회사직원들이 쪽문을 이용해 들어오면 멀리 떨어진 주차장까지 주차하러 가지 않아도 된다. 강영구와 이영곤이 현장사무소 직원들의 마당쇠 노릇을 하고 있는 셈이다.

"형님, 원칙대로 허믄 일하는 근로자들의 차량이 우선주차를 하는 것이 원칙 아니다요? 바로 손님 입장이니깐요. 주인 입장인 자기들 차만 주차허라고 경비원을 대기시켜서 일반근로자들에게 주차를 못하게 허는 것은 권위의식 때문 아닙니까?"

"그러이 말이다. 즈그들은 사대부집 양반이고, 우리는 수발을 들어주는 마당쇤거라."

공사현장근로자들이 시공회사직원들만 출입하는 쪽문이 있는 것을 알고 난 후부터는 하천둑길에 주차를 하려고 한다. 멀리 주차장까지 가지 않아도 되고, 비라도 오면 진구렁이 되어 있는 주차장보다는 하천둑길에 주차를 하려는 일반 근로자들과 이를 제지하려는 경비원들하고는 실랑이가 벌어질 수밖에 없다. 아침 출근시간이면 아파트신축공사장에 일하러 오는 근로자들이 경비원들에게 일반 차량들은 왜 주차를 못하게 하느냐고 항의를 했다. 경비원들은 여기 하천둑길은 직원들의 전용 주차장이라고 말하면, 근로자들은 "누구 맘대로 직원들만 주차를 하느냐? 고 불만이었다. 이렇게 실랑이를 벌일 때마다 옛날 양반집에 마당쇠에게 권위를 누리려던 사대부들을 연상케 했다. 영구는 어쩔 수 없이 직원들이 시키는 대로 해야 했다. 주차를 하고 출입문을 사용하려는 사람들을 제지는 하지만, 시공사 직원들에게 마당쇠와 같은 처지라서 맘이 편하질 않다. 방문하는 근로자들이 자유롭게 주차를 하게 해야 맞다. 먼 길을 돌아서 한곳으로만 출입을 시킬 것이 아니고 뒷문사용을 다른 근로자들도 똑같이 해야 옳았다. 경비원들은 옳지 못한 일인 줄 알지만, 내키지 않은 일을 양반집 마당쇠처럼 해야 했다. 공사현장에 찾아와 주차하려는 근로자들이 하찮은 마당쇠의 말을 들어주지 않으니 죽을 맛이었다.

영구와 영곤이 번갈아 아침마다 공사현장 뒤편에 있는 북쪽 하천 둑에 나와서 직원들 차량만 주차하고, 일반 근로자들은 주차를 막는 일이 난감한 일이었다. 스트레스를 받아야 하는 일을 계속해야 했다. 호루라기를 불면서 차량지시봉을 흔들며 주차가 안 된다고 신호를 보내도 막무가내로 주차하려 하는 차량이 있다. 영구가 호루라기를 불며 쫓아 올라갔다.

"아저씨, 여기에 주차하시면 안 됩니다."
"아니 왜 안 된답니까? 이런 차들은 무슨 차입니까?"
"이곳 하천 둑길은 회사직원들 전용 주차장입니다."
차량운전자는 어이없다는 표정이다.
"하천 둑이 공사현장 땅입니까? 그리고 우리가 여기에 놀러 왔습니까? 일하러 온 사람들입니다."

이렇게 항의를 하는 사람들 입장에서는 근로자들을 귀히 여겨야 하며 편의를 제공해주는 것이 마땅한 일인데 잘못하고 있다는 표정들이다. 시공사 직원들은 자기들만 편하면 된다는 의식이 팽배해 있다. 궂은일은 마당쇠 역할을 하는 경비원에게 맡겨 놓으면 된다는 식이다. 정말 이렇게 말하는 사람들에게 더 이상 할 말이 없다. 또 다른 근로자가 영구의 제지는 무시하고 샛문을 밀치고 들어간다.

"아저씨, 이 문은 일반 사람들이 출입해서는 안 되는 문입니다."
"아니 왜요. 이 문으로 들어가면 누가 죽기라도 한답니까?"
"여기로는 직원들만 출입하는 문입니다."
"현장소장을 나에게 데리고 오씨요." 라면서 영구의 제지를 무시하고 그냥 가버린다. 차량운전자는 도무지 이해할 수 없다는 표정이다. 또 다른 근로자가 왔다.

"경비아저씨, 공사장에 직원 문이 있고 근로자들의 문이 있다고, 그런 법이 어느 나라 법입니까? 말도 안 되는 말씀 마랑게요."

"우리 경비원들은 위에서 시키는 대로 해야지 어쩔 수가 없습니다."

또 한 사람의 차량운전자가 답답다는 표정으로 또 큰소리를 친다. "출입문과 통행하는 길을 만들어 놓고 어떤 놈들은 출입을 해도 되고, 어떤 놈들은 안 되고, 이런 법이 어느 나라 법이냐."고 화를 내면서 주차를 해놓고 보란 듯이 들어간다.

영구의 제지를 무시하고 들어가 버리는 차량 운전자들 때문에 맥이 빠져 있는 동안에 이영곤이 교대하기 위해 왔다. 스트레스를 받았던 일을 일러바치듯 미주알고주알 얘기했다.

"조금 전에 실랑이를 했당께요. 한 사람이 막무가내 주차를 하고 들어가이 연달아서 주차하고 들어가잖아요."

"그렁 걸 군중심리라고 허능거라. 누가 한 사람이 가믄 다른 사람도 따라 가는 거라."

"하천 둑이 공사현장 땅이냐고, 또 출입문을 만들어 놓고 누구는 들어가고, 누구는 들어가지 못하고, 그런 법이 어디나라 법이냐고, 험서 막무가내로 들어가 버리네요."

"강군아, 그 사람들 말이 맞다이. 그런 사람들은 어쩔 수 없는 것이다. 그럴 때는 모르는 척 통과를 시켜야 허능거라."

"형님, 그런 식으로 얘기하는디 나도 어쩔 수가 없더라고요."

"니가 군대 안 갔다 왔나? 좀 하다 보믄 요령이 생긴다."

"그런디 체조장 공사는 아직 안 하네요. 체조장을 메우는 공사를 해야 우리가 편할 껀디 말입니다."

체조운동장에는 여기 아파트신축공사장 터 닦기 공사를 하기 전부터, 현장사무실을 짓고 각 하청업체들의 컨테이너 사무실들이 줄을 맞춰 자리를 잡고 있었으며, 공사현장 근로자들이 작업하기 전에 아침체조를 하는 곳이다. 아파트 건물들을 세우는 공사가 완공되어 가는 동안에도 토목공사도 하지 못하고 미뤄지고 있던 자리다.

체조운동장에 해맞이정원을 위한 토목공사가 시작되면 뒤편 하천둑길을 따라 설치된 울타리도 뜯어내고 복토 공사를 해야 한다. 뒷길이 당분간 폐쇄되므로 경비원이 아침 일찍 나가 주차 단속을 할 필요가 없게 된다. 아침만 되면 공사장 옆 쪽문으로 들어오려는 차량운전사들과 경비원들 사이에 실랑이가 없어지게 되는 것이다.

"강군아, 저네들이 큰 벼슬이나 형 것처럼 생각 안 하나, 경비원 생각하기를 옛날 대감집 마당쇠로 안단 말이다. 우리들을 옛날 양반집에서 부리는 마당쇠 부리듯 하고 있담 말이다."

이영곤이 요즘 마당쇠란 말을 많이 쓰고 있다. 시공회사 직원들이 갑질을 하고 있는 얘기들을 늘어놓느라 시간 가는 줄을 모르는지 영구에게 불만을 털어냈다.

"형님 말이 맞네요. 사무실 직원들에게 무슨 택배물이 그리 많답니까? 즈그들이 가져가믄 좋을껀디 일일이 사무실로 갖다 주라헝게 힘들단 말입니다."

"지금 우리가 하고 있는 일들이 현장사무실 직원들의 심부름 다 해주고, 타고 다니는 자가용차의 주차자리도 봐주어야 하고, 자잘한 심부름 다 험서, 직원들 출입문도 지켜 줘야 하고, 지하에 설치된 기계들은 우리가 뭘 알겠니? 우리 보고 기계가 돌아가는 것을 체크 해 달라 하고 있으이 말이다. 온갖 잔심부름은 다 시킨다. 정말이지 옛날 양반집에 마당쇠하고 똑같은 일을 우리가 하고 있는 셈이다."

탁자 위에 시계는 벌써 7시 20분을 가리킨다.

"강군아, 그것뿐인 줄 아나? 높은 아파트 창문들을 비만 오려 하면 왜 우리 보고 닫으라 허능가 모르겠더라. 신문 배달하는 사람들이 아무 데나 던져놓고 가버리니 신문이 배달사고가 잘 난다 아이가, 일일이 우리가 확인하고 사무실에까지 신문을 갖다 놓기도 여간 신경 쓰이는 일 아이가."

"형님, 나이 묵어 가꼬 그들의 종노릇한다고 생각허이 기분이 좀 안 좋더라고요. 그래도 어떡합니까? 그냥 그러려니 허야것지라."

"그래그래, 니 말이 맞능기라. 그래도 아파트 주민들을 상대 안 하고 직원들만 상대하고 있으이 많이 낫다고 바야 한다. 아파트경비원 노릇은 어지간한 맘으로는 못하능거라."

영곤이 하는 얘기는 아파트에 경비원 노릇보다는 공사현장 경비원 하는 일이 낫다는 얘기다.

"형님, 나는 퇴근 할랍니다."

"강군아, 어젯밤에 근무험서 욕봤다이. 집에 가서 푹 자고 내일 오니라."

"형님, 수고허씨요."

"어서 가그라. 수고했다."

아파트신축공사장 출입구 쪽 컨테이너 경비초소에는 김안근과 허영식이 전반장과 마침 모닝커피를 마시고 있다. 전반장이 아파트공사 현장에 경비원근무가 어떻드냐고 물었다.

"강샘님, 밤샘 근무하기가 어떻습디까?"

"예, 잠은 못 잤습니다. 여기보다는 몸은 편치만 직원들에게 비위 맞추는 일이 엄청 힘이 듭니다."

허영식이 말했다.

"자네가 이런 일을 해 보지 않아서 그래."

새로 들어온 김안근이 피식 웃고 있다. 전반장이 영구를 쳐다보며 커피를 마시지 않겠느냐고 묻는다.

"강샘님, 커피 좋아하잖아요. 커피 안 마십니까?"

"나는 아직 식전 아닙니까?"

전반장이 어느새 종이컵을 꺼낸다. 영식이 영구에게 물었다.

"자네가 근무하는 디서 여까장 걸어 나오는 시간이 얼마나 걸리덩가? 아마 10분 넘게 걸릴걸."

"시간을 재보지는 않았습니다만 10분 더 걸릴 것 같네요. 오늘 24시간 근무는 첫날이라서 식구들도 볼 겸 여기로 내려왔는디 다음부터는 장재실 쪽에서 버스를 타야것그만요."

허영식이 또, 잽싸게 말을 받는다.

"장재실쪽에는 외곽에 다니는 버스들이 자주 없당게."

전반장이 영구를 쳐다보며 말했다.

"강샘님, 버스시간을 맞춰서 나가면 되지요. 안샘님 피곤할 텐데 어서 퇴근하십시오. 항상 무슨 일이 있으면 나한테 먼저 연락을 주십시오. 반장이 하는 일은 언제든지 반원들 입장에 서서 우리 식구들 지켜 주는 것이 내가 해야 할 임무라고 생각합니다."

강영구와 허영식이 거의 동시에 "전반장님 감사합니다."라고 대답을 했다.

"전반장님, 고맙습니다. 감사합니다."

영구가 인사를 하고 일어선다.

"먼저 갑니다. 모두들 수고하십시오."

퇴근하는 사람들과 출근한 사람들의 인사가 엉켰다. 김안근이 퇴근하는 안달수와 강영구를 따라 나오면서 다음에 소주 한잔 하자고 했다.

"강영구씨, 언제 쉬는 날 받아서 소주 한잔 합시다."

"김안근씨, 언제라도 좋아요."

영구가 2단지아파트공사현장에 24시간 경비원 일을 마치고 개선장군처럼 집에 현관문을 열고 들어오니 거실에서 걸레질하던 명례가 반갑게 맞아 준다.

"쌍둥이 할베 수고하셨네요."

"여보, 오랜만이네." 명례가 피식 웃으며 반문을 한다.

"왜, 여보라 한데?"

명례는 평소에는 지금까지 자네라고 부르더니 오늘 아침에 갑자기 왜, 여보라 하느냐고 했다.

"자네가 좋아서 여보라고 불러봤네. 뽀뽀 한번 해 줄게."

영구가 명례의 손을 잡으려 하자 재빨리 피한다. 영구 부부는 젊었을 때나 신혼 때 이후에는 키스를 해보지 못했다. 명례는 갱년기를 지나고부터는 부부의 잠자리도 거부할 때가 많다. '화무십일홍'이라 했던가. 아무리 붉고 아름다운 꽃도 열흘 이상은 아름답게 피지 못한다는 말이다. 영구와 명례 부부도 인생의 전성기가 지나고 꽃다운 젊은 시절이 지나가 버린 것이다. 스킨십을 걸어보려는 영구에게 왜, 하지 않던 짓을 하느냐는 표정이다.

"어이, 어젯밤에 내가 없어도 잠을 잘 잤는가? 내가 없으이, 잠이 안 오제."

아내 명례의 대답은 정반대다.

"잠만 잘 옵디다. 어서 샤워나 하시고 밥이나 잡사유."

아내가 차려준 아침식사를 하고 나니 영구의 두 눈까풀이 천근이나 짙어진 것처럼 무겁다. 오전 내내 방에서 뒹굴다 보니 깊은 잠은 자지 못하고 고양이 잠을 잔 것 같다. 60년 이상을 밤에만 잠을 자다가 갑자기 낮과 밤이 바뀐 것처럼 낮에 잠을 청하는데 잠을 잘 수가 있겠는가. 하루 종일 뒹굴다 일어나고 PC 앞에 잠시 앉아 글을 쓰다 말고 눕기를 반복했다. 평소에는 좋아하는 팀의 프로야구경기는 빠짐없이 봤었다. 미국에까지 건너가 강타자들을 농락이라도 하듯, 우리나라 선수가 공을 뿌려대고 있다. 메이저야구도 제대로 보지 못하고 잠자리에 들어보지만 대낮에 깊은 잠을 취하기는 만무하다.

24시간 근무하는 일이 점점 익숙해진다. 외곽 노선으로 가는 버스를 타기 위해 시간을 조금 앞당겨 나왔다. 초전에 종점이 있는 버스들은 전에 좋지 않은 감정 때문에 타기 싫어서다. 그리고 시내버스 종점에서는 10분에서 15분 이상 걸어 들어가야 하는 불편도 있다. 영구가 근무하는 한 평 컨테이너 경비실이 보인다. 이영곤이 초소 앞을 왔다 갔다 반복하고 있는 모습도 보인다.

"강군아, 어서 와라."

이영곤이 반갑게 맞았다.

"형님, 수고하셨어요. 인자 퇴근허씨요."

이영곤이 반가운 소식을 전했다.

"인자는 체조장에 안 나가도 된다. 오늘부터 공사를 시작한다고 하더라, 사무실도 202동에 1층으로 옮겼고 아침체조는 지하 주차장에서 한다고 하더라, 그런디 아침신문이 사무실을 옮긴 줄을 몰랐능가, 체조장 울타리도 뜯어뿔고 없는 허허벌판에 그냥 던져놓고 가뿌렸더라이."

사무실 직원들이 받아 보는 신문을 직원들만 출입했던 울타리를 뜯어버린 허허벌판에 던져놓고 간 것을 현장사무실에 갖다 놓아야 한다는 얘기다.

"체조장에 안 나가도 된당게 속이 후련헙니다. 아침마다 직원들 차량만 주차하게 하고, 또 출입하는 사람들 가로막고 직원들 전용이라고 말하기가 부담스러웠고 얼마나 스트레스를 받았소? 형님은 기분이 어찌요?"

"나도 직원들 전용이라 주차금지를 하고 출입문을 통제하기가 마음에 내키지 않아 맘 고생했다아이가 시키는 일이라서 어쩔 수 없이 허기는 했지만, 주차를 못 하고 다른 데로 가는 사람들에게 많이 미안했능기라."

퇴근하는 이영곤이 탄 자전거가 점점 멀어져 간다. 영구가 작성해놓은 경비일지를 들여다봤다. '경비 이상 없음'이란 글귀가 눈에 들어 왔다. 이영곤은 첫 순찰 시간이 22시 20분부터 했다고 적혀 있다. 경비일지를 현장사무실 안전과에 가져다주면 안전과장이 결재하고 현장사무소 소장 결재가 끝나는 오후 5시 이후에 사무실 창구에 가서 경비일지를 받아 온다. 안전과 탁과장이 경비일지를 건네면서 영구에게 임무지시를 했다.

"아저씨, 아파트 입주가 두 달 앞으로 다가와서 지하주차장에 가스렌지와 주방 집기 등, 값비싼 제품들을 각 세대에 설치하기 위해 지하주차장에 야적해 놓고 있습니다. 경비아저씨들이 수고를 좀 더 하셔야 하겠습니다. 야간 순찰을 돌 때 지하주차장 1층과 2층을 추가해 야경을 해 주십시오."

"지하주차장 1층과 2층까지 순찰을 허믄 우리들이 잠잘 수 있는 시간이 줄어들지 않겠습니까?"

근로자에게 하루 4시간은 의무적으로 재워야 한다는 뜻이 담겨 있는 질문이다.

"시간은 얼마 안 걸립니다. 지하 주차장 1~2층을 돌고 오는데 15분이면 충분합니다. 그리고 체조운동장폐쇄로 일거리가 줄어들었지 않습니까? 낮이나 밤이나 지하주차장에 드나드는 차량들을 잘 살펴야 합니다. 순찰함은 이따가 오 반장에게 달아 놓으라 하겠습니다."

"15분만 걸린다고 허요. 그렇지 않습니다."

"아저씨들이 낮으로 하는 일거리가 많이 줄어들지 않았습니까?"

하늘 같은 안전과장의 지시를 더 이상 뭐라고 말대꾸를 할 수도 없다. 동쪽과 서쪽으로 지하주차장 1층과 2층, 출입구가 만들어져 있다. 쇠줄을 걸어서 열쇠를 채우고 각종 차량이 들고나올 때는 경비원이 열어 주어야 한다.

현장작업이 계속되는 시간에는 도로에 주차하는 차량과 공사장 안에 규정을 위반하는 차량을 단속하는 일로 바짝 긴장해야 했지만, 이제부터는 지하주차장을 출입하는 차량을 꼼꼼히 살펴야 한다고 주의를 시킨다. 야간에는 사람들의 출입이 금지되고 급한 용무가 있는 사람은 재차 확인을 거쳐 메모하고 차량 번호를 메모해야 한다고 했다. 안전과장이 퇴근하면서 영구를 불렀다.

"강씨아저씨, 여하를 막론하고 차량과 사람들을 야간에는 지하주차장에 출입을 시켜서는 안 됩니다."

"예, 알겠습니다."

"현장에 일하러 오는 사람들이 아저씨들 말을 잘 따라 줍니까?"

"예, 잘 따라줍니다만 가끔 말을 듣지 않는 사람들이 있습니다. 그 사람들하고 싸울 때도 있고요."

"그래요, 우리가 안전교육을 시킬 때, 경비원들의 지시에 잘 따르라고 얘기를 많이 하거든요. 만약에 말을 안 듣는 사람이 있으면 저에게 보고 하십시오. 가급적이면 야간에는 지하주차장에 차량출입을 제지하는 것이 좋습니다."

"과장님, 지하에 CCTV가 설치되어있지 않습니까?"

"아직 CCTV를 설치하지 못했습니다. 곧 설치할 것입니다. CCTV를 설치한다고 해도 지하1, 2층 전체를 다 비춰주는 것도 아니고 일단은 우리가 잘 감시를 해야 하니 아저씨들이 각별히 신경을 써 주셔야 합니다."

지하주차장 1층과 2층 곳곳에 각 세대에 설치할 식기 세척기와 소독기, 가스레인지, 등 주방용품과 전자제품들이 쌓여있다. 영구에게는 새로운 걱정거리가 생겼다. 지하주차장에 야적해놓은 가전제품들이 분실이라도 된다면 경비원에게 책임을 물을 것으로 생각했다.

입주가 가까워지면서 경비원의 할 일이 늘어나고 있다. 영구가 근무하는 2단지에 1동에서부터 8동까지의 아파트 단지 안쪽을 한 바퀴 순찰하고 지하 주차장 1층과 2층을 돌아야 하니 시간이 기존 30분에서 15분이 더 늘어났다. 아무래도 지상에만 순찰할 때보다는 부지런히 돌아야 했다. 조금이라도 시간을 단축해야 수면을 몇 분이라도 더 취할 수 있기 때문이다.

어느 정치가가 말했던가. 닭의 모가지를 비틀어도 새벽은 온다고 했던 것처럼 시간은 흐르고 지나간다. 시공사 직원들에게 타고 다니는 차량을 주차자리를 지켜 주고, 출입문을 관리해주며 잔심부름을 해 주는 옛날 사대부 집에 마당쇠와 같은 일을 하고 있다 할지라도 낮이 지나가면 밤이 오고 밤이 오면 날이 밝아지는 아침이 온다. 어찌했건 아침이 오면서 하루 24시간 근무를 마쳤고 집으로 돌아갈 수 있다는 행복감을 맛볼 수 있어 좋았다.

다람쥐 쳇바퀴 돌 듯, 또다시 24시간이 지났다. 오늘 하루 양반집 마당쇠 임무를 하기 위해 무거운 마음으로 출근하는 이영곤과 강영구가 임무를 교대한다.

"형님, 어서 오씨요."

"강군아, 수고했다. 별일 없었나?"

"별일 없긴요. 지하주차장 1층과 2층을 순찰을 돌아야 헌다 안허요."

"문뎅이 자식들이 일을 잘못해도 많이 잘못하고 있다야. 우리가 야간에 잠잘 수 있는 시간을 맨들어 주지 않은 것은 법에 걸리는 것을 알아야 하는디 그걸 모르는 놈들 아닝가베. 법대로 허면 최소한 4시간 이상은 의무적으로 재우고 일을 시켜야 되어 있는 법을 모른 단 말인가?"

"형님, 어떻게 수면을 취하든지 간에 하루 저녁에 4시간 이상은 자는 시간이 만들어져 있다고 생각하는 사람들 아닙니까?"

"우리가 무슨 기계니 우리가 로봇 같으믄 마음대로 한 시간 누어 자고 그 시간에 정확히 일어나고 허지만, 이런 일은 우리가 사람인디 그렇게 할 수 있니, 자기들 말대로 순찰 돌고 나서 잘 수 있는 시간이 한 시간도 더 된다 허지만, 바로 누어서 잠이 드는 사람이 있단 말이가?"

"어떤 사람들은 누었다 하면 코를 고는 사람이 있습디다만, 나는 눕자마자 바로 잠들지 않습니다."

영구와 영곤의 대화가 죽이 맞았다. 비록 경비원 일을 하고 있지만, 우리나라 기초헌법 정도는 외고 있으니 근로기준법도 어느 정도는 알고 있는 사람들이다. 처우개선을 해 달라 하기는 마당쇠 입장이라 흡사 고양이 목에 방울을 달기만큼이나 어려운 현실이다.

"그래, 보통사람들은 적어도 이삼십 분쯤 있다 잠이 들제, 바로 잠이 드는 사람은 드뭉거라. 어떤 때는 몇십 분씩 실랑이해야 잠이 든다 아이가. 지금 우리에게 한 시간 남짓 간격으로 잠을 자고 나서 하룻밤 네 차례 순찰을 돌라 하는 법은 하나의 고문인 거라."

"형님 말이 맞소. 형님 말이 옳소."

영구가 옳다고 제창을 하고 이영곤은 계속해서 넋두리한다.

"나한테는 이런 일을 얘기를 안 허고 니만 보고 얘기를 한다냐?"

"형님, 나는 마당쇠라도 신출내기라서 다루기가 수월타는 뜻잉갑소."

"강군아, 저 사람들이 허란 대로 다 못한다. 이 사람들이 하라는 대로 어떻게 다 할 수 있겠니? 인간의 항계가 있는 것이지. 그러니 강군 니도 적당히 알아서 허그라."

이영곤은 직원들이 시킨 대로 다 따라 할 수 없으니 적당히 알아서 하라고 말했다.

"니가 군대에 갔다 왔다 아니가, 군대에서처럼 요령이 필요하다 아니가. 머로 밤송이를 까라허믄 시늉이라도 해야 허지만 다 방법이 있니라."

"만약에 순찰을 잘못해서 물건을 도둑맞는다거나 사고가 나믄 그때는 경비원 책임 아닙니까?"

"강군아, 참 순진한 말을 허능구나, 절대로 그건 아이다. 우리 같은 시설경비원들에게는 도난이나 사고책임은 물을 수 없능기라네. 이 사람아!"

"형님, 지하 주차장에 물건을 도둑맞으믄 우리가 변상할 책임이 없단 말잉가요?"

이영곤은 십 년을 넘게 경비원 경력이 있어 근무요령을 터득한 사람이다. 별로 힘들지 않은 듯, 구렁이 담 넘는 식으로 군대생활처럼 요령이 있어야 한다고 벌써 수차례 얘기했다.

"그렇다니깐, 상식적으로 생각해 바라. 경비원이 어디 지하주차장 지키는 한 가지 일만 허능기가? 온갖 일을 다, 하는디 경비원이 책임을 지라는 얘기는 말도 안 되능기라."

"형님 말이 이해가 됩니다. 혼자서 지하주차장 1층과 2층을 다 지킨다는 것은 말이 안 되지요."

"강군아, 얼마 전에 경비실에서 없어진 택배물건 때문에 시비가 붙어 재판이 벌어졌는디, 경비원에게 책임을 물을 수 없다고 판결이 났다 하드라."

"그래요, 내가 경비원을 하면서 많이 배웁니다."

"강군아, 시간이 많이 지나가뿌럿다이. 어서 퇴근 하그라."

"예, 형님, 그러믄 나는 퇴근합니다."

영구가 퇴근을 잊고 이영곤에게 근무요령을 들었다. 건설회사직원들이 시키는 대로 다 할 수는 없다는 얘기다. 시간 가는 줄 모르고 대화를 하다가 집을 향해 발걸음을 옮기고 있다.

제11장

아까운 건축자재들

영구는 어렸을 때부터 물질로 인한 삶의 어려움을 겪으며 살았다. 할아버지와 아버지 그리고 자신까지 대대로 이어받은 가난을 숙명으로 여기며 살았다. 비 오는 날, 소에게 먹일 풀을 베러 가면서도 발목이 긴 장화를 신어본 적이 없으며 삼동설한에 산에 나무를 하러 갈 때도 싸구려 장갑도 끼지 못해 손가락과 손등은 가시에 긁히고 상처투성이가 될 때가 많았다. 일하면서 다른 장비를 갖추는 것은 사치였을 뿐이었다.

물질로 궁핍함을 체험하고 살았던 영구는 해맞이아파트신축공사가 마무리되어가면서 건축물 쓰레기로 나오는 건축자재들을 볼 때마다 가슴이 아팠다. 각목과 합판, 배관설비용 PVC 파이프, 등 각종 자재를 지게차로 옮겨와 쓰레기 수거용 덤프트럭 적재함에 쏟아 붓는 것을 날마다 보았다. 농촌에 농사용으로 긴요하게 사용하기에 좋은 물건들이 너무 많다. 아니, 일반 가정에도 긴요하게 사용할 수 있는 자재들이다.

아파트공사가 마무리되어 가고 있으매 폐기물 업체에서 건축 폐기물을 싣고 가기 위해 폐기물 운반용 적재함을 곳곳에 대기해 놓았다. 건물 벽에 붙일 방음방벽 방한용, 석고와 목재, 등 폐건축자재들을 폐기물 수거용 적재함에 쏟아 부었다. 수거 적재함이 차오르면 포클레인이 달려왔다. 육중한 삽으로 사정없이 내리치면 우지직 깨지고 쪼개지는 소리를 들을 때마다 영구에게 구원을 요청하는 소리처럼 들려서 가슴이 아팠다. 굴착기 삽으로 짓이기고 눌러야 폐기물 수거 적재함에 많이 실을 수 있기 때문이다. 완전히 부서져 버린 폐자재들은 영영 다시 쓸 수 없는 폐기물이 되어버린다. 얼마든지 다시 사용할 수 있는 것들을 버린다. 한 번도 사용하지 않은 자재들도 많았다. 이렇게 마구 버려진 자재의 비용들은 고스란히 입주자들에게 돌아갈 것이다. 모인 폐기물은 창원에 있는 건축물 폐기물 업체에서 싣고 가서 폐기해버리니 얼마나 아까운 것인가. 시공업체에서는 건축 폐기물 처리비용만 해도 만만치 않을 것이다.

아파트공사장 안에 조경 공사가 거의 마무리되어가고 도로들이 윤곽을 드러내니 도로와 인도를 구분하는 경계석들이 많이 남아 버린다고 했다. 시내 외곽에 임야를 사들여 농장을 하는 친구에게는 쓰일 것 같아 전화했다.

"조회장님, 오래간만입니다. 그동안에 별고 없었습니까?"

"아이고 강대장님, 바쁘실 텐데 어인 일입니까?"

영구의 친구들은 진주시 외곽에서 농장을 하는 조경진에게는 큰 농장 주인이니 회장이라고 명칭을 붙여 주고, 영구에게는 큰 아파트신축 공사 현장에 경비원근무를 못 할 줄로 알았다가 무난히 적응하며 견디고 있으니 경비원에서 경비대장으로 1계급 승진시켜 준다며 이들끼리 부르는 코믹 명칭이다.

"느그, 농장에 경계석이 필요할 것 같아서 전화했다."

"응, 영구야, 경계석 필요하냐고 했나? 그래 필요하지 니 일하는 현장에 경계석이 있담 말이가? 얼마나 있는데?"

"양은 많다. 몇 차 되지."

"그렇게 많으믄 돈도 많이 달라 하는 것 아니냐?"

조경진은 값을 지불해야 되는 것이 아닌가 물었다.

"아니다. 그냥 가져가믄 된다."

"그래, 그러믄 언제 실로 가면 되냐?"

"아무 때나 오니라."

"친구야 고맙다이. 일 좀 해 놓고 5시쯤이나 갈까 헌디?"

"아니다. 지게차 기사가 퇴근해 뿔믄 안 뒹께 시간을 앞당겨오니라."

영구가 40년 전 진주에 처음 와서 월세방을 얻어 살 때다. 동네에는 목공소를 운영하는 사람이 있었다. 같은 또래라서 어느 날 통성명이나 하자고 하며 인사를 하다가 나이가 같은 용띠라는 것을 알고 친구로 지내기로 했다.

친구의 목공소에서는 주로 하는 일이 건물이나 주택에 창문이나 현관 문들을 제작해 설치해주는 일이라 건축업을 하는 사람들이 주된 친구들이다. 영구는 이들과는 관계가 없는 유통업을 했으나 목공소를 하는 친구를 통해서 알게 된 동갑 친구들은 목수와 미장, 장식과 도료, 등등 일명 노가다라 하는 건축업에 종사하는 친구들이 많다.

나무농장을 하는 친구는 영구가 일거수일투족 모양과 성격까지도 꿰뚫고 있는 친구다. 영구에게 아파트나 현장경비원을 할 수 있겠느냐고, 잘 판단해서 결정하라고 충고를 해 주기도 했다. 이 친구는 토목기술자로 수십 년 건축 관계 일을 하다가 공기가 맑고 남강이 내려 다 보이는 풍광 좋은 곳에서 조경용 나무 농장을 하고 있다. 경비원으로 근무했던 동안에 보람이 있었던 일들은 자칫 폐기처분 되어버릴 경계석(境界石)을 친구가 농장에서 긴요하게 사용할 수 있게 해 준 것처럼 다른 지인들에게도 폐기하려는 자재들을 가져다 쓰게 해 준 것이 영구에게는 보람 있는 일이었다.

"친구야 어서 오니라."

영구의 전화를 받고 조경진은 1톤 화물차를 끌고 부리나케 달려왔다.

"야! 공사가 빠르다이. 벌써 건물은 다 올라갔데이."

"어서 오니라."

"전번에 왔을 때는 지하 주차장 공사할 때 와 봤었거덩."

농장을 하는 조경진은 아파트공사현장에 처음 온 것이 아니라고 했다.

"그럼 내가 여기 근무하기 전에 와 봤담말가? 뭐하러 왔었냐?"

"작은 애가 여기 해맞이아파트를 계약해 볼까 해서 와 봤었는디 안 하고, 결국은 무궁화아파트를 계약했다더라. 참, 니 바쁜 것 아니냐?"

"아니다. 지게차는 오라고 말해 놨거덩."

"지게차 기사에게 담뱃값이라도 줘야 헌다아이가?"

"안 줘도 된다. 지게차 기사 하곤 엄청 친하다. 일이 없을 때는 만날 여기 와서 커피도 마시고 새참도 묵고한다. 내가 진주에서 제일 친한 친구가 경계석을 실로 올 거 다고 말해 놨거덩."

공사현장에 지게차 운전을 하는 제영명은 고성이 고향이고 희귀한 성(姓)인 제씨다. 제씨는 지게차로 각종 자재와 폐자재를 나르는 작업을 하는 사람이다. 비가 오는 날이나 짬이 있는 시간에는 경비실에서 커피도 마시고 얘기도 나눈다. 그래서 영구가 친구에게 지게차 비용을 주지 않아도 된다고 얘기한 것이다.

"친구 니가 수고를 많이 했구나."

"니, 둘째사위가 뭐 한다고 했냐? 사위가 돈을 잘 번다고 했제?"

"거제서 조선소에 댕긴다 아이가."

"그러이 이런 고급아파트를 분양을 받을라고 허능구나. 우리 작은 놈은 아직 시집도 안 갔는디 외손자가 지금 몇이냐? 넷인가 되제."

"아니다, 이 사람아, 다섯이다. 둘째가 며칠 전에 또 딸 낳능거라."

영구는 친구들이 손주손녀를 봤다는 얘기를 들을 때마다 부럽기만 했다. 조경진은 줄줄이 딸만 셋을 낳고 막내로 한참 후에 늦둥이 아들을 낳았다. 몇 년 전에 군 제대를 하고 직장에 다니고 있다고 했다. 세 딸이 부모가 걱정 않게 하고 본인들이 짝을 찾아 잘살고 있다.

"그런디, 느그집 작은 애는 언제 시집간다니, 남자 친구 없다 하더냐?"

"모르것다. 느그집 딸내미들처럼 즈그들이 짝을 찾아가뿔믄 내가 춤을 추것다이."

오늘도 이 친구는 결혼 적령기를 넘고 있는 영구의 작은딸 보경이를 걱정해주고 있다.

"작은 놈이 얼굴도 잘 생겠다아이가. 왜 시집을 앙가고 애를 미기까이."

"말마라, 내가 속상해 죽것다. 모아 논 돈도 없다 하고 시집도 가지 앙겠다고 한다. 옛날에 아부지 친구들끼리 얘기 하신 것 들었는디 '세상에 자식 이기는 부모는 하나도 없더라.' 고 하시는 말씀들이 실감 난다."

"영구야 그래서 옛날 어런덜이 무자식이 상팔자라고 했능갑데이."

"느그집 자식은 넷이 모두 속썩이는 아이는 없었지 않냐?"

영구는 경진이 부러워서 하는 말이다. 딸들이 부모를 의지 않고 일찍이 짝을 찾아 결혼하고 모두 집 장만은 물론이며 손자손녀만 해도 다섯이나 되었기 때문이다.

"작은딸 경이가, 병원에 근무한 지가 십 년도 훨씬 넘었을 건디 돈이 없어 시집 못 간다니 무슨 말이 다냐?"

'경이'라는 이름은 영구의 작은딸의 이름자의 끝 자를 따서 부르는 이름이다.

"둘째가 우리 경이 하고 나이가 같은디도 벌써 시집가서 아이도 둘이

139

나 되고 몇억 되는 아파트도 장만하려고 하는디 나는 이게 뭐니, 돈도 없다 하고 시집도 안 간다 헝께 부모 맘을 몰라주니 속상해 죽겠다."

영구의 친구들 중에는 20대 초반에 연애해서 결혼하고 손주들을 몇 명씩 낳고 잘사는 자식들이 많이 있다. 경진의 딸 얘기를 듣고 부러워서 하는 넋두리였다.

"니, 딸은 통장 관리를 즈그 엄마가 안 했다고 했제?"

영구가 딸 아이 얘기를 더 이상 하기가 싫어서 커피를 마시겠느냐고, 동문서답을 했다.

"친구야, 커피 묵을래?"

"응, 나 커피 좋아하는 줄 어찌 아능가?"

"이 사람아, 자네하고 친구 된 지가 얼마냐? 내가 진주에 70년도 말에 왔으이 니하고 친구 한 지가 30년도 넘고 40년 되어간다. 그런디 내가 모르것나? 자네 집 숟가락까지 다 알겠다."

책상 서랍을 열고 종이컵을 꺼내는 영구를 경진이 제지한다.

"친구야 종이컵 꺼내지 마라. 정수기 위에 종이컵 많이 있다."

"그것들은 아까 현장직원들이 와서 물을 묵었던 것인디, 새 컵으로 묵어라."

"야야, 괜찮다. 그냥 여기에 묵을란다. 깨끗한디 머."

"니하고 나 하고는 지금까지 생각하는 것이 변하지 않는다냐? 니하고 나하고는 어쩔 수 없이 죽을 때까지 친구 해야 헐랑갑다."

직원 사무실 정수기 옆에는 일회용 종이컵이 뒹군다. 자기가 개인적으로 돈을 주고 사는 물건들이라면 한 번 사용하고 아무렇게나 마구 버릴 것인가? 고무 코팅된 면장갑도 시중 가격이 켤레 당 5~6백 원 할 것이다. 그러나 공사 현장에서는 일회용이다. 한 번 사용하고는 버린다. 영구는 경비실에서 사용하는 종이컵 하나도 먼저 커피를 마실 때, 다음은 물 마실 때, 몇 번씩이나 재사용을 하다가 라면 먹을 때, 또 사용하는 청승을 떨고 있다. 영구는 오래전부터 이쑤시개 하나도 한쪽을 사용하고 잘라 놓은 후에 또 사용한다. 두 사람은 똑같은 사고를 가지고 있다.

조경진은 고향이 지리산 입구 산동네에서 부모님을 일찍 여의고 어린 시절 어렵게 살다가 진주에 무일푼으로 왔다고 했다. 지금은 농장을 가꾸고 있으며 몸에 밴 근검절약 정신이 아직도 자리 잡고 있다.

모든 물자가 풍부해진 세상에서는 어느 정도 물건을 소비해줘야 나라 경제가 좋아진다는 말을 하는 사람들이 많다. 그러나 영구는 이에 반대다. 오래전부터 검소하게 절약하는 몸에 밴 습관을 버리지 못한다.

"자기가 돈 주고 산 것이 아니라고 물건을 함부로 다뤄서는 안 되는 것인디 사람들이 코팅장갑 같은 것도 한번 끼고 버린다. 내가 주워 모아 논 것이 열 커리는 될 거다. 니가 갖다 쓸래?"

영구가 마구 버려지는 코팅 장갑을 흙이 묻은 건 빨기도 해서 모아 놓은 것이 10여 켤레 된다며 친구에게 주겠다고 물었다.

"주면 고맙지. 그런디 그 경계석은 어디 있노?"

"밖에 도로 위쪽 건너편에 있다. 한 번에 다 못 실을 거고 몇 차는 될 거다이. 더 필요하믄 저 위에 주차장에 가믄 또 있다."

"그것들도 가져갔으면 좋겠다만."

"차에서 내릴 때가 문제지, 실을 때는 지게차가 실으면 된다."

영구가 이제는 포클레인 얘기를 한다.

"그래, 기계가 아니면 안 되능거라. 포크레인 그것 참 요물이더라. 나는 전에 포크레인은 땅만 파는 줄로 알았는디, 공사현장에 근무험서 별

것 다 하는 것을 보고 놀랬다. 도로에 인도와 차도를 만들믄서 무거운 경계석을 들어다 놓는 작업을 사람의 손으로 어떻게 하겠니? 포클레인이 들어다 놓는 일을 하더라. 정말 신기하더라. 나는 지금 공사현장에서 기계들이 작업하는 것과 사람들 일 하는 것을 보면서 나는 여태껏 우물 안 개구리로 살았나 싶더라."

이때 마침, 제영명이 덜거덩거리는 지게차를 운전하고 왔다.

"제기사, 어서 오니라. 여기 인사해라. 아까 내가 얘기했던 농장하는 친구다."

영구가 인사를 시켰다.

"제영명입니다."

"조경진입니다."

조경진이 손을 내밀며 악수를 청한다.

"강씨아저씨에게 들었습니다. 전망 좋은 곳에 나무농장을 멋지게 꾸며 놓았다면서요."

지게차 기사 제영명의 말이다.

"뭘요, 조그맣게 소일거리삼아 하고 있습니다. 언제 한번 놀러 오십시오."

"제 기사, 커피 한 잔 할랑가?"

"아닙니다. 오늘 바쁘네요. 조사장님 경계석을 실러 갑시다."

강영구의 친구 조경진이 타고 온, 1톤 화물차에 경계석들을 지게차로 옮겨다 실으니 타이어가 땅바닥에 달라붙는다. 개당 120K나 되는 것들을 30개나 실었으니 3톤이 훨씬 넘는 무게다.

"안 되겠다. 더 못 싣겠다."

팔레트 위에는 30개씩 경계석이 올려져 있었다.

"이것만 싣고 가서 내려놓고 또 오렴."

제기사도 한마디 한다.

"걱정하지 말고 내려놓고 오십시오. 얼마든지 실어 드릴 테니깐요."

폐기물 업체와 아파트건설 시공업체 간 폐기물 수거 계약을 할 때, 경계석(境界石)을 수거하기로 계약이 되어 있지 않았다. 어느 날 폐기물수거함에 경계석을 버렸다고 폐기물 업체에서는 수집을 거부하는 사태가 벌어진 일이 있었다.

대리석으로 만들어진 경계석뿐만 아니라, 모든 건축 석재를 중국에서 수입한다고 했다. 현장작업반장은 이런 건축자재들을 필요한 사람들에게 회식비용으로 얼마씩 받고 넘겨주기도 했다.

"와! 빠르구나. 벌써 내려놓고 왔냐?"

"말도 말그라이. 그걸 내리면서 생 씨름을 했다아이가."

조경진은 경계석을 차에 실을 때는 지게차가 대번에 들어다가 차에 얹어 주니 수월했지만, 농장에서는 한 개씩 땅바닥으로 밀어 떨어뜨리느라고 힘들었다고 했다.

"니는 아직 힘이 좋다."

"힘이 좋은 것이 아니고 죽을 뻔했다니깐, 옛날 젊었을 때 같았으면 머시 힘들다고 쩔쩔매껏냐이?"

"니가 가져간 그 경계석이 개당 무게가 120K나 되는 것인디 들어 내리겠더냐?"

"그걸 어찌 들어 내리냐? 적재함 뒷문을 열고 손으로 발로 겨우 바닥에 밀어 떨어뜨려 놓고 왔다니깐."

"옛날 같았으믄 니나 내나 다 죽었을 나이가 아니잖니? 우리가 뭐 묵을 것도 없고 커피나 한 잔씩 더 허자."

영구가 커피를 마시자고 말했다.

"그래, 아까 내가 묵은 컵으로 묵을란다. 그런디 컵들이 안 보인다."

"보기에 안 좋아서 다 버렸다. 새 컵으로 묵자."

"참, 밍례씨는 괜찮니 좀 어떠니?"

경진이 밍례라 함은 영구의 아내 이름인 명례를 밍례라고 발음을 한 것이다.

"응, 많이 좋아졌어. 걸을 때 조금씩 불편해도 집에서는 집안일 다 한다. 빨래하고 청소하고 밥하고 할 수 있는 일은 다 한다. 이번 달 우리 모임 때는 같이 참석할 기다."

영구가 아내 명례는 걸음걸이는 불편할 뿐 집에서 못하는 일이 없이 바쁘다고 말했다.

"우리 마누라가 교통사고가 나서 처음으로 병원에 입원해 있는 동안에 마누라 없는 빈자리는 정말 실감나더라."

"영구야, 그래 맞다. 평소에는 모르고 살다가 막상 무슨 일을 당하고 나서야 마누라 귀헌줄 안다고 하더라. 니나 나도 마누라가 없으믄 살 수 없능기라."

"우리 용띠들이 왜 살아감서 악전고투를 헝가 모르것다. 벌써 죽어뿐 친구들이 얼마나 많니?"

"친구야, 우리 용띠뿐이가. 이웃이나 동네선후배도 그렇고 아는 사람들이 수도 없이 많이 죽었지 않냐?"

영구가 처음 진주에 왔을 때 목공소를 운영하는 친구와 사귀게 된 것이 계기가 되어 진주시내 건축일 하는 사람들과 용우회라는 친목모임을 만들어 매월 모임을 갖고 있다. 목공소를 하는 친구가 세상을 떠난 것을 포함해서 예닐곱이나 친구들이 죽었다. 모두 다 술이 원인이다.

"그래, 우리 친구들이 세상 뜬 친구들이 너무 많다."

"용띠 친구들이 다 술을 많이 묵어서 일찍 죽는다아이가."

"그래 그래, 친구덜이 너무 많이 죽어 뿌렀다이."

경진이 두 번째 경계석을 싣고 갔을 때는 어느새 공사장에 일을 마치
는 시간이다. 진주시 초장지구 대단위 주택공사현장에서는 조금 전까지
깎아 내고, 깨고, 뚫던, 요란한 굉음들이 그치고 퇴근 준비에 바쁘다.

제12장
로마에 갔을 때는 로마법을 지켜라

진주시 초장지구 대단위 주택단지 아파트공사가 한창 진행될 때에는 드나드는 차량들과 각 분야에 일하는 사람들이 이리 갔다 저리 갔다 하며 움직이는 모습들은 육칠십 년대 시골에 추석이나 설 대목장날 같다. 건축자재들을 싣고 오는 차량들과 공사 관계 차량들이 뒤엉킬 때는 교통순경이라면 쉽게 풀어낼 수 있겠지만 영구는 진땀이 흐를 때가 많다.

공사현장 남쪽에 모서리 쪽에는 수백 대가 주차 할 수 있는 주차공간이 만들어져 있다. 차량들을 주차장으로 유도를 하고, 공사 현장 앞 도로에 주차 단속을 하는 것도 경비원들의 업무다.

차량 운전자들은 주차장까지 올라가려 하지 않고 현장 앞 도로에 주차하려는 사람들이 많다. 현장 사무실에서는 주차위반 경고스티커를 만들어 경비원에게 배부했다. 지자체에서 발행하는 주차위반 차량에 붙이는 스티커처럼 벌금을 부과하는 효력은 없었으나, 주차위반 스티커를 두 장 이상 받는 차량을 적발해 사무실에 올리면 운전자를 불러 강력하게 경고를 했다. 이렇게 함으로 차량운전자들은 경비원들의 지시에 잘 따라 주는 편이다. 왜냐하면 공사현장에 하도급을 받아 공사하는 업체들과 시공사는 갑을(甲乙) 관계에 있다. 이들 업체는 시공사 직원들의 비위를 맞추기 위해 애를 쓰며 아부를 하기도 한다. 그래야만 공사수주를 한

건이라도 많이 받게 되고 어지간한 일은 눈감아주는 일도 있기 때문이다.

경비원들의 임무는 야간 순찰경비를 하고 주간에는 주정차 차량 정리와 작업장에 근로자들의 안전모와 안전화 미착용 등 공사현장 규칙위반 사항들만 단속만 하면 된다 했지만, 경비원들이 하는 일은 계속해서 늘어났다.

공사현장 출입구 정문에서 근무할 때는 흙이나 모래를 싣고 들어오는 덤프트럭들이 내미는 전표에 확인도장을 찍어 주는 일과 공사 현장에 드나드는 차량의 바퀴에 묻은 흙을 세륜기에 씻어 내보내는 일, 자질구레한 일들이 날이 갈수록 늘어나기는 했지만, 호랑이 같은 시공회사직원들과 맞닥뜨리는 일이 없어 아파트신축공사장 안에서 일할 때보다 스트레스를 받는 일은 많지 않은 것은 사실이다.

공사장 안에서는 시공회사 직원들을 종일 맞닥뜨리며 이들의 비위를 맞춰야 하고 일하러 오는 근로자들과 큰소리가 오가며 스트레스를 받는 일이 자주 일어난다. 경비원들에게는 공사장 규칙을 잘 지키지 않는다거나 경비원들의 지시에 잘 따르려 하지 않는 근로자들이 있다.

현장 안으로는 진입하려는 승용차는 어떠한 일이 있어도 통제를 하라 했다. 자재를 싣고 들어오는 차량과 덤프트럭이나 직접 공사와 연관이 되는 차량만 허용된다. 현장 작업시작 시간이 08시지만 20분 전부터 근로자 차량이 붐비기 시작한다. 경비원은 긴장을 풀 수 없다. 공사현장 입구 앞 도로에는 잠시 한눈을 판다거나 다른 차량을 단속하다 보면 위쪽에 주차하고 있다. 위로 쫓아 올라가 정리를 하고 나면 아래쪽 도로에다 재빠르게 주차를 해놓고 현장 안으로 들어가 버리면 지붕 위 닭을 쳐다보는 강아지처럼 되는 일이 비일비재했다.

정문 가까이에 하얀 승용차가 주차하더니 대여섯 명이 우르르 내렸다.

차 문을 잠그고 들어가려 했다. 영구가 호루라기를 휙 불면서 쫓아갔다.

"아저씨, 도로에는 주차가 안 됩니다."

"왜, 주차가 안 됩니까?"

공사장에 처음 오는 것처럼 시치미를 떼고 물었다.

"우리 공사현장은 도로에 주차를 금지하고 있습니다. 주차장으로 올라가씨요. 주차장에는 주차를 얼마든지 마음대로 주차할 수 있습니다."

"주차장이 어디 있습니까?"

처음 작업을 하기 위해 온 사람들 외에는 주차장위치를 모르는 사람이 없다. 영구의 눈에 낯설지 않다. 알면서도 모르는 것처럼 시치미를 떼는 사람이다.

"저 위쪽으로 100미터만 올라가면 있습니다."

"저기 저 차는 왜 주차를 하나요? 저 차부터 이동시키세요."

"저 차는 이동시켜 달라고 전화를 했습니다. 차량 주인이 금방 나와서 이동시킬 거랑게요."

"다른 차는 단속을 안 하면서 나 보고 차를 빼라고 해, 당신 맘대로 해 봐라." 하고는 들어가려고 했다.

이 사람들은 다른 차부터 단속하라고 억지를 부렸다. 이는 다른 사람이 하면 나도 한다는 심리다.

"아저씨, 우리 공사현장 규칙을 안 지키시믄 차량출입을 금지시킵니다."

"저기 위에 세워놓은 차를 빼라고 하세요. 그러면 내 차도 다른 데로 가겠습니다."

"여기 공사현장에 일을 하러 왔으면 공사장의 규칙을 잘 지켜야 합니다."

"웃기고 자빠졌네. 경비 주제에 자기 맘대로 차량 출입을 못하게 한다고, 어디 한번 마음대로 해보시지."

영구는 이럴 때는 참 황당하다. 자기도 모르게 고함을 지른다.

"당신 나보고 머라 했소?"

이제는 아예 반말로 영구를 비웃듯이 말을 한다.

"경비원이면 주제파악을 허시요."

영구는 조금만 젊었다 해도 멱살을 잡아 처박고 싶은 심정이었다. 차량운전자는 마음대로 해 보라는 듯이 현장 안으로 들어가 버린다. 곧바로 탁두만안전과장에게 전화를 걸었다.

"예, hz중공업 안전과장입니다."

"경비실입니다. 정문 앞에 도로에 내 말을 무시하고 주차를 해놓고 가는 차가 있습니다."

"알았습니다. 나가 보겠습니다."

이런 일이 있을 때면 영구에게 돌아오는 스트레스는 극에 달한다. 내가 꼭 이런 모욕을 당해 가면서 이런 일을 해야 하나, 하고 착잡해 하고 있을 때 탁과장이 영구를 부르면서 물었다.

"강씨아저씨, 어떤놈이 화를 나게 하던가요?"

"저 차요, 저 아래 있는 저 차를 빼기 전에는 안 빼 준다 하면서 나 보고 맘대로 해 봐라. 그리고 경비원주제에 웃기고 자빠졌네, 라고 하면서 그냥 갔습니다."

"아성유리 박소장 차구먼요. 알 만한 사람이 왜 그랬을까요. 아저씨, 내가 사무실로 불러서 따끔하게 말을 할 테니 맘 가라앉히세요. 말을 안 듣는 사람들이 있으면 나한테 연락해 주십시오." 라면서 발걸음을 옮기는 안전과장에게 영구가 다시 주문했다.

"탁과장님이 강력하게 경고를 한다든지 조치를 해주십시오."

"예, 알았습니다."라고 대답을 하며 탁 과장이 사무실로 돌아갔다.

각종 하청업체에서 현장책임 소장 등 직책을 맡겨 파견 근무를 하게 한다든지 일거리를 만들어 직접 공사 일을 하는 사람들은 시공업체 안전과에서 안전교육을 받으며 공사 장비들도 안전검사를 통과하려면 여간 까다로운 것이 아니다. 아파트공사장 안에서 하청을 받은 업체들의 현장소장이나 도급을 받아 일하는 사람들은 hz건설회사 직원들하고 점심식사나 저녁 술자리를 만들면서 낯을 익혀서인지 공사장 내에서 어지간한 일은 눈감아 주리라. 이런 생각을 하는 것 같았다.

그러나 현장사무실에서는 공사장 안에서의 규칙만큼은 철저히 적용을 시켰다. 안전사고를 예방하기 위해 안전수칙은 필수며 승용차가 현장에 출입하는 것은 상당한 이유가 있어, 출입을 허락받은 차량 외에는 출입을 금지했다.

아성유리 박소장은 사무실 안전과장에게 따끔한 경고를 받았나 보다. 회사직원들과, 탁과장과도 술자리도 같이하고 눈도장을 자주 찍은 터라 자기 딴에는 웬만한 일은 눈 감아 줄 것이라 생각했던 모양이다.

얼마 후에 영구에게 박소장이란 사람이 찾아와 정중하게 사과하며 명함을 건네준다.

"저 아성유리 박소장입니다. 어르신 아까는 저가 잘못했습니다."

"뭘 잘못했단 말입니까?"

"실은 금방 차를 빼려 했으나 아저씨가 저에게 일하러 왔으면 공사장 규칙을 잘 지키라는 말씀에 그렇게 되었습니다."

"그 얘기가 머시 잘 못되었다는 얘기요?"

"아닙니다. 저는 여기 전기공사를 담당하는 소장이라 잠깐 그런 생각이 들었던 것입니다."

"아니 보아하니 얼굴도 잘생기고 많은 사람들을 거느리고 큰 공사를 하는 사람이 그러면 쓰요. 앞으로 사회적으로도 크게 활동을 하고, 크게 출세도 하여야 하겠다고, 포부도 갖고 있는 사람이지 않은가? 만약에 우리 자식들이 박 소장한테 아버지가 이렇게 당했다는 걸 알면 가만히 있겠는가? 나이 많은 노인에게 어른공경 할 줄을 몰라서 어떻게 장차 큰 뜻을 펼쳐 나가겠습니까?"

박소장이 다시 한 번 사과를 요청한다.

"어르신 화 푸십시오. 앞으로는 절대로 이런 일이 없을 것입니다."

"정말 주차장이 어디 있었는지 몰랐습니까?"

"아닙니다. 알고 있었습니다. 일군들에게 작업지시만 하고 바로 나와 차를 빼려 했던 것입니다."

"여기 공사장에 오는 사람들이 전부 박소장처럼 규칙을 지키지 않는다고 생각해 보십시오. 공사현장이 일이 제대로 되것습니까? 이런 말이 안 있등가요. 로마에를 가른 로마법을 따라야 허고 파리에 가면 파리 법을 따라야 한다고 하지 않등가요? 우리나라 국민이라면 헌법을 지켜야 하고 당신처럼 여기 공사장에 왔으면 현장규칙을 따라야 하는 것입니다요. 우리 겉은 사람이 경비원이라고 해서 말을 듣지 않으믄 안 된다는 말씀입니다요."

영구의 따끔한 일침이다.

"예, 어르신 잘 알겠습니다. 앞으로는 절대로 이런 일이 없을 것입니다."

"박소장, 앞으로 협조 부탁험니다."

"예, 앞으로는 이런 일이 없을 것입니다."

정말이지 갑을 관계에서 갑의 위력은 대단했다. 아파트를 짓고 있는 시공회사 직원하고 하청을 받아 공사하는 하청업자들과의 관계는 호랑이와 토끼 관계라 하면 맞을 것 같다.

옛날, 대감 집에 종살이하는 종이 그 마을에 평범한 주민들을 하인취급을 했다는 얘기가 있다. 대감 집 담장 안에서는 종이며 마당쇠 신분이었지만, 담장 밖에 나오면 동네 사람들이 비위를 맞추기 위해서 굽실거려야 했다는 얘기다. 비록 공사현장 경비원이지만, 규율을 세우라는 임무를 받았기 때문에 하청업자나 근로자들은 자기들의 갑이란 위치에 있는 공사현장에 경비원의 지시에 따를 수밖에 없다.

그러나 인력업체에서 팔려온 일용직 근로자들은 경비원들이 별로 제재할 일도 없다. 이들은 경비원의 지시를 느릿느릿 듣는 둥, 마는 둥, 하는 것이 농촌의 모내기 철에 암소가 무논을 가는 듯했다. 안전모 착용을 안 한다거나 공사현장규칙위반으로 경고를 두 번 이상 받으면 그만두어야 한다는 소리는 쇠귀에 경 읽기다. 어떤 사람들은 여기 아니면 굶어 죽을 줄 아느냐고 고함을 지르기도 한다. 그렇지만 대체로 현장근로자들이 경비원들의 지시에 잘 따라 주는 편이다.

공사현장 내에 있는 도로는 조금 전까지도 차량출입을 하던 도로였다가 눈 깜박할 사이에 없어져 버리기도 하고, 조금 전까지도 없던 길이 생겨나 차량이 드나들고 있다. 주차장에 출입하는 문이 남쪽 시내 방향으로 현재보다, 100미터나 더 아래쪽에 만들어졌다. 맨 처음보다 200미터나 더 멀어졌다고 보면 된다. 거기에다 비가 오면 진구렁이 되다시피 하니 차량이 주차장을 기피하려 하는 현상이 늘어났다.

당연히 영구는 낮에는 주차단속에 매달려야 했다. 배부받은 주차위반 경고장을 붙이기 전에 일단은 전화를 걸어 차량을 이동시켜 달라고 한다.

바로 나와서 차를 이동시키는 운전자가 있는가 하면, 전화를 아예 받지 않은 사람들도 많다. 차량 앞유리에 전화번호가 없는 차량도 많다.

이런 차량은 하는 수 없이 주차위반경고장을 붙인다. 공사현장에서 발행된 경고스티커라 벌금을 부과한다거나, 집행력이 없으므로 하루에 두 장, 세 장씩 붙여도 운전자들은 그냥 떼어 버리고 가버리면 그만이다. 상습적인 차량은 따로 메모해서 사무실에 보고하라 해놓고선 경비원들이 적발해서 보고해 봤자, 주차위반 차량은 좀처럼 줄어들지 않고 있다. 아마도 하루에 드나드는 차량이 수백 대씩 되기 때문일 것이다. 수많은 차량이 드나들기에 정리를 해야 하는 경비원은 운전자들과 실랑이를 몇 번씩은 벌려야 하루가 넘어간다.

2천 세대가 넘는 대규모 아파트 단지와 유치원과 초중고 교육시설과 주택단지를 조성하는 공사라 날마다 시장바닥처럼 왁자지껄하다. 공사현장 안으로는 흙과 모래나 건축자재를 운반하는 화물차 외에는 출입할 수 없다 해도 승용차들이 공사현장 안으로 들어가려고 고집을 부리는 차량이 많다.

공사장 안으로 진입하는 은색 승용차를 영구가 제지했다.

"아저씨, 공사장 안으로는 못 들어갑니다."

"퍼떡 들어가서 짐만 내려놓고 나오겠습니다."

"이유 여하를 막론하고 승용차는 공사장 안으로 들여보내지 말라는 지시를 받았습니다."

차량운전자는 영구의 팔을 잡고 끌면서 뒤 트렁크를 열어 보이면서 말한다.

"보셔요. 연장과 기구들이 많잖아요."

"그래도 안 됩니다."

"아저씨, 보여줬잖아요. 짐을 실은 차잖아요. 왜 안 된다 합니까?"

"안됩니다. 다른 사람들이 볼 때에 저, 차는 출입을 시키면서 왜 자기 차는 못 들어가게 하느냐고 말을 합니다."

"누가 그런 말을 하는 사람이 있습니까?"

"이런 말을 하는 사람이 많습니다. 만약에 아저씨의 차를 여기에 주차하고 있으면 다른 차들이 우르르 몰려와서 주차합니다. 여기는 화물차가 주차해야 한다고 하면 왜, 이 차는 주차를 하느냐고 하면서 자기들의 차를 주차하려고 합니다. 만약에 아저씨 차를 공사장에 들어가게 하면 다른 차량들이 가만히 있겠습니까?"

"아시다시피 나는 짐을 실었지 않습니까?"

"아저씨는 승용차에 짐을 실은 걸, 내가 압니다. 그러나 다른 사람들이 볼 때는 그렇게 생각을 하지 않습니다. 정 그렇다면 차를 여기 세우시고 사무실에 가서 허락을 받아서 오세요."

대부분 사람들은 작업도구나 무거운 짐은 공사현장 입구에 내려놓고 주차장에 주차한 후, 수레를 이용해 작업도구를 나른다.

별별 일을 하는 사람들이 모여서 일을 하는 곳이라, 별별 사람이 있다. 끈질기게 따지며 항의를 하는 사람들이 있는가 하면, 변명하면서 설득을 하는 사람이 있고 막무가내 막가 파 사람들이 있다.

승용차에 기구나 자재를 싣고 들어가려 하는 차량들에게 현장 안으로 들여보내면 다른 운전자들이 왜, 저 차는 들어가게 하느냐며 따라 들어가는 차를 용납하면 공사장은 금방 아수라장이 될 것이라, 출입을 허용할 수 없다. 이럴 때는 경비원들이 상습적으로 사용하는 말이 사무실에 가서 허락을 받아 오라고 하면서 자리를 피하기도 한다.

아파트신축공사장 정문 앞에서 위로 50미터 아래로 50미터 구간 공간을 언제든지 확보를 해 놓아야 한다. 수시로 대형화물차들이 건축자재나 다른 화물들을 싣고 오는 일이 많다. 대형화물차들이 한꺼번에 몇 대씩 들어오며 주차공간을 확보하지 못하면 불똥이 경비원에게 튄다.

"참, 아저씨 융통성 없네. 퍼떡 짐만 내려놓고 온다 해도 그러네."

"이도 저도 못 하면 짐은 여기 내려놓고 차는 주차장에 대 놓고 오셔서 짐은 다른 사람들처럼 수레를 이용하든지 하셔야 합니다."

"참, 꽉 막힌 영감이네."

"지금 뭐라 했습니까?"

"꽉 막혔다 했소. 그러니 경비질이나 해 먹지."

영구는 이런 식으로 모욕적인 말을 들을 때는 당장에라도 그만두고 싶은 맘을 참기 어렵다. 우겨대던 차량운전자도 화가 나, 차를 돌려 그냥 가버린다. 영구 맘도 좋지 않았다. 이럴 경우는 공사장 안으로 통과를 시켜야 하지만 우리나라 사람들의 습성은 이를 받아들이지 않는다. 왜 저 사람은, 왜 저 차는, 하면서 따지려 든다.

운전자와 실랑이를 하는 동안에 공사장 앞 도로 위아래는 주차해놓고 가버린 차량이 많다. 호루라기를 불어대며 뛰어가 보지만, 이미 운전자는 보이지 않았다. 영구가 전화기를 꺼냈다. 앞유리에 희미하게 보일락 말락 하게 조그마한 글귀의 전화번호가 적힌 명함쪽지가 보인다. 전화번호가 잘 안 보였다. 와이퍼로 가려져 있어 운전석 쪽으로 몸을 비틀어 겨우 전화번호를 확인했다.

"여보세요. 공사현장 앞 도로에 차량을 이동시켜 주십시오."

"예, 알았습니다. 5분만 있다가 나가겠습니다."

이렇게 5분만 있다가 나온다고 하던 운전자는 10분이 지나도 나오지 않는다. 다시 또 전화했다.

"여보세요. 지금 빨리 나오셔야 하겠습니다."

"아따, 그 양반 조금을 못 참아주고 전화질을 해 댑니까?"

"서울에서 건축자재 화물차량들이 들어옵니다. 빨리 나와 주십시오."

"알았어요. 5분만 기다리세요."

5분만 기다리면 나오겠다는 다른 차량 주인도 감감무소식에 함흥차사다. 5톤 탑을 씌운 화물차들이 줄지어 들어오고 있다. 5분만 기다리라던 차량 주인은 끝내 나오지 않는다.

화물차가 세워야 할 자리에 세우지 못하고 주차를 할 수 있게 자리를 만들어 달라고 무언의 시위라도 벌이고 있는 것처럼 보여 영구가 안절부절못했다. 그 사이에 5분만 기다리라던 차량 주인이 나오면서 상황을 파악하고 죄송하다고 연발했다.

"아저씨, 죄송합니다. 죄송합니다."

"아저씨, 이제야 알겠습니까? 여기에 주차해서는 안 되는 줄을 알면서 왜 여기에 주차합니까?"

"아, 죄송합니다. 금방 나오려 했는데 시간이 좀 걸렸나 봅니다."

또 다른 차량 주인은 아예 전화를 받지를 않는다. 지하 주차장 안에 들어가 있는 사람에게는 통화가 안 되었다. 아직 공사 중이라서 이동통신사에서 이동전화의 전파 수신 장치 설치를 하지 않고 있어서다.

대형화물차로 싣고 들어온 차량은 아파트공사장 입구에 세워놓고 기다리고 있으면 지게차로 지하주차장으로 옮겨간다. 지게차가 화물을 내리고 있는 사이에는 경비원이 통행하는 차들에 수신호를 해서 차량의 흐름을 원활하게 하는 일도 경비원들의 임무다.

"제기사, 저 차들은 무슨 짐을 싣고 왔다고 하던가?"

"아파트 안에 바닥에 깔 마루판이랍니다."

영구가 지게차를 운전하고 나오는 제영명에게 물었다. 화물차들이 싣고 들어오는 자재들의 용도가 모두 낯설기만 했다. 화물차 기사에게 싣고 온 물건이 무어냐고 물으면 답을 하지만, 아직도 이들이 싣고 오는 자재들이 어떠한 용도에 쓰며 무슨 물건인지 구분이 안 되었다.

아직 감감무소식인 통화가 안 되는 차량운전자에게 다시 전화를 거니 이제야 전화를 받는다.

"정문 앞에 차를 빨리 이동시켜 주십시오."

"예, 지금 나갑니다."

"지금 바로 나와야 합니다. 정문 앞이 지금 많이 복잡합니다."

"알았다 하지 않습니까?"

방귀 뀐 놈이 성을 내고 있다. 오히려 짜증스런 목소리다. 영구가 사용하고 있는 스마트폰은 아내 명례와 함께 딸과 사위가 사주면서 요금도 자기들이 부담해 주는 요즘 유행하는 효도폰이다. 영구가 개인적인 통화는 하루 동안 많아야 2~3건뿐 거의 사용을 안 한다. 카톡이나 문자로 의사전달을 주고받고 있으니 통화료는 기본요금 정도만 발생하다가, 공사장에 근무하면서 전화요금이 6~7만 원으로 늘었다. 본인이 가진 전화기가 자식들이 마련해준 효도폰이라면서 대책을 강구 해달라고 사무실에 건의를 해보려 했지만, 차일피일하다가 아파트공사가 마무리단계에 이르고 말았다.

5분만 있으면 나온다고 하던 사람이 30분, 한 시간이 지나도 함흥차사처럼 소식이 없는 사람들의 근성은 이해할 수 없다. 남이 둘을 가지면 나도 두 개를 가져야 하고, 남이 오리털 잠바를 입으면 나도 기어이 오리털 잠바를 입어야 직성이 풀리는 우리 국민성은 어떻게 보면 좋은 근성이라 할 수도 있다고 봐야 할 것이다. 그렇지만 아무 곳에서나 아무 때나 근성을 발휘해서는 안 된다고 본다.

영구가 차량 정리를 하다 보면 남이 가면 나도 가야 하고 남이 주차를 하면 나도 주차를 해야 하는 심리가 작용하는 것을 본다. 주차금지구역에 주차하는 사람들은 다른 차가 주차를 하니 자기도 주차를 한다. 저곳에 주차된 차를 먼저 단속하라고 하는 사람이 많다. 공사현장에 주차를 금지하고 있는 구역에 주차하는 차가 없으면 주차를 하지 않고 있다가, 한 대라도 주차하는 차량이 있으면 남이 주차를 하니 나도 한다. 식으로 막무가내 주차를 하려고 한다. 남이 장에 가면 나도 살 물건도 없으면서 장에 가고 남이 죽으면 나도 따라 죽는다는 것인지…….

아무리 설명을 해도 공사현장 규칙을 무시하려는 사람들이 있어 난감할 때가 많다.

지방자치에서 시행하는 도로교통법뿐이 아니라 공사현장에 규칙도 하찮게 여기지 말고 기초질서를 잘 지켜야 할 것이다.

로마에 갔을 때는 로마법을, 파리에 갔을 때는 파리 법을 따라야 하고 여기 아파트신축공사장에 왔을 때는 공사현장규칙을 지켜야 맞다.

제13장

약자의 설움

영구가 20대 후반까지 고향에서 천수답 농사를 짓다가 서울에 올라갔을 때인 구로공단이 있는 쪽에 살았던 때를 떠올려 봤다. 그때는 용역회사란 이름 자체가 없던 때였다. 골목 벽이나 전신주에는 '선반공 구합니다.' '미싱사 구합니다.' '가족처럼 함께 일할 분 찾습니다.' 라는 정감 넘치는 사원모집 광고지가 더덕더덕 붙어 있었다.

회사에서 일하는 사람을 직접 맞아들였었다. 이처럼 주인과 근로자가 직접 상견례를 치른 사람이라야 한 식구라는 개념이 있을 것이고 일하는 사람도 애사(愛社) 정신으로 일하며 즐거울 것이다. 용역회사라는 썩 어빠질 악마와도 같은 제도로 불쌍한 근로자들의 목을 죄는 업체들이 언제부터 생겨났는지 모른다.

공사현장에 경비원들도 마찬가지로 용역회사에서 이윤을 붙여서 필요한 회사에 파견시켜주는 식이다. 먼저 용역회사에서 경비원들을 소나 말처럼 사다가 공사 현장이나 일터에 그리고 일반 아파트에 되팔아 넘기는 노예와 같은 처지로 팔려온 입장이다. 근로자가 일하는 일터 주인에게 임금을 받는 것이 아니고 어디에서 뭘 하는지도 모르는 집단에서 임금을 받는다.

근로자와 사업주가 서로 마주앉아 근로계약을 해야 원칙이지 않은가.

노예시장이나 다름없는 용역업체에서 잠시 임대해 쓰고 난 후에 그냥 버리면 그만이다. 이런 형편이니 일터 측에서는 자기회사하고는 아무런 연관이 없는 일회용 종이컵이나 다를 바 없다. 말하자면 종이컵 판매업자가 소비자에게 값을 받고 팔아버리면 사용하는 사람은 종이컵에 더 이상의 비용은 발생하지 않는다. 이처럼 용역업체에서 사 온 근로자들에게 종이컵 하나 일회용 장갑 한 켤레를 제공하지 않아도 되니, 더 이상의 비용을 들이지 않는다. 경비원들과 청소부들이나 비정규직들은 인권과 인격은 어디서나 무시당하는 것은 똑같다고 본다.

2단지를 포함한 아파트공사장에 10여 명의 경비원은 팔려온 용역회사들이 각기 다르다. 이곳에는 이영곤과 강영구 두 사람이 격일제로 24시간 근무를 하고 있다. 영구와 같은 근무조인 이영곤은 이 공사장에 처음 터 닦기를 할 때부터 근무해서 2년째 경비원으로 근무하고 있지만 다른 경비원들도 마찬가지로 아파트신축공사를 하는 회사와 근로계약서를 썼다든지 어떠한 약속도 한 바 없다. 매월 25일이면 어디에 있는지도 모르는 용역업체에서 임금이 통장으로 들어온다.

공사현장에 경비원들이 근무 겸 생활하는 공간은 한 평 넓이의 컨테이너박스 안에 서다. 경비원들의 근무초소가 수시로 옮겨 다닌다. 아무 곳이나 지게차로 들어다 옮겨 놓으면 그만이다. 며칠 전에 주차장 방향 쪽에 있는 경비초소를 공사장 안쪽 컨테이너 화장실 가까이로 옮겨다 놓는 바람에 악취 때문에 머리가 지끈지끈하게 아프다. 며칠 지나니 면역이 생긴 것일까. 어느 정도 참을 수 있겠다 싶으니 이제는 화장실과 맞닿게 옮겨다 놓는다. 마땅한 장소가 없다지만 한여름이 시작되는데 파리와 모기가 들끓는 날씨에 너무 한다 싶다. 도무지 냄새 때문에 근무할 수가 없다고 강영구와 이영곤이 하소연했다. 며칠만 좀 참으라며 내일모레 도로포장 공사를 마치면 옮겨준다고 약속은 해 놓고도 열흘이

가도 나 몰라라 하는 처사에 두 사람은 착잡한 심정을 달랠 수 없다.

"박반장, 경비실을 화장실하고 붙여야만 하겠는가?"

박명수 반장처럼 반장들은 시공회사에서 채용한 임시직이지만 용역
회사에 의뢰한 사람이 아니다. 공사현장 곳곳에 다니면서 하청업체들이
맡지 않은 일을 하는 사람이다. 전기 계통의 일을 담당하는 윤재식 반장
도 있다.

"아저씨, 나 보고는 말마시오. 나도 화장실 옆에는 안 된다고 말했다
가 본전도 못 찾았습니다."

"누가 그러등가? 사람은 다 똑같은 사람인디 그 사람들이 나와서 냄
새가 나능가, 안 나능가. 와보라고 해보소."

옆에서 듣고 있던 윤재식전기반장이 거든다.

"건너편에 장소가 딱 좋은데 전기를 끌어오기가 곤란하답니다. 화장실
옆에는 전기도 끌어올 수 있고 현장 경비하기도 좋다며 사무실에서 지시
했습니다."

"윤반장, 자네가 일하기 편케 하려고 여기에다 놓자고 한 건 아닌가 말
이시?"

"아닙니다. 절대로 아닙니다."

윤반장도 박반장과 나이는 50대 초반이고 공사 현장에 전기와 관련한
일을 하는 사람이다. 박반장은 자질구레한 잡일들 하러 온 사람들에게
일을 시키며 물품들을 관리하고 있으며, 오재문반장은 안전과 소속이
다. 반장들은 모두 임시직으로 시공사에서 고용한 사람들이다.

"강씨아저씨, 며칠만 참으세요. 정문 쪽에 경비실이 어느 정도 공사가
진행되면 글로 옮겨 줄 모양입디다."

박명수의 말이다.

"박반장, 자네 같으면 냄새 때문에 하루만 있어 보라 하면 있을 수 있 겠는가?"

"그렇지만 어떻게 합니까? 위에서 시키는 대로 할 수밖에요."

애먼 박명수반장이 영구에게 잔소리를 들어야 했다.

"냄새가 나기는 나네요."

지게차 운전기사 제영명이 말했다.

"이렇게는 근무를 못 하는 거지 그만둬야제."

"강씨아저씨, 며칠만 참아 보십시오. 나도 사무실에서 시키니 어쩔 수 없이 지게차에 떠받아 왔습니다만 나에게는 원망하지 마십시오."

제영명은 위에서 시키는 대로 경비초소를 지게차로 옮겨온 것뿐이라 고 했다.

"내가 자네들에게 머라고 원망을 헌당가? 내 말은 사무실에서 우리 같은 사람들도 사람 취급을 해준다믄 이런 식으로 일 처리를 안 헌다 그 말이시. 전기를 끌어올 디가 마땅치 않다고 하지만 바로 앞에 207동 에서 전기를 달아 오믄 전선 몇 발만 더 쓰믄 되능 것 아닝가?"

영구가 반장들에게 불만을 토로했다.

"강씨아저씨, 꼭 전기 때문만 아니고 지하주차장에 각 세대에 설치해 야 할 가전제품이 날마다 들어오고 있거든요? 아마도 쌓아놓은 제품도 감시하기 위해서 경비실을 화장실 쪽으로 옮기게 된 큰 이유가 아닌가 싶습니다."

"박반장, 그러믄 지하주차장 입구 쪽에다 초소를 옮기믄 되지 않응 가?"

"글쎄요, 그러면 서쪽에 지하주차장 입구도 경비실이 있어야 되잖아 요. 그렇게 되면 경비 아저씨를 한사람 더 써야 하니 그렇겠죠."

"낮에는 필요 없으니 밤에만 한사람 쓴다고 경비원월급이 얼마나 되것 능가?"

영구가 나폴레옹의 전기를 읽은 생각이 난다. 군사들을 이끌고 높은 산을 넘을 때, 지쳐 있고 추위로 도저히 험한 산을 넘을 수 있는 조건이 되지 못했지만, 병사들에게 술과 고기도 마음껏 먹을 수 있다는 멋진 연설을 해서 병사들의 사기를 진작시킬 수 있었다. 군인들이 산만 넘으면 술과 고기를 실컷 먹을 수 있다는 꿈과 소망을 펼칠 수 있다는 희망으로 알프스를 넘어서 전쟁을 승리로 이끌었다는 얘기다.

인권과 인격을 무시당하는 머슴이나 마당쇠가 주인을 위해서 충성을 다할 수가 있겠는가. 아무리 노예시장이나 다름없는 용역시장에서 사 왔다고 하지만 냄새가 지독한 대형 컨테이너 간이화장실 옆에 근무공간을 정해주는 사람들에게 정성을 다할 수는 없다. 이는 크게는 국가도 마찬가지다. 위에 있는 사람들이 아래 있는 사람들을 무시하고 차별 대우를 한다면 당연히 반발심은 생기기 마련이다.

얼마 전에 신문이나 방송 언론에서 많이 다뤄지고 우리나라 모든 국민이 '갑을관계'에 대해 많은 얘깃거리가 된 적이 있었다. 우리나라는 예로부터 동방예의지국이라는 영광스런 나라를 대대로 이어 받아온 나라다. 갑과 을이 모두 서로 인격을 존중해주면 좋은 명랑사회 좋은 나라가 될 것이 아닌가.

영구가 아파트공사 현장에서 경비원으로 두 달이 지나는 동안에도 갑을관계 부담을 안고 근무하면서 맘이 편치 않다. 건설회사 직원이랍시고 어깨 힘주고 도도한 모습으로 공사 현장을 돌아다니고 있다. 자기 아버지 같은 연배가 되는 사람들에게 먼저 인사하고 예의를 표해 주어야 마땅할 일이 아닌가. 나이가 든 사람들은 인사를 잘 받아 주기도 하고 인사도 하지만 젊은 직원들은 경비원들에게 대하는 태도가 옛날 여염집 도련님 같은 모습이다.

영구는 며칠 사이에 3명의 경비원이 일하지 못하고 그만두는 걸 봤다. 일이 힘들어서가 아니고 회사직원들의 눈에 거슬리면 일을 그만두어야 한다. 일반 직장에서는 회사에 사규(社規)를 위반하고 비리를 저지르면 경고나 징계를 받고 경위서를 쓴다거나 절차가 있다.

그러나 기관이나 건설현장 경비직 청소 허드렛일을 하는 용역업체에서 팔려온 사람들은 그야말로 파리 목숨이나 다를 바 없다. 회사직원들에게 지적을 받으면 그 자리에서 바로 해고다. 시공회사 직원에게 지적을 당하는 근로자나 경비원이 아무 대꾸도 하지 않고 변명도 하지 않고 그냥 알았다. 하고 그 자리를 피해야 상책이다. 그러나 아무 말도 대꾸도 변명도 하지 않기가 쉽지 않다. 자기 자식보다 어린 사람에게 지적을 당하고 안 좋은 소리를 듣는다는 것은 자존심 상하는 일이다. 대부분 울화가 치밀어 오를 것이다. 이런 일 하지 않으면 밥 굶어 죽느냐. 이런 생각이 들 것이다. 시급은 국가가 정한 최저임금도 훨씬 못 미치는 임금을 받으면서 이런 일을 하랴. 이런 생각이 드는 것은 누구라도 같은 맘일 것이다.

영구가 2개월 정도의 짧은 근무 기간에 이해수, 안달수, 문영태, 세 사람이 차례로 지적을 당하고 언어폭력이나 다름없는 소리를 듣다가 욱하는 울화를 참지 못했다. 화가 폭발하는 바람에 고함을 지르다가 즉석에서 해고당하고야 만 사람들이다. 이해수는 영구가 일하는 2단지가 아니고 4단지 공사현장 소속직원에게 공손하지 못한 괘씸죄에 걸려들어 해고를 당했고, 시내에 있는 가난한 사람들이 사는 오래된 주공아파트에서 경비원으로 근무하니 스트레스받는 일이 없더라고 했다. 안달수는 부인도 없이 홀로 사는 사람이다. 토사곽란으로 3일 동안 입원하게 되어 일할 수 없게 되자 해고를 당한 경우이고, 문영태는 복장 문제와 평소에 거만하게 행동한다 해서 해고를 당하게 되니 그야말로 경비원은 파리 목숨인 것이다.

경비실이 안전과 오재문반장의 사무실과 가까이 있어 커피를 마실 때는 서로 왕래를 많이 하는 편이다. 아니 사무실이라 할 수도 없다. 안전 표시를 하는 푯말이나 플래카드와 각종 시설물과 표시등으로 꽉 차 있는 창고와 같은 곳이다. 어디서 소파를 갖다 놓았는지 여유가 있을 때는 소파에 앉아 쉬고 있는 공간이다.

영구의 아내, 명례가 오늘은 참외와 토마토를 새참거리로 도시락과 함께 쌌다. 새참이나 먹자고 오재문반장을 불렀다.

"오반장, 이리로 들어와 새참 묵자."

"오늘은 무슨 참이 있는데요?"

책상 위에 꺼내 올려놓은 참외 한 개, 토마토 몇 개를 보다 말고 오 반장이 화장실에서 냄새가 많이 난다고 말했다.

"정말 화장실 냄새가 많이 납니다."

"그래, 정상적인 사람은 화장실 냄새 때문에 고통스럽다고 해야 정상이제, 오반장 자네 같으믄 근무할 수 있것능가?"

"아저씨, 며칠만 참으라 하니 참아보세요."

오반장은 냄새가 많이 난다고 하면서 며칠만 더 참아 보라 한다.

"오반장, 공사장에서 며칠만 참아보란 말을 믿을 수가 있단 말잉가?"

공사장에서 며칠만이란 단어는 믿을 수가 없다. 특히 힘없는 경비원들의 공간은 일부러 시간과 경비를 들여서 편리를 도모해주는 일은 만무한 일이다. 절이 싫으면 스님이 떠난다는 말이 있다. 영구가 그만두든지 해야겠다면서 골머리가 아프다고 오재문에게 불평을 늘어놓았다.

"어이 오반장, 동물과 사람의 코는 각기 다르단 말이시. 인분 썩는 똥 냄새를 인간이 맡는 것은 고통스런 일이단 말이시."

"아저씨, 날마다 화장실에 약품을 사용헙니다. 냄새도 어느 정도는 잡힐 거고요. 화장실 냄새는 인체에 해는 안 된다 합니다. 사무실에서는 아저씨들이 그만둔다 해서 눈 하나 깜짝할 줄 압니까?"

오반장의 말이 맞다. 경비원이 그만둔다고 해서 눈 하나 깜짝도 안 할 사람들이다. 곧바로 용역업체에 전화만 하면 해결된다.

"그래, 오반장 말이 맞지. 내가 그만둔다고 겁낼 사람들이 아니지. 오늘은 냄새가 더 심하지. 구름이 끼어서 그렁가비네, 오늘은 바람도 안 불어 뿔고."

"아저씨 맞아요. 구름 끼고 바람기도 없으면 냄새는 더 나요. 정화제를 좀 더 많이 사용하면 좀 나을 겁니다. 며칠 참아보고 도무지 안 되겠다 싶으면 그때 결정해도 됩니다. 아저씨가 아시다시피 일자리가 없어 이런 자리라도 들어오려고 사람들이 얼마나 애를 쓰든가요. 아저씨, 참외 잘 먹었어요." 하면서 오재문이 화장실 냄새 때문인지 서둘러 나간다.

우리나라에는 중산층 인구라는 말이 언젠가부터 사라져 버리고, 상류층과 하류층으로 분류한다고 한다. 아래쪽에 속한 하류층 사람들은 땀을 흘리고 죽도록 일을 해봤자, 다람쥐 쳇바퀴 돌리는 형국이다.

이처럼 삶이 무엇인지 그저 먹고 목숨만 지탱하기 위한 수단인지 모른다. 영구처럼 나이 든 사람들은 국가에서도 일할 수 있는 사람으로 인정치 않는다. 일터나 직장에서 60이 넘는 근로자들은 정년(停年)제에 걸리게 된다. 몇십 년 전만 비교해도 우리나라는 평균 수명이 20년은 높아졌다. 충분히 일할 수 있는 사람들인데도 은퇴라는 나락으로 내몰리고 만다. 그나마 좋은 일터에서 정년퇴직을 한 사람들은 돈도 모아 놓고 연금도 충분하게 받게 되므로 노후를 즐겁게 보낼 수 있을 것이다. 그러나 많은 비정규직 근로자들은 그 분야에 경력이 쌓이고 노하우가 있는 고급 인력들이 경력을 무시당하고 물러 나와야 한다.

지금 영구가 일하고 있는 공사 현장이나 각 기관에 허드렛일 하는 사람과 청소부나 아파트 경비원이 인권을 유린당하고 사람대접을 받지 못하는 나라가 대한민국이다. 대한민국은 복지선진국, 인권선진국, 경제선진국, 모임인 OECD에 가입해 국민이 잘사는 나라인 척, 복지국가인척하며 상류층만 대접받으며 잘사는 나라다.

OECD가 얼마 전까지만 해도 복지나 경제선진국들만의 모임이었지만 우리나라가 회원국으로 가입하고 지금은 34여 개 나라가 가입되어 있다고 한다. OECD 회원국 중에 주당 제일 일을 많이 시키는 나라이며 시간당 임금도 제일 적게 주는 나라이며 그리고 자살률과 부패지수가 높은 나라라는 불명예의 꼬리표가 붙어 있는 대한민국이다. 우리나라는 지금 현재 비정규직 근로자 문제가 심각하다. 영구처럼 나이가 많은 사람이야 제외하더라도 젊은 인력들은 용역업체에 소속되어 기업체에 파견 형식으로 일하는 비정규직 문제는 나라에서 시급히 해결해야 할 일이다. 기업들은 용역업체에서 보내주는 근로자들에게 일을 시키면, 다시 말해 비정규직 근로자를 사용하면 모든 골치 아픈 문제들을 면한다. 값싼 노동력으로 자기들은 돈만 벌면 된다는 식이니 대한민국 국민이 아니고 동남아나 아프리카 나라에서 온, 이국(異國)인 취급을 받는 것보다 못하다.

해맞이아파트를 건설하는 시공회사에 현장소장이나 과장이나 부장직책을 가진 사람들도 자기들의 윗사람들 하고 확실한 갑을관계가 형성되어 있다. 약 한 달 전이었나 보다. 서울 본사에서 사장이 방문한다며 비가 쏟아지는데도 곳곳에 플래카드를 걸고, 공사현장에는 비로 인해 진구렁이 된 길들을 덤프트럭들을 동원해 자갈 모래를 날라다 깔고 웅덩이를 메운 골재들을 요즘은 또 파내느라 이중시간과 비용을 쓰고 있는 모습들을 봤다. 전 직원들이 일손을 놓고 정문 앞까지 늘어서 기다리고 있는 모습을 보면서 우리나라가 하루바삐 갑을 관계의 모순을 고쳐야 한다고 영구의 바람이다. 본사에 윗선에 있는 사람이 오면 그저 각자 자기가 맡은 자리에서 맡은 일만 하면 되지 않을까 싶다.

윗사람 맞이할 준비를 하느라, 시간과 경비를 낭비하지 않아도 될 일을 쓸데없이 소비해버린다. 가정과 사회, 일터와 직장, 공공기관 분야에 현 상태 그대로 사실을 보여주는 것이 옳다. 약자와 강자인 갑을관계, 그리고 상하관계가 없어지고 인격을 존중해주고 예의를 지키고 서로 신뢰하면 얼마나 좋을까.

영구가 일하는 공사현장에 많은 업체가 하청받아 일하고 있다. 업체에 몇몇 분야들은 개인 전문직종의 사람들에게 공사 금액을 계약하고 일을 다시 맡긴다. 공사 현장에서 사용하는 도급제로 일명 돈 내기라는 명칭이다. 돈내기라는 단어가 무슨 말인지 설명하라면 딱히 뭐라 설명하기 곤란하지만, 굳이 나름대로 설명한다면 시공 중인 아파트에 도배를 해주기로 약속을 하고 얼마를 주고받는다는 상과 하가 맺는 계약이다. 갑과 을이 계약한 하나의 책임할당제라 하면 맞는 말이다. 이런 식으로 책임할당제를 시켜놓고선 감 놔라 배 놔라 남의 제사 지내는 방법을 간섭하듯 갑질을 해 대는지 모른다.

옛날에 군사쿠데타를 일으켜 정권을 잡은 군사독재 시절에 남의 집 품팔이로 하루 벌어 하루 먹는 사람들이 울력이란 이름으로 무임금 노동을 착취당했다. 학교나 면사무소나, 어떤 기관의 건물 짓는 일을 하며 신작로에 흙이나 모래 자갈을 운반해 와서 보수하는 일과 조림사업에 그리고 동네일에 울력이라는 명목으로 끌려가 인권을 유린당하고 노동력을 착취당했던 시절이 있었다고 앞에서 밝혔다.

영구가 진주에 토박이 친구들과 가끔 술자리를 하면서 옛날 시골에서 겪었던 약자의 설움을 토로했다. 울력이라는 이름으로 무임금 노동착취를 당한 얘기를 했다. 자기들은 무임금 울력이란 해 본 적이 없다고 했다. 그때는 농촌 사람들에게는 무임금으로 강제 노동을 시켰다. 그때나 지금이나 농촌에 사는 사람들은 약자였다. 그중에 영구네 집처럼 남의 집에 농사일을 해주고 보리라도 한 됫박 얻어 와야 먹고 살 수 있는 극빈자들도 잘사는 집들과 똑같이 했다. 새마을 사업인 다리를 놓고 길을 넓히고 지붕을 슬레이트로 덮는 울력은 가난한 집에서는 아무런 도움이 되지 못했으며 품팔이 일을 나가지 못했으니 끼니 걱정을 하며 살아야 했다.

당국에서 시키는 조림사업과 신작로 보수와 각종 노동을 했다. 약자의 설움이었다. 정말이지 지긋지긋한 삶을 살았다. 도시에 살았던 사람들은 농민들처럼 울력이란 이름으로 무임금 일을 시키면 데모나 시위를 하고 반항하지 않았을까 싶다.

우리나라에 억대 연봉자가 많다고 한다. 웬만한 40~50대라면 연봉이 5~6천만 원 된다고 한다. 거기에다 이런 사람들에게는 연금이란 좋은 제도가 있어 정년을 채우고 퇴직을 해도 노후를 보내는데 아무런 문제가 없다. 그동안 높은 임금을 받아 부를 쌓아 났을 것이며, 매달 2~3백만 원의 연금을 받고 있으니 평생을 편안하게 살 수 있을 것이다.

비정규직이나 가난한 자영업자들이나, 늙어서까지 사람대접을 받지 못하고 아파트 경비원이나 청소미화원과 요양보호사의 궂은일을 하는 사람들을 위로는 못 할망정 근로기준법이나 만들어져 있는 법에 의지해야 할, 하위 계급에 속해 있는 사람들에게 기본법을 무시해서 되겠는가.

힘 약한 하위직 근로자도 국민이다. 근로기준법도 헌법의 테두리 안에 있는 법이다. 법은 만인이 똑같이 누려야 한다. 쾌적한 환경에서 일하게 해야 한다. 하루나 이틀도 아니고 한 달도 넘게 인분 썩는 냄새에 영구와 영곤은 고통을 당했다. 그러나 갑인 상류층만 보호를 해주면서 을인 힘 약한 자는 근로기준법에 고루 혜택을 받지 못하고 있다.

노가다 현장, 아니 공사 현장에서 일하는 경비원을 제외한, 노동자들에게는 국가에서 펼치는 하루 8시간 주 40시간과 토요일, 일요일과 달력에 빨간 글씨로 표시된 날짜에는 일하지 않는다는 원칙이 잘 지켜지고 있다. 감시단속적 근로자와 청소부와 경비원들도 주당 근로시간이 52시간이 초과 되지 않고 토 일요일이나, 달력에 빨간 글씨인 국가기념일이나, 설과 명절날에 쉴 수 있다면 우리나라도 떳떳하게 선진국소리를 들을 수 있을 것이다. 내년에 2015년부터는 최저임금에서 10%를 삭감하고 주던 시간당 임금을 삭감하지 않고 적용해준다는 말이 있는 것은 그나마 다행이라 해야 할 것이다.

초장지구 주택단지조성 해맞이 아파트신축현장 공사장에는 낮 동안 각종 기계 돌아가는 소리, 철재를 자르는 소리, 대형드릴이 콘크리트 바닥을 뚫는 소리와 각종 소리에 난장판이던 공사 현장이 조용해졌다. 동마다 다니면서 출입문을 닫고 나면 캄캄해진다. 입주 예정일인 8월까지 빠듯하겠다 싶은 분야의 작업장에는 밤에도 작업하는지 불이 켜져 있는 곳들도 눈에 띈다.

또다시 날이 밝고 영구와 교대할 이영곤이 출근한다. 영곤이 곧바로 원성이 터져 나왔다.

"개새끼들 지네놈들은 인간도 아니지 내가 그렇게도 설득을 했는디도 기어이 여기다 들어다 놓고선 지금까지 옴게 주지 안응 것 바라. 지네들은 한 시간도 못 버틸 놈들이 해도 너무헌다.”

이영곤이 경비초소를 간이화장실에 붙여 놓고 1개월이 넘도록 옮겨주지 않는 것을 불평하는 소리다.

“형님, 나도 어제는 화가 나서 한마디 했습니다요.”

“못 해묵고 살겠다. 그만두든지 해야 헐랑가베.”

“형님, 며칠만 참으믄 정문 쪽으로 옮겨 준다 합디다.”

“어느 세월에 그때까장 기다리것냐? 글고 공사장에서 하는 말은 믿어서는 안 된다는 말은 상식잉기라.”

이영곤은 공사장에서 빠른 시일에 경비실을 옮겨 준다는 말을 믿어서는 안 된다고 말했다.

“아직은 많이 안 더웅게 창문을 닫고 선풍기 틀고 있었더니 참을 만하데요.”

“그놈들은 전부 개콘갑다. 개들은 똥 삭히는 냄새가 좋을 것이다. 똥 냄새 좋아하는 개 같은 놈들이 우리 같은 놈들이 경비원이라고 개 취급 허능가 모르겄다. 경비원들의 코를 개 코로 보능기라.”

“형님도 참.”

“내일모레 7월달인디 금방 더워질기라. 여름 되고 날이 더워지믄 더 심해질 기라.”

이영곤의 불평은 오래 계속되었다.

“그때까지 정문 쪽 경비실이 어떻게 안 되겠습니까? 글고 냄새 없애주는 정화제의 양을 더 많이 늘린다 하데요.”

“강군아 그래, 한번 참아 보고 며칠 후에 생각해 보자. 일을 할 것잉가, 안 할 것잉가.”

“그래요, 그렇게 해요.”

"강군아, 어서 퇴근 허그라. 냄새도 나고 하는디도 근무한다고 욕봤다이."

"예, 형님 나는 갑니다요. 내일 바요."

아직 6월 말이다. 7월의 무더운 여름도 오기 전이지만 이영곤과 강영구는 점심시간 한 시간을 쉴 때는 창문을 닫아 놓고 있어야 했다. 그리고 야간에도 냄새를 참기는 약자의 큰 고통이며 설움이었다.

제14장

경비원 옷을 벗기겠다

공사현장에 간이 공중화장실에서 나는 냄새로 머리가 지근거렸다. 영구가 종일 우울한 기분이다가 24시간 근무를 하고 교대를 하고 나니 퇴근하는 재미가 쏠쏠하다. 샤워를 대충 하고 아침 식사를 하고 나면 언제나 버릇처럼 PC 앞에 앉는다. 카페지기로 되어 있는 '쌍둥이할아버지네'는 방문자도 몇 사람 없고 언제나 썰렁하다. 아파트공사현장에서 경비원으로 근무하면서 있었던 일들을 소재로 쓴 글들을 올리고 영구만 인정하는 시와 수필들을 써서 올리지만 카페 방문자는 한 사람도 없는 날이 많다.

지난밤부터 잔뜩 찌푸리던 하늘 샘이 이제야 터졌나 보다. 베란다 창밖에는 빗방울이 제법 굵다. 명례는 교통사고로 수술한 다리는 물리치료를 계속 받아 좋아지고 있다고 했다. 오르막이나 계단 오를 때가 힘든다고 했다.

명례가 샤워하고 속옷도 갈아입으라고 말해도 영구는 듣는 둥 마는 둥이다.

"민경이 아부지, 집에 오믄 곧바로 속옷을 벗고 샤워도 허씨요."

"어제 입은 옷을 벗으라고, 날마다 샤워를 귀찮아서 어찌케 할 수 있능가?"

"어린애처럼 억지로라도 옷을 벗게야 벗을라요."

명례의 성화에 속옷을 챙겨 화장실로 들어가 샤워를 하고 나온 영구는 컴퓨터 앞에 앉았다. 설거지를 다 마쳤는지. 빨갛게 잘 익은 토마토를 듬성듬성 썰어 들고 오면서 컴퓨터는 그만 좀 하고 한숨 자라 한다.

"쌍둥이 할아부지, 컴퓨터는 그만하고 한숨 자소."

"어이, 방금 뭐라고 불렀는가?"

"쌍둥이 할아부지라고 불렀소. 왜 그요?"

"아니, 앞에 복잡한 수식어는 다 떼어버리고 간단하게 한번 불러 보소."

"그럼, 다 떼어 버리고 영감, 영감이라고 부를까요?"

"여보, 당신 같은 이런 이름으로 불러 주면 안 되것소?"

영구 부부는 연애할 때도 신세대 젊은이들처럼 뜨거운 연애는 하질 못했다. 서울에서 처음 만나 사귀면서 수원에서 가까운 용인 자연농원이나 인천 연안부두에 가기도 하며 데이트를 할 때도 거의 손도 못 잡고 다녔다.

어느 날 영구는 살며시 손이라도 잡고 싶었다. 인적이 뜸해진 틈을 타 명례의 손을 잡고 걸을 때였다. 멀리서 걸어오는 사람이라도 있으면 명례는 얼른 손을 풀어냈다. 잡은 손을 놓지 않으려 하면 저 앞에 걸어오는 사람이 아는 사람이라고 말하곤 했다. 잠시 후 그 사람이 스쳐서 지나가고 나면 아는 사람 같았다고 이런 식으로 말하곤 했다.

영구 부부는 극장에 갔을 때도, 공원을 가도, 서로 입맞춤도 못 했지만, 결혼하고 여보 당신 호칭을 사용치 않으면서도 40년을 가깝게 잘살고 있다. 말하자면 요즘의 사람들처럼 여보, 당신, 사랑해, 이런 뜨거운 표현을 하지 않고 사는 사람들이 끝까지 해로하더라고 명례가 남편에게 자주 사용하는 말이다.

영구는 가정을 이루고 강철 같은 아들을 낳아서 강하게 키워 보겠다는 꿈을 안고 있었다. 아직 태어나지 않은 아기가 남자아이일 것이라고 미리 철이라고 이름 짓고 아내를 부를 때는 철이라고 불렀다. 강철처럼 강하게 키우리라고 맘먹었던 것이다.

영구는 그냥 철아 하고 부르면 되었으나, 그의 아내는 남편을 부르는 호칭에 곤란을 겪었다. 영구가 다른 데를 보고 있다든지 멀리 있을 때는 가까이에 와서 말을 하곤 하다가, 첫아들이 아니고 딸이 태어나고부터는 민경이 아빠라고 호칭을 하더니 요즘도 붙박이 호칭을 만들지 못하고 구렁이 담 넘듯 자기라든지 쌍둥이할아버지라고 부를 때도 있고 어물어물 넘어가고 있다.

영구는 친구나 지인들과 술을 마시고 왔던 날은 가끔 귓속말로 "여보, 사랑해." 라고 속삭여주고 명례에게 답변을 요구하면 "나도요."로 대신하곤 했다. 명례가 하는 말은 시도 때도 없이 사랑표현을 해대는 사람들을 고운 시선으로는 쳐다보질 않는다. 여보, 사랑해 당신을 좋아해. 여보, 좋아요. 라고 하는 사랑표현을 잘하는 사람들이 어느 날 보면 혼자 살고 있고 이혼하고 하더라는 얘기다. 자기처럼 표현을 안 하는 사람들이 더 오래 잘살고 있다는 명례의 굳은 철학이다.

"어이, 나는 이런 것 토마토나 과일보다는 커피나 한 잔 주랑게."

영구는 과일보다 커피가 좋다고 커피를 달라고 주문한다.

"커피는 아까 묵어 놓고 또 무슨 커피요."

"새참 먹을 시간이 되었능가베."

"어쩔라고 몸에 좋은 것은 안 묵고, 몸에 해로운 것만 찾으요?"

"어이, 커피가 해로운 것이 아니담 말이시, 어서 한잔 끓여 오소. 한잔 마시고 잠 좀 자야 쓰것네."

"잠잘 양반이 커피를 묵는다요?"

아내가 끓여 온 커피잔을 받아들고 영구는 커피 예찬을 했다. 비 오는 날, 공사장이 일손을 멈추면 한 평 컨테이너 창밖에 떨어지는 빗방울을 보면서 커피를 마시며 외로움과 경비원의 고독을 달랬다.

"지금까지 커피가 몸에 좋지 않다고 알고 있는 사람들이 많기는 허네. 물론 커피를 많이 묵으믄 잠이 안 오는 사람도 있다고 허지만, 나 같은 경우는 커피 마시고 바로 잠자리를 들어도 잠만 잘 자지 않덩가?"

명례가 또 반박한다.

"아직까지는 온 세상 사람들이 커피는 몸에 해롭다고 다 알고 있어요. 우리 같은 사람들은 그저 넘들이 하는 대로 따라 하면 되는 거래요."

"어이, 들어보소. 얼마 전에 미국 존스홉킨스 의대에서 발표를 했다네. 존스 홉킨스대학 하면 미국뿐 아니라 세계에서 알아준다네. 내가 어제 경비서면서 인터넷에 봉 것이랑게."

지금은 참 좋은 세상이다. 스마트폰으로 좋아하는 프로야구도 볼 수 있고 카톡이나 카페에 글도 쓰고 볼 수 있으며, 인터넷도 검색도 할 수 있다. 컴퓨터가 하는 일을 스마트폰에서도 쓰고 볼 수도 있다. 영구가 존스홉킨스대학을 어찌 알겠는가. 엊그제 커피에 관한 것을 스마트폰으로 인터넷 검색을 하다가 읽은 것을 아내에게 말한 것이다.

"인터넷에 머라고 나왔덩가요?"

"우리 몸에 단백질 효소가 차지하는 비중이 아주 크다 하드만, 이런 단백질 효소를 한 잔의 커피가 보호해 주는 일을 한다고 나와 있었당게. 그래서 다양한 질병이 걸릴 위험도 줄여 준다고 했담 말이시."

영구 부부는 6~70대의 친구들과 얘기하는 것처럼 끝말이 가, 네, 가 들어간다. 명례는 남편에게 커피를 많이 먹지 말라고 한다. 그는 아예 술은 입에도 못 대고 커피를 마시지 않고 산다.

"아무리 그렇다 해도 커피는 몸에 해로운 것이니 커피를 좀 줄이랑게요."

"어이, 커피가 항암작용도 하고 심장질환 동맥 경화도 막아준다데. 심지어 커피를 하루 3잔 이상씩만 마셔 주믄 당뇨병에 걸릴 확률도 3분의 1로 줄여 준다고 했당게."

명례가 "커피가 아니고 만병통치약이네요."라면서 코웃음을 쳤다.

"우리가 잘못 알고 있었덩 거시, 만병통치약이 아니지만 건강한 사람에게는 커피가 해로운 것이 아니고 이로운 데가 더 많단 말이시."

"그래도 커피는 마시지 마라는 사람이 더 많데요. 쌍둥이 할아부지가 술도 많이 마시고 만날 맵고 짠 것 좋아하니 걱정이요. 건강을 위해서 술도 줄이고 커피도 줄이고 허씨요."

실은 영구 자신도 은근히 걱정했다. 너무 오랫동안 커피를 많이 마셔왔기 때문이다. 그러다가 얼마 전에 인터넷과 텔레비전뉴스에서 보고 커피가 몸에 이로운 데가 많다는 걸 보고서는 안심을 했다. 요즘은 커피 마시는 시간이 얼마나 행복한지 모른다.

요즘 걱정거리는 술이다. 혼자서는 술을 먹지 않고 있지만 친목회나, 모임에 갔을 때는 밤새도록 술판을 빠져나오질 못한다. 밤새도록 술자리가 길어진 다음 날 숙취는 상당히 오랫동안 계속된다.

쉬는 날이면 영구 부부가 함께 있다. 하루 시간이 너무 짧기만 했다. 그야말로 1분 1초를 아껴 쓰고 쪼개 써야 한다. 잠을 자다 깨다 책을 보며 뒹굴다 보니 어느새 하루해가 벌써 다 지났다. 날이 어두워지고 있다.

이렇게 또 하루가 갔다. 출근하는데 안개가 칠흑 같다. 요즘은 다른 때보다 아침 안개가 심하다. 왠지 안개 낀 날보다는 맑은 날이라야 기분이 좋다. 하루 수백 명이 배설하는 공사장 공중화장실에서 풍기는 냄새 때문에 골머리를 앓아 왔다. 요즘은 냄새 제거를 해주는 정화제를 대폭 늘려서인지 그동안 개 코라고 논란이 많았던 코가 면역되어서인지 견딜 만하다. 냄새가 전보다는 덜 한 것 같다.

이제는 아파트 세대별 마무리공사를 마치고 단지 내, 공원 만들기에 공사에 바쁘다. 아름드리 소나무들이 대형트럭에 계속해서 실려 온다. 소나무뿐만 아니라 크고 작은 조경용 나무들을 실은 트럭들이 날마다 꼬리를 문다. 단지 안에 마무리공사를 위한 자재들을 싣고 오는 화물차들과 뒤엉켜 있다. 이리 뛰고 저리 뛰어다니면서 호루라기를 불면서 영구가 뛰어다녀야 했다. 대형크레인과 포클레인 장비들이 동원되어 소나무들이 내려진다. 문명의 발달로 인간의 손으로 했어야 할 일들을 기계와 장비가 다 해주고 있으니 사람들은 있는 힘을 쏟고 용쓰는 일이 없이 버튼 하나로 해결한다. 사람의 힘으로는 도저히 불가능한 일들을 해결하고 있는 모습들이 신비롭다. 소나무를 내리기 위해 차례를 기다리고 있는 트럭 기사에게 말을 걸어 보았다.

"아저씨, 이 소나무들은 어디에서 싣고 오는 것입니까?"

"양양에서 싣고 옵니다."

"양양이라면 강원도 설악산 쪽에 3,8선 안에서 싣고 온단 말입니까?"

소나무를 싣고 온 대형화물차기사는 담배를 꺼내 불을 붙이며 "예."라고 대답한다.

"멀리서 왔네요. 진주까지 시간이 얼마나 걸리던가요?"

"시간 많이 걸립니다. 어제 아침에 출발해서 이제 도착 헌겁니다. 나무를 싣고 속력도 못 내고 거리도 멀고 하니 우리들도 힘이 듭니다."

산속에 있는 소나무를 캐내서 이곳까지 운반하는 과정을 하나하나 짚어 보면 참으로 복잡하고 힘들 것이다. 소나무를 캐는 일을 허가를 받아야 하고 산 주인에게 흥정해서 나뭇값을 치러야 하고 또, 반출 허가도 받아야 할 것이다. 먼 길을 운반하는 과정들이 소요경비를 따지면 소나무 한 그루가 얼마의 비용이 들까. 가까운 진주지방에서 소나무를 파다 심어야 되지 않을까 싶다. 그래야만 기후나 토질 풍토에 맞아 소나무가 잘살 수 있을 것 같다. 전문조경업자들이 하는 일이니 바라만 볼 수밖에 없다.

영구는 오늘 하루도 실로 바쁘게 뛰어다녔다. 소나무와 각종 조경수들을 싣고 들어 왔던 차량도 모두 빠져나갔다. 현장에 작업자들도 모두 다 자기들의 쉼터로 떠나고 없다. 이따금 아파트 안에 몇 곳만 불을 밝히고 일하던 일손들도 멈추고 집으로 돌아갔다.

낮에 일 할 때는 아예 떠오르지도 않던 초등학교 개구쟁이 때 일들이 그리고 아내와 처음 데이트를 하던 때가 빠르게 지나가더니 갑작스러운 사고로 세상을 떠난 누이도 눈앞으로 빠르게 지나갔다. 사무치게 그립다. 6남매 중에 세상을 다 떠나고 큰누님과 영구만 남았다. 돌연사로 슬픔을 안겨준 세 살 위에 형님이 영구의 눈앞에서 오래 머무르고 있다. 다시, 부모님이 웃는 모습으로 활동사진처럼 지나가고 있다. 그때다.

출입구 쪽에서 하얀색 승용차가 한 대 들어오고 있다. 이 시간에 무슨 차가 들어오고 있을까. 하는 순간에 지나가 버린다. 영구가 재빨리 왼쪽 어깨에서 가슴에까지 내려와 매달려 있는 호루라기를 휙휙 불고 뛰어나갔다. 영구의 제지를 무시하던 승용차는 동쪽에 지하주차장 앞에서 쇠줄이 처쳐 있어 들어가지 못하고 서 있다.

"무슨 일로 오신 것입니까?"

"문 좀 열어 주세요."

"누구신데요? 무슨 일로 오셨기에 문을 열어 달라고 합니까?"

차 안에 있던 두 사람이 내리면서 한 사람이 "2단지와 4단지 통합소장입니다. 할 일이 좀 있어서." 라고 했다.

"승용차는 지하주차장에 못 들어갑니다. 누구든지 야간에는 근무자에게 허락을 받고 들어가야 합니다."

"그래서 아저씨한테 말했잖아요. 일하러 간다고."

영구가 기가 막혔다. 경비원을 무시하고 경비실 앞을 막무가내로 통과한 것에 화가 부글부글 끓었다.

"승용차가 들어오려면 경비실 앞에서 사유를 말씀해야죠. 승용차는 출입문 밖에 대기시켜 놓고 들어와야 하는데 호루라기 소리도 못 들었습니까? 야간에는 사람도 차량도 못 들어갑니다."

"내가 누군 줄 모르요."

"누군 줄 모르겠습니다."

"내가 2단지와 4단지주차장에 전기공사를 담당하는 통합소장인데 나를 몰라요."

영구는 누군 줄 모르느냐고 다그치는 사람을 몇 번 본 것 같아 안면은 많으나 모른다고 말할 수밖에 없었다.

"예, 누구인 줄 모르겠습니다. 누군 줄 안다고 해도 야간에는 지하에 승용차 출입은 안 됩니다."

"이 사람 안 되겠구먼. 당장 옷 벗기 싫으면 어서 문 열어."

이제는 아예 반말로 영구에게 옷을 벗기겠다고 했다. 아파트 신축공사 현장에 새로 온 직원이 아닐까 하는 맘도 스쳤다.

영구는 경비원 입장이 아닌가. 안전과장에게 지하 주차장에는 승용차 출입을 금하라는 지시를 받았다. 야간에는 아무도 출입을 시키지 말라고 지시를 받았기 때문에 통과를 시킬 수는 없었다. 이들은 영구가 슬리퍼 차림으로 뛰어나온 것을 보고 근무자세가 틀렸다고 트집을 잡았다.

"당신 말이여, 슬리퍼 질질 끌고 나와서 큰소리치고 말이여."

영구가 목소리를 높였다.

"야간 초소 안에서는 슬리퍼를 신고 근무 할 수 있습니다. 당신이 경비실에서 제지해도 무시하고 지나가 버리니 급하게 쫓아 나오다 보니 근무화로 바꿔 신을 시간이 없었던 거요. 아저씨가 경비실 앞에서 섰더라면 내가 이런 차림으로 뛰어나왔겠어요?"

영구가 오기가 발동했다.

"당신이 마음대로 해보지 내가 문을 열어주나 봐라."

영구는 극도로 흥분된 상태였다. 화가 목까지 차올랐다. 이들은 누군가에게 전화를 걸더니 뭐라고 한참이나 얘기를 주고받고 나서 영구에게 전화를 받아 보라면서 스마트폰을 건넨다. 흥분된 상태라 전화 목소리도 누구인지도 모르겠고 잘 들리지도 않았다. 전화기를 되돌려줬다. 이제는 영구의 바지 주머니에 넣어둔 스마트폰이 울려댄다.

"예, 전화 받았습니다."

"탁 과장입니다. 이제는 들립니까?"

"예, 세 사람이 승용차를 타고 와서 지하주차장에 일할 것이 있다면서 들어가려 헙니다요."

"이소장한테도 얘기를 잘했으니깐 들여 보내주십시오."

하청받아 공사하는 사람들은 시공회사 직원들과 자주 만나서 식사도 하고 술자리도 같이하는 것 같다. 영구가 사무실현관 탁자 위에 결재해 놓은 경비일지를 가지러 갈 때, 가끔 하청업자와 직원들이 치킨 피자를 놓고 소주와 막걸리를 먹고 있을 때를 봤다. 그런가 하면 걸핏하면 전 직원들이 회식하러 간다면서 나가는 것을 자주 봤다. 하청을 받은 사람들의 접대 회식이 이루어진다고 봐야 한다. 영구가 근무하면서, 이들 하청업자하고 시공사 직원끼리는 대화를 들어 보면 몇십 년 친구 관계로 착각할 정도다.

"승용차는 어떻게 합니까?"

"잠깐이면 된다 하니 들어갔다가 빨리 나오라 하십시오."

"예, 알겠습니다."

영구의 기분이 씁쓸했다. 그중 한 사람이 봐라, 내가 이런 사람이라는 듯이 위세가 등등하다. 지하주차장 입구에 쳐놓은 쇠고리 줄을 풀어 주려고 하는데 통합소장 소장의 말이 영구의 귀를 거슬리게 했다.

"경비 옷을 벗기 싫으면 나한테 잘 보여야지. 하루아침에 옷을 벗길 수가 있지."

이 말에 영구는 화가 폭발했다.

"어디, 당신이 경비 옷을 벗겨 봐라. 오늘 저녁에 문을 안 열어 주면 내 경비 옷 벗기겠네."

영구가 씩씩거리며 경비실로 들어와 버렸다. 통합전기 소장도 경비실 안으로 따라 들어와서 고함을 질러댔다. 영구의 가슴팍을 툭툭 치면서 빨리 나가서 문 열어 달라고 고함을 질러 댔다. 영구도 맞대항을 하며 상대를 초소 밖으로 밀어내고 재빨리 경비실 문을 걸어 잠그면서 크게 소리를 질렀다.

"당신한테 문 안 열어 줄 테니 경비 옷이나 벗길 준비나 해라."

통합소장은 경비실 문을 주먹으로 치다 발로 차기도 하고 소리를 질렀다.

"당신 경찰에 신고하기 전에 어서 가라."

급기야 주먹으로 경비실 문을 내려치고 발로 차는 동작을 연속적으로 했다. 영구가 하대파출소에 전화를 걸었다.

"여기 초장지구 해맞이아파트건설 현장 2단지 경비실입니다. 무단침입을 해서 소란을 피우는 사람이 있습니다."

영구는 몹시 흥분된 상태라서 목이 탔다. 정수기에 물을 계속 받아 마셔댔다. 긴장하고 있는 시간에 하대지구대 경찰순찰차가 빠르게 달려왔다. 전화신고를 한 지 얼마 지나지 않았으나 곧바로 경찰차가 경광등을 반짝이며 경비실 앞에서 멈춘다. 경찰이 무슨 일이냐고 묻는다. 명한전기 이성남 소장이라고 인쇄된 명함을 내밀면서 마치 고자질을 하는 것처럼 했다.

"지하 주차장에 볼일이 있어 들어가려는데 못 들어가게 안 합니까?"

경찰이 현장소장인 줄 알고는 별일 아닌데 귀찮은 표정으로 영구에게 물었다.

"현장소장인데 왜 못 들어가게 합니까?"

"나는 이 사람 모릅니다. 우리 현장소장님과 안전과장님이 야간에는 어떤 차량이라도 출입을 금지시키라는 지시를 했습니다. 이 사람이 경비실에서 호루라기를 불믄서 제지를 해도 무시하고 여기까지 들어왔당게요. 지하주차장에 들어가것다고 문 열어 주라는디 열어 줄 수 없다고 했그만요. 나는 우리 소장님하고 안전과장님 지시를 따를 뿐입니다."

영구가 긴장해선지 전라도 사투리가 터져 나왔다. 경찰이 이 소장을 쳐다보면서 말했다.

"경비아저씨는 이 소장님을 모르는 사람이라고 하네요. 어떻게 된 겁니까?"

"나는 2단지와 4단지 전기공사를 하는 명한전기회사 현장소장을 맡고 있는 사람입니다. 경비아저씨가 나를 지하에 들어가지 못하게 하는 것입니다."

영구와 이소장의 얘기를 들은 경찰이 이제야 본질을 파악했다.

"경비아저씨 말이 맞네요. 야간에 들어가면 안 된다는데도 들어가겠다고 하면 안 되는 것 아닙니까?"

이소장이 경찰에게 시공회사 책임자에게 허락을 받았다고 얘기를 한다.

"여기 본사에 안전과장의 허락을 받았습니다."

영구가 재빠르게 반박을 했다.

"첨부터 경비원을 무시하고 지나가 버리기에 호루라기를 불면서 제지를 해도 무시하고 억지로 지하에도 들어가겠다고 험서 벌어진 거랑게요. 경비원이 처음 보는 사람이 현장출입통제시간에 들어가는 것을 방치허믄 경비원으로서 직무태만이 아니겠습니까?" 라고 말하자. 이 소장이 경찰을 쳐다보며 말했다.

"이 사람들의 월급을 우리가 주고 있습니다." 라는 소리에 경찰은 자기가 해결할 일이 아니라는 것을 직감했는지 현장 책임자를 물었다.

"현장 책임자가 누굽니까? 나에게 현장책임자 좀 연결해 주십시오." 라고 하자 이소장이 재빠르게 스마트폰을 꺼내 전화번호를 누르고 경찰에게 건네준다. 경찰은 안전과장님이 직접 나와 보라 했다. 이소장과 경찰과 영구의 어색한 시간이 잠시 지나자 안전과장의 승용차가 들어오고 있다. 이소장과 영구는 아무 말도 없이 서 있고 경찰과 안전과장의 통성명이 있고 나서 아무것도 아닌 일을 자기들만 피곤하다는 듯이 떠나간다. 안전과장이 영구를 쳐다보며 물었다.

"아저씨, 어찌 된 겁니까?"

"차가 들어오기에 호루라기를 불며 제지를 해도 무시하고 지나가 버리지 않아요. 쫓아가니 나 보고 지하주차장에 간다고 쇠줄을 풀어달라고 안 합니까? 그래서 나는 처음 본 사람이고 더구나 야간에 안 된다고 했습니다. 탁과장님의 전화를 받고 문을 열어주려고 하는디 나를 보고 경비원 옷을 벗길거라고 안 합니까?"

영구는 안전과장에게 얘기할 때도 흥분된 목소리는 가라앉지 않았다.

안전과장이 이소장에게 물었다.

"이소장님은 낮도 아니고 야간에 들어오면서 경비원에게 사유를 말씀도 안 드리면 됩니까? 호루라기를 불면서 제지를 했는데도 무시하고 들어가면 안 되는 줄 알지 않습니까? 아저씨의 옷을 벗기겠다니 그게 할 말입니까?"라고 하자. 이 소장은 실망한 눈빛이다.

"호루라기 소리를 못 들었습니다. 그리고 안전과장님과 통화했지 않아요?"

안전과장은 약간 격앙된 목소리로 이젠 이소장님에서 님 자를 빼고 말했다.

"이소장, 처음부터 얘기를 한 것입니다. 우리 소장님도 그렇고 나도 경비원 아저씨들에게 지시했던 말입니다. 낮에도 승용차 출입을 통제하라고 했고요. 더구나 야간에 승용차를 갖고 들어오다니요. 그리고 경비실이 뭐 하는 곳인지 이소장이 모른단 말이요. 세상에 경비원의 호루라기 소리를 못 들었다고요. 입장을 바꿔놓고 생각해보세요. 경비원 아저씨가 얼마나 속상하겠어요. 경비원 아저씨께 잘못했다고 용서를 비세요."

탁두만안전과장의 질책은 계속되었다.

"그리고 이소장이 나한테 무슨 허락을 받았단 말이요. 지하주차장에 야간에 출입은 경비원에게 허락을 받아야 되는 것이니 경비원아저씨께 말씀 잘 드리고 들어가라 얘기한 것 아니어요. 그런데 이소장이 경비원 아저씨를 화나게 하는데 누가 문을 열어 주겠습니까? 당신이 무슨 권한으로 경비아저씨 옷을 벗기겠다고 합니까?"

안전과장의 길고 긴 꾸짖음의 연설이었다. 안전과장이 다시 또 이 소장을 쳐다보며 재촉을 했다.

"이소장, 어서 경비원아저씨께 잘못했다고 비세요."

일반 직장에서 평사원과 임원이 상하관계가 성립되는 것처럼, 시공회사 말단 직원이라도 하청업체 직원의 직책이 아무리 높은 사장이라도 갑을 관계가 완전하게 성립된다. 기세등등한 이소장은 평소 때 안전과장에게 술 접대와 비위를 맞춰주고 친분 관계를 맺었다. 공사장에 경비원 쯤은 자기 마음대로 다루어도 된다는 생각을 했다가 자기 나름대로 망신을 크게 당한 것이다.

"아저씨, 저가 잘못했습니다. 용서하여 주십시오."

그러나 영구의 흥분 상태는 아직 가라앉지를 않았다.

"나에게 뭘 잘못했단 말이요?"

"어르신, 화 푸시고 용서하여 주십시오."

"아까는 말할 기회가 없어 못했는디 어째서 당신들이 경비원의 월급을 준단 말이요?"

영구가 탁과장이 들으라는 듯 말했다. 이 소장은 안전과장을 쳐다보면서 또 고개를 숙였다. "탁 과장님, 미안하게 되었습니다."라고 조그만 소리로 말했다. 안전과장은 또 다시 장광설(長廣舌)을 했다.

이소장이 꿀 먹은 벙어리처럼 말을 못한다. 다시 탁과장의 질책은 계속된다.

"집에서 옷 벗고 잠자는 사람을 불러내서 이게 뭡니까? 세 살 묵은 애기한테 물어봐도 이건 극히 상식적인 것 아닙니까? 지하 주차장에 아파트 세대에 설치할 각종 전자제품들을 쌓아놓고 있는 것을 몰랐습니까? 경비원들이 전에 없던 추가순찰을 돌고 있느라고 고생하고 있는 줄을 알잖아요. 아무나 와서 들어가겠다고 하면 문 열어주는 경비원을 우리 회사에서 미쳤다고 일을 시킵니까?" 하면서 영구에게 다가온다.

"아저씨 맘 푸세요. 화를 가라앉히시고 이소장이 잘못했다. 하니 용서하여주십시오."라고 한 후, 이 소장에게 재차 사과를 하라 요구했다.

명한전기 이소장이 고개를 숙이며 영구 앞으로 다가섰다.

"아저씨 한 번만 용서하여 주십시오."

영구가 이 소장에게 따끔한 한마디를 하고 사과를 받아 주기로 마음 먹었다.

"이소장, 이 세상에 부모 없이 세상에 태어난 사람은 아무도 없소. 나이 많은 노인들한테 잘못하면 그 잘못이 자기 부모에게로 돌아가는 것이요. 다들 당신들 같은 자식 없는 사람이 어디 있겠소. 만약에 오늘 일을 내 자식들이 알게 된다믄 당신은 크게 봉변을 당할 것이요. 앞으로는 나이 묵은 사람에게 잘하시오."

영구는 딸만 둘이다. 아들이 아닌 힘 약한 딸들이 이 소장에게 힘을 가한다든지 나타날 일도 없었지만, 자식들을 들먹이면서 으름장을 놓았다.

"예, 앞으로는 이런 일이 없을 것입니다." 하면서 탁두만과장에게도 죄송하다고 고개를 숙인다.

"탁과장님에게도 죄송하게 되었습니다."

탁두만안전과장은 잠을 자다 현장에 나오게 되자 화가 많이 났다. 명한전기 이소장이 미울 수밖에 없다. 지금쯤 한참 꿈나라에 가 있을 시간이 아닌가. 명한전기 소장인 이성남은 망신만 당하고 돌아갔다. 결국은 이날 저녁에 두 사람의 직원과 함께 처리해야 할 일을 다음 날로 미뤄야 했다. 이렇게 한바탕 소동이 벌어지고 우울한 기분으로 공사장과 지하주차장까지 마지막 순찰을 돌고 나서도 영구의 우울한 맘은 가시질 않는다. 영구는 이런 일을 당하면서도 계속해서 경비원생활을 해야 하는지, 날이 밝아지는 새벽까지 자괴감에 젖어 있어야 했다.

이영곤이 교대근무를 하려고 부지런히 자전거 페달을 휘젓고 오는 모습이 보인다. 이소장과 소동을 벌인 어젯밤, 늦게 시작한 비가 날이 샐 무렵에 그쳤다가 잔뜩 찌푸리던 하늘에서는 빗방울이 금방이라도 다시 떨어질 태세다.

제15장

비 오는 날은 기분 좋은 날

날이 밝을 때까지도 비는 내리지 않았다. 이영곤이 자전거를 타고 도착하고 나니 굵은 빗방울이 떨어진다.

"형님, 어서 오씨요."

영구가 반갑게 맞았다.

"집에서 나올 때는 자전거를 놓고 버스를 타고 올까 하다가 에라 모르겠다. 허고 타고 왔능기라. 마침 현장에 도착하고 나니 비가 시작헌다야."

"그러게 말입니다. 다행스럽게 비가 형님이 도착하자마자 시작하네요."

"강군아, 어제는 별일 없이 근무 잘했나?"

"글씨요. 근무 잘했다 하믄 잘한 것이고 못했다 하믄 못 했당게요."

"그 말이 무신 말이고?"

영구는 어젯밤에 이성남과의 사건을 얘기하지 않으려고 했다가 자기도 모르게 명한전기 이 소장을 아느냐고 물었다.

"형님, 명한전긴가 먼가 하는 이 소장을 압니까?"

"하머 알지. 2단지와 4단지 전기 분야 소장이라 하드라."

"어젯밤에 난리가 났습니다."

"와? 무신 난린디?"

"아홉시가 조금 안 되었을랑가 싶네요. 하얀 승용차가 경비실 앞에 서지도 않고 휙 하고 지나가뿔드랑게요. 호루라기를 막 불어대도 무시하고 지나가 뿔잖아요. 그래서 뛰어나가서 왜 서지 않고 그냥 지나가뿌냐고 형게, 지하에 일이 있어 들어가야 헌다고 안헙니까? 내가, 기가 맥힙디다. 나는 안 된다 하고, 그 사람은 들어갈란다고 하다가, 나중에는 탁 과장에게 통화를 헝게 들여보내라 헙디다. 그래서 들여보낼라고 했는디, 자기에게 잘 못 보이면 경비원 옷을 벗게 해 준다고 안헙니까? 그래서, 내가 화가 폭발해 뿔럿답니다."

영구가 어젯밤에 이소장과 실랑이를 했던 장면을 길게 설명했다.

"이성남이란 그 놈이 전에는 열나게 들락거리드만 요새는 뜸했는디 어짓밤에 왔던가베."

"어젯밤에 갑자기 와서 명한전기 이 소장을 모르느냐고 다그치기에 나는 모른다고 했당게요. 그랬더니 자기 딴에는 화가 났능가 싶소."

"어찌 되었든 간에 야간에는 지하주차장은 못 들어가게 되어 있는디머, 글고 밤늦게 지하에 들어갈라믄 경비실에 말을 하고 들어가능것이 상식인디, 제지를 해도 막무가내로 들어갈라고 허능 것은 말이 안 되능 거라. 그러면서 경비원 옷을 벗기겠다, 말겠다. 지가 먼데, 니라고 가만히 있을 수 있었겠나? 그래서 어찌케 되었는디?"

"쇠줄을 풀다 말고 지하주차장 문을 못 열어 주겠다고 했습니다. 경비원 옷을 벗겨보라면서 경비실로 들어와 문을 장가뿔고 있응게 발로 문을 차고 난리가 났당게요. 그래서 파출소에 신고했죠. 경찰이 오고 안전과장이 오고 그런 거랑게요."

"강군 니가, 열 번 잘했다. 그래서 사건은 잘 처리가 되었나?"

"이소장은 안전과장이 자기편을 들어줄 줄로 알고 있다가 망신만 당해뿔거죠."

아파트신축 공사장에는 전기 관련 업체 몇 개가 각각 분담해서 공사하고 있다. 진입로서부터 도로에 가로등, 단지 내에 가로등, 조경과 관련한 전기시설과 각 세대에 전기공사를 하는 업체, 그리고 명한전기가 맡아 시공을 하는 지하주차장 1층, 과 2층, 전기공사를 맡은 이성남 소장과 벌어진 소동이었다.

"강군, 얘기 들어보이 어짓밤에 화가 많이 났겠구나."

"그래서 어젯밤에 잠을 안자고 생각을 했당게요. 날이 새믄 현장사무실에 그만두겠다고 얘기를 할까 했능거라요."

"아예, 그런 생각은 하지 말거레이."

"형님하고 얘기를 헝게 인자는 조금 낫습니다."

"강군아, 내가 옛날 얘기 하나 해줄게 들어보레이."

"무슨 얘긴디요?"

이영곤은 경비원 일을 하기 위해서는 참아야 한다며 친정엄마가 시집가는 딸에게 했던 얘기를 했다.

"옛날에 딸을 시집보낼 때 친정어메는 시집을 가면 그 날부터 벙어리 3년, 귀머거리 3년, 보고도 못 본 체하는 장님생활을 3년을 해야 한다고 갈쳤다고 했능기라. 이와 같이 우리 경비원들도 딸 시집보낼 때 엄마가 했던 얘기를 그대로 적용해야 되지 않겠니."

"형님, 어디 그것이 말대로 쉽게 지켜지겠습니까?"

이영곤의 말처럼 사는 것이 현명한 방법이라 할 수 있다. 그저 보고도 못 본 체하며, 들었지만 못 들은 척하고, 하고 싶은 말이 있지만 벙어리처럼 입을 열지 말고 꾹 참을 수 있어야 한다는 말이다.

"강군아, 비가 많이 오는디 집에 어찌케 갈래?"

"출근하는 것이 아니고 집에 가기만 하면 되는 일잉게 걱정할 것 없습니다.”

“그래 천천히 집에 가거라. 비 오는 날은 불편하기는 해도 우리 같은 사람들은 힘든 일을 하지 않응게 좋더라.”

“그래요, 나도 비만 오면 기분이 좋아집니다. 형님 내일 아침까지 수고 허씨요.”

어제 아침부터 내리는 비는 다음 날, 영구가 출근하는 날도 계속되었다. 공사현장에 도로는 온통 진흙탕이다. 공사현장 근무자는 무조건 안전모와 안전화를 착용해야 하는 규칙 때문에 안전화를 신고 출퇴근도 한다. 개구리 뛰기도 하고, 지대가 높은 곳을 찾아 밟고, 애를 쓰지만, 현장에 진흙탕은 피할 수가 없다. 안전화가 진흙 칠갑이 되었다. 비 오는 날은 장화를 신고 움직여야 했다. 지대가 높은 곳, 발이 빠지지 않는 곳을 찾아서 발걸음을 옮긴다지만 바짓가랑이가 진흙투성이다.

“형님, 비가 오는디 근무하느라 수고 많으셨습니다.”

“어서 오니라. 비 오는디 오느라 수고했다이.”

이영곤은 경비실 안을 물걸레질도 하고 탁자며 바닥도 깨끗이 청소를 해놓고, 영구가 출근하기만 기다렸다.

“형님, 어제는 비가 종일 오는 중에도 수고 많이 하셨네요.”

“어제 종일 비가오이 편했다아니가.”

“어제 장화를 신고 퇴근했어야 하는디 신발뿐 아니라 바짓가랑이도 진흙 범벅이네요.”

“비가 어제부터 오늘까지 계속해서 오이 그렇다.”

“형님, 자전거를 못 타고 가겠네요.”

“그럼, 자전거를 못 타지, 버스를 타고 갈란다.”

“앞으로 가믄 푹푹 빠징게 뒤로 나가서 장재실 쪽에서 오는 차를 타면 편할거요. 지금 나가면 탈 수 있을랑가 모르겠네요.”

“촌에서 오는 차는 가뭄에 콩 나듯 허이, 그런 차를 어찌케 기다리노, 심들어도 앞으로 나가서 탈란다.”

영구가 스마트폰에 시간을 확인했다.

“장재실 쪽에 뻐스는 지금 나가서는 못 타것소. 종점에 가서 타씨요.”

“어젯밤에도 순찰을 돌다 와서 잠 좀 잘라고 허믄 냄새 때문인지 잠도 설쳐뿌러 쌩머리가 아프다.”

이영곤이 공중화장실에서 나는 냄새 때문에 잠을 설쳤다고 했다.

“구름이 끼고 비가 옹게 기압이 얖아져 화장실 냄새가 공중으로 분해를 못 헝게 그런가 보네요.”

“강군아, 니는 비오는 날은 냄새 괜찮나?”

“형님, 나라고 냄새가 안 날 턱이 있습니까?”

비가 오는 날은 경비실 창문을 열지 못하기 때문에 바로 붙어 있는 공중화장실에서 풍기는 냄새가 겹쳐 맑은 날보다 공기도 탁하고 덥다.

“어젯밤에는 비가 오니 창문을 닫고 선풍기는 안 틀고 자도 안 덥더라.”

“비가 오나 해가 뜨나 창문 못 엽니다. 아무리 더워도 창문 닫아놓고 살아야 합니다.”

“강군아, 창문 닫고 있으믄 냄새가 안 날줄로 아나?”

“형님, 아무래도 좀 났지 않겠습니까?”

어제 새벽부터 내린 비로 인해 화장실 냄새가 더 심했다. 이영곤은 견디기 힘들었던 모양이다. 비가 오니 밖에도 나갈 수 없어서 좁은 경비실 안에서 창문도 닫고 있어야 했다. 비가 오지 않는다면 밖에 나가 돌아다니면 화장실 냄새는 피할 수 있다. 비 오는 날의 공사현장은 완전 정지다. 경비원들도 따라서 할 일이 없기는 다른 근로자들과도 같다.

"여기까지 들어오는 길이 엉망진창이제."

"그럼요, 장화를 신고 왔더라면 쉽게 왔을 건디 길이 엉망입디다."

"비가오이 일은 수월해서 좋다만 강군 니도 오늘 냄새 땀세 욕보게 생겼다."

"형님, 집에 어떻게 가실랍니까? 오늘은 비가옹게 자전거도 못 타고, 버스를 타고 빙 돌아가야 헝게 시간이 많이 걸리겠어요."

"시간차이가 얼매나 나것냐 머."

"형님은 비만 오면 좋다고 하는 사람인디 어제는 하루 종일 비가 와서 냄새 때문에 별로였지요."

"세월호에서 죽은 사람들의 원통함이 아직까장 안풀어 졌능갑다."

"형님, 맞당게요. 그사람들은 얼마나 억울허겠습니까예?"

"어찌 되었등간에 비가 오믄 좋더라이."

두 사람은 비가 좀처럼 그칠 줄을 모르고 줄기차게 내리는 비를 세월호에서 죽은 영혼들이 울고 있는 눈물이라고 주고받았다.

"형님, 집에 안갈라요."

비가 계속되자 교대시간이 많이 지났는데도 이영곤은 퇴근하지 않고 있다가 영구의 재촉에 우산을 들고 일어섰다.

"종점까지 걸어가이 상당히 멀더라. 10분 넘게 걸리더라."

"오늘은 비가 와서 길바닥이 푹푹 빠징게 시간이 많이 걸릴 겁니다. 나는 만날 걸어 다녀서 숙달이 되었능가바요. 날 좋은 날은 10분까지는 안 걸리던디요."

공사현장을 빠져나가는 시간은 영구의 걸음걸이로는 10분 안팎 걸린다.

"강군아, 니는 오늘은 공 묵는 날이다이."

"공치는 날이라 좋네요."

"강군아, 나는 간다. 내일 보자."

"예, 형님, 수고하셨습니다. 안녕히 가십시오."

이영곤의 집은 시내 비봉산 아래 있다. 공사현장에서는 차라리 영구가 사는 집보다 훨씬 가깝다. 비봉산과 선학산을 가로지르는 말티고개가 길이 널찍하게 확장되어 직선으로 뚫렸기 때문이다. 이영곤은 자전거를 타고 다니면 근무 현장까지 15분 정도면 출근할 수 있다.

비가 그치지 않고 계속되니 아파트 공사 현장이 일손을 놓고 조용하다. 현장사무실 직원들과 그리고 하청을 맡은 회사에 현장소장 간부들과 공사 책임을 진 사람들이 드나들 뿐이다. 가끔, 도로에 주차하고 들어가기는 번거로워 차를 갖고 들어가려는 차량이 있다. 영구는 공사현장에 근무한 지가 얼마 되지 않아 사무실 직원 외에는 차량 운전자들과 드나드는 사람들이 뭐 하는 사람들인지 소속과 신분을 알 수 없는 사람이 많다.

"아저씨, 승용차는 공사현장에 못 들어갑니다. 밖에 세워두고 들어가셔야 합니다."

"예, 잘 압니다. 오늘은 비도 오고 공사도 안 하니까 잠깐 들어갔다 나오면 안 되겠습니까?"

"안 됩니다. 소장님의 지시가 무슨 차를 막론하고 승용차는 공사현장에 출입을 시키지 말라고 했습니다. 비가 오는 날은 도로에 주차는 허용합니다. 죄송합니다. 저기 길가에 주차하시고 다녀오십시오."

공사를 처음 시작할 때부터 공사현장을 드나드는 사람들이 현장규칙을 비교적 잘 지키고 있다. 안전모나 안전화 착용도 비교적 양호한 편이었고, 승용차는 현장에 들어가지 못한다는 규칙도 잘 지켜지고 있는 편이다.

창문을 닫아놓고 선풍기를 돌리고 있다. 쉴 줄 모르고 내리는 비를 바라보며, 이 아파트공사현장에 들어와 일하게 된 동기도 떠올려 보며, 평생 처음으로 다른 사람들의 감독을 받고 지시를 받으며, 구속되어 일하고 있다니 참으로 놀랍게 변화된 자신의 모습을 더듬으며 미소를 짓고 있다.

영구는 어렸을 때부터 어른들이 하는 일을 다 해냈다. 벼를 베고 지게에 지고 날랐으며 새벽에 일어나 논에 거름을 냈다. 눈비 오는 날은 산에 나무하러 가지 않고, 풀도 베러 가지 않아도 되고. 친구들과 놀 수 있어 좋았다. 지금까지도 비 오는 날은 기분 좋은 날이라는 잠재의식이 있다.

태어나 자란 고향 시골 마을에서 줄곧 농사일하면서 보냈다. 그때 40년 전까지는 농사방식은 농기계라고는 경운기였고, 짐이나 실어 나르는 정도였다. 빈농에서는 농기계가 있어 봐야 아무 소용없었다. 영구의 고향 마을은 48여 호가 살고 있었지만, 경운기는 딱 한 집밖에는 없던 시절이었다. 영구네처럼 강가에 들 논이 없고 뒷산 너머에 소달구지나 손수레도 이용할 수 없는 논밭이라 비가 내리지 않은 해에는 그나마 헛농사일 때가 많았다. 거름을 내고 보리와 벼를 거둬들이고 풀을 벤다거나 나무를 하러 다닐 때는 지게로 날라야 했다.

농촌 생활이란 하루도 마음 놓고 쉴 수 없고 일 년 365일 날마다 힘들여 움직여야만 살 수 있다. 모내기가 끝나면 집으로 운반해 쌓아둔 보리 타작을 해야 하고 비가 온다고 해서 집에서 쉴 수 없다. 고구마, 고추, 들깨까지 각종 작물의 모종을 밭에 옮겨 심어야 하고, 소먹이도 지금처럼 사료를 먹이는 것이 아니었다. 풀만 베어 먹이던 시절이라 소를 굶기지 않기 위해서는 비를 맞고라도 풀을 베러 나가야 했다.

농촌에서도 비가 올 때에 일손을 놓지 않고는 안 되는 계절이 있다. 바로 가을 추수 할 때다. 여름에는 모내기가 끝났다 해도 쉴 수 없지만, 가을 추수 할 때는 무조건 일손을 놓고 쉴 수밖에 없다. 영구가 어렸을 때 철부지 맘으로 비 오는 날이 좋았다. 친구들과 마음 놓고 놀 수 있었으니 말이다. 그리고 겨울에 눈이 오는 날은 산에 나무하러 가지 않고 눈이 녹을 때까지 놀 수 있어 좋았다.

평범한 직장인들은 실내에서 일하기에 비가 내려도 출근한다. 공사판 일을 하는 사람들은 비가 소량만 내려도 일손을 놔버린다. 그들은 일해야 수입이 창출되지만, 그러나 비 오는 날을 좋아한다. 요즘에 목수나 미장, 도장 등 전문직종의 사람들은 임금이 꽤 높다. 그들이 일반적으로 하는 말이 한 달 일할 수 있는 날이 20일 하면 많이 한 것이라고 했다. 일요일은 쉬는 날이고, 비가 오는 날도 쉬기 때문이란다. 아파트공사 현장에 예를 보더라도 외부 건물이 완공되어 내부 도장 공사나 장식공사라 할지라도 습도나 환기의 영향을 받는다고 했다. 비 오는 날 일하는 사람들의 기분이나 컨디션, 정신 상태가 흐려진다고 한다. 안전사고를 예방하기 위해서도 일을 자제한다고 했다.

공사현장에 경비원은 비 오는 날은 쉬는 날이라고 좋아들 하지만, 집에서 쉬는 것이 아니고 일단은 출근은 하되, 작업 현장에서 하는 일이 줄어든다는 말이다. 처음에 현장 출입구 쪽에 근무할 때도 비 오는 날은 일손을 놓고 한 평 되는 컨테이너에 앉아서 잡담이나 하며 쉴 수 있었다. 작업들이 중단되니 차량의 움직임이 없으며 다른 볼일 때문에 드나들던 차량도 빗물에 바퀴들이 자동으로 씻긴다. 하지만 경비원들의 일감이 줄어 일이 수월해질 뿐이지 긴장을 풀어서는 안 된다.

경비실에서는 TV 시청을 못 하게 한다. 이영곤이 집에서 가져온 라디오에서는 세월호 사고가 난 지 한 달도 훨씬 지났지만, 실종자 수색은 계속하고 있다. 는 뉴스다. 아직도 14명을 찾지 못하고 있다고 한다. 꽃다운 3백여 영혼들과 유가족들의 눈물이 하늘로 증발했다가 비가 되어 내리고 있는 모양이다. 올해에는 뜻하지 않는 세월호 사건으로 아까운 생명이 숨지고 온 나라가 비통해했다. 올 4월 말 연속해서 나흘 동안 비가 계속해서 내리고 5월에도 6월에도 세월호의 영혼들이 울며 흐르는 눈물이 비로 변했는지 비 오는 날이 많다.

영구가 일하는 공사 현장에도 공사가 중단상태가 계속되자, 근로자들은 다들 좋아했다. 그러나 비가 계속되고 있는 중에 시공회사 사장이 방문한다는 연락을 받고, 회사 직원들은 그야말로 벌집을 쑤셔 놓은 것처럼 야단법석이었던 적이 있었다. 곳곳에 무사고 '000일째 안전사고 없는 hz중공업' 등, 이런 로고가 담긴 현수막을 설치하고, 길바닥이 팬 곳들은 덤프트럭들을 동원해 모래와 자갈들을 깔았다.

대통령이 고을에 방문한다 하면 VIP가 지나는 도로를 넓게 확장을 하고 정비를 하느라, 결국은 애먼 백성들만 괴롭히는 것처럼 일개 회사에 사장 방문인데도 모든 직원이 긴장했다. 주차된 차량을 일일이 이동시키고 주차를 통제시키며 뛰어다녔지만, 정작 사장일행 차량은 직원들이 길가에 나와 늘어서 있는 앞을 순식간에 지나쳐 4단지 현장사무실로 향했다.

옛날이나 지금이나 직장인들은 누구나 수도권에서 근무하기를 원한다. 같은 서열이라 할지라도 지방에 파견 근무를 하게 되면 좌천된 기분이 들 것이다. 현장근무를 하는 본사 직원들은 불편한 안전모를 쓰고, 흙먼지 속에서 작업하는 근로자들을 독려하면서도 때아닌 '사장님 오십니다.' 이 한 마디에 바짝 긴장하며 애먼 힘 약한 경비원까지도 비를 맞으면서 옷이 다 젖은 채로 뛰어다녀야 했다.

영구가 경비원으로 일했던 짧은 몇 달 사이에 참 많은 굴곡이 있었다. 영구를 아는 사람들은 영구가 공사현장에서 일하지 못할 거라고 예상했다. 지금까지 버티고 있는 것이 신통하다고 여기는 사람들이 많다.

영구는 몸을 움직여서 수고하는 일이야 얼마든지 할 수 있다. 무슨 일을 할지라도 남에게 간섭받지 않아야 일을 하는 성격이다. 지금까지 버티고 있는 것은 가장의 역할을 해야 한다는 강박관념이 작용했다. 이런 생각 저런 생각을 하며 내리고 있는 비를 바라보고 있으니 지난날들이 주마등처럼 되풀이해서 눈앞을 돌고 있다.

오재문반장이 화장실 냄새 때문에 경비실에 자주 오지를 않는다. 요즘은 영구를 자기 사무실로 오라고 부를 때가 많다. 이렇게 비 오는 날은 오재문 반장 역시 아무 일도 할 수 없다. 영구처럼 이런저런 생각을 하며 쉬지 않고 내리는 빗방울을 쳐다보다, 적막함을 느꼈는지 경비실에 나 있는 창문을 두들기며 영구를 불렀다.

"아저씨, 커피 한잔하러 우리 사무실로 오십시오."

오반장이 우산을 받쳐 들고는 커피 한잔하러 오라고 한다.

"오반장, 자네가 이리로 오소."

"화장실 냄새도 나고 하니 아저씨가 우리 사무실로 오십시오."

"자네 사무실도 냄새나기는 마찬가질 거시."

"그래도 우리 사무실은 화장실하고 많이 떨어져 있잖아요. 오늘은 비가 와서 그런지 냄새가 더 심하네요."

"경비실을 비운다고 뭐라 안 할런가 모르겠다."

"아저씨, 비 오는 날은 괜찮습니다."

"알았어, 갈게."

비가 가늘고 굵기가 변함없이 며칠째 계속 내렸다. 세월호에서 안타까운 죽음을 한 영혼들의 눈물이 아직 마르지 않고 흐르는가 보다. 맺은 꽃봉오리들이 활짝 피어보지 못하고 억울하게 죽어야 했던 설움에 겨워 흐르는 그들의 눈물만큼이나 빗방울이 굵다.

제16장

경비원도 사람인데

　해맞이아파트 공사가 막바지에 이르고, 한 달 후쯤이면 입주가 시작될 예정이다. 아파트단지 내에 정원공사도 마무리되었다. 단지 안에 조성한 인공개울에서 밤이면 오색 분수가 무지개를 만들고 호화찬란하다. 개울 가로는 아름다운 화초들을 심어 꽃길 산책로를 만들고, 곳곳에 정자를 세웠다. 이런 아파트에 사는 사람들은 일찍이 신에게 선택받은 사람들일 거라는 생각을 영구가 해본다.

　현장사무실 직원들은 가족이 임시 거처를 진주로 옮겨 살지만, 다른 직원들은 주말 부부도 있고 가족과 떨어져 혼자서 기러기 생활을 하는 직원도 있다. 직원들의 가족이 진주로 옮겨온 사람들은 가족을 이곳 해맞이 아파트 정원으로 불러 아이들과 소풍하는 기분으로 단지를 거닐기도 한다. 그런가 하면 외부 사람들이 구경삼아 오는 경우도 많다. 이들과 실랑이를 벌이는 일도 잦다. 외부 사람이 아파트공사장 안에 들어오지 못하게 하라고 지시를 받았지만 난처할 때가 많다. 공사 현장 앞 도로에 주차 단속을 하다 보면, 어느새 외부 사람들이 단지 공원 안에서 데이트를 즐기기도 하고 정자에 같이 앉아 있다.

　영구가 호루라기를 불면서 쫓아간다.

　"아직 공사 중이라서 들어오시면 안 됩니다."

"이 아파트 입주예정자입니다."

"입주자라도 현장에 들어오실 때는 사무실에 허락을 받고 안전장비를 착용해야 합니다."

시공사 직원가족들이 즐기고 있는데 구경하기 위해 찾아온 사람들을 쫓겨나가는 사람들에게 미안했다.

"건물 안에는 들어가지 않고 꽃길만 잠시 둘러보고 나갈 것입니다."

"아직 공사 중이기 때문에 위험합니다. 아파트 위에서 언제 위험물이 떨어질지 모릅니다. 공사장에 들어올 때는 관계자의 허락을 받아야 하며 안전모를 쓰셔야 됩니다."

"이봐요. 아저씨 저런 어린애들도 안전모를 쓰지 않고 여기저기 뛰어다니는데 어른에게 무슨 안전모 타령을 합니까?"

해맞이아파트 정원에 위험물이 있는 것은 아니지만, 공사 중이라 안전사고를 우려해서 출입을 금지한다는 핑계를 댈 수밖에 없다. 외부인 방문자는 안전장비를 착용하지 않고 놀고 있는 직원가족들의 어린 자녀들을 보고 하는 말이다. 이럴 때는 영구는 할 말이 막힌다.

영구는 직원가족들이 산책에 방해를 받지 않도록 문지기 직을 착실히 수행하는 마당쇠 노릇을 하고 있구나. 하는 맘 때문에 언짢았다.

이제는 아파트 정문에 시설물과 경비실이 윤곽을 드러냈다. 내부공사만 하면 화장실에서 내뿜는 냄새에서 해방될 수 있다. 정문에 모양이 갖춰져 있는 경비실로 옮겨갈 수 있어서다. 기계과에 박주임이 검정색 서류파일 첩을 들고 영구를 불렀다.

"아저씨, 요즘은 지하주차장도 순찰한다면서요."

"왜 그러나?"

"순찰길에 지하주차장 2층에 기계실에 들러서 모터가 시간별로 돌아가는 것만 여기에 체크만 좀 해 주십시오."

"이 사람들아, 경비원들이 이런 기계들을 볼 줄 아는가? 이런 건 전문가들이 해야 하는 일들이 아닌가?"

"우리 기계과에는 조부장하고 나하고 두 사람뿐이라 애로사항이 있습니다. 밤에만 실험가동을 하는 기간만 수고 좀 해주십시오. 쉬워요. 아무것도 아니어요. 따라와 보세요. 가르쳐 드릴 테니까요."

박주임을 따라 기계실 안에 들어서니 영구의 온몸에 소름이 팍 돈다. 괴물로봇처럼 기계장치들이 괴상하고 무시무시하다. 괴물로봇들이 금방이라도 불을 내뿜을 것만 같았다. 이런 기계장치 설비들을 생전 처음 접해 봐서인지 주눅이 들고 말았다. 박주임은 모터가 설치된 곳으로 데려가서 순서대로 손으로 짚어 가면서 설명을 했다.

"자, 여기 보세요. 여기서 저기까지가 1부터 8번 모터입니다. 이 모터들이 어떤 놈이 도는가 여기에다 돌아가는 번호에 OX라고 체크를 해 주세요."

"우리는 이런 것은 처음 보는 건디 돌아가는 것을 어찌 안 당가?"

박주임이 답답하다는 듯이 영구를 힐끗 쳐다보다가 설명을 한다. 그러자 바로 2번 모터가 돌아가는 소리가 났다.

"소리 안 납니까?"

"다른 기계소리들 때문에 잘 들리지 않는구만."

"그러면 옆면에 손바닥을 대어 보세요. 돌아가는 놈은 바람이 느껴질 것입니다. 그리고 이쪽으로 와 보세요."

박주임은 옆 벽면에 붙어 있는 둥그런 시계 모양으로 시계에 분침과 초침바늘처럼 표시를 하는 둥근 모양의 물체를 가리킨다.

"검은색 바늘이 가리키는 것은 적을 필요가 없고 빨간 바늘을 보세요. 지금 55를 가리키고 있네요. 그러면 여기에다 숫자 55를 이렇게 적어 주세요. 그리고 저쪽에 있는 것도 이와 같은 방법으로 이렇게 적으시면 됩니다."

"박주임, 내가 거짓말 안 한다. 도무지 숫자가 보이지도 않는다. 자네 같은 젊은 사람들은 눈이 좋아서 보이겠지만 도통 안 보인다. 우리가 요즘 얼마나 힘 드는 줄 아나?"

박주임은 얼마 전에 문영태를 해고를 시켰는지라 영구가 미운 감정이 떠나질 않고 있어 눈이 안 보인다. 시간이 없다. 등 변명을 해 보지만 끝내 거절할 수는 없었다.

"알고 있습니다. 경비아저씨들 힘든 줄 압니다. 우리 부장님이 이렇게 하지 않아도 될 것을 하라고 안 합니까. 저도 힘들어 못 해 묵겠습니다. 나도 그만두든지 무슨 수를 써야지 못하겠습니다."

"조부장 그 사람이 왜 그런 다냐?"

"모르겠습니다. 이거 이렇게 안 해도 까딱없습니다. 낮에 근무시간만 체크해도 되는데 시험가동 기간이라면서 나 보고는 저녁 10시까지 퇴근도 하지 못하게 합니다."

"그런디 박주임은 왜 기계과에서 근무하는가? 다른 직원들은 일찍 퇴근하고 맨날 빈둥빈둥 스마트폰이나 만지고 편하더라."

"다 압니다. 기계실이 완공되고는 본사로 올라가고 우리 두 사람만 남았습니다. 저는 아직까지 근무시간에 카톡도 맘대로 못해 봤습니다."

"그래, 박주임 고생하는 것 알겠다만 전혀 안 보이는디 어떻게 한다니?"

박주임이 밖으로 나가더니 사다리를 들고 왔다.

"아저씨, 한번 올라가 보세요."

"알았어, 해줄게."

경비원들의 임무가 계속해서 늘어만 갔다. 직원들은 자기들이 해야 할 일도 자기 집 하인이나 마당쇠 부리듯 잡다한 일을 계속 만들어 시켰다.

건축과 이과장이 영구에게 비가 오려고 한다면서 자기들이 퇴근 후에 세대별마다 열려 있는 창문을 닫으라 한다. 아파트 동마다 열려 있는 창문 숫자가 하나둘인가. 얼마 전에도 비 오는 날 열려 있는 창문을 닫으러 다니면서 땀을 흘린 적이 있었다. 작업이 끝난 세대에도 각종 자재의 칠감 냄새와 도배와 장식 과정에 배긴 냄새들이 날아가게 하려고 창문들을 열어놓았다.

"아저씨, 오후에 우리가 퇴근하고 나면 비가 올 것처럼 생각되면 동마다 열려 있는 창문 좀 닫아 주십시오."

"요새 우리 경비원이 창문 닫으러 다닐 시간이 없습니다. 우리가 할 일이 한두 가지입니까? 전번에도 창문 닫으러 다니면서 몇 시간 걸렸습니다. 여러 직원이 퇴근하기 전에 닫고 가면 시간이 얼마 걸리지 않습니다. 닫고 가씨요."

"요즘은 막바지 일하는 사람들이 많지 않습니다, 그 사람들이 일하고 가면서 문을 닫고 가면 창문이 열려 있는 곳이 많지 않을 것입니다."

"그러믄 안전과장에게 얘기해서 오늘밤에 야간순찰을 빼 주시던지."

무리한 일을 시킨다 싶어 영구가 화가 나서 한 말이다.

"무턱대고 닫지 말고 비가 시작하면 닫으란 말입니다. 만약에 비가 안 오게 되면 헛일을 하는 것이 아닙니까?"

"만약에 저녁에 비가 오면 나 혼자 창문을 반도 못 닫고 비가 세대 안으로 들어가면 어찌 할랍니까? 경비원 혼자서 일일이 오르내리며 몇 시간 걸리는 창문을 다 닫으라 하면 무리입니다. 요즘에 경비원들에게 추가된 일거리가 한둘입니까? 경비원들에게 임금을 주지 않는 야간수면을 취하는 시간이 4시간인데 우리 경비원들이 수면시간을 뺏기고 있는지는 알고 있습니까?"

영구가 근무하는 2단지 아파트 세대만 해도 6백여 세대 8개 동을 모두 오르내리려면 한두 시간 걸리는 것이 아니라면서 영구가 차라리 해고라도 시키라는 심정으로 거절했다.

"그러면 됐습니다. 만약에 비가 오면 우리가 나와서 창문을 닫겠습니다. 그때는 조금만 도와주면 됩니다."

"오늘 밤, 비가 올 것 같네요. 내 생각 같아서는 창문 닫고 가는 것이 좋을 듯합니다."

현장사무실 직원들은 하나같이 경비원들은 무슨 일을 시켜도 모두 다 해내는 로봇 취급을 하는 것이다. 영구가 처음으로 직원들이 시키는 일을 거부한 것이다. 이날 저녁 10시쯤 되자 비가 오기 시작한다. 분명 비가 내릴 것 같은 날씨였지만 이들은 그냥 경비원에게 미루고 퇴근을 했다. 대리와 주임급 직원들이 잠을 자다가 동원돼서 창문 닫기에 나서고, 애먼 영구도 그냥 보고만 있을 수 없어 한 시간 동안 고층 아파트들을 오르내려야 했다.

영구가 외곽순찰을 하고 지하 2층 주차장에 있는 기계실에 들어서려는데 왠지 등골이 오싹해진다. 모터는 2번 하나만 돌아갔다. 그런데 사다리가 없다. 손전등을 비춰 찾아보지만, 어제까지 있던 사다리가 없다. 다른 작업자들이 쓰는 것이라서 들고 갔나 보다. 마땅히 밟고 올라설 기구가 없다. 화공약품을 다 사용해버린 통들이 눈에 들어왔다. 블록 벽돌이 몇 개가 보인다. 이것들을 놓고 간신히 벽을 딛고 까치발을 서 보지만 빨간 글씨로 쓰인 숫자는 5인지 6인지 분간이 안 된다. 낮에 박주임과 봤을 때 55였기에 또 55라고 기록을 하는 수밖에 없다.

지난밤에도 24시간 근무하는 야간 수면시간에 열린 창문 닫기 일은 경비원에게 임금이 계산되지 않은 시간을 무임금으로 봉사했던 시간이다. 말하자면 야간순찰 외, 직원들이 부려 먹는 일들은 임금에 포함되지 않은 무임금 노동이다. 다음 날이 밝았다. 이영곤과 교대를 하는 시간이다. 어제 새로 부여받은 일을 그에게 말하면 또 노발대발할 것이다.

"형님, 어서 오씨요. 또 일거리를 받아 놔서 형님 화나시겠네요."

영구가 어제 낮에 박주임에게 받은 지하에 기계실에 점검파일 철을 내밀었다.

"요것이 머 다냐? 머라고 써졌냐?"

"나도 영어를 잘 몰라요. 기계실에 각 세대로 보내는 급수 기계인 것 같아요."

기계 이름들이 영문으로 기록된 것들이다.

"문뎅이 자식들이 왜 내가 있을 때 안 갖고 오고 니가 있을 때만 이런 파일노트를 가져옹기라. 무슨 일을 맡기믄 무조건 못한다고 해라. 멀라고 이런 걸 받느냐?"

이영곤이 사무실 직원들이 시키는 일을 고분고분 들어주지 않으므로 영구에게만 무슨 일을 시키고 있다는 말이다.

"형님, 내가 만만한가 바요. 일단 지하주차장으로 갑시다. 가르쳐 드릴게요."

지하주차장으로 앞장서 내려가는 영구를 이영곤도 어쩔 수 없이 따라온다.

"형님, 여기 들어 와 봤습니까?"

"니가 여기 들어오기 전에도 조 부장이 부탁하길래, 몇 번 봐 주다가 못한다고 했다. 그 후로는 여태껏 한 번도 안 들어 와 봤다. 내가 다른 아파트경비를 했어도 경비원이 기계실에 들어가게 하는 데는 한 군디도 없었능기라. 다른 아파트는 기계실 앞에 빨간 글씨로 출입금지 경고문이 크게 붙어 있어서 관계자 외에는 얼씬도 못하게 헌다."

"모터가 돌아가는 것만 체크 해달라는 것입니다. 여기서부터 1번이고

206 마당쇠

끄트머리에 있는 것이 8번이랍니다. 지금도 2번이 돌아가네요."

영구가 다음엔 벽 쪽을 가리켰다. 이영곤은 건성으로 아무런 관심이 없다는 표정이다.

"형님, 저쪽 벽 쪽에 가봅시다. 어제 낮에는 박주임이 사다리를 갖고 와서 봤는디 사다리가 없어서 애묵었습니다. 형님 양동이 위에 블록 벽돌 위로 올라가 보씨요. 빨간 침이 가리키고 있는 것이 보입니까?"

"나는 안 할란다. 빌어먹을 인간들이 경비원을 알기를 짐승처럼 알고 있는 놈들이지, 시킬 것을 시키지 강군아, 그냥 나가자."

"나도 55인지 66인지 잘 안 보여서 그냥 55라고 써 났어요. 형님도 대강 써넣으씨요."

"나는 안 한다니깐."

이영곤이 조부장이란 사람에게 욕지거리를 오랫동안 해댔다.

"기계과 조 부장이란 사람이 좀 건방진 것 같더라. 말을 해도 참 듣기 싫게 하더라니깐, 얼마 전에 나보고 말하기를 경비원은 바지 주머니에 손을 옇고 있으믄 안 된다며 손 빼고 서 있어야 된다고 하드라. 자존심이 얼마나 상하던지 말이 안 나오더라. 젊은 놈들이 늙은 사람들한테 그래서는 안 되능기라. 지들은 어른들 앞에서 바지에 손 쑤셔 옇고 담배를 피움서 인사도 안 하는 놈들이 아니냐. 나쁜 놈들잉거라. 허리를 받치고 있는 것이제 손을 옇고 있는 것이 아니다 했더니. 이번에는 차렷 자세로 서 있어야 헌다고 허능기라."

이영곤의 불평은 계속 이어졌다.

"강군아, 이건 엄연한 불법이다. 야간수면시간 4시간은 우리 경비원들이 분명히 잠을 잘 수 있게 해 줘야 한다. 경비원들이 잠자는 시간이다 해서 밤으로는 추가로 일을 해도 임금을 주지 않은 시간이란말다. 니는 첨이라 순진해서 저놈들이 시키는 걸 무조건 헌다고 허는디, 인자는 일을 시키믄 못헌다고 해라."

"나도 압니다만 차마 못헌다고 말을 못헌당게요."

전에는 단지 외곽지역으로 순찰함이 설치된 네 곳만 돌고 와서 한 시간 30분 정도 잠을 잘 시간이 되었다. 요즘은 지하주차장 1층과 2층을 돌고 나서 기계실에 있는 기계작동 여부를 점검해야 하는 관계로 수면시간은 당연히 줄어졌다. 야간 순찰시간에 1차 돌고 나서 여유 시간이 1시간 간격뿐이다. 다음 순찰시간에 맞추기 위해서는 한 시간 정도뿐인 순찰시간마다. 허락된 야간수면을 취하기에는 불가능했다.

"경비원도 사람인디 엄연히 정해져 있는 경비원들의 수면시간을 빼앗은 것은 불법잉거라. 내 말이 틀렸니?"

"형님, 맞아요."

"강군아, 퇴근 안 하냐? 어서 퇴근해라."

이영곤이 영구에게 퇴근을 재촉했다.

"형님하고 얘기도 하고 천천히 갈라요."

"직원 놈들은 무슨 돈으로 날마다 오후 시간만 되믄 치킨, 족발파티를 한다요?"

"니도 봤냐? 여기 2단지 공사현장에 기껏해야 반장들 셋 하고 우리 두 사람 근무하는디, 독한 놈들이지, 지놈들만 묵고 말이다. 경비원들은 사람 취급도 안 하는 놈들잉기라. 바로 앞에 세워놓고 치킨을 즈그들만 묵고 있냐 말이다. 나는 그런 것 보믄 기분 상하더라."

"그래도 반장들은 불러서 같이 묵더라고요."

"그러드냐? 반장들은 자기들 식구로 인정하는가 보네. 반장들은 자기들이 직접 고용을 하고 급여도 즈그들이 주지만, 경비원들은 식구로 인정하지 않는다. 그거제, 소나 개 취급을 하는 것잉기라."

경비원을 고용해서 아파트건설회사에 파견한 용역업체와 건설회사의 횡포를 이영곤과 영구는 계속 성토했다.

"우리가 이런 것, 저런 것, 안 바 뿔믄 괜찮은디 먼저 알게 되이 속이 상한거라."

"그럼요, 우리가 먼저 알고 있당게요. 치킨배달 오토바이들이 한 대도 아니고 몇 대씩 들어오믄 뻔히 암서도 어디 가냐고 물어보믄 현장사무실에 간다 하잖아요. 우리가 차라리 모르믄 낫당게요. 사람이라믄 밖에서 있는 경비원에게 치킨 한 조각 주지도 않고 자기들만 묵것습니까?"

두 사람의 격앙된 목소리가 계속해서 이어진다.

"형님, 여름에는 마당에 덕석을 피고 앉아서 수제비를 끓여 식구들하고 묵는다 아니요. 그때 개가 옆에서 쭈그리고 앉아 있으믄 우리만 묵기가 미안해서 개에게도 수제비를 한 덤벙이씩 던져 주지 않습니까?"

이영곤이 고개를 끄덕거린다. 넋두리하면서 혼잣말로 중얼거린다.

"썩을 놈의 세상, 다른 놈들은 태어나면서부터 잘 묵고 잘 입고, 대학 공부까지 하고 좋은 직장 다니니깐, 월급도 많이 받고 하는디 복도 문초리 복이지 평생토록 이 팔자로 살다가 죽어야 하는 것이 생각하믄 원통할 일이제. 하나님도 무심하시지 평생 나는 남한테 몹쓸 짓 안 했는디 평생을 죽도록 일만 허고 살다가 사람대접도 못 받고 죽어야 하는 팔자니 말이다."

이영곤이 신세타령을 했다.

"형님이나 내가 처음에 세상에 떨어질 때 좋은 땅에 떨어져야 하는디 가시덤불 안에 떨어져서 그렇지 않습니까?"

"강군아, 우리가 가시덤불 안에 떨어졌다는 말이 무신 말이냐? 좋은 환경에 태어나지 못했단 말이냐?"

"예, 맞습니다. 부잣집에 태어났다믄 잘 묵고 좋은 대학공부도 하고, 부모 유산 받아 평생을 잘 살고 또 자식들에게도 재산을 많이 물려줄 수 있었다는 말입니다."

이번에는 이영곤이 얘기를 계속했다.

"그래도 우리 자식들은 3형제를 대학을 다 보내기는 했다마는 아직까지 셋 모두 셋방살이하고 있다. 요즘 세상이 불량한 맘 안 묵고 월급만 받아서는 집 장만하기가 어려운 세상이다. 그런디 시방까장 인사청문회가 멍가 허는 것을 보믄 심장상해 죽는 거라. 고위공직자라 헌 놈들이 한 놈도 깨끗 헌놈이 없으이 세상 돌아가는 것이 잘못 돌아가고 있능기라. 착한 맘을 묵고 묵묵히 일만 하는 사람은 나처럼 평생을 비참하게 살고, 즈그들은 대대로 할아부지아부지 자식손자까지 호강하며 사는 것이 즈그들만 살기 좋은 세상잉기라."

이영곤의 넋두리가 길게 이어졌다.

제17장

가시덤불에 떨어진 씨앗

현장사무소 직원들은 걸핏하면 치킨이나 피자를 시켜 먹으면서 밖에 있는 경비원에게는 치킨 한 조각을 주지 않는다는 얘기를 성토하다가 두 사람은 복을 타지 못해 대를 이어 가난한 집에 태어나면 2세 역시 가난을 면치 못하는 사회구조를 원망했다. 잡초밭에 떨어진 씨앗 신세라고 얘기하다가 영구가 뜬금없이 이영곤에게 자식들은 결혼을 다 시켰느냐고 물었다. 자연스레 화제가 자녀들 얘기로 돌아왔다.

"형님, 자식들은 다 결혼을 시켰습니까?"

"그럼 다 시켰지, 손자가 다섯이나 된다."

"자식들이 다 어디 살고 있습니까요?"

"큰아들하고 작은아들은 서울 살고 막내는 부산 살고 뿔뿔이 흩어져 살고 있니라."

"그러면 명절 때 아니믄 식구들이 다 모일 수도 어렵겠네요."

"그래도 자주 만난다 아이가, 설 때와 추석 때도 지 부모 생일 때 오고 할아부지 할무니 제사 때도 온다아이가."

"자식들이 일 년에 여러 번 모이믄 많이 힘들겠어요."

"요즘은 도로가 좋고 차가 있으이 맘만 묵으믄 하루만 욕보믄 다닐 수 있다 아니가?"

"자식들이 형제간에 우애가 있습니까?"

"그럼, 삼형제가 잘 지내고 있다이."

"형님, 자식농사는 잘 지었그만요."

영구는 친구들이나 지인들하고 대화를 나눌 때, 그 사람의 자녀들이 우애가 있고 부모에게는 효도한다는 얘기를 들으면 그 사람은 자식농사를 잘 지었다고 스스로 인정을 하게 되고 부럽기도 했다.

"우리 자식들은 크믄서 학교 다닐 때도 부모 속도 안 썩혔능거라. 셋 모두 즈그들이 번 돈으로 장가도 가고 했으이 부모들을 오히려 편하고 좋더라."

이영곤이 은근히 자식 자랑을 한다.

"형님이 부럽네요. 즈그들이 척척 짝을 찾고 달덩이 겉은 손주들 파팍 나아중게 얼마나 좋습니까?"

영구가 부러워하는 소리다.

"자식들도 착하고 헌디 경비원일은 머하게 합니까?"

"이 사람아, 그것이 무슨 말인가? 내가 아직 이렇게 건강헌디 놀믄 뭐 한당가? 자식들에게 유산도 남겨 줄 재산도 모으지 못했는디 우리 부부가 더 늙어지고 움직이기 힘들 때, 자식들에게 손 벌리면 쓰것능가? 이렇게 움직일 수 있을 때까지 한 푼 두 푼 모았다가, 노후 자금으로 써야 되지 않것능가? 그러고 나서 남은 것은 자식들에게 남겨 주고 죽으믄 되 능거라."

70이 넘은 사람이 노후에 편하게 살기 위해서 경비원 일을 한다고 하니 늙어 죽을 때까지 일하며 자식들을 위해 희생한다는 말이 아닌가. 영구가 갑자기 머쓱해진다. 이영곤의 얘기는 계속된다.

"나는 부모에게 유산 하나 못 물려받고 살다 보이 많이 배우지 못하고, 좋은디 취직도 못하고 늙어 뿌렸지만, 자식들에게 큰 유산은 물려주지 못해도 셋을 4년제 대학 보낸 것 하나는 위안을 삼고 산다 아이가."

"형님, 고생은 했지만 보람은 있으시겠어요."

"그렇지."

"형님 나는 퇴근허께요."

이영곤과 교대를 하고 퇴근하면서 영구의 맘속이 복잡해진다. 어제 있었던 일 때문이다. 현장사무실 직원들의 배려하는 맘은 없이 종이나 개처럼 취급하는 것이 생각할수록 서글퍼졌다. 누구라 할 것 없이 보는 대로 막무가내로 일을 시키고 있다. 경비원의 인격을 무시하는 처사들이 우울하게 만든다.

우리 민족은 어려워도 이웃과 나누며 살았다. 김치를 담그면 그리고 새로운 나물을 무치더라도 나누어 먹었고, 자녀들의 생일을 맞이해 미역국을 끓여도 이웃과 나누어 먹었다. 그러나 아파트 공사 현장에 직원들은 경비원을 사무실 밖에 세워놓고, 냄새를 풍기면서 자기들만 먹는다. 그럴 때마다, 냄새가 나지 않는 멀리 떨어진 장소로 이동해 다른 일을 할 수도 없는 입장이니 영구는 기분이 좋질 않다. 경비원들은 공중변소 옆에 머물게 하며 온갖 시중을 들게 하면서 자기들은 사흘이 멀다 하고 치킨, 피자, 족발을 주문해 회식하면서 밖에 서 있는 경비원에게는 냄새만 맡고, 경비만 잘하라는 처사가 서글프기만 하다.

경비원과 시공사 직원들은 날마다 서로 부딪히며 같은 현장에서 날만 새면 봐야 한다. 말하자면 같은 배를 탄 입장 아닌가. 비가 오는 날은 오토바이가 더 자주 들락거린다.

개나 돼지들은 친하게 잘 놀다가도 먹을 것만 생기면 으르렁거리며 힘센 놈이 혼자서 먹는 것처럼 아파트를 신축공사장 안에서 자기들이 마당쇠처럼 부리는 경비원은 거들떠보지 않는다. 날마다 얼굴 마주치며 같은 테두리 안에서 하루 이틀도 아니고, 오랜 시간을 같이한 사람들인데 자기네끼리만 먹고 있는 모습을 봤다. 이런 것들을 그냥 그러려니 하면 될 것을 영구는 인간 취급을 하지 않고 개나 돼지 취급을 하는 것 같아서 모욕감을 느낀다.

여름에 계곡이나 바다에 피서를 갈 때도 수박 한 통을 쪼개 먹으면서 이웃에 자리한 사람들과도 나누어 먹는다. 평소에 만남이 있었던 것도 아니고 일면식도 없는 관계이지만, 먹을 것을 나눠 먹는 것이 우리나라가 대대로 이어져 내려온 미풍양속이다.

어느새 영구 나이 환갑을 넘어서고 70을 바라보는 나이에 자기가 살아온 날들을 미처 돌아보지 못한 것 같다. 무의미하게 보내 버린 것 같아서 60여 년의 세월이 참 허망하기만 하다. 돌이켜 생각해보면 한 많은 세월을 허망하게 달려와 버린 것이다. 어린 시절 꿈꿔왔던 청사진들이 너무 많았다. 두메산골 가난한 집에 태어나서 재물과 돈이라는 요물의 요술에 걸려서 빠져나오려 발버둥 치다 보니 꿈 많던 청춘이 물거품처럼 사라져 버렸다. 한마디로 이 풍진 세상을 살고 보니 나의 희망이 무엇인가. 하는 노랫말처럼, 허무하기만 하다. 삶이 뭐기에 왜 사는 건지 왜 살아야 하는지, 아직도 제대로 깨닫지 못한 인생길 걸어 왔다.

어느 누가 삶이 무엇이냐고 묻는 사람에게 때 되면 밥 먹고, 먹고 나서 싸고, 죽을 둥 살 둥 일하고, 울다 웃다가 밤 되면 잠자고, 애 낳고 기르고 먹고 사는 것이 삶이라고, 얘기했듯 이것이 영구의 인생이었다고 말해야 하는가 보다. 그야말로 어려운 환경 속에서 힘들었던 가시밭길 인생이었다.

소리꾼들이 창을 할 때 중간에 맞춰 넣어 주는 육자배기 장단이 적절하게 잘 맞아야 훌륭한 판소리가 되듯이 국내외 문물을 터득하고 교육문화와 삶의 질을 개발하는 추임새를 접목해 주지 못해서 항상 열등의식 속에서 우물 안 개구리가 되어 살아왔던 영구의 삶이었다.

사람은 먹고 싸고 죽을 둥 살 둥 움직이고 살아온 과정들이 다르므로 의식주 생활환경과 저마다의 타고난 생사화복이 천차만별이다. 어떤 사람은 옥토 밭에 떨어진 씨앗처럼 좋은 환경에 태어나 어렸을 때부터 무럭무럭 자라나고, 어떤 사람은 잡초밭에 떨어진 씨앗처럼 가난한 집에 태어나 대 대로 궁색함을 벗어나지 못한 지지리도 복이 없는 사람도 있다. 다시 말해 돈 없고 가난한 집에 태어나면 주거 환경이 부실해서 추위와 더위로 각종 질병에 걸리기 쉽고 영양결핍 등 병이 나도 약을 쓴다거나 치료도 제대로 하지 못한다. 결국, 병을 키우게 되고 공평하게 부여받은 천수를 다 누리지 못하고 고달픈 인생을 마감해야 하니 애통한 일이다. 이영곤이나 강영구도 농부가 뿌린 가시덤불 안에 떨어진 씨앗이란 말인가. 이들도 좋은 환경에 태어났더라면 승승장구했을 것 아닌가.

영구가 우울한 하루를 보내고 이영곤과 다시 또 교대하기 위해 출근했다.

"형님, 성경을 읽어 봤습니까?"

"갑자기 성경은 왜, 다는 읽어 보지 못했지만 조금은 읽어 봤다 아이가."

"교회는 다녀봤습니까?"

"결혼하기 전에 좀 다니다 말았능기라."

"그럼 집에 성경도 없겠네요."

"우리 애들이 보던 것이 책꽂이에 꽂혀 있다 아이가."

"자식들이 교회에 다녔습니까?"

"막내가 고등학교 때까지는 다녔지만 요즘은 안 다니는가바. 그런디 머덜라고 꼬치꼬치 물어보냐?"

영구는 마태복음 13장에 나오는 씨 뿌리는 농부의 얘기를 해주고 싶어 성경을 읽어 봤느냐고 물어본 것이다.

"형님, 그러믄 집에 가시믄 성경 마태복음 13장을 찾아 읽어 보씨요. 씨 뿌리는 비유라고 하는 예수님 말씀인디 아주 유명한 말씀이랍니다. 형님이나 나는 한 톨의 씨앗이고 농부의 손에서 온갖 잡초가 우거져 있는 가시덤불 속에 뿌려져 자라고 있는 씨앗이라는 것을 알 수 있을 겁니다."

"성경말씀들이 다 좋은 말씀만 써져 있지만 나이를 묵으니 눈이 안 좋아 잘 안 보이니 읽을 수가 없다 아이가."

"안경을 써도 잘 보이지 않습니까?"

"조금 읽다 보믄 눈이 침침해지고 나중에는 눈이 따갑고 그러능기라, 그러이 다른 책도 오래 못 보고 잠깐 읽다가 덮어 뿐다 아이가."

"안경이 눈에 안 맞응게 그래요?"

"안경점에서 맞춘 것인디 잠깐 보는 것은 볼 수 있는디 오래 보믄 그런다 아이가. 성경이 재미가 있으믄 읽어본다허지만 딱딱해서 읽어보기가 싫응거라."

"형님, 나도 그래요. 젊었을 때부터 멀리 떨어져 있는 것은 불편해도 가까이에 있는 것은 신문도 읽고 책도 잘 봤는디, 어느 날인가부터 책을 좀 오래 읽으면 눈이 침침해져 요즘은 안경을 쓰고 읽지만 눈이 금방 피곤해져 뿐당게요."

이영곤은 성경이나 교회 얘기는 흥미가 없다. 영구에게 농부가 뿌린 씨앗 얘기는 다음에 듣겠다며 퇴근을 했다.

영구 머릿속에는 마태복음 13장에 농부가 씨 뿌리는 장면의 잡초밭에 떨어진 씨앗이라고 자신을 비교했다.

예수께서 제자들에게 여러 가지 일을 비유로 말씀하셨다. 보아라, 씨를 뿌리는 사람이 씨를 뿌리러 나갔다. 그가 씨를 뿌리는데 더러는 길가에 떨어지니 새들이 와서 그것을 쪼아 먹었다. 또, 더러는 흙이 많지 않은 자갈밭에 떨어지니 흙이 깊지 않아서 싹은 곧 났지만 해가 뜨자 타버리고 뿌리가 없어서 말라버렸다. 또, 더러는 가시덤불에 떨어지니, 가시덤불이 자라서 그 기운을 막았다. 그러나 더러는 좋은 땅에 떨어져서 열매를 맺었는데 가을에 수확하니 어떤 것은 백배가 되고, 어떤 것은 육십 배가 되고, 어떤 것은 삼십 배가 되었다.

4절에 '길가에 떨어진 씨앗은 새들이 와서 먹어 버렸고'란 말씀은 영구가 나름대로 풀어 보기로 한다면 지금 세상은 경제가 성장하고 삶의 질이 높아져 신생아가 태어나면서 사망하는 일은 극히 드물다. 옛날에는 출산하다 신생아가 사망하는 일이 잦다. 산모까지도 죽는 일도 허다했다. 영구의 둘째 누나가 출산하다가 세상을 떠났다. 가시넝쿨 우거진 덤불 속에서 애를 쓰다가 결국은 도태되고 말았다. 산모가 죽고 나니 아기도 약 1주일이나 살았는가 싶다. 정말 지금 생각하면 어처구니없는 일이다. 곧바로 병원에 갔더라면 산모나 아기 모두 살았을 것이다. 그의 둘째 누나가 병원에 한번 가보지 못하고 숨을 거두면서 태어난 갓난아이는 어머니가 안고 집으로 왔다. 일명 암죽을 끓여 먹었다. 일주일 후에 결국은 아기도 죽었다. 얼마나 안타까운 일인가. 지금처럼 병원엘 가고 아기에게는 분유를 먹였다면 산모도 아기도 다 죽지 않았을 것이다. 이처럼 태어나자마자 죽는 것을 길가에 떨어진 씨앗은 새가 주워 먹어 버린 비유로 합당하다고 영구는 풀이했다.

5~6절에 더러는 흙이 얇은 돌밭에 떨어지니 싹은 금방 텄다. 흙살이 깊지 않으므로 뜨거운 태양이 떠오르니 금방 말라 죽었다는 구절은 집안이 가난해서 환경이 척박한 집에 아이는 각종 질병에 유아 때에 죽는다고 말하면 맞지 않을까. 옛날에는 아기가 태어나면 돌 넘기기가 어

렵고 병에 걸려 죽으니 지금처럼 태어나면 곧장 출생신고를 하지 않았다. 돌이 넘은 후에 아이가 죽지 않고 살 수 있겠다. 확신이 선후에 출생신고를 하니 대개가 자기 본 나이보다 한두 살 적게 호적에 등재했고 6~70대 사람들은 생년월일이 정확하게 맞는 사람이 별로 없다.

7절에 가시떨기 잡초 위에 떨어지니 가시가 자라서 기운을 막았고, 는 농부가 밭에 잡초를 완전히 제거하고 보리나 콩 같은 씨앗을 뿌려도 어느새 잡초들이 자라서 곡식들의 성장을 방해한다. 그런데 가시덤불 속에 떨어진 씨앗은 오죽하겠는가. 가시와 잡초들 틈에서 겨우 싹을 틔우지만 온갖 시달림 속에서 제대로 열매를 맺을 수 없다. 열매를 맺는다 해도 겨우 한두 알, 그것도 충실한 열매가 아니고 제대로 여물지 않는 열매를 수확할 수밖에 없다. 바로 이영곤과 영구와 같은 사람들이다.

영구가 자라던 어린 시절만 해도 자식들은 많고, 먹고 마실 수 있는 먹을거리가 부족했다. 날마다 먹을 것을 만들기 위해서는 들로 산으로 찾아 헤매다 보면 학교 갈 시기도 놓치고 만다. 어쩌다 학교에 간다 해도 가난 때문에 공부할 수 있는 조건이 갖추어지지 않았다. 조기에 학교 교육을 접어야 했다. 헐벗고 굶주림 속에서 부실한 영양 상태였다. 키가 많이 자라지 못하며 질 좋은 교육을 받지 못해 좋은 직장에 들어가서 고소득도 올릴 수 없다. 바로 영구와 같이 경비원을 하는 이영곤도 같은 부류의 사람들이다. 좋은 예로 영구의 고향마을에 당시에 50여 가구도 안 되는 동네에 부모님들이 여순사건을 혹독하게 겪으면서 6·25전쟁을 맞았다. 죽음의 공포 속에서 먹거리가 부실했다. 열댓 생명이 한 해에 태어났지만, 하나같이 키가 작고 왜소하며 질 좋은 교육도 받지 못했다.

8절에 더러는 좋은 땅에 떨어지매 혹 백배, 혹 육십 배, 혹 삼십 배의 결실을 하였느니란 기름진 땅에 떨어진 씨앗은 잡초도 깨끗이 제거된 땅에서 자라는 데에 모든 조건이 맞으니 무럭무럭 잘 자라니 열매도 많이 수확할 수 있다는 말이다. 이는 좋은 환경인 부잣집에 태어난 사람은 추위와 더위도 걱정 없고 질 좋은 먹을거리에다 영양 상태도 양호해서 좋은 체격을 유지 할 수 있다. 학교공부도 체계적으로 할 수 있어 최고 학부에까지 오르니 좋은 대기업이나 공직에 들어가서 고소득을 올릴 수 있다. 정년을 채우고 은퇴를 하면 연금도 몇백씩 받는다. 대대로 상류 생활을 할 수 있다는 말이다.

정권이 바뀔 때마다 또는 개각을 단행하면 국회에서 인사청문회를 연다. 국회의원들도 고위공직자들도 위장전입을 몇 번씩이나 하고 부동산을 거래하며 다운계약서는 기본이다. 온갖 부정부패에 연관되었으며 깨끗한 공직자나 후보자는 찾아보기 힘들다. 이들은 재산이 적은 자에 속한 사람이 몇억이며, 많게는 수십억씩이나 되고 수백억 재산인 사람들이 정말 악착같이 재산 모으기에 혈안이다. 아흔아홉 마지기를 가진 형님이 한 마지기를 가진 동생의 논을 빼앗아 백 마지기를 채우려 하는 것과 같다.

척박한 땅 자갈밭에나 가시덩굴 잡초밭에 떨어진 가난한 집에 태어난 사람들은 먹고 마시는 것이 부실하며 입고 잠자는 환경 부실한 곳에서 밤낮 죽도록 힘든 농사일이나 노동일 하느라, 학교 교육도 못 받고 성장한 사람들은 나라에서 정한 근로시간의 두 배나 일하지만, 역시 나라에서 정한 최저임금도 못 받는다. 도둑질이나 사기, 부정한 짓을 하지 않고는 돈을 모으고 부를 축적해서 중산층이라 할 수 있는 대열에 오르기는 힘 든다. 삶의 질은 대대로 다람쥐 쳇바퀴 돌리는 모양이 되고 만다. 정당한 방법으로는 평생을 모아도 서울에 판잣집 한 챗값도 모으지 못하는 영구나 이영곤처럼 하류층 국민은 서글플 수밖에 없다.

이처럼 두 사람은 가시덤불 속에 떨어져서 어렵게 자란 씨앗이란 표현을 했다. 마태복음 13장에 나오는 씨 뿌리는 비유를 기독교신앙인 영적으로 풀이해본다면 예수님 말씀을 듣지 않는 사람들은 길가에 뿌려진 씨앗이요. 듣기만 하고 예수님 말씀을 따르지 않는 사람들은 돌밭에 떨어진 씨앗이다. 예수님 말씀을 받아들이고도 불안 초조 근심 걱정 재물의 염려와 세상 유혹에 빠져 예수 말씀을 잘 따르지 못한 사람들을 잡초밭에 떨어진 씨앗이라 했다. 좋은 땅에 떨어져 백배 육십 배 삼십 배 열매를 수확했다는 말은 예수님 말씀을 받아들이고 믿는 사람들을 설명한 씨 뿌리는 비유다.

씨 뿌리는 비유를 적절하게 표현했는지는 몰라도 영구는 예수 믿는 몇십 년 동안 이 문제를 풀기 위해서 많이 생각해 보고 자기 나름대로 연구도 해 봤다. 결국은 씨 뿌리는 자는 누구인가. 하늘에 계시는 분이다. 인간의 생사화복은 씨 뿌리는 자이신 농부의 손에 달린 것이다. 사람의 생사화복을 주장하시는 이가 많은 생명을 세상에 퍼뜨릴 때 사악한 무리의 장난으로 말미암아 가시덤불 밭에 태어나서 험하게 자랐다.

영구가 성경을 공부할 때 하나님은 사랑이라고 배웠다. 원래는 기름진 밭에 떨어진 씨앗들이었지만, 사악한 무리가 가시덤불을 자라나게 해서 순진한 씨앗의 싹이 자라는 것을 방해하고 괴롭힌 것이라고 영구는 믿는다.

농부가 씨앗을 뿌릴 때 자갈밭에 그리고 가시덤불에 뿌리고 싶겠는가. 밭고랑에만 정성을 다해 뿌리지만 방해꾼 바람이 분다거나 씨가 떨어지면서 조그만 돌멩이에 부딪혀 튀는 바람에 새나 들짐승이 집어 먹게 되고, 또 정확하게 좋은 땅에 떨어졌다 해도 흙 속에 적당히 묻히지 못하면 새의 먹이가 되어버리고 만다. 그런가 하면 잡초가 좋은 자리를 차지하고 성장을 방해하기도 한다. 그런가 하면 병해충의 공격을 받는다면 잘 자랄 수도 없을 것이다.

농부의 심정이 어떤 씨라고 메마른 돌밭에나 가장자리 밭둑에 씨앗을 뿌리고 싶겠는가. 잡초가 우거진 가시덤불에다 씨앗을 뿌리고 싶은 농부는 없다. 씨앗들이 정상적인 밭고랑에 떨어져 올바르게 자라서 풍성한 열매 맺기를 바라는 농부의 맘은 오죽하겠는가. 애초에 잘못 뿌려진 씨앗이 할아버지, 부모를 거쳐 자식에게 이르기까지 어렵게 살아왔다. 2세들에게는 머리가 좋아 공부를 잘해도, 음악이나 예체능계에 두각을 나타내지만, 경제여건이 빈약해 외국 유학이나 전공을 포기하게 할 수밖에 없다. 대를 이어 다람쥐 쳇바퀴 돌리는 삶밖에는 할 수밖에 없다.

영구는 틈이 있을 때마다 마태복음 13장과 목사님의 설교를 들었던 것을 머릿속에서 더듬으며 위로를 받는다. 다만 씨를 뿌리는 농부는 하나님을 지칭한 것뿐이다.

농부가 뿌린 씨앗의 원리를 바르게 깨닫고 하늘에 소망을 두고 살 수만 있다면 하나님이 주인이신 하늘나라에서 행복은 영원할 것이다.

영구가 아침에 근무 교대하고 집에 퇴근하면 7시쯤 된다. 먼저 샤워를 하고 아침 식사를 하고 나면 8시가 넘는다. 금쪽같은 시간이 잘도 간다. PC 앞에 잠깐 앉았다가 조금만 뒹굴어도 오후가 된다. 점심 먹고 커피를 한잔하고 책 한 줄 읽다 보면 또 해가 넘어가고 어두워지니 쉬는 날 하루가 참 허무하게 넘어가 버린다. 새벽 5시에 맞춰놓은 알람 소리에 자리에서 일어났다.

명례가 교통사고로 다친 다리가 아직도 낫지 않은 불편한 모습으로 아침밥을 지어 차려 놓은 밥상을 거실 TV 앞으로 들고 오면서 식탁에서 식사하면 편할 것이라면서 불평이다. 부엌에는 TV가 없다. 식사하는 동안이라도 세상이 어떻게 돌아가는가. 뉴스를 보면서 아침식사를 한다.

낮의 길이가 1년 중 제일 길다는 하지가 임박해지니 어둠은 어디로 갔는 지 진주 팔경인 월아산 쪽에 북새가 온통 불그스름하다.

영구를 기다리고 있던 이영곤이 손을 추켜들며 소리친다.
"강군아, 드디어 화장실 냄새에서 해방되었다."
"형님, 그래요?"
"오늘 화장실하고 경비원 컨테이너 초소를 모두 들어내 버리고 바닥 공사를 한다더라."
"형님, 그것 참, 잘 되었네요. 만세라도 부르고 싶당게요."
기존 건물이나 사람이 사는 주거공간에 화장실은 정화조가 있어 정화 를 시킨다거나, 배설물을 곧바로 하수처리 종말처리장으로 흘려보내 버 리므로 악취가 나지 않지만, 아파트신축 공사장에는 임시 대형컨테이너 공중화장실이라 일정한 통에 그대로 보관하였다가, 따로 처리하는 시설 이다. 정화약품을 사용한다 해도 악취는 나게 마련이다. 그동안 경비초 소를 몇백 명이 사용하는 공중화장실과 맞닿아 두었으니 근무자의 고통 은 형언할 수 없었다.

아파트완공 예정일이 가까워져 오고 마무리 공사가 일사천리로 진행 되고 있다. 그동안에 공중화장실 때문에 마음고생을 했다. 드디어 오늘 철수를 하고 이들의 근무처인 경비실이 정문경비실로 옮겨 갔다. 상가건 물도 동시에 마무리 작업을 마쳤다. 현장 근로자들은 상가건물에 화장 실을 사용하게 했다. 이제는 밖에서 보기에는 완연한 대단지 아파트가 탄생했다. 두 사람이 이사 하는 경비실에는 각종 시설물과 각각 동 세대 와 통하고 지하 현관에 연결되는 부스장치들이 벽 속으로 들어가지 못 하고 어지럽다. 출입구들을 비춰주는 CCTV 화면 영상박스 등, 각종 시 설물 시스템 선들이 복잡하게 엮어져 있으나 경비원이 근무할 때나 생활에 도움이 되는 장치로 사용할 수 있는 시설물이라고는 아무것도 없었다. 경비실의 넓이는 4. 5평 정도로 넓은데 구 초소에서 사용했던 책상 하나만 옮겨왔다. 당장 경비원이 잠을 잘 수 있는 잠자리가 문제였다.

제18장

마당쇠의 비애

해맞이아파트가 완공되고 나면 사용될 경비실이 아파트 출입구 정문 쪽과 후문 쪽으로 모습을 드러냈다. 내부공사는 뭐 한 가지 제대로 되어 있는 것은 없으나 한 평이 못 되는 컨테이너 경비실과 비교하면 경비원들에게는 천국이나 다름없다. 옛날 양반집 마당쇠들은 주인이 이부자리며 군불을 지필 수 있는 땔감이며 문간방이라 할지라도 초지 도배며 잠잘 수 있도록 완벽하게 준비를 해 준다. 주인과 마당쇠가 한 부엌, 같은 가마솥에 지어낸 밥을 먹는다. 그뿐이 아니다. 주인 방에 덥혔던 장작으로 마당쇠의 방에도 군불을 땐다. 그러나 요즘 공사현장에서는 경비원에게 마당쇠처럼 24시간 일을 시키면서 잠자리도 봐주지 않는다. 일할 때 껴야 하는 실장갑 하나도 지급해 주는 것은 없다. 밖에 경비원을 세워놓고 자기들만 치킨 피자를 먹는 것에 받은 상처가 영구의 뇌리를 떠나지 않고 있다. 기르던 개에게도 먹던 고기 한 점씩 던져 준다거나 부스러기를 준다. 그러나 이들은 냄새만 풍기면서 자기들만 먹는다. 경비원들에게는 무엇 하나 해준 것이 없다. 개만도 못한 대우가 못내 슬펐다.

전에 사용하던 한 평짜리 컨테이너 경비실에서 책상 하나와 의자 하나만 옮겨다 놓았을 뿐이다. 빙빙 둘러서 벽 부분들은 단지 내 보안경비시설물을 조종해 주는 전선들이 얼기설기 헝클어져 있다. 플러그 정리를 하지 못하고 수십 가닥의 전선이 엉키고 얽혀져 있다. 단지 내의 조명등이나 가로등과 각종 시설물의 전기 집전을 해서 관리하는 시스템들이다. 전선이 아직 정리되지 않은 상태라 을씨년스럽기 그지없고 유령의 집 같다.

영구가 순찰하고 들어와서 얼마간 잠을 잘 수 없는 시간이지만, 조금씩이라도 눈을 붙이려면 당장 잠자리를 만들어야 했다. 날마다 24시간 부딪치고 비벼대고 해야 할 공간이라고 생각하니 심란하기 그지없다.

이제는 경비실에 모든 시스템이 설치된 관계로 시공회사 직원들과 이들이 고용해 일을 시키는 반장들도 경비실에 자주 드나들고 있다. 박명수가 전기 사용을 할 일이 있는지 경비실로 들어왔다.

"박반장, 마침 잘 왔다. 경비원들이 오늘부터는 집에 가서 자고와도 되는가 보네."

영구가 박명수에게 삐딱하게 말했다.

"왜요?"

"바라, 여기서는 잘 수 없지 않은가?"

"아저씨 어디를 가도 현장 사무실에서는 아무것도 안 해 줍니다. 아저씨가 잠을 잘 수 있는 자리를 스스로 해결해야 합니다."

"우리 보고 준비하고 만들라, 그 말인가?"

"그렇지요, 아저씨가 경비 일을 안 해봐서 몰라서 그러시는데요. 전에 있던 컨테이너 초소에도 누워서 잠을 잘 수 있는 침상도 전에 경비아저씨들이 손수 다 만들어 사용한 것입니다."

박반장의 말이 맞다. 경비원의 잠자리를 만들어주고 편의시설을 만들어줄 의무가 시공회사에는 없다는 것이다. 영구와 영곤에게 일을 시키며 월급을 주는 어디에 있는지도 모르는 용역회사에서 만들어줘야 할 일이다.

영구는 이를 잘 알면서도 시공현장에 아무런 권한도 없는 박반장에게 항의성 발언을 했다.

"전에 컨테이너에 있던 침상을 뜯어 올걸 그랬나보네."

"전에 쓰던 것은 못씁니다."

"새로 만드는 것보다 낫지 않을까?"

"새로 만들어 쓰십시오. 전에 것은 지저분하고 엉성하게 임시방편으로 만들었기 때문에 못씁니다."

"손재주나 있으면 모를까, 내가 어떻게 만들겠냔 말이시."

영구는 난감했다. 박 반장의 말로는 용역회사에서 경비원의 편의 제공을 할 일이며 시공회사에서는 경비원들의 잠자리를 만들어 주는 일은 없다고 하니 말이다.

"아저씨, 그러면 아무거나 스티로폼 같은 것을 임시로 잠깐만 사용하면 됩니다."

"내일모레 아파트에 입주가 시작되믄 아파트경비원들을 새로 뽑을 때는 관리사무실에서 어떤 조치가 있지 않을랑가?"

"아저씨, 모르긴 모르겠습니다만 아파트관리소도 마찬가집니다. 아무 것도 안 해줍니다."

영구가 애먼 박 반장에게 쓴소리했다.

"박반장, 들어 볼랑가? 우리가 모르는 바는 아니지만 말하자면 자기 집에 일하는 머슴을 밥을 먹여주고 잠을 잘 수 있도록 해 주는 것은 지극히 당연한 일이 아닌가? 우리 경비원들이 24시간 공사현장에서 일하는디 밥을 주는가, 잠자리를 제공해 주는가? 말이시."

"아저씨, 원칙대로 하면 아저씨 말씀이 맞습니다."

"박반장, 여기 현장에 직원들이나 자네들은 하루에 8시간만 일을 하지만, 회사에서 밥도 주고 잠자리도 원룸을 마련해 주고 있지 않은가? 그런디 우리는 자네들의 3배인 하루 24시간 일을 해줘도 밥을 주는가? 잠을 자라고 잠자리를 제공해 주능가?"

"아저씨, 말씀은 백 번 옳은 말씀이고 지당하신 말씀이지만 여기 회사 직원들은 정규직이고 우리 반장들은 비정규직이라 한 식구로 인정해 주는 줄 압니까? 우리 반장들이야말로 직원들의 마당쇠 노릇을 하며 궂은 일 다 해줘도 월급은 그들 반이나 될는지 모릅니다."

"그래도 반장 자네들은 우리 같은 용역업체에서 팔려온 사람들보다는 백 배 낫단 말이시."

박반장은 계속 맞장구를 쳐 주고 얘기를 계속했다.

"물론, 아파트건축공사장에 시공회사의 처사도 나쁘다고 봐야 하지만, 용역업체 그 사람들은 나쁜 사람들이지요. 솔직히 말해서 강씨아저씨께서 소속되어 있는 용역회사의 사장이 누구며 회사 자산이나 규모 심지어 회사가 어디에 있는 거나 아실런지 모르겠습니다."

"박반장, 자네 말이 맞네. 솔직히 말해서 나는 월급을 주는 회사 이름도 모르네."

"아저씨, 생각하면 얼마나 한심한 일입니까? 우리나라가 OECD에 가입되어 있는 선진국이라고 떠들고 있으니 말입니다. 말하자면 말로는 근로자들의 인권을 보호해준다는 국회의원 나리들도 있고, 노동위원회가 있고, 정부에는 고용노동부가 있다지만 자기들 밥그릇만 챙기지 우리 같은 사람들 아니 더 나아가 밑바닥에서 신음하는 청소노동자들과 아파트 경비원들 같은 사람들은 신경도 쓰지 않는 사람들 아닙니까?"

박명수반장 말이 맞다. 현장사무실에서는 용역회사에서 대여받은 경비원들이 근무하면서 밥을 먹든지 잠을 자든지 후생에 대해서는 아무런 상관관계가 없다. 경비원들에게 식사하고 쉬는 공간이나 야간수면을 할 수 있는 공간도 경비원을 고용해서 파견한 용역 회사에서 제공해 주어야 마땅할 일이다. 시공회사 현장사무실에서는 경비원들의 임금이나 편의시설을 제공해주는 일 하고는 무관하게 되어있다. 영구는 용역회사가 부산에 있다고 말만 들은 것 같지만 정확하지 않다. 그들이 공사장에서 근무하고 또 일을 그만두고 떠난다 해도 얼굴 한번 볼 수도 없다. 경비원을 고용한 용역업체에서는 매달 급여만 통장으로 넣어주지만 몇 월 급여로 찍힐 뿐, 이름도 성도 모르는 사람들인데 이들에게 날씨가 더우니 선풍기를 제공해 달라, 경비초소가 없어졌으니 수면이나 휴식을 취할 수 있게 잠자리라도 만들어 달라고 요구할 수도 없는 현실이 슬프기만 했다.

우리나라 위정자들은 갑의 위치에 있는 상류층이나 을의 위치에 있는 하류층의 사람들도 모두 국민으로 인정해야 한다.

하찮은 미물인 동물을 학대해도 처벌받는 세상인데 인격과 인권을 무시당하는 사람들을 쳐다보지 않는다면 이도 분명 누군가의 직무유기로 봐야 한다.

"박반장, 경비실에 전기는 들어 와야 되지 않겠능가? 전기담당 윤반장에게 전깃불을 키게 해 달라고 연락 좀 해주소."

"윤반장도 경비실 옮긴 줄 알고 있을 겁니다."

"퇴근 시간이 다 되어 가는디 이러다가 윤반장도 집에 가뿔믄 안 되지, 자네가 연락 한번 해 보소."

박명수가 윤재식에게 전화했다. 이들이 통화하는 목소리가 옆에 서 있는 영구에게도 들린다. '머 같은 새끼들이 경비실과 화장실은 따로 하나씩 치우자 했는데 저네들은 하나도 안 도와주면서 혼자서 힘들어 죽겠다'고 불평하는 소리가 영구 귀에도 들린다.

"박반장, 윤반장은 온다고 헝가?"

"예, 온답니다. 아무리 바빠도 그냥 가면 안 되죠. 전기 연결들을 다 해 주고 퇴근해야지요."

"윤반장도 불만이 많더라."

박반장이 자기도 마찬가지로 힘들다고 말한다.

"아저씨, 어디 윤반장만 힘듭니까? 반장들은 다 마찬가집니다. 어디 남의 돈 묵기가 쉽습니까? 다 이런 것들은 감수해야지요."

영구와 박반장의 대화가 계속 이어지고 있다.

"그래도 경비원인 내가 볼 때는 반장들은 일 할만 하겠더라. 하루 8시간 일하고, 토 일요일 쉬고, 달력에 빨간 날 쉬고, 일거리도 항상 많은 건 아닝게."

"맘에 안 든 것 다 따지려면 많죠. 그렇지만 좋은 것이 좋은 것이다. 이런 맘으로 하루하루 살고 있습니다."

"그래도 반장들은 현장사무실에서 같은 식구로 인정해주고 사람취급을 해 중게 좋제, 우리 같은 경비원은 자기네들 마당쇠보다 못하게 개 취급하니 속이 상하단 말이시."

"아저씨, 반장들은 직원들이 식구로 인정해 준다고요. 했던 얘기 자꾸 허게 되지만요. 우리야말로 그 사람들의 빨래와 세수만 안 시켜 준다 뿐이지 회사직원들의 마당쇠라니깐요."

"그래도 자네 같은 반장들은 노예시장인 용역회사 하고는 관계가 없이 시공회사에서 고용했고, 월급도 시공회사에서 나오고 안형가?"

"아무리 그렇다고는 하지만 젊은 사람들이 이거 해라 저거 해라, 속상할 때 많답니다."

작업 마칠 시간이 되었는지 일하던 사람들이 일손을 놓고 빠져나가고 있다. 오후 5시면 아직 해가 중천에 떠 있다. 전기담당 윤재식반장이 땀을 흘리며 경비실로 들어오면서 투덜거린다.

"저가 다른 일 같으면 바로 퇴근해버릴 건데 강씨아저씨 때문에 이렇게 왔습니다."

"윤반장 고맙네. 어찌것능가? 자네가 욕 좀 바 주소."

박반장이 말했다.

"윤반장이나 나도 강씨아저씨한테 커피도 많이 얻어 묵고, 새 참도 많이 얻어 묵었다. 편리 안 봐 주면 안 된다. 다른 사람은 몰라도 강씨아저씨 일은 잘 봐주거라."

박명수가 윤재식에게 하는 말이다.

박명수 반장은 고향이 전주고 윤재식 반장과 오반장은 서울에서 왔다고 했다. 세 사람은 나이가 비슷해선지 반말을 하며 친구처럼 지냈다. 이들 반장들은 원룸을 회사에서 알선해주었다고 했다. 술집을 3차 4차 갔더니 아침까지도 술이 안 깬다느니, 4단지 반장들하고 밤샘 고스톱을 했다고 얘기를 하기도 했다. 안전과 오반장과 박반장과 윤 반장, 지게차제 기사가 틈나는 대로 경비실에서 커피도 마시며 명례가 싸준 과일 새참도 나누어 먹으면서 서로 겪었던 불만을 토로하기도 하곤 했다. 영구는 항상 젊은 반장들의 얘기를 들어 주는 편이다. 박반장은 사다리를 잡아주고 영구는 삼 파장 전구를 들어 주면서 물었다.

"윤반장, 무신일을 하고 왔능가?"

"이젠 주차장도 폐지하고 함바 식당도 계약이 끝났다고 해서 전기도 끊고 정리 작업들 하느라, 땀 쪽쪽 흘리고 왔습니다. 내가 어디가 모자란 바봅니까? 미쳤다고 근무시간 외에 그런다고 월급도 더 안 주는데 일을 해 줍니까? 강씨아저씨 불편해하실까 봐서 이렇게 해 주는 것이지. 다른 사람이나 현장소장이 시켜도 나는 안 합니다."

박반장이 듣고 있다가 거든다.

"아저씨 생각해보세요. 우리 현장에서 누가 자기 일이다 하고 내 일처럼 일하는 사람 하나도 없습니다."

"식당이 없어지면 직원들 밥은 어떻게 한다덩가? 일하는 사람들이 불편이 엄청 크겠네."

이번에는 윤반장이 말했다.

"사무실 직원들은 밖에 식당에서 묵고 다른 사람들은 각자가 나가서 묵든지 전화로 주문해서 묵든지 하지 않겠습니까?"

다시 박 반장이 말을 받는다.

"직원들 밥은 상가 1층에서 시내에 식당 하는 사람이 임시로 밥을 해주기로 했답디다."

"자네들을 함바에서 따신밥도 묵었지만 우리경비원들을 썰렁허게 식어 빠진 주먹밥을 묵어야헝게 불쌍 허지 않은가?"

두 반장은 영구의 하는 말에 아무 말도 없다. 윤반장의 손놀림이 빨라지고 전등에 불이 들어 왔다. 벽걸이 에어컨의 콘센트를 연결하던 박반장이 중얼거린다.

"요즘 새로 짓는 아파트 경비실들은 참 잘돼 있습니다. 에어컨을 달아주고 경비실 안에 화장실까지 만들어 놓고, 뜨거운 물도 쓸 수 있고, 널찍해서 호텔 방 같습니다."

"박반장, 호텔방 같다고 했는가? 호텔방이 시멘트 바닥에 신문지 깔아놓고 잠잘 판인 호텔이 있다덩가? 누구 약 올리는 경가? 저녁에 당장 어찌케 잘 것인가 걱정스럽다."

박반장이 겸연쩍어하며 지하주차장에 스티로폼이 있다고 알려줬다.

"아저씨, 지하주차장 2층 201동 쪽에 가면 석자, 여섯 자짜리 스티로폼이 있습니다. 그것 두어 장 가져다 깔고 주무십시오."

"그래, 이따가 가봐야겠네. 박반장 하고 윤반장, 언제 날 받아바 쉬는 날 술 한잔 살 랑게."

"우리가 사야지요."

거의 동시에 합창하면서 이들이 나간다.

영구가 박 반장의 말대로 지하주차장 2층 안쪽에 있는 스티로폼 2장을 들고 올라와 바닥에 깔고 자기로 했다.

날이 어두워지고 밤 10시 첫 순찰을 나가는데 207동 위쪽에서 물이 떨어지고 있다. 만약에 일하던 사람이 수도꼭지를 안 잠가서 새는 물이라면 큰일이다. 영구가 현장사무실 직원들에게 전화를 거는데 하나같이 안 받는다. 마지막으로 김대리 한 사람이 용케 전화를 받았다. 주말이라 서울 집에 와 있다고 했다.

"김대리, 207동에서 물이 떨어지고 있는디 후레쉬로 비춰 바도 3층까지만 보이고 안 보이는디 어떻게 해야 합니까?"

"아저씨, 지금 저가 서울에 있어 못 내려갑니다. 다른 직원들한테 전화해보셔요."

"다른 직원들은 모두 전화를 꺼 놓고 안 받는디 어떡합니까? 왜 모두 다 전화를 꺼 놓고 있다요?"

"제가 직원들에게 연락해 보고 다시 연락드리겠습니다." 하고 전화를 끊는다. 한참 지난 후에 김 대리에게 전화가 왔다.

"아저씨, 다른 직원들이 전화를 꺼 놓았거나 전화를 안 받습니다. 아저씨께서 어디에서 나오는 물인지 확인 좀 해 주십시오."

"김대리, 내 할 일도 벅 차는데 20층도 넘는 건물을 내가 언제 일일이 확인을 하능가?"

"어쩔 수 없습니다. 아저씨가 직접 올라가 확인 좀 해 주십시오." 하고 전화를 끊어 버린다.

사무실 직원들은 하나같이 주인의식을 갖고 근무하는 사람이 없다. 공사현장에 불이 나도 나는 모른다는 식이다. 퇴근해버리면 일터와 관계없다는 듯이 전화기를 꺼놓고 있다. 자기들 딴에는 귀찮은 일이다. 잠 자다 혹은 술이라도 마시고 있는데 전화가 오면 뛰어나가야 하기 때문일 것이다. 만약에 전화기를 켜 났다가 비상사태가 벌어지면 잠을 자다가도 뛰어나가야 하면 자기만 손해라는 식이다. 그런다고 잠 못 자고 뛰쳐나가서 일한다고 월급을 더 주는 것이 아닌데 그럴 필요 없다는 사고방식이 팽배해 있는 것 같다.

영구가 그대로 내버려둬 버리고 싶은 맘이다. 만약에 아파트 안에서 누가 물을 쓰고 나서 잠그지 않고 퇴근했다면 아래층으로 흘러넘칠 것 같아 걱정이었다. 현장사무실 직원들은 전화기가 꺼져 있거나 전화를 받지 않고 있으니 207동 각 세대 전체가 침수되는 사고가 생기지 않게 하려고 물이 흐르는 곳을 영구 혼자서라도 찾아 처리해야 했다. 단지 내를 순찰하지 않을 수도 없는 일이다. 시계 모양의 순찰 점검체크기에 시간마다 정확하게 체크를 해야 한다. 하는 수 없이 또 오늘 밤잠은 포기해야 했다.

3층까지는 눈에 보여 확인이 된 것이니 4층에서부터 25층까지 일일이 부엌거실, 화장실과 베란다와 방마다 확인하고 올라가야 했다. 10층을 확인하고 15층까지도 물이 넘치는 기색이 없다. 20층까지도 이상은 나타나지 않는다. 마지막 층 25층까지도 물이 흐르는 흔적은 없다. 이리저리 손전등을 비추고 다니다가 화장실에서 호스를 연결해 옥상으로 올라가 있는 것을 발견했다. 한 평 남짓 크기의 무슨 공간을 만들다가 물을 안 잠그고 퇴근을 해 버린 모양이다. 옥상으로 바로 올라왔더라면 이렇게 오래 시간도 걸리지 않았을 것이고 애쓸 필요도 없었을 일인데 헛고

생만 했구나 싶다.

이왕에 옥상까지 올라온 것이니 시내 전망이나 한번 살펴보자는 맘이 스쳤다. 옥상을 거닐면서 시내 쪽을 바라보니 일직선 8차선 도로에 자동차의 불빛과 가로등 불빛이 어우러졌다. 진주시내 야경이 말로만 들었던 파리 야경을 에펠탑에서 내려다보는 것처럼 아름답다.

구름 한 점 없는 밤하늘은 별들이 총총하고 다른 때의 북두칠성은 북쪽으로 멀리 보이던 것이 오늘 밤은 너무 가까운 머리 위에서 반짝거리고 있다. 영구가 시간이 흐르는 것도 모르고 밤하늘에 별들을 바라보다 걸어왔던 인생길을 되돌아봤다.

이런 좋은 야경과 밤하늘에 반짝이는 별들을 봤으면 바로 내려가야 좋을 일이련만, 또다시 가시덤불 메마른 땅에 떨어진 씨앗이 되어 이런 고초 속에 빠져 있을까. 험한 고난의 인생길을 걸어 왔다고 번뇌에 빠졌다. 농부가 씨앗을 뿌릴 때 자갈밭에 그리고 가시덤불 밭에 뿌리고 싶겠는가. 그래 힘을 내자. 내 같은 복이 없는 놈이 처음부터 가시덤불에 떨어져 자라온 인생이었는데 원래 씨를 뿌리신 이의 순리를 받아들여야 한다.

성경에서 배웠듯이 예수님 그리고 하나님은 사랑이라고 알고 믿어 왔다. 이것이 바로 믿음이고 신앙이라 할 수 있지 않겠는가. 영구가 다시 한 번 힘을 내자고 맘을 다잡는다.

예수님은 우리를 사랑하셔서 우리의 죄를 대신해서 십자가에 못 박혀 돌아가셨다가, 3일 만에 부활하시고 40일 만에 승천하시면서 가까운 시일 안에 세상을 심판하러 재림하시겠다고 하신 것을 받아들이는 것이 기독교 신앙이다. 자갈밭이나 가시덤불 위에 떨어진 씨앗들은 모든 장애물 속에서 고난과 시련 속에 살아왔기에 험한 세상을 살았다. 옥토 밭에 떨어져 행복한 삶을 누린 사람들의 삶을 본받아 살기에는 이미 물 건너간 것이나 다름없는 것이니 내 영혼이 은총 받아 내 지은 죄 용서받고 천국에 올라 천년만년 영원토록 영생해야 좋지 않겠는가.

운 좋게 옥토 밭에 떨어진 사람들은 좋은 환경에서 평탄한 길 걸으면서 행복한 인생을 산다지만, 오래 살아 봐야 기껏 백 년밖에는 삶을 누릴 수밖에 없다. 사람들이 노래한다. 인생 세월 빠르다고 사람이 백수는 다 하기 힘들지만 백 년을 산다 해도, 아침 안개처럼 그리고 어느 굴뚝에 뭉게뭉게 피어오르는 연기처럼 사라져버리는 인생이라며 허무하다고 말한다.

영구가 25층까지 올라오면서 방마다 확인하느라 한 시간이 훨씬 더 걸렸는데 내려갈 때는 엘리베이터로 내려가니 불과 몇 초 만에 내려왔다.

영구는 엘리베이터가 아직도 익숙하지 않다. 27살 때인가 서울에 처음 올라갔을 때 엘리베이터 조작하기가 겁도 나고 기능을 모르는 버튼을 누를 엄두가 나지 않아 상당히 오랜 기간 건물을 걸어서 오르내렸던 적이 있었다. 지금도 익숙지를 못한 것 같다. 어쩌다 영구가 먼저 엘리베이터를 먼저 탔을 때, 다른 사람이 같이 타고 올라가자고 부탁을 할 때도 작동을 멈추게 할 줄을 몰라서 문이 닫히고 혼자만 올라가는 일도 많았다.

영구가 때 늦은 순찰에 나섰다. 지하주차장 2층에 기계실에 모터는 여전히 2번과 3번이 돌고 있다. 순찰을 마치고 경비실로 돌아왔다. 한 평짜리 컨테이너 안에서 근무하고 잠을 자려고 할 때는 누우면 아늑한 기분이 들기도 했지만 새로 이사 온 경비실은 썰렁하기만 하다. 스티로폼 위에 누워있으니 몸을 움직일 때마다 찌디딕 소리에 기분이 안 좋다. 그래도 닭은 운다고 어떤 정치인이 말했든가 어찌했건 날은 밝고 아침이 온다. 어젯밤에는 참 우여곡절이 많은 날이었다.

멀리 자전거 페달을 열심히 휘젓고 오는 사람이 있다. 머리에는 안전모를 쓰고 자전거 동호회나 사이클 선수들이 입는 운동복을 입고, 허리도 구부정한 모습이 사이클 선수처럼 보였다. 전혀 70 노인처럼 보이지 않는다. 아침만 되면 반가운 사람이 이영곤이다. 영구 대신 근무를 해 주는 사람이기 때문이다.

"형님, 어서 오씨요. 나는 형님이 좋습디다."

"내가 머 때문에 좋단 말이노? 우리가 동성애를 하고 있단 말인가?"

자기가 말해놓고도 우스웠는지 영구를 쳐다보며 한참을 웃고 있다.

"나는 아침마다 기다려지는 사람이 형님이대요. 나를 대신해서 근무해주고 집에 가게 해 주는 사람이 형님이잖아요."

이영곤이 웃으면서 말했다.

"영구 자네가 그렇게 말하니 나도 제일 고마운 사람이 바로 자네다."

"경비실이 넓고 좋은디 경비실에 아무것도 없응게 썰렁 하대요. 스티로폼을 깔고 자니깐 움직일 때마다 찌디딕 하는 소리가 기분도 안 좋습디다."

"스티로폴이 어디에 있드노?"

"지하 주차장 2층에서 들고 왔그만요."

"어제는 강군 자네가 욕봤구나야."

영구가 어젯밤의 소동을 얘기했다.

"어제 207동 옥상에 일하던 사람이 물을 끌어다 쓰면서 안 장그고 가서 물이 흘러넘쳐 떨어지는디, 어디서 흘러 떨어지는가 알 수가 있어야죠. 직원들에게 전화를 해도 한 놈도 안 받아 뽈고 김대리 한 명만 전화를 받드랑게요. 그런디, 김대리는 또 진주가 아니고 서울이라고 허이, 할수 없이 내가 25층까지 일일이 올라감서 점검을 하고 결국 옥상까장 올라갔다 아닙니까?"

"그냥 모른 체하고 나둬 뿔제, 괜히 니 혼자 욕만 봤다이."

"어찌 가만히 냅둘 수 있습니까요?"

"강군아, 니 말이 맞다. 말이 그렇제, 어찌 내뿔고 있냔 말이다."

두 사람의 얘기는 끝나질 않고 이어졌다. 이영곤이 시간이 많이 지체되었음을 알고 영구에게 퇴근을 종용했다.

"영구야, 이젠 퇴근해라. 벌써 시간이 많이 지났다."

제19장

우리 모두 같이 가자

2014년 8월 10일이 해맞이아파트에 입주가 시작되는 날이다. 아파트공사현장에서 근무했던 경비원 10여 명의 동료 경비직 근무자들은 일자리를 떠나게 되고 실업자가 될 것이라고 우려하는 사람들이 많다.

전창진반장은 동료경비원 10명이 새로 신축한 아파트로 '우리 모두 같이 가자' 말해 왔고. 경비원들도 맘속으로 새 아파트로 연장근무를 바라고 있었다. 전반장은 지금까지 예로 현장근무자들은 새 아파트에 연장근무를 하는 것이 보편적인 상식이었으니 크게 염려하지 않아도 될 것이라고 경비원들에게 말해왔다.

영구가 아침에 출근할 때는 구름이 잔뜩 끼어 찌푸리던 날씨가 오후가 되니 비가 오기 시작 한다.

출입문 밖에 회색 차량 한 대가 섰다. 전반장이 우산을 받쳐 들고 오고 있는 걸 본 영구가 반갑게 맞았다.

"전반장님, 어서 오십시오. 비도 오는데 어인 일이십니까?"

"비 오는 날은 쉬는 날 아닙니까? 비도 오고 하니 우리 식구들이 어떻게 있는지 돌아보려고 나왔습니다."

영구는 24시간 격일제 근무로 바뀌고부터는 큰 도로가 있는 출입문 쪽으로는 걸어 내려가는 시간이 오래 걸린다. 공사현장 북쪽 장재실 마을 쪽에서 진주시 외곽 면 지역에 다니는 버스를 타고 출퇴근을 해야 했다. 공사장 정문 출입구에 세륜기를 관리하는 전반장과 허영식과 안달수, 김안근과는 자주 만나 보지 못했다. 얼마 전에 안달수가 식중독이 걸려 사흘 동안 병원에 입원할 수밖에 없어 결국 해고당했다는 소식을 들었었다.

"안씨가 일하던 자리에 누가 들어 왔습니까?"

"예, 바로 사람이 들어 왔습니다. 김판기씨가 들어왔습니다. 경비들은 파리 목숨 아닙니까? 다른 직장에 같으면 몸이 아파서 그것도 장기입원도 아닌 토사곽란으로 사흘 입원했는데 해고시킬 수 있겠습니까? 경비원들은 불쌍한 사람들입니다."

"전반장님, 커피 한잔할랍니까?"

전반장은 해고당한 안달수 얘기는 더 이상 하지 않았다.

"나는 커피는 많이 마시지 않습니다만 한잔 줘보십시오. 스티로폼을 갖다 깔았네요."

"하는 수 있습니까? 날씨가 안 추우니 잘만 합니다."

전반장이 영구를 쳐다보고 진지한 표정으로 묻는다.

"강샘님, 아파트가 완공이 다 되어 가고 있는지라 최종확인하기 위해 왔습니다."

"전반장님, 무슨 확인을요?"

"아파트경비직으로 연장근무를 할 것인가 그만둘 것인가 말입니다."

"예, 저는 연장근무 할 것입니다."

"그러면 오씨 한 사람만 안 하고 다 한다고 얘기를 하는군요."

"그런데 은근히 걱정되기도 합니다. 우리가 모두 같이 갔으면 좋겠는데 말입니다."

"강샘님, 걱정 마십시오. 같이 가야 않겠습니까? 우리 모두 같이 연장근무가 될 것입니다."

영구와 전반장의 얘기는 계속되고 있었다.

"그런디 오씨는 왜 아파트경비원 일을 싫다 하던가요?"

"내가 그걸 어찌 압니까? 평양감사도 하기 싫으면 안 하는 것 아닙니까?"

"새로 지은 아파트라서 일하기도 편할 것같이 생각됩니다마는 아파트경비를 해 본 경험이 없으니 걱정이 되기도 합니다. 사람들 얘기를 들어보면 주민들하고 스트레스받는 일이 많다고 하는 데 말입니다."

"강샘님, 나도 마찬가집니다. 세상에 돈 벌기가 어디 쉽답니까?"

"전반장님, 우리 식구들이 다 같이 연장근무를 할 수 있도록 수고를 좀 해 주십시오."

"현장에 직원들하고도 가끔 얘기해보면 현재 근무하고 있는 사람들을 우선해서 경비원으로 채용한다고 말합디다."

이때까지만 해도 아파트신축공사장에 근무했던 경비원들이 새 아파트에서 연장근무를 할 수 있다고 믿고 있었다. 전반장이 돌아가고 나니 빗방울이 더 굵어진다. 여름비라서 그런지 소나기처럼 빗방울이 굵다. 아파트 출입구 도로에 1톤 화물차가 서더니 검은색 우산을 받쳐 들고 뛰어왔다. 영구에게 여기가 2단지가 맞느냐고 물었다.

"아저씨, 말씀 좀 묻겠습니다. 여기가 2단지 맞습니까?"

"맞는데요."

"현장사무실이 어딥니까?"

"202동 1층에 있습니다. 왜 그러시는데요? 차에 싣고 있는 것이 무엇입니까?"

"토마토를 싣고 왔습니다."

"아니, 아파트현장에 토마토를 싣고 오다니요?"

"우리가 토마토하우스 재배를 합니다. 여기 공사현장에 하청받아 일하는 사람의 친구가 30박스를 현장사무실에 직원들과 나눠 먹으라고 하네요. 배달해달라고 해서 가지고 왔습니다. 여기 직원이 몇 명입니까?"

"반장과 경비원 두 사람 포함해서 30명쯤 됩니다."

영구는 친하지 않은 사람이나 처음 본 사람과 대화를 할 때는 사투리를 많이 쓰지 않는다.

공사현장 하청업자와 토마토 하우스를 하는 사람이 친구라서 친구의 토마토를 팔아줄 겸 직원들에게 선물한 것이라고 짐작이 갔다. 시공회사 사무실에는 갖가지 선물을 심심찮게 갖다 주는 사람이 있다. 직원들이 한 박스씩 가져가고 남은 토마토 박스가 며칠이 되었는데도 예닐곱박스나 쌓여 있었다. 이를 본 이영곤이 사무실에 경비일지를 갖다 주면서 토마토 박스를 보고 말했다.

"강과장, 생물을 지금까지 놔두고 있으면 되는가? 다 썩겠다. 직원들은 한 박스씩 가져갔는가?"

"직원들은 한 박스씩 가져가고 남은 것입니다."

이영곤이 이 말을 듣고 경비원들에게도 나눠 먹게 한 박스 달라고 해서 경비실에 가져올 수 있었다. 덕분에 영구는 집에도 몇 개 가져가기도 하고, 경비실에 두고 며칠 동안 토마토를 먹었지만, 현장 사무실에서의 경비원에게 하는 처사가 두 사람을 우울하게 했다.

"형님, 사무실에 어제까지도 있던 토마토를 얻어 왔습니까? 전번에 비오는 날 하우스 하는 사람이 30박스를 싣고 오는 걸 내가 알거덩요. 사무실에서 주덩가요?"

"그놈들이 달라고 말 안 하든 줄 놈들이 아니제. 내가 달라고 허이 강과장이 주더라."

"형님은 비위가 참 좋아 뿌요. 나는 한 박스 달라는 소리가 안 나와 말도 못했당게요."

"나도 더러워서 달라는 말을 하지 않으려다가 생물이라 썩어뿔믄 아깝지 않나. 그래서 달라고 했지. 독새 같은 놈들이 남는 걸 머하려고 그러능고. 그것도 내가 달라고 허이 주는 놈들이 경비원들은 사람으로 생각도 안 해주는 놈들잉기라."

"형님, 그날 토마토를 싣고 온 사람이 직원이 총 몇 명이나 되느냐고 묻더랑게요. 그래서 반장과 경비원도 포함하느냐고 내가 물었거덩요."

"그래서 머라고 했노?"

"다 포함해 말하라 했어요. 내가 다 포함하믄 30명이라고 말했더니 30박스 가져 왔다면서 나너 묵으라고 하더군요."

요즘에는 삶의 질이 높아진 세상이라 가정집을 방문해서 밥을 얻어먹는다거나 가족을 먹여 살리기 위해서 밥을 얻으러 다니는 사람이 없다. 그러나 영구가 어렸을 때만 해도 밥을 얻어먹으러 오는 사람들이 많았다. 영구네 집에서는 그 사람들에게 푸대접하지 않았다. 남은 밥이 없을 때는 어쩔 수 없었다지만, 그냥 돌려보내지 않았다. 남은 밥이 없다거나 앞에 온 사람에게 줘버리고 없어서 미안하게 되었다고 오히려 미안해하던 때를 떠올렸다.

그러나 지금의 공사현장사무실에 직원과 경비원들은 24시간을 날마다 같은 현장에서 얼굴 맞대면서 살고 있지 않은가. 한 배를 타고 있는 처지가 아닌가. 말이다. 경비원근무자들은 공사현장에 출입하는 차량이 싣고 나오고 들어가는 물건을 일일이 확인하는 것이 임무라서 들고나는 물건들을 직원들보다 먼저 안다. 토마토를 싣고 왔던 사람도 용도를 물었을 때, 여기에 근무하고 있는 사람들이 나눠 먹으라는 말을 들었지 않은가. 경비원들에게도 한 박스씩 돌아올 줄로 알고 있었다.

시공회사 직원들은 경비원에게는 공사장 안에 근무하는 사람취급을 하지 않은 것이다. 경비원에게는 주지 않고 자기들끼리만 나누고 말았다. 이영곤이 강병구 과장에게 쓴소리를 해, 배달된 지 며칠 지난 토마토 한 박스를 얻었다. 당연히 한 배를 타고 있는 사람이라고 인정받지 못하고, 사람대접을 받지 못하는 무시를 당했으니, 이런 일을 당한 경비원 입장에서는 서글프기만 했다.

"형님은 해맞이 아파트에 연장 근무한다고 했습니까?"

"그러잖아도 전반장이 최종적으로 확인해야겠다믄서 나에게 물으러 왔더라이."

"그래서 머라고 했습니까? 연장근무 한다고 했습니까?"

"한다고 했지. 하지만 나는 새로 지은 아파트 근무는 한 번도 안 해봤는디 그렇게만 할 수 있다면 좋겠다."

"형님, 나도 마찬가지입니다. 그렇지만 신축 아파트라서 일하기가 편하지 않겠습니까? 아파트경비 하는 사람들에게 얘기를 들어보이 주민들에게 스트레스를 많이 받는다 하더라고요. 옛날에 장사하는 사람은 간도 쓸개도 띠 내뿔어야 헌다고 들었당게요. 요즘에는 아파트경비원들은 간도 쓸개도 없어야 한다고 하더랑게요."

"솔직히 말허믄 공사현장에 경비직이 아파트경비원보다는 스트레스를 덜 받는다."

"그래서 나도 요즘 걱정이 많이 되뿌요."

이영곤과 영구는 아파트입주가 바로 코앞에 다가오니 아침이면 바로바로 퇴근 시간도 잊는다. 아파트경비원으로 연장근무를 할 수 있을 것인가. 그리고 해 보지 않았던 일이라 힘들 것이라는 등, 얘기하는 시간이 많아졌다. 새 아파트에 근무하게 돼도 걱정이며 일을 못 하게 돼도 걱정이다. 이영곤의 얘기가 계속된다.

"강군아, 다른 사람에게 얘기를 들었는디 공사현장에 근무했던 경비원들이 연장근무가 어렵다고 하더라."

"형님, 누가 그러등가요?"

"아파트공사가 끝나고 나믄 아파트관리사무소는 시공회사와 아무런 관계가 없다고 하더라. 시공회사와 아파트입주자 임시 공동대표 회의를 해 용역회사를 섭외해서 맡겨 뿔믄 용역회사에서 경비원들을 채용한다고 하는 말을 들었능기라."

"형님, 그 말도 일리가 있그만요."

"문뎅이 같은 용역법이 생겨서 불쌍한 밑바닥에 힘 약한 사람들을 끌어다가 장사 해묵고 저희들만 배 두들기고 살고 있능기라. 용역회사에서는 컴퓨터 앞에서 가만히 앉아서 기업에서 한 달에 한 번씩, 우리들의 임금을 먼저 받아 챙기고는 나누어 주고 있으이, 이런 법이 말하자믄 현대판 노예제도잉거라. 나라에서도 우리 같은 사람들을 조금이라도 배려하는 생각이 없기 땜세 이런 악법을 시행하고 있는 거래이."

영구도 긴 얘기를 늘어놓는다.

"형님, 말이 맞아요. 용역법이 사람 잡는 법 맞아요. 용역법 땜세 그들이 우리 같은 하류층을, 말하자면 경비원, 미화원들, 하여간에 우리나라 모든 하위그룹에 불쌍한 사람들의 피를 빨아 묵고 사는 놈들입니다. 기업에서 일하는 비정규직 근로자들 다 포함하면 아마도 수백만 명은 될 겁니다. 용역회사 이놈들은 근로자들을 싼값으로 사다가 웃돈 영겨서 기업에 팔아묵고 있습니다. 이것을 보고 사람들은 옛날 노예시장에 노예를 팔던 때보다 더 악독한 현대판 노예 장사꾼들이라 말헙디다."

"하며, 이건 말도 안 되는 법잉거라. 머슴을 고용하는 주인과 당사자

간에 임금이나 처우를 꼼꼼히 따져서 근로계약을 해야 되는 거지. 세상에 개가 웃을 일이다고 안카나. 근로자하고 용역회사하고 계약한다는 것은 도무지 말이 안 되는 짓거리를 하고 있으이 기가 막힐 일이다. 인제 바라, 우리 기존 근무자들은 아마도 낙동강 오리알이 되고 말 것 같은 생각이 드능기라."

"형님, 그래도 기대를 해 봅시다. 전반장이 현장직원들하고 접촉해서 애를 쓰고 있는 것 같으니 어쩌면 우리 모두가 연장근무로 같이 갈 것입니다."

이영곤이 윗주머니에서 휴대폰을 꺼내 시간을 확인하고 있다.

"강군아, 벌써 직원들 출근할 시간이다. 퇴근해야겠다."

"벌써 시간이 7시가 다 되었네요. 우리가 얘기허다 봉게 시간이 많이 지나 뿌렸네요."

"차차로 얘기하자. 어찌 되었거나 우리 경비원들이 모두 다 같이 연장근무로 갔으면 좋것다."

"형님 그렇게 말이요. 여기 공사현장에 근무했던 형님들이 경비원 일을 많이 해 본 사람들 아닙니까? 형님들 하는 대로 하니까는 일하기도 편했었는디 아파트 근무로 같이 갔으면 하고 바랄 뿐입니다."

"강군아, 그래 그렇게 되면 좋겠다. 수고해라."

"그래요, 형님 잘 가요. 집에 가서 편히 쉬씨요."

대부분의 공사는 마무리되고 몇몇 분야별 최종마무리 작업을 하고 있다. 서울에 본사에서 내려온 직원들과 현장 사무소장과 부장급, 실무담당 직원들이 준공 검사를 받기 위한 점검을 하는 것 같다. 싸리 빗자루를 들고나오는 박명수반장에게 영구가 물어보았다.

"박반장, 못 보던 사람들이 많네. 어디서 온 사람들이여?"

"본사에서 내려 왔나 봅니다."

"본사에 높은 사람들인가 보네. 소장이랑 부장들도 다 따라 다니네."

"회사에 제일 큰 과제가 준공 검사지요. 그래서 마지막으로 최종점검을 받는 가 봅니다."

"박 반장, 그런데 지하 주차장 2층에 물이 많이 새는 것 같은디 왜 그렇거지? 우리가 볼 때는 걱정스럽기만 허데."

박반장은 아파트건설현장 경험이 많아 선지 아무런 표정변화도 없이 문제가 없다는 표정이다.

"그건 공사가 잘못되어서 그런 것이 아니고 아파트들이 다 그렇습니다. 통풍을 잘 시킨다 해도 바깥공기하고 지하공기하고 온도 차가 생기면 결로(結露) 현상으로 물방울들이 벽면에 생겨나서 생기는 물이랍니다."

"우리 겉은 사람들은 공사가 잘못돼서 물이 새는 줄 알았네."

"아마도 내일모레면 준공검사를 받아야 할 것입니다. 입주날짜가 8월 10일이니 열흘도 안 남았네요."

"박반장, 준공검사는 무난히 받을 수 있을까? 나는 걱정스럽더라. 지하주차장이 넓어선지 배수구 홈을 타고 물이 도랑물처럼 소리를 내며 흐르고 있더라고."

영구가 순찰하기 위해 지하주차장에 내려가면 뜨거운 열을 내 뿜는 열기구와 거센 바람을 일으키는 대형 선풍기가 군데군데 돌아가고 있었지만, 결로현상으로 흐르는 물이 도랑물 흐르듯, 하는 것은 공사가 잘못된 거로 알았다. 공사 현장에 근무해 본 경험이 없어선지 걱정스러웠다. 다 지은 완공된 아파트 지하에서 물이 유수되므로 만약에 재공사라도 하게 된다면 큰일이 아닌가. 그러나 박 반장 말은 아무 문제가 없다고 했다.

"지금까지 꼼꼼하게 잘해놔서 별문제 없을 것입니다."

"사람들 말을 들어 보믄 준공검사 통과하기가 참 까다롭다고 들었는디 나는 그것이 궁금하더라."

"걱정 안 해도 됩니다. 공사현장에 감리단원이 한두 사람도 아니고 많은 사람들이 공사 하나하나를 일일이 감시를 하고 있는 것 아닌가요? 이들이 그때그때 지적해주니 부실공사를 할 수가 없다고 합니다."

얼마 전만 해도 기계가 돌아가는 소리, 쇠를 깎는 소리, 구멍 뚫는 소리, 각종 일 하는 사람들이 고함치는 소리가 5일 장터에 대목 장날처럼 왁자지껄했다. 맡은 일을 끝낸 사람들이 많이 빠져나간 아파트단지가 조용해졌다.

"박반장, 자네는 여기 끝나면 어디로 가는가?"

"여기 현장에서 3년 가까이 일하느라, 주말에나 집에 갔다 오고 그러느라고 많이 피곤합니다. 맘 같아서는 집에서 몇 달 푹 쉬었으면 좋겠습니다마는 어찌 맘대로 할 수 있습니까?"

박반장이 얘기를 계속했다.

"우리는 공사가 완공되고 아파트 입주를 한다 해서 그만두고 떠나는 것이 아니고, 아마도 올 연말까지 여기 있을 성 싶네요."

"어찌 그런당가?"

"공사가 끝났다고 바로 철수하는 것이 아닙니다."

"직원들이 다 있을 필요도 없는 것 아니잖아?"

"그럼요, 벌써 이부장과 안전과에 박주임, 탁과장 등 몇 사람은 본사로 올라간 사람도 있고, 하동에 발전소 짓는 데로 간 사람도 있고 그런걸요."

"나도 들었어? 박주임은 하동에 화력발전소 짓는 데로 간다는 말을 들었었지만. 이부장은 나는 모르고 있었네."

박명수는 아내와 남매가 고향에 있다고 했다. 아내가 뇌졸중으로 쓰러진 지가 10년이 넘었고 자녀들은 고등학교와 대학에 다니고 있으므로 서른 살 때부터 공사판을 다니다 보니 나이가 50이 되도 공사판에 돌아다녀야 하는 신세라고 가끔 넋두리를 늘어놓곤 했다. 서당 집에 개도 3년이면 학동들이 읽는 글을 읽는다는 말이 있는 것처럼, 박반장은 30년을 공사판으로 떠돌아선지, 잡일을 하는 일군들에게 일 시키는 요령과 순서를 잘 알고 있었다. 지게차나 포클레인 같은 장비들도 급할 때는 직접 운전을 하기도 했다.

"시간이 요새는 잘 가네요. 벌써 점심시간이 다 되었네요. 점심이나 묵으러 갈렵니다."

"박반장 자네, 요즘은 점심을 어디로 가서 묵는가?"

"앞에 상가 1층에 임시식당에서 직원들만 밥을 해 주고 있는 아줌마가 있습니다. 그렇지만 다른 메뉴가 먹고 싶을 때는 밖에 나가서 묵고 올 때도 있습니다."

박반장이 점심을 먹으러 간다며 나갔다. 영구가 아파트 앞에 세워진 차량 정리를 하고 지하 주차장을 돌아서 단지 내를 한 바퀴 돌고 나니 영구에게도 뱃속이 비었다고 신호를 보내 왔다.

제20장

갑과을

신문이나 방송에서 갑을(甲乙) 관계 얘기를 많이 다뤘던 적이 있었다. 을에 있는 사람들에게 갑질을 한다는 얘기다.

우리나라는 예로부터 동방예의지국이라는 칭송을 들어온 나라다. 그러나 인격과 인권을 존중해주고 예를 지켜온 우리 고유의 미풍양속이 사라져 가고 있다. 갑과 을이 상하가 모두 서로 인격을 존중해주면 좋은 명랑사회 좋은 나라가 될 것이 아닌가. 우리나라 법과질서가 상위계층을 위해 만들어진 것처럼 보여서는 안 된다. 갑을 관계인 상하 관계를 유지하느라 인간관계의 저울추가 한쪽으로만 안 된다. 는 말이다. 인격을 존중해주고 예의를 지키고 서로 신뢰 하면 얼마나 좋을까. 영구의 바람이다.

전창진반장 말로는 영구가 오기 전에도 몇 사람이나 해고를 당했다고 했다. 일이 힘들어서가 아니고 회사직원들의 눈에 거슬리면 일을 그만두어야 한다. 용역업체에서 대여받은 근로자는 기업주가 아무 거리낌 없이 내쳐버리면 되지만 기업에서 공채로 맞아들인 직원들은 어지간한 큰 비리가 없다면 내치지 못한다.

평균 수명이 높아진 관계로 충분히 일할 수 있는 사람들인데도 제조회사나 직장에서 비정규직으로 일하다가 나락으로 내몰리고 만다. 그나마 좋은 일터에서 정규직으로 정년을 맞이한 사람들은 돈도 모아놓고 연금도 충분하게 받았으므로 노후를 즐겁게 보낼 수 있을 것이다. 그러나 그 분야에 경력이 쌓이고 노하우가 있는 고급 인력들이 경력을 무시당하고 비정규직으로 떠돌다가 물러나면 영구처럼 노예시장인 용역회사를 통해 공사 현장이나 각 기관에 허드렛일을 하는 청소부나 아파트경비원으로 팔려가 근로자 대우를 받지 못하고 인권을 침해당하며 일을 한다.

우리나라는 현재 비정규직 근로자 문제가 심각하다. 영구처럼 나이가 많은 사람이야 제외하더라도 젊은 인력들은 용역업체에 소속되어 기업체에 파견 형식으로 매매하는 비정규직 문제는 나라에서 시급히 해결해야 할 일이다. 용역업체는 비정규직 근로자들을 보호해준다는 명목을 내세우지만, 이들이 근로자들의 인권을 지켜주었다는 말은 들어보았다는 사람은 없다. 기업들은 용역업체에서 파견받아 일을 시키면 그만이다. 다시 말해 비정규직 근로자를 사용하면 연가나 병가에 신경 쓸 일이 없으며 상여금이나 퇴직금을 정산해준다든지 근로기준법을 무시해도 된다. 값싼 노동력으로 자기들은 돈만 벌면 된다는 식이다. 비정규직이 누릴 수 있는 복지제도나 복지시설을 제공해 주는 데는 인색하기 그지없다. 특히 감시단속적 근로자들에게는 두말해서 무엇하랴.

영구의 아내 명례는 매일처럼 도시락을 쌀 때 일회용 비닐 팩에 두 뭉치의 주먹밥을 싸준다. 경비실에 도착해서는 미리 가져다 놓은 보온밥통에 넣어 두고 점심에 하나, 저녁에 하나를 밑반찬과 먹는다. 썰렁한 영구만의 점심이다. 우리나라 대부분의 경비원이 영구처럼 나 홀로 고독한 식사를 할 것이다. 집에 있을 때라면 도무지 먹히지 않을 썰렁한 반찬에 한국 사람의 식성에 맞는 국물도 없지만 그래도 먹어야 몸을 움직일 수 있는 에너지가 만들어지는 것이라 눈물 어린 밥을 먹어야 한다. 한정된 공간에서 24시간 근무를 하게 되므로 군것질을 할 수도 없다. 갑의 위치에 시공회사직원들과 일반근로자들은 일명 함바라고 하는 공사장 안 구내식당에서 뜨끈뜨끈 밥과 국에 새로 만든 맛있는 반찬을 먹는 모습들을 괜스레 떠올렸다. 요즘은 관공서고 기업체고 종업원 몇 명인 가내공업에 다니는 사람도 도시락을 들고 다니지 않는다. 직장에서 식사를 제공해 준다. 농사일하는 사람들은 품팔이 일을 하든지 품앗이 일을 하든지 간식과 음식을 제공한다.

요즘 영구가 사는 진주 상평공단에는 호황을 누리던 직물업은 사양길로 들어선 지 오래고 쇠를 깎아 농기계나 자동차 부품을 만드는 일명 철공소가 직원이 두 서넛인 소규모업체가 많다. 이곳에 근로자들은 아예 도시락을 준비해 오지 않는다. 업체 사장 부인이 현장에 나와 따뜻한 밥을 지어 가족처럼 나눠 먹는다. 이 얼마나 아름다운 모습인가. 영구는 이렇게 먹으나, 저렇게 먹으나, 뱃속에 들어가면 얼마 후에 소화되어 배설물로 나오는 것은 다 같은 것이야 하면서 맘에 위로를 받는다. 삶이 무엇인지 그저 먹고 살면서 목숨만 지탱하기 위한 수단인지 모른다. 점심 후에는 종이컵에 타서 마시는 커피 맛은 일품이다.

커피를 마시면서 잠시 휴식을 취하노라면 졸음이 몰려온다. 평소 때 집에서의 습관 때문이다. 공사현장에 경비원 생활을 하면서는 잠깐의 낮잠을 즐기지 못하고 참아내는 데는 아직도 어려움을 겪는다. 수년간을 점심 후에는 낮잠을 한 시간 정도 취하는 습관이 있었다.

대선이 있을 때마다 후보자들은 많은 공약 중에 복지국가 건설을 내건다. 복지국가란 고루 복지혜택을 받아야 한다. 아니, 좋은 복지 국가란 가난하며 병들고 노인들이나 힘 약한 사람들은 국가가 내건 복지혜택을 먼저 누려야 좋은 복지국가이지만 기득권을 누리는 자들에게 먼저 돌아가고 있다.

영구가 이곳 공사현장에 근무하게 된 것은 지인의 소개로 경비반장을 통해서였다. 용역업체와는 일면식도 없고 현장에서 일은 하지만 공사현장 시공업체와는 아무런 인과 관계도 성립되지 않는다. 이름도 성도 모르는 주인에게 팔려 왔기 때문에 돈을 주고 사 온 주인 격인 아파트공사현장에 임대됐다고 보면 될 것이다. 마치 짐승이나 기계 취급하다가 만약에 반항이라도 하는 기색이 보이면 내침을 당하고 만다. 경비원들을 노예시장인 갑들의 집단인 용역회사에서 값을 치르고 임대를 받은 노예기 때문에 또 다른 갑인 업체에서는 아무렇게나 부려 먹고 나서 내치면 그만이다. 용역업체에서 돈을 주고 사 온 경비원들이 잠을 자든 말든, 밥을 먹든 말든, 그저 부려 먹다가 맘에 안 든다거나 일이 끝나고 필요 없다 싶으면 그냥 버리면 된다는 논리다. 마치 농사짓는 농부가 땅을 파는 괭이가 오래 쓰다 보면 닳아 땅이 잘 파지지 않는다거나 나무를 자르던 도끼날이 무뎌지면 가차 없이 버리면 그만이듯 용역업체를 통해 기업에 팔려간 근로자들을 실컷 부려 먹고 아무렇게나 내팽개쳐 버리면 그만인 것이다.

만약에 악법인 용역제도가 없어지고 업주와 근로자가 직접 근로를 약속하는 근로 계약이 이루어진다면 업주 측에서도 비정규직이었던 근로자가 노예시장에서 사 온 노예라는 개념이 없어지고, 우리 집의 살림을 맡아 주는 머슴으로 인식되는 한 식구라는 개념과 의식을 갖게 될 것이다.

옛날 영구가 고향 마을에 살 때, 머슴을 맞아들이는 집에서는 새경을 머슴과 주인인, 을과 갑이 정하고 나서 먹는 밥을 댄밥이라고 했다. 주인집에서는 머슴을 위한 만찬이라 평소 때 하던 식사 때 보다, 색다른 음식을 만들어 머슴에게 대접한다. 이때 먹는 식사를 영구의 고향 마을에서 '댄밥' 먹는다고 말했다. 댄밥을 나눠 먹고 나면 이때부터 주인과 머슴은 한 식구가 된다는 개념이다. 끼니마다 주인과 머슴이 식사를 같이 하며 그 집에 농사일은 머슴이 맡아 한다. 만약에 머슴과 주인이 서로 화합이 없으면 그해에 농사는 정상적일 수도 없고 주인집 살림에도 차질이 있을 수밖에 없다. 가을걷이가 끝나고 1년 농사가 끝나는 연말이면 주인은 새경을 주면서 살림을 잘 살아준 데에 고마움을 표한다.

이처럼 근로자와 업주가 직접 근로계약을 맺는다면 업주 측에서는 다과를 준비한다든지 식사를 마련해놓고 얘기를 시작하면 좋을 것이다. 일당으로 아니면 월 급여를 정하고 한집에 사는 식구란 개념에서 시작한다면 좋을 것이다. 국가에서 정한 근로기준법을 적용한다면 노예시장에서 팔려 왔다는 개념이 없어지니 주인의식이 발동할 것이다. 성과를 이루기 위해 열심을 다 하고 주인과 소통이 이루어지면 열심히 일하는 청지기 정신이 살아날 것이며 더 나아가서는 기업을 가꾸어 나가는 동업자 정신의 꿈과 나래를 펼칠 수 있어 좋을 것이다.

우리나라 산업현장에 비정규직이나 영구와 같은 일을 하는 경비원들과 청소미화원들은 자기가 속해 있는 업소에서 일만 해 주고 노예 상인격인 용역업체에서 내려 주는 품값만 받는다. 다른 비정규직 근로자들은 용역업체와 지면으로 근로계약을 하는지는 알 수 없으나 영구처럼 아파트공사현장에 경비원들은 용역업체와 지면으로 근로계약을 했던 경비원들은 한 사람도 없다. 경비반장에게만 이력서를 제출하였을 뿐이지 용역업체에 사람은 얼굴도 보지 못했다. 어디에 누군 줄도 모르는 사람들한테 급여를 받고 있을 뿐이다.

업주와 근로자인 갑과 을이 서로 만나 어떤 일을 할 것이며 근무조건 대우를 어떻게 할 것인가를 합의를 하지 않았다. 근로자를 고용할 때, 근로계약서를 체결하지 않고 근로자를 채용하는 업주는 벌금이 얼마고 이런 법이 우리나라 근로기준법 테두리 안에 들어 있지만, 법을 관리하는 산하기관에서는 직무태만을 하는 것이라고 볼 수밖에 없다. 대부분의 미화원이나 아파트경비원들이 근로계약서를 주고받았는지를 따져 주는 국가 고위 공직자도 아직 없다.

국회나 지방의원들도 힘 약한 가난한 자들과 함께하겠노라 해놓고선 투표가 끝나고 당선되고 나면 나 몰라라 한다. 근로기준법에 정해져 있는 법들을 어기는 업주들에게 왜 시정하지 않느냐고 따져 주질 않고 있다. 국민에게 달콤한 사탕발림으로 국민의 표를 받아먹고 사는 통치권자나 국회의원, 지자체장, 도의원, 하다못해 시의원들까지도 똑같이 사탕발림의 달콤한 속임수로 표를 받아먹고 사는 사람들이 경비원들인 감시단속적 근로자들이 투표장에 갈 수 있게 허락되지 않고 있는 사실을 알고 있는지 모르고 있는지 알 수 없다.

비정규직이나 아파트경비원들과 미화원들을 임대받은 사업주 측과 국민투표가 있을 시에는 투표장에 참여한다는 조항이 없었고 근로계약서도 쓰지 않아서 투표장에 가겠다고 말도 못 한다. 사업주 측에서는 영구와 같은 경비원들에게 지방선거 날에 투표장에 가서 국민의 권리를 행하고 오라는 배려는 만무하질 않겠는가.

지난번 6·4 지방선거 때에도 상류층인 사람들은 임시 공휴일로 정하였으니 투표를 하고 나서 여가를 즐겼다. 국민의 기본권인 투표장에 태어나 처음으로 가지 못하는 영구의 심장은 무너져 내렸다. 갑의 위치에 있는 사람들은 국민투표 날을 정해 투표를 하고 난 후 여가를 즐기는 모습이 비정규직인 아파트경비원들이나 청소미화원 같은 을의 위치에 있는 하류 사람들의 염장을 찔렀다.

싸늘하게 식은 밥 한 덩이, 보온밥통이 작동하지 않아서인지 국물도 없는 비틀어 말라 버린 마른 밑반찬, 그야말로 처지를 생각하면 눈물 어린 점심을 마쳤다. 커피를 마시는 사이에 하얀색 승용차 한 대가 경비실 앞에서 멈추더니 운전석 창문을 열고 영구를 쳐다보며 묻는다.

"아저씨 수고하십니다. 여기 2단지, 해맞이 아파트에 관리를 맡을 관리소장입니다. 차를 어디에 주차합니까?"

누군가가 말했든가. 인간은 참으로 간사하다고, 다른 운전자가 방문해서 차창을 열고 문의를 할 때는 영구는 경비실 창문만 빠끔히 열고 간단하게 대답을 하지 않았던가. 이 아파트에 주민들이 입주하게 되면 경비원들의 갑이 되고 어른이 될 사람이라는 맘에 정신이 번쩍 들었다.

"예, 해맞이 아파트관리소장님이십니까? 이제부터는 모든 차량은 대형 화물차를 제외하고는 지하 주차장에 주차하게 되어 있습니다."

"안전과 사무실로 썼던 사무실이 어디에 있습니까?"

"201동 1층에 있습니다. 차를 지하 주차장까지 타고 내려가시면 불편하실 텐데요. 저 앞에 도로 정문 입구에 주차하고 들어가십시오."

사람의 심리란 다 그렇겠지만 새로 부임할 관리소장에게 친절을 베풀고 눈도장이라도 확실하게 찍어 놔야 며칠 후에 있을 아파트경비원에 확실하게 낙점을 받으리라는 생각이 스친다. 정문 입구에 주차하고 들어가라는 친절까지 베풀었다.

새로 부임할 관리소장은 차를 돌려 정문 도로에 주차하고 조수석에 탔던 사람과 함께 들어오더니 가슴 위에 새겨진 영구의 명찰을 읽고 있는 모양이다. "강주사님, 여기는 4단지 소장님이십니다. 저는 김창남이고요." 라고 소개를 하며 영구 손을 잡으며 악수를 청했다.

"예, 저는 강영구입니다."

"강주사님, 워크넷(고용센터)에 아파트관리사무소직원과 아파트경비원하고 청소미화원모집광고를 하였으니 사람들이 서류를 경비실로 가져올 것입니다. 수고 좀 부탁드려도 되겠습니까?"

"예, 그런 일이 뭐 수고라 할 수 있겠습니까? 사람들이 면접장소나 날짜 시간 그런 거를 질문할 때는 어떻게 합니까?"

영구는 새로 부임할 관리소장 김창남의 일을 맡아 해주므로 며칠 후에는 아파트경비원으로 채용될 수 있겠다고 기대했다.

"워크넷 모집광고 안내에 자세하게 밝혀 놨습니다. 관리실 직원은 2단지 경비실이고요. 경비원과 미화원은 4단지에서 면접을 봅니다."

"소장님, 면접 시간 날짜는 언제입니까?"

"8월 5일 오후 2시입니다."

영구가 제일 궁금하고 관심이 가는 질문을 해보고 싶었다. 기존 근무를 하는 경비원들의 거취 문제를 물어봐야겠다는 생각이었으나 망설여진다. 영구가 김창남소장을 불렀다.

"소장님, 여기 공사현장에 지금까지 근무하는 경비원들은 연장근무가 되겠습니까?"

"아파트관리사무소가 소속이 서울에 있는 용역업체로 바뀌었기에 경비원들을 새로 뽑아야 한답니다."

"여기 현장에 근무하는 경비원들은 연장근무를 할 수 없다는 말씀입니까?"

"내 맘 같아서는 기존 경비원들을 채용하고 싶으나 본사에서 그렇게 하려 합니까?"

본사란 서울에 있는 용역업체 가나산업을 말한 것이다. 영구와 동료 경비원들이 바라고 있던 연장근무는 물 건너가고 만 것이 아닌가. 새로 부임할 관리소장은 기존 근무하고 있는 경비원들의 거취 문제를 어렵게 물어봤을 때 돌아오는 답변이, 그대로 같이 가자고 돌아오기를 원했으나 기대는 여지없이 깨지고 말았다.

초장지구 대단위 주택단지 공사장 내에서 경비원으로 근무하던 10여

명의 모두 함께 가기로 하자던 꿈이 날아가 버리는 순간이었다. 신축아파트관리소장에게 전해 들은 얘기라서 정확한 정보였다.

관리사무실 자리를 돌아보고 2단지와 4단지에 새로 부임할 두 사람의 관리소장들이 돌아가고 나서 어떻게 알았는지 전창진 경비반장이 찾아왔다.

"전반장님, 어서 오십시오."

"강샘님, 새로 올 소장님들이 왔다 갔죠?"

"아니, 전반장님 어떻게 그렇게 빨리 알고 계십니까?"

해맞이 2차와 4차아파트가 완공되어 입주 날이 다가오자, 아파트관리소장으로 발령받은 사람들이 사전답사를 하고 갔다는 소리를 듣고 전반장이 영구에게 달려온 것이다.

"내가 누굽니까? 현장에 소장들도 어디에 무얼 하고 있는 줄 다 압니다. 그건 그렇고 두 분 관리소장님들이 무슨 일로 왔다던가요?"

"관리사무실을 둘러보러 왔나 보던데요. 그리고 구직하려고 이력서 가져오는 사람들의 서류를 좀 받아 달라고 했습니다. 여기 공사현장에 근무했던 경비원들이 곧바로 아파트 경비원으로 연장근무를 할 수 있다고 생각했는디 그게 아니던데요. 용역회사가 경비원들도 모두 새로 뽑는다고 헙디다."

전반장도 이제야 기존경비원들이 연장취업은 부정적인 말을 했다.

"새로 입찰을 받은 용역회사가 기존에 경비원들을 뽑으려 하겠습니까?"

"그럼, 전반장님은 우리가 연장근무를 할 수 없다는 것을 알고 있었능기요?"

"처음에는 기존 공사장에 경비원들을 그대로 채용한다는 말도 있었습니다."

전반장은 다 알고 있는 듯이 얘기를 이어갔다.

"내 말은 시공회사에 높은 사람들이 관리를 입찰 받은 용역회사에게 공사현장에 경비원들이 일을 잘하더라고 연장해 일을 시켜 보라고 이런 얘기를 해 줄 수 있다는 차원에서 기대를 가져 본 것이지요."

"전반장님, 나는 아까 두 분 관리소장님에게 현장에 경비원들 모두 같이 근무할 수 있도록 해 달라고 얘기를 했답니다."

영구의 말이 끝나기가 무섭게 전반장이 물었다.

"그래 뭐라고 합디까?"

"관리소장들은 아무 권한이 없다고 합디다. 용역회사에서 결정한 일이라 본사에서 내려와 면접하고 직원들을 채용한답니다."

"맞습니다. 아파트관리소장들은 아무 권한이 없습니다. 관리소장들도 다 용역회사에서 고용하고 관리하기 때문에 관리소장들은 시키는 대로만 하는 것입니다."

"전반장님, 지금까지 나는 관리소장이 권한이 많은 줄 알았습니다."

"강샘님, 아닙니다. 어지간해서는 아파트관리소장도 못해 묵습니다. 용역회사에서 만날 족쳐 대지, 동네 대표회장 그리고 주민들이 스트레스 주지, 웬만한 사람들은 관리소장 못 합니다."

영구는 관리소장이 경비원들과 직원들을 직접 채용하는 줄로 알고 있었다. 전반장의 얘기로는 아파트관리소장은 아무런 권한이 없다고 했다.

"관리소 직원들은 여기 2단지 경비실에서 면접을 보고 경비원과 미화원은 4단지에서 면접을 보는데 기존에 현장경비원들도 똑같이 면접을 봐야 한다고 하던디요."

"그럼요, 나도 똑같이 이력서를 제출해야 하고 면접을 새로 봐야 합니다."

"전반장님은 바로 일할 수 있는 줄로 알았습니다."

"아닙니다. 공사현장경비반장은 공사가 끝나면 아파트하고는 아무 상관이 없습니다."

전반장의 얘기는 공사현장경비반장이 아파트경비하고는 아무런 상관관계가 없는 것이라고 했다. 특채나 면접시험이 없이 채용되는 것이 아니라고 말했다.

"전반장님, 우리도 이제는 뿔뿔이 헤어져야 할 날이 5일밖에 안 남았네요."

"이제는 다들 떠나가야 할 일만 남았습니다, 내일 저녁이나 모레 저녁에 우리끼리 회식이나 한번 하고 헤어져야 안 되겠습니까?"라고 여운을 남기고 전창진반장은 자전거를 타고 돌아갔다.

10여 명의 기존 경비원들이 새로 지은 해맞이 아파트에 연장 근무를 하게 하려고 전반장이 뛰어다니며 노력했으나 현실과는 멀어지고 있음을 알았다.

제21장

다들 떠나가고

해맞이2단지 아파트에 내정된 관리소장이 면접에 응할 사람들의 서류를 현장경비실에서 받아주라는 부탁을 영구에게 했다. 이메일접수를 하는 사람들도 있었지만, 다음날 그리고 다음 날도 PC를 다룰 줄을 몰라선지 직접 서류를 들고 오는 사람들이 많았다.

"아저씨, 여기가 미화원 이력서 받는 2단지 경비실 맞습니까?"

"예, 맞습니다. 이력서 갖고 왔습니까?"

50대 중반을 넘어 보이는 아주머니가 이력서가 들어 있는 하얀 봉투를 내밀었다.

"여기요."

"집은 어디입니까?"

"집이 여기서 가까운 집현면이고요. 새 아파트라서 여기서 일을 하고 싶네요."

"그러면 지금 아파트청소를 하고 있습니까?"

"예, 금산아파트에서 일을 하고 있습니다. 금산으로 바로 가는 버스가 없어 두 번 타야 하고 시간이 오래 걸리고 해서 여기서 일하면 좋겠습니다."

외곽지역에서 버스를 두 번 갈아타고 출퇴근을 하는 시간만 해도 많은 시간을 뺏기는 처지라 자기가 사는 가까운 곳에서 일하게 되면 시간과 경제적으로도 많은 도움이 되리라고 여기고 찾아왔던 것이다.

"아, 그래요. 여기서 근무를 하게 되면 좋겠네요."

"청소할 사람이 몇 사람이나 접수했습니까?"

"아줌마하고 두 사람뿐입니다."

집현면에 사는 아주머니가 만약에 해맞이아파트에 근무할 수 있도록 배려해주면 싶다. 버스를 두 번씩이나 타고 먼 곳까지 가는 불편이 없을 것이니 말이다. 그러나 세상일이 자기가 원하는 대로 되지 않으니 어찌 생각해보면 능률적인 일을 소통이 막혀 비능률적인 환경이 되기도 한다. 집현면에서 왔다는 아주머니가 이력서를 맡기면서 이곳 새 아파트에 청소미화원으로 뽑혔으면 하는 간절한 맘으로 돌아가니 이번에는 나이가 지긋해 보이는 남자가 이력서를 들고 왔다.

"여기가 2단지 경비실 맞습니까?"

"예, 맞습니다."

"경비원을 몇 사람 뽑는 답니까?"

"2단지하고 4단지는 같은 시공사라서 각 5명씩 10명을 뽑습니다."

"차단기가 양쪽으로 설치되어 있네요. 차단기가 만들어져 있는 새 아파트는 근무해봐서 알지만 엄청 힘이 드는 것이랍니다."

이 사람은 영구와 짧은 한마디를 하고는 다짜고짜 요즘 새로 짓는 아파트 정문에 설치된 차단기 때문에 근무하기가 힘들어졌다고 말했다.

"그렇습니까? 내가 생각할 때는 차단기가 설치되어 있으믄 수월할 것 같은디요. 아저씨, 아파트경비 일을 많이 하셨다 하시는데 얼마나 했습니까?"

"50 중반서부터 아파트경비를 했으니 15년 가깝게 했습니다."

"오래 일을 하셔서 돈도 많이 모아 놨겠습니다."

"천만에요, 돈이 눈이 있기 땜세, 우리한테 붙어 있을라고 헙니까?"

"왜, 차단기가 설치되어 있으면 힘이 든다는 겁니까?"

경비원으로 근무하고 싶다는 이력서를 들고 온 남자는 정문에 차단기가 설치되어 있으면 잠깐의 한 눈도 팔 수 없이 고달픈 일이라고 말했다.

"차단기를 항상 조작해서 열어 주고 내리고 조작을 해야 허이, 잠시도 한눈팔 수가 없으며 이로 인해 빌미가 되어 경비원직에서 쫓겨나는 일이 많습니다."

"그렇군요. 일리가 있습니다. 차단기가 있는 것보다 없는 것이 차들이 자유롭게 다닐 수 있으니 경비원들에게는 편하겠그만요."

이틀 후에는 2단지에 영구가 근무하고 있는 경비실에서 2단지와 4단지 관리실에 근무할 직원들의 면접이 이루어졌다. 서울에 '가나'라는 용역회사에서 나종덕팀장이라는 사람이 내려왔다. 2단지와 4단지에 새로 부임할 관리소장들의 안내를 받으며 각 관리실 직원들의 면접이 이루어졌다. 과장 1명, 계장 1명, 주임 2명과 실장은 젊은 여직원이 1명씩 뽑혔으며, 소장 포함해서 단지마다 6명의 인선이 끝났다. 내일은 4단지에서 경비원들을 뽑기 위한 면접이 있다고 했다. 관리실 직원을 뽑기 위한 면접이 끝나고 자리를 정돈한 영구는 나종덕팀장과 관리소장 두 사람에게 줄 커피를 종이컵에 탔다. 나팀장이 커피를 한잔 받아들고 영구를 쳐다보더니 가슴에 새겨진 명찰을 읽고 말했다.

"강영구씨, 오늘 수고 하셨네요. 한 달에 얼마씩 받고 일합니까?"

"예, 130만 원 받습니다."

"진주에 아파트경비원들이 보통 한 달에 얼마씩 받고 있습니까?"

나종덕은 진주에는 아파트경비원들의 월 급여가 얼마쯤이나 되는지 물었다.

"바로 옆에 '에이코' 아파트와 아래에 있는 '푸른 세상' 아파트경비원은

155만 원 받고 있다고 합니다."

나팀장은 진주에 환경미화원이나 아파트경비원들의 임금이 너무 높다고 말했다.

"진주에 인건비가 너무 비싸네요. 서울에 아파트경비원들과 미화원들 월급보다 진주가 비싸네요. 서울 경비원은 한 달에 120~130만 원 선이고 미화원은 80~90만 원밖에 안 됩니다."

"진주에도 상류아파트가 조금 전에 말씀드린 155만 원 선이고 중류나 하류아파트는 진주에도 130~140만 원 정도 됩니다."

"아저씨는 어떻게 생각합니까? 여기 해맞이 아파트는 얼마나 주어야 한다고 생각합니까?

나팀장은 해맞이아파트에 근무하는 경비원들의 임금은 얼마나 주어야 하는지 물었다.

"저 생각은 우리 아파트가 진주에서는 좋은 아파트라고 소문이 났으니 에이코나 푸른 세상, 아파트처럼 그 수준에 맞춰야 된다고 생각됩니다."

나종덕이 얘기하다가 여운을 남겼다.

"우리 회사에서는 이웃에 에이코나 푸른 세상, 하고는 같은 수준의 임금을 주면서는 못 맞춰 묵는데 이거 참 곤란합니다. 이들 아파트보다 임금을 적게 주면 우리 아파트가 이미지도 떨어질 것 같고……."

영구와 동료경비원들은 모두들 일자리를 잃을 수도 있겠다는 어수선한 기분으로 막바지 근무를 하다가 드디어 아파트경비원들의 면접을 보기 위한 날이 밝았다. 여느 때와 같은 모습으로 이영곤이 자전거를 타고 오고 있다.

"강군아, 드디어 오늘 우리 면접 보는 날이다."

"형님, 맞네요. 오늘이 면접 보는 날이네요."

이영곤은 면접에 떨어져도 괜찮다고 말은 했으나 새로 지은 아파트라서 근무환경이 쾌적해 연장근무를 바라는 눈치였다.

"형님, 우리 모두 다 같이 연장근무로 갔으면 좋것는디 어째 기분이 쓸쓸합니다. 우리 모두 새로 오는 사람들과 면접을 봐야 한다 하이, 기존근무자들이라서 연장근무를 할 수 있다고 보장된 것이 아니랍니다."

"강군아, 내사 면접에 떨어져도 아무 걱정 없다이. 몇 달 쉼서 실업급여나 타 묵고 놀다가 심심허믄 아무 디나 들어가믄 된다."

"형님, 실업급여를 한 번도 타지 않았습니까?"

"그럼."

"얼마나 탈 수 있는지요?"

"10년 넘었으이 8개월 정도는 될기라."

"한 달에 얼마씩 받을 수 있습니까?"

"한 달 월급 정도라 하더라."

"형님, 나는 집에 갔다가 점심 묵고 나올 랍니다."

"그래, 어서 들어가서 좀 쉬다가 오레이. 오후 2시 알고 있제."

"예, 알고 있습니다."

오후 2시가 가까워져 오자 사람들이 모여들기 시작했다. 도시개발소속과 2단지와 4단지에 근무를 했던 동료 경비원들도 미리 연장근무를 포기한 오영환 한 사람 외에는 9명 전원 참석했다. 2단지와 4단지에 똑같이 경비원은 반장 포함 5명 그리고 미화원도 반장인 남자 한 사람 포함 5명씩 총합계 20명씩 경비원과 미화원을 인선하는 면접이 시작된 것이다.

경비원을 지원한 사람들이 40여 명쯤 면접을 보러 왔다. 다들 정보를 어떻게 알고 왔는지 여자환경미화원면접자도 15명 정도다. 경비실 접수는 십여 명 정도였지만, 인터넷으로 접수했다. 남자와 여자들이 따로

3~4명씩 짝을 지어 누가 뽑힐 것이다. 나이가 많으면 뽑히기가 힘들다는 등, 각자 판단하기에 바쁘다. 자연스럽게 영구와 같은 분야에서 근무했던 동료 경비원들도 나무그늘 아래 모여들었다. 어떤 사람들이 뽑히게 되고 누구는 안 될 것이라고 이미 확정이나 된 것 같은 분위기다.

영구가 허영식을 불렀다.

"형님, 분위기를 봉게 다들 침통한 분위기네요. 형님은 우리 식구들 중에 누가 뽑힐 것 같으요?"

"아무래도 자네 같은 젊은 사람들이 안 되것능가? 우리 식구들 중에는 영구자네하고, 전반장이 그리고 이창복씨하고 김안근씨가 뽑힐 것 같고 어쩌면 반타작도 힘들다고 생각하네."

전반장이 관리소 직원의 면접이 있는 날도 참석해서 영구와 같이 면접을 보는 자리도 배치하고 도왔다. 서울에 나종덕팀장과도 친분을 쌓았기 때문에 동료경비원들이 반타작 이상은 할 것이라고 기대를 하는 눈치였다. 전반장이 얘기했다.

"나팀장에게 여러 번 말 했습니다. 우리 현장에 동료들이 그동안에 수고도 했고 아파트에 모든 구조도 다 알고, 아직 몇 달 동안 남아 있어야 할 현장사무소직원들도 다 알며 아파트의 형편을 다 아는 사람들이어야 업무가 잘 돌아간다고 알아듣게 얘기를 했으니 기대를 갖고 기다려 봅시다."

전반장의 얘기에는 '다'라는 단어가 되풀이됐다.

2단지 김창남소장이 다들 면접장으로 들어 와서 대기하라고 한다. 나종덕팀장이 간단한 인사를 했다.

"먼저 경비원부터 면접하겠습니다. 호명하는 분들은 한번에 4명씩 안으로 들어오십시오."

경비원들의 면접이 끝나고 미화원들의 면접이 시작되었다. 집현면에 산다는 금산에서 아파트 청소 일을 하는 여자도 앉아서 차례를 기다렸다.

　드디어 오늘이 8월 7일 영구가 공사현장에서 마지막 근무를 하는 날이다. 오늘까지 결과를 기다려 봐야 누가 연장근무를 할 수 있을 것인가를 알 수 있다. 만약에 아파트경비원으로 뽑히지 못한다면 오늘 밤과 내일 아침까지 근무하고 이불 보따리를 싸서 집에 가야 한다. 강영구와 이영곤이 얘기를 주고받았다.

　"형님, 드디어 오늘이 마지막 근무 날입니다."

　"그렇게 말이시."

　이영곤이 짧게 대답했다.

　"나는 하루 더 해야겠네. 나는 8일 날까지 근무를 해야 하는 날이네."

　"오늘 발표 하는 날인디 몇 시쯤에나 연락이 올까요?"

　"모르제."

　이영곤은 겉으로 보기에는 아무렇지도 않은 것처럼 보였으나 연장근무가 어렵게 되어가고 있음을 직감하고 실망하는 빛이 역력했다.

　"형님, 일단은 집에 가서 기달리씨요."

　"그렇게 해야겠다이."

　"형님, 내일 만납시다."

　"그래, 수고해라이."

　이영곤이 체념하듯 집으로 돌아갔다.

　어쩌면 마지막 근무가 될지도 모르는 하루해가 뉘엿뉘엿 서쪽을 향해 갈 무렵, 썰렁한 경비실에 홀로 앉아 잡념에 빠진 영구의 스마트폰이 요란하게 우는 소리에 전화를 받았다.

"강영구씨 휴대폰 맞습니까?"

"예, 맞습니다."

"서울에 가나산업입니다. 강영구씨 축하합니다. 주민등록등본 한 통과 통장사본 준비 하셔서 해맞이 아파트 2단지 경비실로 8월 10일 출근하여 주십시오."

전화기에서 아리따운 목소리인 젊은 아가씨 음성이 들려왔다. 영구가 일단은 안도의 긴 호흡을 하고 나서, 다른 사람들은 어떻게 되었는지 궁금해졌다. 다른 동료들에게 전화를 해보기 위해 스마트폰을 꺼내려다 말고, 왠지 망설여진다. 영구가 먼저 전화를 해서 물어보기가 분위기가 좋지 않을 것 같아 기다려 보기로 했다. 한참 지난 후에 다시 또 전화벨이 울린다. 이번에는 전반장에게서 오는 전화였다.

"강샘님, 연락받았습니까?"

"예, 좀 전에 받았습니다. 전반장님은 어떻게 되었습니까?"

"나야 합격했지만, 그러잖아도 내가 궁금해서 확인하고 있습니다."

"누구누구 뽑혔나요?"

영구가 궁금해서 전창진반장에게 물었다.

"다 떨어지고 강샘님 하고 이창복씨만 뽑혔습니다."

"그래요, 다른 사람들한테 미안해서 어떻게 합니까?"

"강샘님, 우리가 그걸 어떻게 합니까? 어쩔 수 있습니까? 할 수 없는 거죠."

"전반장님은 2단집니까? 4단집니까?"

"나는 4단지입니다. 강샘님은 어디입니까?"

"여기 이 자리 2단집니다."

"이창복씨도 2단지라 합디다."

전창진반장과의 통화가 끝나고 영구가 생각에 잠겨 본다. 아무래도 기존현장에 근무했던 사람들이 업무파악이나 일하기가 수월할 텐데 물갈이를 단단히 했구나 싶다.

해가 지면 달이 뜨고 다시 또 해가 떠올라 어둠은 물러가고 새날은 변함없이 온다. 이영곤과 그리고 같은 동료경비원들에게 무슨 죄나 지은 것처럼 미안했다. 아파트경비원으로 근무할 수 있는 것이 인생에 무슨 지표나 되는 것처럼 보였다. 다시 또 일자리를 찾으면 되는 일이건만, 이번에 연장근무에 실패한 동료들에게 무슨 말로 위로를 해야 하나 걱정하는 중에 날이 밝아 아침이 왔다. 이영곤이 마지막 근무를 하기 위해서 자전거 페달을 열심히 밟으며 다가오고 있다.

"형님, 어서 오십시오."

"강군, 니는 합격했다 하데."

"형님, 미안합니다."

"니가 멋 땜에 미안한가? 나는 하나도 안 서운하다. 오히려 속이 시원하다이."

"근무하는 밤새 형님이 출근하면 어떻게 대할까 하고, 고민했습니다요."

"머땜세 고민을 허냐?"

"형님은 오늘만 근무하고 보따리 싸야 하겠네요."

"맞다. 싸야제."

"어제 현장사무실 직원 말을 들어보니 내일 아침까지 안 하고 오후에 마쳐도 된다 하데요."

"응, 나도 그렇게 알고 있는기라. 어서 집에 가레이. 나는 이제 할 일도 없고 심심할 때마다 놀러 자주 오쿠마."

"형님 자주 놀러 오씨요."

영구는 어찌 됐거나 일생 처음인 아파트공사현장 경비원생활 4개월을 하면서 이영곤과는 24시간 격일제로 석 달 동안이나 교대바통을 주고받았던 사이라 아쉬움이 컸다.

이영곤과 마지막 근무 인사를 나누고 전창진반장과 허영식과 다른 동료들이 근무하는 세륜장이 있는 공사현장 출입구 쪽으로 내려왔다. 4단지에서 근무하는 이창복도 마지막 근무를 하고 내려왔다.

"영식형님, 김안근 씨랑 미안하게 되었그만요."

"이 사람아, 미안해할 것 없단 말이시. 자네들이 마음대로 했던 일잉가?"

우리들이 맘대로 하는 일이 아니니 미안해하지 말라고 허영식이 말했다.

"강영구씨하고 이창복씨하고는 술 한 잔 사면되지 뭐, 미안할 것 있습니까?"

"예, 내가 한 잔 사께요."

영구가 '술이나 한잔 사주라'는 김안근의 말에 한 잔 사겠다고 말하자, 이번에는 전창진반장이 도시개발소속 이영기반장이 송별주나 나누자. 하더라고 말했다.

"도시개발팀들은 아직 몇 달 더 근무할 것 같네요. 주택단지 터 닦기 공사가 아직 끝나지 않아서 말입니다. 그리고 도시개발 이반장이 오늘 저녁에 우리 경비원 팀에게 술 한 잔 산다고 했으니 저녁식사 하지 말고 6시까지 누렁이 감자탕 집으로 나오랍니다."

제22장

해맞이아파트에 경비원이 되다

영구가 해맞이아파트공사 신축현장에 약 4개월 정도의 경비원근무를
마쳤다. 드디어 새로 지은 신축아파트에 경비원으로 첫 출근을 했다. 같
이 근무할 이창복과는 같은 동료였지만, 나머지 세 사람은 어떤 사람을
만나게 될지 궁금했다.

여기 2단지 해맞이아파트는 영구가 일했던 곳으로 아파트구조와 시설
물이 눈에 익어서 맘이 편했다. 아침 7시에 출근하라 했지만 30분 일찍
출근했다. 공사현장에 일할 때 경비원 복장을 그대로 입었으니 바뀐 환
경이 하나도 없었다. 다만 오늘부터 입주할 아파트에 주민들을 대한다는
것만 달라졌다.

경비실 밖, 도로에 하얀색 아반떼 승용차가 서더니 한 남자가 내렸다.
영구가 바로 직감했다. 저 사람이 오늘부터 같이 근무를 하여야 할 사람
이구나. 직감이 갔다. 남자는 곧바로 경비실로 들어온다.

"어서 오십시오. 반갑습니다."

"반갑습니다. 오늘부터 여기에 근무할 임만조입니다."

"예, 저는 강영구입니다."

임만조가 영구의 경비원복 차림새를 보더니 의아한 표정이다. 자기가
생각할 때는 경비원들이 새로 뽑혀서 오는 줄로 알았던 것이다.

"강영구씨는 경비원복을 입고 있네요."

"나는 여기 공사현장에서부터 근무했던 사람입니다."

"아, 그러나요."

두 사람이 대화를 하고 있는 중에 챙이 둥그런 모자를 쓰고 어깨에는 가방을 메고 성큼성큼 걸어오는 사람이 있다. 엊그제 이력서를 들고 와 차단기가 있으면 경비원이 힘들다고 말했던 사람이다. 두 사람과 인사도 하기 전에 차단기가 있어 힘들겠구나, 라고 혼잣말을 하면서 먼저 경비원 제복을 입고 있는 영구에게 손을 내민다.

"반갑습니다. 우리는 구면입니다."

"그렇네요. 어서 오세요."

"임만조입니다."

세 사람이 악수하며 인사를 나눈 후 잠시 침묵이 흐르는가 싶더니 임성택이 입을 연다.

"반장을 잘 만나야 경비원들이 편한 것인데 누가 반장으로 올는지 궁금합니다."

임성택은 자기가 경비반장으로 정해져 있는 줄을 모르고 첫 출근을 했다.

"임만조씨와 임성택씨는 연배가 비슷하게 보입니다." 라고 영구가 말했다.

두 사람이 거의 동시에 69살이라 말한다.

"46년 개띠입니다."

"개띠 69살입니다."

"두 분 동갑이시네요. 성씨도 갖고요. 본관은 어디입니까?"

임만조가 먼저 나주라 하고, 이어서 임성택이 평택이라 했다.

"진주에서 가까운 곳에 어욱리라는 마을에 200여 가구가 전부 진주임씨 성을 가진 사람들만 사는 곳을 내가 압니다. 임씨 성을 가진 사람들이 본관이 참 많네요."라고 영구가 말하자 곧바로 임성택이 말했다.

"임씨 본관이 많습니다."

믹스 커피를 나눠 마시고 있는 사이에 또 한 사람이 자전거를 타고 왔고, 곧바로 또 한 대의 승합차가 오고 있다.

"이창복씨, 오늘 오라 하던가요?"

임성택이 물었다. 면접날에 상견례가 있어 오래 알고 지낸 사이처럼 보였다.

"소장이라고 하면서 전화가 왔던디요."

"이창복씨, 여기 두 분도 우리와 함께할 분들이랍니다."

영구가 소개했다. 경비실 안에 다섯 명이 돌아가면서 반갑습니다. 라고 인사를 하며 악수를 했다.

"저는 김정민입니다. 집은 선학산 밑에 살고요."

"아, 그렇습니까? 나도 선학산 밑에 삽니다. 김정민씨, 선학산 밑에 산 지가 얼마나 되었습니까? 그리고 우리 경비원 면접 봤던 날 못 본 것 같았는데 어찌 된 것입니까?"

"선학산 밑에서 오래 살았습니다. 20년도 넘게 살았습니다. 우리는 면접을 진주 고용센터에서 봤습니다."

임만조도 고용센터에서 면접을 봤다고 말했다.

"나도 고용센터에서 면접을 봤는디요."

"아, 그렇습니까? 면접을 몇 명이나 보러 왔덩가요?"

"우리는 4단지에서 25명 정도 사람들이 면접을 봤는디 기분이 좀 그러네요. 우리가 알기로는 7일 날 발표를 한다 해 놓고 그날 오후가 되도 아무런 연락이 없었거덩요. 알고 보이, 고용센터에서 따로 면접을 보고 있었네요."

"그날 면접 보러온 사람이 엄청 많았습니다. 80명 정도 왔습니다."

"그럼, 아파트경비원 10명 모집하는디 현장에서 면접 본 25명을 포함하면 100명이 더 왔으니 10대 1이 넘네요. 그런 거 보면 우리가 바늘구멍을 통과했네요."라고 이창복이 말했다.

"나는 30년을 선학산 밑에 도동을 떠나지 못하고 살았습니다. 그런디 우리가 오늘 처음 본 것 같아요. 선학산에 잘 안 다녀서인가요?"

강영구가 김정민과는 같은 동네 살면서 서로 알지 못했다고 했다. 김정민은 쉬는 날은 선학산에 매일 올라간다고 했다.

영구는 선학산에도 자주 못 올라갔다. 아파트공사현장에서 일하고 있었던 때는 시간이 없다는 핑계로 못 올라다녔으며, 쌍둥이 외손자들을 키울 때도 남들이 알아주지도 않는 글을 쓰고 영구 나름대로 시를 쓴다고 바빴다. 선학산에 올라가는 시간에 글쓰기라도 좀 더 하고 싶은 맘에 자주 못 올라갔다. 김정민과는 2~30년을 같은 동네 살면서 오늘 처음 만났던 것이다.

"24시간 경비일하고 다음 날은 뭐 할 일 있습니까? 오전에는 모자란 잠을 자고 오후 되면 선학산에 올라가서 커피 한 잔 마시고 놀다 내려옵니다."

"선학산에서 오백원 주고 마시는 커피가 맛있데요."

선학산 중턱에 아주머니가 파는 커피 맛이 좋더라는 얘기다.

다섯 사람이 서로 인사를 끝내고 커피를 마시고 있는 동안에 경비실 문을 노크하는 소리가 들린다.

"예, 들어오세요."

"관리사무소에 정주임입니다. 소장님께서 모두 오시랍니다."

5명이 소장실로 갔다. 관리소에는 조금 전에 심부름을 왔던 정주임과 강주임, 두 사람은 20이 갓 넘었을 듯싶고 김계장과 임과장, 유일한 홍일점 탁실장이 막 조회를 마쳤나 보다. 소장실에는 가운데 조그만 원탁이 놓여 있고 책상 위에는 관리소장 김창남이라는 명패가 놓여 있다. 다섯 사람이 들어가니 소장실이 꽉 찬다. 탁자 앞으로는 의자가 3개가 놓여 있다. 임과장이 의자 2개를 더 갖고 들어오더니 출입문 쪽으로 놓아준다. 김소장은 다섯 사람의 손을 일일이 잡아 주며 '반갑습니다.' 라고 인사를 했다. 곧바로 김창남 소장의 인사말 겸 훈시가 시작되었다.

"여러분들을 만나니 반갑습니다. 우리 해맞이아파트에 여기에 계신 5명과 미화원 5명, 관리직원 6명, 16명은 모두 같은 배를 탔습니다. 그중에 선장은 저 김창남이 맡았습니다. 우리가 새로 건조한 거대한 해맞이 2호라는 유람선을 이끌고 넓은 바다를 항해하기 위해 출발했습니다. 우리 유람선에는 각자가 맡은 임무가 있습니다. 기관장이 있으며 갑판장과 갑판원이 있습니다. 1천여 가족을 태운 우리 유람선이 무난하게 항해를 하기 위해서는 선장을 비롯해서 갑판원 모두가 한마음 한뜻으로 일사분란하게 움직여야 하고 손발이 척척 맞고 호흡이 잘 맞아야 합니다. 우리는 유람선에 6백여 가족 승객들의 안전을 위해서는 각자가 맡은 바 임무에 한 치의 소홀함이 있어서는 아니 될 줄로 압니다."

첫 인사말이 그럴듯한 명연설이다. 훈시가 이어지는 동안에 임과장이 쟁반에 커피를 받쳐 들어왔다.

"우리 사무실에는 아직 차 종류는 커피뿐이라 똑같이 커피를 가져왔습니다." 하면서 놓고 나갔다. 김창남소장의 훈시는 다시 계속된다.

"우리 해맞이 2단지 경비원은 5명입니다. 그중에 반장님은 나이가 제일 많고 또 아파트경비원 생활을 15년 가깝게 경험한 임성택씨로 결정했습니다. 임주사님과 김주사님, 그리고 이주사님과 강주사님은 임반장님과 같이 손발을 잘 맞춰야 합니다. 반장님을 통해 사무실에서 업무를 전달할 것입니다. 그리고 원래는 후문경비실에도 근무자를 배치하기로 하고 경비원을 모집은 했으나, 우리 아파트 특정상 업무적 일이 많기 때문에 후문 경비를 당분간 하지 않기로 결정되었습니다. 다음은 근무 형태를 말씀드리겠습니다. 당분간은 반장님 포함해서 정문에서 세 사람씩 근무합니다. 반장님은 주 5일 12시간 낮 근무만 하시고 반원들은 24시간 격일제입니다. 오늘은 강주사님과 임주사님이 한 조가 되어 근무를 하십시오. 내일 아침 07시부터는 김주사님하고 이주사님이 24시간 격일제로 근무하시면 되겠습니다. 그리고 오늘부터 아파트 주민들의 입주가 시작됩니다. 이사 차량은 아침 10시부터 오후 4시까지 허용됩니다. 우리가 주민들의 이사가 끝나는 10월까지는 정신 차려야 합니다."

첫날 첫 훈시라서 전달 사항도 많아선지, 김창남관리소장의 훈시가 길어지고 있다.

"서울 본사에 나종덕팀장님께서 10시쯤에 근로계약서를 작성하러 올 것입니다. 강주사님하고 임주사님은 오늘 근무를 하시고 김주사님하고 이주사님은 조금 기다렸다가 근로계약서를 작성하시고 가십시오. 그리고 내일 오실 때 등본 한 통 하고 통장사본 한 통 떼어 오시기 바랍니다. 반장님은 잠시 남아계시고 다른 분들은 나가셔서 업무에 들어가시기 바랍니다."

4명은 경비실에 다시 모였다.

"아파트경비원 10년 가까이했지만, 근로계약서는 한 번도 안 써봤는데 어떻게 써야 하는가요."

김정민이 말했다.

"나도 아직까지 근로계약서를 써본 일이 없는디 어떻게 써야 하는지 모르것능거라요. 누가 근로계약서 써 본 사람 있습니까?"

이창복의 질문에 아무도 근로계약서를 써 본 적이 없다고 했다. 영구만 빼고는 아파트경비원을 했던 경력이 있었다. 다들 길게는 10년 짧게는 5년씩 아파트경비원과 다른 현장에 경비원 생활을 했지만, 업주 측과 근로계약서를 작성해서 한 부씩 가져본 적이 없다고 말했다.

기존 아파트들은 용역회사에서 관리하지 않고 아파트 자체에서 관리하는 형태다. 관리사무실에서 경비원들이 해야 할 업무지시를 받기 위해 사무실에 남아 있던 임 반장이 경비일지, 택배대장과 다른 업무지침 공문들을 한 아름 안고 들어왔다.

"앞으로 정말 골머리 아프게 생겼습니다. 오늘은 이사 오는 세대가 두 가구뿐이지만 내일부터 본격적으로 입주가 시작되면 우리 모두 욕보게 생겼습니다." 라고 미처 얘기가 끝나기도 전에 임과장이 들어오면서 책상 위에 놓여 있는 차단기 레버, 비상호출기, 무선호출기, 차임벨, 비상마이크, CCTV 등 10여 종이나 되는 기계장치의 조작법을 가르쳐 주겠다고 했다.

임과장은 제일 신경 써야 할 일이 차량출입을 할 수 있도록 차단기 레버를 올려주고 내려주는 조작법이라고 했다. 왼쪽 버튼이 차단기를 올려주는 것이며 오른쪽 버튼이 내려주는 것이다. 왼쪽 아래 레버를 위로 제쳐 놓으면 차단기가 올라가서 안 내려오는 것이며, 오른쪽 레버를 위로 제쳐 놓으면 차량체크박스에서 자동인식을 하고, 차량이 들어오면 자동으로 차단기가 올라갔다가 차량이 지나가고 나면 자동으로 내려온다고 했다.

다른 기기들도 교육을 받는 중에 나종덕팀장이 헐레벌떡 들어왔다. 손목시계를 들여다보면서 서울에서 급한 일이 생겨서 빨리 올라가야 하니 여러분들이 협조를 해주어야 한다면서 근로계약 서류를 한 장씩 나누어 줬다.

"여기에 써진 대로 동의하면 체크를 해 주고 서명해 주시면 됩니다, 빨리 작성해 주십시오."

다시 또 재촉한다.

"저가 바쁜 일이 생겼습니다. 아주 급합니다. 서울에 본사에 지금 곧바로 올라갈 일이 생겼습니다. 빨리 좀 부탁합니다."

영구는 맘속으로 팀장이 바쁜 일이 있는가보다. 바쁘면 다음에 작성하면 될 일인데 하필 급한 일이 있는 오늘 꼭 작성하려고 하나, 의아해하다가 다시 생각을 바꿔 본다. 하긴, 진주라 천릿길이라고 예부터 말이 있지 않은가. 오늘 계약서를 작성을 못 하면 다시 또 내려오기 번거로울 거야, 우리가 협조해야지 얼른 나팀장이 원하는 대로 작성을 해서 빨리 올라갈 수 있도록 협조를 해 주자고 맘을 다잡았다. 문항들의 내용이 이해가 되지 않았다. 그렇지만 각 조항에 O 표를 했다. 눈에 들어오는 건 월급여는 145만 원이라고 씌어 있는 것뿐이다. 아무리 바빠도 이건 잘못되었다 싶다. 질문하려는데 나 팀장이 또 재촉했다.

"빨리 좀 부탁합니다. 빨리 좀 써 주십시오."

어느새 임반장은 작성을 했는지 나팀장에게 근로계약서를 건네고 있다. 다른 반원들이 쓰고 있는 계약서를 들여다보다가, 김정민의 계약서를 대신 작성해서 나팀장에게 제출했다. 임만조가 그리고 이창복도 근로계약서를 제출했다. 영구만 남았다. 휴식시간은 점심 저녁 한 시간씩 야간 수면시간 4시간이라는 글귀가 눈에 들어온다. 오래 시간을 끌고 있다가는 나팀장에게 미운 오리새끼라도 되는 날이면 자기만 외톨박이가 되고 나중에는 무리에서 쫓겨나게 된다는 생각에 이른다.

영구가 질문하고 시간을 끌게 되면 나팀장을 낭패에 빠뜨리게 된다는 맘이 들었다. 작성한 계약서를 다 읽어 보지도 못하고 건네주고 말았다. 나팀장은 협조해줘서 고맙다는 짧은 인사를 남기고 경비실을 급하게 빠져나갔다. 다들 멍하니 서로의 얼굴만 쳐다보다가 임성택반장이 말문을 연다.

"번갯불에 콩 꾸묵는 계약서는 처음 써 본다."

"급하다고 재촉을 하니 글자도 안 보이고 무슨 말인지도 모르고 반장님이 써 줘서 근로계약선가 멍가를 써냈지만, 네 참 그래도 그렇지, 무슨 일이 그렇게 급한 일이 생겼을까요."

김정민의 넋두리에 임반장은 나팀장의 바쁘다 급한 일이 생겼다 하는 일은 다 쇼라고 말했다.

"김주사, 나팀장이 정말 급한 일이 생겨서 그런 줄 압니까? 계약서에 써진 임금과 여러 가지 조건들을 회사 위주로 써져 있지 않던가요. 나종덕팀장의 급하다고 재촉하는 것은 우리들의 질문을 막으려는 하나의 작전이지요. 다시 말해 나팀장이 쇼를 부린 거랍니다."

"임반장님은 계약서에 내용들이 무슨 내용인지 읽어 봤습니까? 내사 하나도 못 읽어 보고 뭐라고 써져 있었는지 하나도 생각도 안 나네요."

이창복의 넋두리다. 임반장이 다시 말을 잇는다.

"다 읽어 봤지요. 월급은 145만 원이데요. '푸른세상' 아파트에 임금과 같은 줄로 알았잖아요? 주당 근로시간, 휴게시간, 등 다 읽어 빘는디요. 원래는요, 근로자가 자유로운 분위기에서 계약서를 작성해야 헙니다. 아무런 부담감을 주어서는 안 되며 근로자가 이해가 되지 않는 문구는 얼마든지 질문을 할 수 있어야 하며, 근로계약서도 두 통을 작성해서 근로자가 한 통, 업주 측에서 한 통씩 나누어 가져야 한다고 근로기준법에 명시되었습니다."

"나도 회사생활 30년을 하고 퇴직하고 했지만 이런 계약서는 처음 써 봤습니다. 세상에 계약서를 써놓고 읽어보지도 못한 법이 어디 있습니까? 진주에서는 내로라 허는 아파트라 월급이 155만 원인 줄 알았는데 145만 원이네요."

가만히 듣고만 있던 임만조가 한마디 거드는 말이다. 이번에는 이창복이 임반장에게 물었다.

"임반장님은 어떻게 그리 잘 아십니까?"

"나요, 한때는 잘 나가는 회사에 상무까지 했습니다. 그리고 아파트와 건물, 공사현장경비원생활 15년을 했습니다. 척 하면 삼척잉기라예. 나팀 장이 급한 일이 생겨서 바쁘게 서두는 것은 연극이라는 것을 먼저 알았 답니다."

임반장의 얘기는 계속해서 이어졌다.

"요즘 용역회사들이 얼마나 악랄한지 모릅니다. 세 살 먹은 아이들도 다 알 수 있는 거 아닙니까? 김주사하고 임주사는 좀, 미안합니다만 절 대로 오해는 하지 마십시오. 두 분은 장애자로 등록되어 있는 것 맞지 요?"

임창복과 김정민이 고개를 끄덕인다.

"국가에서는 장애자를 고용하는 업체에는 50%의 임금을 지원해 주거 든요. 가나라는 용역업체에서는 김주사와 임주사의 임금을 50%를 국가 에서 지원을 받고 있답니다."

이날 해맞이아파트경비원으로 첫발을 내딛고 어찌했던지 근로계약서 까지 작성했으니 이제는 경비원으로서 소임을 다 해야 할 일만 남았다. 하지만 영구 맘은 꺼림칙했다. 근로계약서를 난생처음 써보면서 나팀장 의 요구대로 따라 주는 것이 잘못되었구나, 하는 맘이 떠나질 않는다. 면면히 세밀히 꼼꼼하게 내용을 읽어보고 불리한 조건을 따지고 물었어 야 옳았다.

우리나라 근로자 중에 제일 힘 약한 아파트경비원으로서의 한계를 느 끼게 하는 일이었다. 제아무리 근로기준법에 기준이 되는 법이라 하지 만, 최저임금도 못 받는 힘 약한 자에게는 이런 불리한 조건이라 해서 따지기라도 하면 당장 채용을 거부당하게 된다는 현실이 슬픈 일이다.

울며 겨자 먹기로 근로계약을 체결했던 사람이 비단 영구 한 사람뿐이겠는가. 이번에 2단지와 4단지에 경비원들과 미화원들 모두 20명이 넘는 사람들이 모두 근로계약을 불공평하게 맺은 것이 사실 아닌가. 한편으론 경비원들에게 근로계약서를 형식적으로나마 쓰게 했던 것은 용역업체가 일선 아파트와 관련되고부터는 고용노동부에 감사조항에 포함된 것이라는 임성택의 얘기다.

"옛날에 용역업체에서 아파트경비원을 손대기 전에는 일반 아파트에서는 경비원이 근로계약서를 주고받은 일은 없었답니다."

임반장의 설명에 다들 한동안 말이 없다. 다시 임반장이 얘기를 이어 갔다.

"이주사와 김주사는 집에 가시고 주민등본 한 통 하고 통장사본 준비해서 내일 출근 하십시오."

반장으로 임명받은 임성택이 김정민과 이창복에게 집에 가기를 권하다가 출퇴근 교대시간을 정하자고 했다.

"관리사무실에서는 출퇴근 교대시간을 07시라고 정해 있지만 교대시간은 어디를 가도 경비원들이 정하는 것이니 여러분들이 시간을 정해 보시지요. 내 맘 같으면 교대시간을 30분 정도 앞당겨서 6시 30분 정도 맞추면 좋을 것 같습니다."

김정민과 이창복이 거의 동시에 그렇게 하자고 고개를 끄덕인다. 임반장이 임만조와 영구를 쳐다보며 물었다.

"강주사하고 임주사는 어떻게 했으면 합니까?"

"나도 그렇게 하면 좋겠습니다."

임만조도 동의했다.

"그라믄 우리 교대시간은 아침 6시 30분까지입니다. 임주사하고 이주사는 집에 가시고 내일 아침에 6시 30분까지 나오십시오.”

드디어 해맞이아파트에 경비원으로 첫 근무가 시작되었다.

“강주사하고 임주사, 우리 서로 맘을 맞춰서 잘해봅시다. 오늘은 이
사하는 입주자가 두 세대뿐이지만, 내일부터는 본격적으로 이사를 오는
입주자가 많아진답니다. 여기 출입차량기록대장에 차량번호와 방문목
적, 차종 이런 것들 기록을 해야 한답니다.”

내일부터는 입주가 본격적으로 시작되게 되니 가전제품을 실은 차량
과 가구를 배송하는 차량과 입주청소를 맡은 차량과 이사를 준비하는
차량이 쉴 새 없이 드나들기 시작할 것이니 긴장을 늦추지 말자고 임성
택반장이 당부했다.

첫날 입주자의 이삿짐 트럭이 들어왔다. 임만조는 출입구에서 승용차
들은 지하 주차장으로 안내하고 영구는 가전제품이나 가구를 싣고 오는
차량에 관한 기록들을 차량출입대장에 기록했다. 임반장이 출입하는 차
량을 확인하고 차단기를 열어 주고 내리느라 바쁘다. 승용차 한 대가 지
하주차장으로 들어가지 않고 201동 쪽으로 들어갔다. 호루라기를 불어
대지만 그냥 들어가 버린다. 임반장은 영구에게 빨리 뛰어가서 지하주차
장으로 유도하라고 했다.

“아저씨, 우리 아파트는 지상에는 차를 주차하거나 운행을 하여서는
아니 됩니다.”

“잘 알고 있습니다.”

“아니, 잘 알고 있다니요?”

“청소하는 아줌마들을 잠깐 내려 주기 위해 들어 온 것입니다.”

“아저씨, 어떠한 일이 있어도 지상에는 차를 세워서는 안 됩니다.”

김창남소장은 어떠한 일이 있어도 이삿짐에 관련된 차량 외에는 지상에 주차를 못 하게 하라는 엄명을 받았다.

실랑이가 길어질 조짐이 보인다.

"아따, 그 아저씨가 금방 나갈 것인데 말씀이 많으시네."

"청소하는 아줌마들을 내려 주셨으면 어서 나가셔야죠."

"아줌마들한테 오늘 할 일을 알려 주고 가려 합니다."

"차를 지하 주차장으로 옮겨 주시고 올라가십시오. 차가 지하주차장으로 가기 싫으면 밖에 주차하고 오십시오."

"아저씨, 내일 입주할 집에 청소 일만 시켜 놓고 갈 테니 염려 마시라니까요."

입주청소를 시키기 위해 청소하는 아주머니들을 태우고 온 청소업체 사장은 경비원의 말을 무시하고 아파트 안으로 올라가 버린다. 영구가 경비실로 돌아와서 청소업체 사장이 자기 말을 듣지 않는다고 얘기하자, 임반장은 영구에게 경비실 안의 업무를 맡기고 201동 쪽으로 달려갔다.

영구는 앞으로 근무하는데 스트레스를 좀 받겠구나 하는 맘이 들었다. 전자제품과 가구를 실은 차량이 계속 들어온다. 임만조는 일일이 어느 동에 가느냐? 차에 싣고 있는 물건이 무엇인지를 묻고, 영구에게 차단기를 열어 달라는 신호를 보냈다.

제23장

첫날부터 받은 스트레스

경비반장인 임성택이 나가봤지만, 청소업체 사장은 경비원들의 지상에 주차하지 말고 지하주차장으로 옮겨 달라는 주문을 묵살했다. 통행에 방해되지 않는데 나이 먹은 늙은 영감이 융통성이 없이 굴고 있다며 임반장의 화를 돋웠다. 결국은 임반장은 관리사무실에 응원을 청할 수밖에 없었다. 김영수계장이 나오고 고성이 오간 후에 청소업체 사장은 씩씩거리면서 차를 몰고 나왔다. 영구는 재빠르게 차단기를 열어 주었다. 자기에게 시비를 하지 않고 바로 나가게 하기 위해서다. 청소업체 사장은 그냥 지나가려다 말고 멈추곤 운전석 차창 밖으로 머리를 내밀었다. 경비실 쪽으로 쳐다보며 큰 소리로 고함을 쳤다.

"내가 이 아파트에 그냥 놀러 오는 사람이냐? 대천바닥처럼 넓은디 조그만 차 한 대를 잠깐 세운다고 아파트가 무너지기라도 하는가? 입주자의 부탁을 받고 오는 사람들에게 이 사람 저 사람이 쫓아와서 뭐라고 잔소리를 해야 하겠어."

아예 반말이다. 청소업체 사장이 가고 난 후, 임반장이 뭐라 중얼거리면서 경비실 문을 열고 들어온다. 임반장을 쳐다보고 있는 동안에 검은색 승용차가 빠아앙 경적을 울려 댄다. 영구가 깜짝 놀라며 차단기를 재빨리 올렸다. 경비실 쪽을 쳐다보며 뭐라고 할듯하다가 그냥 지나간다.

임반장은 영구를 쳐다보면서 넋두리를 했다.

"그놈이 나이도 한참 젊은 놈이 나 보고 융통성이 없는 영감이라고 내가 참 기가 찬다."

영구가 한마디 거들었다.

"그 사람이 얘길 해도 안 통하데요."

"그놈은 말끝마다 영감이라고 반말 비슷하게 하면서 주민들이 통행에 방해되느냐? 잠깐이면 되는디 꽉 막힌 영감이라면서 차를 빼주려고 하지 않고 계속 약만 올리능기라예."

"그러믄 관리실 소장님에게 쫓아갈 것 아닙니까예?"

"그렇잖아도 관리소에 쫓아갔더니, 소장님이 김계장에게 가보라 하는 거라예."

"아, 그러셨네요."

임반장과 얘기를 하면서도 영구는 두 눈은 차단기 쪽을 쳐다보면서 긴장하고 있다. 임만조는 가구, 전자제품, 차량들을 세우고 차량대장에 무엇인가를 열심히 기록을 하고 임반장은 계속해서 청소업체 사장과 실랑이했던 얘기를 이어갔다.

"김계장이 하는 말을 처음에는 듣는척하다가 냅다 소리를 지르능기라. 김계장도 맞고함을 지르고 둘이서 이놈 저놈 헛손질을 해대는 거야. 결국 제 할 일 다 하고 가더라니깐."

임반장이 아직도 화가 덜 풀린 듯했다.

"그 사람이 나가면서도 나보고 한소리하고 나갔습니다."

"강주사에게 뭐라 했나요?"

"잠깐이면 되는 일인디 이 사람 저 사람 쫓아 와서 그런다고, 고함을 질러대고 하는 것을 한마디 하고 싶었지만 그냥 가시라고 했습니다."

"아파트 안이 넓은데 지상에 차를 잠깐 세우는 걸 융통성이 없다고 허능기라요."

임반장이 아직 분이 풀리지 않은 듯 씩씩거렸다.

"김계장은 스트레스 때문에 못하겠다고 그만두어야 하겠다고 합디다."

"젊은 사람이 오죽하면 그러겠습니까?"

임반장은 자기가 성질이 많이 급하다고 말한다.

"강주사, 내가 성질이 엄청 급해요. 내가 다른 데서도 오래 근무를 못하고 자주 쫓겨나고 있는 이유가 다른 것이 아닙니다. 주민들하고 싸운다는 이유로 해고당하곤 합니다. 주민들에게 아무리 좋은 말로 해도 말을 안 들으니 소리가 커지고 안 좋은 소리가 나오고 그런 거 아닙니까? 무조건 경비원은 주민들에게 대들어서는 안 되며 뺨을 때려도 참아야 한다고 하니 그렇죠. 그런디 우리 보고는 차량들을 지상에 주차하지 못하게 하지만 경우에 따라서는 잠깐 주차를 하고 볼일을 보게 해야 헙니다. 무조건 지하로 들어가라 허이, 우리 같은 경비원만 힘들지요. 폐 가구 못 내놓게 해라. 그리고 제일 곤란할 때가 아래층에서 위층에서 소리 난다, 소리 나지 않게 해 달라고 경비실에 전화가 오지 않아요. 이럴 때는 바로 경비원만 죽을 맛이지요. 경비원은 주민이 신고가 들어오니 할 수 없이 위층에 소리를 줄여 달라 하면 노발대발합니다. 이런 일로 빌미가 되어 결국은 그만두고 나오니 다른 데 갈 곳이 없어 일 년도 넘게 놀았습니다."

임반장이 말하는 경비원의 애로사항 얘기는 긴 연설문 같았다.

영구가 왜 놀았느냐고 물었다.

"다른 디 아무 디나 일을 하지요. 왜 놀았습니까?"

"아파트경비원도 젊은 사람 쓰려 하지 늙은 사람 쓰려 합니까? 우리 같은 사람은 취직하기 하늘에 별 따기랍니다."

"그래요, 반장님 말씀이 맞아요. 이번에 우리 아파트 경비원 10명 뽑는디도 100명도 넘게 온 걸 보면 짐작이 가네요."

"나는 칠십 나이에 여기서 나가면 다른 디는 못 간다고 생각합니다. 그렇기 때문에 여기서 될 수 있는 대로 몇 년 버텨야 합니다."

임반장은 나이가 칠십이라 취직하기가 힘들다고 얘기했다. 여기 해맞이 2단지 아파트에 오기 전에는 몇 달을 실업자 신세로 집에서 놀다 보니 병이 날 지경이었다고 말했다.

첫날, 첫 근무를 하는 경비원들은 청소업체 사장에게 스트레스를 받았지만, 시간은 지나가고 있었으니 점심때가 되었다. 임반장은 임씨와 영구에게 점심을 먹고 쉬었다가 오후 1시에 자기와 교대하면 1시부터 2시 사이에 점심을 먹고 쉬겠다고 했다. 처음 경비원을 모집할 때만 해도 후문경비실에도 근무자를 배치하려 했던 계획이 변경되고 경비원들의 식사와 수면을 취하는 공간으로 사용하게 되었다. 경비원들에게는 식사와 수면을 할 수 있어 경비원들에게는 훌륭한 휴게공간이었다.

강영구와 임만조에게 점심시간 한 시간을 쉬고 오라며 임반장이 재촉했다.

"임주사와 강주사는 점심식사 하고 1시까지 쉬었다 오이소. 점심시간은 임금이 계산되지 않은 우리들의 자유시간이랍니다."

후문 경비실에도 정문경비실처럼, 각 동에 엘리베이터, 현관 입구와 지하주차장을 비춰주는 CCTV와 비상차임벨, 비상호출시스템들, 이름 모를 시설물들이 정문경비실처럼 설치되어 있다. 그 외에 경비원들에게 필요한 수면이나 휴식을 취할 수 있는 시설물은 하나도 없었다.

임만조가 중얼거렸다.

"오후에는 한 사람은 저녁에 잠잘 수 있는 자리를 만들어야 허는디…."

"별 수 있나요? 지하에 가서 스티로폴 두 장 들고 올랍니다."

임만조가 영구의 나이가 궁금했는지 나이를 물어본다.

"강씨는 지금 몇 살이요."

"몇 살로 보입니까예?"

"처음에는 우리 하고 비슷하겠다고 봤습니다만, 자주 보이 우리보다는 나이가 적어 보입니다."

"나는 52년생 용띠입니다."

"용띠라, 용띠면 지금 몇 살이더라."

"64살입니다."

"나는 전에 말 한대로 69살이요."

처음 봤을 때는 자기와 같은 나이쯤 되겠지 했다가, 자주 얼굴을 대하니 나이가 좀 더 들어 보이긴 했으나, 두세 살 적어 보이기도 해 확실히 알고 싶었다.

영구는 같은 근무 조로 하루걸러 24시간 같이 생활을 해야 할 사람이고 나이도 다섯 살이나 많으니 임만조에게 형님이라고 부르겠다고 했다.

"예, 예순아홉 개띠라고 했잖아요. 나보다 두서너 살 많을 줄 알았습니다. 앞으로 형님이라 부르겠습니다. 말씀도 낮추십시오."

임만조가 형님은 무슨 형님이냐고 한다.

"형님은 무슨 형님이라고, 다 같이 경비원으로 근무하는 형편인디."

"형님, 우리가 잠은 자야헝게 스티로폴이라도 갖다가 깔고 자기로 헙시다."

"하면, 앞으로 본격적으로 이사를 들어오면 버리는 전기장판도 나올 거야요. 뭐든지 눈여겨보다 쓸 만한 것들은 주워와야겠어요. 그래도 우리로서는 참 다행스런 거라. 다른디 같으믄 경비실이 한 평도 안 되는 디서 책상 놓고 의자 하나 들여놓으면 틈이 없는디 여기는 경비실이 호텔처럼 넓고, 마침 후문경비실을 우리가 사용할 수 있으이 얼마나 좋나."

임만조는 처음은 존댓말로 시작했다가 친구에게 말하듯 했다.

"다른 아파트는 좁은 공간에서 잠자기도 곤란하다는 말을 들었구만요."

"그럼, 요즘 새로 짓는 아파트는 경비실이 넓지만 오래된 아파트들은 모두 다 같다 아니가. 택배 몇 개 받아 놓으믄 아무리 애를 써도 다리 뻗고 잠잘 수 있는 공간은 없능거라. 그야말로 불쌍하지요. 의자에 앉아서 새우잠을 잘 수밖에… 다리도 오그리고 자야 허능기라."

첫날 근무에 우왕좌왕하기도 했고 이리저리 뛰어다니면서 스트레스를 받기도 했지만, 임반장은 퇴근할 준비를 하고 있다. 내일만 근무하면 모레는 토요일이라 일요일까지 쉬는 날이라고 한다. 경비반장은 12시간 근무하고 토, 일요일 휴무며 그리고 공휴일도 쉰다.

"임반장님, 좋으시겠습니다. 내일만 근무하면 이틀 동안이나 쉬네요."

"강주사요, 나랑 바꿀랍니까? 경비반장 월급은 당신들보다 적습니다. 10만 원 차이도 더 날 걸요."

임반장은 근무시간이 적어 월급이 적다고 했다. 경비일지를 들고 사무실에 소장님에게 결재를 받아야 한다면서 나간다. 경비반장이 하는 일은 아침에 출근하면 관리실에 직원들이 출근하기를 기다렸다가 관리소장에게 전날 근무상황 근무일지를 결재를 받고, 그 날의 업무를 지시사항을 전달받아와 경비원들에게 전달한다. 입주했던 세대를 기록해 보고하고 내일 이사할 계획표를 전달받아 오는 임무다.

임반장이 사무실에서 내일 있을 입주세대 계획서를 들고 들어오며 내일부터는 욕보게 생겼네. 라면서 입주계획표를 영구와 임씨에게 내밀었다. 각 동 라인별로 꼼꼼하게 적혀 있었다.

"이것 좀 보세요. 내일 이사 올 집들이 이렇게 많습니다. 내일부텀 철저하게 지상에 차를 세우지 못하게 하랍니다."

얘기를 끝낸 임반장이 겉옷을 벗더니 샤워를 하고 집에 가겠다며 팬티
만 입은 채 화장실로 들어갔다.

샤워를 다 마친 임 반장은 퇴근을 위해 평상복으로 갈아입고 나갔다.
경비실 밖에서 나가는 차량을 손을 들어 세우고 도동 방면으로 안 나가
느냐고 물었지만 그냥 지나가 버린다. 임반장이 원하는 방면으로 나가는
차량이 마땅히 없다. 승용차는 붙잡고 태워달라는 말을 못 하겠다고 했
다. 가구나 전자제품을 배송하고 나가는 화물차라야 태워달라고 얘기할
수 있는데, 그냥 지나가 버리는가 하면 다른 방향으로 간다면서 그냥 지
나가 버린다며 벌써 20분도 넘게 태워줄 차를 찾고 있다가 실패하고 임
만조를 부른다.

"임주사요, 내가 제복을 벗고 있으니 경비원인 줄 모르고 차들이 그냥
지나가뿌요. 임주사가 차를 좀 잡아 주시라예."

한참 후에 침대를 배송하고 돌아가는 화물차 기사에게 부탁해 임반장
이 얻어 타고 나갈 수 있었다. 10여 분만 걸어나가 버스를 타면 편할 일
이다.

"형님, 임반장을 보니 답답합니다."

"뭐가?"

"경비실이 3면이 투명유리창인디 팬티만 입고 샤워를 한다고 화장실에
들어가는 것도 누가 보기에 흉한 일이고, 큰길에 조금만 걸어 나가면 버
스가 많은디 20분도 넘게 시간을 보내다 남의 차를 얻어 타고 나가니 말
입니다."

"나도 이해가 안 되는 일을 임반장이 하네요."

임반장이 팬티 차림으로 화장실로 들어가는 모습이 흉하게 보이며 시

내버스 비를 아끼려고 지나가는 차들을 세우는 것도 못마땅하다며 임만 조에게 흉을 봤다.

"젊은 사람이 아닌 늙은 사람의 팬티차림이 눈에 거슬립니다. 글고, 나는 몇 달을 큰길까지 나가 버스를 타고 다녔습니다."

"그래, 구두쇠가 아니라 노랭이 짓을 한다."

두 사람이 죽이 맞았다.

"형님, 지금 시간이 6시 반인디도 관리사무실 직원들은 퇴근을 안 하고 있그만요."

"아마도 첨이라 할 일이 많아뿌이 늦게까장 일을 하는가보다."

"그런디 아까 반장 말은 6시부터 우리 두 사람이 교대로 저녁식사하고 한 시간씩 쉬라고 헌것 같은디요."

"참, 그렇구나. 아침에 소장님도 저녁식사 시간은 한 시간씩 교대로 하라고 했다. 벌써 30분이나 아까운 시간이 지나 뿌럿다이."

"형님이 먼저 식사를 하고 올랍니까?"

"아니, 자네가 먼저 갔다 오레이. 나는 자네가 묵고 난 후에 묵고 올 테니까."

"그럼 내가 먼저 묵고 올라요. 동마다 현관 전등은 내가 밥 묵고 옴서 키고 오까요?"

"그러케 허라이."

영구는 집에서 가져온 가스버너에 라면을 끓일 물을 얹어 놓고 오늘 낮에 있었던 일들을 생각해 본다. 진주에는 지금까지는 지상에 주차를 금하는 곳이 없다. 운전자들은 지하주차장에 주차가 불편해 반발하는 것이다.

오전에 청소업체 사장과 있었던 일로 근무자들 전체가 스트레스를 받았다. 쉴 새 없이 드나드는 이삿짐 차량이 짐을 푸는 과정에서 실랑이가 발생한다. 1톤 이하 화물차와 승합차와 승용차들은 지하주차장으로 인도하며 차량을 파악해서 출입차량대장에 기록하라고 했다. 잡다한 일이 질서가 잡히지 않은 아파트라, 기존 아파트보다 몇 곱절 힘들다. 방문하는 사람들 민원 안내를 하고 이삿짐 차량과 실랑이를 하느라 긴장했으며 참 바쁘게 움직인 하루였다.

어느새 냄비에 물이 끓는다. 아파트건설 현장에 근무할 때는 주먹밥을 두 개를 뭉쳐 왔었다. 오늘은 아파트 경비원으로 첫날 근무를 시작하는 날이라, 혹시나 식사 변동이 있을까 해서 주먹밥을 챙기지 않았다. 비상용으로 가져다 놓았던 라면을 끓여 먹기로 했다.

각 동을 돌면서 현관 입구 전등을 켜고 경비실로 영구가 돌아오니 김창남소장이 마침 퇴근하다가 차를 멈추고 경비실 쪽으로 쳐다본다. 바삐 뛰어나가면서 "소장님 수고하셨습니다." 라고 임만조가 인사를 했다.

영구는 아파트 공사현장에 근무할 때도 현장소장이나 임원들에게 고개 숙여 인사하기가 자존심이 상하기도 하고 대하기가 익숙하지 못했다. 맘속에는 자기보다 어린 사람에게 아부하고 굽실거려야 하는 것 같아 내키지 않았다.

영구의 친구 중에는 중고등학교에서 교장으로 있다가 퇴직했던 사람들이 많다. 평교사로 정년을 맞은 친구도 많다. 이런 친구들은 성격이 영구와 비슷한 사람들이다. 교육청이나 장학사들과 교장, 교감에게도 아부하지 못하고 걸핏하면 쓴소리했던 친구들이다.

"강주사님과 임주사님 두 분께서 신경 좀 써 주십시오."

"예, 알겠습니다."

김소장도 퇴근했다. 이제는 이 아파트 안에 임만조와 영구 두 사람만 있다는 생각을 하니 자유스럽게 일을 할 수 있다는 안도감이 든다.

"강씨, 쉬지도 앙코 오는가 보네."

"형님, 강씨라 허지말고 영구라고 불러주믄 좋겠는디요."

"영구라고 불러주라고, 그렇게 하제 머."

"각 동마다 현관 안과 밖에 불은 다 켰습니다. 형님 식사 하시고 쉬었다 오씨요."

임씨와 교대로 첫날부터 시작된 스트레스로 잠 이루지 못하고, 밤샘근무를 했던 영구에게 아파트경비원의 역사적인 첫날이 밝았다. 임씨와 두 사람의 해맞이아파트의 경비원근무 첫날을 보냈다. 아파트 단지를 돌면서 담배꽁초와 오물 쓰레기들을 치우고 현 관출입구 전등들과 모든 조형물의 조광등도 껐다.

두 사람이 첫 근무교대를 할 이창복과 김정민을 기다리고 있다. 저 멀리 단지 내 도로를 부지런히 걸어오는 사람이 보인다. 어깨에 가방을 메고 머리엔 챙 둥근 모자를 쓴 임반장이 성큼성큼 걸어오고 있다. 곧이어 자전거를 타고 오는 이창복을 이어서 김정민도 6인승 봉고차를 경비실 앞 도로변에 주차하고 걸어온다.

"임반장님, 어서 오십시오."

임반장은 영구와 임만조 두 사람에게 손을 내밀어 악수를 청하며 인사를 했다.

"임주사님, 강주사님, 수고했습니다."

어느새 이창복과 김정민도 경비실 문을 열고 들어오면서 역시 손을 내밀며 악수를 청한다.

"이창복씨, 김정민씨, 어서 오십시오."

"두 분 수고 하셨습니다."

"반장님도 안녕하셨습니까?"

임반장은 땀을 뻘뻘 흘리고 있다. 하대주공아파트 쪽에서 여기까지 걸어왔나 보다. 어젠가 얼핏 하대동이라는 소리를 영구가 들었다. 여기까지 걸어온다는 것은 말이 안 된다. 임반장이 화장실로 들어가 세수를 하고 나오면서 여기까지 걸어서 왔다고 말했다.

"내일 아침에는 좀 일찍 일어나서 와야겠네요. 오늘 아침에 5시 20분에 집에서 출발했더니 땀나네요. 10분 정도 빨리 출발해야겠습니다. 오늘 늦을 것 같아서 빠른 걸음으로 걷다 보니 힘이 드네요."

"아니, 집이 하대주공쪽이라 안 했습니까?" 하고 김정민이 놀란 표정으로 물었다.

"맞습니다."

"여기까지는 10리가 훨씬 넘을 것입니다." 이창복이 의아한 표정이다.

"걸음이 빠른 사람이 보통걸음으로 걸을 때 한 시간에 10리를 걷는다 했거든요. 아마도 임반장님이 아침에처럼 걷는다면 보통사람보다 배는 빨리 걷는다고 보면 되는디 반장님이 지금 도착시간이 6시 25분잉게 한 시간 5분 걸렸네요." 스마트폰으로 시간을 보며 영구가 한 말이다.

"그럼, 반장님 집에서 여기까지 4km가 넘는단 결론이네요." 임창복이 물었다.

"하모요. 십리는 훨씬 넘는 거리지요. 보통사람보다 빨리 걷는다고 바야죠."

"반장님 버스를 타고 다녀야 되겠습니다."

"운동 삼아서 걸어 다닐라고 합니다. 오늘 아침에는 좀 늦게 출발해서 그렇지. 내일부터는 10분쯤 빨리 나오려 합니다."

지금까지 듣고만 있던 영구가 입을 연다.

"반장님, 아침에 출근할 때는 바쁘잖아요. 그러니 오후에 퇴근할 때 걸어가시고 아침에 출근할 때는 버스를 타고 다니십시오."

다음은 임만조가 말했다.

"그까짓 차비가 얼마나 된다고 걸어 다닌단 말이요?"

경비원들의 이구동성으로 하는 말들이 듣기 싫은 표정인지 알았다는 표정인지는 알 수 없다. 임반장의 체격은 키도 훤칠하고 체격이 좋아 크게 힘들어하지 않는 것처럼 보였다. 임반장이 화제를 바꾼다.

"어제 입주할 이사 계획표를 받아 보았지만 오늘부터 우리는 욕보게 생겼습니다. 소장님 부탁이 이사차량들을 실수 없이 처리해달라고 몇 번이나 강조하신 말씀이니 우리가 정신 똑바로 차려야 합니다. 그리고 강주사님과 임주사님은 퇴근하십시오. 내일 출근할 때 주민등본하고 월급 들어갈 통장사본 잊지 말고요."

영구와 임반장은 서로 수고했다는 인사를 나누고, 임만조의 아반떼 승용차를 타고 아파트 단지를 나와 큰 도로에까지 나오니 편했다. 영구가 아파트 공사 중일 때는 큰 도로에 나가서 버스를 타려면 10분도 훨씬 넘는 시간을 걸었어야 했다.

아파트경비원 일을 해내지 못할 것 같아 그만둘까 말까 고민하다가 첫날 하루는 해냈다. 새벽에 퇴근했다가 새벽에 출근하는 일상을 아파트 공사현장에서부터 했다. 아파트경비원은 낯선 일이라 수면시간 4시간 동안 잠들지 못했지만 일을 하다 보면 익숙해지리라 보며 두 번째 날 근무를 위해 집을 나섰다.

김정민과 이창복은 벌써 경비원 제복을 벗고 평상시 복장으로 갈아입고 두 사람이 출근하기를 기다리고 있다.

"김정민씨, 이창복씨, 수고했습니다."

서로 손을 내밀어 잡는다.

"강영구씨, 어서 오십시오."

영구가 어제 일이 궁금했다.

"어제 욕봤지요? 입주자들하고 시비는 없었능가요?"

"말도 마이소. 어제 쌈을 두 번이나 했습니다. 예."

"누구하고 싸움을 했습니까?"

이창복이 어제 있었던 얘기를 꺼냈다.

"누군 누굽니까? 이삿짐 실코 온 사람들 하고 싸웠어예. 관리소에서는 경비원이 쌈을 허믄 안 된다고 하지만 싸움을 안 할 수가 있습니까? 어제 이삿짐 차들이 들이닥치이 얼마나 복잡합니까? 관리소에서 배정받아간 시간대로 차가 들어와야 하는디 시간을 앞당겨 와가꼬 들어가겠다고 허이, 우리가 들여보낼 수가 없는 것 아닙니까예? 화물차 기사는 짐이 많아서 약속된 두 시간 동안 짐을 다 풀기는 불가능허이, 시간을 앞당겨서 들어가겠다고 하고, 우리는 복잡해서 안 된다고 하이, 화물차 기사들은 우리보고 고함을 질러 대고 욕을 하고 하이, 우리도 화가 안 납니까예?"

이창복이 어제 있었던 화물차 기사와 싸웠던 두서없는 얘기를 하고 있을 때 임반장이 빠른 걸음으로 오고 있다.

"임반장님, 어서 오십시오. 어제 수고했습니다."

"어제도 우리가 쇼를 했습니다. 그놈 자식들이 아부지뻘 되는 사람한테 말을 함부로 하고 말이여."

임반장은 첫마디가 어제도 스트레스를 받았다는 얘기를 했다.

"오늘은 어제보다 이사 오는 집이 더 많습니다." 라며 이창복이 입주계획표를 영구에게 보여준다.

김정민과 이창복이 퇴근했다. 임반장은 어제 두 사람이 작성해둔 경비일지를 들고 오늘의 업무사항을 전달받기 위해 문을 열고 나갔다.

관리소에서 업무사항을 전달받고 온 반장이 중얼거린다.

"이런 건 우리 경비원이 하는 일이 아닌디…."

임만조가 물었다.

"반장님, 무슨 일인디요?"

"어제 오후에 미화반장이 퇴근하고 나니 아파트단지 전체가 엉망으로 어질러져 있더라고 안 합니까? 가구배달 차량들과 전자제품을 싣고 온 차량들이 제품포장 비니루, 스치로풀, 박스 뜯어진 것들을 그냥 두고 가버링게, 이사한 집들에서 나오는 쓰레기들이 산더미처럼 쌓이니 우리 경비원들이 치워야 한다고 허능기라예."

임만조가 다시 물었다.

"그래서 머라고 했습니까? 우리가 한다고 했습니까?"

"그럼 어떻게 합니까? 한다고 해야죠."

"미화반장이 출근하믄 해야 할 일이 아닙니까?"

"미화반장이 소장님한테 얘길 했나 봅니다. 혼자서 힘들어 못 한다고 얘기를 한 것 같아요."

임만조와 입반장이 항의성 얘기를 계속 주고받았다.

"반장님, 지금 우리도 할 일이 많고 우리가 계약서 쓸 때도 청소를 해야 하는 부분은 없던 것 같았습니다."

"그렇지만 지금 현실은 그렇지 않습니다. 아파트경비원이 청소 안 하는 디가 어디 있습니까?"

"청소미화원이 없는 아파트라면 이해가 됩니다만, 그런 일은 미화원이 하는 것이 맞지요." 임만조의 목소리가 커졌다.

해맞이아파트는 이제부터 막 입주가 시작되고 있으며 질서가 잡히지 않아 서다. 미화원은 미화원대로, 경비원은 경비원대로, 그리고 관리소 직원들도 힘들었다. 임반장은 관리소장이 업무지시를 할 때는 무조건 한다고 할 수밖에는 없다고 했다.

지금 우리나라에 갑과 을이라는 신조어가 유행하고 있다. 그중에서도 아파트경비원들에게는 윗선인 관리소의 갑이 시키는 일을 거절할 수 없는 현실인 것이다. 임만조는 영구가 '청소는 미화원이 하는 것이 맞지요.' 라고 하는 말을 거들었다. 경비원들이 하는 일이 아닌데 일감을 받아왔다는 투로 불만 섞인 말을 했다.

"임반장은 무슨 일을 그렇게 합니까? 청소부가 하는 일을 뭣땜에 우리가 하겠다는 겁니까?"

영구의 항의성 발언에 임반장이 섭섭한 표정으로 말을 이어갔다.

"물론 미화원이 할 일이지만 소장님이 지시하는디 못 한다고 말할 수 있어요? 말을 안 들었다간, 당장 쫓겨나야 할 판인디 우리 나이에 어디 가서 경비원으로 일 할 수가 있습니까? 나도 그런 일은 청소미화원이 하는 일이라고 말하고 싶지만, 그랬다가는 당장 그만두라 할 것인디, 어떻게 못 한다고 말할 수 있겠냐고요? 지금 입주자들이 이사하는 중이라서 질서가 잡히지 않고 일이 엄청 많습니다. 질서가 잡힐 때까지는 어쩔 수 없으니 우리가 하기로 합시다."

임반장은 아파트 입주자들이 이사를 마치고 나서 질서가 어느 정도 잡히고 나면 단지 내, 청소관계는 원래대로 환원하자고 말했다. 질서가 잡혀 있는 기존 아파트들도 경비원과 미화원이 청소관계로 서로 불만이 쌓여 있다고 한다.

제24장

김 계장과 영구가 나눈 얘기

예약된 세대들의 입주가 시작되면서 이삿짐을 싣고 오는 차량이 몰려오고 있다. 이삿짐센터 차량들은 대부분 4.5톤 대형트럭에 탑을 씌운 차들로 이삿짐이 많은 집은 추가로 1톤 차들을 동원하기도 했다.

먼저 입주증을 받고 출입차량대장에 차량번호와, 이사할 집의 동과 호수를 적고, 시간 예약에 이상이 없는가를 확인했다. 경비실에 앉아서 차단기 버튼을 잡고 있는 영구에게 임만조가 통과시키라는 신호를 보낸다.

"입주 증을 먼저 주셔야 합니다. 이삿짐이 많으시네요. 1톤 차에 짐부터 먼저 풀어 주시고 지하주차장에 주차해주십시오. 그리고 바닥에 쓰레기나 오물은 흘리지 않게 신경 써 주시고요."

이삿짐 차량과 함께 가구를 싣고 오는 차량과 냉장고, TV 등, 전자제품을 실은 차량이 계속 들어왔다. 동마다 차들로 엉켜 정신이 없다. 무전기에서 호출음이 울린다. 짐을 다 내린 차량은 아파트 밖으로 이동시키라고 지시하는 소리였다.

"예, 경비실입니다."

"202동 앞에 짐을 다 내린 차량이 있는지 확인해보고 짐을 다 내렸으면 차량을 이동시키게 하세요."

"알았습니다."

곧바로 차량이 뒤엉켜 있는 곳으로 영구가 뛰어갔다. 1인 2역과 3역, 이상 일을 하느라 바빴다. 이럴 때를 눈코 뜰 새가 없다고 하는 말이 맞다.

"9005호 1톤 차는 짐을 다 내린 것 같네요. 차를 아파트 밖으로 이동시켜 주시던가, 지하주차장으로 옮겨 주십시오."

화물차기사가 반박을 한다.

"아니 아저씨, 여기 대놓은 차가 통행하는 데 걸립니까? 차가 맘대로 지나다닐 수 있지 않겠습니까?"

"작은 차는 지나다닐 수 있지만 대형이삿짐 차량들은 걸리지 않겠습니까? 그리고 우리 해맞이아파트는 여하를 막론하고 지상에는 차를 주차할 수 없습니다."

"큰 차도 맘대로 지나갑니다."

"대형차량은 걸립니다. 차를 빨리 빼 주세요."

영구가 이삿짐을 싣고 온 기사와 입씨름을 하는 동안에 202동 옆 벽쪽에 1톤 트럭을 주차해 놓고 다른 차에 짐을 나르고 있는 운전기사는 다른 큰 차도 지나갈 수 있다면서 차를 빼 줄 기미가 보이질 않는다.

"아무리 큰 차라도 지나갈 수 있으니 아저씨는 잔소리 하지 마시고 다른 일이나 보세요. 이런 데를 못 지나가고 차를 빼 달라고 한다면 운전 안 해야지."

이삿짐화물차 기사는 영구가 듣기 거북한 말을 했다.

"우리 소장님 연락받고 온 것입니다. 아저씨가 차를 안 빼주면 우리가 소장님한테 소리 듣습니다."

"아저씨가 가서 소장을 데리고 오세요. 내가 얘기할 테니까예."

"우리 아파트에서는 지상에는 여하를 막론하고 주차를 하지 못하게 되어있습니다. 빨리 차를 옮겨 주씨요."

"무슨 소립니까? 이삿짐을 옮기는 차량은 유도리를 바주어야 허능것 아니라예?"

차를 운전하는 사람들이 지상에 차 없는 아파트문화에 낯설다. 넓은 공간에 주차하는 것이 무슨 문제가 되느냐는 의식이다. 이럴 때는 경비원들은 스트레스가 쌓일 수밖에 없다. 이삿짐 차를 운전하는 사람들뿐만 아니라 모두가 경비원 말은 무시하면서 안 듣는 경향이 있다. 마치 경비원이 사람이더냐? 고 비웃는 것 같다. 부글부글 끓는 맘 달랠 수 없어 경비실로 들어서는 영구의 안색을 읽었는지 임반장이 표정이 왜 그러느냐고 묻는다.

"강주사, 표정이 안 좋네요."

"반장님, 우리 같은 사람은 사람이 아니라고 합니다."

"아니, 그게 무슨 말입니까."

"경비원 말이라서 그러는지 꿈쩍도 안 합니다."

임반장이 다시 묻는다.

"차를 안 빼 준단 말입니까?"

임반장이 202동 쪽으로 바쁜 걸음으로 갔다. 시간이 한참이 지나도 돌아오지 않았다. 반장이 가도 역시 관리소장을 데리고 와라는 등, 운전기사는 꿈쩍도 안 하고 두 사람은 고함을 질러대며 욕설이 오갔다. 결국은 임반장은 관리사무실에 김영수계장에게 인계하고 씩씩거리며 들어오고 있다. 관리사무실에 김계장도 가 봤자 뾰족한 수가 없었는지, 그 운전기사의 차량은 그대로 세워두고 이삿짐 옮기는 작업이 끝난 후에야 빠져나오고 있다.

입주가 시작되고 며칠이 지났다. 이제는 음식물 쓰레기 수거통과 재활용쓰레기 생활 쓰레기들을 분리수거하는, 동마다 만들어져 있는 쓰레기 처리장에 쓰레기들이 넘치기 시작했다.

관리사무실 직원 중 과장과 실장 두 사람은 숙직 근무가 없지만, 김영수계장과 주임 두 사람, 3명이 돌아가면서 숙직을 해야 했다. 사흘 만에 밤샘 근무를 하고 다음 날은 쉬기로 한다고 했다. 경비원들은 하루걸러 밤샘 근무를 하지만 주임 두 사람과 김 계장은 3일 만에 하루씩 하는 숙직근무가 힘들다고 한다. 입주민들이 밤에 사고가 있을 수도 있으며 각종 시설물이 그리고 지하에 있는 기계들이 돌아가고 있으니 언제든지 관리소 직원이 대기하고 있어야 한다.

"강씨아저씨, 오늘만 하고 그만두기로 했습니다."

김영수계장이 전동 드릴기를 들고 들어오면서 말했다.

"김계장, 무슨 말이여 왜 그만둬."

"힘들고 스트레스 받는 일도 많고요."

"김계장, 일을 용을 써서 하지 말고 천천히 힘 알아서 하지."

"일이 힘든 거야 참을 수 있습니다. 스트레스를 많이 받으면 건강도 해롭다며 애기엄마가 그만두래요."

"자네들이 무슨 스트레스를 받는가? 스트레스는 우리가 많이 받지."

"아저씨, 우리가 왜 스트레스를 안 받습니까? 하루에 한 번씩은 사람들하고 쌈도 하고요."

"자네들이 누구랑 싸워, 싸울 일이 뭐가 있능가?"

"엊그제 일도 아저씨도 알지 않습니까? 청소업체 사람하고 멱살도 잡고 했습니다. 어제도 피자 배달 온 사람이 지하 현관문을 이용하여야 할텐데, 204동 앞에 오토바이를 대놓고 들어가는 것을 동대표가 어느새 보고 관리실에 쫓아와서는 왜 오토바이를 지하로 들어가게 안 하고 현관 앞에 세우게 하느냐고 고함을 지르더라고요. 소장님은 나를 쳐다보고 뭐라 안 합니까. 오늘 낮에도 봤지 않습니까? 이삿짐 기사하고도 싸웠지 않습니까?"

김계장은 영구에게 하소연을 늘어놓았다. 관리소에 직원들이나, 경비원들도 몰려오는 이삿짐 차량 문제를 예상을 못 했다. 무조건 이삿짐을 푸는 시간을 두 시간 내로 정한 시간이 턱없이 모자랐다. 이삿짐을 정리하는 시간이 빠듯하므로 짐을 다 내린 차량을 아파트 밖이나 지하주차장까지 가는 시간을 절약하겠다는 심산이다.

김계장이 영구에게 계속해 푸념이다.

"경비아저씨들에게 지시를 안 하느냐고 하지만 나는 잔소리도 질색입니다. 남한테 지적받기도 싫고 또, 그런다고 해서 경비아저씨들도 사람인데 이거 해라 저거 해라 자꾸 말을 하면 잔소리가 안 됩니까? 그리고 내가 해 봐서 알지만, 운전자들이 말을 듣습니까? 주민들도 그래요. 지하로 차를 옮겨달라고 한다거나, 하다못해 담배꽁초를 아무 데나 버린 사람보고 버리지 말라고 하면 우리가 관리비 주는 것은 괜히 주느냐고 하지를 않습니까? 사람들이 이기심만 가득하니 스트레스를 받지 않을 수 있습니까?"

"자네가 직장생활을 많이 안 해 봤능가? 그런가 보다 하고 참아야제, 같이 대들어 대꾸하지 말고 자리를 피해 뿔어야지."

이런 말을 하는 영구 자신은 김계장보다 더 스트레스를 받으면서도 김계장에게 훈계를 하고 있다.

"김계장, 카톡에 올라온 사진 봉게 어린 꼬마가 둘이나 되드만, 애기엄마하고 자식들 하고 먹고살라면 웬만하면 참고 해보소. 그리고 자네는 교회도 다니는 것 같던데 하나님께 기도도 하고 신앙으로 극복허란 말이시."

"아저씨도 참, 어디 이런 문제를 가지고 기도한다고 뭐가 해결됩니까?

저가 이런 데 말고도 일할 수 있는 장소는 많습니다. 아저씨는 카톡도 하시고 카스토리도 하데요. 카스토리에 보니 집사 장로 목사님들하고 많이 대화도 하고요."

"그래 봤자 이게 멍가? 오늘 주일날인디도 교회도 못 가고 아파트 경비 하고 있지 않응가?"

"아저씨, 나는 모태신앙입니다. 그런데도 잘 안 믿어집니다."

"부모님들도 다 교회에 잘나가싱가?"

"아부지는 나 어렸을 때 돌아가시고 엄마는 권사님입니다."

"아저씨는 언제부터 교회 다녔습니까? 장로님입니까?"

김계장은 영구가 장로님이냐고 물었다.

"아니, 집사야. 집사를 맡고 있음서도 요새는 자꾸 믿음이 흔들린당게. 내가 젊었을 때는 아니, 몇 달 전까지만 해도 아무리 바쁜 일이 있어도 주일날은 일하지 않았네. 교회 다닌 지는 한 40년 되었다네. 우리들이 처음 교회 나갈 때는 핍박이 말도 못했다네."

김계장이 바짝 의자를 당기며 묻는다.

"핍박을 당해요. 교회 다닌다고 핍박을 하는 사람들이 있었다는 말이지요?"

"지금은 교회 다닐 수 있는 환경이 얼마나 좋응가? 교회 가믄 점심밥 주제, 의자에 편안히 앉아서 설교 말씀 들을 수 있제. 냉난방 잘 돼 있고 교회 차가 돌면서 실어다 주고 태우고 오고허제, 내가 교회 다닐 때 얘기를 하면 파란만장허담 말이시."

"나도 지금 나이가 40인데 아직 교회 다닌다고 핍박은 안 받아 봤지만, 지금 현재 우리나라 교회들이 하고 있는 것 보면 울화가 치민답니다. 그래서 그런지 나도 믿음이 많이 흔들립니다."

"모태 신앙인디 왜 그래?"

"목사들이 허는 꼬라지를 보면 하나님이 없능거 같아요."

"아니, 그거이 무신 말잉가?"

김영수계장이 우리나라 큰 교회가 세습하고 재물 모으기를 하고 있다고 비판을 했다.

"천당과 지옥이 있고 하나님이 살아계싱걸 믿는다면 그렇게 못하죠. 월급을 몇백만 원씩 받아 뭐합니까? 외제차를 타는 것이 말이 됩니까. 예수님은 거처할 집 한 칸도 없는 걸 큰 교회 목사들은 모른답니까? 하나님과 예수님의 뜻과는 반대로 허고 있으니 말입니다."

영구가 생각해봐도 요즘 교회에서 하는 일을 비판하는 김계장의 말이 옳았다.

"그런다고 김계장 자네가 교회나 사람보고 믿으면 안 되제. 하나님과 예수님을 보고 믿어야 한담 말이시."

"아저씨요, 그래도 어디 말처럼 됩니까? 목사님들이 잘못을 하고 있는 걸 뻔히 알면서는 교회에 나가고 싶은 생각이 없어집니다. 아저씨 핍박받던 파란만장한 얘기나 좀 해 줄랍니까?"

"내가 교회 나가게 된 동기를 얘기 다 하려면 길어, 김 계장 자네는 근무해야 하지 앙겠어."

"사무실 안에 있는 것보다 여기 경비실에 있는 것이 더 효과적이지요. 잠도 안 오게 되고 전화기와 무전기 다 여기 갖고 있지 않아요."

자정이 훨씬 넘은 시간이지만 이사한 짐을 정리하는지 불이 켜져 있는 세대들이 눈에 보인다. 영구와 김계장의 얘기는 계속되고 있다.

"내가 교회에 나간 지가 어언 40년이 넘었어, 내 나이 23살 당시에는 어머니와 바로 밑에 여동생이 집에서 4KM쯤 떨어진 곳에 다니고 있었지만, 나는 별 관심이 없었네. 밤이나 낮이나 친구들하고 어울려 술집에서 살다시피 했었당게. 나에게 찾아온 위장장애가 아마도 위염인 것 같앉어. 의사가 술 먹지 말라, 술 마시면 죽는다는 말에 생명에 애착심을 느낀 나머지 오직 술을 끊겠다는 일념 하나로 술을 끊기 위해 교회에 첫 발을 디뎠담 말이시. 술을 끊어야겠다고 마음속에 다짐했지만 나에게 술 끊기란 어린아이가 초콜릿 묵으면 이 썩는다고 해서 안 묵는 것보다 훨씬 어려운 일이었당게."

"그때는 주로 무슨 술이었습니까?"

잠자코 듣고만 있던 김계장이 무슨 술을 주로 마셨느냐고 물었다.

"그때는 주로 막걸리였어, 소주도 마시기는 했지만, 옛날에는 막걸리를 많이 마셨어, 당시만 해도 병원에 잘 안 가는 문화라 할까, 아니 당시의 처해 있는 형편 때문이제, 지금이야 삶의 질이 높아졌으며 경제가 좋응게 감기만 걸려도 병원에 가지안응가? 그때는 그저 이 사람 저 사람으로부터 전해 들은 무슨 나무뿌리가 좋다. 무슨 풀이 좋다 식으로 구전으로 내려오는 민간요법 치료밖에는 없었담 말이시. 애먼 우리 어머니만 나 때문에 맘 졸이고 살았어. 사람들이 좋다 하는 조약 만드느라 힘들고 바쁘게 했다네."

영구가 쉬지 않고 옛날에 술 마시던 얘기를 했다. 얘기가 길어지고 있었지만 김계장이 사무실에서는 쏟아지던 졸음이 사라진 채 흥미롭게 듣고만 있다.

아파트를 드나드는 차량들도 없고 단지 안과 밖에 가로등들도 조는 듯하고 사위는 고요하기만 한데 김계장과 영구의 얘기는 도란도란 계속되고 있다.

"당시에는 의료보험 제도도 없고 병원이 있는 시내까지는 60~70리 길이라서, 기차를 타고 나가기란 쉽지 않은 일이었네. 학생들이 이용하는 통학차를 타기 위해서는 새벽에 타고 가서 진료를 받고, 또 학생들이 타는 일명 통학차를 타고 와야 했담 말이시."

"아저씨는 고향이 어디입니까?"

"응, 순천을 아는가? 순천이네."

"진주에서 내 차로 가면 한 시간 남짓 걸리잖아요. 말은 많이 들었습니다. 순천 가서 인물자랑마라, 벌교 가서 주먹자랑마라, 이런 소리 말입니다."

"그런 말들이 있었지만 우리 같은 촌구석에 사람들은 아무런 상관관계가 없은 얘기제."

다시 영구가 처음 교회에 나가던 때의 얘기는 길게 이어진다.

"그때는 병원 한 번 가려면 하루 품을 꼬박 들여야 했고 살기 어려운 때라서 병원비가 궁해 웬만해서는 병원에 가기가 쉽지 않았다네. 그렇지만 술은 마시러 다녔당게. 그때는 주막이라고 했어. 술집이라 말하기도 어울리지 않고 농사도 짓지 않고 대개가 남편이 없는 여자들이 장터 면 소재지로 나가는 어귀마다 재래 부엌에 깊은 물동이 같은 곳에 탁주를 담아 놓고 술 마시러 오는 사람들에게는 노란 양은 주전자에 담아 왔다네. 부엌 바닥에서 한 사발씩 꿀꺽꿀꺽 마시고 나서 된장에 풋고추를 찍어 와다닥 씹어 묵으믄서 입 싹 닦고 나오믄서 한 대포 하고 왔다고 말하고 했었당게. 술을 마실 친구가 몇 명이 되고 술을 좀 많이 마실 것 같으면 주인이 거처하는 안방으로 들어가서 마셨네. 주막집 주인이 술동이에 바가지로 술 퍼 담는 소리가 달그닥거려야 비로소 술이 다 떨어진 줄 알고 자리를 일어섰었다니깐, 바로 이런 재민지 모르겠으나 친구들하고 나가면 밥은 챙겨 먹기는 어려운 일이고 날마다 막걸리만 마시고 다님서위장병을 얻어 뿡거네."

김영수 계장이 영구의 얘기를 듣느라 시간 가는 줄 모른다. 영구는 덩달아 신이 나고 얘기는 계속 이어진다. 두 사람 모두 졸려오던 잠이 멀리 달아났다. 새벽일을 나가는지 검은색 승용차가 지하주차장에서 나오고 있다.

영구가 재빠르게 차단기 버튼을 위로 올려주고 나서 얘기를 어디까지 했느냐고 김영수에게 물었다.

"어이 김계장, 내가 얘기를 어디까장 했능가?"

"술땀세 위장병이 났다고 했습니다."

영구의 얘기는 다시 이어졌다.

"뱃속에 소화기능이 점점 약해징게 가끔씩 보름이고 스무날이고 밥은 고사하고 죽 묵기도 힘들 때도 있었다니깐, 그러면서도 술을 끊어야겠다고 다짐하면 작심삼일이었어. 다시 또 친구들하고 어울려 다니다 보믄 친구들이 술 마시는 것만 가만히 쳐다보고만 있을 수 없었당게. 한 모금 입만 적실란다 하다가 어느새 한 잔을 들이키면 뱃속이 쓰라렸다네."

김계장이 영구의 얘기를 끊었다.

"아저씨, 술을 끊어야지요."

"그렇게 말이시."

김영수가 당시에 술을 끊지 못한 영구가 안타깝다는 표정을 지으며 말했다.

"그러다 한잔 더 묵어 뿔믄 그때부터는 술기운 때문인지 뱃속이 거북허던 통증 같은 건 딱 가시고 했다니깐."

"아저씨, 완전히 알코올 중독이 되신 것 아닙니까?"

"맞아, 알코올 중독이 된 거야, 이런 식으로 일주일 한 달 내내 술에 취해 있는 동안에는 술기운으로 통증도 느끼지 못하지만, 다음 날 아침 되면 뱃속이 쓰리면서 가스가 차오르는 거야, 거북스런 배를 문지르면서 오늘은 술 안 마시리라, 오늘은 집 밖에를 안 나갈란다. 다짐해 보지만 막상 밤이 되면 잠은 오지 않고 눈동자는 생동생동해지는 거였어. 좀이 쑤셔서 친구들이 있는 곳으로 안 나가고는 못 배겼당게."

영구는 김영수계장이 재미없어 자기 얘기가 지루하지나 않을까 싶었다. 계속 얘기를 해도 괜찮겠느냐고 물었다.

"어이 김계장, 내 얘기가 재미없제. 다른 얘기를 할까?"

"아니어요. 아저씨 계속해요. 재미있습니다. 저가 사람들의 간증 듣기를 무척 좋아한답니다. 아저씨 얘기를 들으니 시간도 잘 가고 재미있고 잠도 달아나 뿔고 좋습니다."

"그래, 그러면 내가 교회에 처음 나가게 된 얘기를 계속하겠네."

영구가 술을 끊기 위해서 처음 교회에 나가던 얘기가 다시 이어졌다.

"친구들 얼굴이 떠오르고 막걸리 사발이 천장을 맴돌고 있으니, 또 다시 어느새 친구들 찾아 나섰당게. 결국은 막걸리 사발을 들고 있는 나를 발견하게 되고 후회를 하게 되며 맘속에는 이제는 교회를 나가야 내가 술을 끊을 수 있다고, 생각했당게. 내가 사는 길이 교회에 나가야 살수 있다고 맘속으로는 외쳤어. 나 자신이 깨닫게 된 것이지. 살아야 한다는 일념이 강했어. 죽지 않고 살고 싶었담 말이시. 어렸을 때부터 미신은 없다. 귀신도 없다는 나만의 철학이 자리 잡고 있었거덩, 교회 나가기란 쉽지 않은 나만의 결단을 하게 되었어. 술을 끊기 위해 교회에 나가면서도 예수는 네 이웃을 네 몸 같이 사랑하라 를 외쳤고, 소크라테스나 공자와 석가는 성인으로만 알았당게. 우리 죄를 대신해서 죽고 부활했으며 예수 믿으믄 천국 가서 영원히 죽지 않는다는 것은 나에게는 받아들일 수 없는 숙제가 되어 버리고 말았담 말이시. 교회에 처음 나감서 바로 세상을 끊을 수 없는 일이라서 친구들에게도 멀어지기 싫어 교회에 다님서 친구와 놀이도 병행형게 좀처럼 술 끊기는 힘들었담 말이시."

영구가 처음 교회에 나가게 된 얘기를 듣고만 있던 김 계장이 시간 가는 줄도 모르고 계속해서 듣고만 있더니 영구의 젊은 시절에 술을 끊기 위해 마음고생을 많이 했었구나 하며 혀를 차며 물었다.

"아저씨는 젊었을 때 술 때문에 엄청 마음고생이 심했네요. 알콜 중독이 단단히 걸렸던가 봐요."

"그래, 술에 한 번 중독되면 끊기가 힘들지."

"아저씨, 저가 생각해봐도 알코올 중독자는 자기가 술을 계속해서 마시고 있다는 것을 생각을 못 한답니다. 그러나 아저씨는 술을 끊어야 한다고 인지를 하고 있었으니 심한 알코올 중독은 아닌 것 같습니다. 얘기 계속해 봐요."

다시 또 영구가 계속해서 얘기를 이어 나갔다.

"주일날 오전과 저녁수요예배, 금요구역예배에 가는 날이 많아지고 친구들과도 만나는 횟수가 적어징게 술도 덜 마시게 되었어. 위염증세는 점점 좋아졌으나 내 믿음은 쉽게 받아들여지지 않담 말이시. 생긴 것도 우락부락하고 힘이 장사인 한 친구의 핍박은 말도 못했네. 유달리 막무가내로 나에게 압박을 가하는 친구였어. 가슴에 발길질을 당했었던 적이 있는디, 40년이 지난 지금까장도 가슴팍이 골병이 들어 시도 때도 없이 통증을 느끼고 있다네."

영구가 가슴팍을 만지며 얘기를 하자, 김영수계장이 답답하다는 듯 영구의 얘기를 가로막고 말했다.

"아니 아저씨, 그때 맞은 것이 지금까지 아픈데 왜 가만히 있었어요?"

"그때는 그런 일로 경찰에 신고하고 그러질 못했었다니깐. 시방 겉으믄 경찰에 고발을 허고 병원에 입원을 허고 안 했것능가?"

다시 영구의 얘기가 이어진다.

"이 친구는 사람이 원죄가 무슨 상관이고 귀신이 어디 있으며, 예수가 어째서 하나님 아들이냐 사람이 죽으면 그만이지 사후를 죽은 사람이 어떻게 알 수 있느냐, 이런 생각을 갖고 있는 친구였당게. 교회에 다니는 사람들을 미워하고 있는 차에 내가 잘 어울려 주지 않고, 거기에다 동네에 여자아이들을 교회에 데리고 다닝게 눈에 가시가 되었담 말이시. 수요일 저녁예배나 주일날 저녁때는 동구 밖 길목에 서 있다가 여자 후배들이 보는 앞에서 친구들이 많이 두들겨 팼다네. 결국에는 내가 교회에 나가면서 우리 동네뿐만 아니라, 이웃마을에 청년들도 모두 교회에 나오기 시작했지만 말이시. 청년들이 많아징게 우리 교회가 근방에 있는 교회들하고 배구대회를 해서 우승을 하기도 했다닌깐, 당시 우리 교회에는 면소재지에서는 시오리나 떨어진 오지라서 면소재지에 있는 큰 교회를 꺾기는 골리앗과 다윗의 싸움을 연상케 하는 시합이었담 말이시."

"당시에 교회에 청년이 많았나 봐요."

김계장이 물었다.

"응, 면소재지에 있는 교회보다 오히려 우리 교회가 청년들이 많았당게. 청년만 약 30명 정도 되었다네."

"청년들이 그렇게 많았습니까? 요즘 진주시에 웬만한 큰 교회도 청년들 30명 이상 되는 교회 찾기 힘듭니다."

"우리 때에도 서울바람이 불어서 모두 서울로 부산으로 다 나가뿔고 주변동네에 고등학교 3학년쯤 되는 학생들도 청년 회원으로 집어넣고 했당게. 동네마다 대여섯 명씩은 청년들이 있었어. 그때 고향마을마다 청년들 중에 교회에 나오지 않은 사람은 거의 없었다네."

"아저씨, 그때는 인기가 좋았나 봐요. 교회 다니면서 술 때문에 마음고생 많이 했네요. 친구들에게 두들겨 맞기도 했고요."

"김계장, 내가 교회 다닌다고 일가친척과 동네에서 어른들에게 핍박받았던 얘기는 다음에 해 줄게."

"지금 얘기해 주셔도 되는데요. 아저씨 얘기를 들으니 시간 가는 줄도 모르겠습니다."

"지금 나가서 한 바퀴 빙 돌다 올 시간이고 음식물 쓰레기 수거차가 올때가 되었네."

"임씨아저씨는 어디 갔습니까."

"임씨는 5시까지 잠자는 시간이네. 그건 그렇고 자네, 정말 오늘까지만 하고 그만둘 건가?"

"진짜라니까요. 사람 구하라고 말해 놨는걸요."

"젊은 사람들은 그만두고 나오기도 잘하고 또 일자리에 들어가기도 잘하더라고, 우리같이 늙은 사람들은 일자리가 구하기가 하늘에 별 따기라서 어지간하면 그만두려 해도 그만둘 수가 없담 말이시. 우리 경비원은 지난번에 면접 보는디 100여 명이 넘게 왔응게 10대 1이 훨씬 넘어섰던 걸 보면 알 수 있제."

"그렇지만 나는 여기보다 더 좋은 조건이 있는 일자리가 얼마든지 있습니다. 사흘 만에 밤샘 숙직이 돌아오는데 힘들어서 도무지 못하겠어요."라면서 김계장이 일어섰다.

"그래 김계장 자네가 알아서 하소. 평양감사도 하기 싫으면 안 한다고 하지 않덩가? 시간 있으면 놀러오고 하소."

"아저씨, 얘기 잘 들었습니다. 우리가 얘기 한지도 두 시간도 훨씬 지났습니다. 남은 얘기는 다음에 시간을 내서 듣겠습니다."

김영수계장은 영구와 경비실에서 얘기를 나눈 지, 두 시간도 넘게 지났다면서 나갔다.

김영수계장이 일을 그만두고 난 후에 곧장 송해식계장이 후임으로 들어왔다. 며칠 후에는 정주임이 그만두고 한주임이 새로 들어 와 근무했다. 초전지구 해맞이 아파트에서는 지금 한창 입주가 시작되고 있어선지 질서가 잡히지 않고 있으므로 경비원이나 미화원들과 관리사무실 직원들도 모두 힘이 들었다. 자기들이 하고 있는 일들이 다른 파트에서 일하는 사람보다 더 힘이 드는 것처럼 느껴졌다. 주민들의 입주가 끝나야 해맞이 아파트가 질서가 잡히고 안정될 것이라고 다들 생각이 같았다. 관리실 직원은 벌써 세 사람이나 그만두고 다른 사람이 들어왔다.

날이 새고 새벽 여섯 시가 되자 임만조가 동마다 현관과 출입구 전등을 끄고 담배꽁초와 오물쓰레기를 줍고 온다면서 경비실로 들어섰다.

"형님, 조금 더 주무셔도 되는디 일찍 일어나셨네요."

"현관과 출입구 전등을 다 끔서 담배꽁초도 다 주웠으니 좀 앉아 있다가 사람들이 오면 퇴근하자."

"원칙대로 허든 담배꽁초나 쓰레기를 청소하는 것은 미화원들의 소임 아닙니까? 경비원들은 경비실 앞쪽하고 차단기 근처만 우리가 할 일인데요."

"어떡하겠니, 미화원들이 자기들이 힘들다고 소장한테 자꾸만 쫑알대이 우리 보고 하라는 것 아이가?"

"형님, 아파트에 질서가 잡히지 않아서 모든 파트가 다 힘든가 봐요. 관리실에 김계장도 힘든가 바요. 더 이상 일을 못하겠으니 사람 구하라고 말했다고 허데요."

영구뿐이 아니라 동료경비원들 모두 현대식 새 고급아파트라 일하기 편리하고 수월할 줄 알았던 것은 오산이었다. 반장이 쉬는 날은 더 힘들었다. 미화원은 5명 중에 반장만 남자이고 나머지 여자 4명은 각자 아파트건물 두 동을 맡았다. 지하주차장에 엘리베이터 입구에서부터 꼭대기층까지 계단청소를 맡았으며 음식물 쓰레기통을 씻는 일과 쓰레기장 주변 청소를 맡는다. 미화반장은 단지 내를 돌면서 청소와 생활쓰레기를 모아치우고 재활용 쓰레기분리 수거장으로 운반하는 일을 맡고 있다가,

너무 힘들다고 관리소장에게 못한다고 얘기했다. 입주자들이 멋대로 내다 버린 박스 종류 파지와 재활용 분리작업을 미화원이 하는 일이지만 경비원들이 분리해 주기로 한 것이다. 말하자면 처음부터 정해진 단지 안에 담배꽁초와 휴지 그리고 쓰레기장에 박스종이류 분리 등 미화원들의 일이 경비원들에게 돌아온 것이다. 영구의 동료경비원들은 항상 불만이었다.

제25장

임반장은 구두쇠 영감

"형님, 임반장이 하는 일이 나는 영, 맘이 안 듭니다."

"무신 일이 맘에 안 들드나?"

"소장님께서 하라 한다며 우리가 하지 않아도 될 일을 예, 하겠습니다. 하면 됩니까요? 내가 반장이라면 그 자리에서 대답을 하지 말고 반원들한테 물어보고 답을 주겠다고 말하겠습니다."

"그것이 내 맘처럼 되것노?"

"우리가 근로계약서를 쓸 때에 생활쓰레기를 치우고 재활용 쓰레기를 분리수거하라는 내용은 없더랑께요. 계약서에 무슨 일을 하겠습니다. 하고 업주와 근로자가 계약하는 것이 아닙니까? 그러기 때문에 우리 경비원이 하는 일은 근로계약서에 계약되어 있는 일만 하면 된다는 것입니다."

영구가 임씨에게 노골적으로 임반장이 하는 일은 잘못된 것이라고 불만을 계속 얘기한다.

"조금 기다려 보자, 주민들의 입주가 끝나고 질서가 잡히고 나면 좀 안나아지것나."

"사물함에도 그리고 전기 배전실과 사방에다 후라이판, 스텐 그릇, 냄비 같은 지저분한 고물들을 머하게 주워 다 숨겨놓고 있는지 모르겠습니다. 만약에 관리사무실에서나 파지 고물을 가져가기로 계약한 사람이 알믄 어떡합니까?"

"그건 나도 맘에 안 든다. 그런디 나에게도 고물이나 값나간 것이 있으면 주워 오라 안 하나."

"자기 말로는 모아서 팔믄 우리경비원들이 회식도 하고 커피도 사서 경비실에 놓고 하자는디 나는 싫다고 했습니다."

임만조도 영구와 같은 생각이다. 임씨나 임반장은 다 같이 동갑이며 성씨도 같은 임씨 성이다. 그렇지만 임만조와 반장은 성격은 너무 달랐다.

"그래 옳지 않은 일은 안 해야 옳은디 성질이 우리 하고는 안 맞는기라."

"형님하고는 동갑이고 같은 임씨 이니 일가 아닙니까? 다른 사람보다는 친하지 않습니까?"

"임씨라도 본이 틀린다. 임씨가 본이 여러 개야."

임만조도 반장이 하는 일에 내키지 않지만 차마 말을 하지 못하고 있는 것 같다.

"만약에 관리소에서 알아봐라. 당장 해고시킨다이."

"형님, 반장이 퇴근할 때도 나에게 자기 집 방향으로 가는 차를 잡아 달라고 안 합니까? 그래서 나는 차를 못 잡는다고 반장님이 차를 잡아서 타고 가시라 했습니다. 그리 말을 헝게 자기는 경비원복을 벗어뿔고 사복을 입고 있응게 차량운전사들이 경비원이라는 구별을 못 해서 일반인인 줄 알고 차를 안 태워 준다고 안 합니까."

"아! 그래서 강군 니한테는 잡아 달라고 안 하고 나한테만 잡아 달라고 하는구나. 경비원이 무슨 벼슬이라도 되나."

"형님도 못 잡아 준다고 하이소. 사람들이 보기에도 모양새가 안 좋습니다. 반장 말이 아침으로 건강을 위해서 걸어온다. 안 합니까? 그러믄 집에 갈 때도 걸어 다녀야죠. 1,100원만 주믄 버스를 타고 다니면 될 걸, 같은 방향인 도동으로 가는 차가 자기 맘대로 자주 있는 것도 아니고 차가 일찍 안 잡힌 날은 20분씩이나 넘게 기다렸다가 얻어 타고 가는 것은 이해가 안 됩니다."

"그래, 나는 지나가는 차를 잡고 어디 가느냐? 방향이 같으면 좀 태워 달라, 이런 소리 못한다. 나도 싫지만 반장이 부탁허이 어쩔 수 없이 잡아 주는 거지. 내가 같은 방향으로 나가는 차 잡기가 쉬운 일이 아니다. 뻐스비 그까짓 몇 푼이면 될 걸, 어찌 부끄러운 줄을 모르는지 모른다."

"반장이 나를 싫어할 것입니다. 후라이판이나 고물 주워오라는 것도 싫다 하고 차를 잡아 달라고 하는 것도 싫다 했응게 말입니다. 조금만 걸어 나가면 버스가 몇 분 간격으로 있는디도 그런 짓을 헝게 보기에도 좋지 않습니다."

영구와 임만조가 반장이 구두쇠영감 짓을 한다면서 흉을 보고 있다.

"우리가 쉬는 날 술값도 자네가 내고 했는디 싫어하겠나?"

"술값을 뭐 나만 냈습니까? 형님도 많이 안 냈습니까?"

"손짜장 집에 가서 탕수육 값을 반장이 내더라."

"형님, 그날도 나는 낯이 뜨겁더라고요. 맨날 우리가 술값을 내니 미안했던지, 2차에 가서 자기가 산다 하기에 나는 좋은디로 가는 줄 알았당게요. 그런디 중국집에 그것도 가까운 거리도 아니고 먼 길을 한참을 걸어서 우리를 데리고 가더니 중국집이 멉니까? 손짜장면집 사장을 불러서 해맞이아파트에 근무한다고 험서, 음식 배달 올 때 잘 봐 줄 텡게, 탕수육하고 소주를 그냥 얻어묵겠다고 어찌 그런 말을 합니까? 그 소리를 듣는 나도 창피하고 얼굴 뜨겁습디다. 그 사람들이 값을 안 받을 사람들입니까?"

"그래 나도 기분이 언짢더라, 얼마나 창피한지…."

"형님, 나도 창피해서 얼른 밖으로 나왔다니깐요."

'손짜장'이라는 상호의 중국집에서 거리가 멀지만 초전 해맞이아파트까지 자장면 배달을 자주 왔다. 손으로 두들겨서 면을 뽑는 수타면이라 맛이 있어 종업원이 많고 장사가 잘되는 집이다. 오토바이 배달을 오는 사람들을 불편하지 않게 편리를 봐주겠다며 소주와 탕수육을 주인에게 요구했으나 거절당했다. 임반장은 자기가 요구했던 대로 공짜 탕수육을 얻어먹으려는 작전이 실패하자 손자장면 집 오토바이가 배달 올 때마다. 간섭하며 불편하게 해야 한다고 영구와 임만조에게 갑질을 하자는 말을 했다.

요즘 영구는 임반장이 하는 일들이 맘에 거슬러서 여간 신경이 쓰이는 것이 아니다. 이런 모습들을 보는 주민들이나 음식을 배달하는 사람들에게 좋게 받아들여지겠는가? 경비원들의 이미지만 나빠지지 않겠는가 말이다. 아파트경비원이 무슨 벼슬인양, 중국음식점과 피자 우유 야쿠르트 배달원들에게 갑질을 하는 모양새가 어물전 망신은 꼴뚜기가 다 시키고 있다며 다른 조의 동료들도 불만이었다. 임반장 하는 일이 요즘은 스트레스가 되고 있었다.

"형님, 우유배달하고 야쿠르트를 배달 오는 사람들한테도 우유 달라 야쿠르트 달라 하고 그게 뭡니까?"

임만조가 말을 이어받는다.

"야쿠르트와 우유 배달하는 사람들이 새벽부터 욕본다. 그런 아주머니들한테 어찌 달라고 하느냐 말이다. 나는 아줌마들이 우유나 요구르트를 줄 때가 가끔 있지만, 안 먹는다고 가져가라고 했능기라."

"형님, 그게 원칙입니다. 나도 형님처럼 안 줘도 된다고 그냥 가져가라 했당게요."

"치킨 배달하는 사람이 치킨 한 마리를 튀겨다 준다는 것도 사양했다고 반장에게 얘기를 했더니 요새, 그 사람들에게 부쩍 한 마리 튀겨 오게 하라고, 그런 소리를 자주 하고 있다아이가."

"나도 임반장이 치킨배달 오는 사람을 붙잡고 경비실에 치킨을 가져오라는 소리를 자주 하는 것을 들었습니다."

"그러게 말이다. 반장에게 그런 말을 하지 않았어야 했능거라. 치킨배달 온 사람이 잠도 못 자고 경비실에 앉아 있는 모습이 처량하게 보였능기바. 내가 극구 가져오지 마라 했다아이가."

우유 배달하는 사람들이나, 야쿠르트 배달하는 사람들이 새벽에 지하 현관 출입구에서 엘리베이터를 타기 위한 출입문을 열어 달라고 할 때도 있다. 오토바이도 자동차에 포함돼 지상에 세우지 못하게 하지만 지상 현관으로 출입을 하면 이들이 편하다. 경비실에 부탁해서 비밀번호를 알고 안으로 들어갈 수 있다. 경비원들에게 미안해하면서 우유나 야쿠르트를 갖다 주기도 한다.

아파트경비원도 갑질을 하는 대상이 있다. 우유나 요구르트 배달하는 사람과 치킨이나 자장면 배달을 하는 사람들이다. 이들에게 갑질을 하는 모양새가 못마땅하다고 영구와 임만조가 성토했다.

"임반장처럼 행동하는 아파트 경비원들이 결국은 주민들한테 이미지가 흐려지게 되든 경비원들에게는 불이익이 되어 돌아오는 것이 아닙니까?"

경비원들의 이미지만 나빠진다고 영구가 말하자, 다시 또 임만조의 얘기는 이어졌다.

"강군아, 그러이말이다. 가구나 전자제품 차량이 들어오면 그 사람들

에게 TV나 냉장고를 쓸 만한 것을 달라고 하고 가구 배달하는 차에게
는 서랍장 같은 것 달라 하고 그러더라, 우리 같으믄 그런 말 못 한다아
이가, 그 사람들이 TV나 냉장고 같은 것을 말처럼 쉽게 가져올 수가 있
느냐 말이다."

"형님, 반장이 냉장고 하나 얻어서 들여놨던디요. 전자제품 배송차량
들만 보면 엄포를 놓다가 결국에는 헌 냉장고를 하나 얻어 났능가봐요."

"전자제품 차량이나 가구배달 차들에게 그런 소리를 할 필요가 있나,
주민들이 내다버린 의자며 전기장판이며 가스레인지 별것 다 나오는디,
더 좋은 냉장고도, 우리가 쓸 물건은 얼마든지 나오는디, 그거이 바로
갑질 잉기라. 이미지만 나빠지고 있다아니가."

호랑이가 제 말 하면 온다더니 영구와 임만조가 교대시간을 기다리며
얘기를 주고받는 사이에 임반장이 오늘도 땀을 뻘뻘 흘리며 빠른 걸음
으로 경비실 문을 열고 들어오고 있다. 뒤를 이어서 이창복도 자전거를
타고 오고 곧바로 뒤를 이어 김정민이 봉고차를 도로가에 주차를 하고
경비실로 들어선다.

다시 또 하루가 지나고 임만조와 영구가 근무하는 날이다. 이제는 밤
이 되면 동마다 불이 밝게 켜져 있다. 입주민들이 늘어나자 쓰레기장마
다 생활쓰레기며 재활용쓰레기들이 차고 넘친다. 아침조회를 하고 들어
오는 임반장이 또 일거리를 얻어 왔다면서 들어왔다.

"생활쓰레기 정리도 우리 경비원이 해야 한다고 합디다."

임만조가 무슨 말이냐고 묻는다.

"아니 무슨 말입니까?"

"또 미화반장이 소장한테 못하겠다고 얘기를 했나 봅니다. 우리 경비

원들이 재활용 쓰레기와 생활쓰레기를 모두 우리가 분리수거를 하라 합니다."

임씨가 격양된 목소리로 묻는다.

"이번에도 한마디 말도 못 하고 또 우리가 한다고 했습니까?"

"어떡합니까? 거기서 어떻게 할 수 없잖아요?"

이번에는 영구가 한마디 했다.

"임반장님, 우리 경비원들의 힘이 한계가 있는 것 아닙니까? 지금도 우리가 무척 힘들게 일을 하고 있지 않습니까? 어디, 쓰레기 분리수거와 정리하기가 쉬운 일입니까?"

일감을 자꾸만 받아온다고 불평 섞인 한마디씩을 던지자 임반장이 화가 나 고함을 질렀다.

"두 사람이 관리소에 가서 따져 보제, 우리가 시킨 대로 안 한다고 해보람 말이요. 당장 해고시킬 것인디 못 하겠다고 할 사람이 어디 있느냐 말이야."

임반장은 동료경비원들에게도 얘기한 적이 있다. 해맞이아파트에 근무하기 전에 오랫동안, 일자리가 없어서 놀고 있었다고 했다. 나이가 많기 때문이라고 했다. 그래서 지금 근무하고 있는 아파트에서 오랫동안 근무를 해야지 만약에 이 아파트에서 일을 그만두게 되면 자기가 일할 곳은 없다고 했다. 이런 이유로 아파트 주민들에게나 관리소 직원들에게도 굽실거리면서 비위를 맞추기 위해 노력하는 것이 동료 경비원들에게는 눈에 거슬린다. 관리사무소 직원들과 동 간부들에게 아첨하며 애교작전을 펴 대는 것이 못마땅해 스트레스가 된다.

영구가 고뇌에 빠졌다. 임반장과 같은 인생을 살아야만 되는가? 나보다 높은 지위에 있는 갑의 사람에게 비위를 맞춰 주기 위해 강아지가 주인 앞에서 꼬리를 흔들어 대는 노랑이 같은 인생을 사는 건 아니다. 싶다.

임 반장의 사는 모습을 엿보다가 살아온 날들을 영구가 되돌아봤다. 직장을 가지지 못했으니 국민연금을 받을 수 없으니 철저한 구두쇠의 삶을 살아왔다. 그 흔한 치킨 한 마리 자장면 한 그릇을 배달시켜 먹어 본 적도 없다. 거리노점에서 파는 싸구려 물건을 사고, 보따리행상 여인 들이 들고 다니는 바지만 사 입었으며, 운동화 한 켤레도 싸구려 길거리 신발만 신고 살아왔다. 혼자서는 술을 마시러 간다거나 음식을 사 먹으 러 간 적이 없다. 그러나 옆에 친구가 있다거나 사람들과 어울릴 때는 술 값이나 음식값을 영구가 지불했으니 손님대접 할 때는 인색하지 않았다.

그러나 영구의 삶은 해 보고 싶었던 일, 꿈꿔 왔던 일이 하나둘 물거 품이 되어 가고 있음을 느낀다. 어느덧, 세월은 흐르고 흘러 살아온 인 생길은 60년이란 세월이 훌딱 넘어 70줄을 향해 가고 있으니, 덧없이 흘 려보내 버린 강물과 같은 세월의 무상함을 생각할 때 허무하기만 했다.

영구가 초등학교 시절 딱지놀이를 하던 때는 대통령 그림이 그려진 딱 지가 다른 딱지를 다 갖고 올 수 있음을 보고 나도 크면 대통령이 되어 야지 이런 꿈을 갖기도 했다. 5, 6학년 때는 시인이 되어야지 하는 꿈을 꾸다가 초등학교를 졸업하고부터는 반듯하게 경지정리 된 논 열 마지기 만 농사를 지어 봤으면 하는 꿈을 갖기도 했다. 그러나 영구는 워낙 가 난한 집에 태어났다. 쌀밥 한번 먹어 보는 것이 소원이었으며 재 넘어 다 랑이 천수답보다는 넓은 들판에 있는 논농사를 짓고 사는 사람들이 얼 마나 부러웠는지 모른다.

영구의 소년 시절에 원했던 꿈은 이후로는 별로 크게 바뀌었다고 볼 수 없다. 항상 머릿속에는 빨리 돈을 모아, 돈 걱정 안 해보고 살아보면 하는 맘만 갖고 지금까지 살아왔던 것이다. 돈 때문에 가난 때문에 받은 고통과 서러움의 한이 너무 많았다. 돈 벌어서 가난을 면해 보겠다고 돈 에게 복수라도 해야겠는 것이 영구의 오랜 꿈이었다.

명례와 결혼해 살면서는 고향으로 금의환향하는 것이 꿈이었다. 그리고 가난하게 살았던 고향 마을 사람들을 진주에 초청해 관광을 시켜 드리고 싶은 생각은 자꾸만 멀어져 가고 있으며, 대학공부를 해보지 못한 열등의식 때문에 방통대라도 가서 문예창작 공부를 하고 체계적으로 글 쓰는 법도 공부하고 싶었다. 영구의 꿈이었던 유명한 소설가가 되고 시인이 되며 글을 쓰는 작가가 되리라는 꿈도 이젠 환갑이 넘은 지도 몇 년 되어 버렸으니 허무하게 물거품이 되어 버렸구나 싶었다.

영구가 살아오면서 해외여행을 하며 견문을 넓혀 보겠다는 막연한 꿈을 꿨다. 그러나 삶이 무엇이기에 차일피일 미루다 보니 나이가 많아지고 이마저 물거품이 되는 것을 깨달았다. 그 외에는 그저 누구나 생각할 수 있는 지극히 평범한 바람들이다. 가족을 위한 행복한 가정이 되는 것들을 꿈꿔 왔지만, 지금 생각하면 별로 이룬 것도 없는 그렇다고 전혀 꿈을 이루지 못했다고, 생각할 수 없는 애매함에 빠져들 때도 있다.

인생은 빈손으로 왔다가 갈 때도 빈손으로 가는 것을 확실하게 깨우쳤는데도 노후를 위한다는 잠재의식으로 어리석은 구두쇠 같은 생활을 해왔다. 현재 가진 재산 액수가 나이가 많아질수록 야금야금 줄어드는 것이 정상이다. 노후를 위해서라는 구두쇠 생활을 하는 이런 어리석은 생각은 과감하게 버려야 할 것이다.

지금까지 영구가 나열했던 꿈들과 바람들을 이루지 못함은 구두쇠 사상에 얽매어 추진을 못 하고 물거품이 될 꿈들이 아닌가. 지난날들을 추슬러 보기도 한다. 맘속 깊은 곳에는 근검절약하는 구두쇠 정신이 자리 잡고 있었던 것이다.

영구의 구두쇠 생활은 초등학교 입학하기 전부터 시작된다. 밥 먹을 때 밥알 한 알 쌀 한 톨이 얼마나 힘들게 해서 만들어졌는가. 일손이 88번 손이 가서 쌀 한 알이 만들어진다. 그래서 쌀 미(米)를 쓴다는 말을 아버지에게 수없이 듣고 자랐다. 식사 중에 밥알 한 알 흘러서는 안 된다. 밥그릇에는 밥알 한 알이라도 붙어 있는가. 살 펴여야 하고 식사가 끝나면 밥그릇에 물을 부어서 밥그릇을 씻어 먹어야 한다고 배웠다. 아버지에게 듣고 배워서인지 지금까지도 밥그릇에 물을 부어 숟가락으로 씻어 먹고 있다.

옛날, 영구는 시골에서 살았지만 한 바가지의 물도 힘들게 얻었었다. 물 사용하는 것도 남들하고는 다르다. 어렸을 때는 식수는 1백 미터 떨어진 이웃집에서 그리고 생활용수는 집 옆에 개울물을 길어다 쓰는 것은 어머니의 몫이었다. 겨울에는 가마솥에다 물을 덥혀야 했다. 세수할 때도 반 바가지 정도의 물만 사용했던 습관이 몸에 뱄다. 지금까지도 한 방울의 물도 아껴 쓰고 있다.

요즘, 임반장은 버스비를 아끼기 위해서 출근길을 걸어 다닌다. 쉬는 날 동료경비원들이 술자리를 파(罷)하면서는 구두끈을 매고 있으며, 관리사무소에서 엄격히 금하고 있는 재활용품을 임의로 반출해서는 아니 된다. 는 규칙을 지키지 않는다. 폐프라이팬 하나를 고물상에 들고 가면 1~2천 원을 받는다고 한다. 반출을 금지하는 폐프라이팬 하나를 모으는 것은 건전한 구두쇠가 아니다.

임반장은 집에서 샤워하기 위해 물을 덥히려면 보일러를 돌려야 하고 수도요금과 난방 기름을 아끼기 위해 경비실 안에 화장실에서 샤워한다. 겉옷을 벗어 의자에 걸쳐 놓고, 팬티만 착용하고 화장실로 들어가 샤워를 하고 나오면, 그런 모습이 보기에 좋지 않고 역겹다. 샤워하고 나와서 신던 양말을 그대로 신고 땀 흘렸던 속옷도 그대로 다시 주워 입는 모습들이 영구의 인상을 찌푸리게 했다. 넉넉잡아도 한 시간만 참으면 집에 가서 샤워하고 속옷도 새 옷으로 갈아입으면 얼마나 개운하며 좋겠는가 말이다. 자기가 토해 놓았던 걸, 개가 다시 핥아 먹는 걸 보는 것처럼 역겹다.

어찌 보면 영구와 임반장이 둘 다 구두쇠영감이다. 그러나 임반장은 남들에게 드러나는 구두쇠 생활을 하고, 영구는 남에게 드러나지 않는 구두쇠라는 것이 다를 뿐이다.

임반장이 여느 날처럼 경비원복을 벗어 던지고 화장실로 들어갔다. 사방이 투명유리창이라 바로 밖에서나 경비실 안에 동료들이나 환히 보이게 만들어진 경비실의 구조다. 경비실에서 겉옷을 벗고 팬티차림의 모습이 영구는 역겨웠다. 샤워를 마치고 나오자 영구가 한마디 했다.

"임반장님 조금만 있으면 퇴근할 시간인데 집에 가서 샤워하면 개운하지 않아요?"

"집에 가서 샤워하면 개운하다고 하는 법칙이라도 있습니까?"

"따로 가져온 양말이나 속옷이 없지 않습니까?"

"샤워하고 집에 가서 속옷은 갈아입으면 되지요."

"샤워하고 나면 속옷을 새로 입어야 개운하지 않습니까?"

영구가 보기에 역겨워하는 말이지만 임반장은 말뜻을 알아차리지 못했다. 아무 말을 하지 않는다.

임반장의 절약정신은 강하기 이를 데 없다. 버스비를 아끼기 위해 아침 출근할 때도 1시간이나 일찍 일어나 4.5km나 되는 거리를 걸어오고, 퇴근할 때는 아파트에서 시내 방향으로 나가는 차를 얻어 타기 위해서는 20분씩이나 기다렸다가 자기 집 방향으로 가는 차량의 옆자리를 얻어 타고 퇴근하고 있다. 정말이지 임 반장의 구두쇠 작전과 영구의 구두쇠 작전과 비교가 된다.

이 시대의 진정한 구두쇠가 임반장이란 말인가. 영구의 일상생활의 모습을 들여다본다면 그의 내면적인 모습은 눈물겹도록 아끼고 자신에게는 꾸미지 않고 몸에 좋은 보신제를 먹는 일도 없다. 자린고비와 구두쇠 생활을 하고 있지만 이웃이나 친구들은 집에서 생활하면서 자린고비나 구두쇠 같은 생활을 하고 있으리라고는 아무도 알지 못한다. 철저하게 베일을 쳐 놨기 때문이다. 영구처럼 구두쇠 생활을 다른 사람이 보았을 때 인상 찌푸리지 않는 모습을 보여 주는 것이 진정한 구두쇠일 것이다.

손수 물을 길어다 사용해 본 사람이라야, 그리고 목이 타도록 물이 없어서 갈증을 겪어 본 사람이라야 물의 소중함을 알 것이다.

영구가 서울에 답십리와 장안동 경계지역인 산동네 산꼭대기 무허가 판잣집에 월세를 얻어 살았던 때다. 산 밑에 공동 수도에까지 물지게를 지고 내려와서 양쪽에 두 동이씩 지고 올라가면 정말 힘들었다. 빈 몸으로 오르내려도 미끄러워 힘든 급경사의 산 비탈길이었다. 겨울에는 물지게에서 흘러내리는 물이 얼어붙은 오르막길에 연탄재를 수시로 깔지만 곧바로 얼어붙어 빙판길이 되었다. 등에 물지게를 지고 얼어붙은 미끄러운 가파른 길을 올라오다 보면 물통에 남은 물은 얼추 반이나 줄어 있었다. 눈 내린 겨울에 아궁이에 불을 지펴 데운 다음에 개숫물로 사용하고 아침 세숫물은 조그만 바가지로 한 움큼의 물만을 사용했었기에 물이 귀하고 소중함을 안다. 그래서 지금까지도 한 방울의 물도 아껴 쓰고 있다.

영구는 목욕도 집에서 하고 있지만, 어쩌다 공중목욕탕에 가면 울화가 치밀고 올라온다. 몸을 씻을 때 물을 받아서 써야 맞다. 샤워기를 계속 틀어놓고 쓰고 있는 사람을 볼 때는 맘이 편치 않다. 그야말로 물을 물 쓰듯 한다. 물 좀 아껴 쓰시라고 입속에서만 빙빙 돌다 말 때가 너무 많다. 자기 집에서는 아낄 대로 아끼면서 공용이라고 물 쓰듯 하는 것은 진정한 구두쇠가 아니다.

영구는 집에서 사용하는 이쑤시개도 하나도 두 번씩 사용하고 있다.

한번 사용하고 나서 사용한 부분은 잘라 버리고 한쪽 부분은 다음에 한 번 더 사용한다. 이쑤시개 한 통을 다 써도 몇백 원 정도면 온 가족이 몇 달 쓸 건데 요란을 떤다고들 하는 사람들이 있겠지만 영구는 습관이 되었다.

얼굴에는 로션이나 스킨을 전혀 바르지 않는다. 세수할 때도 비누를 사용하지 않지만 불편함은 없다. 영구가 구두쇠 영감이라고 세상에 공개되었다. 친구들이나 이웃들은 이렇게 구두쇠인 줄 모르고 있을 것이다. 그렇지만 구두쇠가 아니라 노랑이네, 하는 소리는 듣기 싫다고 말하고 싶다.

영구의 지난날을 돌이켜 보면 가족들에게는 인색했다. 맛있는 것을 먹으러 많이 가보지 못한 것 같아, 앞으로는 자주 데리고 다녀야겠다고 맘속에 다짐해 보지만 세상일이 맘대로 되는 세상이 아니다.

조금 불편하더라도 사람이 살아가는 데 하나의 훈련이라는 맘으로 살아가면 크게 불편하지는 않았다. 영구의 아내 명례는 아침 일찍 일어나 거실에 춥다고 보일러를 켜지만, PC 앞에 앉아 취미인 글쓰기를 하는데 발이 시리다고 한다. 허리 협착 증세인 것 같다. 가스요금, 전기요금을 우려해서 한겨울인데도 보일러를 켜지 않는다.

그러면서도 세상은 참 공평치 못하구나. 어떤 사람은 태어날 때부터, 부잣집에 태어나 부모덕으로 호의호식하며 돈도 물 쓰듯 펑펑 써대는 사람이 있는가 하면, 할아버지 때부터 대대로 가난하게 살아야 하며 기구한 운명을 한탄하며 살아야 한다. 세상 구조가 가난한 사람은 좀처럼 부자가 될 수 없고 평생을 구두쇠 인생을 살아야 한다.

영구가 이곳 아파트에서 경비원 생활을 하기 얼마 전에 서울에 사는 친척의 아들이 교회에서 결혼식을 올렸다. 교회 쉼터 공간에 앉아서 쉬었던 적이 있었다. 친척 한 분이 커피를 주문하라는데 메뉴가 줄줄이 있었다. 값이 제일 싼 게 한 잔에 3천 원이라고 했다. 사람 숫자도 많아 값도 상당할 것 같았다. 제일 싼 것 메뉴가 아메리카노란 것을 알고 무슨 커피 맛인 줄도 모르고 주문했다. 그의 아내는 맛만 보고 마시지도 않고 영구는 워낙 커피를 좋아한 터라 마시기는 했지만 입에 맞지는 않았다. 크림이나 설탕이나 프림을 섞지 않는 것이 아메리카노인 것을 알았다. 영구처럼 구두쇠 인생은 그저 길거리 자판기 커피가 훨씬 맛이 있다. 영구의 배짱으로는 커피 한잔에 한 끼 식삿값을 주고 마시는 것은 있을 수 없는 일이다. 커피숍이나 업소에서 파는 몇천 원 하는 커피보다 길거리에 3~4백 원 하는 자판기 커피가 훨씬 맛이 있다. 모임이 있는 날, 뒤풀이로 커피숍에 가면 울며 겨자 먹기로 아메리카노를 마시기는 하지만 커피 맛도 나지 않으니 억지 커피를 마신다. 이것이 영구의 복인가 보다.

영구가 12월 첫째 주인가 둘째 주인가 헷갈린다. 아침에 방송하는 〈인간극장〉에 91세 할아버지와 87세 할머니 두 분이 살아가는 모습을 봤다. 할머니는 15세 때 시집와서 70년을 두 분이 해로 하면서 자식들은 먼 데로 나가 살고, 노부부가 6천 평 벼농사를 짓고 살면서 실로 구두쇠 중에서도, 상 구두쇠 생활을 하시면서 살고 있었다. 작년 농사지은 것을 한꺼번에 내다 판 금액으로 1천만 원어치의 전기장판을 불우 이웃과 독거노인 가정에 나눠 주었다는 얘기를 방송으로 보았다. 영구가 꿈꾸는 것은 이들 노부부처럼 해보고 싶은 것이다. 이런 분들이 진정한 구두쇠이다. 무조건 안 쓰고 안 먹고 안 입는다고 구두쇠가 아니다. 시장경제를 위해서는 적당히 써 주는 것이 배려하는 삶, 나누는 삶을 사는 진정한 구두쇠인 것이다. 재산이 수십억 수백억 원씩 되면서도 자동차세나 공과금까지도 탈세하면서 다른 데는 물 쓰듯 하는 사람들이야말로 구두쇠가 아닌 노랑이라고 하면 맞다.

오늘도 임반장은 임씨에게 타고 나갈 차를 잡아달라고 부탁을 해 도동 방면으로 가는 차를 얻어 타고 퇴근했다. 그까짓 시내버스요금 1천원 남짓을 아끼기 위해 30분을 기다린 끝에 가구 배송을 마치고 아파트를 나가는 차를 얻어 타고 나가는 모습이 좋질 않다. 드러나는 구두쇠 짓은 남에게 불편을 준다. 영구처럼 남의 눈에 띄지 않는 구두쇠가 진정한 구두쇠가 아니겠는가.

영구와 임씨, 두 사람이 다음 날 아침까지 근무하고 다음 조인 이씨와 김씨에게 업무를 인계했다.

어찌했건 시간은 가고 날도 가고 있다. 또 다시 영구와 임씨 조의 근무 차례였다. 하루하루 힘든 날이 가고 시간이 가고 낮과 밤이 지나간다.

"형님, 오늘은 한숨 돌려도 되겠네요."

"아니다, 토, 일요일은 이사를 오는 세대들이 많다아니가 반장도 쉬는 날이니 우리 둘이서 해야 허이 정신 채려야 헌다."

영구가 오늘은 한숨 돌려도 되겠다는 말은 토요일이라 관리실에 소장과 직원들이 쉬는 날이라 이들의 간섭이나 눈치 볼일이 없으니 맘은 편하다는 말이다. 임씨가 주말은 더 힘이 드는 날이라고 말한다. 토, 일요일은 임반장이 쉬는 날이다. 거기에다 직장인들은 쉬는 날이라 입주를 하는 사람들이 많다. 요즘도 손이 있는 날은 이사하는 사람들이 적다. 이에 반해 손이 없는 날은 길 한 날이라 해서 이사를 많이 한다. 며칠 전엔 중년의 여자입주자는 비가 아침부터 내렸는데도 이사를 강행했었다. 이삿짐을 운반하는 사람들이 빗속에서 짐을 옮기느라 두 배나 힘들게 하는 이유는 손이 없는 날을 이사하는 날로 잡으려면 보름 이상 기다려야 한다고 했다.

오늘은 마침 일요일이라 이사하는 사람들이 많다. 누가 영구에게 이 사하려면 좋은 날이 언제냐고 묻는다면 비나 눈이 오지 않고 바람도 불 지 않고 따뜻한 날이 좋은 날이라고 말해주고 싶다.

"형님, 어제 토요일인데도 파지 싣고 가는 차가 안 왔는가 봐요? 너무 복잡해서 소장님에게 고물상에 전화를 걸어 박스를 싣고 가라고 전화를 했는데 아직 안 오네요."

"내버려둬라, 뭐 일요일이라고 놀러 갔는가보다."

"형님, 파지를 싣고 가지 않으면 우리 일이 엄청 힘듭니다."

일요일 하루 임만조와 영구는 하루 내내 몰려드는 이삿짐 옮기는 차 량들을 정리하고 파지와 잡동사니들을 정리했다. 쓰레기 분리작업도 마 치고 잠시 숨을 돌리려는 참인데 관리소장에게서 전화가 왔다.

"아파트 내에서 발생되는 파지와 고철고물을 임의대로 다른 사람을 주 고 하면 안 됩니다."

"소장님, 무슨 말씀입니까?"

"파지 가져가는 사람에게서 고철이나 파지를 다른 사람에게 주지 아니 했느냐고 전화가 왔습니다. 경비원들이 임의로 다른 업자에게 프라이팬 하나라도 주어서면 안 됩니다."

"소장님, 무슨 말씀을 하시는지 황당합니다."

김소장은 전화로는 자세한 상황 파악이 힘들었음을 알았었는지 아파 트로 나와서 얘기를 하겠다고 한다.

"강주사님, 아파트로 가겠습니다."

관리소장의 격앙된 목소리다.

오늘 일요일 쉬는 날이라 오전에 아파트에 들렀다가 집에서 쉬고 있는 차에 영구의 전화를 받았다고 한다. 파지를 거둬가는 업체에 파지가 잔

뚝 쌓여 있으니 경비원들의 일하는 데 어려움이 많으니 파지를 가져가라 했다. 파지 업체에서 바쁜 일이 있어 오늘 못 가져간다는 말에 김소장은 다른 업체에 연락해서 파지를 싣고 가라 한 것이 업체 사장은 계약위반이 아니냐고 따지다가 서로 싸움이 벌어졌다고 했다. 요즈음 프라이팬이나 양은고물이 눈에 띄게 보이지 않는다는 것이었다. 김소장은 아파트에 도착하자마자 참으로 어이없는 질문을 던진다.

아파트에서 발생하는 재활용쓰레기는 박스, 종이, 플라스틱, 고철 등이다. 이런 것들은 관리소에서 고물상업주와 계약을 하고 매월 얼마씩 받으면 이 돈은 관리소 운영비로 쓴다고 했다. 박스파지 종류는 부피도 크고 값도 나가지 않지만, 양은인 프라이팬이나 스텐 그릇 종류는 값이 나가는 것이라서 임반장이 계약한 고물상이나 관리소에 모르게 조금씩 모으려 했던 것이 드디어 사달이 나게 된 것이다.

"파지나 고철 같은 물건을 왜 다른 데에 팔아먹느냐 말입니다."

"소장님, 그런 말씀이 이해가 안 됩니다."

"고물상 사장하고 싸웠는데 그쪽 말에 의하면 경비반장에게 고물을 잘 모아주면 한 달에 5만 원씩이나 주기로 했고, 오늘도 파지를 다른 차가 싣고 가더라는 말을 들었단 말입니다."

영구는 관리소장의 말은 정말 황당하기만 했다.

"소장님, 절대로 다른 차가 파지를 싣고 나간다거나 고철을 다른 데 준 적은 없습니다. 오늘 파지를 싣고 나가던 차는 소장님하고 통화하고 난 후이고 파지수거차가 소장님에게 허락받았다고 해서 차량 넘버를 이렇게 적어 놨지 않습니까?"

"아까 참에 파지를 싣고 갔던 파지 수거차는 내가 싣고 가라 한 것이고 말입니다."

"소장님 고물상업자를 전화를 걸어 바꿔 주시던지 이리로 오라 해서 대면을 시켜 주십시오."

김소장은 영구가 어이없어하자, 다시 고물상 업주에게 전화를 걸었다. 영구의 말을 전하자, 오해가 있었다고 한다. 다른 날 얘기를 한 것이 아니고 오늘 낮에 다른 사람에게 듣기를 다른 업자의 차가 파지를 영구네 아파트에서 싣고 나오는 것을 봤다는 말을 듣고, 다른 날에도 다른 고물 상에도 파지를 주는 줄로 알았다고 하는 얘기라고 하면서 해맞이아파트 에서는 양은이나 폐프라이팬이 요즘 들어 적게 나온다는 얘기를 했다.

고물 수집을 하는 업주들은 각 아파트에서 값나오는 생활용품 냄비, 프라이팬, 스텐, 종류의 폐그릇들의 발생하는 양을 짐작하고 있다고 했 다. 임반장이 이런 것들을 재활용 쓰레기분리 작업을 하면서 따로 모아 처리하기 때문에 고물상 업주가 짐작한 만큼의 고철이 나오지 않게 되 자, 김소장에게 따지게 된 해프닝이었다. 임반장은 고물상 업주에게 고 철류 물건들을 잘 모아 주겠다는 조건으로 한 달에 얼마씩의 돈을 받아 경비원들의 회식비용으로 쓰려 했다고 해명했다. 이런 일들을 보고, 알 고, 하는 것이 영구에게는 점점 스트레스가 쌓여서 돌아왔다. 이런 생 활을 해 보지 않았기에 이해가 되지 않았다.

옛날부터 내려오는 말에 배나무과수원을 지날 때는 바람이 불어 머리 에 쓰고 있는 모자가 배 밭으로 날아가 버리면 그걸 주우러 들어가지 말 라 했다. 모자를 주우러 들어갔다가는 주인이 볼 때는 배를 따 먹으러 들어가는 줄로 오해받는다는 말이다.

이런 일로 인해서 경비원들의 이미지가 흐려지고, 그렇지 않아도 힘 약한 경비원들에게 부메랑이 되고 그 피해는 고스란히 경비원들에게 돌 아올 것이다.

다음 날 아침에 영구네 조가 24시간 근무를 하고 퇴근할 시간이지만 퇴근을 미루고 경비원 5명은 관리사무실로 호출받아 갔다. 어제 파지 수거업자와 있었던 일로 관리소장이 경고조회를 열었다.

앞으로는 크든 작든 어떠한 것이라도 아파트 밖으로 반출해서는 안 되며, 입주자들에게서 한 푼의 금품이라도 받은 일이 적발되면 가차 없이 해고하겠다고 으름장을 놓았다. 입주자 집에 들어가서 고장 난 전등을 고쳐주고 감사의 표시로 주는 금품이라도 받다가 적발되면 해고하겠다고 말했다. 임반장의 구두쇠작전은 영구뿐만 아니라 동료 경비원들에게도 눈에 났다. 파지를 수거 해가는 업자의 항의로 불똥이 동료경비원들에게 튀었다.

영구는 김창남 소장에게 경고를 받은 것과 임반장으로 인한 스트레스로 경비원 생활을 그만두고 싶은 맘이 점점 커가고 있다.

제26장

마당쇠의 고난

영구가 근무하는 해맞이아파트를 분양받은 사람들이 각종 사정으로 입주가 늦어지고 있는 가구도 있다. 사는 집을 세를 놓는 일이나 매매문제로 인해 이사가 늦어진다고 했다.

오늘은 일요일이라 임반장은 쉬는 날이다. 토, 일요일과 공휴일은 미화원들이 쉬는 날이라 음식물 쓰레기통 교체와 정리도 경비원들의 몫으로 돌아왔다. 입주자들이 많아짐으로 음식물 쓰레기 수거함이 금방 차오른다. 미화원들의 일을 경비원들이 맡아 하게 되니 주말은 더 힘들다.

김영수 계장이 그만두고 난 후 후임으로 부임한 송해식계장은 본인이 처리해야 할 일을 오자마자 경비원들을 부려 먹었다. 영구를 지하주차장으로 내려오라고 무전기로 호출했다.

"경비실 나오세요."

"예, 경비실입니다."

"강주사님, 송계장입니다."

"무슨 일입니까?"

"207동 지하로 내려오십시오."

"송계장님, 임주사는 쓰레기분리수거 하러 나가고 나 혼자만 있는디요."

"그러면 차단기를 올려놓고 나오세요."

"소장님께서 경비실에 사람이 떠나면 안 된다 하셨는디요."

"그래도 좀 내려오세요. 나 혼자 힘들어서 그럽니다."

전임 김영수계장은 어지간한 일은 경비원을 부르지 않고 혼자 해결했으나 송해식계장은 달랐다.

관리사무실 직원과 경비실은 무전기를 통해 연락을 주고받는다. 영구는 어쩔 수 없어 출입문 차단기를 모두 올려놓고 207동 지하로 내려갔다. 해맞이아파트에 미화원들과 경비원들은 관리사무실 직원들의 지시에 따라야 한다. 오라면 와야 하고 가라면 가야 하고 무슨 일이든지 시키면 해야 했다.

"송계장, 차단기를 올려놓고 경비실을 비워놓은 걸, 소장님이 아시면 불호령이 날 텐디 나는 몰라요. 송계장 자네가 책임지소."

관리사무실 직원들뿐만 아니고 각 라인에 동 대표 임원들과 아파트에 주민들도 걸핏하면 경비원들에게 지적하면서 궂은일을 시켰다. 그래서 경비원들끼리 대감 집에 마당쇠라고 푸념을 한다. 관리소장은 어떠한 일이 있어도 경비실은 근무자가 비워서는 안 된다고 엄명을 내려놓고 있지만 요즘은 잘 지켜지지 않고 있다.

잠시 후, 10시가 되면 이삿짐 차량들이 몰려올 것이다. 그리고 가구배송 차량과 전자제품 차량들은 수시로 드나들고 있다. 관리소장은 경비실을 비워서는 안 된다고 하지만 직원이 시키는 일이라 경비실을 비워놓고라도 하지 않을 수 없다. 소장이 언젠가 경비원들에게 관리실 직원들의 말을 잘 들어야 한다고 경비원들에게 지시했기 때문이다.

"강주사님, 쓰레기분리작업을 하는 임주사에게 나중에 하고 경비실로 가라고 연락을 했습니다. 그러니 강주사님은 내가 시키는 대로만 하십시오."

김계장이 힘들어 못 하겠다고 그만두자 전에 다른 아파트에서 같이 근무한 적이 있었던 관리소장의 부름으로 오게 된 사람이다.

며칠 후에는 정주임도 그만두었다. 신축 아파트라 입주가 시작되면서 질서가 안 잡히니 일거리가 많고 힘들어서 그만둔 자리에 한주임이 관리사무소에 새로 왔다. 새로 입주하는 아파트에 일이 힘들다고는 하지만 일을 그만두게 되면 곧바로 인원이 보충되는 것은 우리나라에 일자리가 없어 놀고 있는 사람이 많아서인 듯, 싶다.

이날 영구가 맡은 일은 지하 207동 아래쪽에 있는 팔레트들과 페인트 통과 자질구레한 건축 자재들을 옮기는 일을 했다. 신축아파트라, 하자가 발생하면 쓰기 위해 확보해 놓은 자재들이다. 이곳저곳에 하자보수공사를 하느라 각종 자재들이 어지럽게 흩어져 있다. 경비원에게 일을 시키는 사람은 관리소 직원뿐만이 아니다. 해맞이아파트 회장이나 각 동 대표를 맡고 있는 사람들에게도 동네북이다. 경비실에 들어와 어린이놀이터에 다른 동네 아이들이 온다며 이들을 단속하지 않고 뭐 하고 있느냐고 고함을 칠 때는 어이가 없었다. 경비원이 놀이터에 놀고 있는 아이들을 다른 동네 아이들인지 어떻게 알 수 있겠는가. 다른 업무도 많은데 일일이 아이들이 사는 곳을 어떻게 파악할 수 있단 말인가?

불량 청소년들이 아파트에 드나드니 단속을 해라. 담배꽁초 주워라. 현수막 바로 매달아라. 단지 전체에 낙엽 쓸어라. 놀이터 청소해라. 숨 돌릴 틈이 없다. 정신이 없다. 이런 식으로 경비원들에게 잔소리하는 것이 영구는 싫다. 아니 질색이다. 경비원들이 알아서 하는 일들을 일일이 참견하면서 시키는 일은 기분이 상한다. 점점 스트레스가 쌓여간다.

영구가 지하주차장 모퉁이에서 송계장이 시키는 일을 하고 경비실로 왔을 때는 입고 있는 옷이며 얼굴에는 새까만 먼지와 땀범벅이 되었다. 임만조가 쓰레기분리작업을 하다 중단하고, 경비실로 돌아와 있었다. 입주자의 이삿짐 차량이 들어 올 시간이 되어 가고 있어 서다. 어떤 주민의 택배물건을 내주다 영구와 눈이 마주친다.

"옷이랑 얼굴이랑 그거이 먼가?"

"지하주차장 2층에서 쎄가 빠져뿌렀습니다."

"송계장 그놈이 오늘은 무신 일을 시키든가?"

"207동 지하에 뻥끼통과 세멘가리랑 잡동사니를 엉망으로 어질러 놓고 그냥 갔나 봐요. 형님, 스트레스 받아 죽겠어요."

"글쎄 말이다. 즈그놈들이 해야 할 일을 꼭 경비원들을 시키고 지랄을 하는지 모르겠다이."

"이 놈 저 놈이 정신없이 일을 시킵니다. 대감 집 마당쇠 마냥, 정신 못 차린다아니요. 한 가지씩 일이 끝나고 나서 시킨다믄 좋을 것인디. 숨이 콱 막힌당게요. 이럴 때는 그만 내팽개뿔고 도망가고 싶은 심정입니다."

"우리가 세 살 묵은 어린애도 아닌데 해야 할 일을 우리가 알아서 하게 가만히 나두뿔믄 될건디, 이거 해라, 저거 해라 할 때는 기분 나쁘다 아니가."

어느새 왔는지 차단기가 내려져 있어 멈춘 승용차가 클랙슨을 울려댄다. 영구가 깜짝 놀란다. 잠시만 차단기가 있는 앞쪽을 한눈이라도 팔면 차량운전사들은 경적을 울려 댔다.

"몇 동, 몇 호에 가십니까?"

"209동 1205호에 가요."

"무슨 일로 가십니까?"

임만조의 물음에 승용차 운전석에서는 험악한 소리가 들려왔다.

"꼬치꼬치 묻는 이유가 뭐야 당신들이 뭔데 그래."

"아, 죄송합니다. 외부차량은 몇 동 몇 호 무슨 일로 가는지 여기에 다 적으라는 관리사무소의 지시입니다."

차량운전자가 고함을 질러 댄다.

"야, 부모가 자식 집에 오는데도 외부사람인가? 당신들한테 일일이 보고를 해야 하나 빨리 문 못 열어."

임만조가 차단기를 올려 주었다.

"아저씨, 그냥 가십시오. 차단기를 올려 드리겠습니다."

"형님, 사무실에서 알면 어떡할랍니까? 지난번에도 소장님한테 지적당한 일 잊었잖습니까?"

"그래도 어떡하니 나도 스트레스 쌓여 죽겠다. 우리 아파트에 오는 차량들이 모두 볼일이 있어서 방문하는 차량들 아니겠니? 친척 친지들이고 방금 그 차량처럼 자기 아들이나 부모 집에 오는 차량들이 자유롭게 다닐 수 있게 해야 하는 것이 좋다고 생각헌다. 관리소에서 쓸데없는 일을 시키고 있는 거여. 한두 대도 아니고 수많은 차들을 어떻게 일일이 어디 가느냐고 물어보느냔 말이다."

"그러게 말입니다. 아무래도 나는 그만 두던지 해야겠습니다."

아직, 해맞이아파트에는 관리사무소에서 입주자들의 차량등록을 마치지 못해 드나드는 차량들을 일일이 물어보고 차단기를 올려 주기 때문에 입주자들이 화를 내는 사람도 있다.

영구가 경비원근무를 하지 못하겠다고 임만조에게 말했다.

"무슨 말인가. 사람들 말은 한쪽 귀로 듣고 그냥 흘러 보내 뿌라."

지금 한창 입주가 진행되고 있어 청소대행업체와 가전제품차량, 가구회사와 각종 일로 드나드는 차량이 수없이 많다. 관리사무소에서는 이들 차량을 모두 차량 번호와 소속과 방문목적과 행선지를 기록하라고 했다. 가족이나 친지들의 방문 차들과 경비원들의 실랑이가 자주 벌어지며 고성이 오고 가고 경비원들만 스트레스를 받게 된다. 이삿짐 차량이 들어 올 때도 김창남 소장은 한 달분의 관리비를 선납하는 입주자에게만 입주증을 발행했다. 입주증을 제출하는 차량만 통과를 시키라고 했다. 입주하기 전에 입주 증을 확인하지 않으면 관리에 지장이 따른다는 이유 때문이라고 했다. 입주증을 가진 집주인이 오지 않고 이삿짐 실은 차량이 먼저 들어오면 정문에서 통과를 시키지 않는다. 기사들은 집주인이 뒤에 곧 따라오니 차단기를 열어 달라 하고 경비원들은 입주증이 없으면 통과를 시키지 않는다. 그러면서 실랑이를 하게 된다. 오전 10시만 되면 이삿짐센터 차량과 1톤 화물트럭들이 줄을 잇고 경비원들은 긴장한다.

"아저씨, 이삿짐 차량은 우측으로 진입하십시오. 그리고 입주증을 주셔야 합니다."

"입주증은 집주인이 갖고 옵니다."

입주증을 가진 주인과 함께 오는 이삿짐 차량이 드물다. 주인이 올 때까지 기다려야 한다. 이삿짐을 운반하는 사람들은 지정된 2시간으로는 빠듯하다며 안달이다.

"그러면 집주인이 입주증 갖고 오시면 통과하십시오."

영구가 통과를 거부했다.

"아니, 입주증은 주인이 갖고 온다는데 당신들이 무슨 권리로 이삿짐을 싣고 오는 차를 통제합니까? 이삿짐을 남의 집에 풀기라도 한다는 말입니까? 입주증은 집주인에게 받고 빨리 차단기나 열어주세요."

"아저씨, 안 됩니다."

"우리가 이삿짐을 엉뚱한 데라도 풀 것 같습니까? 주어진 2시간 동안 짐을 풀기는 시간이 턱없이 모자라니 입주 증은 이따가 주인에게 받으세요."

"입주증이 없으면 들어갈 수 없다니깐요."

"영감태기가 말귀를 못 알아 듣네."

"뭐라고 영감태기라고 네끼, 빌어 묵을……."

임만조가 고함을 지른다.

"영감태기 뒤질래?"

화물트럭 기사가 성질이 급한 사람인가 보다. 아버지 같은 사람에게 해서는 안 될 폭언을 한다. 임만조가 화가 극도로 올랐다.

"자, 죽여라."

"죽이라면 못 죽일 줄 아느냐?"

영구는 재빨리 무전기로 관리사무실에 송계장을 호출했다.

"관리사무실 나오십시오."

"관리사무실입니다. 말씀하십시오."

"경비실 앞으로 빨리 나와 보십시오."

관리사무실에서 송계장이 헐레벌떡 쫓아 나와 임만조와 이삿짐차량 기사와의 싸움을 말렸다.

"임주사님, 안으로 들어가십시오. 화물차 기사들은 성질이 못 됐습니다. 참아야 합니다."

임만조를 밀어내고 이삿짐 차량과 송해식이 삿대질을 주고받는 사이에도 임만조가 계속 씩씩거렸다.

"더럽다 더러워, 막내아들보다 나이도 훨씬 적은 놈한테 이런 모욕을 당하다이."

"형님, 물 한잔 마시고 맘을 가라앉히씨요."

정수기 물을 따라 주는 영구의 손이 떨렸다. 심장도 심히 요동치고 있다. 이런 일이 벌어질 때는 재빠르게 관리사무소에 맡기는 것이 상책이다. 그러나 관리사무소직원들도 별 뾰족한 수는 없다. 이삿짐을 싣고 오는 차량이 엉뚱한 집에 싣고 오겠느냐고 고함을 치는 화물차 기사는 송해식계장에게 멱살을 잡고 흔들며 분풀이를 했다.

오후 4시 이후에는 이삿짐 차량은 출입을 금하고 있다. 짐을 푸는 시간은 2시간 내로 제한했다. 입주자와 이삿짐을 운반하는 화물차 기사들은 2시간 동안 이삿짐을 풀기는 턱없이 모자라다고 항의를 한다. 이런 이유로 경비원들과 실랑이를 벌이고 싸움을 하게 되고 영구가 스트레스를 받고 있었다.

경비실은 잠시도 한눈을 팔 수 없다. 한 사람은 쓰레기 처리장을 돌며 음식물과 생활쓰레기들을 정리해야 하니 사실상 본업인 아파트 경비나 순찰은 뒷전이다. 아파트 주민들의 눈치를 살펴야 하고 드나드는 방문객들과 실랑이를 해야 하는 일에 영구는 스트레스만 쌓여가고 있었다.

차라리 대감 집 마당쇠는 아파트경비원처럼 눈코 가릴 수 없이 힘들지는 않았을 것이다. 똑같은 머리, 이마, 코, 입을 갖추었지만 왜 그리 차별을 하는가 싶고 나이 많은 경비원이라고 가난하다고 못 배웠다고 업신여기는가 싶어 서글펐다.

똑같은 조건으로 태어났지 않은가. 단지 가난이 원인이 되어 많이 배우지 못한 것밖에 없다. 벌거숭이 빈손 들고 이 세상에 왔다가 인생살이 다 살고 떠나는 날은 고관대작이라도 돈도, 부(富)도, 명예도, 아무것도 소유하지 못하고 한 줌의 재로 남는다. 얼마 후에는 이마저도 흔적도 없이 사라지고 말 것이 인생이다. 해가 뜨면 안개처럼 사라지고 마는 것이 우리네 인생인 것을 알아야 할 것이다. 인생은 공수래공수거(空手來空手去)다.

"강군아, 나는 분리수거 하덩거 다 하고 오쿠마."
"형님이 안에 있으시요. 내가 하고 올게요."

"아니데이, 나는 밖에 나가는 것이 맘이 편타이."

임만조는 경비실에서 머무르지 않기 위해 쓰레기 분리수거장에서 분리수거나 허드렛일을 하려고 한다. 경비실 밖에 일을 할 때가 맘이 편하다. 주민이나, 관리소 직원이나, 동 대표나, 출입하는 사람들을 대하지 않기 때문이다.

"형님, 그러믄 201동 앞에 서랍장을 딱지를 안 붙이고 내놓은 것을 경고장을 가져가서 붙이씨요."

"경고장 그것, 맨날 붙여 봤자 무신 소용이 있나? 벌써 1주일 전부터 말을 했다아니가. 동사무소에 가서 딱지를 사다 붙인다 하고선 아직도 그대로라고 말을 하니깐, 수거증을 붙일 것이라고 했는디 말이 많다고 어찌나 화를 내던지 적반하장이더라."

가전제품이나 폐가구를 배출할 때는 동사무소에서 발행하는 폐기물 수거 확인증을 붙여야 한다. 생활 쓰레기도 종량제 봉투에 넣지 않고 배출하는 입주자도 많다. 이런 사람들을 경비원이 발견해도 그들을 제재할 수도 없다. 이들에게서 받는 스트레스도 너무 많다. 종량제 봉투에 넣지 않고 내놓는 경우도 있고 가구나 가전제품도 동사무소에서 발행하는 폐기물 수거증을 붙이지 않고 내놓으면 누가 배출했는지도 모르는 일이 허다하다. 경비원들이 모두 처리해야 한다.

뚜뚜르르 벨 소리가 울린다.

"예, 경비실입니다."

"지하 출입문 좀 열어 주세요."

"누구십니까?"

"주민입니다."

"주민이시면 주민카드로 열고 들어가십시오."

"주민카드를 집에 놔두고 나왔습니다."

"알겠습니다. 몇 동 몇 호입니까?"

"210동 212호입니다."

이런 전화가 너무 많다. 주민들하고 스트레스를 받아야 하는 일을 계속해야 된다는 말인가. 입주자카드를 안 들고 나왔으면 출입문 비밀번호를 외우고 다녀야 할 것 아닌가. 상대는 하찮은 일이지만 당하는 사람은 일일이 현장에까지 내려가서 해결해 주어야 한다.

우리 인간의 인격은 모두 동등하게 인정받아야 마땅하다. 누구든지 이 세상에 태어날 때는 빈손으로 태어났다. 이 세상 떠날 때는 역시 누구든지 빈손으로 공평하게 떠나가듯 사람은 공평해야 한다. 이대통령 박대통령 전대통령 바뀔 때마다 사람 대우 해주겠노라고 제각기 떠들어대는 소리는 귀가 아프게 들어왔다. 박(朴) 전(全) 전(前) 대통령들은 구국의 행동이었다고 변명하지만, 우리 국민 모두 다 쿠데타인 걸 모르는 사람 아무도 없을 것이다. 국민의 머슴이 되겠다고 자청한 정권들이 자기들 밥그릇 관리만 했지 가난한 백성들은 안중에도 없었다. 일본의 압박을 받고 자유당 정권을 거쳐 군사독재가 이어지면서 짓눌린 인권이 좀처럼 회복될 기미가 보이지 않는다. 군인은 정치가에 맡기고 나라를 지키는 일에 열중해야 한다. 자유당 정권을 이어 군인이 나라를 뒤엎고 서슬 퍼런 군사정치를 하면서 국민을 공포에 떨게 하고 인격을 무시하고 인권을 철저히 배제했다.

우리나라는 일본의 압박과 설움에서 해방이 되고 대한민국이 건국되면서 첫 단추부터 잘못 꿰인 것이다. 국민을 국민답게 사람을 사람답게 여기지 않고 패거리 정당을 만들고 국민들의 인권과 인격은 철저히 짓밟힘을 당했다.

우리나라는 반만년 조상 대대로 백의민족이었다. 흰 옷만 입고 살아온 민족이다. 어느 날 갑자기 몇 천 년을 흰 옷을 입고 살아온 우리의 주권과 풍습을 송두리째 다 빼앗겼다가 끝까지 참고 견디어 해방을 누린 우리다.

지금까지 대한민국 역사를 돌이켜 볼 때 나라 살림은 정치가가 해야 옳고. 국방은 군인들이 치안은 경찰이 감당해야 옳은 일인데 자유당을 뒤엎은 국민은 도둑을 피하려다 강도를 만난 격이었다. 군사 독재 시절에 빼앗겨 버린 인권과 인격은 좀처럼 회복하지 못하고 살았다. 평화스런 우리나라를 군인들이 무장 탱크 앞세우고 정부와 국민들의 뜻을 무참히 짓밟아도, 총 칼과 억압이 두려워 국민은 아무 말도 못 했다. 오랜 독재를 하면서 우리 민족의 과업인 남북통일에 관한 일은 철저히 문을 걸어 잠그고 정권 유지만 혈안이었다.

정권이 바뀔 때마다 국민의 머슴이 되겠노라고 차별대우 없는 복지국가 만들겠다고, 고루 잘 사는 나라 만들겠다고 공약을 철석같이 했지만 기득권층만 좋아질 뿐이지 가난한 사람들에게는 당선만 되면 나 몰라라 하는 빈 공약(空約)이 지금까지 변함이 없다. 그야말로 가진 자와 기득권자들의 천국이다.

가정에선 효가 학교에선 교권이 무너지고 일터에서는 인격이, 사회에서는 인권이 무너진 세상인데도 우리 국민 모두가 누려야 할 권리는 무시당한 체 세계선진국들 모임이나 OECD에 회원국이라며 체면치레란한다. 상류층만 살기 좋은 세상이지 불쌍한 하층국민들의 인격은 철저히 무시당한다.

몇 년 전 OECD 가입했다 떠들기에 영구와 같은 하류층 서민들도 인격을 대우받을 수 있는 나라 되겠다. 좋아했는데 역대 정부에 없었던 알쏭달쏭한 법만 남발되고 상류층만 부른 배 더 부르게 하고 호사도 그들만 누린다. 불쌍한 황혼 길에 들어선 경비원들은 괴롭기만 하다.

비록 이 나라에 제일 밑바닥 인생이지만, 정권이 바뀔 때마다 이번에는 모든 사람이 차별받지 않고 가난하고 힘 약한 사람들의 비정규직 근로자들도 인권도, 인격도, 존중받는 사회가 만들어지기를 얼마나 원했던가.

요즘 들어서는 갑과 을이라는 신조어가 무르익고 있다. 말하자면 갑의 횡포가 더 심해지고 빈부격차는 점점 더 벌어지고 있다고 한다.

영구가 엉뚱한 역대 정권들을 떠올리며 이런저런 생각 속에 잠길 때 임씨가 쓰레기 분리수거작업을 다하고 음식물 쓰레기통도 갈아 끼우고는 경비실로 들어오면서 묻는다.

"소장님이랑 관리실에는 다 퇴근했나?"

"예, 형님, 조금 전에 다 퇴근했당게요. 형님 욕봤소. 다 퇴근했응게 앉아 좀 쉬씨요."

"뭐 나만 힘드나 강군 니도 힘들제, 그건 그렇고 내일부텀 4일 동안 진주도 아니고 창원까지 교육받으러 갈 일이 꿈만 같다이."

"형님, 그렇게 말입니다. 정치하는 사람들이 미친병이 다시 도진 것이지요."

"진짜로 나쁜 놈들…."

제27장

아파트경비원도 자격증 시대

대한민국 국민이면 최저임금을 적용해야 한다며 법령을 만들어 놓고는 아파트경비원이나 건물경비원을 비롯한 모든 감시단속적 근로자들과 미화원원들의 임금은 국가가 지정한 최저임금에 10%를 감하고 주는 예외 규정을 만들어 지금까지 시행하고 있다. 더럽고 힘들고 위험하고 모두가 기피하는 3D업종의 일을 시켜놓고 말이다.

2014년에도 역시 최저임금인 5,210원을 적용 시켜 주는 것이 아니고 10%를 깎고 임금을 준다는 정말 소나 동물들도 보고 웃을 말도 안 되는 법을 적용했다. 천부당만부당한 예외 규정을 만들어 놓은 사람들이 이번에는 뜬금없이 아파트경비원이 무슨 큰 감투인 양 하루 7시간씩 4일 동안 교육을 이수해야 아파트경비원을 할 수 있는 자격이 주어진다고 한다. 늙은이들을 교육시켜서 자격증을 만들어 준다는 희한한 법을 만들었다.

영구와 임만조가 서로 불평을 토로했다.

"형님, 무엇 때문에 아파트 경비원 교육을 재향군인회 출신 강사들한테 교육을 받아야 하나요?"

"그러이 말이다. 이제는 군 출신들이 조용하게 있으믄 좋지 않겠나."

"정치하는 사람들은 우리나라 근로자 최저임금과 근로시간을 헌법으로 지정해놓고도 나 몰라라 한사람들 아닙니까?”

“우리나라에 언제 만들어진 줄은 몰라도 노동법이다. 근로기준법이다. 머다. 많이 맨들어 놨지만 머 하겠니?”

“그렇게 말입니다.”

임만조와 대화는 계속해서 이어진다.

“청문회 허는 것을 보제요. 저네들은 위장전입이 죄가 아닌 것처럼 하고 국민은 알지도 못하는 불법을 저지르며 각종 떡값과, 전별금을 받고 퇴직험서 연금도 받고 고액 연봉을 받으며 별짓을 다 험서, 하급 인생들은 생각이나 하는 사람들입니까?”

“맞다. 우리나라를 대표한다고 좋아하네. 국회원치고 깨끗한놈을 별로 못봤다아니가.”

“불쌍한 미화원과 경비원들과 허드렛일을 하는 사람들과 하류층 국민들은 국세를 체납한다거나 국법을 위반해서 과태료를 체납한 사람이 있습니까? 밑바닥을 헤매는 사람들은 법을 잘 지킨 국민임을 형님도 알고 있지요? 하다못해 위장전입을 해 보았다거나 탈세를 하기 위해 다운계약서를 써 본 적이 있습니까?”

영구와 임만조가 주고받는 불만들이 끊어질 조짐이 보이지 않는다. 법을 가난하고 힘 약한 서민들만 지킨다는 얘기다.

“우리나라 건물이나 시설경비원들, 아파트경비원들, 청소미화원들, 주차 관리원들과, 높은 자리 차지하고 있는 사람들, 하고 싸잡아서 철저하게 검증한다면 재미있겠다. 벼슬자리 가려고 하는 사람들한테 청문회하는 것처럼 자리를 만들어서 말이네.”

자기가 한 말이 우스웠는지 임만조가 웃고 있다.

“형님, 말씀이 정말 옳으신 말씀입니다. 우리 같은 밑바닥 을(乙)의 인생과 불쌍한 가난한 국민들과 마당쇠인생들인 하급인생들만 법을 지키지 상류층 사람들은 법을 안 지킵니다."

하루 벌어 하루 먹고 사는 하류 급에 있는 사람들만 법을 지키고 있다는 불평의 요지였다.

"얼마 전에 대법원 판결문을 본 적이 있는디요. 출근과 퇴근 시에 교통사고 사건 사고도 근무시간 연장이라 판결했답니다. 우리나라 대부분의 아파트에서 24시간 근무시켜 놓고 아파트 경비실 안에서 식사하고 하루 네 시간 의무적으로 잠자기를 하게 한다지만, 네 시간을 근무 시간으로 인정치 않는다니 이는 천부당만부당하다고 생각합니다. 형님은 어찌 생각허요?"

"그래 도둑놈 새끼들이 즈그들은 출퇴근하는 것도 근무시간으로 판결하면서 힘없는 국민들 생각할 놈들이더냐?"

"형님, 점심시간 1시간, 저녁식사 시간 1시간과 심야의 잠자는 시간 4시간 정해놨지만, 이런 일 저런 일 하다 보면 임금이 계산되지 않는 쉬어야 할 금싸라기 같은 시간을 빼앗겨도 말할 수 있습니까? 경비실 밖을 떠나지 못허게 허니 꼬박 24시간 근무를 하는 셈이당게요. 이마저도 이 나라 해당 부서나 정부에선 나 몰라라 험서 OECD에 가입한 세계 경제 복지 국가라고 자랑할 수 있나요?"

"강군아, 그래, 니 말이 맞다이."

임만조와 영구가 대감 집 마당쇠 신세보다 못한 대우를 받고 있는 현실을 비관하는 얘기를 나누고 있는 사이에 화물차가 들어오고 있다.

"형님, 저 차는 무슨 차요?"

"설마 지금 시간에 이삿짐 차는 아니겠제."

"형님, 앉아 계셔요. 내가 나가 볼게요."

얘기를 중단하고 영구가 경비실 밖으로 나와 화물차를 세우고 물었다.

"아저씨, 뒤에 실은 것이 머입니까?"

"예. 209동 1204호에 가구 배달 갑니다."

늦은 시간인데도 가구를 배달온 차량이다.

"아저씨, 가구 배달하고 스티로폼 박스와 다른 쓰레기도 잘 좀 처리해 주셔요."

"강군아, 무슨 차라 하니?"

가구나 전자제품을 배달하는 차량이 왔다 가고나면 스티로폼과 박스와 제품을 포장한 비닐 플라스틱 끈 종류와 헤아릴 수없는 쓰레기가 발생한다. 이들 쓰레기들만 정리하는 일도 여간 힘 드는 일이 아니다. 6백여 가구가 새로 마련한 살림살이를 장만해 오는 것이라 경비원들의 일은 수월한 날이 없다.

"예, 209동 1204호 가구배달 왔답니다. 차 넘버는 86다에 2719적으씨요."

두 사람은 내일 아침 일찍 창원에까지 경비원 교육받으러 가는 일을 걱정하지 않을 수 없다. 나이 많은 노인 경비원에게 며칠씩이나 교육을 시켜야 하는지 모를 일이다. 24시간 근무를 하고 나면 아침식사도 못하고, 쉬지도 못한다. 곧바로 진주에서 창원까지 시외버스를 타고 장소도 알지도 못하는 교육장에 찾아가야 한다.

"형님, 걱정돼요. 잠도 못 자고, 아침 일찍 씻지도 못 하고, 밥도 묵지 못 하고, 창원까장 가야 할 것을 생각하든 꿈만 같습니다."

"도무지 이해를 못허겄다."

"잠이 쏟아질 것인디 큰일입니다. 그래도 형님이 창원에 살다 왔다형게 다행입니다."

"창원에서 이사 온 지가 오래다."

"형님, 세상에 이럴 수도 있나요? 이 나라에 불편한 옛날 구습법이 있으면 국민이 편안하게 다시 고쳐 제정하는 나라가 좋은 나라라고 할 수 있당게요. 국법으로 정해져 있는 최저임금에서 10%나 깎이고 임금을 받는 불쌍한 늙은이들을 때 아닌 경비원 교육법이라 만들어 놓고, 하루 7시간씩 나흘간 28시간 교육을 시키다니요. 이게 합당한가요?"

영구와 임만조는 2014년 8월 19일부터 27일까지, 24시간 근무를 하고 쉬지도 못하고 아침식사도 할 시간도 없다.창원까지 아파트경비원교육을 받고 와서 다음 날은 24시간 근무를 해야 했다. 하루걸러 징검다리 식으로 진주에서 창원까지 아파트경비원 신임 교육을 받으러 다녀야 했다. 꼭 필요한 교육이라면 노인들을 멀리 떨어진 창원에까지 가게 하지 말고, 진주에서 교육을 시켜야 마땅한 일이다. 정말 도무지 이해가 안 되는 고전소설 같은 짓을 벌이고 있다.

"강군아, 니 말이 맞다이. 지금까장 아파트경비들 교육 안 받아도 잘 넘어갔다이. 빌어먹을 새끼들이 힘없는 노인들을 우려묵어서 즈그들 살만 찌우는 악랄한 놈들잉기라."

"그래요, 먼저 교육받고 온 사람의 얘기 들응게 옛날에 없던 아파트경비원 교육법 만든 것은 현 정부가 들어서고 낙하산 정책이라 다들 말하데요. 매시간 강사들이 재향군인회, 경찰동지회, 화려한 옛 경력들 얘기하지만, 그런 얘기들 들을 때마다 한숨소리 여기저기 그치질 않더라 하더라고요. 000교육원장은 000정부 요직에 있다가 어떤 비리에 연관되어 물러난 사람이고 정부 쪽에서 불법을 저지르고 밀려난 사람이고, 낙하산 인사로 온 사람들이 교육원자리를 잡게 해준 황금 알을 낳는 거위 농장주인 됐다고 합디다."

"강군아, 나도 그런 소리는 사람들한테 다 들은 말이다, 말도 안 되는 짓거리를 헌다고, 말하자믄 소설 같은 이해가 안되는 짓을 하고 있다고 하드라."

"형님, 내일모레 70줄에 들어선 늙은 아파트경비원들에게 평생 동안 지급받지 못할 가스총 사용법하고, 강력범 제압법, 호신술, 범인체포 호송법이 가당키나 형가요? 매시간 강사로 나온 강사들은 두툼한 강의료 챙기면서도 현 정부에서 쓸데없는 법 만들어 불쌍한 하급인생 아파트경비원과 기관, 건물 경비원을 괴롭힌 악법이라 말하지 않는 강사는 한 사람도 없다고 하더랍니다."

"강군아, 그러이 말이다. 저네들이 만들어진 법이라도 잘 지켜야 될 것 아닌가베? 아파트경비원들에게는 해당되지 않는 일을 시킹게 사람이 환장할 일이제."

"최저임금도 적용시켜주지 않으면서 늙은이들에게 무슨 교육을 시킨 답니까?"

"기가 막혀 말이 안 나온다."

임만조가 기가 막혀 말이 나오지 않는다며 말을 잇지 못한다.

"어이, 강군아, 시간 됐다이. 밥이나 묵고 와라."

"예, 형님 벌써 6시가 넘었네요. 그러믄 먼저 밥 묵으러 갈게요."

일요일 오후 늦게는 이삿짐을 싣고 오는 차량이 없으므로 두 사람은 아침 일찍 아파트 경비원 교육을 받으러 가야 하는 일에 걱정되어 얘기했다.

"형님, 조형물들에 불 안 컸네요. 내가 컬 테니 밥 묵고 오씨요."

저녁식사를 하고 막 경비실로 들어오던 영구가 재촉했다.

"그래, 나도 밥 묵고 올게."

임만조가 경비실을 나가는데 젊은 사람이 택배물건을 갖고 들어온다.

"일요일도 택배물건을 갖고 오나?"

추석이 다가오니 배달물건이 넘쳐난다고 했다.

"무인 시스템 택배 한다고 하드만 전부 다 경비실로 가져오는구나."

무인 택배 함이 설치되어 있지만, 택배회사 기사들이나 주민들이 불편해했다. 함이 작아서 웬만한 택배물건은 들어가지 않는다. 무인 택배 함을 주민들이 사용하기에 익숙하지 못해 대부분의 택배물건을 경비실에서 맡아 관리하고 있다. 어떤 택배기사들은 집에 사람이 있어도 경비실에 맡기고 간다.

임만조가 저녁식사를 하고 오면서 단지 내에 가로등과 각종 조형물의 전등을 켜고 온다. 각 동 출입구 전등은 아침저녁 켜고 소등해야 한다. 음식물 쓰레기통 점검하고 각 동 출입구 문단속과 점등 확인을 하고 영구는 자정까지 잠을 자고 12시부터는 쓰레기 분리작업을 새벽 2시까지 같이 한 다음 영구는 경비실근무를 하고 임만조는 6시까지 잠자는 시간이다.

영구는 아침까지 근무하는 동안에는 생활 쓰레기 수거차와 음식물 쓰레기 차량이 들어오면 일일이 뒷정리를 해야 하므로 차단기는 올려놓을 수밖에 없다. 05시 반쯤 단지 내에 가로등 조형물 전등을 끄고, 단지 내를 돌면서 바닥에 떨어져 있는 담배꽁초와 쓰레기들을 줍고 경비실 안을 청소해놓고 오늘 교대 근무하는 B조와 교대를 하기 위해서 기다리고 있다. 임만조가 일을 다 마치고 경비실로 들어오면서 말했다.

"강군아, 너는 불면증 때문에 잠을 못 잔다면서 오늘부터 창원까지 교육받으로 갈껀디 잠이 오믄 어떡할래?"

"그렇게 말입니다. 죽기 아니면 까무러치기죠. 처음에는 의사가 반 알씩 묵으라 한 건디 요즘은 두 알씩 묵는 날도 있어요."

영구는 며칠 전부터 스트레스 불면증치료를 받고 있다. 의사가 처방해준 신경안정제를 복용하고 있지만 잠을 설치는 날이 많다.

"저기 김씨와 이씨가 온다이."

임만조가 반가워했다.

"아! 그러네요."

"이주사님, 김주사님 일찍 출근하네요."

이들이 서로 악수를 나누며 이씨와 김씨가 거의 동시에 말했다.

"오늘 강주사와 임주사가 창원까지 교육가는 날이라 조금 일찍 왔능기라요. 진주에만 해도 경비원이 얼마나 많습니까? 진주에서 교육을 받게 해야지 이게 머하는 짓입니까? 그놈들이 정신이 올바른 놈들입니까?"

이창복이 하는 말이다.

"그러게 말입니다."

"집에 가서 아침밥 묵고 가시이소."

영구가 바쁘게 서두르며 창원까지 시간 맞춰가려면 아침식사를 할 시간이 없다고 했다.

"아녀요, 밥을 묵고 가서는 시간이 늦어뿌요. 옷만 갈아입고 가야 합니다. 다행히 임씨 형님하고 같이 가게 돼서 한시름 놨네요. 택배물건을 확인해 보씨요. 총 34개니 세어 보씨요."

"34개 확인했습니다."

이창복이 택배물건의 개수를 확인했다.

"사무실 전달사항 잘 읽어 보시고요."

"임 주사, 강 주사, 교육 잘 받고 오시라요."

"예, 우리 갔다 올게요. 수고하씨요. 내일 봐요."

두 사람은 바쁘게 서둘렀다. 교대 인수인계를 마치고 집에 도착해 아침식사도 하지 못했다. 옷만 갈아입고 시외버스정류장에서 두 사람은 창원 가는 시외버스에 올랐다.

두 사람이 찾아가는 교육장인 청송빌딩은 창원시청 로터리를 돌아 골목 안쪽에 있었다. 건물들이 모두 높이가 비슷비슷했다. 7층 꼭대기에 잘 보이지도 않는 낡은 건물에 '코드원 교육원'이라고 조그맣게 붙어 있었지만, 다른 빌딩들에 가려서 눈에 잘 띄지 않은 초라한 낡은 건물이었다. 처음 찾아오는 사람들은 찾기에 애를 먹었다고 했다. 그렇다고 해서 시청각 자료나 교육장으로 뭐 하나 눈에 띄게 갖추어진 것은 없었다. 진주에도 얼마든지 교육을 할 장소가 있다. 무엇 때문에 진주 쪽에 40여 명씩 노인 경비원들이 창원까지 날마다 소처럼 끌려 와야 하는지 이해가 되지 않은 다는 반응이다. 24시간을 근무를 했으면 쉬게 하고 다음날 교육을 시켜야 마땅한 일이다. 영구는 창원에 살았던 임만조 덕분에 비교적 쉽게 교육장을 찾을 수 있었다.

교육 시간 9시가 거의 다 되어 가는 시간인데도 전화가 빗발친다.

"어느 방향입니까?"

"창원시청 우측으로 돌아 병원 골목으로 돌아오셔요."

각지에서 찾아오는 사람들이 청송빌딩 건물 7층 코드원이란 교육장을 찾아오느라 진땀을 흘렸다. 이날은 사천과 진주방향에서 온 사람들이다. 그리고 창원에 사는 사람들이라야 잘 찾을 수가 있겠지만, 진주나 다른 지방에서 찾아가는 사람들은 아파트경비원교육장인 코드원을 찾기에 애를 먹을 만도 하다.

진주에 아파트경비원만 해도 수백 명이며 서부경남에 감시단속적근로자들을 다 포함하면 수천수만 명이 불편을 겪어야 하는 일이다. 교육장 건물이 대로변에 있는 것도 아니고 주변에는 특별히 눈에 띄는 큰 건물이 있는 것도 아니다. 6~7층짜리 건물들이 비좁게 줄지어 서 있는 건물에 꼭대기 7층에 코드원이라는 오래된 낡은 건물의 교육장을 찾아오기란 노인들에게는 스트레스 받게 하는 처사다. 교통비를 지급한다거나 점심식사도 제공하지 않았다.

스마트폰에 길들여진 20살 갓 넘은 청년인 세 사람도 찾느라 애먹었다며 불만이다. 교육방법이나 늙은 사람들에게 그 지역에서 교육을 실시할 수 없는 것이냐고 질문을 쏟아냈다. 24시간 근무하느라 징검다리 경비원 신임교육 4일 동안에 매시간 강사가 바뀌지만 자기들은 수강료를 챙겨 가지만, 현 정부에서 하고 있는 처사는 이해할 수 없다는 얘기를 강사들로부터 직접 들었다.

이번 기간에 경비원 교육 인원 40명 중에 물론 해당되는 교육생이 전혀 없는 것이 아니다. 핵발전소나 특수기관의 특수 경비교육을 받기 위해 참석한 20살 갓 넘은 청년이 3명이 있었다. 이들은 특수 보안기관 경비직으로 입사한 사람들이다. 근무할 때 무기도 지급한다고 한다. 범인 체포와 호송 법, 태권도 호신술, 이런 교육이 필요할 수 있는 사람들이다.

그러나 매시간 높은 강의료를 지급 받고 있는 강사들이 왜 모르겠는가? 20살 갓 넘은 3명의 청년들에게 한 시간이라도 잠을 깨워서 경비 방법을 교육시킨다면 좋을 것 아닌가? 교육을 담당하는 교육원이나 강의를 강의하는 강사들이 단 몇 %라도 합당한 일리가 있는 교육이다 싶으면 늙은 경비원들은 둘째 치고라도 20살 청년들에게 하루걸러 징검다리 식인 교육시간 나흘 동안 잠만 자게 하겠는가 말이다. 세상에 이런 어처구니없는 일이 소설이 아니고 실제로 경험하게 되었으니 기가 막힐 일이다.

우리나라에 아파트경비원과 건물이나 시설경비원수가 수십만, 나아가 수백만 명이라 한다. 수많은 경비원들을 교육시키면서 발생되는 경제적 손실은 이루 말 할 수 없도록 엄청날 것이다. 그런데도 정작 교육장에서 징검다리식 4일 동안 아파트경비원교육다운 교육은 하루도 받아 보지 못했다. 단 한 시간이라도 늙은이들이 아파트경비원 일을 하면서 필요한 것은 없었다. 아파트경비원이 하는 일이 쓰레기 분리수거 청소 이런 일

뿐인데 음식물 수거법이나 이런 것들을 교육시켜야 타당치 않는가. 말이다. 이런 엉터리 교육을 국가를 멍들게 하는 좀 벌레 같은 짓을 하고 있다. 창원뿐 아니라 전국적으로 하고 있을 것 아닌가. 이런 엄청난 과오를 저지르는 현 정부다.

먼 길까지 와서 잠만 자게 하는 아파트경비원 교육 제도는 하루 빨리 폐지해야 한다. 몇 안 되는 특정인 주머니를 채워 주기 위해서 지나가는 소가 웃을 일을 만들어 불쌍한 늙은이들을 괴롭히고 있으니 서글프고 안타까운 일이다. 아파트경비원들을 소집해 놓고 갓 스물 된 세 청년을 포함시켜 그들에게 관련된 교육을 늙은이들에게 시키고 있으면서 왜, 왜, 왜, 정작 교육이 필요한 그들에게는 나흘 동안 잠만 재우느냐 말이다.

정작, 젊은 청년들 3명에게는 필요할 수 있는 교육이었지만 4일 동안 단 한 시간도 깨어 있는 시간은 없고 교육시간 4일 동안 내내 엎드려 잠만 자게하고 끝냈으니 이 나라 국민 한사람으로 기가 막혀 스트레스 불면증이 걸리지 않을 수가 있는가 말이다. 이로 인해 불치의 병을 떠 앓을 실마리가 되지 않겠는가 말이다. 실로 엄청난 과오를 저지르고 있다.

교육 참석자를 호명을 하고 나서 잠을 자도 괜찮으니 잠은 실컷 자도 되며 다만 밖에만 나가지 말아 주라 했다.

도무지 말이 되는 소린가? 24시간 근무하고 교육받으러 온 사람들 배려하기 위해서 교육장 안에서 잠재우지 말고 아예 집에서 편안히 쉬라 할 수는 없단 말인가?

영구는 공원에 수도에서 물 한 방울 쓸데없이 흐르는 것과 대낮에 켜져 있는 가로등을 볼 때 얼마나 맘이 아픈지 모른다. 당장 전봇대를 타고 올라가 켜진 가로등불을 끄고 싶은 안타까움에 빠져든다. 영구 자신뿐만 아니라 참석한 40여 명의 늙은이들이 모두 다 대한민국 국민이다.

아까운 시간과 돈을 그리고 국력을 쓸데없이 소비해 버리니 이 얼마나 애통한 일인가. 나흘 동안 억지 잠을 청해보지만 대낮인데 의자에 앉은 채 잠을 자라고 하는데 잠이 오겠는가? 정상적인 사고를 가진 사람들인데 이에 병이 나지 않는다고 장담할 순 없다. 나흘 동안 국가적 손실은 차 치고라도 경비원 개인에게는 스트레스만 받고 무의미하게 낭비해버린 시간과 물질이 얼마던가, 교통비와 식대 또 같이 참석한 동료들과 안 마셔도 될 소주값으로 나간 돈이 많다. 강영구와 임만조가 20만 원씩쯤 썼다. 두 사람이 40만 원이 넘는 돈을 무의미한 교육을 받기 위해 지출했으니 우리나라 전 지역에서 70이 다 된 늙은이들의 주머니를 축내게 했으며, 아무런 보람도 없는 일에 국민들이 낸 어마어마한 세금을 낭비해 버리는 도대체 이런 악법을 누가 만들었던가 말인가?

서민들이 아니, 뜻있는 국민들 대다수가 없어져야 할 악덕용역업체들이라고 말하고 있다. 불쌍한 비정규직 근로자들의 피와 땀을 갈취하는 용역업체 업자들에게도 갑과 을 관계가 성립한 모양이다. 불쌍한 경비원들을 인력시장에다 팔아 돈벌이에 나선 용역업체에 정부기관에서 압력을 가해 경비원 노인들을 신임교육에 참가시키되 교육에 참여한 경비원 한 사람당 13만 원이란 교육비를 용역업체에 물게 했단다. 정말이지 늑대나 이리떼 같은 사람들이 벌이는 모습이 가관이다.

이렇게 24시간 근무를 하고 징검다리 건너듯 4일 동안 진주에서 창원까지 아파트 경비교육을 받으러 다녀 잠 한숨도 자지 못하고 완전 뜬 눈으로 다녔다. 24시간 근무를 하고 또 곧바로 창원으로 달려가야 했다. 교육시간에 잠을 자는 사람들이 있긴 했으나 영구는 눈만 따가웠다. 수면을 취하려고 용을 썼으나 헛일이었다. 설사 교육시간에 잠을 청한다 하지만, 주위가 산만하고 바로 앞에서는 강사가 떠들고 있는데 탁자 위에 엎드려 올바른 수면을 취할 수가 있었겠는가? 24시간 근무하고 다음 날은 집에서 쉬면서 잠을 자야 하는데 창원까지 교육받으러 다니는 동안에는 어처구니없는 교육내용과 방식, 이런 것들 때문에 화도 나고 스트레스를 받으니 수면제를 2알씩이나 먹어도 눈만 따가울 뿐 잠들 수 없었다.

"형님, 욕봤습니다. 걱정을 많이 했는디 4일 동안 교육을 받으니 시원섭섭합니다. 오늘 술은 내가 사는 날이지요. 형님 어디로 갈까요?"

"아무 데나 가자, 저기 삼겹살집 있다."

두 사람은 교통비와 식사비를 그리고 교육을 마치고 귀갓길에도 술값을 하루는 임만조가 다음날은 영구가 교대로 치렀다. 경비원 신임교육을 마치고 홀가분한 맘으로 소주를 마시기 위해 식당에 앉았지만 말도 안되는 아파트경비원들의 교육법을 만들어 괴롭히는 정치인들과, 당국자들을 원망하는 맘은 어떻게 달랠 수 없었다.

"형님, 우리가 늙어서 이렇게 기가 막힌 일을 당하고 삽니다. 전태일선생님, 그 양반이 열악한 노동환경을 고발하고 불나비가 되었듯이 내가 교육장에서 할복이라도 해서 사회에 고발하고 싶었습니다만, 비겁한 놈, 이놈이 코드원 교육장에서 배라도 갈라서 하늘에 뜻을 물었어야 했는디 뜻을 이루지 못했습니다."

영구가 술기운이 발동했는지 임만조에게 과격한 말을 뱉어냈다. 늙은 경비원들에게 엉터리 신임교육을 실시한 국가에 위정자들에게 경종을 울리고 싶은 맘이 교육기간 내내 떠나질 않았지만 마당쇠 같은 처지인 자신을 비관할 수밖에 없었다.

"그래, 한잔하고 저녁에는 푹 자야 할 텐디 자네는 잠을 못 자서 큰일이네. 집에서 잘 때도 잠을 못 자니?"

"집에서도 이놈의 불면증이 깊은 잠을 못 자게 합니다. 이번에 교육기간에 엄청난 스트레스를 받아 뿌럿당게요."

"잠잘 때는 아무 생각도 허지 말그라. 잠을 잘 수 있게 연구만 하거라 이."

"형님, 어디 내 맘대로 합니까? 나도 아무리 잡념, 생각 안 할라고 해도 이 나라 이 정부가 이래서는 안되는디, 하는 맘 때문에 스트레스만 되고 있으이 불면증으로 눈까풀은 따갑지만 잠을 못 자고 죽을 지경입니다."

두 사람은 벌써 소주를 3병째 마셨다.

"형님, 오늘도 강사가 경비업법 몇 조 몇 항 쉬며 잠자는 시간 정해져 있지만, 제대로 적용받기 힘들다 하지 않던가요. 글고 우리나라 근로기준법이 8시간과 최저임금법 정해 봤자 무슨 소용이 있습니까? 경비원은 최저임금도 안 주는 것은 무슨 법입니까? 글고, 알량한 경비업법 몇 조 몇 항에 경비 외의 업무를 하게 한자는 처벌받는다고 법 만들어 놓고 이 법 위반해 처벌받은 사업주가 몇 명이나 있는지요?"

임만조가 얘기를 이어받았다.

"그러이 말이다. 법을 만들어 놨으믄 실행을 해야제. 내년부텀 최저임금을 깎지 않고 다 준다고 하더라만, 내년 되어 봐야 알 것 아닝가. 자기들 하고는 아무 상관 없는 일이다. 고 불쌍한 하급 인생들을 생각하기나 한다니?"

"우리 같은 아파트 경비원들에게는 해당하지도 않는 성폭행 방어법, 귀중품 운반법하고, 태권도니, 무술이니, 가스총, 쏘는 법이 해당이 되느냐 말입니다. 이런 것들은 4일 동안 종일 잠만 재웠던 젊은 청년 세 사람에게나, 말하자면 특수 경비직에게 필요한 것인디 기가 막혀 말이 안 나옵니다."

"그러게 특수경비직하고, 아파트경비직은 따로 교육시켜야 마땅하지…."

"그런데 젊은 청년들 세 사람인가, 그 사람들은 4일 동안 잠만 자고 있었지 잠시라도 깨어 있능 것을 봤습니까?"

"그러니까이 정치하는 놈들이 죽일 놈들잉거라, 늙은이들에게 교육시키려거든 정작 필요한 음식물 쓰레기통 씻는 법, 재활용품 정리 하는 법, 이런 것들을 교육시켰다믄 차라리 불평을 안 하제…."

"형님도 참, 아파트경비원 허는 사람들이 음식물 쓰레기통이며 재활용 쓰레기 정리하는 법이 뭐가 필요합니까?"

"그러니깐 허는 말이여! 미친놈들이라고 그놈들이 말이여…."

두 사람은 삼겹살을 구워놓고 소주가 한잔 들어가니 현 정부가 말도 안 되는 법을 만들어 갑질을 하는 것 같아서 더 원망스럽다. 술기운인지 한소리를 또 하고 되풀이했다.

"형님, 한잔씩 허믄서 잊어뿝시다."

임만조가 시원하게 한잔 들이키더니 마당쇠의 애환을 털어놓기 시작한다.

"우리 같은 놈들은 아파트에 사는 사람들의 마당쇠같다아이가, 자전거에 바람 빠졌다. 바람 넣어 달라. 하고 헌옷가지 화장품 맡겨 놓고 누가 오면 주라, 비가 오려고 하니 우산 좀 빌려 달라, 짐 좀 들어 달라 맡겨 달라. 별일을 다 시키고 허믄서도 너무나도 당연 형것처럼 허이, 속으로는 내가 너희들 종이냐 소리를 하고 싶어도 안 좋은 티도 내지 못하고 웃는 모습 보여야 헌다아이가, 그 사람 비위 맞춰 허이 이것이 바로 옛날 대감 집에 마당쇠 하고 머가 틀리니?"

"형님, 맞습니다. 우리가 바로 아파트에 사는 사람들의 마당쇱니다. 온갖 허드렛일 다 하고 주민들 비위 맞춰야 합니다. 그래서 인터넷에 보면 우리 같은 아파트 경비원들이 현대판 노예라고 하는 말도 있습디다."

"어, 형님 술잔이 비었네요."
"강군아, 오늘은 우리 한 병만 더 묵자."
"형님, 나는 술 취한디요. 형님은 안 취하요?"
"아직 까딱없다아이가."
"형님, 술 무지 세네요."
진주에서 창원까지 다니면서 경비원교육을 마쳤으니 맘 놓고 한 잔 마시려는 것이었지만 내일 또 쉬지 못하고 24시간 근무를 해야 할 처지다. 두 사람은 애먼 소주에 분풀이하려는 듯, 한 병 더 주문했다.
"아줌마, 여기 화이트 한 병 더 주씨요."
"강군아, 썩어빠질 아파트경비원교육을 다 받았으이 술 한 잔 묵고 저녁에는 푹 자그라."
"예, 술 묵은 날은 잠이 들 때가 많아요. 형님, 걱정이 태산 같았는디 교육은 다 마쳤습니다. 맘 놓고 주무시고 내일 만납시다."

이런 불법을 행하는 용역업체와 애꿎은 노인 경비원들에게 불법인 경비 외의 일을 시키면 안 된다고 법만 만들어 놓고, 나 몰라라 하며 엉뚱한 교육을 시키는 위정자들은 각성해야 한다.
평상시에도 택배물건들 때문에 하나라도 잘못될까 봐, 이리 옮기고 저리 옮기며 신경 써야 한다. 택배 배달 종사자와 그리고 같은 경비동료들과도 택배물건 인수인계 때문에 스트레스받는 일이 너무 많다. 근무교대 시간마다 택배물 대장과 개수가 잘 맞아 떨어지는 날이 드물다. 우리말에 쌀 한 가마를 아랫목에서 윗목으로 옮겼다가 되로 세어보면 축이 나고 모자란다는 말이 있다. 그러니 택배물건 대장을 수시로 점검을 하고 현재 남아있는 재고와 맞아 떨어지게 정확히 맞춰내야 하기 때문에 스트레스받는 일이 많다. 대법원 판결도 아파트경비원에게는 택배물건 분실 책임을 물을 수 없다고 판결은 났지만, 대부분의 아파트경비원들은 택배물건 분실 시에는 배상해야 한다고 알고 있다.

많은 아파트에서 택배회사에게 주민들의 편의를 위해서 택배물건은 받아주지만, 분실했을 때는 경비원에게는 책임을 물을 수 없다는 확인서를 받아 두고 있는 아파트 관리사무소가 많다고 한다.

한가위 명절이 다가오니 해맞이아파트 경비실에는 산더미처럼 택배가 쌓이고 있다.

평생 동안 집에서는 방 한번 쓸어 본 일 없고, 설거지 한번 하지 않고 살던 영구가 나이 들어 수많은 사람들이 먹다 버린 음식물 쓰레기통을 들여다보고 적당량 넘을 새라 신경 쓰고 있다. 일반 박스, 파지, 빈 병, 페트병, 플라스틱, 비닐, 스티로폼과, 일반 쓰레기와, 비(非)재활용품, 종류도 너무 많다. 재활용 분리수거 종류가 너무 많다, 경비원들만 죽어난다.

정말 시 당국자들에게 원망이 절로 나온다. 자기들은 시민들이 내는 세금으로 환경 분야는 하청을 주면서 갑질을 부추기고 있다. 지자체가 이들 재활용품 거두어가는 재활용품 수거 업체들에게 갑을 관계를 만들었다. 환경미화원들을 공무원으로 채용하지 않고 용역업체에 하청을 주어 맡긴다. 이들 환경업체 종사자들도 영구와 임만조처럼, 모두 밑바닥 인생이라고 말할 수 있겠지만, 이들에게서도 갑을관계가 만들어졌다. 재활용을 할 수 있는 쓰레기와 할 수 없는 쓰레기를 확실하게 선별되어 비닐 자루에 담겨 있지 않다거나, 그들의 비위에 맞지 않으면 재활용품 수거업체와 환경 업체 차량이, 그리고 음식물수거 업체 차량도 왔다가 수거를 거부하고 그냥 가버린다. 수거한 쓰레기통과 음식물 쓰레기통도 제자리에 놓지 않는다. 쓰레기와 음식물찌꺼기도 어질러 놓고는 그대로 가버린다. 비워진 쓰레기통들을 아무렇게나 던져 놓은 것들을 제자리에 놓을 수 없느냐고 말을 못한다. 경비원들은 주인의식이 없는 이들에게 저 자세로 비위를 맞추느라 애를 써야 하며 꿀 먹은 벙어리가 되어야 하는 것도 스트레스가 되고 있다.

현대판 마당쇠의 고난은 다기능화가 된 로봇과도 같다. 말로만 아파트 경비원이지, 재활용 쓰레기 분리수거를 하고 환경업무와 관련된 일로 낮과 밤 매달린다 해도 틀린 말이 아니다.

옛날에 사대부집 마당쇠는 개처럼 열심히 짖어대며 문지기 노릇만 하면 되었으니 정신과 육체가 힘 드는 일은 하지 않았다.

이번에 영구가 창원까지 가서 받은 교육을 '경비원신임교육'이라고 제목을 붙이지 말고 차라리 '마당쇠 교육'이라고 이름 붙였으면 낫지 않았을까. 영구의 생각이다.

제28장

아파트경비원들의 현실

명칭만 아파트경비원이지 실질적인 임무인 아파트단지를 순찰한다거나, 아파트경내 경계경비를 할 시간적 여유도 없다. 아파트 안에서 발생되는 생활용품쓰레기들을 분리수거를 하고, 수시로 단지 안에 싸리 빗자루를 들고 나가서 비질을 해야 하고 단지 내에 풀을 뽑기는 여간 어려운 일이 아니다. 야간에 아파트 단지 내를 돌면서 순찰하고, 경비하는 일은 뒷전이다.

영구가 살고 있는 곳은 소규모 아파트다. 한사람이 낮으로만 경비원 일을 하고 있다. 주민들이 출입을 하면서 현관문 쪽 전등을 아침에는 끄고 저녁이면 켠다. 그러나 이곳 해맞이아파트는 단지 내에 각 동을 경비원들이 돌며 아침저녁 전등 끄고 켜기를 해야 한다. 으레 경비원이 다니면서 끄고 켜기를 하는 것이라고 의식화되어 있다. 그 동에 사는 주민들이 출입하면서 어두울 때나 날이 밝을 때 벽에 설치된 스위치를 눌러 꺼주고 켜주기를 바라는 경비원은 마당쇠 신분을 착각한 사치스런 생각이다.

단지 내, 가로등과 각종 조형물의 전등을 신경 써야 하며, 어린이놀이터와 드넓은 아파트단지 내 청소까지 경비 업무가 아닌 일을 아님을 알지만, 어쩔 수 없이 울며 겨자 먹는 것처럼 하고 있다.

지금 영구가 근무하고 있는 아파트에는 입주를 시작 한지는 한 달 남짓이라 아직 질서가 잡히지 않아 힘들다. 그야말로 정신 바짝 차리지 않으면 근무할 수 없다.

진주시내 기존의 아파트들이 해맞이아파트만큼의 규모라면 보통 10여명 이상씩 근무를 한다. 더구나 틀이 잡히지 않은 신축아파트에 입주가 끝나지 않아 관리소 직원이나 미화원과 경비원들도 힘들기는 마찬가지다.

정문에 설치된 차량을 출입시키는 차단기를 아직도 일일이 손으로 조작하고 있다. 잠시 1초도 한눈을 팔아서는 안 된다. 우리나라 운전기사들은 핸들만 잡으면 바빠진다는 말이 있지 않은가. 어린이집과 유치원 차량의 등하교 때마다 안전을 위해 교통정리를 해야 하며 수시로 걸려오는 무전기, 인터폰, 비상전화기가 시도 때도 없이 울려 대고 깜박하는 동안에 차단기 열어 주는 것이 늦어지면 잠시를 기다려 주지 못하고 크랙숀을 눌러 댄다.

적재함에 탑을 씌운 차량이나 낯선 차다 싶으면 어디 가느냐. 무슨 일로 왔느냐 메모를 하고 일일이 확인을 하고 통과시켜야 한다. 신축아파트가 아닌 기존 아파트는 입주자들의 차량이 관리사무실에 번호가 등록되어 있어서 출입할 때 차단기가 자동으로 작동하면 경비원이 수월하다.

영구의 뒤에 조인 B조 동료 한사람인 이창복이 근무할 때였다. 이삿짐 차량이 통과하면서 차단기 끝 부분을 부러뜨려서 근무자가 변상해야 한다고 하는 바람에 지금 바늘방석에 앉아 있는 기분으로 근무하고 있다.

영구는 나이가 들면서 집에서는 초저녁잠이 많은 편이다. 9시나 늦어도 10시면 잠들고 했다. 그러나 해맞이 아파트경비원으로 일하면서는 저녁 8~12시까지, 잠자는 시간이다. 자정이 넘으면 교대 자와 교대를 해야 하는데 도무지 잠이 들지 않는다. 눈꺼풀이 무겁고 눈은 쓰리면서도 잠들지 못하고 자괴감에 빠져든다. 맘속에 온갖 잡념들이 떠오른다.

쥐가 고양이 목에 방울 달기만큼이나 어렵고 현실에 맞지 않은 이런 일들을 어떻게 대처해야 할까. 하며 구상을 하느라 잠을 자야 할 저녁 시간에 좀처럼 잠들지 못한다. 창원까지 다니면서 엉터리 아파트경비원 신임교육 기간에 얻은 스트레스 불면증은 극에 달했다. 잠들지 못하고 뜬눈으로 주어진 수면시간을 흘려보내 버리고 막상 근무하다 보면 바닷가 모래 위에 누각처럼 되고 만다.

근로계약서를 경비원에게도 주라는 소리를 하지 못하고 만다. 저녁마다 잠들지 못하고 구상했던 부당한 것들을 관리사무소에 말하기도 맞지 않은 것 같고 용역 본사에 전화하려 해도 선 듯 용기가 나지 않는다. 현실과 어긋나는 경비원 신임교육문제를 개선한다든지 아예 폐지해야 하는 것이 좋다고 청와대 민원실에 아니면 국민 신문고에 올려 볼까, 방법을 구상하다 보면 자정이 되도록 잠들지 못하고 만다. 쥐들 나라에 쥐들이 고양이 목에 방울을 달아야 한다는 좋은 방법을 알지만, 용감한 쥐가 방울을 고양이 목에 달겠다고 나서주는 쥐가 없는 쥐들 나라처럼 되고 만다.

영구가 옛날 청년 때다. 공무원시험에 합격해 국가기관에 발령받았지만, 남에게 구속받기 싫어하는 성격이라 적성에 맞지 않아 발령받은 지 3일 만에 사직했다. 남에게 구속받기 싫어 어렵게 합격한 직장도 내 던져 버렸었다. 평생을 직장이라고는 가져 보지 않고 나이가 들어 경비원 생활을 하면서 주민들과 아파트 동 대표나 임원들에게 인격을 무시당해야 하나? 법에도 없는 일을 그냥 해야 하나? 이런 잡념들 때문에 맘에 갈피를 잡을 수 없다. 그러다가 또 늙은 나이에 일 할 수 있다는 것도 좋은 일이라고 스스로 위안하며 맘을 추스르기도 한다.

영구가 아파트 공사 현장에서 같이 경비원 근무를 했던 10여 명의 동료는 아파트 경비원으로 연장 근무를 하게 되면 보랏빛 청사진이라도 펼쳐질 것 같은 맘들을 다 갖고 있었다. 동료들이 원했던 아파트 경비원일을 못하고 떠나야 했던 아픔을 겪었던 동료들이 한 사람씩 차례로 스치고 지나갔다. 그러다가 전창진반장이 뇌리에 오래 머무른다.

4단지 아파트에 경비반장을 맡고 있는 전반장은 쓰레기 분리수거와 청소업무는 경비원들이 맡을 수 없다며 거부를 하고 있다고 한다. 그 바람에 관리사무실과 전반장이 각을 세우며, 대립하고 있으니 폭풍전야의 분위기라고 한다. 경비원들은 경비업무에 관한 일만 하고 있다. 하지만 서울에 가나용역업체와 관리사무소와 주민대표 등 이들의 등쌀에 얼마나 장기간 버텨 낼 수 있을지 모른다.

그러나 2단지에 영구가 일하고 있는 아파트에 임반장은 관리사무실에 4단지 전반장처럼 경비원들이 하는 일이 아니라고 거부하지 못한다. 아파트에서 쫓겨나게 되면 일자리를 잃게 된다는 의식이 꽉 차 있다.

영구의 스트레스 불면증은 날로 심해지고 있다. 만약에 아파트에 도둑이 들거나 외지사람이 출입으로 무슨 범죄가 일어나면 아파트경비원이 책임을 져야 하는 일이 일어나지 않을까. 차단기를 열어 주고 내리다가 사고라도 나면 어떻게 해야 하나, 다음 시간에 해야 할 일을 어떻게 해야 하나, 금싸라기 같은 수면을 취해야 할 시간이지만 이런저런 일을 구상하다 보면 잠은 들지 않고 어느새 몇 시간이 홀딱 지나버린다. 일어나야 할 자정이 가까워진다. 눈은 따갑지만 잠 한숨 자지 못하고 일어나 쓰레기 분리작업과 교대근무에 나서야 한다.

간간이 술 취한 입주자들과 실랑이를 해야 한다. 피자, 치킨, 자장면, 배달하는 사람들이 수시로 드나든다. 늦은 밤에 술 취한 입주자들이 자기들의 출입하는 현관문 비밀번호를 기억을 못 하고 문 열어 달라 하는 입주자들도 많다. 새벽 3시나 4시가 되면 어긋나서 이제야 잠이 쏟아진다.

다음 날 쉬는 날에는 하루 종일 자다 깨고 하다 보니 수면 부족은 해결되지 않아 나날이 견디기 힘들었다. 영구가 단골로 다니는 병원에서 처방받은 신경 안정제를 턱없이 늘려 먹어도 효과가 없다. 처음엔 반쪽씩 복용하다, 요즘은 두 알씩 복용해도 주어진 시간에 맞춰 잠들지 못한다고 하자, 의사는 스트레스로 인한 불면증이라며 두 알 이상은 곤란하다며 약물치료는 불가능하다고 말했다. 일을 그만두는 수밖에는 없다고 했다.

어느 누가 취침시간이 정해진 시간에 바로 잠들 수 있고 깨야 할 시간에 정확히 일어나는 사람이 몇이나 될까마는 늦게 서야 수면제에 취해 잠이 들면 교대하자고 임만조가 전화를 해도 듣지 못하고 세상 모르고 잠이 들어버린 날도 있다. 흔들어 깨우면 그때서야 잠이 깨지만, 수면제에 취해있다. 충분한 자지 못해선지 흡사 위내시경 검사할 때, 마취에서 덜 깬 것처럼 발걸음이 비틀거려 지고 땅바닥이 움푹움푹 꺼진 길을 걷는 것처럼 걸어지며 뱃속도 메스꺼웠다.

영구는 세금 한 푼 체납한 일 없이 바른길 정도(正道)만 걸었던 사람이다. 부도덕한 삶을 하지 않았기에 충분한 재물을 모으지도 못하고 늙어서 아파트경비원 일을 하고 있다.

지금 세상은 남 괴롭히지 않고 남 속이지 않으며, 부동산 투기하지 않고, 위장 전입 하지 않고, 정직하게 살며 정도의 길을 걸었던 사람들이 절대로 부자가 될 수 없는 사회라는 것을 지나가는 소도 아는 일이다.

우리나라는 동방예의지국이라 먹을 양식도 항상 모자란 궁핍한 살림을 살면서도 항상 남에게 베푸는 민족이었다. 내 집에 일하러 온 사람들에게 세끼 밥이며, 새참 그리고 농주(農酒)와 담배도 제공해 주고 일 끝나면 품삯 외에도 따로 가반(加飯)까지 꼭꼭 들려 집에 보내었던 우리 민족이었다.

얼마 전 모 대학에서 청소미화원들의 쉴 장소는 물론 이고 점심 먹을 마땅한 장소도 없어 어려움을 겪고 있다고 언론에 심심찮게 보도되고 있다. 비정규직 근로자들의 인권과 인격 무시 풍조는 비단 그 대학뿐 이겠는가. 대다수의 기관과 업체들마다 마찬가지다. 경비원이나 청소미화원들의 인격을 생각이나 해 주는 업체나 기관이 과연 몇이나 될까. 아파트경비원에게 하루 24시간 근무케 해놓고, 휴게 공간 잠자리에 신경 써 주는 데는 별로 없다.

언론에 호되게 비난을 받던 대학이 청소미화원들의 휴식장소를 만들어 주었다는 방송을 내보내기도 한다. 그렇지만 대학청소미화원보다 열악한 환경에 빠져 있는 일반아파트에 경비원들의 일상은 제대로 보도하는 신문이나 방송을 하는 언론기관은 없는 것 같아 영구의 기분이 씁쓸하다.

우리나라 근로기준법은 이들에게는 있으나 마나 하는 조항들이다. 적용치 않는 법은 차라리 삭제를 해버리면 맘이라도 편할 것이 아닌가. 우리나라 헌법이 갑의 위치에 있는 사람들만 보호를 받는 법이 되고 있음은 서글픈 일이다.

지금 우리나라가 OECD 회원국이며 세계 10대 경제 대국이라고 떠들어 대지만, 우리나라의 현실을 들여다보는 내면세계는 참으로 암담하기만 하다. 비정규직 근로자가 6백만도 훨씬 넘고, 말로만 하루 근로시간 8시간이다. 비정규직 근로자나 영구와 같은 밑바닥 인생인 감시 단속적 근로자들이 일하는 시간은 세계에서 제일 많은 나라, 양극화 문제

등 자살률이 제일 높은 나라다. 복지정책에 힘쓸 일이지 수백만이 넘는 불쌍한 사람들의 신음은 외면한 채, 경제선진국과 어깨를 나란히 했다고 경제지표 상위권 나라라고 자랑만 할 일이 아니다. OECD 회원국이라며 선진국인 것처럼 체면치레하는 모양새를 보니 70년대 새마을운동을 펼치면서 가난한 농촌 사람들을 괴롭혔던 일이 생각난다. 잘 살기 운동이다. 하면서 기찻길이 지나고 도로 주변에 사는 농가들은 정부로부터 시달림을 엄청나게 받았었다. 말하자면 회칠한 무덤을 만드는 일에 억울하게 무임금 착취를 당했다.

돈 한 푼 받지 못한 신작로보수작업에 끌려다녔었다. 봄만 되면 산에 나무 심는 울력이란 으름으로 날마다 끌려나가 노역을 했다. 그때 사방사업은 밀가루라도 주면서 일을 시켰으나 조림사업은 무엇 때문인지 해마다 봄만 되면 보름도 넘게 나무 심기 강제 노역을 시켰다. 기차가 지나다니고 자동차들이 지나다니는 철도나 신작로 주변 산에는 줄을 맞춰서 나무를 심어야 여행객들이 볼 때 그리고 외국인이 볼 때 품위 있는 나라로 보인다고 했다.

기차나 자동차가 지나다니는 선로나 도로 주변 농가 주택은 지붕개량을 해야 한다고 했다. 그래야만 외국인이 관광하더라도 우리나라가 잘사는 나라처럼 보이고 나라가 위신이 선다고 했다.

1970년대에 정부에서 새마을 사업을 펼치면서 신작로와 철길 주변에는 대대적으로 지붕개량사업을 펼쳤다. 당시에 영구가 살던 집은 오막살이 토담집이라 슬레이트나 기와를 얹을 수 없는 집이었다. 지붕개량을 하려면 집을 새로 지어야 할 형편이었다. 끼니 걱정을 할 형편인 집안 사정도 몰라주는 면서기들이 몇 번이나 찾아왔다. 지붕개량을 할 슬레이트를 몇%를 국가에서 지원해주는데 왜 나라정책을 따라 주지 않느냐고, 열차를 타고 지나는 사람들이 뭐라고 하겠느냐고 괴롭히는 바람에 속상했던 그때는 잊을 수 없다. 당장 오늘내일 품을 팔아야 먹고사는 입장인데 쓰러져가는 오막살이 지붕 위에 슬레이트를 얹으려면 서까래나 다른 자잿값이 슬레이트값의 몇 배나 들어야 했기 때문에 국가의 지원사업은 영구네처럼 가난한 사람들을 스트레스만 받게 했다. 새마을 사업은 가난한 사람들에게는 지옥 생활이나 다름이 없었다. 당시 형편이 어려운 사람들이 리어카나 자전거 한 대 살 수 없을 뿐 아니라 소달구지나 리어카를 이용할 들 논 한 마지기도 없었다. 골목길과 마을 앞길을 넓힌들 무슨 소용이 있겠는가?

마을 앞, 강에 다리 놓는 일을 한다 해도 들판에 논을 가진 자들은 리어카나 소달구지를 이용해서 논에 거름을 내고 벼나 보리를 실어 나르기도 했으며 읍내나 시내에 자주 다니는 사람들과 자녀들이 중 고등학교에 다니는 사람들이 기차나 버스를 타고 내리기 위해 드나들 수 있어 좋을 뿐이었다. 이런 기득권이 있는 사람들을 위해 몇 년 동안 우임금 울력을 했다. 품팔이로 겉보리라도 한 됫박 얻어 와야 먹고살 수 있는 가난한 영구네와 같은 몇몇 집들은 산골짝에 천수답 몇 마지기뿐이라 들판에 농로를 개설하고 강에 다리를 건설해 봤자 도움이 되는 일이 없다. 몇 년 동안 새마을 사업이란 명목의 다리 놓기와 골목길 넓히기, 다른 집의 지붕개량, 나무 심기와 신작로에 모래 자갈 운반해와 깔기 울력에 무임금으로 억울하게 노동을 착취당하며 철저하게 인격과 인권을 무시당했던 슬픈 삶을 영구는 경험했었다.

이 나라 내면에는 을에 속한 백성들이 살기가 어렵고 기득권자들의 비리가 곪아 터지고 썩어가는 상처가 냄새가 진동하고 있는데 OECD 회원국이라며 호화찬란한 회칠한 무덤을 만드는 일은 언제까지 해야 끝이 나고 불쌍한 사람들의 내면세계를 돌아보며 복지국가 만드는 일을 할 것인지 요원하기만 하다.

수신제가 치국평천하란 말이 있다. 나랏일을 하려거든 먼저 몸과 마음을 닦아 수양하며 백성들이 평안하게 해주고 고루고루 사람답게 살게 하는 것이 먼저라는 말이다. 이렇게 하는 것이 우리나라 대대로 내려온 미풍양식을 전통 시킬 수 있는 것이라고 영구가 하고 싶은 말이다.

법은 국민을 평안과 행복을 주기 위해 만들어 진줄 아는데 밑바닥 아파트 경비원 인생은 너무 힘들다.

얼마 전엔 모 공영방송에서 '삶의 현장'이란 제목으로 상위계층에 있는 사람들이 하위계층에 있는 사람들의 현장체험 생방송 프로가 있었다. 요즘은 이런 프로도 없는 것 같다. 밑바닥 하급인생 삶의 현장을 철저하게 숨기는 것처럼 보여서 아쉽기만 하다. 우리나라 사회 구석구석 그늘진 어두운 곳에도 민정을 살피는 대통령이 되어주시길 영구가 소망해 본다.

맘속으로 어서 잠들게 해달라고 기도 하면서 잠을 청해 보지만, 눈까풀은 쓰리면서도 좀처럼 잠이 들지 않는다. 자정이 다 되어 잠이 들면 12시부터 시작되는 쓰레기 분리작업을 해야 하기 때문에 늦게 잠들어 버리면 낭패다. 그냥 일어나고 만다. 동마다 설치된 쓰레기장마다 다니면서 쓰레기 분리작업을 마치고 임만조는 자러 가고 나면 새벽 2시쯤에 경비실로 돌아온다.

심야에는 차량출입이 뜸하므로 남아 있는 택배물건 정리를 하고, 각종 캔 종류나 플라스틱 재활용 분류쓰레기들 담을 대형 비닐봉지도 자주자주 만들어 놓아야 한다. 일반 가정에 주부가 살림하다 보면 일이 많은 것처럼, 아파트에 모든 일을 다 해야 하는 경비원들의 할 일은 표도 나지 않으면서 많기도 하다.

영구에게 잠자야 할 주어진 4시간 동안 아무리 잠들기 위해 애를 써도 잠들지 못했던 잠이 늦게야 쏟아진다. 졸지 않기 위해 경비실에서 나와 돌아다니기도 하고, 양손으로 좌우 뺨을 쳐 보기도 하고, 찬물 세수도 하면서 잠을 쫓아내려고 안간힘을 쓰다 보면 음식물 쓰레기수거차량이 들어온다.

전날 저녁에 음식물 쓰레기통들을 갈아 끼우고, 음식물들이 들어있는 통들을 빼놓은 것들의 음식물 쓰레기를 수거하는 사람들은 수거차량에 비우고는 아무렇게나 던져 놓고 가버리면 일일이 경비원들이 돌아다니면서 떨어진 음식물 쓰레기들을 쓸고 정리를 해야 했다.

해맞이아파트에서는 음식물 쓰레기 종량제를 시행하고 있다. 음식물 쓰레기 종량제라 하면 각 가정에서 쓰레기를 발생한 것만큼 요금을 내는 제도이다. 음식물 쓰레기 무게를 재기 위해 박스 안에 음식쓰레기 통을 넣고 입주자용 카드를 체크하면 음식물 쓰레기통 문이 열린다. 새 아파트 새집으로 이사한다며 집들이 영향인지 음식물 쓰레기가 많이 발생한다. 음식물 쓰레기 종량제는 버리는 사람이나 경비원들 입장에서는 더 불편하다. 일일이 점검을 해서 박스 안에 집어넣고 빼는 일이 수월치 않다. 이렇게 음식물 쓰레기를 정리하고 나면 생활쓰레기차량이 들어 올 때도 마찬가지로 환경미화원들이 아무렇게나 끌어다가 수거하고 나서 어질러 놓은 것들을 청소하고 제자리에 정리해야 한다.

3D직업 중의 하나를 환경미화원이라 했던가. 얼마 전에 어느 지자체에 환경미화원 공개채용 모집에 몇십 대 일이나 되는 경쟁률이 높은 직종이 되었다는 보도를 본 적이 있다. 그러나 국민 서열 최하위에서 더 이상 떨어질 데가 없는 밑바닥 직업이라 했지만, 환경미화원과 아파트경비원과의 새로운 갑을 관계가 만들어졌다.

환경미화원이 갑의 위치에 경비원은 을의 위치에 굳어졌다. 초원과 밀림 속에 약육강식의 먹이사슬 세계에서 약한 자가 더 약한 자를 지배하는 것처럼 아파트경비원들이 생활쓰레기를 수거해가는 환경미화원들에게 갑질을 받고 있으니 제일 약자라는 얘기다.

이렇게 힘들었던 하루의 근무교대를 하고, 퇴근하는 시간만큼은 홀가분함 이 기분 때문에 위로받는다 할까, 집에 퇴근하는 즐거움을 맛보는 행복한 시간이다.

샤워하고 아침 식사를 하고 나면 영구의 아내 명례는 빨리 잠을 자라고 하지만, 하루 동안 들어온 이메일도 점검하고 형편없는 시도 쓰고, 글쓰기며, 책도 봐야 하고 하루의 시간이 턱도 없이 모자라는 시간이다. 뜬눈으로 근무해선지 이불 밑에서 뒹구는 시간이 길어진다.

처방받은 수면제가 효과가 약 한 것 같아 영구가 병원에 찾아가 상담했다. 신경안정제로 별 효과를 못 본다면서 이번에도 스트레스받는 일을 하지 말고 쉬어보라며 전에 했던 말을 담당의사는 되풀이한다.

"요새는 잠을 좀 주무십니까?"

"아니요, 눈은 따가워 아무리 잠을 자려고 애를 써도 잠을 못 잡니다."

"그러시면 건강을 해칩니다. 다른 생각은 일절 하지 말고 맘을 편안하게 가질 수 없다면 일을 그만두어야 합니다. 수면제는 어떻게 복용합니까?"

"요새는 두 알씩 먹어도 잠을 못 잡니다."

"두 알씩이나 복용해도 잠을 못 주무신다면 약물로는 어렵습니다. 일을 그만두고 쉬어보세요."

영구가 의사의 권유를 듣고 보니 건강을 위해서는 경비원 일을 하루빨리 그만두는 것이 좋을 것 같다. 의사는 걱정하지 마라. 잠을 청하기 위해서는 아무 생각이나 잡념을 갖지 마라, 맘을 편하게 가지라고 하지만,

영구에게는 이런 권유들이 받아들여지지 않는다.

영구의 성격은 좀 별나다고 할까, 모든 일에 원칙에 어긋나는 일을 그냥 넘겨 버리는 일을 싫어하는 성격이다. 길을 가다가도 누가 다투고 있는 걸 보면, 끼어들어서 잘잘못을 가려 주고 가야 하는 그런 성격이다 보니, 지금 영구가 근무하고 있는 곳에서도 근로기준법이나 경비원법령에 법으로 정해져 있는 원칙을 떠나 일을 시키며 인격을 무시하는 처사들과 이러한 문제들을 그냥 그러려니 하며 넘기지 못하는 성격이다.

우리나라 헌법 안에 세부 법령들이 들어 있다. 모든 법은 모든 국민들에게 공평하게 적용되어야 한다. 도로교통법도 있고, 환경보호법도 있다. 국가에서는 대통령 법령이니, 국무총리 법령이니, 하면서 수많은 종류의 법들을 만들어 놓고 시행하고 있다. 이러한 법들을 만들어 놓고 법을 어기면 가차 없이 법의 잣대를 들이대고 있지만, 무엇 때문인지 아파트경비원들과 같은 비정규직 근로자들에게는 근로기준법을 적용을 시키지 않고 있음은 이해할 수 없다.

우리나라 아파트경비원의 근무형태는 24시간 격일제 근무 형태다. 수면시간 4시간에, 저녁과 점심의 식사 시간을 합해서 6시간은 임금에서 제외시키는 휴식 시간이라며 근무 인정을 해 줄 수 없다면서 수면시간과 식사시간을 경비실 안에서만 있게 하는지 이해할 수 없다.

경비원들의 자유시간이라면 잠도 집에 와서 잘 수 있어야 하고, 식사도 밖에 나와서도 먹을 수 있어야 마땅하지 않은 것인가. 사실상 경비실 안에서 주민들의 택배며, 방문자 안내, 입주자들의 민원을 처리해주는 엄연한 근무 중이라 해야 마땅하지 않은가.

다른 일터 공무원이나 흔히 말하는 좋은 직장 일터에서는 근로기준법을 철저하게 적용 시키며 그리고 주 근로시간 40시간을 적용 시켜준다.

아파트경비원들은 주 80시간도 넘게 근무를 시키고 있으면서 임금은 주 40시간 최저임금을 계산해 준다. 거기다 10%를 감하고 적용해주는 것은 벼룩의 간을 내먹는 처사다.

정말 영구는 잔소리 많은 시어머니처럼 했던 경비원의 애환 얘기를 또 하고 반복해서 했던 말을 두 번 세 번 하다 보니 바늘방석에 앉은 기분이다. 그러나 잔소리를 많이 한다고 쓴소리를 들을지라도 우는 아기에게 젖을 준다고 하지 않던가. 동료들에게 들어서 아는 일이지만, 아파트경비원들의 세계에서는 병가나 휴직 휴가라고는 있을 수 없다고 하는 얘기를 들었다. 같이 근무를 하는 임만조나, 경비반장 임성택은 10년 넘게 경비원 근무를 하는 동안에 병가를 허락받았다거나 병으로 휴직 신청이 받아들여진 경우를 본 적이 없다고 했다.

근로기준법에는 병가신청이나 휴직을 신청할 수 있는 근로자들의 권리로 정해져 있다. 일하다가 질병이 발생하면 병가를 내고 병을 치료한다거나 치료 시일이 오래 걸릴 것 같으면 휴직을 신청할 수 있다고 되어 있지만, 안달수가 갑자기 토사곽란으로 응급실에 3일 입원 했다가 해고를 당했고 문영태와 이해수도 사소한 일로 즉석에서 해고를 당했으니 아파트 경비원들에게는 적용이 제외되는 근로기준법이다.

영구의 불면증 원인은 이런 불합리한 것들로 인해, 고심하다 수면시간에 잠들지 못한 원인이 된 것이다. 영구의 불면증으로 인해 근무하기가 힘들어지니 병가나 휴직은 통하지 않을 줄로 뻔히 알면서도, 관리실에 찾아가 소장에게 병가나 휴직을 신청해 보기로 했다.

"소장님 안녕하십니까?"

"강주사님, 어서 오십시오. 불면증으로 고생하신다는 말씀을 들었습니다만 요즈음은 어떻습니까?"

"소장님, 그렇잖아도 불면증 때문에 말씀드릴 일이 있어 왔습니다."

"말씀해 보십시오."

"소장님 저가 요즘에는 수면제를 두 알씩이나 먹고 있습니다. 어제도 병원에 갔더니 의사가 일을 그만두는 것이 좋을 것 같다 했습니다. 그리고 저 자신도 잠을 못 자니 힘들어서 병가를 좀 부탁 하러 왔습니다."

"강주사님, 딱한 사정은 알겠습니다만 우리 아파트에서는 병가라는 제도가 없습니다."

"불면증 때문에 며칠 쉬려하는디 안 된다는 말씀이군요?"

"강주사님, 우리나라 아파트 안에서는 어디에도 그런 법은 적용되지 않는답니다."

제29장

경비원직을 사직한 영구

해맞이 아파트에 김창남관리소장은 단호했다. 사무소직원이나 경비원과 청소미화원들에게 병가나 휴가를 적용해주고 휴직을 처리해주는 권한도 자기에게는 없다고 말했다.

"소장님, 그러면 휴직도 안 됩니까?"

"예, 휴직도 마찬가지로 안 됩니다, 병가나 휴직처리를 내 맘대로 행사할 권한이 저에게는 없습니다."

"소장님 불면증 때문에 더 이상 근무하기가 어렵습니다. 병가나 휴직처리가 안 되면 권고사직으로 처리해 주십시오. 그래야만 실업급여를 받을 수 있다고 합니다."

"그런 일은 본사에 보고를 해보겠습니다, 일단은 사직서를 제출하십시오.

영구가 근무하는 아파트경비실은 정문과 후문에 경비원이 근무하게 되어 있었으나 후문을 폐쇄하고 정문에만 근무하게 한 것은 주민의 관리비 지출을 절감하기 위해 경비 업무지침이 변경되었던 것이다.

정문 쪽에서 반장 포함한 세 사람이 격일 근무를 하게 되니 가끔 경비실 안에 경비원이 3명이 서성거리는 걸 보고 두 사람만 근무를 시키라며 입주민이 주장했다. 한 사람이 남게 된다고 해, 동료경비원 5명이 의

377

논 끝에 나이가 적은 영구가 일을 그만두기로 약속이 되어 있었다. 사무실에서는 아직 누가 그만두라는 통보가 없는 상태였다.

기존 아파트들은 동마다 출입구에 경비실이 만들어져있다. 두 사람의 경비원을 격일로 근무케 구조가 되어 있었지만 요즘 새로 짓는 아파트들은 경비실을 정문과 후문 쪽에만 경비원을 상주케 하는 아파트가 많다. 경비원의 수를 줄이므로 일자리가 줄어지는 것이며 경비원은 힘들게 되는 것이다.

동 대표들과 관리사무소에서 한 사람의 인력을 줄여야 할 입장이라 권고사직 처리가 되면 영구 입장에서는 실업급여를 받을 수 있어서 좋았고, 가나산업 용역업체 본사에서도 아무런 문제가 없을 줄로 알았지만, 영구의 생각은 빗나갔다.

같이 근무하는 동료들은 이창복만 빼고, 모두 나이가 5~6살 정도 많기 때문에 일자리 구하기가 어렵다는 말을 들었었다. 영구가 그만두기로 약속이 되어 있는 걸, 김소장도 알고 있었다.

하루 쉰 다음 날, 관리사무실에서 근무지침을 전달받고 들어오는 임반장이 영구에게 관리소에 들러 달라 한다는 말을 듣고 관리소로 갔다.

"소장님, 안녕하십니까?"

"강주사님, 어서 오십시오."

"실장님, 여기 차 좀 주세요. 강주사님 커피 드시지요."

관리사무실에 홍일점인 탁실장에게 차를 주문했다.

"예, 저는 커피입니다."

"강주사님, 미안하게 되었습니다. 본사에 나종덕팀장님에게 잘 얘기를 했지만, 권고사직은 안 된다 합니다."

"아니 왜, 안 된다 합니까?"

"실업급여를 받기 위한 권고사직처리는 곤란하답니다. 지난달에도 본사에 소속되어있는 관리소 직원이 사직해, 실업급여 신청 건이 있어서 더 이상의 권고사직은 해 줄 수 없다 하니 저로서는 어떻게 할 수가 없습니다."

"소장님, 우리 아파트에 현재 상황이 한 사람은 그만두어야 하는 건, 다 알고 있는 것 아닙니까?"

"그렇지만 위에서 하는 일이기 때문에 저로서는 어찌할 도리가 없습니다."

"아, 그렇군요. 저는 지금까지 사직처리나 모든 일을 소장님 임의대로 처리하는 줄로 알고 있었습니다."

"그렇지 않습니다. 소장은 아무 권한도 없습니다. 스트레스 엄청 받습니다. 강주사를 권고사직을 요청했다가 본사에서는 일 처리 잘 못 한다고 한소리를 들었습니다. 또, 주민들은 어떻습니까? 시도 때도 없이 찾아와서 안 좋은 소리 하지요. 동 대표의 눈치를 살펴야 하고 죽겠습니다."

영구는 지금까지 자영업으로만 살아왔다. 직장이나 회사는 업무가 어떻게 돌아가는가에 대해서는 전무했다. 지금까지 영구가 알기로는 아파트경비원에 대한 인사권은 관리소장에게 있는 줄로 알았다.

"예, 알겠습니다. 그러면 어쩔 수 없죠. 그만둘 수밖에요."

"강주사님, 사직서를 간단하게 써서 제출하십시오."

이미 영구는 더 이상 경비원 일을 하지 않으리라는 맘에 정해져 사직서를 어떻게 쓰리라는 초안을 떠올리며 경비실로 돌아왔다.

임반장이 왼손에는 인터폰 수화기를 들고 뭐라고 말을 하고 있고, 오른손은 차량 출입을 할 수 있게 열어 주고 내려 주는 차단기 버튼을 올렸다, 내렸다, 반복하고 있다. 임만조는 쓰레기 분리수거장에 가 있는지 보이지 않는다.

"임반장님, 임주사는 어디 갔습니까?"

"승용차 한 대가 지하 주차장으로 들어가지 않고 204동 쪽으로 가는 바람에 단속하려고 나갔습니다. 분리수거도 하고 올 것입니다. 소장님이 뭐라 합디까?"

"본사 '가나'에 나 팀장이 권고사직은 받아 줄 수 없더라고 하더랍니다."

"왜, 권고사직이 안 된다고 합디까?"

"잘 모르겠습니다. 아마도 실업급여가 발생하면 가나용역에 불이익이 발생되나 봅니다."

"강주사요, 힘들어도 11월까지만 참고 견디어 보세요. 해맞이아파트를 시공한 건설회사하고 '가나'가 계약 기간이 11월이라 하니 그때에는 자연적으로 일을 그만두게 되는 일이 발생하면 실업급여를 받을 수 있는 자격이 됩니다."

"반장님, 저는 11월까장 못 견딥니다. 잠 못 자는 불면증이 이렇게 힘드는 줄은 몰랐습니다."

"강주사, 그러면 본인 사정으로 그만두게 되는 걸로 사직서를 써야 하는데 그렇게 되믄 실업급여를 못 받는 기라요."

그동안에 매월 고용보험금을 꼬박꼬박 내왔다. 공사현장에서 근무하고 아파트경비원으로 일하면서 불입한 고용보험금은 본인의 사정으로 직장생활을 그만두게 되면 아무 소용이 없게 되는 것임을 알게 되었다. 그리고 뜻하지 않은 일로 직장을 잃은 사람들을 위해서 실업급여 제도가 있음을 몰랐던 것을 인터넷으로 조금이나마 공부를 하게 된 것이다.

임반장은 직장을 퇴직하고 아파트 경비원 일을 줄곧 15년 가까이 근무를 해선지 고용노동법이랄지 근로자와 업체와의 관계에 대해서 잘 알았다. 어떠한 이유가 되었든지 본인이 사직서를 제출하면 실업급여는 못 받는다고 했다.

영구가 질병으로 인한 근무를 그만두었을 때는 실업급여를 받을 수 있다는 얘기를 임반장에게 했다.

"저가 언젠가 인터넷을 봤어요. 근무 중에 발생된 질병 때문에 일을 할 수 없게 되믄 실업급여를 받을 수 있다고 되어 있는 걸 본 적이 있습니다요."

임성택은 대번에 질병으로 인한 실업급여는 받지 못한다고 했다.

"질병으로는 못 받습니다. 보험회사에 그 사람들이 어떤 사람들인데 스트레스성 불면증에 걸렸다고 실업 급여를 인정하겠습니까?"

"반장님, 저가 생각하기에는 불면증으로 잠 못 자는 병은 절대로 가볍게 바서는 안 된다고 보는디요."

"내 얘기는 15년 가까이 아파트 경비근무를 해 봤지만, 질병으로 실업급여를 받은 것을 보지 못했다는 뜻잉거라예."

"벌써, 병원치료를 한 달도 넘게 받고 있습니다. 신경안정제를 두 알씩이나 묵고 있습니다. 의사는 일을 그만두고 집에서 안정을 취해 보라고 권하더랑게요."

임성택은 오랜 경비원 생활을 했지만 질병에 관련해서 실업급여를 받는 것은 보지를 못했다며 답답하다는 말투였다.

"글씨요, 불면증이나 질병으로 우리 같은 사람들이 혜택을 받을 수가 없는 것입니다. 천날 만날이 지나가 봐도 법은 소용이 없는 것이고 우리들보다 위에 있는 사람들에게 해당되는 것이지예. 우리 같은 약자들이

나 경비원들에게는 소용없는 법들잉거라예.”

임반장은 불면증이 아니라, 더 큰 질병으로 일을 그만두게 되도, 경비원들에게는 적용되지 않는다고 말했다. 그러나 영구는 이미 더 이상 근무는 힘들다고 맘에 결정이 된 상태라 사직서를 제출하겠다는 생각은 변함이 없다. 그리고 불면증은 근무 중에 발생한 원인임을 주장하겠다고 맘속으로 구상하고, 분리수거장에 가서 임만조의 재활용 쓰레기 분리작업을 돕기로 했다.

“반장님, 재활용 쓰레기 정리하고 오겠습니다.”

“임주사가 지금쯤 많이 정리했을 것입니다. 강주사는 조금 있다가 유치원과 어린이집 차량들이 들어오면 차량정리나 하시라예.”

“예, 알았습니다. 그런디 반장님, 경비인원을 줄인다 해 놓고 왜, 아직 누구 한 사람 그만두라 하지도 않고 있으면서 내 같은 사람의 권고사직 처리를 해주면 좋을 것인디 이해가 안 됩니다.”

“그것은 용역회사 ‘가나’에서는 건설회사하고 11월까지 관리 비용을 지급하기로 약속이 되어 있기 때문에 한사람이 더 있으나, 없으나, 자기네들은 손해 될 이유가 없다는 것 아닙니까예? 그러나 실제로는 우리 아파트에는 현재의 관리소직원과 청소부와 경비원들의 숫자를 늘려야 맞는 일인데 서울에 본사에서는 현장이 돌아가는 것이 눈에 보이지 않고 있으이 오히려 경비원 숫자를 줄이려고 하고 있는 것잉거라예, 또, 한 사람의 실업급여 대상자가 발생하면 용역업체에서는 고용보험금을 그만큼 더 내야 하는 것 때문에 권고사직을 인정하지 않는 것입니다.”

임반장은 근로기준법이며 고용노동법을 전부 꿰차고 있는 듯 영구에게 설명했다.

아파트건설 업체직원 10여 명이 공사가 끝났는데도 철수를 하지 않고 있다. 이곳저곳에 하자보수공사도 하면서 연말까지 상주한다고 했다.

공사현장 근무를 할 때, 얼마 전까지만 해도 영구는 이들 건설 업체직원들의 지시에 따랐지만, 이제는 이들 하고는 업무에 관련이 없다. 근무하다 보면 자주 마주치기도 하고 자기들이 필요한 것들을 주문해서 경비실에 맡겨 두었다가 찾아가기도 한다.

전에는 시공사 직원들을 만날 때마다 주눅이 들곤 했다. 경비원들에게 유난히 힘들게 했던 건설회사 직원들과 반감(反感) 때문에 이들을 대할 때는 커피 한잔 하라는 말도 없이 쓴웃음을 지으며 한 번 더 쳐다보기도 했다.

"아저씨, 저한테 택배가 왔다고 하던데요?"

"이과장한테 뭐가 왔더라. 아 저기 있네. 택배를 왜 사무실로 주문을 하지 않고 경비실로 오게 하는가? 바로바로 찾아가 주믄 우리가 편하단 말이시."

"아저씨, 다른 사람들은 전부 집으로 갔는데 계속 이어서 근무를 하네요. 축하합니다."

이과장은 동문서답을 했다. 영구가 이렇게 힘들어하는 줄도 모르고 아파트경비원으로 계속해서 일할 수 있으니 축하한다고 말했다. 시공회사 이과장이 택배물건을 들고 나갈 때까지도 건성으로 대하며 반말로 응대했다. 곧바로 박명수반장이 들어왔다.

"아저씨, 수고하십니다."

"그래, 고맙네. 커피 한 잔 줄까?"

"한 잔 줘 보세요. 아저씨는 커피 안하요?"

"나는 아까 출근해서 한잔 묵었네."

"다른 때는 커피를 많이 마셨잖아요."

"커피 때문에 불면증이 심할까 싶어서 그런단 말이시."

"커피가 체질에 따라서 영향이 있다고 합디다."

박명수반장은 시공회사와 계약을 맺고 전국에 건설현장이 있는 곳이면 어디든 다 가서 일한다고 했다. 박반장의 집은 전주지만 남매가 아직 대학을 다니고 있으며, 그의 아내가 신부전증을 앓고 있으며, 소아마비에 전신을 움직이지 못하는 불구의 딸도 있어서 경제적으로 힘들다고 했다. 하지만 박반장 같은 반장들은 시공회사에서 고용한 사람들이라 08시 출근해 오후 5시에 퇴근하며 토요일, 일요일과 국경일은 휴무를 하니 회사직원들과 같은 근무 형태이다.

"현장 근무를 할 때는 커피하고 화장지는 사무실에서 훔쳐다 쓰기도 했는디 아파트 경비를 헝게 관리사무실에서 이런 것도 안주니 커피도 우리 집에서 가져 왔다네."

"아저씨 나중에 사무실에 가면 커피 한 통 갖다 드릴게요."

"박반장 자네가 뭣 땜세 우리에게 커피를 신경을 쓰는가?"

박반장이 웃으면서 말했다.

"경비실에서 마시는 커피가 맛이 더 좋습니다."

시공업체에서는 건설자재뿐만 아니고 사무실 안에 사용하는 물품들도 하다못해 종이컵도 조금도 모자람이 없이 언제나 차고 넘친다. 직원들과는 별도의 컨테이너 사무실을 사용하고 있는 반장들의 사무실에는 직원사무실에서 들고 온 일회용 장갑이나 종이컵과 200개들이 믹스커피도 쌓아놓고 있다. 시공업체현장사무소에서는 건설자재나 직원이 사용하는 소모품도 부족함이 없이 사용했다.

해맞이아파트관리사무실 안에 근무하는 사람들은 소모품 비용도 사무실에서 충당한다. 그러니 아파트경비원들에게는 1회용 코팅 면장갑도 마음대로 사용하지 못하고 더러워지면 자기가 빨아서 사용해야 할 정도로 소모품 지급도 관리사무소에서 제대로 못 받고 일을 해야 했다.

하루 종일 파지나 종이박스와 빈 병 등을 분리작업을 하느라 실장갑이 금방 더러워진다. 아파트공사 당시에 현장 근로자들은 그야말로 일회용이다. 일 할 때 한 번만 끼고는 버린다. 말하자면 생수, 실장갑, 화장지, 종이컵, 커피까지 모든 물건을 반장근로자들에게는 충족하게 지급이 되었지만, 경비원들에게는 따로 지급되지 않았다. 직원들의 눈치를 봐서 얻어 쓰기도 했고, 사무실에 경비일지를 결재받으러 갈 때마다. 커피나 종이컵 같은 소모품을 직원들의 눈치를 봐가며 들고 와서 쓸 수가 있었다.

그러나 아파트관리사무소 체제가 되고부터는 아파트경비원들에게 지급되는 것은 한 달 동안 실장갑 10컬레 화장지 몇 개와 청소도구뿐이다. 사실상 경비원들이 사용하는 실장갑이란 5명이 하루 사용할 양밖에는 안 된다.

경비원들이 쓰레기를 만지고 나면 끼던 장갑을 벗어 놨다가 손을 씻고 다시 작업할 때는 냄새나는 실장갑을 매번 끼려 하면 기분이 좋지 않은 것은 사람이라면 다 같은 맘일 것이다.

물론 서울에 있는 용역회사에서 관리사무소에서 운영비를 충분하게 내려 주지 않으므로 관리사무실에서는 경비원들에게 소모품 지급을 충분하게 하지 못하는 것인 줄 안다.

요즘 새로 짓는 아파트들은 거의 독거미와 같은 용역업체들이 장악한다. 기존아파트들도 야금야금 악덕용역업체들이 손을 뻗어 가고 있다. 아파트자치회에서 용역업체에 계약하고 맡기는 곳도 있다고 했다. 그러나 전국에서 일어나고 있는 아파트관리사무소의 부정과 비리가 심심찮게 보도되고 있는 것은 이해가 되지 않는다.

근로기준법이 만들어져 있고 고용노동법이 만들어져 있다. 각종 법령이 만들어져 있지만 모든 법들이 국민을 보호하기 위해 만들어져 있다. 그러니 국민 전체에 공평하게 법이 적용되어야 한다. 법률들이 만들어져 있지만, 밑바닥 어둠 속에서 일하고 있는 사람들에게는 왜 적용이 안 되고 있는지 모른다.

경비원들도 근무 중에 병이 발생하면 당연히 병을 치료할 수 있는 병가를 적용 시켜 줘야 한다. 근무 중에 발생된 병을 치료하는 기간이 길어질 것 같으면 휴직도 받아들여져야 마땅하다.

영구가 6개월 남짓 경비원 생활을 하면서 해맞이아파트 경비원생활 2개월 정도는 큰돈을 주고도 하지 못할 큰 인생 공부를 했다고 맘먹기로 했다.

"강주사, 어린애들을 엄마들이 데리고 나오기 시작하는 것 보니 어린이집과 유치원 차가 올 때가 되었나 봐요."

"예, 나가 보겠습니다."

영구가 경비실에서 나오자 곧바로 승용차 한 대가 어린이집 차량들이 서는 장소에 주차하고 차에서 내리는 사람이 있다.

"아저씨, 여기는 차를 주차하면 안 됩니다."

"차도 안 다니는 한적한 도로인데 왜 주차를 못 하게 합니까?"

"조금 있으면 어린이집 차량과 유치원 차량들이 계속해서 들어옵니다."

"현장사무실에 잠깐 갔다 오렵니다."

"아저씨 지하주차장 넓습니다. 지하 주차장에 주차하시고 볼일 보고 가십시오."

"참, 아저씨도 5분이면 되는데 답답하게 구시네."

"죄송합니다. 어린이집 차량이 지금 바로 들어올 거라서예."

"무슨 차가 들어와요. 안 들어오잖아요."

"아저씨, 어린이집 차량과 유치원 차량이 한두 대도 아니고 수많은 차가 들어 올 시간이라예, 협조를 좀 해 주십시오."

"잠시면 된다는데 말이 많네. 영감이."

"그냥 가믄 안 됩니다."

승용차운전자는 막무가내로 영구의 말은 무시하고 들어가 버린다. 영구는 스트레스만 받게 될 것 같아 더 이상 제지를 포기했다. 외부에서 방문하는 차량 운전자들은 경비원들의 말은 잘 따라 주질 않으며 무시하는 사람이 많다.

오전 9~10시까지는 진주 시내에 있는 어린이집과 유치원생들을 태워 나르는 차량이 많아 도로가 늘 붐빈다. 이 시간이 되면 경비원들이 안전사고의 예방 차원에서 차량 들을 정리해야 하지만, 간혹 한 시간 동안의 주차금지를 무시하는 운전자들이 많이 있다. 조금 전 주차금지를 무시하고 들어간 운전자는 해맞이아파트의 지상주차금지라는 걸, 아는 운전자다. 볼일이 간단해 지하주차장까지 내려가기가 번거롭다는 이유에서다.

건설업체 방문 차량과 가구나 전자제품 배송차량 각종 택배물건 차들뿐만 아니라, 자장면이나 치킨 피자를 배달하는 오토바이들도 지하를 이용하게 하라고 경비원들은 지시를 받았다.

경비원들은 오토바이 운전자들과도 실랑이를 많이 한다. 오토바이는 정문 차단기 쪽으로 통과시키지 말고 인도로 우회시키라는 지시를 받았다. 통제하면 무시하는 오토바이가 많고 지하로 들어가지도 않고 지상에 세워놓고 음식물을 배달하는 오토바이가 많다. 자동차보다 덩치가 작은 오토바이는 지하주차장으로 들어가기를 꺼린다. 경비실 앞을 쏜살처럼 지나가 버리면 경비원들은 난감하다.

차량을 운전하는 사람들도 지하시설물에는 익숙하지 못하다. 인간은 땅 위에서만 오랫동안 살아왔기 때문인가 보다.

지금 한창 입주가 진행되고 있어서 이삿짐 차량과 뒤엉킨 것들을 통제하고 정리해야 하는 경비원들은 숨 돌릴 틈도 없다. 1톤 화물자동차라도 적재함이 높은 차량은 지하주차장 높이 때문에 출입이 제한적이다. 그렇지만 1톤 미만의 적재함이 없는 차량은 지하 주차장으로 들어가서 주차를 해야 하는데 지시를 잘 따라 주지 않는다. 모든 가구나 전자제품들을 배송하는 소형차들은 물건을 운반이 끝나면 지하주차장으로 주차해놓고 제품을 설치해야 한다고 홍보를 하지만 쇠귀에 경 읽기다.

모두 바쁘다. 지하에까지 들어갔다가 다시 세대로 돌아오는 시간이 걸리고 번거롭다는 이유다. 진주에는 아파트 지상에만 주차했던 문화라 방문 차량이 경비원들의 제재를 따라주지 않는 운전자들이 많다.

경비원들의 지시를 무시하는 차량이 지상에 주차되어 있으면 아파트에 직책을 맡은 동 대표나, 주민들은 관리사무실에 전화질책을 하면 관리소장이나 직원들은 경비원들에게 차량 단속을 잘 못 한다고 경고를 한다.

이래저래 경비원들은 죽을 판이다. 언제인가부터 아파트 경비원들의 인권이 이렇게 땅에 떨어져 있었는지 모른다. 마당쇠가 사대부가에 대감 쳐다보듯 해야 한다.

영구가 날로 심해지는 불면증으로 하루라도 건강을 위해서는 빨리 경비원 일을 그만두겠다는 결정을 한 것은 곰곰 생각해보면 서울에 용역회사가 하는 일들이 여러 가지로 원인이 되었고 아파트 업무가 스트레스 불면증이 발생한 것 아닌가. 근로계약서를 쓸 때 바쁘다는 핑계로 졸속으로 작성케 한 것이나, 아파트경비원으로서 경비 일보다는 주로 하는 일이 쓰레기 분리수거나 청소하는 일이며, 계획에 없던 후문경비실 폐쇄하는 일등 하루 24시간 경비실에 있게 하면서 점심과 저녁 먹는 시간은 임금에서 제 하는 일과, 우리나라에서 정하여 놓은 근로자 최저임금에서도 10%를 깎고 90%만 주는 일, 불합리하게 만들어진 제도들이 영구를 스트레스를 받게 했고 창원에서 받은 엉터리 경비원 신임교육이 심한 불면증에 빠지게 한 원인이다.

가나용역에 나종덕 팀장은 권고사직처리가 될 수도 있는 일인데도 거부하는 것이 못내 맘에 거슬린다. 영구의 불면증은 근무 중에 스트레스로 온 질병으로 봐야 한다. 아직 아파트경비원이 근무 중에 발생한 불면증으로 실업급여 대상자가 된 적이 없다지만 이번 기회에 전국의 아파트경비원들에게 알리고 싶은 그의 바람이었다. 영구가 받은 부당한 대우들이 스트레스가 된 걸 나열해 보니 이처럼 셀 수 없이 많았다.

유치원과 어린이집에서 운영하는 차량도 이제는 보이지 않고 임만조가 분리수거를 끝내고 이삿짐을 싣고 오는 입주 차량이 몰려오기 전에 잠시 대화를 할 여유가 있다.

"형님, 서울 본사에 나 팀장을 근로기준법 위반으로 고발하고 경비원들에게도 근로계약서를 달라고 할까요."

"뭘 고발하려고…?"

임만조가 짧게 묻는다.

"내가 근로기준법을 인터넷에서 봤는디 근로자에게 근로계약서를 교부하지 않으믄 업주는 벌금이 500만 원이라 하데요."

재활용 쓰레기장을 점검하고 들어오던 임반장이 어느새 듣고 다 소용

없는 일이라고 제지한다.

"강주사, 다 쓸데없는 짓이라요. 괜히 긁어서 부스럼 만드는 격잉기라요."

"부스럼이 될 일이 머 있겠습니까?"

임반장은 계속 부질없는 일이라고 한다.

"다 부질없는 짓이라요. 계란으로 바위 치긴거라요."

"나는 지금 맘은 어떻게 해서라도 국가가 정한 최저임금서 10%나 적게 받는 사람들에 도움이 되게 했으면 하는 맘입니다. 그리고 근무 중에 발생한 스트레스도 실업급여를 받을 수 있다는 것을 보여주고 싶습니다."

"강주사, 아예 그런 맘은 묵지도 않아야 합니다. 우리나라가 글고, 기업들이 우리 같은 사람들 눈곱만큼이라도 생각하는 줄 압니까? 나라에서도 힘 약한 경비원들을 위해 주지 않습니다. 정말 인정사정도 없는 것이 국가이며 기업들잉거라예."

듣고만 있던 임만조가 거든다.

"강군아, 반장 말이 맞다. 긁어서 부스럼 만든다는 말은 쓸데없이 고발했다가는 불똥이 여러 사람한테로 튄다는 말이다. 만약에 니가 고발한다믄 그 사람들은 눈도 깜짝하지도 않지만 우리 영감들은 옷 벗어야 하능기라."

임반장도 맞장구를 친다.

"맞아요. 우리 경비원들뿐 아니라 우리 소장님도 쫓겨나고 말 것입니다. 우리 진주뿐이 아니라 아파트경비원들이 근로계약서 쓰는 사람들이 어디 있는 줄 압니까예?"

국법이나, 민법이나, 세법, 모두 우리나라 헌법으로 정해 놓은 각종 법은 모든 국민이 다 같이 공평하게 적용되어야 옳다. 임만조나 경비반장,

임성택이 모두 아예 소용없는 일이라고 했다. 애먼 경비원들에게만 불똥이 튀며 관리소장에게도 불이익이 돌아올 것 같다. 영구는 맘을 추스르고 사직서를 작성하기로 했다.

"임반장님, 사직서를 써야 하겠는디 어떻게 쓰면 되겠습니까?"

임반장이 대답한다.

"아무렇게나 쓰면 되죠. 사실 그대로 쓰면 되지 않겠습니까예? 실업급여를 신청하려면 정당한 사유가 있어야 가능합니다. 권고사직이나 회사에서 근로자에게 합당치 않은 대우를 할 때나 해고를 시키는 경우라야하는데 우리 같은 약한 자들에게는 여간 까다로운 것이 아닙니다."

임반장은 평생을 직장에서 그리고 경비원 생활을 오래 했다. 노동법이니 월 급여 명세표는 영구가 이해할 수 없는 의료보험은 몇 프로며 고용보험금은 얼마이고 이런 것들을 정확하게 계산해서 동료 경비원들에게 알려 주곤 했다.

"권고사직이 아니고 근로자가 스스로 그만두게 되면 실업급여를 받을수 없습니다."

임반장은 개인 사정으로 사직서를 제출하면 고용보험의 실업급여를 받지 못한다고 다시 얘기했다.

"반장님도 아시겠지만 우리 아파트에는 후문경비가 필요 없으니 한 사람은 그만두어야 한다고 했지 않습니까? 그래서 나이가 제일 적은 내가 그만두기로 한 것이고요."

"그러이 말입니다. 소장님도 그렇게 알고 있었습니다. 그런디 막상 강주사가 그만둔다 하니 권고사직으로 처리해주면 좋으련만, 서울에서 안된다 허이, 권고사직에 이유가 되는 후문 경비실 폐쇄 사유를 쓸 필요도없게 되고 말았네요. 소장님도 어떻게 할 수가 없는 것이고요."

임반장의 설명이다.

"내가 다니는 병원에 의사 얘기는 근무 중에 발생한 질병으로 근무하기가 힘들어 그만둘 때에는 실업급여를 받을 수 있다고 하드라고요."

임반장은 불면증으로는 실업급여를 받을 수 있는 조건이 경비원들에게는 안 될 것이라고 재차 얘기한다.

"글씨요, 나의 경험으로는 불면증이나 질병으로 아파트경비원들이 실업급여를 타 묵은 사람을 못 봤으니깐요."

"근무자가 한 사람이 남는다고 얘기할 때는 언제고 막상 내가 그만둔다 하니 권고사직이 안 된다 하니 참 믿을 수 없는 사람들입니다."

"어디, 그 사람들의 악랄함을 이제 알았습니까? 가나에서는 강주사를 그만두라고 얘기를 직접 하지 않았다는 것입니다."

"대체로 사직서를 내고 며칠 근무를 해야 합니까?"

"그것은 강주사 맘 대로죠. 보통 1주일에서 열흘 사이면 적당할 것 같습니다예. 그런데 강주사가 여기에서 경비원으로 근무한 지가 얼마나 되었습니까예?"

"이달 말까지 약 6개월 근무를 했기 때문에 오늘이 9월 25일잉게 이달 말에 사직 날짜를 쓰면 되는 줄로 압니다만…."

"강주사, 고용보험법에는 6개월이라고 나와 있어서 그렇게 알고 있다가는 큰코다칩니다. 말하자면 자기가 일을 했던 시간을 따져서 180일이 되어야 허능거라예. 나도 6달, 달수로 알고 있다가, 욕봤던 경험이 있었으니깐요."

"그러면 넉넉히 날짜를 잡아서 10월 10일 날짜로 써야 하겠습니다."

영구는 권고 사직처리를 해 주면 실업급여를 받으면서 불면증 치료를 받고 싶었다. 지금까지는 근로기준법이니, 고용노동부니, 이런 기관들에 아무런 관심도 없이 지내오다 많은 걸 공부한 셈이다. 근로기준법에 관심이 있게 되고 용역이라는 업체도 조금은 그 실체를 알 수 있었으니 말이다. 6개월 근무하면 실업급여를 받을 수 있는 자격이 된 줄로 알고 있다가는 낭패를 본다. 일했던 날이 정확히 날 수로 180일 이상이어야 실업급여 자격이 주어진다.

영구처럼 아파트경비원으로 하루 24시간 근무를 하는 사람들은 시간차가 크게 나지 않지만, 공사현장 경비원이나 미화원들은 입사했던 날짜를 6개월 달수로 계산하면 안 된다는 말이다. 정확히 자기가 일했던 날을 180일을 계산해야 한다. 그러니 6개월 안에 공휴일, 일요일, 같은 일을 하지 않은 날은 제외된다는 말이다.

결국 영구가 A4 용지에다 사직서를 썼다. 사직서 내용은 '근무 중 받은 심한 스트레스 불면증으로 밤에 수면을 취할 수 없다'는 내용으로 써서 관리사무소 소장에게 제출했다.

"소장님 사직서 써 왔습니다."

영구가 써온 사직서를 받아 본 김창남소장은 A4 용지에 쓰면 안 되고 본사에서 사용하는 용지에 써야 한다고 했다.

"강주사님, 사직서는 우리 회사에서 사용하는 용지에다 써야 한답니다. 그리고 사직서에 내용은 간단하게 써야 한답니다."

관리소장은 사직서 쓰는 요령도 본사 용역업체에서 요구한 대로 써야 한다고 했다. 사직서의 내용도 '일신상의 이유로 인해 사직을 신청합니다.' 이렇게 간단하게 쓰라 했다. 용역회사의 양식을 다운받아 사직서를 다시 작성했다. 사직서에 내용에 근무 중 스트레스 불면증이란 단어를 썼다.

'상기인은 근무 중 스트레스 불면증으로 인한 수면 부족으로 의사에게 의뢰한 결과 스트레스성 불면증이 심해져 더 이상 근무하기에 힘들어 불면증을 치료하기 위해 10월 10일까지만 근무하기로 하고 이만 사직서를 제출합니다.' 라고 쓰고 내용을 스마트폰으로 찍어 보관하고 관리소에 제출했다.

제30장

불면증이 온 원인

영구에게 심한 불면증이 찾아온 것은 남들보다 유별난 성격 탓이다. 법이 아닌 도리에 어긋난 법을 지키게 한다거나. 정해진 법을 지키지 않는 사람을 보면 그냥 넘기지 않는 성격이다. 그래서 남에게 좋지 않은 소리도 듣기 싫어한다. 반면에 다른 사람이 듣기 싫겠다. 싶은 소리는 하지를 못한다.

영구는 친구들에게 '너는 화난 사람처럼 목소리가 크다'는 말을 자주 듣는다. 심지어는 몇십 년을 같이 살아온 아내 명례에게도 조용하게 얘기하면 될 것을 화를 내서 큰소리로 말한다고 나무라는 소리를 듣기도 한다. 친구들 몇 명이 모이게 되면 조용한 목소리로 얘기해야겠다고 맘먹고 있다가도 어느새 큰 목소리가 나오기도 하니 이미 굳어져 버린 버릇이 고쳐지지 않고 있다. 듣는 사람이 말뜻을 이해하지 못하게 되면 말소리가 커지게 된다. 조곤조곤하게 설득력이 있고 말주변이 좋은 친구가 부럽기도 했다.

스트레스를 받게 되는 이유 중의 하나가 다른 사람이 하는 말에 쉽게 받아들이지 못해서 일 때도 많다. 그냥 어떤 사정이 있겠지, 그러겠지 하는 이해성이 부족한 사람처럼 다른 사람이 하는 일에 그러려니, 그럴 거야, 하는 맘을 갖지 못하는 것이다.

영구는 공중목욕탕에는 자주 가지 않고 집에서 샤워할 때가 많다. 동네 공중목욕탕에 갈 때는 옆에서 물을 필요할 때만 받아쓰지 않고 계속해서 수도꼭지를 틀어 놓고 사용하는 사람을 미워했다. 그 손님하고 물 잠그라는 소리에 시비가 되어 고성이 오간 적도 있다. 자기 집에 수도요금이 부과되는 것이 아닌데도 그러려니 하는 맘을 갖지 못하고 물을 아껴 쓰지 않고 함부로 쓰는 사람들을 보면서도 스트레스를 받는다.

자동차를 운전하고 갈 때 차들이 접촉 사고가 났을 때도 사고 난 차량의 원인 파악을 해서 서로 잘잘못을 따져 주기도 했다. 분명히 교통법규를 위반한 사람이 소리만 크게 질러대면 이긴다고 생각하는 사람들에게 상황을 바르게 얘기를 해 주어야 하는 성격이라 그런지는 모른다.

아파트경비원 생활을 하면서도 다른 사람들은 스트레스를 받지 않고도 근무를 잘 해 나가고 있지만, 영구는 잠자는 시간에 근로기준법을 적용받지 못하는 것들을 따져보느라 잠들지 못했다. 어려운 환경에서 힘든 일을 하는 비정규직 근로자들에게 처우개선을 해주지 않고 있으며 아파트경비원들에게 예외법을 만들어 적용하고 있는 것이 스트레스 불면증이 되게 한 원인이다. 나열하려면 한정 없다.

이런 생각 저런 생각으로 머릿속은 복잡하게 얽혀 있는 중에도 설치되어있는 차단기를 차량이 드나들 때마다 올려주고 내려 주며 방문 차들 안내하며, 이삿짐운반차들과 씨름을 하고 쓰레기와 재활용 쓰레기를 분리수거에 바빴다. 사직서를 제출하고는 며칠만 근무하면 모든 스트레스에서 해방되겠지 하는 맘에 홀가분했다.

바쁜 하루를 보내고 이제는 관리사무실에도 당직 근무하는 강주임만 남고 퇴근을 했다. 임만조와 둘만 덩그러니 경비실에 남아 있다.

임만조가 먼저 말문을 열었다.

"강군아, 오늘 사직서 냈다메, 언제까지 하기로 했나?"

"180일을 확실히 채우기 위해 10월 10일까지 근무하기로 했습니다."

"보름밖에 안 남았다이. 강군, 니는 우리보다 젊으이 다른데 들어가믄 된다. 집에서 며칠 쉼서 스트레스가 풀리면 불면증도 없어질 거야. 나도 당장이라도 그만두고 싶지만 우리 나이에 어디서 오란디도 없고 어쩔 수 없이 이렇게 붙어 있는 거라."

나이가 많아 아파트경비원일자리 구하기가 힘들다는 임만조의 얘기다. 영구가 곧바로 젊은 사람들도 일자리 구하기는 어렵다고 말했다.

"형님들보다야 젊었다고 하지만 우리나이도 일자리 구하기가 쉽지 않습디다. 글고, 대학을 갓 졸업한 젊은이들도, 군에 제대한 청년들도 일자리가 없어 노는 실업자가 많다고 헙디다."

"그래, 나도 여기 들어오기 전에 일자리가 없어 집에서 가만히 놀고 있으이 답답해서 미치겠더라."

"그래도 형님은 나처럼 스트레스를 안 받던디요. 나는 내가 생각해봐도 성격이 좀 별난 편이랑게요."

"강군아, 나라고 왜 스트레스를 안 받겠나? 그렇지만 우리는 참는 디는 이골이 났능기라, 그러이 평생을 남 밑에 직장생활만 했다 아이가."

영구가 다른 아파트도 이곳 해맞이 아파트처럼 일이 많고 힘드냐고 물었다.

"형님, 다른 아파트도 해맞이처럼 이렇게 일을 많이 허나요."

"그럼, 다른 아파트도 똑같다. 다 마찬가지다이, 다른 디도 풀 뽑고 쓰레기 분리수거 다 하고 청소도 하고 다 그런다, 우리나라가 어디나 다 마찬가징거라, 본업인 경비 일은 안하고 모두들 대감 집에 마당쇠들잉거라."

영구가 4단지에 전창진반장을 얘기했다. 관리사무소에서 지시하는 쓰레기분리 작업은 경비원이 하는 일이 아니라며 거부하고 있다는 얘기다.

"아니 바로 여기에도 4단지와 3단지 아파트들만 봐도 경비원들이 청소하고 쓰레기 분리수거 하고 이런 일은 하지 않고 있던디요. 아래쪽에 푸른세상과 이웃 아파트들도 청소와 쓰레기 분리수거는 경비원들이 하지 않는답디다."

임만조의 얘기는 계속 이어진다.

"나도 들었다이. 4단지에 전창진반장은 사람이 줏대가 있더라."

영구가 빠르게 거들었다.

"형님, 맞아요. 우리 소장님도 4단지에는 경비원들이 쓰레기 분리수거와 청소도 안 하고 있는 것은 잘 알고 있을 것 아닙니까?"

임만조가 다시 얘기를 시작했다.

"처음에는 4단지 관리소장도 경비원들에게 청소와 쓰레기 분리수거를 경비원들이 하라고 했다드만, 전창진반장이 절대로 안 된다고 했다 하더라. 청소와 쓰레기 치우는 일은 미화원들이 하는 일이라고 못한다고 하니 관리소장하고 경비반장하고 싸움을 많이 했다 안허냐, 결국은 경비반장 땀세 경비원들도 편하게 된 것이라 하더라."

"형님, 4단지에 전창진 반장이 아파트 공사할 때 우리들 반장이었습니다. 그때 반장 포함해서 경비원들이 10명이었는디 여기 해맞이아파트에 근무를 하는 사람은 전반장하고 나허고 이창복씨하고 세 사람이 해맞이아파트경비원으로 일하게 된 것입니다."

"4단지 전반장하고 같이 일을 했다고, 나는 처음 알았다이."

임만조는 영구와 전창진 반장이 공사현장에 일할 때 같이 근무했다는 것을 모르고 있었다.

"그래, 전반장처럼 사람이 줏대가 있어야 하제. 임 반장처럼 허믄 안되능기라, 관리소에서 시키는 일은 무조건 다 한다고 하이, 다른 경비원들은 힘이 드능기라."

"형님, 내가 스트레스 받는 원인 중 하나도 임반장도 포함되어 있습니다. 소장님 앞에서는 무조건 예, 해 놓고 돌아서서 나와서는 불평을 하고 그러잖아요. 나는 사람 앞에서 아양 떠는 건, 보기 싫어하는 성격이라예."

"나도 항상 하는 얘기지만 반장 성격은 안 맞지만 어쩔 수 없지 않니."

"성격이 맞는 사람하고 근무를 해야하는디 임 반장은 나하고는 성격이 맞지 않응게, 근무하기가 힘도 들고 스트레스도 많이 받았습니다."

영구와 임만조는 같은 근무조로 하루 24시간 같이 일을 하는 동안 친해져 자기 마음에 있는 얘기를 터놓고 하는 사이이다. 서로 맘 맞춰서 일을 하고 있으니 갈등이나 상대를 피곤하게 하는 일도 하지 않고 서로에게 배려도 한다.

"강군아, 저녁 밥 묵고 와라."

"예, 저녁식사 시간이 많이 지났네요. 형님 밥 묵고 올라요."

오후 6시면 관리사무실에도 당직자 한 사람이 남고, 퇴근하고 나면 먼저 영구가 저녁 식사를 하고 나서 동마다 현관 입구에 전등들을 켜고, 경비실로 돌아오면 임만조가 후문경비실로 식사하러 간다.

다른 아파트의 경우에는 다리 뻗고 누울 수도 없는 경비실 좁은 공간에서 식사를 해결하고 저녁 수면도 경비실에서 취해야 한다. 전국에 대부분 아파트에 경비원들은 한 평도 되지 않은 공간에서 식사도 한다. 야간 수면도 의자에 웅크리고 취하는 것에 비교하면 이곳 해맞이 아파트 경비실 공간은 냉난방 시설도 되어 있어 기존 아파트경비원들이 볼 때는 별천지에 사는 사람들처럼 보일 것이다. 그러나 해맞이 아파트에서는 동마다 경비실이 설치되어 있지 않고 정문과 후문만 경비실이 만들어져 있는 데다, 비워진 후문경비실이라 식사시간과 수면시간은 두 사람이 교대로 이용한다.

그렇지만 다른 직장에 예를 들어 본다면, 근로자가 일을 하는 일터 주변에는 식사하러 오는 근로자들에게 장사하기 위해 음식점들이 즐비하게 들어 서 있다. 주변에서 일하는 사람들은 직원들이 삼삼오오 짝을 이뤄 오늘은 이 집 내일은 또 다른 집으로 몰려다니면서 점심식사를 번갈아 가며 골라 먹는 즐거움과 자유가 있다. 다른 근로자들의 식사하는 풍경을 상상해 보면 경비실 안에서 썰렁한 주먹밥을 먹어야 하니 이건 잘못된 것이다.

우리나라가 OECD 회원국 아닌가. 임금이 적용되지 않은 식사시간과 야간수면시간에 임금을 계산해 주지 않으며 자유도 없이 구속받으면서, 주먹밥을 뭉쳐 와서 찬밥을 먹는 근로자는 없을 것이다. 우리나라 모든 일터에 주인들이 근로자들에게 일터 안에서 식사를 해결하라 하면, 회사나 사무실 주변에 음식점들이 필요가 없게 되는 것이 아닌가 말이다.

해맞이 아파트가 아닌 대부분의 아파트들은 좁은 경비실 안에서 다리도 제대로 뻗지 못하고 식사는 물론이고 새우잠을 취해야 하며 전등도 켜져 있는 상태에서 옳은 잠을 잘 수 없다.

영구는 집에서는 허리와 무릎 중간만큼 내려오는 잠옷 바람으로 잠을 잔다. 몇십 년 동안 습관이 되었는데 경비원 제복을 그대로 입고 잠을 자려 하니 불면증 때문에 수면이 방해를 받는가 싶어 경비원복을 벗고 잠을 청해 보려 했다. 이를 아파트 주민이 보고 관리소에 찾아가 경비원이 왜 옷을 벗고 자느냐고 항의를 하더라고 영구 귀에 들어왔다. 후문경비실은 경비원들의 식사와 수면을 하는 휴게 공간으로 사용하는 곳이라 밖에서 들여다볼 수 없도록 종이를 창문에 발라 놓았는데도 임금이 계산되지 않은 경비원이 잠자는 공간을 감시했다는 것 아닌가.

영구가 쉬는 날 수면제가 떨어져 병원에 갔다. 동네에 있는 대형할인점 7층에 있는 가정의학과 의원이다. 이 병원에서 위염과 혈압 때문에 몇 년 전부터 단골로 찾는 병원이다.

의사가 영구에게 묻는다.

"요즘은 좀 어떻습니까? 잠을 좀 주무십니까?"

의사는 처음 묻는 말이 '요즘은 뱃속이 좀 났습니까? 하는 첫 질문이었으나 요즘은 잠을 좀 주무십니까?' 라고 묻는다.

"한숨도 못 자는 날이 많습니다."

"약은 어떻게 복용하고 있습니까?"

"박사님 말씀대로 한 알씩만 묵을라고 애는 씁니다. 마는 두 알씩 묵어도 잠을 자지 못합니다."

"그렇습니까? 두 알씩 복용을 한다고 해서 도움이 되지 않는다면 끊어야 합니다. 신경안정제를 장기간 복용을 하게 되면 문제가 됩니다. 일을 그만두어야 합니다. 일은 계속할 겁니까?"

"어제 사직서를 제출했습니다."

"잘하셨습니다."

의사와 영구의 불면증에 관한 얘기는 더 이상 나눌 얘기가 없다. 불면증으로 이 병원에 올 때마다 잠을 청하는 데 도움이 되는 방법들은 별 효과가 없었다. 의사의 최종진단은 근무 중 스트레스가 원인이 된 불면증이라, 방법은 아파트경비원 일을 하지 않은 것이라 했다.

"박사님, 내가 실업급여를 받아야겠는데 불면증도 해당이 됩니까?"

"그럼요, 근로자가 근무 중에 발생한 질병은 실업급여를 받을 수 있습니다."

"나도 받을 수 있다는 말이지요?"

영구가 다시 물었다.

"강선생님, 염려하지 마십시오. 우리 병원에 진료기록이 다 있지 않습니까?"

영구가 아파트경비원으로 근무하면서 스트레스받는 얘기들을 빠짐없이 다 했다. 경비원 일을 그만두라 해 왔었고 근무 중에 발생한 질병이라서 실업급여를 받을 수 있다고 의사는 벌써 몇 번이나 말했다.

"강선생님, 일을 그만두면서 고용센터에 가서서 실업신청을 하십시오. 저가 소견서를 써 드리겠습니다."

"박사님, 감사합니다. 며칠만 참겠습니다. 다음 달 10일까지 근무하기로 했으니 그만두는 날 오겠습니다."

9월 말이 되니 야간기온이 급격히 떨어졌다. 영구는 10여 일만 있으면 해방된다고 생각하니 초등학교 다니던 때에 6학년 졸업식 날 기다리는 것 같은 기분이었다. 다시 또 날이 밝았다.

"형님, 이젠 완전히 가을이네요."

"가을이 아니라 겨울 같다. 엊그제 관리실에 동복 내려왔더라, 니는 동복은 신청 안 했다아이가."

임만조가 동복이 내려왔다는 얘기를 했다.

"그럼요, 나는 동복 필요 없지요. 우리 경비원들의 피복 값은 일반인들 옷보다 두 배나 비싼 이유를 모르겠데요."

"맞다. 나도 같은 생각이다. 용역회사에서 나오는 옷은 경비원을 그만둔다면 입지도 못한다. 그 사람들은 옷 갖고도 장사를 해묵는다. 해고당하는 사람들 있제. 월급 줄 때 옷값으로 시중에 옷들보다 두 배 값을 제하고 월급을 준다."

임만조의 말처럼, 영구도 짧은 경비원 생활을 하면서 황당한 일을 당한 경험이 있다. 영구가 처음 아파트공사현장에 정문 출입구에서 차량의 흙이 묻은 바퀴를 세륜기에 씻고 밖으로 나가게 하는 일을 하던 때다. 공사장 출입구에 근무했던 곳과 2단지 아파트 공사현장경비원 일 할 때의 용역회사가 달랐다. 공사장 출입구 세륜기가 있는 곳에서 매일 12시간 일을 하다가 같은 공사장 안에 24시간 근무체제로 변경해 일할 때, 용역회사가 서로 달라 경비원 제복값이 부담되었다. 같은 단지 아파트공사장에서 근무했지만 처음 일 하던 용역 회사에서는 사직하고, 다른 용역에 재입사를 하는 형식으로 해야 했다. 경비원 제복을 공짜로 받는 것이 아니었다. 월급여액에서는 경비원복 피복값을 시장에서 사는 값에 2배나 되는 금액을 제하고 받아야 했다. 같은 공사장에서 일했는데도 다음에 퇴직금을 받는 조건에도 불이익을 당할 수밖에 없다.

같은 아파트공사현장에 10여 명의 경비원이지만 소속된 용역업체들이 각기 달랐다. 퇴직금은 정확히 일했던 일수가 365일 이상 일을 해야 한 달 치 월급에 해당하는 금액을 받을 수 있다고 근로기준법에 있지만, 부서를 옮기게 되면 퇴직처리가 되고 새로 입사가 되는 모양이 되므로 퇴직금을 정산할 때 불이익을 당한다. 아파트경비원들은 이마저 적용을 받지 못한다거나 모르는 사람도 많다. 이런 식으로 알게 모르게 용역회사라는 제도로 말미암아 근로자들이 부당한 대우를 받게 되는 일은 수없이 많다.

가을이 익어가는 계절이라 그런지, 갑자기 기온이 내려가며 찬바람이 을씨년스럽다. 아직 해맞이 2단지 아파트에는 아파트 회장과 동 대표 선출을 못 하고, 임시 대표가 맡고 있다. 4~5세쯤 되는 어린 사내아이 둘을 두고 있는 젊은 사람이다. 무슨 일을 하는 사람인지는 몰라도 아파트 관리소와 경비원들에게도 날마다 찾아와 호랑이처럼 대하고 있는 사람이다. 수시로 관리사무소에 들러 김창남소장에게 호통을 치고 있는 걸 영구가 자주 봤었다.

경비실에도 수시로 들러 이것저것 지적을 하고 일도 시키기도 한다. 바람이 심하게 부니 단지 내에 조성해 놓은 조경공원에 세워둔 해맞이 아파트를 알리는 입간판이 바람에 넘어간다며 넘어가지 않게 조치를 해 놓고 분수대와 놀이터 마당에도 낙엽이 굴러다니니 청소를 하라고 하며 이거 해라, 저거 해라, 하는 바람에 영구의 성격으로 스트레스가 되지 않을 수 없다.

"형님, 나는 내일모레면 경비원을 그만두니 상관없지만, 동대표 저 사람 등살을 어떻게 견딜랍니까?"

"그래, 아들보다 나이가 더 적은 놈인데 어찌 어른을 알지를 못하고 있으이 괴로운 일이다이."

"형님, 내가 갔다 올게요."

"입간판 그걸, 어떡할래, 바람이 불어 대이, 어떻게 방법이 있것나?"

그런 일은 관리소에 직원들이 해야 맞는 일이다.

"받침대에 물을 가득 채우믄 될 겁니다."

"물을 가득 채운다고 어찌케…."

"페트병에 담아다 여러 번 부으면 됩니다. 놀이터 바닥은 쓸기가 힘들더라고요."

"그래, 바닥이 울록불록한 고무재질이라 이물질들이 달라붙는 것 같아서 지랄이더라. 콘크리트 시멘트 바닥처럼 비로 쓸리지 않더라이."

놀이터 바닥은 천연고무소재로 스펀지처럼 푹신푹신한 접촉감이 있
다. 방바닥이나 마룻바닥 쓸 때 사용하는 비로는 잘 쓸리지 않는다. 마
당 쓸 때 사용하는 비로도 세밀한 모래알 같은 것들이 잘 쓸리질 않았
다.

"강군아, 수고했다. 오늘 반장이 쉬는 날이라 혼자서 쓸고 오이, 시간
이 많이 걸렸구나. 두 시간 넘게 걸렸다이. 앉아서 좀 쉬그라."
"형님, 오만천지 조경을 한다고 심어놓은 나무들이 이사를 와서 몸살
을 앓고 있습니다. 나뭇잎들도 얼 병이 들어서 일찍 떨어지니 우리만 힘
이 들잖아요."
"동 대표는 그렇지. 낙엽 좀 떨어져 있으믄 어쩐다고 자꾸 쓸 으라고
하는지…."
"자기는 우리한테는 괴롭던지 말든지 시키면 되는 거니 나중에 동대표
선출할 때, 동네사람들에게 표 얻으려고 하는 거겠지요."

낙엽과 쓰레기들이 바람이 불 때마다 2단지와 3단지 아파트 사이로
지나가는 4차선 도로에 뒹굴고 날고 구르다가는 아파트 안으로 휩쓸려
들어온다고 임만조가 희한하다는 표정이다.
"강군아 봐라. 나뭇잎과 쓰레기가 데굴데굴 굴러서 우리 아파트로 들
어온다이."
"형님, 정말 그러네요."
"우리가 일복이 많다. 아이가? 바람까지도 희한허데이. 우리에게 일감
을 갖다 주고 있다이."

임만조의 푸념이다.

영구가 근무하는 아파트단지를 진주 초장지구란 초전동과 장재동 두
동을 아울러 초장지구라 한다. 진주 초장지구 대단위 주택지구가 조성되
면서 도로가 사방으로 조성되었다. 2단지와 3단지 아파트 사이를 조성된
도로 양쪽으로는 녹지공간으로 조성돼 있어서 활엽수와 침엽수들이 많
이 심겨 있고 도로 양쪽으로는 아파트건물이 높게 솟아 있으니 도로에
떨어져 있는 낙엽과 쓰레기들이 바람이 불 때마다, 도로 아래위를 굴러
다니다가 다른 데로 갈 데가 없다. 아파트 중간지점에 뚫려 있는 해맞이
아파트 정문으로 한꺼번에 휩쓸려 들어왔다.
　바람에 날려서 굴러 들어오는 낙엽과 쓰레기들을 속수무책으로 바라
만 보고 있는 사이에 전창진 반장이 영구에게 전화했다.

　"강샘님, 전반장입니다."
　"전반장님, 오랜만입니다. 그동안에 잘 계셨습니까?"
　"하문요, 잘 있습니다. 이창복 씨도 근무 잘합니까? 아무리 무소식이
희소식이라 하지만 그동안에 전화 한 통 없습니까?"
　전창진반장과 영구를 포함한 9명의 반원들이 뿔뿔이 흩어져 버리고
이창복과 영구가 아파트경비원으로 남아 있다. 아마도 이창복도 전화를
자주 하지 않았나 보다. 재활용쓰레기와 생활쓰레기며 이것저것 일하
느라 전화할 정신도 없다고 말하려다가 그만두기로 했다.
　"전반장님, 우리가 지금 스트레스도 받고 화도 나고 그렇게 되었습니
다."
　"아니 스트레스도 받고 화가 나다니요. 그게 무슨 말입니까?"
　전반장은 2단지 경비원들이 힘들어하며 스트레스받는 줄을 다 알고

있으면서도 모르는 체하며 물었다. 전반장은 4단지에서 경비반장을 맡고 있으며 경비원수도 2단지 아파트와 같다. 해맞이 4단지 아파트에는 정문, 후문 두 곳 모두 경비원이 근무하고 있다고 했다.

"전반장님, 우리가 그곳 소식을 못 듣고 있는 줄 압니까? 4단지에서는 음식물 쓰레기와 재활용 쓰레기, 생활쓰레기, 그리고 단지 안에 청소도 안 한다면서요?"

전반장은 다 알면서도 모르는 것처럼, 처음 듣는 것 같이 묻는다.

"강샘님, 2단지는 경비원들이 재활용 쓰레기 분리수거를 한다는 말씀입니까? 경비원들에게 쓰레기분리수거나 청소업무는 시키지 못하게 되어있습니다. 근로계약서를 어떻게 썼습니까."

"우리 반장님은 처음에 관리사무실에 갈 때마다 일거리를 하나씩 받아오고 있더니 청소와 음식물 쓰레기 재활용품분리수거까지 다 하고 있습니다."

"그거야 우리 아파트에도 경비원들이 쓰레기 분리수거랑 하라 하는걸, 못한다고 했어요. 우리 소장님하고 얼마나 싸웠는지 압니까?"

"우리반장님은 거부하지 못하고 다 받아들였다고 합니다." 라고 영구가 말했다.

"강샘님 반장이 관리소에 지시에 잘 따라야 한다지만 그래도 할 일이 있고 못 할 일이 있는 것이지, 아파트에서 시킨다고 무조건 다 하면 경비원들은 힘들게 되는 것입니다. 반장은 반원들을 보호해야 할 의무도 있는 것이지요. 강샘님도 봤지 않았습니까? 공사현장에 근무할 때도 우리 반원들 9명에게 무슨 일이 벌어지면 내가 다 처리 하지 안 했습니까?"

"맞아요, 내가 전반장님의 성질을 잘 알지요. 우리 반장님은 관리사무실에 지시를 거부하면은 경비원생활을 못 할까 봐서 울며 겨자 먹기로 못하겠다는 말을 못했답니다."

전창진반장은 근로계약서에 재활용과 생활쓰레기를 수거하기로 했느냐고 물었다.

"아닙니다. 나팀장이 어찌나 바쁘다고 재촉하는 바람에 내용도 잘 못 봤습니다만 쓰레기 분리하고 수거하는 내용은 못 본 것 같습니다."

"우리도 그랬습니다만 내가 꼼꼼허게 체크를 했습니다.

"전반장님, 소문 들어서 다 알고 있습니다. 4단지 소장님과 2단지소장님이 친한 사이라서 다 알지 않겠습니까? 만날 아파트에 무슨 일만 있으면, 두 사람이 만나서 얘기하고 하는 사인데 우리반장님은 김소장에게 말을 잘 듣지만, 4단지 소장님은 전반장님이 말을 안 들어 주니 마음고생이 얼마나 심했겠습니까?"

전반장이 껄껄껄 웃는 소리가 스마트폰 너머로 들려온다.

"강샘님, 결국 내가 나쁜 놈이 되었네요. 우리식구들도 반장인 내가 관리소장하고 싸우는 일이 자주 있으니 시킨 데로 하자는 사람이 있었답니다. 그래서 내가 강력하게 말했답니다. 우리 식구들은 절대로 관리소에서 시키는 대로 하지 말라고 안 했습니까?"

"우리반장님은 나이가 많기 때문에 여기서 쫓겨난다면 다른 데는 일할 데가 없답니다. 그래서 아무 말도 못하고 시키는 대로 했답니다."

전반장이 다시 웃는 소리가 들려온다.

"강샘님, 나를 보세요. 나는 지금까지 근무하고 있지 않습니까? 쫓겨나기는 어째서 쫓겨납니까?"

"전반장님, 나는 내 모레 10일 까지만 하고 그만하기로 했습니다."

"아니 왜, 그만둡니까?"

전창진반장이 영구가 경비원을 그만두기로 했다는 말을 듣고 깜짝 놀라며 묻는다.

"스트레스 때문에 불면증이 걸렸습니다. 전에 전반장님이랑 일을 할 때는 스트레스가 많지 않아서 잠을 잘 자고 했지만, 지금은 불면증 때문에 힘이 듭니다."

"강샘님, 웬만하면 일을 해야죠."

"내 형편을 생각하면 일을 계속해야 하지만 저녁에 잠을 못 자니 힘들어서 못하겠더라고요. 내가 스트레스 불면증이 걸린 것도 우리 반장님하고 성질이 안 맞는 것도 있지만, 경비원이 하지 않을 일을 시키는 것과 '가나' 용역회사 나종덕 팀장이 근로계약서 작성할 때 있었던 일도 그렇고, 24시간 경비실에서 사는데도 임금계산시간을 적용하지 않고 있는 것과 창원에 교육받으러 다닌 것과 경비원에게 갑질을 해대고 이런 일 저런 일 때문에 스트레스 원인으로 불면증을 앓고 있습니다."

영구가 스트레스로 불면증이 걸린 이유를 설명했다.

"강샘님, 스님도 절이 싫으면 떠나는 것입니다. 잘 알아서 결정하십시오."

"전반장님, 스님이 절 싫다고 그냥 떠나버린다는 것은 달리 생각하면 비겁한 일이 아닙니까?"

"강샘님, 용역회사 본사에나 나라에 높은 사람들에게 밑바닥에 사람들도 사람대접을 해 달라고 기회 있을 때마다 얘기해야 합니다. 강샘님은 컴퓨터로 글도 많이 쓰고 인터넷도 잘하니 부지런히 높은 사람들에게 글을 올리십시오."

영구가 그들이 불쌍한 사람들을 도와주는 사람들이냐고 반문을 한다.

"높은 데 있는 푸른집에 사는 대통령이 몰라서 처우개선을 안 해 준답니까? 그들이 진정 국민들의 가려운 데를 긁어 주는 사람들이랍니까?"

"강샘님, 말씀이 맞습니다. 오늘은 나는 쉬는 날이라서 집에 있습니다마는 다음에 우리 옛날에 근무했던 사람들이 만나서 소주나 한잔 하십시다."

　전반장은 진주에서 태어난 사람이지만 경상도 말을 쓰지 않고 서울말을 사용한다. 영구도 전반장과 얘기할 때는 표준어를 주고받는다.

　전반장이 근무하는 해맞이 4단지와 이곳 해맞이 2단지는 직선거리로는 2~3백 미터 거리지만 서로 찾아가서 만나 얘기하고 할 수 없다. 단 몇 분이라도 근무처 이탈이 된다. 오랜 전화통화가 끝나고 영구가 곰곰 생각해 본다. 집시랑(처마)물이 바위도 뚫는다는 말이 있다. 그리고 계란으로 바위 친다는 말도 있다. 지붕에서 떨어지는 물이 무구한 세월 동안 수만 년 한 곳을 집중적으로 같은 자리로 떨어져야만 가능하다는 얘기다.

　큰 바위를 깨트리기 위해 계란으로 바위를 내리친다고 큰 바위가 깨지겠는가.

　이런 말들은 불가능하다는 말을 이해를 돕기 위한 말들이지만, 경비원들이 한마음으로 뭉쳐 처우개선을 꾸준히 요구하면 전혀 불가능하다고만 할 수도 없을 것 같다.

　우리나라에 모든 감시단속적 근로자인 경비원들과 미화원들이 그리고 비정규직 근로자들이 제일 낮은 자리에서 종사하는 사람들은 일반기업에 근로자들이 노동조합을 만들듯이 단체 모임이나 협회 같은 모임을 만들 수 있는 여력이 없는 힘 약한 불쌍한 사람들이다.

　이는 이미 기득권에 있는 사람들이 용납을 해주지 않을 것이다. 이런 사람들을 위해서 나서주는 나랏일을 하는 공직자는 언제쯤이나 나타날 것인가…….

제31장

영구가 경비원을 그만두다

영구에게 내일모레면 직장생활이라고는 평생 처음 경험했던 해맞이 2단지 아파트에서 경비원생활을 마치게 되는 날이다.

6개월, 날 수로는 180일을 채우려 했던 것은 실업급여를 신청할 수 있는 자격을 갖추기 위해서다. 그리고 다리를 다쳐 치료 중에 있는 아내와 자식들에게 나도 할 수 있다는 것을 보여 주기 위함도 컸다.

오래전부터 혈압이 높은 편이라 의사의 권유로 혈압을 조절해주는 약이 떨어졌다. 영구가 쉬는 날 수면제도 상담하고 질병으로 인한 실업급여 문제를 확실하게 알고 싶어 단골로 다니는 병원에를 갔다. 진료를 기다리는 동안에 간호사가 혈압을 먼저 체크했다. 의사는 진료실에 들어가면 영구의 방문목적을 훤히 안다.

"어서 오십시오. 혈압은 정상으로 내려왔습니다."

"원장님, 혈압약은 이제는 그만 묵어도 되겠습니까?"

"혈압약은 다음 달에 보고 강도를 결정하기로 합시다. 혈압약에 대해서는 별로 신경 쓰시지 않아도 됩니다. 혈압약을 평생 복용해도 괜찮습니다. 그건 그렇고 밤에 수면은 좀 취하십니까?"

병원에서 진료 대기 중일 때 간호사들이 미리 혈압을 체크를 하므로 의사는 영구의 혈압을 알고 있다.

"아파트경비는 내일모레까지만 하고 그만하기로 했습니다."

"잘하셨습니다. 집에서 주무시면 불면증은 좋아질 것입니다. 수면제는 좀 남았습니까?"

"몇 알밖에 없습니다."

"그러면 10일분 정도만 더 드릴 테니 10일 후에나 수면제를 복용 여부를 정합시다. 집에서 쉬면서 약을 복용하지 않아도 잠이 오는가를 시험해보십시오. 일하지 않고 집에서 주무시면 금방 좋아질 것입니다."

영구가 본론을 꺼냈다.

"원장님, 저가 근무했던 회사에서는 권고사직처리를 해 줄 수 없답니다. 언젠가 원장님 말씀처럼 불면증을 앓게 된 소견서를 제출하면, 실업급여를 받을 수 있는 건가요?"

"예, 그럼요, 근무 중에 스트레스로 발병한 질병이기 때문에 실업급여를 받을 수 있습니다. 일단은 사직하는 날 고용노동부에 가서 사직 사실을 신고하고 실업급여를 신청하십시오."

영구가 다니는 병원에서는 불면증 원인이 근무 중에 스트레스로 인해 발병한 질병이라, 실업급여를 받을 수 있는 질병에 해당된다며 실업급여 신청을 하라 했다.

영구는 지금까지 고용노동부에 고용센터라는 부서가 우리나라에 언제 생겼는지 관심도 없었고 노동부라는 명칭만 알고 있었다. 일단은 진주고용노동부지소가 금산에 있다 해, 찾아가기로 했다. 진주시 고용노동부 금산 지부라고 간판이 걸려있는 건물 안으로 들어가니 60이 다 되게 보이는 두 사람이 나란히 앉아 있다.

"수고하십니다."

영구가 먼저 인사를 했다.

"어서 오십시오. 무슨 일로 오셨습니까?"

"실업급여에 대해서 상담을 좀 하려고 왔습니다."

"지금 무슨 일을 하고 계십니까?"

"초장지구 2단지 해맞이아파트에서 경비원으로 근무하고 있으며 사직서를 제출했습니다. 내일모레 10일까지만 근무를 하기로 했습니다."

"사직서를 어떤 이유로 냈습니까?"

"우리 아파트에는 정문과 후문에 경비원이 근무하기로 하고 근무자를 반장 포함 5명을 뽑았습니다. 후문 경비실을 폐쇄하고 정문경비실만 근무하게 함으로 경비원이 필요치 않게 되었다고 했습니다. 그중에 나이가 적은 저가 그만두기로 하고 근무를 해 오다가 스트레스 불면증이 심해져서 일을 그만두었습니다. 불면증치료를 받으며 실업급여를 받기 위해 권고사직처리를 원했으나, 해맞이아파트관리소장님은 허락했지만 본사에서는 권고사직요청이 받아들여지지 않아서 그냥 사직서를 제출했습니다."

영구의 얘기가 끝나지 않았는데 상담사가 끊고 물었다.

"아저씨가 그만둔다고 했습니까?"

"예, 이런 일 저런 일로 인해서 스트레스 불면증 때문에 도저히 근무할 수 없어서 권고사직이 안 된다. 하기에 그냥 사직서를 냈습니다."

"사직서를 제출했다면 된 것 아닙니까? 사직서를 내라고 압력을 가하고 부당행위가 있었습니까?"

"우리가 소속되어 있는 용역회사에서 경비원들이 근로계약서를 쓸 때도 자유롭게 쓰지 못했으며, 본사 팀장님이 바쁘다고 서두는 바람에 무슨 내용인 줄도 모르고 근로계약서에 서명을 했습니다. 그리고 구두로 말했지만 우리에게도 주변 아파트와 같은 월 급여를 줄 것처럼 했으나,

막상 월급을 받아보니 이웃에 아파트보다도 10만 원도 넘게 차이가 났습니다. 그리고 근로계약서에 없는 일을 하느라고 모든 경비원이 엄청 힘이 듭니다."

잠깐요, 하고 상담원이 영구의 말을 막고 질문을 한다.

"아저씨가 근로계약서에 서명하고 도장 찍었나요?"

"예, 본사에서 온 사람이 바쁜 일이 있다고 바쁘다고 빨리빨리 재촉하는 바람에 무슨 내용인가는 전혀 모르고 도장을 찍었습니다."

"아니, 서명하고 도장을 찍었고 사직서를 냈다면서 무슨 소리를 합니까?"

"어찌나 바쁘다고 서두는 바람에 읽어 보지 못하고 그냥 낸 것 아닙니까?"

"그걸 우리가 어쩌란 말입니까? 근로계약서에 도장을 찍어 준 것은 인정한다는 약속 아닙니까?"

상담사는 영구가 듣기에는 조롱하는 것 같기도 하고 말도 안 되는 소리를 하니 귀찮은 표정이다. 직장생활이라고는 해 본 적이 없었기 때문에 근로자를 고용하는 업주는 근로자와 필히 계약을 하고 근로계약서를 2부 작성해서 양측이 나눠 갖고 있어야 한다는 사실도 지금까지 전혀 모르고 있었다. 근로계약서를 작성하고 나서 영구는 처음 알았다.

일반적으로 보험계약을 한다거나 부동산을 계약한다든지 자동차 같은 물건을 사고 팔 때에도 갑과 을이 본 건에 대한 사전 설명을 해, 인지를 시켜주고 나서 계약서를 작성하며, 갑과 을이 충분하게 내용을 질문하고 답변이 이루어지고 나서 서명을 하는 것이 상식이 아닌가.

그러나 지난번에 동료경비원들은 근로계약서를 쓰면서 사전에 아무런 설명도 없었고, 바쁘다는 핑계로 빨리빨리 재촉하는 바람에 서명만 했을 뿐, 아무런 설명을 듣지도 못했다. 양측이 한 통씩 가져야 한다는 근로계약서를 영구와 동료경비원들은 받지 못했다. 자유로운 분위기로 근로계약서를 작성하지 못했다는 내용을 전달하고 싶었다. 경비원 생활을 하면서 여러 가지 부당한 일로 스트레스 불면증이 걸렸다. 치료를 위한 기간에 실업급여에 대한 상담을 이어 나가려 했던 영구의 얘기를 고용노동부지부에 상담원은 아예 묵살하며 듣지 않으려는 것처럼 느껴졌다.

근로계약서에 도장을 찍었으면 그대로 따라야 하는 것이며 사직서에 도장을 찍어 놓고 왈가왈부하느냐고 더 이상 얘기할 필요가 없다는 식으로 핀잔하는 인상을 받고 말았다. 경비원법에 없는 일을 시키고 경비원 신임교육 등 스트레스 불면증 원인이 된 얘기를 미처 하지도 못했는데 상담사가 영구의 얘기를 들어 보지도 않고 막았다. 요즘 일반 공무원들이 창구에서 민원손님을 응대하는 것하고는 너무 차이가 났다. 옛날 독재 정권 때의 동사무소에 직원들이 민원인을 맞는 것처럼 하찮은 표정으로 응대했다.

"아저씨 근로계약서에 월급은 서로 얼마씩 주고받는다고 기록이 되어 있는 것인데 무슨 얘기입니까?"

"바쁘다고 빨리빨리 서명하고 도장 찍어 달라고 해서 못 읽어 봤기 때문에 월 급여가 근로계약서에 내용이 있는 줄도 몰랐습니다."

"근로계약서를 꼼꼼히 읽어 보고 무슨 내용인가를 모르는 것은 물어봐야 하는 것 아닙니까? 그리고 사직서에도 권고사직이 아니고 일신상의 문제로 사직하면 실업급여를 못 받습니다. 이미 작성해 버린 근로계약서나 사직서는 아저씨가 서명했으면 그대로 되는 것입니다. 무슨 문제가 있으면 도장을 찍기 전에 해결해야지 도장 찍고 나서는 뭐라고 말할 수 없습니다. 버스가 지나가 버린 뒤에 손을 든다고 그 버스가 그 자리에 선 답니까? 아저씨가 상식적으로 알아야 하는 것 아닙니까?"

영구가 상담원을 찾아온 것은 무언가 방법을 찾고 도움이 될 수 없을까 하는 맘으로 상담을 원했지만, 시종일관 근로계약서와 사직서에 도장을 찍어 놓고 뒤에 와서 무슨 소리를 하느냐는 식으로 꾸지람하고 비아냥거리는 소리로만 들렸고 얘기가 필요 없으니 어서 가보라고 하는 것처럼 들렸다. 짜고 치는 고스톱 판에 뛰어든 느낌이었다. 괜히 고용노동부에 상담하러 왔구나 하는 맘뿐이다.

영구가 가나용역회사에 나종덕팀장이 건너 준 근로계약서를 썼던 상황을 설명했다.

"두려움과 떨리는 맘이기도 했지만 바쁜 일이 있다면서 빨리빨리 재촉하기에 읽어볼 시간도 없었으며 질문을 하고 싶어도 그때 분위기로는 그만두라 할까 봐 물어보지도 못했습니다. 그때 동료 경비원들 5명이 다 똑같은 맘이었습니다."

근로계약서를 작성했던 때의 설명에 상담사가 귀찮다는 표정이다.

"아저씨, 몇 번이고 하는 얘기지만 도장을 찍어 놓고 어떻게 하라는 것이냐고요."

"그럼, 우리가 근로계약서를 쓰되 2부를 작성하여 업주와 근로자가 나누어 가져야 한다고 정해져 있는데 업주 측에서 2부 작성법을 지켰더라면 우리 경비원들이 뒤에라도 읽어 볼 수 있었지 않았겠습니까?"

"아저씨가 어찌했거나 알았습니다. 읽어 봤습니다. 하고 도장을 찍어 줬지 않아요?"

상담사는 답답하다는 표정이다. 말투도 짜증스러웠다. 마치 나무라는 것 같았다. 영구가 부당한 대우로 스트레스 불면증이 걸리게 되어 일할 수 없게 된 동기를 설명하려 했으나 근로계약서와 사직서에 도장을 찍었으면 그만이다는 말만 계속이었으니 더 이상 얘기는 진전이 없었다.

우리 민법에는 미성년자와의 계약은 무효인 줄 안다. 아니면 노약자나 문법을 숙지하지 못한 사람들 하고 하는 계약은 무효이며 자유스런 분위기에서 하지 못한 계약은 무효임을 알고 있다. 아파트경비원들은 고령자가 대부분이다. 업주 측의 기세에 기분 상해할까 두려워서 근로자계약서를 자유스런 분위기에서 작성했다고 볼 수 없다. 나종덕 팀장이라는 사람은 계속해서 빨리빨리 외쳐 대며 의자에 앉지도 않고 서성이며 재촉했었다.

이곳 아파트에 5명의 경비원뿐 아니라 전국에 모든 경비원들도 같은 생각일 것이다. 근로계약서를 쓰라고 하는 사람에게 순순히 따라주지 않았다가는 해고를 당하지 않을까, 우려 때문에 근로계약서에 내용은 읽어 볼 용기도 없었다.

아파트경비원이 업주 측에 이런 조항, 저런 조항을 따지고 질문을 할 수 없는 현실이다. 근로기준법에 적용해 2부 작성을 하되, 양측이 나눠 가졌었다면, 나 팀장이 자리를 뜬 후에라도 읽어 볼 수 있는 일이다.

일반적으로 생명보험이나 각종 보험을 계약할 때와 전자제품이나 물건을 살 때도 계약을 했을 때, 서명하고 도장을 찍었을 때도 1주일 이내 혹은 2주일 이내에 불합리한 조건을 발견했다든지 하면, 계약을 철회한다든지 쌍방이 의논 하에 다시 고칠 수 있는 줄 안다.

근로계약서를 동료경비원들은 받지 못해 경비원들은 근로계약서에 무슨 내용이 적혀 있는지는 모른다. 시장에서 옷을 사도 맘에 맞지 않으면 다음 날이나 14일 이내에 교환을 할 수 있는 일이 아닌가.

고용노동부 진주 금산 지부에 상담자는 근로계약서에 도장을 찍었잖아요. 그리고 사직서에 도장을 찍었잖아요. 시종일관 비웃기만 했다. 영구가 사직서는 이미 제출해 버린 것이니 근로계약서건과, 경비원이 업무

외에 일과, 최저임금에 10%를 삭감하고 지급하며, 임금을 받지 못하는 점심 저녁 야간 수면시간, 등 부당한 처우로 인한 스트레스 불면증을 발생케 된 원인을 얘기해서 실업급여를 받기 위한 도움이 되는 상담을 원했지만 얘기가 진도(進度)가 없었다. 상담사는 두말할 필요 없다는 투로 이야기하는 바람에 본질과는 빗나가고 말았다. 당신은 근로자 편입니까? 아니면 근로자를 부리는 업주 측 편입니까? 하고 물어보고 싶은 심정이었다.

스트레스 불면증 질환을 앓게 된 원인에 대해 얘기를 하려 할 때마다 상담자는 영구의 말문을 막아 스트레스를 받게 했다. 더 이상 상담을 할 필요가 없다고 느꼈지만 해맞이에 후문경비실 폐쇄로 인한 경비원을 한 사람은 그만둬야 하는 이유를 설명해 보고 싶었다.

"해맞이아파트에 경비실이 정문과 후문에 두 곳이 있는데 본래는 두 군데에 경비원이 24시간 격일로 근무하기로 하고 경비원을 반장 포함 5명을 채용했으나, 임금을 절약하기 위해 후문경비를 폐쇄하고 매일 12시간만 근무하는 3명이 정문에서만 경비원 근무를 하게 했습니다. 경비원이 한 명이 필요 없다기에 나이가 적은 내가 그만두기로 약속이 되어 있었습니다. 본사에서는 자기들은 모르는 일이라고 권고사직은 안 된다. 하는데 권고 사직처리가 안 되면 실업급여를 받을 수 없다 하는데 좋은 방법이 없겠습니까?"

영구가 처음에 했던 얘기를 다시 하면서 실업급여를 받을 수 있는 방법이 없겠느냐고 다시 질문했다. 영구의 얘기를 건성으로 듣고 있던 상담사는 사직서를 냈다면서요. 말을 되풀이했다.

"아저씨가 사직서를 써서 냈다면서요."

"예."

"사직서를 낼 때 내용을 뭐라고 썼습니까."

이제야 사직서에 쓴 내용을 물었다.

"심한 스트레스 불면증으로 인해 병원 치료를 받다 보니 일을 그만하고 집에서 안정을 취했으면 좋겠다. 이런 내용으로 썼습니다."

영구는 스마트폰에 찍어둔 사직서 내용을 보여 주었으나 상담사는 일신상의 사유로 사직서를 내놓고는 왜 자꾸만 귀찮게 하느냐는 표정이다.

"사직서에 일신상의 문제로 사직서를 냈습니다. 라고 썼잖아요? 실업급여도 못 받습니다."

"분명히 우리 경비반장님과 경비원 5명이 의논을 해서 내가 그만두기로 했고 관리소장님에게도 보고가 된 일인데요."

"아니 사직서에는 그런 내용이 없고 불면증 때문에 사직하기로 한 것 아닙니까?"

"처음 사직서를 쓸 때는 우리가 의논한 대로 권고 사직한다는 내용으로 썼는데 가나에서 그런 내용을 쓰면 안 된다.고 했습니다. 우리소장님은 권고사직을 약속했지만 본사에서 안 된다 했습니다."

상담원과 영구가 서로 답답한 표정으로 실랑이는 계속 이어졌다.

"그래서 불면증 때문에 사직서를 냈으면 그만 아닙니까?"

"처음 경비원을 하는 일이고 동료경비원들도 한 번도 써보지 않았고 근로계약서에 대한 아무런 지식이 없는 사람들에게 설명이 있어야 하는 것 아닙니까?"

"사직서를 쓰지 말고 찾아와 상담을 했었다면 몰라도 사직서에 도장을 찍었으니 실업급여는 못 받습니다."

고용노동부의 상담자는 근로계약서에 도장을 찍었지 않았습니까? 사직서에 도장을 찍어 냈지 않았습니까로 일관했다. 근로계약서에나 사직서에 도장을 찍고 인정한 일을 어떻게 하느냐. 고 답답해하는 표정이었다.

"권고사직이 안 된다면 근무 중에 생긴 스트레스 불면증 때문에 근무할 수 없어 불면증 치료를 위해 그만둔 것이니 실업 급여에 해당이 안 됩니까?"

"불면증으로는 해당이 안 됩니다."

"병원의사는 근무 중에 일어난 스트레스 불면증은 해당된다고 하던디요."

"근무 중 사고로 인해서 다리나 팔을 다쳤다든지, 근무 중에 일어난 명백한 증거가 있어야 가능합니다."

영구는 더 이상 상담을 받아 보고 싶지 않다. 상담사가 앉아있는 바로 앞에는 큰 글자로 '무엇을 도와드릴까요?'라고 쓴 푯말이 무색했다. 시종일 같은 말만 되풀이했다. "도장을 찍었잖아요, 서명했잖아요, 사직서를 냈잖아요."로 일관했다.

상담사가 불면증으로는 실업급여를 받을 수 없다고 잘라 말할 때는 황당하기도 했다. 경비원으로 근무하다 일어난 스트레스로 불면증이 발생한 원인을 상담도 할 수 없었다.

영구가 인터넷을 통해 보고, 귀로 들어온 상식은 현실하고 달라도 너무나 다르다. 상담하는 내내 상담자에게 조롱거리가 되고 말았다. 고용노동부 진주지부 금산출장소를 빠져나올 때는 언짢은 기분이었으며 괜히 상담하러 갔구나 하는 맘에 우울하기만 했다.

고용노동부 금산 지부에 상담하러 갔던 영구가 새롭게 깨달은 건 무턱대고 사직서를 제출하는 것보다는 구두로 일을 못하겠다고 하는 것이 현명함을 알았다.

새벽공기가 제법 차갑다. 마지막 근무를 하기 위해 버스정류장으로 향하는 거리는 아직 깜깜하기만 했다.

"강주사님, 어서 오십시오."

김정민과 이창복이 평상복으로 갈아입고 퇴근을 준비하고 있다.

"강주사님, 오늘만 근무하면 끝이네요. 나도 이젠 그만하고 싶네요."

김정민의 말은 뜻밖이었다. 평소에는 이창복이 힘들어했기 때문이다.

"김주사님은 왜 그런 말씀을 하십니까?"

"나이가 들어가이 이러다가는 몸이 자유롭지 못할 때까지 일만 하다가 우물 안 개구리가 되지 않을까 걱정 되서예."

임반장의 얘기는 젊었을 때, 김정민은 제지공장에서 일하다 왼손이 엄지와 약지만 남고 잘리는 사고를 당하였다고 한다. 그러나 열심히 일해서 지금은 자녀들도 다 훌륭하게 성장해서 출가했으며 구태여 아파트경비원생활을 하지 않고도 생활하는 데는 불편하지 않을 정도로 재력도 있다고 했다.

국가에서 장애자를 고용하는 업주에게 임금지원을 한다고 했다. 이번에 해맞이아파트에도 장애를 갖고 있는 임만조와 김정민을 채용한 용역업체로 이들에게 지불할 임금을 지원해 준다고 들었다.

김정민과 임만조는 일하면서 바라보는 눈총들이 따갑다고, 본인들이 스스로 느끼며 노심초사하며 근무를 했던 모양이다.

"내 나이 70이 되도록 우리 할멈하고 맛있는 것을 먹으러 다닌 적도 없었고 남들 다 갔다 온 금강산 구경도 못 했으니 영감 할멈 둘이서 좋은데 구경이라도 다닐까 생각하고 있습니다."

김정민의 얘기를 들은 임만조가 입을 뗀다.

"나도 김주사랑 같은 생각인디 우리 집사람이 조금만 더 벌어 보자고 한사코 일을 더 해야 한다고 하는 바람에 일을 하고 있어 예. 김주사가 정말 생각 잘했습니다."

이번에는 퇴근하려던 이창복이 책상 앞에 의자를 당겨 앉으며 영구를 쳐다보면서 한마디 했다.

"강영구씨, 앞으로도 자주 놀러오고 하세요. 스트레스 불면증 치료는 잘 받으시고 예."

"김정민씨, 이창복씨, 우리가 근무하는 날이 서로 달라서 술 한 잔도 못했는디 앞으로는 기회가 있을랑가 모르겠네요."

이들이 얘기를 주고받는 사이에 임성택반장이 역시 큰 키로 보폭을 넓고 빠르게 걸어오고 있다.

"임반장님, 요새도 버스를 타지 않고 걸어서 출근을 하시나요?" 이창복이 물었다.

"오늘 아침에 좀 늦었나요. 그래도 우리가 교대하기로 약속한 시간을 비교하면 빨리 온 것이네요. 다리 운동도 하고 버스비도 아끼고 일석이조 아닌가요."

관리사무소에서는 경비원의 교대시간을 07시로 지정해 주었으나, 아침에 단 몇 분이라도 집에 이른 시간에 퇴근하는 재미를 갖는 것이 좋다고 경비원들끼리 의논 끝에 30분 앞당겨 교대근무를 하기로 했다. 여섯 시 무렵이면 출근을 해 24시간 근무를 마치는 새벽시간에는 퇴근하는 즐거움이 있어 조금이라도 빨리 퇴근하고 싶은 맘은 모두 같다. 이창복과 김정민이 아쉬운 표정으로 일어서면서 영구에게 손을 내밀어 악수를 청한 후에 퇴근 준비하기에 바빴다.

"강영구씨, 우리가 근무함서 얼굴 본 것은 교대할 때였네요. 뭐니 뭐니 해도 건강이 최고라 예. 불면증 치료하시고 놀러 도 자주 오시라 예."

이창복과 악수가 끝나고. 김정민과도 똑같이 손을 잡았다.

"강주사님, 우리는 한동네 사는 것이니 자주 만납시다. 나는 쉬는 날이면 선학산에 올라가 시간을 보내고 있으이 선학산에서 만나 커피나 한잔합시다."

영구가 퇴근하는 두 사람에게 작별인사를 했다.

"이창복씨, 김정민씨, 우리 내일 아침에 한 번 더 만나 볼 수 있을랑가 모르것네요."

두 사람이 퇴근하며 나눈 얘기를 옆에서 듣고 있던 임반장이 마지막 근무하는 사람은 아침까지 근무하지 않고 오후에 집에 가는 것이 일반적이라며 얼굴 보는 것은 오늘이 마지막이라고 했다.

"강주사님, 이주사와 김주사 말이 맞습니다. 강주사는 오후가 되면 소장님이 집에 보내 줄 겁니다. 그러이, 내일부터는 우리와 만날 일이 없는 겁니다."

"아, 그렇습니까? 나는 내일 아침까지 근무를 해야 되는 줄 알았습니다."

임반장이 출근을 하면 단지 내를 돌면서 앞 조의 근무자들이 분리해 놓은 쓰레기며 재활용품이며 분리수거를 해 놓은 것과 다른 시설물들을 일일이 돌면서 점검을 하러 나간다. 영구도 따라나서겠다고 말했다.

"임반장님, 나랑 같이 갑시다."

"아닙니다. 오늘은 나 혼자 나갈 랍니다. 강주사는 앉아서 쉬세요."

임반장이 경비원을 그만두는 영구를 배려했다. 임만조가 창문너머 차단기를 바라보며 버튼을 올렸다 내렸다 반복하면서도 입과 귀는 영구에게 맞춰져 있다.

"강군, 오늘 마지막 날이라고 임반장이 니한테 배려하는 거다."

영구의 마지막 근무 날 아파트경비원 생활이 종착역으로 치닫고 있다. 임반장이 샤워를 하기 위해 옷을 주섬주섬 벗어 의자에 걸치면서 관리사무소에 가서 소장님께 보고하고 오라 한다.

"지금 시간이 다섯 시 반이 넘었네요. 사무실에 인사하고 집에 가십시오."

영구가 관리사무소에 사직인사를 하러 갔다. 모든 직원이 다 모여 있다.

"강주사님, 지금까지 수고하셨습니다."

"정들자 이별입니다."

경비원들에게 일을 많이 시켰던 송해식계장이 말했다.

"강주임, 임과장, 모두들 그동안에 고마웠어요."

돌아가면서 악수를 나누고 나니 송계장이 소장님 안에 계신다고 귀띔이다.

"강주사님, 안에서 소장님이 기다리고 계십니다."

영구가 소장실문을 열자 김창남 소장은 자리에서 벌떡 일어나면서 두 손을 내밀어 자리로 앉으라며 의자를 내밀었다.

"강주사님, 녹차를 하시렵니까? 커피를 하시렵니까?

"저, 커피를 한잔하렵니다."

김소장이 문을 열고 여기 커피를 주문하고 자리로 돌아와 앉으며 얘기를 한다.

"강주사님, 그동안 수고 많이 하셨습니다. 강주사님, 힘들어 했던 것을 헤아려 주지 못해서 미안하게 되었습니다. 사실상 아파트관리소장이라 해서 아무런 도움이 되어 주지 못합니다."

"소장님, 끝까지 도와 드리지 못해 죄송합니다."

김창남소장은 영구에게 미안해했다. 그러나 요즘은 아파트관리소장입장은 용역업체에 하수인이라 아파트주민협의회에서 채용한 관리소장들보다 더 스트레스를 많이 받고 있다고 한다. 말하자면 시집살이하는 며느리가 시어머니와 시누이들에게 시집살이하는 격이라고 했다. 용역회사에 간섭을 받아야 하고 또 동에 동 대표에게와 주민들에게도 간섭을 받아야 한다고 했다. 관리소장으로서 경비원과 미화원 그리고 관리직원들의 인사권이나 모든 업무를 용역회사에서 지시를 받고 있다고 한다.

"강주사님, 여기처럼 스트레스 안 받는 곳 소개시켜 드릴까요?"

"아닙니다. 나는 지금, 불면증 치료가 우선입니다. 나중에 안정된 후에나 일자리를 마련하여 주십시오."

"권고사직처리라도 해서 실업급여를 받게 해 드렸으면 했는데 죄송하게 되었습니다."

"소장님 괜찮습니다. 의사가 하는 말을 들으니 불면증도 실업급여를 받을 수 있다고 합니다."

"아, 그렇던가요. 지금까지는 불면증으로 실업급여를 받는 경우를 못 본 것 같아서요."

"근무 중에 발생된 불면증이고 병원 진료기록도 있고 하니 일단은 고용센터에 신청은 해 보렵니다."

"그동안 우리끼리 회식 한 번도 못했네요. 다음에 회식할 때는 강주사님도 꼭 초대하겠습니다."

"감사합니다. 새 아파트라서 질서가 없어서 그런 것 압니다."

"강주사님, 지금 바로 집에 가십시오. 언제든지 시간 나면 놀러 오시고 일자리는 저가 알아봐 드리겠습니다."

"소장님, 감사합니다."

영구가 관리사무실에서 사직인사를 마치고 경비실에 돌아오니 임반장은 퇴근 준비를 하고 있고 임만조는 여전히 출입하는 차량의 차단기를 조작해 주느라 앞에만 응시하면서 묻는다.

"강군아, 소장님이 머라 하더냐?"

"나보고 놀러 오라면서 일자리를 말해 준다 합디다. 그리고 회식할 때 나도 부른다 하데요."

임반장이 도시락 가방을 챙기며 말했다.

"그러고 보니 우리는 회식을 한 번도 안했데이. 새로 경비원들이 뽑히면 회식을 시켜 주는 것인데…."

임반장 말에 임만조가 대꾸를 한다.

"우리 소장이 아직까지 정신이 없다이. 우리들 회식 시켜줄 여유가 없을거레이."

"형님, 그래도 우리 두 사람은 죽으나 사나 하루 24시간 재미있었네요. 형님 덕택에 근무를 잘했습니다."

"그래 우리 둘은 같은 조라서 쉬는 날은 만나서 술도 한잔씩 하고 그랬다. 우리 자주 만나서 소주도 한잔씩 하고 하자."

임만조의 얘기를 듣고 있던 임반장이 서운한 듯 말했다.

"임주사하고 강주사가 둘이서만 술 묵고했었는가 보네."

"임반장하고 우리 셋이서도 많이 묵었는데 뭘, 그리고 임 반장은 술값을 잘 안내이 우리끼리 많이 간다이."

임반장과 임만조는 나이도 같고 같은 임씨라서 두 사람이 말도 트고
지낼 때가 많다. 임반장이 언제 술값을 잘 안 내더냐고 따진다.

"허허 누가 들으면 내가 진짜로 그런 줄 알겠네. 강주사는 어떻게 생각
하요?"

"두 분 형님들 내일부터서는 갑오새끼(공동 부담한다는 말, 영호남지
방 사투리)로 내고 술을 잡수십시오."

영구는 집으로 가기 위해 이불 보따리를 들고 경비실 문을 열고 나왔
다. 퇴근을 잠시 미룬 임반장과 임만조도 같이 따라 나오면서 악수를 청
했다.

제32장

실업 급여 받기 쉽지 않네

영구는 고용노동부 금산출장소에 실업급여에 관한 상담을 하러 갔다가 아무런 도움을 얻지 못했다. 동료경비원들 모두에게도 스트레스 불면증으로는 실업급여를 받을 수 없다는 말만 들었다.

진주에 있는 고용노동부 고용센터를 검색을 해보았다. 근무로 인하여 발생된 질병은 실업급여 대상이 된다고 기록되어 있다. 영구는 워낙 말주변이 없는 사람이다. 고용노동부 금산지부에서 상담실패를 한 것도 영구의 말주변이 없는 것도 작용했다고 생각되었다. 경비원근무 중에 일어난 스트레스가 원인이 되어, 불면증이 온 사항들을 구두로 말하는 것보다는 A4용지에 구체적으로 적어서 제출하는 것이 효과적임을 알았다.

용역회사의 횡포로 인한 근무 중에 스트레스가 불면증 원인이 되어 병원 치료를 받고 있다는 사항들을 A4용지 3장 분량을 프린트해서 시내에 있는 고용센터를 찾아갔다.

"실업 급여를 신청하려고 왔습니까?"

"예."

"어디에서 무슨 일을 했습니까? 그리고 언제까지 근무했습니까?"

"초장지구 2단지 해맞이아파트에서 경비원으로 근무했습니다. 2014년 4월 1일부터 2015년 10월 10일까지 근무를 하고 그만두었습니다."

"이름과 주민등록번호를 말씀해 주시겠습니까?"

영구가 이름과 주민등록 번호를 말했다. 예쁘장하게 생긴 젊은 여자상담원은 컴퓨터 자판을 빠르게 두들겼다. 상담직원의 컴퓨터에 근무했던 기록들과 일신상의 사유로 사직했다는 내용이 컴퓨터 모니터에 뜨고 있는가보다.

"여기에 보니 일신상의 이유로 사직처리 되어 있네요. 일신상의 문제로 사직한 경우에는 실업 급여에 해당되지 않습니다."

"스트레스와 불면증 때문에 도저히 더 이상 근무가 어려워 사직을 하게 된 것입니다."

여자상담원은 영구에게 선생님이라 불렀다.

"선생님, 어찌 되었든 간에 일신상의 문제입니다. 스트레스 불면증이 어떻게 왔는데요?"

영구에게 선생님이라고 존칭을 붙여서 말하는 소리를 듣는 순간 금산에 있는 고용노동부 지부에 있는 남자상담사보다는 친절한 기분이 들었다.

"스트레스로 인한 불면증이 심해 잠을 잘 수 없어 병원 치료를 받고 있습니다. 구두로 말씀드리기보다는 여기 프린트를 해왔습니다."

"구두로 말씀하셔도 되는데 이렇게 글로 써서 왔습니까?"

"저가 워낙 말주변도 없고 표현력이 없어 본인의 뜻을 상대방에게 전달하기가 어려워서 이렇게 글로 써 왔습니다."

근로자들의 일자리를 떠나게 된 당시의 상황들을 파악해 이직자의 진술을 듣고 실업급여를 받을 수 있고 없고를 판정해 주는 진주 고용센터 창구직원들의 창구번호가 1번부터 8번까지 줄지어 있다. 영구가 상담하는 창구는 3번 창구였다. 여직원이 영구가 내민 A4 용지 3장 분량의 진술서를 받아 읽는다.

다음은 영구가 창구직원에게 내민 진술문이다.

　저는 진주 초장(초전동, 장재동)지구 아파트 신축공사현장에서 경비원으로 근무했습니다. 같이 근무하던 10여 명의 동료 현장경비원들도 해맞이아파트 2단지와 4단지가 빨리 준공되고, 주민이 입주하게 될 날만 손꼽아 기다리고 있었습니다. 공사현장을 지휘하는 건설회사직원들, 그리고 다른 관련 업체에 계신 분들도 한결같이 현재 경비근무를 하고 있는 사람들을 우선해서 해맞이아파트 경비원으로 채용한다는 것이었습니다. 동료들은 신축아파트에 경비직으로 일할 날이 청사진(靑寫眞)이었습니다. 그러나 막상 면접이 이루어졌지만 저를 포함한 두 사람만 연장근무를 했고, 동료 경비원들의 꿈은 물거품이 되어버린 아픔을 당해야 했습니다. 당시만 해도 같이 근무를 하지 못하고 집으로 돌아가는 동료 경비원들에게 미안한 맘이 들기도 해서 애써 위로를 했었지만, 현재는 상황이 바뀌 그들이 저를 위로 하고 있으니 아이러니 걸 하기도 합니다.
　면접을 통과한 현재의 동료들과 근로계약서를 쓰는 날 다른 동료들도 마찬가지였지만 용역 본사 팀장님의 바쁜 일이 있다고 재촉하고 서두는 바람에 제대로 읽어 보지도 못하고 근로계약서에 서명을 하고 말았습니다. 물론 저 한 사람뿐이 아니고 다른 동료 5명도 근로계약서에 서명만 했을 뿐이지, 제대로 읽어 보지 못한 것은 똑같았습니다. 당시엔 저도 그렇고 동료들 모두 본사 팀장님의 누구와 만나기로 했다면서 바쁘다며 빨리 써달라고 서두는 바람에 자세히 읽어볼 시간도 없었거니와 불합리(不合理)하다고 생각되는 부분을 감히 물어볼 수 없었습니다. 그것은 갑을관계에 있는 경비원들에게는 본사에 거슬리는 발언이나, 행동했다간 바로 해고당한다는 두려움 때문에 아무 말도 못 했습니다.
　저는 경비원 일을 처음 해 보는 일이라 의무적으로 근로계약을 쌍방이 공평하게 체결하는 근로기준법을 몰랐습니다. 아무런 지식이 없었기에 그리고 본사 측에 비위를 거스르게 해서 불이익을 당한다는 두려움 때문에 근로계약서를 자세히 읽어 보지 못하고 서명을 했습니다.

그날은 당초에 약속했던 이웃의 아파트에 경비원 임금과 비교해 적게 명시된 금액을 누구 한사람 볼 수 없었으며, 이의를 제기하는 사람이 없었습니다. 인터넷 조회를 하니 업주는 근로계약서를 근로자가 읽어 보게 한다거나, 2부 작성을 해서 근로자와 업주가 한 통씩 나눠 가져야 한다고 명 분명하게 명시된 조항을 봤습니다.

그런가 하면 우리 아파트에 관리소장님도 입주민이나 아파트주민회장과 동 대표들에게 많은 스트레스를 받고 있습니다. 관리 사무실에 결재 관계로 들렀다가 아파트에 동대표가 소장님을 추궁하는 모습도 많이 본 적도 있으며, 통화로도 관리소장님에게 호통을 치는 소리를 들은 적이 있습니다. 이에 관리소장님은 이런 분들에게 지적당하지 않기 위해 우리 경비원들에게 엄격한 근무 자세를 지시했습니다.

우리 아파트에는 지상에는 주차를 엄격히 통제하라는 소장님의 지시에 우리 경비원은 지상에 주차하는 택배차량이나 가구, 전자제품, 배송 차량의 주차를 정리하는 일에도 많은 스트레스를 받습니다.

얼마 전에는 아파트 출입구 정문 위에 로고 하자보수작업차량이 단지 안에 불법 주차로 이삿짐 차량이 방해를 받았습니다. 작업 차량을 지하로 옮겨 달라고 했다가 차마 입에 담을 수 없는 ○○새끼 ○○ 놈 하면서 육두문자를 쓰면서 금방이라도 죽일 듯이 상스런 욕으로 모욕을 당하고 억울해 관리소에 찾아가 처리해줄 것을 요구했습니다. 마침 아파트 동대표도 사무실에 와 있어 두 사람이 현장에 나왔지만 호랑이 같은 동대표도 관리소장님도 불법주차 차주에게 별로 제재도 못 하고, 저에게만 속이 상해도 참으시라는 말 만들었습니다.

이런 식으로 불법차량이나 주민들 방문자들이 불법을 하는 사람들을 적발을 해서 사무실에 보고해도 아무런 제재도 못 해줍니다. 경비원보다는 힘이 센 관리사무실에도 꿈쩍 않는 불법운전 차량을 우리 경비원들에게 단속하라 하면서 경비원을 추궁하니 스트레스를 받을 수밖에 없습니다. 우리 경비원들만 폭행과 폭언을 당하게 되니 스트레스가 쌓입니다. 정말이지 우리 집 막내보다 많이 어린 사람에게 모욕을 당하고 억울해서 변호사 사무실에 의뢰한바, 현장에서 그 사람의 행동을 사진을 찍고 발언을 녹음해서 증거로 제출해야 한다는 말만 들었습니다. 그리고 음식물 쓰레기, 생활쓰레기, 재활용 쓰레기를 분리작업을 해야 한다는 조항도 근로계약서에서 못 본 것 같습니다. 뒤늦게 인터넷을 통해 업체는 근로자에게 근로계약서를 제공해야 함도 알게 되었습니다. 그러기에 근로 계약서를 경비원에게도 달라고 강력하게 요구했습니다만 받지 못했습니다.

어느 날 관리사무소에 조회를 다녀온 경비반장님의 해맞이 2단지 후문 경비실에 근무자가 필요 없게 되었다면서 우리 경비원 중에 1명은 그만두어야겠다는 말씀에 만약에 경비 인력을 줄이게 된다면 아무래도 나이가 적은 편에 속한 저가 실업급여 요건이 갖춰지는 기간까지 근무하고 권고사직 형식으로 사직하기로 경비원들끼리 약속이 되어 있었습니다.

저는 본사에서 약속한 대로 이루어지지 않은 사항과 근무하면서 인격을 무시당하는 사례들로 말미암아 심한 스트레스 불면증이란 의사의 진단을 받고, 두 달째 병원 치료를 받고 있습니다.

입주자들이 내어놓은 재활용쓰레기와 생활쓰레기들 분리 정리정돈작업을 해야 하고, 새벽부터 들어오는 음식물 종량제차량과 생활쓰레기 수거차량 및 재활용품(알루미늄캔 플라스틱 폐비닐 병 종류 스티로폼)과 폐가구 등을 거둬간 후의 뒷정리를 하며 아파트 단지 내 청소며 풀

뽑기 작업을 해야 하고 시도 때도 없이 관리실 직원에게 끌려가서 자질 구레한 일들을 같이 거들어야 하고, 입주자 대표나 동 대표 같은 사람에 게도 청소해라 이 일 해라 저 일 해라, 사실상 경비업법에도 없는 경비원 의 본업이 아닌 일 때문에 스트레스가 쌓여 불면증이 왔습니다.

이런 수많은 일 중에 어느 하나라도 실수를 하면 안 된다. 는 긴장상 태에서 일하다 보니 다른 사람보다는 신경이 예민한 저로서는 나에게 주 어진 야간수면 4시간을 이런 생각 저런 생각 어떻게 해야 실수하지 않 고, 일을 잘할 수 있을까 궁리를 하다 보면 스트레스가 되고, 눈이 따 갑고 피곤이 몰려오지만 잠들지 못해 뜬눈으로 수면시간을 다 보내버리 고, 다음 근무자 하고 교대를 해야 하니 저의 심신(心身)은 날로 망가지 고 있었습니다.

또, 한 가지 스트레스 불면증의 원인이 된 사례를 얘기하겠습니다. 진 주에서 창원까지 다니며 받는 아파트경비원 신임교육이었습니다. 저뿐만 아니라 전국에 모든 노인의 시설경비원들은 같은 생각일 것입니다. 경비 원교육은 늙은이들을 배려하지 않는 제도라고 생각합니다. 2014년 8월 19일부터 8월 27일까지 8일 동안 24시간 근무를 하고 지친 늙은이들을 진주에서 창원까지, 네 번에 걸쳐 징검다리 식으로 하루 7시간 교육을 받으라 하니 속옷도 못 갈아입고, 샤워는 물론이고 아침식사도 못하고 창원까지 가서 교육을 받아야 했습니다. 몸이 늙어 쇠해진 노인들이 24 시간 근무를 했으면 다음 날은 쉬어야 마땅하지 않습니까?

교육내용은 늙은 아파트경비원들과는 해당되지 않는 교육이었습니다. 4일 동안 진주에서 간 교육생 40명 중에 해당되는 사람은 20을 갓 넘은 청년 3명이었지만, 단 한 시간도 교육을 받지 않고 잠만 자게 했고, 37명 의 아파트 경비원들도 교육장 안을 떠나지 말고 잠을 자라고 하는 것에 분노와 함께 스트레스가 되고 불면증이 악화된 원인이 되었습니다. 자동차를 운전하는 사람도 2시간을 운전하면 쉬었다가 해야 하는 법령이 만들어져 있는데 24시간 근무를 하고 곧바로 먼 길인 창원까지 달려가서 교육을 받는다는 것은 무리라고 생각합니다. 말이 아파트경비원 교육이지 대한민국 국민으로서 너무나 기가 막히고 안타까운 현실입니다. 단 몇 %라도 합당하다고 생각할 수 없는 경비원교육법을 만들어 놓고 국민이 낸 천문학적인 세금을 낭비하는 것이 엄청난 스트레스가 되었습니다. 뜻이 있는 분들이 경비원 교육장의 실태를 조사해 주기를 강력하게 원합니다. 아파트경비원 근무를 하면서 도움이 될 수 있는 교육은 하나도 없고, 엉뚱한 재테크며 호신술 태권도, 가스총 난사 법, 범인체포와 호송 법 등 청원경찰이나 필요한 교육이지 아파트경비원에게는 해당되지 않았으며, 또 교육장에 강사분들도 모두 아파트경비원에게는 도움이 안 되는 교육이라고 인정을 했습니다. 24시간 근무한 다음 날 쉬지 못하고 진주도 아닌 먼 길, 창원에 교육받으러 갔다가 다음 날 출근을 해 24시간 근무하고 곧바로 또 창원까지 가야 하는 일을 젊은 사람들일지라도 힘이 들 것입니다. 교육장(코드원) 관계자는 마음껏 잠을 자라 했습니다. 모두들 잠만 자는 교육 기간 4일 동안 이런 모습들이 대한민국이 망하기를 바라는 사람이 아니고는 스트레스 원인이 되지 않겠습니까? 정작 아파트경비원이 아닌, 교육이 필요한 세 사람의 청년은 잠만 자게 합니까? 왜, 왜, 왜… 이런 모양을 보고 대한민국 국민이라면 스트레스를 받지 않을 사람이 없다고 봅니다.

아파트경비원으로 약 2개월 정도 근무를 하면서 나름대로 관리소장님께 그리고 주민들에게 지적당하지 않기 위해 실수를 하지 않으려고 긴장하다 보니 심한 스트레스 불면증에 빠져 있으니, 권고사직이나 병가나 휴직을 요청했습니다만, 병가나 휴직은 들어 줄 수 없으나 권고사직은 관리소장님은 흔쾌히 협조하겠다. 하면서 용역본사인 가나산업에 요청했으나 나의 요청을 들어줄 수 없다 했습니다.

지금, 저의 심신은 극도로 지쳐 있으며 눈은 언제나 발갛게 충혈되어 있습니다. 눈동자가 빨갛게 물든 눈을 본 의사는 수면을 취하지 못해 눈 혈관이 터진 것이라 했습니다.

이 밖에도 저가 스트레스 불면증 원인이 되었던, 인격을 무시당한 일들이 많으나 지면 관계상 구두로 말씀드리겠습니다. 대한민국 국민이라면 힘없고 약한 자에게도 인권을 누릴 수 있는 세상이 왔으면 좋겠습니다. 그리고 우리의 국력이 엉뚱한 데로 흘러 쇠진되는 일이 없었으면 좋겠습니다.

나의 스트레스 불면증을 치료하는 의사는 매번 휴직을 권면했고, 수면제를 복용하는 양도 늘어나고 있으니 심히 우려된다며 경비원 근무를 그만두라고 말했습니다. 근로기준법에는 모든 근로자는 휴가나 병가를 적용받을 수 있다기에 관리사무소에서는 휴직이나 병가도 신청을 했지만 거부했었고, 관리소장님은 권고사직으로 처리해주고 싶으나, 서울에 '가나'산업 용역업체본사에서 거부하니 관리사무소에서는 어쩔 수 없다고 했습니다. 이에 10여 일 전에 사직의사를 밝혔고 2014년 10월 11일까지 근무하기로 하고 지난 9월 25일 사직서를 제출했습니다.

A4 용지 3장 분량의 진술서를 한참 만에 다 읽어 본 창구 여직원이 영구에게 질문했다.

"이 진술서는 누가 쓴 겁니까?"

"예, 저가 썼습니다. 저가 근무하면서 스트레스의 원인이 되었던 것들을 썼습니다."

"강선생님, 근무하셨던 곳에 가서서 여기에 있는 근무자 평가확인과 이직확인서 불면증 상태 등을 확인받으시고 의사의 소견서도 받아 오셔서 제출하십시오"

창구직원이 근무 확인과 이직 확인, 당시 불면증 상태를 받아 오라고 건네준 서류를 들고 영구가 근무했던 아파트관리사무실에 갔으나, 이런 것들은 서울에 있는 본사 용역회사인 '가나'에서 해 주는 것이라 했다. 서울에 팩스로 보내서 확인을 받아야 하니 이런 제도들이 영구 같은 경비원들에게는 난감한 일이다.

서울에 있는 용역회사에서는 아무런 상황도 모르는 체 사무실에 앉아 자기들이 유리하게만 업무처리를 하므로 경비원들의 애로사항은 신경이나 쓰겠는가. 현지에서 근무자들의 실업급여 대상자가 발생하면 자기네 본사에서는 불이익이 발생한다고 했다. 영구처럼 경비원 처지에서는 자세한 이유는 알 수 없다.

영구가 해맞이아파트 관리사무소를 찾았다.

"소장님, 실업급여를 받으려 하니 고용센터에서 여기에 적힌 것들을 확인을 받아 오라 해 소장님을 찾아 왔습니다."

김창남소장은 한참 동안 영구가 내민 서류를 읽고 있다가 말했다.

"강주사님, 이런 것들은 서울에 본사에서 결재를 받아야 합니다.

"그러면 어떻게 합니까? 서울까지 올라가야 합니까?"

"아닙니다. 이 서류를 서울 본사로 팩스를 보내서 나팀장에게 결재를 해달라고 하면 됩니다."

"소장님, 이런 제도가 잘못된 것 아닙니까? 여기 아파트에 근무자들을 서울에서 한 번도 내려와서 본적도 없는 사람들이 우리 경비원들의 근무평가를 어떻게 할 수 있으며 불면증 같은 질병을 앓고 있는 줄이나 알겠습니까?"

"강주사님, 맞습니다. 관리소장은 허수아비입니다."

"저는 소장님이 다 확인만 해주면 되는 줄 알았습니다."

"우리가 팩스로 보내서 서울에 본사에 확인해 달라고 할 테니 집에 가계셔요. 그러면 우리가 연락을 드리겠습니다."

이미 고용센터에서는 영구가 일신상의 일로 사직을 했다는 보고가 되어 있는 상황에 근무했던 사람에게 서울에 있는 본사 용역업체에서 근무평가서니 이직확인서니 이런 것들을 확인을 받아오라 함은 잘못 되도 크게 잘못된 제도다. 이런 것들은 현장에서 경비원을 관리했던 관리소장이 해야 원칙임은 삼척동자도 다 아는 사실이다. 이런 서류를 서울에 있는 용역 본사에서 떼어 오라는 것은 고양이 목에 걸려 있는 방울을 쥐에게 떼어 오라는 것하고 다름이 있겠는가?

10월 하순인데 벌써 겨울이 왔나 보다. 아직도 해맞이아파트단지 주변은 허허벌판이다. 들판 한가운데 들어선 아파트 단지에는 광야의 바람들이 몰려오고 있는 것 같았다. 새로 들어선 아파트 단지로 초전 벌에 바람들이 한꺼번에 몰려오는 것처럼 씨잉씨잉 소리를 내며 요란하다.

임만조가 벌써 겨울 잠바를 입고 재활용 쓰레기를 정리를 마친 후 막, 경비실로 들어오는 중이라고 했다.

"형님, 날씨가 완전히 겨울 날씨그만요."

"바람만 안 불믄 괜찮은디 바람이 이런 날은 춥고 일하기가 겁난다. 그런디 무신 일로 왔나?"

"실업급여를 신청헐라고 허이 엄청 어렵네요. 어지간해서는 실업급여를 신청을 다 포기 해뿔것네요."

"그 어려운 짓을 멀라고 하니. 강군아, 어서 경비실로가자. 춥다."

"형님, 아까 들어오다 보이 이창복씨하고 한조가 되어 근무 헌담서요."

"김정민씨가 그만 두뿔고 새로 한 사람 와서 그 사람하고 임반장하고 같은 조가 되었고, 이창복씨하고 나하고 같은 조가 돼서 근무하고 있다이."

"임성택반장도 이제는 24시간 근무하고 24시간 쉬나요?"

"응, 이제는 임반장도 24시간 똑같이 허능거라."

영구가 임만조를 따라 경비실 안으로 들어오니 후끈한 기운이 감돌았다. 경비실 안에는 며칠 전 그대로지만 근무 형태가 많이 변했다. 김정민이 그만두고 한사람이 새로 들어오고 반장도 24시간 근무를 하고 있었다.

"이제는 아파트 경비원생활을 그만 생각을 해 봐야겠다."

"형님, 무슨 말인디요?"

"니가 그만두고 나서 바로 다리에 마비가 와서 병원에 보름동안 입원을 했다 아이가."

"그랬군요. 이젠 괜찮습니까요?"

"이젠 많이 좋아징거라."

영구가 경비원근무를 그만둔 날, 임만조가 다리에 마비증세가 왔다고 했다. 보름 동안 병원에 입원했다는 것이다. 사정을 관리소에 얘기했으나 병가는 말도 하지도 못하게 하더라고 했다. 해고를 당하지 않기 위해서는 하는 수없이 친구를 대리근무를 하게 하고 반달 치 월급을 지불해야 한다고 했다.

"얼마 전에도 갑자기 다리가 아파서 병원에 간 적이 있었잖아요?"

"요새, 다리가 자주 이런다이."

"형님, 병원에 입원하고 있는 동안에 누가 대신했습니까?"

"보름동안 내 친구를 대신 일을 하게 했다아니가. 월급타믄 친구에게 보름치 일당을 줘야 허능거라."

"정말 경비원들은 불쌍하네요. 근무 중에 병이 나면 병가나 휴직을 적용해 주지도 않은디 근로기준법이네, 뭐네, 이런 것들이 있으믄 뭘 합니까?"

임만조는 젊었을 때 허리 디스크 수술을 한 적이 있다고 했다. 그때 후유증으로 걸음걸이가 불편해서 장애자 진단을 받았다고 했다.

"강군아, 법들이 많이 있지만 힘깨나 쓰는 사람들이 혜택을 받는 것잉거라. 우리 같은 약자들은 법에 혜택받는 건 아무것도 없다아니가."

"형님, 맞습니다."

근로기준법도 그렇고 다른 세부법률들도 약자들은 혜택을 받지 못하고 공무원이나 큰 기업체에 근무한 사람들에게만 보호받고 있다는 임만조의 불만이다.

"이창복씨하고 같은 조가 되어 맘이 잘 맞겠네요."

이창복이 재빠르게 영구의 말을 받는다.

"내가 임 주사하고 같이 하겠다고 했잖아요. 같이 일하는 사람과 맘이 안 맞으면 일 못 합니다."

"맞아요. 나도 임씨형님 하고 근무하면서 덕도 많이 보고 재미있었습니다. 우리 둘이서 쉬는 날 술도 많이 묵고했어요. 이창복씨도 맘 잘 맞춰서 쉬는 날 술도 한잔씩하고 재미있게 근무를 하십시오."

"이제는 주민들도 입주를 다 하고나니 생활쓰레기며 음식물 쓰레기들도 전에 보다는 많이 나오는디다, 옛날에는 다섯 명이 근무를 하다가 이제는 네 사람이 근무를 허이 더 힘들어졌다이."

임만조의 푸념이었다.

"맞아요. 5명이 하던 일을 4명이 헝게 더 힘이 들겠지요. 거기다가 이 제는 아파트 주민들이 이사를 다 했으이 발생되는 쓰레기도 많아지고 김 정민씨도 그래서 힘들다고 그만두었나요?"

"김정민씨는 그만둔다고 본인이 강주사가 근무할 때부터 말했던 사람 이지요. 주민들이 손에 있는 장애를 발견했나 봐요. 그래도 참고하면 될 것을 자기가 그만둔다고 사직서를 냈능기라예."

이창복의 설명이다.

영구가 이튿날 오전 일찍 관리사무소에 들렀다. 팩스로 보내온 근무 상황평가와 이직을 했다는 내용이 확인된 것들을 팩스로 보내온 것을 받아 들고 병원에도 들러 의사의 진단서도 받았다. 다시 고용센터에 실 업급여 신청창구에 갔다. 서울에 있는 용역회사에서는 근무평가서에 병 가나 휴직신청란에는 X표를 해서 보냈다. 한참을 들여다보던 창구직원 이 묻는다.

"강선생님, 불면증이 심하다고 말씀하셨는데 병가를 왜 신청하지 않았 습니까?"

창구직원의 첫 질문이 왜 힘들었으면서 병가를 신청을 안 했느냐고 질 문을 한다. 알면서도 묻는 말인가. 경비원들에게도 병가나 휴직을 허락 하고 있는 줄로 알고 있다는 말인가. 아니면 경비원들에게는 이런 법들 이 무용지물임을 알면서 일부러 묻는 말인가? 영구는 치밀어 오르는 화 를 누르며 되돌려 묻고 싶은 심정이었지만 참기로 하고 그냥 묻는 질문 에 답하기로 했다.

"병가신청도 해 보고 휴직 신청도 해 봤지만 우리 경비원들에게는 이 런 병가나 휴직이란 제도가 적용이 안 된다 했습니다."

창구직원이 다시 질문한다.

"여기 이직확인서에는 병가나 휴직신청을 하지 않았다고 표시되어 있지 않습니까?"

"아파트 관리소장님에게 불면증을 치료받아야 하겠다고 병가를 해주시던지 휴직을 받아 주라고 분명히 얘기했습니다."

"관리소장님에게 얘기했단 말씀입니까?"

"예."

"관리소장님이 뭐라 했습니까? 분명히 병가나 휴직신청을 했다는 말이죠?"

참 안타까운 일이다. 분명 경비원으로 종사하는 자도 근로기준법을 적용받는다고 되어 있다. 그렇지만 지금까지 아파트경비원이 병가나 연가, 휴가를 받아본 사례가 있단 말인가? 고용센터 상담직원은 분명히 알고 있으면서 병가신청을 본사에 왜 하지 않았느냐고 묻는 것이다.

"서면으로 신청할 필요도 못 느꼈습니다. 관리소장에게 구두로 말씀드리니 경비원들에게는 병가나 휴직 신청해서 받아 준 사례가 없다는데 본사에 서면 신청을 할 필요가 있습니까?"

창구직원은 다음에는 권고사직신청을 했던 그 이유를 다시 한 번 말해보라 했다.

"선생님께서 신청한 권고사직에 대한 얘기를 다시 한 번 얘기해 볼 랍니까?"

"해맞이 아파트에 정문과 후문경비실에 경비원이 근무하는 걸로 계획을 했다가 후문경비실을 폐쇄하므로 경비원이 한 명은 필요 없게 되었다고 말했습니다. 우리 경비원들은 후문경비실을 폐쇄한 것을 알았고 경비반장이 관리사무소 조회 때 경비실 한 곳만 운영하기로 한 말을 들었습

니다. 우리 경비원들이 의논했습니다. 그 결과 나이가 적은 본인이 그만
두기로 하고 근무를 했습니다."

"나이가 적다는 말은 무슨 뜻입니까?"

"우리 경비원들이 의논할 때 나이가 70살이나 된 반장님과 임만조씨
와 그리고 다른 두 사람도 나이가 근 70이니, 나이가 많은 사람들은 재
취업하기가 힘들지만 나는 나이가 적으니 다른데 취업을 하면 된다는 취
지로 의논되었습니다."

"후문경비실은 왜 폐쇄를 했나요?"

"주민들의 관리비절감을 위해서랍니다."

고용센터에 창구상담직원은 흡사 경찰이나 검찰에서 범죄자 취조하는
것 같은 착각을 일으킬 정도로 예리한 질문을 계속해서 한다.

"이런 얘기를 누구에게 했습니까?"

"아파트관리소장님에게 얘기했습니다. 처음에는 소장님께서는 흔쾌히
허락했는데 2~3일 뒤에 소장님이 본사에 연락해 보니 권고사직이 안 된
다. 했다고 했습니다."

창구직원은 현행법상 일신상의 사유로 사직서를 제출했기 때문에 실
업급여를 받을 수 있는 대상자가 되기는 어렵다고 한다.

"강선생님은 사직서에도 일신상의 문제로 사직처리가 되었기 때문에
현행법으로는 실업급여를 받기는 어렵습니다."

"사직서에도 처음에는 권고사직과 심한 스트레스 불면증 때문에 병원
치료도 받고 있으며 의사의 일을 그만하라는 권고 내용을 썼었습니다,
관리소에서 이렇게 사직서 내용을 쓰면 안 된다 했으며 사직서도 용역회
사 본사인 가나에 서식지를 사용해서 쓰라고 했습니다. 그러면서 간단하

게 일신상의 문제로 사직합니다. 라고 써야 한다고 했습니다. 본인이 생각하기에 사직을 하는 원인만이라도 밝히고 싶어 스트레스 불면증 때문에 근무를 할 수 없다는 내용을 기재하고 스마트폰으로 찍어서 보관하고 있습니다."

"사직서에 기재했던 내용을 알 수가 있습니까?"

"예, 여기 스마트폰에 있습니다."

창구 담당직원은 A4용지를 한 장 주면서 스마트폰에 있는 사직서 내용을 써 보라 했다.

"선생님 여기 종이에 사직서에 썼던 내용을 써 주십시오."

영구는 스마트폰에 찍어 놨던 사직서에 쓴 내용을 그대로 옮겨 적어서 창구 담당직원에게 제출했다.

사직서

해맞이 2단지 아파트경비원 강영구

상기인은 근무 중에 발생한 불면증으로 의사에게 의뢰한 결과, 스트레스 불면증으로 치료가 필요하다고 해, 1개월 전에서부터 현재까지 치료 중에 있으나 날로 불면증이 심해져 더 이상 근무하기에 힘들어, 불면증을 치료하기 위해 이만 사직서를 제출합니다. 2014년 10월 11일까지만 근무를 하려 합니다.

- 2014년 9월 25일 해맞이 2단지 강영구 -

제33장

고용센터에서의 논쟁

3번 창구 여직원은 영구가 내민 사직서에 기재된 내용을 읽고 있다. 의사의 진단서도 들여다보더니 구체적인 소견서가 필요하다고 말했다.

"선생님께서 신청하신 실업급여 신청은 자격이 해당되는지는 판정관이 진술을 확인하고 결정을 내릴 것입니다, 내일 이 시간에 의사의 소견서를 받아 오시고요. 근무했던 회사에서 아직 이직했다는 보고가 안 들어왔습니다. 연락해서 이직확인을 고용노동부에 보고하라고 해 주십시오."

영구는 참 의아했다. 이직을 확인할 수 있는 근무평가 상황과 사직처리가 된, 서류를 제출했었지 않은가. 창구직원도 알고 있다. 해맞이아파트에 근무했던 상황과 이직했던 사실들이 고용센터에 모두 올라와 있다. 을의 신분인 경비원은 갑의 위치에 있는 가나용역회사가 서울에 있다는 것만 알고 있을 뿐 어디에 있는지도 모른다. 전화번호조차도 몰랐지만 이번에 실업급여를 신청하면서 관리소를 통해서 알았다. 용역회사 본사에서 확인받아야 할 서류들이 왜 그리 많은지 모른다.

영구처럼 힘 약한 사람들에게는 용역업체에 전화한다거나, 근무평가서나 근무확인서나 이직확인서를 이런 것들을 어렵게 해달라고 하면,

이들이 순순히 요구를 들어주지 않는다. 이 같은 서류들을 받아오라 하는 일들은 아파트경비원들인 늙은이들에게는 너무나 큰 고문과도 같은 고통스런 제도다. 힘이 약한 비정규직 근로자들과 힘이 약한 노인경비원에게는 말이다. 고용센터에서 요구하는 서류들은 실업급여를 신청하는 경비원에게는 마치 쥐에게 고양이 목에 방울을 달고 오라는 말하고 다를 바 없다.

"이직 확인서는 서울에 가나용역회사에 팩스로 받아다가 제출했었기에 이미 이직이 확인된 것 아닙니까?"

영구가 질문했다.

"실업급여 신청자는 회사를 통해 이직보고를 고용센터에 하지 않으면 안 되게 되어있습니다."

"이건 말이 안 됩니다. 분명히 병가를 부탁했습니다. 일언반구에 경비원들은 병가나 휴직은 안 된다 했습니다. 지금까지 내가 진술한 내용을 잘 알고 있지 않습니까? 그리고 고용센터에도 저가 몇 월 몇 시에 사직서를 내고 근무를 그만둔 날짜도 정확히 기재 되어 있는데도 근로자에게 또 이직 확인서를 본사에 가서 떼어 와라 하면 서울에 있는 용역 본사에서는 경비원의 요구를 들어 준다고 생각합니까? 용역회사에서는 나의 실업급여 대상자 허락하지 않기 위해 권고사직 처리도 안 된다. 병가나 휴직 처리도 안 해 주는 줄을 알면서도 또, 회사에서 이직보고가 들어오지 않았다고 안 된다는 것은 누가 생각해 봐도 근로자들에게는 불합리합니다. 저번에도 이직 확인서를 뗄 때도 얼마나 스트레스를 받은 줄 압니까?"

영구는 창구 담당 직원에게 고용노동부와 고용센터는 악덕용역업체 편입니까? 아니면 힘 약한 근로자인 경비원들의 편입니까? 라고 소리를 지를 뻔했다. 경비원들의 인권을 생각지도 않은 용역업체에 저자세로 필요한 서류를 요구하기는 정말 스트레스받는 일이다. 당연히 근로자가 요구한 대로 해주어야 마땅한 일이지만 갑을 관계에서 을에 있는 경비원들에게 대하는 태도는 용역업체들에게 직접 부딪혀 보지 않은 사람들은 이해하기 힘들 것이다.

그들은 고용노동부 산하 고용센터하고는 정반대의 갑을 관계가 형성되어있다. 용역업체는 노동부 산하기관들에는 저자세로 나갈 수밖에 없는 것은 우리 경비원들하고 용역업체 하고는 먹이사슬인 갑과 을의 관계에 있는 것과 흡사하다.

이런 불합리한 법이야말로 하루바삐 개선되어야 옳다. 이런 제도야말로 힘 약한 근로자를 업주들이 단단히 옭아매는 악법이라 할 수밖에 없으며 진주에서 천릿길인 서울에 용역업체에 어떻게 할 수 있느냐고 영구가 반발하자. 일단은 용역회사 가나에 연락해서 고용센터에 이직보고를 해 달라고 해야 한다고 했다.

"선생님 일단은 현재 규정이 이렇게 되어 있으니 연락을 해서 이직보고를 해달라고 해 보세요."

영구의 목소리는 점점 커졌다.

"지금 내가 스트레스 불면증이 걸리게 된 원인은 아파트에서 힘든 일 때문이 아니고, 용역회사의 횡포 때문에 발생했습니다. 그 사람들에게 또 전화하게 되면 얘기가 통하지 않은 줄 뻔히 알면서 나의 스트레스는 이만저만이 아닐 것입니다."

근무상황, 근무평가, 이직확인서를 떼어달라고 하려면 대화를 해야 하지 않은가? 거론만 해도 스트레스가 쌓이는 악덕 가나용역회사에 죽기보다 싫은 부탁을 하는 것은 영구에게는 고문이었다. 어렵게 서류를 받아 제출했었다. 그런데 또 이직보고서를 용역업체에서 받아야 한다. 고 했다. 부글부글 끓어오르는 분노의 스트레스를 참고 서울에 용역회사 '가나'에 나종덕 팀장에게 내키지 않는 전화를 해야 했다.

"예, '가나산업' 나종덕 팀장입니다."
"진주 해맞이 2단지에 경비원으로 근무했던 강영구입니다. 진주 고용센터에 이직 보고가 안 들어 왔다고 합니다. 저가 '가나' 산업소속, 진주 해맞이 아파트에서 경비원을 그만두었다고 이직보고를 진주 고용센터에 해주시기를 부탁합니다."

나종덕팀장의 실업급여신청을 위한 이직보고는 해 줄 수 없다는 목소리가 들려왔다.

"강선생님, 우리가 해 주고 싶지만, 지난달에도 실업급여를 신청한 사람이 있었기 때문에 또 다시 실업급여 허락은 안 됩니다."
"진주에 있는 해맞이에서 실업급여 대상자가 있었다는 말씀입니까?"
"아닙니다. 다른 데서 있었다는 얘기입니다."
"팀장님, 저가 권고사직 처리가 된 것도 아니고 불면증으로 병원 치료를 받는 줄 알지 않습니까? 그래서 가나산업은 이직보고를 해줘도 아무런 문제가 없을 것 같습니다."
"우리는 실업급여를 신청하는 이직확인은 못 해줍니다."면서 전화를 끊어 버린다. 영구는 아직, 가나용역에서 경비원의 이직보고서를 고용센터에 올리면 어떠한 불이익이 있는지 이해할 수 없었다. 전화 소리를 듣고 있던 창구직원은 알았으니 의사 소견서를 받아 오라고 한다.

"선생님 알았습니다. 용역회사 가나에는 우리가 연락해 볼 테니 진단서 말고 소견서를 받아 다시 오십시오."

만약에 용역회사에서 근로계약서를 받지 못했고 부당한 일을 당했다고 고발이라도 했더라면 영구에게는 불이익만 왔을 것 아닌가. 그때 같은 경비원 동료들이 불이익을 당했을 것이다. 영구에게 간절히 요청하였기에 고발을 못 했던 원인이기도 했다. 근로자에게 억울한 일을 당했을 때 도와준다는 고용노동부와 산하기관이 배우지 못하고 힘이 약한 늙은 이들에게는 문턱은 높기만 했다. 근로자 편이다고 말하는 이들 단체도 힘 약한 사람들에게는 높은 하늘과 같은 존재처럼 보였다. 지금 우리나라가 많이 배운 사람과 돈이 많고 권력이 있는 사람들의 천국이지만 을의 위치에 있는 하류층에 국민의 한숨은 날로 더 길어지고 있는 세상이다.

이런 불합리한 제도 때문에 이를 잘 알고 있는 근로자들은 울면서 겨자를 먹어야 할 수밖에 없다. 세 살 먹은 아기라도 누구나 고용노동부나 고용센터에 이런 기관들이 언 듯 보고 듣기에는 비정규직이나 힘 약한 경비원들을 보호해 주는 것 같이 보이는지도 모른다. 영구는 이번 실업급여를 받기 위한 과정들에서 약자 편이 아니라는 걸 깨달았다. '고용노동부는 우리 같은 사람들의 편을 들어 주지 않는 곳이야.' 라고 맘속으로 되뇌며 포기하고도 싶었다. 그렇지만 영구는 불합리한 조건들을 극복해야 했다. 전국에 40만이 넘는 아파트경비원과 건물이나 시설경비원들과 수많은 감시 단속적 근로자와 주차관리원 청소미화원을 포함한 수백만 비정규직 3D업종에 근로자들에게 본보기가 되게 하려고 스트레스를 견디며 불면증도 실업급여 대상이 된다고 알려야 한다고 다짐했다.

요즘 우리나라 민원행정이 많이 간소화가 되었다. 하지만 아직도 국민으로서는 복잡한 것들이 많다. 요즘도 구멍가게를 개업하기 위해서는 시청이나 동사무소와 세무서와 담배 인삼조합 등 여기저기 쫓아다니면서 서류를 준비해야 한다.

자기가 소속되어 있는 용역회사에 조금이라도 밉게 보인다거나, 잘 못 보였다가는 퇴직금 정산을 한다거나 영구처럼 실업급여를 신청할 일이 있을 때, 용역회사에 해당 서류를 요구한다면 불이익이 바로 돌아올 것이 아닌가. 이런 불합리한 일을 당하면서도 울며 겨자 먹는 영구와 같은 사람들이 고용노동부에 호소한다거나, 정부기관에도 호소도 못 한다.

가나용역에서 경비원들에게 행했던 불법 근로계약서 작성과 근로자에게 미 교부한 것을 고발하려 했으나, 관리소장에게 그리고 동료 경비원들에게 당장 불똥이 튄다고, 한사코 말리는 임성택반장과 임만조와 동료 경비원들의 생각이 옳았음을 깨달았다.

우리나라에 영구와 같은 생각을 갖고 있는 수많은 청소미화원이나, 아파트경비원들과 비정규직 노동자들이 불합리한 법들을 극복하기 힘들어서 정당한 권리를 주장하다가 중도에서 지쳐 포기해버릴 것이다.

영구가 근무하고 있었던 아파트경비원들이나 공사현장 경비원으로 근무했던 동료들은 하나같이 불합리한 법을 몰라서 참고 있는 것이 아니라고 한다. 힘없는 약자들을 생각이나 해주겠느냐는 것이다. 다시 말해 계란으로 바위치기란다. 큰 바위를 깨트리려고 수천수만 개의 계란으로 바위를 쳐 봤자 계란 손실만 있을 뿐 소용이 없다는 뜻이다.

우리나라에 전교조나 공무원 노동조합에서 앞장서서 구호라도 외쳤던 사람들은 회사에 취업이 되지 않는다. 만약에 아파트 경비원이 처우 개선을 요구하는 소리라도 했다면 그 사람은 그 지역에서는 아파트경비원을 하려는 생각은 아예 버려야 한다고 한다. 각 아파트관리 책임자들에게 입소문이 돌아버리기 때문에 문제의 경비원은 아예 채용하지 않는다고 한다.

다음 날 영구가 다니던 병원에 들러서 의사의 소견서를 받아 고용센터 창구에 제출했으나 또 의사의 소견서가 자기들이 원하는 내용하고 다르다고 한다. 불면증 환자가 앞으로 구직활동을 하고 일을 할 수 있는가를 알고 싶어서 의사의 소견서를 원한다는 것이라며 다시 떼어오라고 했다.

"선생님, 우리가 원하는 것은 불면증 환자가 생활, 치료, 안정, 이런 것이 아니고 취업을 해서 일을 해도 괜찮겠는가. 여부를 알고 싶으니 이에 관한 의사 소견서를 다시 받아오십시오."
"예? 또요."

고용센터에서는 실업급여를 받을 수 있는 자격 여부를 확실하게 가려야 하기 위함이라 하지만, 웬만한 인내심을 갖고는 그냥 포기해버릴까 하는 맘이 들만도 하다. 그러나 우리나라에 힘 약한 영구와 같은 근로자가 근무 중에 받은 스트레스성 불면증으로 일을 그만두었을 때 실업급여를 받을 수 있다는 사례를 전국에 힘 약한 근로자들에게 알리고 싶은 맘이 솟구쳤다. 보험이 무엇인가. 만약을 위해서 내는 보험금이 아니던가. 6개월 넘게 근무를 하면 실업급여를 신청할 수 있는 자격이 주어진다. 고용보험금을 매월 꼬박꼬박 낸 것은 이럴 때를 대비한 것이 아니던가.
영구가 실업급여를 타내는 데 성공을 하면 이를 계기로 경비원들에게도 병가나 무슨 일이 발생 했을 때 정규직 근로자들처럼 휴직 같은 제도를 적용받는 밑거름이 되리라고 맘을 다잡았다.

병원 문을 열고 들어가니 간호사들도 의아스런 표정이다.

"소견서를 다시 떼러 왔습니다."

"소견서가 뭐가 잘못되었답니까?"

나이가 조금 많아 보이는 수간호사로 보이는 사람이 말했다. 지금 진료하고 계시는 분이 끝나면 강영구 환자분을 원장님에게 모시겠다고 했다.

"강영구 환자분 들어가세요."

영구가 진료실 안으로 들어갔다.

"원장님, 고용센터에서 원하는 것은 불면증이 치료되면 취업을 해도 되는가의 의사의 여부를 알고 싶답니다."

가정의학과 원장은 고개를 갸웃갸웃하면서 그 사람들이 참 까다롭네. 소리를 연발했다.

"그 사람들 참 까다롭습니다. 입사하기 전에 발생한 질환이 아니고 근무 중에 발생한 질병인데 그 사람들이 너무 까다롭습니다. 강선생님, 염려하지 마십시오. 이건 100% 실업급여 대상자 인정을 받습니다."

부랴부랴 의사의 소견서를 재발급받아 고용센터로 뛰어갔다. 영구가 경비원 생활을 하기 전에는 실업급여에 대한 자세한 상식을 몰랐었다. 실업급여란 단어도 들어 보지 못해 생소했다. 지금까지는 실업급여는 직장을 잃게 된 근로자들에게 주는 위로금인 줄로 생각하는 정도였다. 가끔 주변에 친구들이 지자체에서 하는 취로사업이나 공공근로자로 일하던 친구들로부터 흘러 듣는 정도였다.

재발급받아 온 의사의 소견서를 읽어 보던 창구직원은 우측 책상머리 쪽에 얹어 놓고 얘기를 한다.

"선생님, 우리 고용센터에서 이렇게 하는 것은 지금까지 웬만하면 그냥 실업급여를 인정해 주었습니다. 말이 많아지다 보니 위에서 지침을 강화한 것입니다. 강선생님처럼 불면증으로 실업급여를 신청한 경우는 극히 드문 경우라서 확실하게 조사를 해, 위로 올리면 다시 또 가타다, 불가하다는 판정을 받기까지는 또 절차가 남아 있습니다. 어제 오후에 우리가 가나산업에 연락해서 이직보고 서류는 해결했습니다. 그런데 서울에 용역회사 가나에서는 병가나 휴직신청을 받은 적이 없다 합니다."

또 다시 영구의 목소리는 커질 수밖에 없었다.

"아니, 그러면 아파트관리사무소는 뭐하게 만들어 놨습니까? 아파트 경비원이 천릿길인 서울까지 올라가서 어디에 있는지도 모르는 곳에까지 찾아가서 내가 몸이 불편하니 병가를 받을 랍니다. 하고 얘기해야 합니까? 관리소장님에게 얘기했지만, 일찍이 아파트경비원은 병가나 휴직이란 용어 자체가 해당이 안 된다고 그런 제도는 없다고 하는 소리를 들었습니다."

"어떻든 간에 우리나라 법에는 근로자는 병가나 휴직을 요구할 수 있다고 정해져 있는데도 회사에서는 강선생님이 불면증이란 질병을 앓고 있었다는 자체를 모르고 있었다는 얘기 아닙니까?"

영구의 목소리는 커짐과 동시에 신경도 예민해졌다.

"저는 아파트에 관리소장님에게 말씀드리면 된다고 생각했었습니다. 이런 문제도 엄격히 따지면 근로계약서를 쓸 때 병가와 연가 휴가유무를 설명을 해줘야 되는 것 아닙니까? 솔직히 얘기해서 아파트경비원 일을 생전처음으로 하는 사람들은 바로 나 같은 사람들은 아무것도 모르는 상태에서 이런 법들을 홍보도 안 해주고 했는데 어떻게 알 수 있겠습니까?"

창구직원은 근무했던 아파트에 관리소장의 전화번호를 아느냐고 묻는다.

"선생님께서 근무했던 아파트에 관리소장님의 전화번호를 아십니까?"

"예, 여기 관리소장님 전화번호 있습니다."

창구직원은 영구가 스마트폰에 입력되어 있는 아파트관리소장의 전화번호를 메모하더니 직접 전화를 걸었다. 전화의 주고받는 내용은 강영구씨가 불면증을 앓고 있는 걸 알고 있었느냐, 병가나 휴직 같은 것을 신청하드냐고 물었다.

"여보세요. 안녕하십니까? 여기는 고용노동부 진주 고용센터입니다. 강영구씨 알고 계시죠? 이분이 심한 스트레스 불면증을 앓고 계시는 줄을 알고 계셨나요?"

전화기 너머에서 영구가 근무했던 관리사무소장의 목소리가 무슨 말인지는 자세히는 알아들을 수는 없지만, 영구가 불면증을 앓고 있는 줄을 알고 있었다는 답변이었다.

"강영구씨의 진술을 들어 보면 병가나 휴직을 신청해도 그쪽에서 허락을 안 했다고 하는데 맞나요."

"예."

김창남 해맞이아파트관리소장은 병가나 휴직은 본사에서 허락해야 하는 데 반대했다고 말했다.

"가나산업에 통화를 했는데 병가나 휴직신청은 받은 적이 없다 하던데요?"

"아파트경비원의 병가나 휴직은 아직은 우리나라에서는 허용이 안 된다는 것으로 알고 있습니다."

관리소장과 창구직원이 통화가 끝나자 영구가 물었다.

"선생님, 우리 같은 경비원들에게도 병가나 휴직 같은 제도가 허락되는 줄로 알고 계셨습니까?"

창구직원이 자신 있게 대답한다.

"법이 무엇 때문에 있는데요? 미화원이나 경비원이나 근로자에게는 퇴직금이나 몸이 아프면 연가, 병가, 휴직을 다 사용하게 되어있습니다."

영구가 다시 질문을 던졌다.

"정말입니까? 우리 같은 경비원들이 병가나 휴직신청을 하면 업주 측에서 받아들인다고 생각하고 있었습니까?"

"법으로 정해져 있다니깐요."

정말 서글픈 일이다. 고용센터 직원은 경비원들과 청소미화원도, 감시단속적 근로자들도, 일반 근로자들처럼 근로기준법을 적용을 받는 줄로 알고 있다. 우리나라 속담에 '까마귀 날자 배 떨어진다.' 는 말이 있다. 영구가 사직하고 이삼일 만에 임만조가 근무 중에 갑자기 다리가 마비되어 병원에 보름 넘게 입원을 하게 되었다. 고 했다. 안 된다 할 줄로 알았지만, 병가신청을 했다고 했다. 답변은 두말할 것도 없이 안 된다고 하는 바람에 해고를 당하지 않고 계속 근무하기 위해 자기가 월급 타면 보름치 임금을 주기로 하고 지인이 대리근무를 하게 했다고 한다.

임만조는 아파트경비원 경력 10년이 넘은 사람이다. 그리고 같이 근무를 했던 임성택반장이나 김정민을 비롯해 아파트경비원으로 10년 넘게 근무했던 사람들도 병가나 연가의 제도를 적용받는 사람을 보지도 듣지도 못했다고 이구동성이었다. 경비원들은 아예 근로기준법에서는 제외된 것이라고 한결같이 얘기하는 것을 영구는 수도 없이 들었다. 그렇지만 아파트경비원들에게도 근로기준법이 적용되는 줄로 알고 있는 고용센터 직원은 계속해서 병가신청을 왜 하지 않았느냐고 두 번 세 번, 묻고 물었다.

영구가 임만조의 경우를 설명했다.

"선생님, 바로 엊그제 일입니다. 저가 얼마 전까지 근무했던 관리사무실에 이직확인서를 받으러 다니다 듣고 보았습니다. 저와 같이 근무했던 임만조라는 사람입니다. 갑자기 다리가 마비되어 병원에 입원했는데 병가 허락을 받아주지 않아 다른 사람에게 보름치 임금을 주기로 하고 대리 근무를 시켰답니다.”

직원이 의아한 표정을 지으면서 물었다.

“그런 일이 있었어요?”

“선생님이 직접 확인해보세요. 장본인한테 전화를 해보든지 관리실에 소장님에게 알아보든지 말입니다.”

“그 사람이 다른 사람을 일당을 주고 대신 근무케 하는 것은 해고당하지 않기 위해서 그렇게 한 것입니다. 이것만 봐도 우리 경비원들에게 다른 근로자처럼 병가나 휴직이나 연가 휴가. 등 이런 제도가 적용되지 않는 것을 알 수 있지 않습니까? 우리 같은 사람들이 우리나라에서 헌법으로 보장한 인권을 보호받고 있다고 생각합니까? 선생님께서 어떻게 생각하십니까?”

영구는 일부러 창구직원에게 더 큰 소리로 질문을 했다. 그러나 고용센터 직원은 묵묵부답했다. 고용센터에 여직원은 알면서도 모르는 것처럼 말한 것인지, 근로기준법이 힘 약한 경비원들에게는 사각지대에 빠져 있는 사실들을 모르고 있었는지 알 수 없었다.

영구가 계속해서 절규하듯 목소리가 커졌다.

“다른 곳도 아니고 같은 해맞이아파트에서 같은 조로 함께 일했던 사람입니다, 병원에 입원했던 그 사람은 임만조씨로 저와 같이 24시간을 함께 했던 사람입니다. 이래도 저에게 병가나 휴직 신청을 하지 않았다고 하실랍니까? 이런 현실인데도 병가신청을 하지 않았다고 문제로 삼으려 합니까? 저 자신이나 임만조씨가 병가신청을 하지 않았다고 생각합니까. 모두 회사에서 거부한 것입니다. 아파트경비원들이 우리나라가 정한 근로기준법이 적용되는 줄로 알고 있었습니까?"

　현실에서는 아파트경비원들에게 병이 난다든지, 질병으로 인해 병을 치료하기 위해서 일반근로자처럼 병가나 연차 휴가를 받을 수 없다. 질병이나 무슨 일이 발생하면 무조건 해고를 당하거나 본인이 사직서를 제출해야 한다. 영구가 공사현장에 일할 때도 동료경비원인 안달수가 급성 토사곽란으로 3일 동안 응급실에 갔을 때도 해고당했던 것을 직접 보지 않았던가.
　그러나 본사인 용역회사 가나에서는 정식으로 병가나 휴직신청을 받은 적 없다 하고, 고용센터에서는 근로자들이 다 받을 수 있는 병가나 연차 휴직 신청을 안 했다고, 물고 늘어지니 기가 차는 일이다.
　창구직원은 이제야 알겠다는 표정이나, 이런 사실들을 모를 턱이 있겠는가? 그리고 윗선에 높은 자리에 있는 사람들이 영구와 같은 경비원들도 일반근로자들과 같이 근로기준법을 적용받고 있다고 알고 있는지도 모른다.
　얼마 전에 대통령 후보 토론회 때에 상대 후보 측에서 서울 시내버스 요금이나 지하철 요금이 얼마인 줄 아느냐는 질문에 엉뚱한 소리를 하는 것을 우리 국민이 보고 들은 적이 있다. 국민의 머슴이 되겠다고 하는 대통령후보자가 국민이 아침저녁 타고 다니는 대중교통인 시내버스나, 전동차 요금도 모르는 이치와 똑같다. 이런 대통령후보자가 압도적 큰 표 차로 당선되었다. 금수저로만 먹고 살았던 통치자가 비정규직 근로자와 청소미화원과 경비원이 연가나, 병가나, 휴직이 적용되는 줄로 알고 있었겠는가? 실로 안타까운 일이다.
　특히 총선거 때나 대선 때, 아파트경비원들도 대한민국 국민이라고 인정받고 싶어 하는 소리를 아예 못 들은 척하는지도 모른다.

청소미화원이나 경비원들처럼 작은 사람들의 한 표는 큰 사람들의 표와는 다른지도 모른다. 그래서 그런지 선거 때 표 구걸하러 다니는 사람들이 아파트경비원들에게는 오지 않는다. 어쩌면 그 사람들이 현명한 것일까. 아파트경비원들에게 표 구걸해 봤자. 어차피 경비원들은 투표장에 올 수가 없다는 것을 미리 알았단 말인가.

지난 2014년, 6.4지방선거 때도 경비원들은 근무하느라 선거참여를 할 수 없었다고 이미 밝혔다. 만약에 근무 중인 공사현장에 표를 얻으러 오는 사람들이 있다면 그 사람들에게 따끔한 일침을 가하고 싶어 기다렸으나 영구에게 지방선거에 출마한 한량들은 끝내 아무도 찾아오지 않았다.

지자체장이나 국회의원을 그리고 대통령선거를 할 때, 영구에게 표를 구걸하러 오는 후보자가 있다면 우리 같은 아파트경비원이나 청소미화원들에게도 투표권이 있는 것이냐고, 힘 약한 사람들은 투표할 권리를 왜 안 주느냐고 따졌을 것이다.

창구직원이 경비원도 일반근로자처럼 병가나 연가와 휴직도 할 수 있는 근로기준법을 똑같이 적용받는다는 말에 엉뚱하게도 선거 때 표를 구하는 높은 사람들 얘기가 나오게 되었다.

영구가 전국에 경비원들뿐 아니라 힘 약한 자들의 애환을 헤아려 주시라고 글이라도 써서 청와대에 알리고 싶다고 중얼거리자, 창구직원은 영구에게 묻는다.

"선생님은 글 쓰는 작가입니까? 여기 진술서를 보면 A4 용지에 조리 있게 써서 오신 걸 보니 말입니다."

"예, 아무도 알아주지 않는 글을 쓴다고 쓰고 있습니다. 내가 경비원하기 전에도 PC에 글을 쓰고 있었는데 아내가 교통사고가 나서 꼼짝 못하고 그동안 비상금으로 숨겨둔 돈은 치료비로 다 들어가고 어떡합니까? 목구멍이 포도청인데 한 집안에 가장인 제가 일자리를 찾아야죠."

창구직원은 영구의 아내가 교통사고로 경비원으로 나섰다는 말에 깜짝 놀라는 표정이다.

"사모님께서 사고가 언제 났습니까?"

"진주에는 겨울에도 눈이라고는 오지 않잖아요. 지난 1월 20일 새벽에 내린 비가 노면이 얼어 있는 줄 모르고 오토바이를 타고 출근하다가 미끄러졌습니다."

"많이 다치셨습니까?"

많이 다쳤느냐고 상담사가 묻자 갑자기 설움이 북받쳐 올라 울컥했다.

"무릎 십자인대가 파열되고 무릎을 심하게 다쳐 인대를 잇는 수술을 했습니다. 노후자금으로 모아두었던 돈도 치료비로 다 들어가고 치료기간만도 1년 넘게 걸린다고 했습니다."

영구는 지금까지 자영업만 해왔고 직장생활을 해본 적이 없다. 근로기준법에 대해서는 상식이 전무하다. 그러나 실업급여 자격을 인정받기가 이렇게 어렵고 까다로울 줄은 미처 몰랐다. 갑작스런 아내의 교통사고로 준비해둔 노후에 사용할 비상금이 치료비로 다 들어갔다. 하필이면 아내가 일하는 일터에서는 직원을 위한 고용보험에 들지 않았다. 바로 일터 앞에서 사고를 당했으나 보험적용은 전혀 받지 못했으며 업주에게서도 한 푼의 치료비도 받지 못했었다. 이 같은 현실을 본다면 바로 영구와 같은 사람들에게 도움이 돌아가면 좋지 않을까. 자식이 있다는 것 때문에 어렵게 살고 있는 나이 많은 불우한 사람이 국가의 도움을 받지 못하고 사는 사람이 많다. 실제로는 자식에게 한 푼의 생활비도 받지 못

하고 있는 사람들이 국가의 지원을 받지 못하는 사례와 비슷한 일이다. 현실에서는 아파트경비원들의 병가나 근로기준법에 명시된 법을 적용을 시켜주지 않으면서 왜 법을 따르지 않느냐고 하는 것은 언어도단이다.

말하자면 영구의 불면증은 근무 중에 일어났고 스트레스를 받게 된 것도 충분하게 소명된 것 아닌가. 그리고 두 달 넘게 의사의 진료기록과 진단서와 소견서도 제출했다. 정말 웬만한 사람들은 지쳐서 실업급여를 포기했을 것이다.

거기에다 아내의 교통사고로 먹고살기도 어렵게 되어 있으니 실업급여는 영구 같은 경우는 바로 인정되어야 마땅하다. 이제야 창구직원은 고개를 끄덕인다.

"알았습니다. 저가 강선생님의 진술내용을 상위 부서로 올리면 거기서 선생님의 실업급여를 받을 수 있는지 여부를 판정해서 일주일 후에 최종결과를 알려 드릴 겁니다."

고용센터 직원은 이런 식으로 강력하게 실업급여 대상자를 조사하다 보면 자기들도 이직으로 실업급여를 신청하는 사람들에게 미안할 때가 많다고 한다.

"강선생님, 지금까지 여러 가지로 죄송하게 되었습니다. 우리들도 그냥 대충 조사해서 올리고 싶으나 지금까지는 말썽이 많았습니다. 고용보험에서 주는 실업급여를 일반보험회사의 보험금으로 생각하는 사람들이 많습니다. 하지만 오산입니다. 고용보험금은 직장을 잃은 사람들에게 직장을 구하러 다니는 동안에 발생하는 비용을 지원해 드리는 개념으로 생각하면 됩니다. 강선생님, 집에 돌아가셨다가, 계시면 실업급여 대상자로 확정되면 연락을 드리겠습니다. 그때 오셔서 주의사항을 들으시고 교육을 받으셔야 합니다."

영구가 실업급여 대상자 자격을 받지 못할까 봐 불안한 며칠이 지났다. 그동안 집에서는 수면도 취할 수 있었다. 진주 고용센터 4층으로 신분증과 거래은행 통장사본을 준비해서 방문 필요로 함이라는 메시지가 왔다. 고용센터 4층 4번 창구에 실업급여 신청서를 작성해 제출하고 오후 5시까지 교육을 받아야 한다고 했다. 영구가 받게 될 실업급여는 총 90일분의 최저임금 시간당 5,210원에서 10%를 감한 금액 × 8시간 × 3개월(90)분이었다.

영구처럼 직장을 잃은 실업급여 대상자들이 3~40명이 교육장에서 수급대상자 유의사항을 들었다. 실업급여를 받는 동안에는 한 달에 두 차례 이상 구직 활동을 해야 하고, 구직활동을 했다는 확인서를 받아 제출해야 하며, 급여 수급 기간에는 고용센터에 신고하지 않고 임금을 받는 근로 활동을 한 사실을 알게 되면 수급대상자 자격을 잃는다고 했다.

과거에는 아무 곳이나 찾아가서 구직활동을 했다는 업주의 확인도장만 찍어서 제출하면 인정해 주었지만, 요즘은 근로자를 구한다는 광고를 내는 업소라야 되며 이력서도 같이 제출했다는 것을 업주로부터 확인하고 있으니 주의를 당부했다.

구직활동이 여유롭지 못할 때는 고용센터에서 실시하는 취업에 관한 설명회나 교육 특강을 두 시간 들으면 1회 구직 활동한 것으로 인정해 준다고 했다.

제34장

영구의 구직활동

영구가 해맞이아파트에 경비원 일을 그만두고 집에서 쉬는 동안 불면증에서 벗어나고 있다.

고용센터에서 실시하는 취업에 관한 교육에도 참가하면서 한 달에 2번씩 정기적으로 구직활동을 보고해야 했다. 진주 고용센터 5층에서도 가끔 아파트경비원채용면접이 있었지만, 한 사람만 뽑는 면접에 참가하는 경비원 지원자는 30~40명씩이나 된다. 그야말로 낙타가 바늘귀를 통과한다고 할까, 매번 이력서를 제출하고 면접에 응해 보지만 번번이 구직에는 실패했다.

진주 고용센터에서 실시하는 구직면접에 사람들이 몰려오는 것은 실업급여를 받는 사람들이다. 1개월에 두 번씩 구직활동을 의무적으로 해야 하고 보고하라는 것 때문이다.

영구는 고용센터에서 하라는 대로 정말 열심히 구직활동을 했다. 워크넷에 아파트경비원 모집광고를 검색했다. 나이가 60이 넘은 사람들을 필요로 하는 업체는 없었다.

어느덧 해를 넘겨 3개월의 실업급여기간이 끝나고, 다시 3개월이 지나가고 있지만 영구는 아직 일자리를 구하지 못했다. 그러나 고용노동부 고용센터 워크넷에 올라오는 아파트경비원을 모집하는 아파트들은 고작

한 달에 두 서넛 곳에 불과하고, 음식점이나 공단에 근로자모집과 유통업 종사자 모집광고가 주를 이룬다.

이력서와 지난해 여름에 진주에서 창원까지 다니면서 아파트경비원 교육을 받고 아파트경비원 자격을 인정한다는 경비원 신임교육 이수증을 이력서와 함께 착실히 용역회사들에 보내기도 했다. 아파트 자체에서 경비원과 청소부를 직접 고용하고 관리하는 아파트관리사무소에 직접 찾아다니기도 했다.

2015년 1월부터 6월 말까지 30번 이상이나 구직활동을 하면서 이력서를 냈지만, 번번이 구직에는 실패했다. 아파트경비원을 비롯한 감시단속적 근로자들에게 10%씩 감하고 주던 최저임금을 2015년부터 100%를 적용한다는 발표를 했다. 경비원수를 줄이고 주간 휴게시간과 야간 수면시간을 작년보다 더 늘린다는 아파트들이 생겨났다.

진주지역 워크넷에 올라온 경비원모집광고 들이 서울이나 부산 대도시에 있는 용역회사들이다. 팩스로 서류를 보내라 해 이력서와 경비원 신임교육 이수증을 보내고 연락을 기다리기도 했다. 며칠씩 기다리다가 연락이 없어 전화라도 해 볼 요량으로 워크넷에 들어가 서류를 보냈던 용역회사 모집광고를 찾으면 광고를 삭제해 버리기도 하고 없어져 버리면 영구는 정말 황당했다.

열흘씩, 보름씩이나 그대로 광고가 올라오는 아파트에 구직서류를 보내고 기다리다, 궁금해 전화를 해보기도 하고 직접 찾아가 보면 벌써 채용을 했다고 한다.

경비원을 구하는 용역회사나 아파트관리사무소에서는 구직하는 사람들을 배려해준다면 면접 날짜를 정해 준다거나 구직이 허락이 안 되었다는 메시지라도 보내 주어야 되지 않겠는가? 영구는 한 달에 대 여섯 번 이력서를 내고 면접을 봤지만 용역회사나 아파트관리사무소의 구직

결과를 메시지나 연락을 받아 본 적이 없다.

신축아파트에 경비원과 근무자를 모집할 때는 용역업체에서 직접 현지에 내려와 면접을 실시한다. 그러나 신축아파트가 자주 생겨나는 것이 아니고 기본아파트에서 경비원들의 정년이 된다거나, 결원이 있을 때 단지 한 명씩만 필요로 하는 데라면 현지 아파트관리소장에게 경비원 채용을 일임하는 것이 더 좋지 않을까 싶다.

용역업체는 고용노동부의 감시 밑에 있기 때문에 고용노동법을 잘 따르고 있다고 흉내를 내는 것이라고 보면 된다. 용역업체에서는 이력서와 신임교육이수증을 보내라 하는 것은 형식일 뿐인지, 보내준 서류는 보았는지 보지 않았는지, 아무 연락도 없다.

영구가 경비원 생활을 했던 기간이 길 다면 길고 짧다면 짧다. 7개월여를 근무하는 동안에 영구에게 월 급여를 주고 있는 회사에 업주가 누구며, 어디에 있는 곳인 줄도 알 수 없었다. 막연히 서울이나 부산 아니면 대도시에 자리 잡고 있는 것만 알 뿐이다. 경비원을 꿈꾼다거나 근무하는 근로자들에게는 악덕용역업체일 뿐이다.

요즘 신축되는 아파트에 관리사무소에 직원과 미화원과 경비원채용은 대부분 용역업체에서 관여한다. 오래된 기존아파트들도 야금야금 용역업체에서 손을 뻗고 있다. 서울이나 부산, 먼 곳에서 전국에 거미줄을 늘어뜨려서 자기들 손아귀에서 옴짝달싹 못하게 하고 있다. 아파트관리소에서 자체 관리를 하지 않고 표면으로 나타나지 않은 용역업체에 고용되어 파견된 관리소장이하 직원들과 청소부와 경비원들은 이들이 하라는 대로 꼭두각시 노릇을 하고 주민들에게는 마당쇠 노릇을 하라는 것은 잘못된 제도다.

해맞이 2단지 신축아파트 경비원을 채용할 때는 서울에 있는 본사용역업체에 직원이 내려와 면접을 실시해 용역업체직원의 얼굴이라도 볼 수 있었지만, 경비원 일을 그만둘 때는 주인의 얼굴도 보지 않고 그만두게 된 것이다.

가령, 진주에 있는 중학교에 영어교사로 신규 발령을 받기 위해서는 도교육청에 그리고 진주 지방교육청에 상견례를 치르고 나서 자기가 근무하는 학교에 교장과 면담을 하고 나서, 그 학교에서 근무하게 된다. 그러나 공사현장 경비원이나 아파트경비원들은 나에게 월 급여를 주는 사람이 어디에 있는지, 어떻게 돌아가는지도 모른다. 관리사무소에서는 경비원들의 신상에 관한 얘기를 하고 싶어도 하지도 못하고 관리사무소에서 시키는 일밖에 할 수가 없다.

이런 형편인데 영구가 살고 있는 고용노동부 지방고용센터와 서울에 있는 용역업체와의 감시감독이 체계적으로 이루어진다는 것은 언어도단이다. 고용노동부와 산하기관인 고용센터도 그리고 갑질을 해대는 용역업체도 사무실 안에서 컴퓨터를 두들겨 관리하고 있다고 보면 맞다. 대형양계장 안에 닭들이 컴퓨터로 조종하는 자동시스템에 맞춰 알을 낳아주다가 산란율이 떨어지면 내팽개침을 당하는 것과 같다. 고용노동부 산하 고용센터에서는 전혀 실시되지 않고 있는 경비원들의 병가와 연가를 적용받고 근로기준법을 적용받는 것처럼 알고 있다니 기가 막힐 일이다.

기존 아파트에서 근무하는 경비원들이 해고를 당한다거나, 경비원이 나이가 차서 정년이 된다거나 경비원의 일상에 사정으로 그만둘 때는 서울에 있는 그리고 부산에 있는 용역 본사에서, 일일이 간섭을 하지 않는다. 컴퓨터 자판만 몇 번 두들기고 나면 모두 그만이다.

아파트관리소와 경비원들과 직접 맞대고 있는 사람이 관리와 채용을 맡아야 옳다. 말하자면 현장에 주민대표회의나 아파트관리사무소가 경비원들의 형편과 처지를 잘 알지 않겠는가?

서울이나 부산에 타 지역에 자리 잡고 있는 용역회사에서 일선 아파트에서 근무하는 경비원들의 얼굴은 고사하고 일거수일투족을 한 번도 보지 않은 용역업체에서는 현지에 경비원들의 사정을 전혀 알지도 못하면서 병가나 휴직 신청을 하지 안 했다느니 관리사무소는 일을 잘 못 한다느니 이런 말을 한다는 것은 말이 안 되는 처사다. 실무를 담당하는 현장 아파트관리사무소 소장에게 모든 것을 일임해야만 옳다.

경비원들로서는 용역업체와 고용노동부의 지방고용노동센터와, 아파트관리사무소와의 관계가 어떤 식으로 엮여져 있는가를 모른다. 아마도 경력이 십몇 년씩 되는 경비원들도 잘 알 수 없을 것이다.

영구가 지금까지 워크넷 구직 광고 안내를 보고 난 후, 해맞이 2단지 아파트경비원 근무를 그만두고 용역업체에서 실시한 면접에 참여한 것은 진주 혁신도시에 신축LH아파트경비원 모집이었다. 그리고 서울에 있는지, 부산에 있는지도 모르는 용역회사에서 내려온 직원에게 고용센터에서 한번, 이었으며 또 다른 신축현장아파트였으니 총 3번을 용역회사 직원의 면접에 참여했다. 나머지는 모두 기존 아파트관리사무소에 이력서를 내고 면접을 보고 나면, 모두 집에 가서 기다리라고 말했다. 지금 6개월이 넘어가고 있지만 한 군데서도 근무자를 구했다든지 근무하라는 연락이 오질 않는다.

영구만의 앞선 생각인지는 몰라도 기존 아파트관리소에서나 용역업체에서 영구가 경비원의 처우개선을 요구하고 부당한 근무조건으로 스트레스 불면증을 앓았다며 실업급여를 받기 위해 고용센터를 찾아간 것이 각 용역회사나 아파트관리소에 소문이라도 돌지 않았나 하는 생각에 미쳤다. 영구가 2015년 여름이 지나도록 취업이 되지 않고 있으니 해 본 말이다.

힘없는 노인들이 가난한 집에서 아니면 불우한 환경에서 태어나 자란 사람들은 높은 학교도 못 가게 되고, 학력이 모자라니 좋은 직장도 못 들어가고 말았다. 또 직장이라도 들어가게 된다면 대부분 비정규직 노동자로 일하다가, 그나마 나이 많아 쫓겨나게 되면 국민연금을 받는다거나 노후대책을 준비해놓은 돈이 없다. 학력이나 경력이 필요 없다는 경비원일을 찾게 된다.

이직을 원하는 경비원들이나 실업급여해당자들이 고용센터에서 실시하는 취업을 위한 만남의 장에 참석한다 해도 아파트경비원 한 명 모집에 수십 명씩 몰려오니 그런다고 날마다 실시하는 것도 아니고, 한 달에 한두 번 아니면 한번 실시한다. 경비원모집면접장을 통해 취업하는 사람들의 유형은 알 수 없으니 노인 경비원들의 불신만 사는 요식행위에 불과하다. 서로 짜고 치는 고스톱처럼 느껴진다.

아파트관리사무소에 면접을 보러가기를 수십 번 하다가 영구가 늦게야 깨달았다. 아파트경비원근무경험이 많이 없는 초보경비원은 불리하다는 것을 알게 된 것이다. 고용센터에 면접장에서나 용역업체가 실시하는 면접장에서는 면접만 볼 뿐 취업하기는 불가능하다는 것도 알게 되었다.

차라리 오랫동안 경비원생활을 했던 동료들끼리 정보교환을 해야 한다. 어느 아파트 경비원이 한 명 결원이 생기게 되면 서로 정보교환을 함으로 그 자리에 들어가는 것이 용이한 것을 알았다.

자영업만 해 왔다든지 평범한 직장인이 정년이 되어 퇴직하고 마땅한 일자리를 찾지 못하고 아파트경비원이라도 해볼 요량으로 고용센터에서 실시하는 경비원 채용광고를 보고 해당 업소에 찾아가 이력서를 제출하고, 면접을 보고 나서 아파트경비원으로 일한다는 것은 하늘에 별 따기만큼이나 어렵다는 것을 영구는 체험했다.

영구가 진주혁신도시 LH아파트 경비원과 미화원 모집 면접장에서 구직하려는 사람과 만나서 들은 얘기다. 평생을 경찰직으로 근무하다가 파출소 소장으로 정년퇴직했다는 사람이다. 어렵게 소규모의 아파트경비원으로 근무하다가 사소한 일로 그만두고 다른 일자리를 찾았지만, 영구처럼 번번이 구직에 실패했다고 했다. 고용센터도 수시로 방문하고 경비원모집장소에 수없이 이력서를 냈지만 실패하고는 아파트경비원으로 취업하는 것도 인맥이 있어야 한다는 걸 깨달았다고 했다. 그는 아파트경비원들은 학력도 경력도 무시한다는 것만 알고 자기는 공무원으로 퇴직했거니와 학력도 명색이 대학을 나왔기에 처음 면접에 임할 때는 백 퍼센트 합격을 할 줄로 알았다가 계속해서 구직에 실패하고 나서야 아파트경비원도 아는 사람이 있다거나 인맥이 없으면 어렵다는 것을 알았다고 했다.

　영구가 전직인 파출소 소장에게 질문했다.

　"3~40년 경찰직으로 근무하다가 퇴직을 했으면 연금이 매달 나올 것인데 무엇 때문에 어려운 아파트경비원을 하려고 애를 쓰고 있습니까?"라고 물었다.

　"사업을 하겠다는 아들에게 일시불로 받아서 주어버렸기 때문에 이렇게 욕을 보고 있습니다."

　연금으로 돌려받지 못하고 아들의 사업자금으로 퇴직금을 집어넣어버렸다는 얘기다.

　전직 경찰로 퇴직했던 사람은 퇴직금을 일시불로 받아 자식들에게 제공했던 한순간의 잘못된 선택으로 힘든 노후 생활을 하면서 필요할 돈을 모아야 한다고 했다. 말하자면 전직 파출소장이나 영구는 아파트경비원을 했던 경력이 몇 달뿐이라 경비원들의 현황과 정보를 몰라 일자리를 얻는 데는 어려움이 많다. 아파트경비원들도 관리소장들을 많이 알고 인맥이 있어야 경비원 일자리를 얻을 수 있다는 것이다.

영구가 처음 이력서를 냈던 아파트에는 진주에서 유통업을 할 때 거래 관계로 알게 되어 형님 동생하며 지내던 사람이 10년 가까이 근무하고 있었다. 또 다른 친구가 같이 근무를 하고 있던 H아파트라서 처음 이력서를 낼 때만 해도 취업에 성공할 것이라고 했다. 결국은 H아파트에 관리소장의 지인이 새로 오게 되었다고 들었다.

영구의 30년 지기 친구의 예도 있다. 번화가에서 금은방을 하던 친한 친구다. IMF 여파로 가게를 접고는 아파트경비원을 10년 가까이하는 친구다. 이 친구와는 친목모임장소에서 자주 만난다. 아파트경비원에 관한 관심이 없어 별로 나누지 않다가, 요새는 관심을 갖고 얘기를 하고 있다. 이 친구의 얘기를 들으면 아파트에 경비원은 대부분 관리소장이 인사권이 있다고 했다. 관리소장들의 인맥이 없는 사람들은 취직하기가 힘들다고 한다. 얼마 전까지만 해도 경비원 자리는 아는 사람을 통해 술자리를 한번 하고 나면 일을 할 수 있었다고 했다.

요즘은 여건이 좋은 아파트에는 프리미엄이 대폭 올랐다고 한다. 1개월 치 월급을 제공해야 한다고 했다. 이 친구는 10년 경력자지만 월 급여가 많은 고급아파트로 일자리를 알아봤더니 한 달 월급을 요구하기에 그만두었다고 얘기했다. 정말 우리나라가 언제부터 이렇게 되었는지 안타까운 일이다.

등잔 밑이 어둡다고 할까. 영구는 그동안에 여기저기 얼마나 뛰어다녔는지 모른다. 고용노동부 워크넷 구직광고를 보고 뛰어다녔었다. 고용노동부나 고용센터에서는 경비원들의 일자리를 기대해서는 안 된다. 말하자면 짜고 치는 판에 뛰어들었다. 아무리 이력서를 내고 또 창원까지 다니면서 4일 동안 교육을 받고, 경비원자격증이라고 하는 경비원신임교육 이수증을 제출했지만 헛수고였다. 이미 그 아파트에 경비원이 정해져 있는 형편인데. 용을 쓰고 뛰어다녔으니 말이다.

영구가 엄청난 스트레스를 받고 이수한 아파트경비원교육 이수증은 아무 쓸모도 없는 종잇조각이었다. 경비원이 해야 하는 일에는 아무 도움이 되지 않는 교육을 받으러 다니면서 비용도 발생했다. 이를 시행하는 고용노동부라 할까. 나랏일을 하는 윗선에 있는 사람들을 원망하고 싶었다.

영구가 구직활동을 하며 수많은 아파트관리사무소에 이력서를 작성하고 아파트경비원 자격증인 신임 교육이수증을 첨부했지만, 거들떠보지도 않았다. 경비원교육이수증을 요구하는 아파트관리사무소는 한 군데도 없었다. 대부분의 관리사무소에서는 쓸데없는 짓을 한다는 뜻으로 비쳤다. 경비원교육이수증은 반려를 하고 이력서만 받아서 들여다보는 모습을 볼 때, 영구 자신이 겸연쩍었다. 영구 맘 한구석에는 경비원 교육 이수증을 함께 제출하면 우선 채용이라도 되는 줄 알고 있었던 자신이 부끄러웠다.

들려오는 소문으로는 위가 어디인지는 모르겠으나 아파트관리소에 경비원을 채용할 때는 신임교육 이수증을 제출하는 사람을 채용하라며 위에서 다그치고 있다고 한다. 국민을 보살펴야 하는 정부기관에서는 엉터리 제도를 만들어 자기들의 배만 불린 셈이다.

요즘은 백세세상이다. 이에 인생은 60부터라고 말한다. 또 인생을 사계절로 나눠 60~70대는 가을로 접어들고 있다. 단풍나무 인생이 사계절 중 절정기인 가을로 접어들었다. 지금 60대를 맞은 베이비붐 세대들은 단풍이 곱게 물들어가는 가을이란 시기로 접어들었다. 100세까지도 건강하게 살 수 있다면 젊은 시절 꿈꾸었던 꿈이 물거품이 되었다고 실망하지 않고 살 수만 있다면 행복하겠지만 영구처럼 밑바닥을 헤매는 사람들에게는 최저임금을 받으면서 3D업종의 일을 죽을 때까지 해야 하니 다람쥐 쳇바퀴 돌리는 꼴에서 벗어 날 수 없는 형국이다.

영구가 요즘은 초저녁잠을 즐기고 있다. 프로야구중계방송을 보다가 9회 승부가 결정 나자마자 꿈속으로 빠져들고 있다. 불면증에서는 해방되었지만 경비원 근무할 때의 꿈을 가끔씩 꾸기도 하지만 매일 밤 꾸고 있는 꿈이 인생은 60부터란 꿈이다.

옛날에 누군가 말했던 인생은 60부터라는 말이 영구에게 꼭 맞는 말이라고 할 수 있지 않은가. 초등학교 때부터 문학 소년이었다. 책읽기를 좋아했고 시인이 되며 소설가가 되는 꿈을 가졌었다. 경비원취업하기가 어려움을 깨닫고 아예 포기를 한 상태다. 다행히 명례가 완쾌되지 않은 다리를 끌고 다니며 요양보호사일을 나가고 있다. 지금까지 삶에 쫓겨 깜박했던 문학인이 되려는 꿈을 이어나가는 데는 아직 늦지 않음을 깨달았다.

좋은 환경에 태어나지 못하고 잘 먹고 잘 입고 질 좋은 교육기관인 좋은 학교도 가지 못했다. 좋은 직장을 다니지 못해 국민연금도 영구는 없다. 농사일을 하며 자영업을 하다가 황혼인생이 되어버렸다. 하지만 요즘은 100세 세상이라 하니 영구에게도 꿈과 소망이 있다.

청소년 시절에 자주 들었던 인생은 60부터라는 말은 도무지 이해할 수 없었다. 그때는 60까지 살 수도 없었으며 살아 있다 해도 자기 몸도 자유롭게 움직일 수 없도록 늙어버렸지 않은가? 이런 사람에게 인생을 새롭게 시작한다는 말이 가당치 않았다. 그러나 요즘은 100세 세상을 현실로 맞고 보니 인생은 60부터란 말을 문학으로 새롭게 꽃피울 수가 있지 않겠는가. 라는 꿈을 꾼다.

　지금은 비록 경비원을 하는 사람이나 혹은 일자리를 찾고 있다 할지라도 하늘은 스스로 돕는 자를 돕는다는 말이 있다.

　밑바닥 인생들인 을에 위치에 있는 사람들도 축복을 하늘에서 내려주리라는 꿈과 소망을 갖고 살아야 한다. 등산을 한다든지 여행을 한다든지 아니면 그림이나 서예를 하든지, 꿈을 만들고 이어나가야 한다.

　오랫동안 꾸었던 꿈을 나이가 들었다며, 또는 형편이 되지 않는다며, 포기해버리면 불쌍한 사람이 되고 만다. 영구처럼 문학을 한다든지 어떤 분야든지, 취미생활을 하면서 꿈을 이어가야 한다.

　남은 인생을 멋지게 설계를 하면 꿈은 이루어진다. 초저녁잠이 많은 영구가 꿈속에 빠져 외치고 있다. 꿈은 이루어진다. 꿈은 이루어진다. 잠꼬대를 되풀이하고 있다.

　-끝-

맺는말

우리는 모두 농부의 손에서 뿌려진 씨앗이라고 소설 속 중간에 썼다. 간혹 밭둑에 뿌려져 싹도 틔워 보지 못하고 새나 짐승의 먹이가 되어버린 씨앗이 있는가 하면 가시밭 잡초들 속에 뿌려진 씨앗들도 있다.

밭고랑에 뿌려진 씨앗들은 농부가 거름도 주고 물도 주고 잡초도 뽑아주고 잘 가꾸어 주지만, 잡초 밭에 뿌려진 씨앗들은 풀들의 세력이 너무 강해 풀매기를 포기해버린다. 이런 잡초들 세력 때문에 잘 자라지 못하고 결국은 가을이 되어 수확기에 이른다. 하지만 옥토 밭에 뿌려진 씨앗처럼 많은 열매를 맺지 못하게 되는 것이다.

그렇지만 가을 추수 때는 잡초들 속에서 맺은 씨앗들과 옥토 밭에서 자란씨앗들이 같은 곳간, 같은 그릇 안에 담긴다. 농부에게는 옥토 밭에서 수확한 씨앗이나 잡초 밭에서 수확한 씨앗들도 다 같은 씨앗으로 취급한다.

농부의 손에 수확된 씨앗들은 모두 높고 낮음이 없으며 귀하고 천하다는 개념이 없다. 모두 다 같은 그릇 안에 똑같은 씨앗으로 대우받는 것이다.

좋은 환경에서 고생하지 않고 편안하게 잘 자란 갑의 위치에서 자랐던 씨앗이라며 으스대거나 높아지려 해봤자, 가시밭 잡초 속에서 수확된 씨앗과 같은 대우를 받는 한 톨의 씨앗일 수밖에 없다.

이처럼 농부가 보기에는 모두 다 똑같은 씨앗이라 볼 수밖에 없듯, 우주만물을 만드신 창조주가 볼 때는 잘난 사람이나 못난 사람이 없다는 것이다. 태어날 때부터 집안환경이 좋아 죽을 때까지 갑의 위치로 살다 죽게 되면 그 영혼을 하나님께서는 따로 선별해서 취급하지 않으신다.

똑같이 한 그릇 안에 담긴 씨앗취급을 한다는 말이다.

아파트경비원이나 청소부를 한다거나 단속적 감시근로자로 일하며 인력소개소를 통해 새벽시장에 팔려 공사판에 막노동을 한다든지, 3D업종에 종사하는 비정규직 근로자라고 할지언정 인간을 창조한 이는 다 같은 사람 취급을 한다.

갑의 위치에 있는 사람들은 을의 위치에 있는 사람들을 폄하하지 말라고 말하고 싶다. 또 지금은 비록 내가 을의 위치에 있다 할지라도 때가 되면 뿌리신 이가 거두실 때는 같은 그릇 안에 담기는 씨앗이 되는 것이니 꿈과 소망을 버려서는 안 된다고 말하고 싶다.

또 다른 예를 들어본다면, 나는 어렸을 때인 초등학교 2~3학년 때부터 지게를 지고 산에 올라 땔나무를 하고 풀을 베어야 했다. 풀을 베다 보면 어쩌다 잘못해서 불개미집을 건드릴 때가 있다. 수천, 수만 불개미들이 이리 뛰고 저리 뛰고 아우성이다. 이들보다 수천 배나 몸집이 큰 사마귀나 개구리라 할지라도 이들에게 걸려들었다 하면 순식간에 죽음을 맞이할 수밖에 없다.

이런 불개미집단에는 자기들 나름대로 맡겨진 직책이 있을 것이다. 어떤 불개미는 병정개미로 침투하는 적을 막아내는 일을 할 것이며, 또, 어떤 불개미들은 식량을 모으며 쓰레기들을 치우는 업무를 맡은 일개미들이 있을 것이고, 혹은 새끼들을 양육하는 불개미들도 있을 것이다. 그러나 사람들이 볼 때에는 수 천 수만, 불개미들이 다 똑같은 불개미들로 보일 수밖에 없다. 젊고 늙음도 알 수 없고 암과 수도 구별하지 못하며, 그리고 이들의 직책을 알 수도 없다. 이들이 제아무리 아우성을 하고 이리 뛰고 저리 뛰지만 사람들이 바라볼 때는 그저 다 같은 불개미들일 수밖에 없다.

이처럼 수많은 사람들이 모여 사는 지구촌에 인간들이 각자가 그 나라에 대통령이 있으며, 국무총리, 국회의원, 벼슬아치가 있을 것이다. 남녀노소 건강한 자, 병든 자, 가난한 자, 부자가 있으며 소설 속에 주인공 영구처럼 아파트경비원도 있을 것이다. 지위가 높고 낮음이 구별되어 있더라도 이 세상 우주만물을 창조한 분이 바라볼 때는 모두 다 똑같은 인간으로만 보일 뿐이다.

하나님께서는 지위가 높은 사람으로, 혹은 지위가 낮은 가난한 사람으로 인간세계에서 업신여김을 당하고 살았던 사람이나 권력을 휘두르고 살았다 할지라도 높낮이가 다르게 보지 않고 그저 다 똑같은 사람으로 취급하고 있다는 말이다.

다시 말하면 사람이 볼 때는 수많은 불개미들이 전부 같은 불개미로 보이듯, 지구촌에 70억 인구가 이 세상에서 생명이 다하는 날은 지위고하, 남녀노소를 따지지 않고 똑같이 취급한다는 것이다. 농부가 수확해 그릇 안에 담은 씨앗은 모두 같은 씨앗으로 보이는 이치이다.

우리는 모두 봄에 뿌려졌다가, 가을에 농부에게 수확되어 한 그릇 안에 들어있는 씨앗들이다. 모두 다 똑같은 한 톨의 씨앗일 뿐이지, 제아무리 자기는 지위가 높은 대통령이다. 수백억을 가진 부자였다. 힘이 센 장사였다고 할지라도 인간을 만드신 창조주 앞에 가면 자기의 내력을 주장할 수 없다는 얘기다.

농부이신 하나님께서는 이듬해에 밭에 다시 씨앗을 뿌릴 때는 좋은 옥토 밭을 골라서 뿌려 준다는 것이다. 겸손하지 못하며 교만하고 배려와 사랑을 주고받는 역할을 다 하지 못한 씨앗들은 선택을 받지 못하고 씨앗으로서 생명이 끝난다는 신약성경 마태복음 13장의 성경원리이다.

부자라고, 많이 배웠다고, 건강하다고, 해서 가난한 자와 많이 배우지 못한 힘이 약한 아파트경비원 일을 하는 노인들과 청소근로자들과 3D 업종의 일을 하는 사람이나 그리고 몸이 약한 장애를 가진 사람이라고, 인격을 무시하며 업신여겨서는 안 되며 인권을 존중해주어야 한다는 말이다.

이에, 우리는 더 크다고 주장할 수 없는 똑같은 인간이란 타이틀을 갖고 태어났기에 동일하게 인정받아야 한다.

나는 눈이 나빠 자동차를 운전할 때는 안경을 써야 했다. 안경을 맞춰 쓰기 위해 안경점을 찾으면 비로소 사람대접을 받는 것 같다. 내가 다니는 안경점에서는 시력검사를 할 때가 되었다느니, 생일날은 축하한다는 문자가 들어오기도 한다.

감기에 걸려 병원에 갔다가 의사의 처방전을 들고 약국에 가면 약국에서도 드링크음료를 주기도 하고 친절한 모습을 볼 때, 아! 나도 이런 데를 오니 사람대접을 받는구나, 하며 느끼기도 했다. 음식점에를 가도 그리고, 구멍가게에 음료수를 사 먹으러 갔을 때도 주인은 친절하게 맞이한다.

그리고 보니 안경점이나 약국, 음식점에는 내가 그들에게 이익을 창출해 주는 고객인 것이다. 이들이 나의 나쁜 눈을 본체만체한다거나 약국에서 나에게 약을 팔기를 거부하며 식당에서 배고픈 나에게 밥을 팔지 않는다면 나는 바로 낭패가 아닌가. 그리고 보니 우리는 서로 주고받으며 더불어 사는 것이다.

음식점에서는 배고픈 나에게 시장기를 면해주는 고마운 분들이며, 내가 음식점에 지불한 음식값이 이들에게는 살아가는 데 힘이 되어 주었으니 내가 고마웠을 것이다. 안경점 주인은 나에게 시력을 맞춰주고 사물을 볼 수 있게 해주는 것이 고마워 대가를 지불한 것이다. 안경점 주인은 내가 값을 치러준 돈으로 자녀를 양육하고 행복한 삶을 영위해 갈 것이다. 만약에 물건이 필요한데 파는 사람이 없다거나 물건을 팔려고 하는데 사는 사람이 없다면 이 세상은 존재하지 못할 것이다.

경비원이나 감시단속적 근로자들을 채용해 부리고 있는 아파트나 시설관리소에서는 경비원을 급여를 주고 당연하게 부리는 하나의 도구로 생각하면 안 된다. 자신들이 할 일을 도와주는 사람이라고 인정하고 더 나아가 더불어 산다는 개념을 갖는다면 즐겁고 행복한 꿈의 동산이 될 것이다.

만약에 어느 시설이나 아파트에 경비원이나 청소부가 그곳에서 일하기를 거부한다거나, 전기를 공급해주는 업체에서 전기 공급을 거부한다면 그 아파트공동체 주민들 모두는 어떻게 될 것인가? 상상하기도 싫은 일이 벌어질 것이다. 아파트경내를 경비를 서주고 청소를 해주며 주민들이 편하게 살 수 있도록 도움을 주는 일을 한다. 관리소직원들과 경비원들은 주민들에게 도움을 주는 대신 주민들이 주는 보수로 먹고 살아가니 서로가 상부상조하는 입장에 있다고 보아야 할 것이다. 말하자면 어느 한쪽이 일방적으로 손해를 보는 것이 아니고 도움을 주고받는 것이니 더불어 살아가는 동등한 입장인 것이다.

서로 주고받는 관계의 저울추가 어느 한쪽으로 기울어진다면 동등한 것이 아니다. 경비원이나 청소부들에게 급여를 준다고만 하는 의식을 갖지 말고 도움을 받는다는 것도 잊어서는 안 된다. 서로 주고받는 관계이니 말이다.

우리는 얼마 전까지만 해도 환갑을 넘겨 살기가 어려웠다. 옛날에는 회갑까지 사는 사람을 축하해주기 위해 회갑잔치를 자녀들이 성대하게 열어 주었지만, 요즘 들어서는 회갑잔치가 사라졌다. 지금은 수명이 늘어나 100세까지 살 수 있는 세상이라 60이 넘은 사람들도 힘이 넘쳐나는 건강을 유지 하고 있으니 각자의 처한 형편에 따라 자기의 체력에 맞춰 일하는 것은 신선한 일이다.

정년퇴직하기 전에는 연봉이 5~6천 혹은 억대연봉이었다 할지라도 아파트경비원이라도 해야겠다고 나서는 사람들이 많아지고 있다. 전직의 지위가 높고 낮든 간에 우리는 다 같은 인격체를 갖추고 있다. 서로 상부상조 하는 삶이라고 인정해야 한다. 아파트 입구에 좁은 공간에 앉아 있는 늙은이를 주민들이 보수를 주고 채용했다는 개념을 버리고 서로 도우며 주고받는 더불어 사는 관계임을 염두에 두고 살아간다면 명랑사회 좋은 세상이 될 것이라 믿는다.

필자는 이와 같이 농부가 뿌린 씨앗과 산에 불개미를 예를 들어서 표현했다. 그리고 물건을 파는 자와 사는 자의 예를 들어 본 것이다. 우리가 사는 세계에는 남자와 여자가 살고 있고 지위가 높고 낮은 사람, 부자와 가난한 사람이 살고 있다. 나이가 많고 적은 사람, 건강한 자와 병든 자, 학력이 높고 낮은 사람이 있어 갖고 있는 직업과 높낮이가 다르지만 창조주가 볼 때는 다 같은 사람으로 보는 것이다. 이처럼 우리는 하는 일이 각각 다르지만 그 사람의 직업을 서로 존중해 주어야 좋은 사회인 것이다.

사람은 누구나 인권을 똑같이 부여받았다. 모두 같은 하늘 아래 같은 땅 위에 살면서 같은 자연 속에서 같은 공기로 호흡을 하고, 인간이란 타이틀 속에 살아가고 있다.

우리는 각자가 주고받는 관계이다. 주는 것은 남에게 파는 것이 되고, 받는 것은 남에게 사는 관계가 되는 것이다. 그러므로 주고받는 것은 곧, 인격체를 갖춘 자들의 사랑이라고 말하고 싶다. 일방적으로 사랑을 팔기만 하고 사지 못한다면 어떻게 되겠는가? 반대로 사기만 하고 팔지를 못한다면 우리가 살아갈 수가 없다는 것을 앞서 설명했다.

지구촌에 사람들이 주고받는 저울추가 어느 한쪽으로 일방적으로 치우친다면 세상은 멸망하리라 본다. 우리는 평형을 맞춰 동등하게 균형을 이루고 레일을 달려가고 있는 기차를 타고 어디론가 여행을 하고 있는 사람들이다.

농부가 거둬들인 씨앗이 모두 같은 씨앗으로 보이듯, 우주만물을 창조하고 인간을 창조한 분이 바라볼 때는 모두 다 똑같은 사람으로 보인다는 사실을 우리 모두 잊지 않았으면 하는 바람이다. 우리는 모두 공수래공수거라는 창조주의 공평한 법칙을 수행하고 있는 사람들인 것이다.